普通高等教育通识类课程“十三五”规划教材

文学基础与写作

主　编　罗玲谊　杨华轲　李晓筝　魏石当

中国水利水电出版社
www.waterpub.com.cn
·北京·

内 容 提 要

本书以古今中外的优秀文学作品为基础，在鉴赏优秀文学作品的过程中学习相关的文学基础知识和基本理论，以提高学生的口头表达和写作能力。全书共分为上下两篇，上篇为文学基础部分，主要选取了中国古代、现当代和外国最具代表性的诗词、散文、戏剧（曲）、小说；下篇为写作部分，分别介绍了散文写作、常用公文写作、日常生活类文体写作、演讲稿写作、新闻写作、学术论文写作等内容。

本书不仅可以作为普通高校的语文教材，还可以作为广大文字工作者及文学爱好者的参考用书和自学用书。

图书在版编目（CIP）数据

文学基础与写作 / 罗玲谊等主编. -- 北京 : 中国水利水电出版社, 2017.6（2020.1 重印）
普通高等教育通识类课程“十三五”规划教材
ISBN 978-7-5170-5399-6

Ⅰ. ①文… Ⅱ. ①罗… Ⅲ. ①文学理论－高等学校－教材②文学创作－高等学校－教材 Ⅳ. ①I0②I04

中国版本图书馆CIP数据核字(2017)第105387号

策划编辑：石永峰　责任编辑：李　炎　加工编辑：张天娇　封面设计：李　佳

书　　名	普通高等教育通识类课程“十三五”规划教材 文学基础与写作 WENXUE JICHU YU XIEZUO
作　　者	主　编　罗玲谊　杨华轲　李晓筝　魏石当
出版发行	中国水利水电出版社 （北京市海淀区玉渊潭南路 1 号 D 座　100038） 网址：www.waterpub.com.cn E-mail：mchannel@263.net（万水） sales@waterpub.com.cn 电话：（010）68367658（营销中心）、82562819（万水）
经　　售	全国各地新华书店和相关出版物销售网点
排　　版	北京万水电子信息有限公司
印　　刷	三河市鑫金马印装有限公司
规　　格	184mm×260mm　16 开本　22.75 印张　503 千字
版　　次	2017 年 6 月第 1 版　2020 年 1 月第 4 次印刷
印　　数	14001—16000 册
定　　价	45.00 元

凡购买我社图书，如有缺页、倒页、脱页的，本社营销中心负责调换

前　言

人类社会进入21世纪，素质教育成为普通高等教育的核心，培养适应社会发展的高素质人才已经成为普通高等教育的最终目的。一个大学毕业生对语言的掌握是素质教育的重要内容，而其中最重要、最基本的是大学生运用母语的能力。因此，母语教育在当今世界各国的高等教育中都已经占据并将继续占据不可替代的重要位置。在许多发达国家的高等院校中，母语教育更早已成了必不可少的公共必修课。

本书以古今中外的优秀文学作品为基础，在鉴赏优秀文学作品的过程中学习相关的文学基础知识和基本理论，提升学生的人文素质和审美能力，提高学生的口头表达和写作能力。我们在编写过程中力图将文学作品与写作相结合，使本书不仅可以作为普通高校的语文教材，还可以作为广大文字工作者及文学爱好者的参考用书和自学用书。

本书共分为上下两篇：上篇为文学基础部分，编写体例依文体划分，第一章为诗词，第二章为散文，第三章为戏剧（曲），第四章为小说，主要选取了中国古代、现当代和外国最具代表性的诗词、散文、戏剧（曲）、小说；下篇为写作部分，分别介绍了散文写作、常用公文写作、日常生活类文体写作、演讲稿写作、新闻写作、学术论文写作等。本书因篇幅有限，收录时难免有顾此失彼、挂一漏万之遗憾。

本书编写的分工如下：

罗玲谊（华北水利水电大学）：编写第二章、第三章、第四章第二节、第三节；

杨华轲（华北水利水电大学）：编写第一章第一节、第二节，第五章至第十章；

李晓筝（华北水利水电大学）：编写第一章第三节至第九节，第四章第一节；

魏石当（华北水利水电大学）：制定编写大纲、列题、修改、统稿、定稿。

本书作为“华北水利水电大学规划教材”之一，编写过程中始终得到了华北水利水电大学的领导、教务处、人文艺术教育中心以及相关部门的具体指导和大力支持。另外，我们在编写过程中还参考、引用了一些专家、学者的有关资料，在此一并表示衷心的感谢！

由于编者水平所限，书中疏漏和不妥之处在所难免，敬请专家、同行和广大读者批评指正。

编　者

2017年6月

目　　录

下篇 写作

上篇

文学基础

第一章　诗词

第一节　先秦诗歌

七　月

七月流火[1]，九月授衣[2]。一之日[3]觱发[4]，二之日栗烈[5]。无衣无褐[6]，何以卒岁？三之日于耜[7]，四之日举趾[8]。同我妇子，馌彼南亩[9]，田畯至喜[10]。

七月流火，九月授衣。春日载阳[11]，有鸣仓庚[12]。女执懿筐[13]，遵彼微行[14]，爰求柔桑[15]。春日迟迟[16]，采蘩祁祁[17]。女心伤悲，殆及公子同归[18]。

七月流火，八月萑苇[19]。蚕月条桑[20]，取彼斧斨[21]。以伐远扬[22]，猗彼女桑[23]。七月鸣鵙[24]，八月载绩。载玄载黄[25]，我朱孔阳[26]，为公子裳。

四月秀葽[27]，五月鸣蜩[28]。八月其获，十月陨萚[29]。一之日于貉[30]，取彼狐狸，为公子裘。二之日其同[31]，载缵武功[32]。言私其豵[33]，献豜于公[34]。

五月斯螽动股[35]，六月莎鸡振羽[36]。七月在野，八月在宇，九月在户，十月蟋蟀入我床下[37]。穹窒熏鼠[38]，塞向墐户[39]。嗟我妇子，曰为改岁[40]，入此室处。

六月食郁及薁[41]，七月亨葵及菽[42]。八月剥枣[43]，十月获稻。为此春酒[44]，以介眉寿[45]。七月食瓜，八月断壶[46]，九月叔苴[47]，采荼薪樗[48]，食我农夫。

九月筑场圃[49]，十月纳禾稼[50]。黍稷重穋[51]，禾麻菽麦[52]。嗟我农夫！我稼既同，上入执宫功[53]。昼尔于茅，宵尔索綯[54]，亟其乘屋[55]，其始播百谷。

二之日凿冰冲冲[56]，三之日纳于凌阴[57]。四之日其蚤[58]，献羔祭韭[59]。九月肃霜[60]，十月涤场[61]。朋酒斯飨[62]，曰杀羔羊。跻彼公堂[63]，称彼兕觥[64]，万寿无疆[65]！

【注释】

[1]七月流火：火（古读“毁”），或称大火，星名，即心宿。每年夏历五月的黄昏时候，这星当正南方，也就是正中和最高的位置，过了六月就偏西向下了，这就叫做“流”，即向下行。[2]授衣：将裁制冬衣的工作交给妇女。九月丝麻等事结束，所以在这时开始做冬衣。[3]一之日：十月以后第一个月的日子。以下二之日、三之日等同理，为豳历纪日法。[4]觱（bì）发：寒风触物声。[5]栗烈：又作“凛冽”，形容气寒。[6]褐：粗布衣。[7]于：犹“为”。为耜（sì）是说修理耒（lěi）耜（耕田起土之具）。[8]趾（zhǐ）：足。“举趾”是说去耕田。[9]馌（yè）：馈送食物。亩：指田身。田耕成若干垄，高处为亩，低处为甽（quǎn）。田垄东西向的叫做“东亩”，南北向的叫做“南亩”。这两句是说妇人童子往田里送饭给耕者。[10]田畯（jùn）：

农官名，又称农正或田大夫。[11]春日：指二月。载：始。阳：温暖。[12]仓庚：鸟名，即黄莺。[13]懿：深。[14]微行（háng）：小径（桑间道）。[15]爰：语词，犹“曰”。柔桑：初生的桑叶。[16]迟迟：天长的意思。[17]蘩（fán）：菊科植物，即白蒿。古人用于祭祀，女子在嫁前有“教成之祭”。一说用蘩“沃”蚕子，则蚕易出，所以养蚕者需要它。其法未详。祁祁：众多（指采蘩者）。[18]公子：指国君之子。“殆及公子同归”是说怕被公子强迫带回家去，一说指怕被带去陪嫁。[19]萑（huán）苇：芦苇。八月萑苇长成，收割下来，可以做箔。[20]蚕月：指三月。条桑：修剪桑树。[21]斨（qiāng）：方孔的斧头。[22]远扬：指长得太长而高扬的枝条。[23]猗（yī）：《说文》《广雅》作“掎（jǐ）”，牵引。“掎桑”是用手拉着桑枝来采叶。南朝乐府诗《采桑度》云：“系条采春桑，采叶何纷纷”，似先用绳系桑，然后拉着绳子采。女桑：小桑。[24]鵙（jú）：鸟名，即伯劳。[25]玄：黑而赤的颜色。玄、黄指丝织品与麻织品的染色。[26]朱：赤色。阳：鲜明。以上两句说染色有玄有黄有朱，而朱色尤为鲜明。[27]葽（yāo）：植物名，今名远志。秀葽：远志结实。[28]蜩（tiáo）：蝉。[29]陨萚（tuò）：落叶。[30]貉（hè）：田猎者演习武事的礼叫做祃祭或貉祭。于貉：举行貉祭。《郑笺》：“于貉，往博貉以自为裘也。”[31]同：聚合，指狩猎之前聚合众人。[32]缵：继续。武功：指田猎。[33]豵（zōng）：一岁小猪，这里用来代表比较小的兽。私其豵：小兽归猎者私有。[34]豜（jiān）：三岁的猪，代表大兽。豜于公：大兽献给公家。[35]斯螽（zhōng）：虫名，蝗类，即蚱蜢、蚂蚱。旧说斯螽以两股相切发声，“动股”言其发出鸣声。[36]莎（suō）鸡：虫名，今名纺织娘。振羽：鼓翅发声。[37]以上四句都指蟋蟀，先在野地，后移宇下（即檐下），再移到户内，最后入床下。言其鸣声由远而近。[38]穹：穷尽，清除。窒（zhì）：堵塞。穹窒：将室内满塞的角落搬空，搬空了才便于熏鼠。[39]向：朝北的窗户。墐：用泥涂抹。贫家门扇用柴竹编成，涂泥使它不通风。[40]曰：《汉书》引作“聿（yù）”，发语词。改岁：是说旧年将尽，新年快到。[41]郁：植物名，唐棣之类。树高五六尺，果实像李子，赤色。薁（yù）：植物名，果实大如桂圆。一说为野葡萄。[42]菽：豆的总名。[43]剥（pū）：打。[44]春酒：冬天酿酒经春始成，叫做“春酒”。枣和稻都是酿酒的原料。[45]介：祈求。眉寿：长寿。人老时眉间有毫毛，叫秀眉，所以长寿称眉寿。[46]壶：葫芦。[47]叔：拾。苴（jū）：秋麻之籽，可以吃。[48]樗（chū）：木名，臭椿。薪樗：指采樗木为薪。[49]场：打谷的场地。圃：菜园。春夏做菜园的地方秋冬就做场地，所以场圃连成一词。[50]纳：收进谷仓。稼：古读“故”。禾稼：谷类通称。[51]重（zhǒng）：即“种”，是先种后熟的谷。穋（lù）：即“稑”，是后种先熟的谷。[52]禾：专指一种谷，即今天的小米。[53]功：事。宫功：指建筑宫室或指室内的事。[54]索：动词，指制绳。綯（táo）：绳。索綯：打绳子。上两句讲白天取茅草，夜晚打绳子。[55]亟：急。乘屋：盖屋。茅和绳都是盖屋需用的东西。以上三句是说宫功完毕后，急忙修理自己的屋子，因为播谷的工作又要开始了，不得不急。[56]冲冲：古读“沉”，凿冰之声。[57]凌：聚集的水。阴：藏冰之处。[58]蚤：同“早”。这里指早朝，是古代一种祭祀仪式。[59]献羔祭韭：这句是说用羔羊和韭菜祭祖。《礼记·月令》说仲春献羔开冰，四之日正是仲春。[60]肃霜：犹“肃爽”，双声连语。这句是说九月天高气爽。[61]涤场：清扫场地。这句是说十月农事完全结束，将场地打扫干净。一说“涤场”即“涤荡”，“十月涤荡”

是说到了十月草木摇落无余。[62]朋酒：两樽酒。这句连下句是说年终宴乐。[63]跻：登。公堂：或指公共场所，不一定是国君的朝堂。[64]称：举。兕觥（sì gōng）：角爵，古代用兽角做的酒器。[65]万：大。无疆：无穷。以上三句是说升堂举觞，祝君长寿。

【诗解】

本诗出自《豳风》，本篇描写周代早期的农业生产情况，叙述农夫在一年中所从事的农业劳动，反映了当时的生产关系和人民的艰苦生活。全诗八章八十八句，是《国风》中最长的一篇。诗从七月写起，是顺应农事活动的季节性，叙事的结构相当严密。

【思考与练习】

1. 谈谈本诗“赋、比、兴”的艺术传统。
2. 这首诗揭示了怎样的社会现实，请就此进行分析。

新　台

新台有泚[1]，河水弥弥[2]。燕婉之求，蘧篨不鲜[3]。
新台有洒[4]，河水浼浼[5]。燕婉之求，蘧篨不殄[6]。
鱼网之设，鸿则离之[7]。燕婉之求，得此戚施[8]。

【注释】

[1]新台：卫宣公所筑台。旧址在今山东省甄城县黄河北岸。有泚（cǐ）：“玼”的假借字，“有泚”即“玼玼”，形容新台新而鲜明的样子。[2]弥弥：水盛满的样子。[3]燕婉：又作“宴婉”，安和美好。蘧篨（qú chú）：癞蛤蟆，用来比作卫宣公。蘧篨和下文的“戚施”都是象征丑陋的人。鲜：善。这两句说本来希望获得美满的婚姻生活，谁知道嫁得这蛤蟆似的丑物。这是代齐女设想，下两章仿此。[4]洒（cuǐ）：高峻的样子。[5]浼浼（měi）：水盛大的样子。[6]殄（tiǎn）：通“腆”，丰厚，美好。[7]鸿：旧解为鸟名，大雁。闻一多在《<诗·新台>鸿字说》中，考证鸿就是蛤蟆。离：通“罹”，遭受，遭遇。这两句说设网本为捕鱼，却网来一只蛤蟆。[8]戚施：即蛤蟆。

【诗解】

本诗出自《诗经·邶风》。据《毛诗序》，卫宣公为他的儿子伋（jí）聘齐女为妻，听说她貌美，就想自己娶为夫人，并在黄河边筑台迎接她。人民憎恶这样荒淫无耻的行径，遂作诗讽刺卫宣公。

【思考与练习】

1. 这首诗表现了怎样的内容？
2. 这首诗运用了怎样的讽刺手法？

河　广

谁谓河广？一苇杭之[1]。谁谓宋远？跂予望之[2]。
谁谓河广？曾不容刀[3]。谁谓宋远？曾不崇朝[4]。

【注释】

[1]河：黄河。杭：《楚辞·九章》王逸注引诗作“斻（háng）”，渡过。苇可以编伐，“一苇杭之”是说用一片芦苇就可以渡过黄河了，极言渡河之不难。[2]跂（qǐ）：通“企”，悬起脚跟。予：犹“而”（《大戴记·劝孝篇》“跂而望之”与此同义）。以上两句说宋国并不远，一抬脚跟就可以望见了。这也是夸张的形容法。[3]曾：犹“乃”。刀：小舟，字书作“舠”。曾不容刀：形容黄河之狭。[4]崇：终。从天明到早饭时叫做“终朝（zhāo）”。这句是说从卫到宋不消终朝的时间，言其很近。

【诗解】

本诗出自《卫风》。这是住在卫国的一位宋人思归不得的诗。卫国在戴公未迁漕以前，都城在朝歌，和宋国只隔一条黄河。诗极言黄河不广，宋国不远，回去很为容易，却因某种限制而不能如愿。

【思考与练习】

1．本文运用了夸张的手法，对主旨有什么作用？
2．本文表现了思归的主题，谈谈你的看法。

野有蔓草

野有蔓草[1]，零露漙兮[2]。有美一人，清扬婉兮[3]。邂逅相遇[4]，适我愿兮[5]。
野有蔓草，零露瀼瀼[6]。有美一人，婉如清扬[7]。邂逅相遇，与子偕臧[8]。

【注释】

[1]蔓：蔓延。[2]零：降落。漙（tuán）：露多的样子。一说是形容露珠圆圆的状态。[3]扬：明。“清”“扬”都是形容眼睛的美。婉（wǎn）：眼波流动的样子。《毛传》：“眉目之间婉然美也。”[4]邂逅：碰巧相遇，不期而会。[5]适：适合。[6]瀼瀼（ráng）：露浓的样子。[7]如：与“而”同。[8]臧（zāng）：善。偕臧：都满意。朱熹《诗集传》：“偕臧，言各得其所欲也。”

【诗解】

本诗出自《郑风》。这是一首恋歌。春秋时候，战争频繁，人口稀少。统治者为了繁育人口，规定超龄的男女还未结婚的，可以在仲春时候自由相会，自由同居。这首诗就是写一对男女邂逅相遇于田野间自由结合的情景。

【思考与练习】

1．本诗是一首恋歌，请类比《诗经》中类似恋歌进行赏析。

2．谈谈本诗比兴手法的运用。

采　薇

采薇采薇[1]，薇亦[2]作[3]止[4]。曰归曰归，岁亦莫止。靡室靡家，猃狁[5]之故。不遑启居，猃狁之故。

采薇采薇，薇亦柔[6]止。曰归曰归，心亦忧止。忧心烈烈[7]，载饥载渴。我戍未定，靡使归聘[8]。

采薇采薇，薇亦刚[9]止。曰归曰归，岁亦阳[10]止。王事靡盬，不遑启处。忧心孔疚[11]，我行不来[12]！

彼尔维何[13]？维常[14]之华。彼路[15]斯何？君子之车。戎车既驾，四牡业业。岂敢定居？一月三捷。

驾彼四牡，四牡骙骙[16]。君子所依，小人所腓[17]。四牡翼翼[18]，象弭[19]鱼服[20]。岂不日戒？猃狁孔棘[21]！

昔我往矣，杨柳依依[22]。今我来思，雨雪霏霏。行道迟迟，载渴载饥。我心伤悲，莫知我哀！

【注释】

[1]薇：野豌豆。[2]亦：作语助词。[3]作：初生。[4]止：作语助词。[5]猃狁（xiǎn yǔn）：我国古代民族名。春秋时被称戎狄。一说秦汉时为匈奴，隋唐时为突厥。[6]柔：嫩，比喻进一步的生长。[7]烈：忧心的样子。[8]聘：问，问候。[9]刚：坚硬。[10]阳：阴历十月。[11]疚：病。[12]来：慰问。[13]尔（ěr）：花盛开的样子。[14]常：常棣，棠棣。[15]路：同“辂”，大车。[16]骙骙（kuí）：马强壮的样子。[17]腓（féi）：庇护，掩护。[18]翼翼：整齐的样子，指马训练有素。[19]弭（mǐ）：弓末的弯曲处，以骨为之。[20]鱼服：鲨鱼皮制的箭袋。[21]棘：急。[22]依依：形容柳丝轻柔的样子。

【诗解】

本诗出自《小雅》。这是一首守边兵士在归途中赋的诗。末章以柳代春，以雪代冬，借景表情，感时伤事，富于形象性和感染力，是千古佳句。

【思考与练习】

1．谈谈本诗如何表现战争？

2．总结本诗的艺术性。

黍　离

彼黍[1]离离[2]，彼稷之苗[3]。行迈[4]靡靡[5]，中心[6]摇摇[7]。知我者，谓[8]我心忧，不知我者，谓我何求。悠悠苍天[9]，此何人哉[10]？

彼黍离离，彼稷之穗。行迈靡靡，中心如醉。知我者，谓我心忧，不知我者，谓我何求。悠悠苍天，此何人哉？

彼黍离离，彼稷之实[11]。行迈靡靡，中心如噎[12]。知我者，谓我心忧，不知我者，谓我何求。悠悠苍天，此何人哉？

【注释】

[1]黍：一种农作物，即糜子，子实去皮后叫黄米，有黏性，可以酿酒、做糕等。[2]离离：庄稼一行行排列的样子。[3]稷：谷子，一说高粱。[4]行迈：远行。迈，行走。[5]靡靡：迟迟，缓慢，犹疑不决的样子。[6]中心：内心。[7]摇摇：心中愁闷难忍，心神不定的样子。[8]谓：说。[9]悠悠：遥远，渺茫。[10]此何人哉：这（指故国沦亡的凄凉景象）是谁造成的呢？[11]实：籽粒。[12]噎：食物塞住咽喉，哽咽。

【诗解】

本诗出自《王风》。“王”即王都的简称。平王东迁洛邑，周室衰微，无力驾驭诸侯，其地位等同于列国，所以称为“王风”。这是诗人抒写自己在迁都时难舍家园的诗。《毛诗序》认为是周大夫慨叹西周沦亡之作。

【思考与练习】

1．本诗的主题有多种理解，谈谈你的认识。

2．重章叠唱的艺术手法是本诗的特点，请你结合诗歌进行分析。

生　民

厥初生民[1]，时维姜嫄[2]。生民如何？克禋克祀[3]，以弗无子[4]。履帝武敏歆[5]，攸介攸止[6]，载震载夙[7]。载生载育，时维后稷[8]。

诞弥厥月[9]，先生如达[10]。不坼不副[11]，无菑无害[12]，以赫厥灵[13]。上帝不宁[14]，不康禋祀，居然生子[15]。

诞寘之隘巷[16]，牛羊腓字之[17]。诞寘之平林[18]，会伐平林[19]。诞寘之寒冰，鸟覆翼之。鸟乃去矣，后稷呱矣[20]。实覃实訏[21]，厥声载路[22]。

诞实匍匐[23]，克岐克嶷[24]，以就口食[25]。蓺之荏菽[26]，荏菽旆旆[27]。禾役穟穟[28]，麻麦幪幪[29]，瓜瓞唪唪[30]。

诞后稷之穑，有相之道[31]。茀厥丰草[32]，种之黄茂[33]。实方实苞[34]，实种实褎[35]。实发实秀[36]，实坚实好[37]。实颖实栗[38]，即有邰家室[39]。

诞降嘉种[40]，维秬维秠[41]，维穈维芑[42]。恒之秬秠[43]，是获是亩[44]。恒之穈芑，是任是负[45]，以归肇祀[46]。

诞我祀如何？或舂或揄[47]，或簸或蹂[48]。释之叟叟[49]，烝之浮浮[50]。载谋载惟[51]，取萧祭脂[52]。取羝以軷[53]，载燔载烈[54]，以兴嗣岁[55]。

卬盛于豆[56]，于豆于登[57]。其香始升，上帝居歆[58]。胡臭亶时[59]，后稷肇祀。庶无罪悔，以迄于今[60]。

【注释】

[1]民：人，指周人。[2]时：是。姜嫄（yuán）：传说中远古帝王高辛氏（帝喾）

之妃，周始祖后稷之母。姜是姓，“嫄”也作“原”，是谥号，取本原之义。以上二句说姜嫄始生周人，就是指生后稷。喾（kù）：也作“佶”，古帝王名。《史记·三代世表》“帝佶，黄帝曾孙。起黄帝，至帝佶四世。号高辛。”[3]禋（yīn）祀：一种野祭。祭时用火烧牲，使烟气上升。这里似指祀天帝。一说指祀郊禖（méi）。禖是求子之神，祭于郊外。[4]弗（fú）：“祓”的借字。“祓”是除不祥，“祓无子”就是除去无子的不祥，也就是求有子。[5]履：践，踩。帝：天帝。武：指足迹。敏：脚拇指，“武敏”就是足迹的脚拇指。歆：欣喜。姜嫄踩巨人脚印而感生后稷的故事是周民族的传说。（或疑履迹是祭祀仪式的一部分，即一种象征的舞蹈。所谓“帝”就是代表上帝的神尸。神尸舞于前，姜嫄尾随其后，践神尸之迹而舞。）[6]介：读“愒（qì）”，息。这句是说祭毕休息。[7]震：娠，就是怀身。夙：肃，指谨守胎教。[8]时维后稷：即是为后稷。后稷又名弃。[9]诞：发语词，有叹美的意思。弥：满。弥厥月：指满了怀孕应有的月数。[10]先生：犹“首生”。如：读“而”。达：滑利。这句是说头生子很顺利地出生。[11]坼（chè）：裂。副（pì）：裂开，剖开。这句是说生得滑利不致破裂产门。[12]菑（zāi）：“灾”的异体字。[13]赫：显。这句是说因上述的情况而显得灵异。[14]宁、康：都表示“安”，是说上帝莫非不安享我的禋祀吗？这是写姜嫄的惴惧。“践大人迹而生子”是很怪异的事，姜嫄疑为不祥，所以下文又说“居然生子”。[15]居然：徒然。生子而不敢养育所以为徒然。这里三句辞义和下章紧相连接。[16]寘（zhì）：即“置”，搁。隘：狭。这句是说将婴儿弃置在狭巷。[17]腓（féi）：隐蔽。见《小雅·采薇》篇。字：乳育。[18]平林：平原上的树林。[19]会：适逢。这句是说适逢有人来伐木，不便弃置。[20]呱（gū）：啼哭。[21]实：与“寔”同，作“是”解。覃（tán）：长。訏（xū）：大。[22]载：满。以上二句是说婴儿哭声壮大。[23]匐：古音“必”。匍匐：伏地爬行。[24]岐：知意。嶷：古音“逆”，认识。克岐克嶷：是说能有所识别。[25]以：同“已”。就：求。以上三句是说后稷刚能匍匐的时候就很聪颖，能自求口食。[26]蓺（yì）：种植。荏（rěn）菽：大豆。这句的“蓺之”两字贯下“禾役”“瓜瓞（dié）”等句。[27]旆旆（pèi）：即“芾芾（fèi）”，茂盛。[28]役：《说文》引作“颖”，禾尖。穟穟（suì）：美好。[29]幪幪（měng）：茂盛覆地。[30]唪唪（běng）：《说文》引作“菶菶”，多果实的样子。以上五句是说后稷知道游戏时候就爱好种植，所种瓜谷无不良好。[31]相：助。以上二句是说后稷的收获有助成之道，即指下文茀草等事。[32]茀（fú）：拔除。[33]黄茂：指嘉谷。[34]方：整齐。苞：丰茂。[35]种：犹“肿”，肥盛。褎（yòu）：禾苗渐长的样子，引申为出众。《汉书·董仲舒传》：“今子大夫褎然为举首。”后以“褎然举首”指人的才能超出同辈。[36]发：舒发。秀：初长穗。[37]坚好：指谷粒充实。[38]颖：垂穗。栗：犹“栗栗”，众。以上五句依禾生长成熟的次第描写禾的美好，言外见出人工之善。[39]邰（tái）：地名，又作“斄”，音同。邰故城在今陕西省武功县西南。这句是说后稷到邰地定居。相传后稷在虞舜时代佐禹有功，始封于邰。[40]降：天赐。[41]秬（jù）：黑黍。秠（pī）：一种黑黍。《尔雅·释草》：“秠，一稃二米。”稃（fú）：指米粒的外壳。[42]穈（mén）：赤苗嘉谷（初生时叶纯色）。芑（qǐ）：白苗嘉谷（初生时色微白）。[43]恒（gèng）：遍，满。“恒之秬秠”是说遍种秬秠。[44]是获是亩：收割而分亩计数。[45]任：犹“抱”。[46]肇：始。以上五句是说遍种四种谷，成熟后收获抱负而归，始祭上帝。[47]揄（yóu）：《说文》引作“舀”，取出。[48]蹂（róu）：通“揉”，揉搓。[49]释：淘米。叟叟：也作“溲溲（sōu）”，淘米之声。[50]烝：同“蒸”。浮浮：《说文》引作“烰烰（fú）”，热气上升的样子。以上四句写准备用于祭祀的米和酒。[51]惟：思。指思念于祭祀的事。[52]萧：香蒿。祭脂：即牛肠脂。祭祀用香蒿和牛肠脂合烧，取其香气。[53]羝（dī）：牡羊。軷（bá）：祭道路之神。因为将要郊祀上帝，先祭道神，就是《说文》所说的“将有事于道，必先告其神。”这句是说取牡羊为牲以用軷祭。[54]燔（fán）、烈：烧烤。这句是说将萧与脂烧燎起来。[55]岁：古读“雪”。嗣岁：来年。这句是说祭祀是为了兴旺来年，意思就是祈求来岁的丰年。[56]卬（áng）：我。[57]豆：盛肉食器，木制。登：瓦豆。[58]居：安。歆：享。[59]胡：犹“何”。臭：气息。即指上文“其香始升”的香。亶：诚。时：得其时。这句是说何以那馨香之气这样地真正得其时呢，这是赞美的话。[60]迄：到。以上三句是说后稷始创周人的祭祀制度，直到于今，庶几乎没有获罪于天、遗恨于心的事了。

【诗解】

本诗出自《大雅》。这是周人史诗之一，追述周始祖后稷的事迹。

【思考与练习】

1.《生民》篇神话后稷出生的作用。

2. 结合本诗，阅读《诗经》中其他表现周人史诗的诗歌。

国殇

屈原

操吴戈兮被犀甲[1]，车错毂兮短兵接[2]。旌蔽日兮敌若云[3]，矢交坠兮士争先[4]。凌余阵兮躐余行[5]，左骖殪兮右刃伤[6]。霾两轮兮絷四马[7]，援玉枹兮击鸣鼓[8]。天时怼兮威灵怒[9]，严杀尽兮弃原野[10]。出不入兮往不反[11]，平原忽兮路超远[12]。带长剑兮挟秦弓[13]，首身离兮心不惩[14]。诚既勇兮又以武[15]，终刚强兮不可凌[16]。身既死兮神以灵[17]，魂魄毅兮为鬼雄[18]。

【作者简介】

屈原（约公元前 340 年—公元前 278 年），名平，战国中期楚国人，我国文学史上第一位伟大诗人。他生活在楚国由强盛走向衰落的楚怀王和楚顷襄王时期。年轻时曾得到楚怀王的信任，做过楚国的左徒（官名），参与国家大事。他学识广博，有远大的政治理想。为了振兴楚国，进而统一中国，他积极主张对内任用贤能，修明法度，富国强兵；对外联齐抗秦。他的政治主张和活动触犯了腐朽贵族集团的利益，受到诬陷和排挤，被昏庸不察的楚怀王免职流放到汉水北部。后曾做过负责管教王族子弟的三闾大夫。顷襄王时又被流放到长江南部。大约在公元前 278 年，楚都郢城被秦军攻陷。他看到祖国山河破碎，痛感国家政治黑暗，自己的理想无法实现，于农历五月初五，怀着满腔忧愤，自投于汨罗江（在今湖南省汨罗县）。

他的作品有《九歌》《离骚》《九章》《天问》《招魂》等，大部分是流放中写的。这些作品真实地反映了楚国的社会现实和楚国人民的悲惨命运，深刻地表现了他的进步的政治理想和正直的人生态度，尖锐地揭露和批判了腐朽反动的政治势力，抒写了爱国爱民的炽烈情怀；激情澎湃，气概非凡，想象奇幻，语言瑰丽，成为我国文学史上积极浪漫主义的光辉起点，对我国文学的发展有着极为深远的影响。

《国殇》是《九歌》中的一篇，是追悼为国捐躯的将士的祭歌。国殇指为国牺牲的将士。楚怀王在位期间，楚国同秦国几次较大的战争，大多是楚国抵御强敌的自卫战争。在这首诗中，诗人对为国捐躯的将士的英雄气概和威武不屈的崇高品质给予高度评价，赞美他们活着是人中的英雄，死了是鬼中的豪杰。热情歌颂了楚国人民强烈的爱国主义精神和坚毅的性格。这首诗尽管是直赋其事，但既有比喻，又有想象，把强烈的英雄主义色彩和积极的浪漫主义精神融汇在全诗之中。风格悲壮，情调激昂，是《九歌》中一篇很有特色的作品。

【注释】

[1]操：拿着。吴戈：战国时吴国制造的一种特别锋利的戈。被：通“披”。犀甲：犀牛皮制作的铠甲。[2]车错毂：指两国双方激烈交战，兵卒来往交错。毂是车轮中心插轴的地方。短兵：指刀剑一类的短兵器。[3]旌蔽日兮敌若云：旌旗遮蔽了太阳，敌兵像云一样聚集在一起。旌：用羽毛装饰的旗子。[4]矢交坠兮士争先：是说双方激战，流箭交错，纷纷坠落，战士却奋勇争先杀敌。矢：箭。[5]凌：侵犯。躐（liè）：践踏。行：行列。[6]左骖（cān）：古代战车用四匹马拉，中间的两匹马叫“服”，左右两边的叫“骖”。殪（yì）：倒地而死。右：指右骖。刃伤：为兵刃所伤。[7]霾两轮兮絷四马：意思是把（战车）两轮埋在土中，马头上的缰绳也不解开，要同敌人血战到底。霾：通“埋”。絷（zhí）：绊住。[8]援玉枹兮击鸣鼓：主帅鸣击战鼓以振作士气。援：拿着。枹：鼓槌。[9]天时：天意。怼（duì）：怨。威灵怒：神灵震怒。[10]严杀：酣战痛杀。弃原野：指骸骨弃在战场上。[11]出不入兮往不反：是说战士抱着义无反顾的必死决心。[12]忽：指原野宽广无际。超：通“迢”。[13]挟：携，拿。秦弓：战国秦地所造的弓（因射程较远而著名）。[14]首身离：头和身子分离，指战死。惩（chéng）：恐惧，悔恨。[15]诚：果然是，诚然。[16]终：始终。[17]神以灵：指精神永存。[18]鬼雄：鬼中英雄。

【诗解】

本诗是祭祀为国牺牲的将士的诗歌，热烈歌颂了他们的英雄气概和壮烈精神。国殇，指死于国事者。

【思考与练习】

1．分析本诗如何表现“国殇”的主题。

2．谈谈本诗的表现手法。

第二节 两汉魏晋南北朝诗歌

行行重行行

行行重行行，与君生别离[1]。相去万余里，各在天一涯，道路阻且长[2]，会面安可知？胡马依北风，越鸟巢南枝。相去日已远，衣带日已缓。浮云蔽白日[3]，游子不顾反。思君令人老，岁月忽已晚。弃捐勿复道[4]，努力加餐饭。

【注释】

[1]生别离：活生生地分开。[2]阻：险阻。长：遥远。[3]浮云：比喻游子在外地的新欢。蔽：遮蔽。白日：明亮的太阳，比喻丈夫，即游子。[4]弃捐：丢下。勿复道：不再说。

【诗解】

这首诗表现了女子思念远行异乡的丈夫。首先追叙初别，接着说路远相见之难，再叙及相思之苦，最后以勉强宽慰之词作结。

【思考与练习】

1. 分析本诗“相思”的主题。
2. 试分析本诗“回环复沓”的特点。

饮马长城窟行

汉乐府民歌

青青河畔草，绵绵思远道[1]。远道不可思，宿昔梦见之[2]。梦见在我傍，忽觉在他乡。他乡各异县，展转不相见[3]。枯桑知天风，海水知天寒[4]。入门各自媚，谁肯相为言[5]！

客从远方来，遗我双鲤鱼[6]。呼儿烹鲤鱼[7]，中有尺素书[8]。长跪读素书[9]，书中竟何如？上言加餐食，下言长相忆[10]。

【注释】

[1]绵绵：延续不断，形容草，也形容对远方人的相思。[2]宿昔：指昨夜。[3]展转：亦作“辗转”，不定。这里是说在他乡作客的人行踪无定。“展转”又是形容不能安眠之词。如将这一句解释指思妇而言，也可以通，就是说她醒后翻来覆去不能再入梦。[4]枯桑：落了叶的桑树。这两句是说枯桑虽然没有叶，仍然感到风吹，海水虽然不结冰，仍然感到天冷。比喻那远方的人纵然感情淡薄也应该知道我的孤凄、我的想念。[5]媚：爱。言：问讯。以上二句是把远人没有音信归咎于别人不肯代为传送。[6]双鲤鱼：指藏书信的函，就是刻成鲤鱼形的两块木板，一底一盖，把书信夹在里面。一说将上面写着书信的绢结成鱼形。[7]烹：煮。假鱼本不能煮，诗人为了造语生动故

意将打开书函说成烹鱼。[8]尺素：素是生绢，古人用绢写信。[9]长跪：伸直了腰跪着。古人席地而坐，坐时两膝着地，臀部压在脚后跟上。跪时将腰伸直，上身就显得长些，所以称为“长跪”。[10]末二句“上”“下”指书信的前部和后部。

【诗解】

中国古代征役频繁，游宦之风盛行。野有旷夫，室有思妇，文学作品中也出现了大量的思妇怀人诗。这些诗表现了妇女们独守空闺的悲苦和对行人的思念，大多写得真挚动人。

【思考与练习】

1．这首诗表现了怎样的社会生活？

2．清代沈德潜认为此诗“缠绵宛折”（《古诗源卷三》），明代胡应麟评论这首诗说：“语断而意属，曲折有余而寄兴无尽。”谈谈本诗感情深蕴、笔法婉曲的特点。

蒿里行[1]

曹　操

关东有义士[2]，兴兵讨群凶。初期会盟津，乃心在咸阳[3]。军合力不齐[4]，踌躇而雁行。势利使人争，嗣还自相戕[5]。淮南弟称号[6]，刻玺于北方[7]。铠甲生虮虱[8]，万姓以死亡。白骨露于野，千里无鸡鸣。生民百遗一，念之断人肠。

【作者简介】

曹操（155 年—220 年），字孟德，沛国谯县（今安徽亳州）人，东汉末年杰出的政治家、军事家和文学家。少机警，有权术，任侠放荡，不治行业。二十岁举孝廉。在镇压黄巾起义的过程中，他发展了自己的势力，十数年间，先后击败吕布、袁术、袁绍等豪强集团，征服乌桓，统一北方。建安二十一年封魏王，四年后病死洛阳。其诗均为古题乐府，气韵沉雄，古直悲凉。其文清峻通脱。今有《曹操集》传世。

【注释】

[1]《蒿里行》是挽歌，属《相和歌·相和曲》，古辞现存，言人死魂魄归于蒿里（即死人的居里）。[2]关东：指函谷关以东。义士：指起兵讨伐董卓的诸将领。初平元年（190 年）春关东州郡起兵讨卓，推渤海太守袁绍为盟主。[3]盟津：地名，就是孟津（今河南省孟县南），相传周武王伐纣时和诸侯在此地会盟。咸阳：地名，秦的都城，故址在今陕西省咸阳市东。以上二句是说本来期望团结群雄，像周武王一样会合诸侯，吊民伐罪；初心是要直捣洛阳，像刘邦、项羽之攻入咸阳。两句都是用典，非实叙。[4]齐：一致。当时诸将各怀观望，力量不能合一。[5]还：同“旋”。嗣还，其后不久。自相戕：指讨卓诸将互相兼并、相互残杀。[6]袁术（袁绍的从弟）改九江为淮南，设置寿春（今安徽省寿县）。建安二年（197 年）袁术称帝于寿春。[7]玺：天子所用的印。初平二年（191 年）袁绍谋立刘虞为天子，刻作金印。[8]铠：甲。

【诗解】

《蒿里行》本来是古代送葬时用的挽歌，曹操此作是以古题写时事，叙述东汉末年关东州郡将领讨伐董卓时的权利互争，以及人民在战乱中遭到的严重灾难。

【思考与练习】

1. 谈谈本诗“感于哀乐，缘事而发”的汉乐府艺术传统。
2. 试分析本诗“慷慨雄劲，悲壮苍凉”的“建安风骨”的特点。

西洲曲

南朝乐府民歌

忆梅下西洲[1]，折梅寄江北。单衫杏子红，双鬓鸦雏色[2]。西洲在何处？两桨桥头渡。日暮伯劳飞[3]，风吹乌臼树。树下即门前，门中露翠钿[4]。开门郎不至，出门采红莲。采莲南塘秋，莲花过人头。低头弄莲子，莲子清如水。置莲怀袖中，莲心彻底红[5]。忆郎郎不至，仰首望飞鸿[6]。鸿飞满西洲，望郎上青楼。楼高望不见，尽日栏杆头。栏杆十二曲，垂手明如玉。卷帘天自高，海水摇空绿[7]。海水梦悠悠[8]，君愁我亦愁[9]。南风知我意，吹梦到西洲。

【注释】

[1]下：往。落梅时节是本诗中的男女共同纪念的时节。西洲：地名，未详所在。它是本诗中的男女共同纪念的地方。[2]鸦雏色：像小乌鸦一样的颜色，形容女子的头发乌黑发亮。[3]伯劳：鸣禽，仲夏始鸣。[4]翠钿：用翠玉做成或镶嵌的首饰。[5]莲心：隐“怜心”，就是相爱之心。彻底红：就是红得通透底里。这一句意思双关。[6]望飞鸿：有望书信的意思，古代有鸿雁传书的传说，成为典实。[7]以上二句似倒装。秋夜的一片蓝天像大海，风吹帘动，隔帘见天便觉似海水荡漾。一说内地人有呼江为海者，“海水”即指江水。[8]悠悠：渺远。天海辽阔无边，所以说它“悠悠”，海的“悠悠”正如梦的“悠悠”。[9]君：指在江北的情郎。

【诗解】

本诗在《乐府诗集》中收入“杂曲歌辞”类。全诗通过季节变换的描写，表达了一个女子对所爱男子的深长思念。歌辞音节和谐流畅，语言婉转动人，呈现出成熟的艺术技巧。

【思考与练习】

1. 本诗被誉为“言情之绝唱”，谈谈诗歌的内容。
2. 分析本诗所具有的民歌的艺术手法。

第三节　唐代诗歌

咏　水

骆宾王

列名通地纪[1]，疏派合天津[2]。波随月色净，态逐桃花春。
照霞如隐石，映柳似沉鳞[3]。终当挹上善[4]，属意澹交人[5]。

【作者简介】

骆宾王（约 619 年—687 年），字观光，婺州义乌（今属浙江）人。唐代诗人，“初唐四杰”之一。七岁因作《咏鹅》而有“神童”之誉。然落魄无行，好与博徒游。近而立之年始得入仕，先为道王李元庆府属官，又以奉礼郎从军边塞，历官武功、长安主簿，武后时，数上疏言事，下除临海（今浙江天台）丞。怏怏不得志，弃官去从徐敬业乱，并作《讨武氏檄》。敬业败，宾王亡命，不知所之。骆宾王作诗擅长歌行体，《帝京篇》（五七言杂用）是其代表作，与卢照邻《长安古意》齐名。有《骆宾王集》。中华书局 1985 年出版清人陈熙晋所著的《骆临海集笺注》，收各体诗一百多首，文三十余篇。

【注释】

[1]列名：排列名次。地纪：维系大地的绳子，也称“地维”。古人认为天圆地方，地的四个角有绳子维系。[2]派：各条江河的支流。津：渡口。[3]沉鳞：沉鱼。[4]挹：舀取。上善：至善，极致的完美。出自老子《道德经》第八章“上善若水”。[5]属：通“注”，意为注意、留意。澹：通“淡”，淡泊。交人：结交友人。

【诗解】

这是一首咏水诗的代表作。作者在短短八句四十个字中将水的静态美、水的动态美以及水的地位和价值、水对人的影响和启示描写得淋漓尽致、形神兼备。

【思考与练习】

1．这首诗的主题是什么？

2．这首诗是如何将诗情、画意、哲理融为一体的？

汉江临泛[1]

王　维

楚塞三湘接[2]，荆门九派通[3]。江流天地外，山色有无中。
郡邑浮前浦[4]，波澜动远空。襄阳好风日[5]，留醉与山翁[6]。

【作者简介】

王维（701 年—761 年），字摩诘，号摩诘居士，祖籍太原祁（今山西祁县），其父徙居蒲州（今山西永济）。唐玄宗开元九年（721 年）中进士，授大乐丞，不久因事贬为济州司库参军。张九龄执政，擢为右拾遗。开元二十五年（737 年）秋，以监察御史出使凉州，后迁殿中侍御史。开元二十九年（741 年）春，辞官归隐终南。安史之乱中被俘，迫受伪职，官给事中。乱平后降为太子中允，后官至尚书右丞，世称“王右丞”。王维多才多艺，精于诗文、书画、音乐。其诗诸体兼善，尤擅长山水田园诗。诗风清新秀雅，诗中有画，气韵生动，熔诗情、画意、禅理于一炉，被清代神韵派奉为圭臬。有《王右丞集》。

【注释】

[1]汉江：即汉水，流经陕西汉中、安康，湖北十堰、襄阳、荆门、潜江、仙桃、孝感，到汉口流入长江。诗题在元代方回的《瀛奎律髓》中名为“汉江临眺”。临眺，登高远望。汉江从襄阳城中流过，把襄阳与樊城一分为二（合称“襄樊”），以及襄樊周围大大小小的无数城郭（包括襄阳城门外的许多“瓮城”），一个个都像在眼前的水道两旁漂浮。临泛江上，随着小舟在波澜中摇晃，感觉远处的天空都在摇动，非常恰当地扣题，写出“临泛”的独特观感。假如是“汉江临眺”，就不会有这样的感觉。所以此诗还是应题为《汉江临泛》为是。[2]楚塞：楚国边境地带，这里指汉水流域，此地古为楚国辖区。三湘：湖南有湘潭、湘阴、湘乡，合称三湘。一说是漓湘、蒸湘、潇湘总称三湘。[3]荆门：山名，荆门山，在今湖北省宜都县西北的长江南岸，战国时为楚之西塞。九派：九条支流，长江至浔阳分为九支。这里指江西九江。[4]郡邑：指汉水两岸的城镇。浦：水边。[5]好风日：一作“风日好”，风景天气好。[6]山翁：一作“山公”，指山简，晋代竹林七贤之一山涛的幼子，西晋将领，镇守襄阳，有政绩，好酒，每饮必醉。这里借指襄阳地方官。

【诗解】

公元 740 年（唐玄宗开元二十八年），时任殿中侍御史的王维因公务去南方，途径襄阳。此诗是诗人在襄阳城欣赏汉江景色时所作，用墨淡雅，白描写意，于平凡中见新奇，将登高远眺、极目所见的山川景物写得意境开阔、气势雄伟、气魄宏大。

【思考与练习】

1．结合本诗，谈谈王维山水诗的特点。
2．从整首诗看，作者表达了怎样的思想感情？

桃 源 行

王 维

渔舟逐水爱山春[1]，两岸桃花夹古津[2]。坐看红树不知远[3]，行尽青溪不见人。
山口潜行始隈隩[4]，山开旷望旋平陆[5]。遥看一处攒云树[6]，近入千家散花竹[7]。
樵客初传汉姓名[8]，居人未改秦衣服。居人共住武陵源[9]，还从物外起田园[10]。
月明松下房栊静[11]，日出云中鸡犬喧[12]。惊闻俗客争来集[13]，竞引还家问都邑[14]。
平明闾巷扫花开[15]，薄暮渔樵乘水入[16]。初因避地去人间[17]，及至成仙遂不还。

峡里谁知有人事，世中遥望空云山。不疑灵境难闻见[18]，尘心未尽思乡县[19]。
出洞无论隔山水，辞家终拟长游衍[20]。自谓经过旧不迷[21]，安知峰壑今来变[22]。
当时只记入山深，青溪几度到云林[23]。春来遍是桃花水[24]，不辨仙源何处寻。

【注释】

[1]逐水：顺着溪水。[2]古津：古渡口。[3]坐：因为。[4]隈：山、水弯曲的地方。[5]旷望：指视野开阔。旋：不久。[6]攒云树：云树相连。攒，聚集。[7]散花竹：指到处都有花和竹林。[8]樵客：原本指打柴人，这里指渔人。[9]武陵源：指桃花源，相传在今湖南省桃源县（晋代属武陵郡）西南。武陵，即今湖南常德。[10]物外：世外。[11]房栊：房屋的窗户。[12]喧：叫声嘈杂。[13]俗客：指误入桃花源的渔人。[14]引：领。都邑：指桃源人原来的家乡。[15]平明：天刚亮。闾巷：街巷。开：开门。[16]薄暮：傍晚。[17]避地：迁居此地以避祸患。去：离开。[18]灵境：指仙境。[19]尘心：普通人的感情。乡县：家乡。[20]游衍：留恋不去。[21]自谓：自以为。不迷：不再迷路。[22]峰壑：山峰峡谷。[23]云林：云中山林。[24]桃花水：春水。桃花开时河流涨溢。

【诗解】

这是王维十九岁时写的一首七言乐府诗，题材取自陶渊明的叙事散文《桃花源记》，表现了对理想的美好世界的向往和追求。

【思考与练习】

1. 将这首《桃源行》与陶渊明的散文《桃花源记》作比较，看看二者的异同。
2. 结合本诗，谈谈你对“桃花源”题材的认识。

与颜钱塘登樟亭望潮作[1]

孟浩然

百里闻雷震，鸣弦暂辍弹。府中连骑出，江上待潮观。
照日秋云迥[2]，浮天渤澥宽[3]。惊涛来似雪，一坐凛生寒。

【作者简介】

孟浩然（689 年—740 年），名浩，字浩然，襄州襄阳（今属湖北）人。早年隐居家乡读书，开元十六年（728 年）赴长安应进士试落第，归乡后曾漫游吴、越、湘、赣等地。开元二十五年（737 年），张九龄为荆州长史，辟其为从事，不久辞归。开元二十八年（740 年），王昌龄游襄阳，孟浩然与之畅游欢甚，食鲜疾发而卒。孟浩然与张九龄、王维、裴朏、卢僎、裴总等为忘形之交。其诗多为山水行旅、田园隐逸之作，诗风冲淡自然，境界清远。与王维同为盛唐山水田园诗派的代表作家，世称“王孟”。有《孟浩然集》。

【注释】

[1]颜钱塘：指钱塘县令颜某，不详其名。古人习惯以地名称该地行政长官。钱塘：

旧县名，唐时县治在今浙江杭州市钱塘门内。樟亭：钱塘县城外的一个观潮亭子，今已不存。[2]迥（jiǒng）：远。[3]渤澥（xiè）：大海。

【诗解】

这是一首咏潮诗，写江潮奇景、观潮之感，用笔雄健壮丽，意境雄阔，让人有身临其境之感。

【思考与练习】

1．孟浩然的山水田园诗，艺术风格基调是清迥冲淡。但正如古人所说，他的诗“冲淡中有壮逸之气”（《唐音癸签》引《吟谱》语）。结合本诗，谈谈你对上述评价的理解。

2．与其他咏潮诗相比，这首咏潮诗有什么独特之处？

热海行送崔侍御还京[1]

岑　参

侧闻阴山胡儿语[2]，西头热海水如煮[3]。海上众鸟不敢飞，中有鲤鱼长且肥。
岸旁青草长不歇，空中白雪遥旋灭[4]。蒸沙烁石燃虏云[5]，沸浪炎波煎汉月[6]。
阴火潜烧天地炉[7]，何事偏烘西一隅[8]？势吞月窟侵太白[9]，气连赤坂通单于[10]。
送君一醉天山郭[11]，正见夕阳海边落。柏台霜威寒逼人[12]，热海炎气为之薄。

【作者简介】

岑参（715 年—769 年），原籍南阳（今属河南），迁居江陵（今属湖北）。出身仕宦家庭，早岁孤贫，遍读经史。20 岁至长安求仕不成，奔走京洛，漫游河朔。天宝三载（744 年）中进士。八载、十三载两次出塞任职。回朝后，任右补阙、起居舍人等职。大历年间官至嘉州刺吏，世称岑嘉州。后罢官，客死成都旅舍。事迹见《岑嘉州集序》《唐诗纪事》《唐才子传》。岑参为盛唐著名的边塞诗人，与高适齐名。其诗雄健奔放，想象奇特，色彩瑰丽，尤长于七言古诗。岑参善于写景，在景物中寄寓豪情壮志，想象奇特，感情饱满，推进了边塞诗的发展。

【注释】

[1]热海：伊塞克湖，又名大清池、咸海，今属吉尔吉斯斯坦，唐时属安西节度使领辖。崔侍御：未详。侍御，指监察御史。[2]侧闻：表示有所闻的谦词，等于说“从旁听说”。阴山：指西北边地的群山。胡儿：指西北边地少数民族子弟。[3]西头：西方的尽头。水如煮：湖水像烧开了一样。[4]遥旋灭：远远地很快消失。[5]烁：熔化金属。虏（lǔ）云：指西北少数民族地区上空的云。[6]汉月：汉时明月，说明月的永恒。[7]阴火：指地下的火。潜烧：暗中燃烧。天地炉：比喻天地宇宙。语出西汉贾谊《鵩鸟赋》：“天地为炉兮，造化为之；阴阳为炭兮，万物为铜。”[8]隅（yú）：角落。[9]吞：弥漫，笼罩。月窟（kū）：月生之地，指极西之地。太白：即金星。古时认为太白是西方之星，也是西方之神。[10]赤坂：山名，在新疆吐鲁番境内。单于：指单于都护府所在地区，今内蒙古大沙漠一带。[11]天山郭：天山脚下的城郭。[12]柏台：御史台的别称。汉时御史府种有柏树，后世因称御史台为柏台、柏府或柏署。因御史

纠察非法，威严如肃杀秋霜，所以御史台又有霜台之称。

【诗解】

《热海行送崔侍御还京》是唐代诗人岑参创作的一首送别诗，也是一首独具特色的边塞诗。诗人巧妙地将写景与送别相结合，运用大胆而奇特的想象、比喻、夸张的艺术手法将热海的奇异风光描写得生动形象。

【思考与练习】

1．作者在本诗中是如何表现边塞风光的？

2．比较一下本诗与其他送别诗的异同。

望庐山瀑布[1]

李　白

西登香炉峰，南见瀑布水[2]。挂流三百丈，喷壑数十里[3]。
欻如飞电来，隐若白虹起[4]。初惊河汉落，半洒云天里[5]。
仰观势转雄，壮哉造化功[6]。海风吹不断，江月照还空[7]。
空中乱潨射，左右洗青壁[8]；飞珠散轻霞，流沫沸穹石[9]。
而我乐名山，对之心益闲[10]；无论漱琼液，还得洗尘颜[11]。
且谐宿所好，永愿辞人间[12]。

【作者简介】

李白（701年—762年），字太白。祖籍陇西成纪（今甘肃省天水县），其先世隋末移居碎叶（今吉尔吉斯共和国境内），李白即出生于此。五岁时随父迁于绵州昌明县（今四川省江油市）青莲乡，因自号青莲居士。玄宗开元十三年（725年）出蜀漫游，踪迹遍及半个中国。玄宗天宝元年（742年）奉诏入京供奉翰林，天宝三载（744年）便被赐金放还，再度开始漫游生活。安史乱中，隐居庐山屏风叠，后应邀入永王李璘幕府，李璘事败，受累被判长流夜郎，行至巫山遇赦。晚年依族人李阳冰，代宗宝应元年（762年）卒于当涂（今安徽省当涂县）。李白是伟大的浪漫主义诗人，有“诗仙”之美誉，与杜甫并称“李杜”。他的思想兼有儒、道、侠、纵横等多家成分，以儒、道为主。李白的诗歌集中反映了自己的内心情感，也多方面反映了所处时代的现实和精神风貌，具有丰富的思想内涵。李白成功地创造性地运用一切浪漫主义的表现手法，其诗风雄奇奔放，俊逸清新，达到了内容与艺术的完美统一。在形式上能够成功地驾驭多种诗体，而以歌行和五言、七言绝句最为出色。今存诗一千余首，有《李太白集》。

李白集注本传世的有南宋杨齐贤《李太白诗注》二十五卷、明代胡震亨《李诗通》、清代王琦《李太白全集》等。今人的注本重要的有瞿蜕园、朱金城《李白集校注》等。中华书局出版的王琦注本，比较适合阅读。

【注释】

[1]庐山：又名匡山，中国名山之一。位于今江西省九江市北部的鄱阳湖盆地，在庐山区境内，耸立于鄱阳湖、长江之滨。[2]香炉峰：庐山北部名峰。南见：一作“南

望”。孟浩然《彭蠡湖中望庐山》：“香炉初上日，瀑水喷成虹。”[3]三百丈：一作“三千匹”。壑（hè）：坑谷。“喷壑”句：意谓瀑布喷射山谷，一泻数十里。[4]欻（xū）：欻忽，火光一闪的样子。飞电：空中闪电，一作“飞练”。隐若：一作“宛若”。白虹：一种出现在雾上的淡白色的虹。“欻如”二句：意谓快如闪电而来，隐似白虹而起。[5]河汉：银河，又称天河。一作“银河”。“半洒”句：一作“半泻金潭里”。[6]造化：大自然。[7]江月：一作“山月”。“江月”句：意谓瀑布在江月的映照下，显得更加清澈。[8]潨（zōnɡ）：众水汇在一起。“空中”二句：意谓瀑布在奔流过程中所激起的水花，四处飞溅，冲刷着左右青色的山壁。[9]穹（qiónɡ）石：高大的石头。[10]乐：爱好。乐名山：一作“游名山”。益：更加。闲：宽广的意思。[11]无论：不必说。漱：漱洗。琼液：传说中仙人的饮料，此指山中清泉。还得：但得，一作“且得”。尘颜：沾满风尘的脸。洗尘颜：喻指洗除在尘世中所沾染的污垢。[12]谐：谐和。宿：旧。宿所好：素来的爱好。“且谐”二句：一作“集谱宿所好，永不归人间”，又一作“爱此肠欲断，不能归人间”。

【诗解】

《望庐山瀑布二首》是唐代大诗人李白初次登庐山时所作。其一为五言古诗，其二为七言绝句。诗人寄情山水，借景抒情，把庐山瀑布写得壮美阔大。

【思考与练习】

1．这首诗体现了李白诗歌的什么特点？

2．龚自珍《最录李白诗》云：“庄、屈实二，不可以并；并之以为心，自白始。儒、仙、侠实三，不可以合；合之以为气，又自白始也。”结合本诗，谈谈你对这个评价的认识。

古风（其十）

李　白

齐有倜傥生，鲁连特高妙[1]。明月出海底，一朝开光曜。
却秦振英声，后世仰末照。意轻千金赠，顾向平原笑[2]。
吾亦澹荡人，拂衣可同调。

【注释】

[1]鲁连：鲁仲连，战国齐人，他说服魏与赵合力抗秦。[2]平原：即平原君，赵国重臣。

【诗解】

本诗通过盛赞战国名士鲁仲连说服魏赵合力抗秦的功绩和淡泊名利的品格来表达诗人自己的政治理想。

【思考与练习】

1．前人评此诗曰：“此托鲁连起兴以自比。”结合具体诗句，谈谈李白借鲁仲连表达了自己怎样的政治理想与人生理想？

2.“明月出海底，一朝开光曜”运用了什么修辞手法？表达了作者怎样的情感？

西岳云台歌颂丹丘子[1]

李　白

西岳峥嵘何壮哉！黄河如丝天际来[2]。黄河万里触山动，盘涡毂转秦地雷[3]。
荣光休气纷五彩，千年一清圣人在[4]。巨灵咆哮擘两山，洪波喷箭射东海[5]。
三峰却立如欲摧，翠崖丹谷高掌开[6]。白帝金精运元气[7]，石作莲花云作台。
云台阁道连窈冥[8]，中有不死丹丘生。明星玉女备洒扫，麻姑搔背指爪轻[9]。
我皇手把天地户，丹丘谈天与天语[10]。九重出入生光辉[11]，东来蓬莱复西归。
玉浆倘惠故人饮，骑二茅龙上天飞[12]。

【注释】

[1]西岳：即华山。丹丘子：即元丹丘，李白于安陆时所结识的一位道友，于颜阳、嵩山、石门山等处都有别业。李白与之情志相投、友谊深厚，赠诗也特多。这首诗是在公元744年（唐玄宗天宝三载）李白送别元丹丘赴华山作仙游时写的，当时李白四十四岁，已经被赐金放还，离开长安。[2]“西岳”两句：据《华山记》所载，从华山的落雁峰“俯眺三秦，旷莽无际。黄河如一缕水，缭绕岳下”。峥嵘：高峻的样子。[3]盘涡毂（gǔ）转：车轮的中心处称毂，这里形容水波急流，盘旋如轮转。[4]荣光休气：形容河水在阳光下所呈现的光彩，仿佛一片祥瑞的气象。千年一清：黄河多挟泥沙，古代以河清为吉祥之事，也以河清称颂清明的治世。圣人：指当时的皇帝唐玄宗。[5]“巨灵”两句：据《水经注·河水》引古语“华岳本一山，当河，河水过而曲行。河神巨灵，手荡脚踏，开而为两，今掌足之迹，仍存华岩。”[6]三峰：指落雁峰、莲花峰、朝阳峰。高掌：即仙人掌，华山的东峰。[7]白帝：神话中的五天帝之一，是西方之神。华山是西岳，故属白帝。道家以西方属金，故称白帝为西方之金精。慎蒙《名山诸胜一览记》：“李白诗‘石作莲花云作台’，今观山形，外罗诸山如莲瓣，中间三峰特出如莲心，其下如云台峰，自远望之，宛如青色莲花，开于云台之上也。”[8]阁道：栈道。窈冥：高深不可测。[9]麻姑：神话传说中的人物，传说为建昌人，东汉桓帝时应王方平之邀，降于蔡经家，年约十八九岁，能掷米成珠。自言曾见东海三次变为桑田。她的手像鸟爪，蔡经曾想象用它来搔背一定很好（见《神仙传》）。[10]我皇：指天帝。谈天：战国时齐人邹衍喜欢谈论宇宙之事，人称他是“谈天衍”。[11]九重：天的极高处。[12]“玉浆”两句：是说元丹丘或许能惠爱故人（自指），饮以玉浆，使他也能飞升成仙。《列仙传》说，仙人使卜师呼子先与酒家妪骑二茅狗（后变为龙）飞上华山成仙。玉浆：仙人所饮之浆。

【诗解】

这是唐代伟大的浪漫主义诗人李白写给友人元丹丘的一首歌行诗。这首诗吟颂的是黄河中游峡谷段的壮观景色，貌似游仙诗，实则咏物抒怀。全诗以浪漫的笔法，将奇伟的山水和优美的神话巧妙结合，加以丰富多姿的想象，把华山、黄河描绘得气象万千，雄伟无比。

【思考与练习】

1. 作者如何将神话传说与磅礴的激情融为一体的？

2. 结合本诗，谈谈你对李白浪漫主义诗歌风格的认识。

曲　江[1]

杜　甫

朝回日日典春衣[2]，每日江头尽醉归。
酒债寻常行处有，人生七十古来稀。
穿花蛱蝶深深见[3]，点水蜻蜓款款飞[4]。
传语风光共流转[5]，暂时相赏莫相违[6]。

【作者简介】

杜甫（712 年—770 年），字子美，巩县（今属河南）人，出身于一个世代“奉儒守官”的封建官僚家庭，是我国古代最伟大的爱国诗人之一。天宝三年（744 年）在洛阳与李白相识，结下了深厚友谊。天宝五年（746 年）赴长安应试落第，困顿京城十年。天宝十四年（755 年）四十四岁时，才被授予右卫率府胄曹参军的微职。安史乱起，在流离颠沛中被叛军所俘，后从长安只身逃奔凤翔，受任左拾遗。不久，被贬为华州司功参军。乾元二年（759 年），弃官西行，经关陇、秦州、同谷入蜀，定居成都浣花溪草堂。西川节度使严武荐举杜甫为节度参谋、检校工部员外郎，故世称杜工部。大历三年（768 年），携家出峡，漂泊于江陵、公安、岳州、衡阳一带。大历五年（770 年），病逝于湘水上的舟中。他的诗歌相当真实地反映了广阔的社会生活，充满着强烈的忧国忧民感情，被誉为“诗史”。杜甫善于从一切优秀文学传统中吸取营养并加以发扬光大，形成了“沉郁顿挫”的创作风格。有《杜少陵集》。

现存最早的杜诗本子是宋代王洙所编的《杜工部集》，最早的杜诗注本是南宋初年赵注本（已残，今人林继中有《杜诗赵次公先后解辑校》），其后注家越来越多，出现了所谓千家注杜诗的繁盛局面。建议阅读中华书局出版的仇兆鳌《杜诗详注》或人民文学出版社 1962 年版《杜甫诗选》。

【注释】

[1]曲江：又称曲江池，在长安城南朱雀桥之东，时称宜春院，汉称乐游苑。《太平寰宇记》中记载，因为其水曲折，又似广陵之江，所以得名。后来隋文帝观曲江池“水盛而芙蓉富”之景，又嫌曲江名不正，将曲江改名为芙蓉池，池岸东区为芙蓉园，唐代初芙蓉池恢复旧名，仍称曲江池。同时芙蓉园的名称得以保留。713 年—741 年期间（开元年间），唐玄宗引峪水入曲江黄渠，使得曲江水量剧增，其南有紫云楼、芙蓉苑，西有杏园、慈恩寺，另有夹城复道与兴庆宫、大明宫相通，两岸楼阁宫殿起伏连绵，成为当时长安城中最大的风景区。[2]朝（cháo）回：上朝回来。典春衣：典当衣物买醉。典，典当，变卖。春衣，春天穿的衣服。酒债寻常行处有：酒洒在衣服

上留下的污迹。“酒债”一作“酒渍”。行处，到处。[3]蛱蝶：蝴蝶。深深：在花丛深处。[4]款款：徐缓的样子。[5]传语：传话给。风光：春光。共流转：在一起逗留、盘桓。[6]相违：相互分开。

【诗解】

《曲江》是“联章诗”，共两首，是作者有感于暮春而作。作者将仕不得志与暮春之景相结合，既饱含着赏春、伤春、惜春、留春之情，也饱含着仕不得志的无限感慨，整首诗旨在言外，耐人寻味。

【思考与练习】

1．体会本诗景物描写的特点。

2．体会本诗旨在言外的特点。

望洞庭[1]

刘禹锡

湖光秋月两相和[2]，潭面无风镜未磨[3]。
遥望洞庭山水色[4]，白银盘里一青螺[5]。

【作者简介】

刘禹锡（772年—842年），唐代文学家、哲学家。字梦得，河南省洛阳人，有“诗豪”之称。刘禹锡贞元九年（793年）进士及第，初在淮南节度使杜佑幕府中任记室，为杜佑所器重，后从杜佑入朝，为监察御史。贞元末，与柳宗元、陈谏、韩晔等结交于王叔文，形成了一个以王叔文为首的政治集团。后历任朗州司马、连州刺史、夔州刺史、和州刺史、主客郎中、礼部郎中、苏州刺史等职。会昌时，加检校礼部尚书。卒年七十，赠户部尚书。刘禹锡诗文俱佳，涉猎题材广泛，与柳宗元并称“刘柳”，与韦应物、白居易合称“三杰”，并与白居易合称“刘白”，有《陋室铭》《竹枝词》《杨柳枝词》《乌衣巷》等名篇。哲学著作《天论》三篇，论述天的物质性，分析“天命论”产生的根源，具有唯物主义思想。有《刘梦得文集》，存世有《刘宾客集》。

【注释】

[1]洞庭：湖名，在今湖南省北部。[2]湖光：湖面的光芒。两：指湖光和秋月。和：和谐，指水色与月光融为一体。[3]潭面：指湖面。镜未磨：古人的镜子用铜制作、磨成。这里一说是湖面无风，水平如镜；一说是远望湖中的景物，隐约不清，如同镜面没打磨时照物模糊。[4]遥望洞庭山水色：一作“遥望洞庭山水翠”。[5]白银盘：形容平静而又清的洞庭湖面。青螺：这里用来形容洞庭湖中的君山。

【诗解】

《望洞庭》是唐代著名诗人刘禹锡遥望洞庭湖而作的一首山水小诗，明白如话而意味隽永。全诗纯然写景，既有描写的细致，又有比喻的生动。

【思考与练习】

1. 结合其他描写洞庭湖的诗歌，分析本首诗歌的写作特点。

2. 结合本诗，分析人与自然的关系。

梦　天[1]

李　贺

老兔寒蟾泣天色[2]，云楼半开壁斜白[3]。玉轮轧露湿团光[4]，鸾佩相逢桂香陌[5]。黄尘清水三山下[6]，更变千年如走马。遥望齐州九点烟[7]，一泓海水杯中泻[8]。

【作者简介】

李贺（790年—816年），字长吉，昌谷（今河南省宜阳县）人，唐皇室远支。因避家讳，不得参加进士科考试。曾官奉礼郎。年少失意，郁郁而死。他早岁工诗，受知于韩愈、皇甫湜。其诗尤长乐府，善于熔铸词采，驰骋想象，运用神话传说，创造出恢奇诡谲、璀璨多彩的鲜明形象，艺术上有显著的特色。但由于他生活孤独，性情冷僻，对广阔的现实缺乏深切的联系和感受，因而诗中带有阴暗低沉的消极色调。他作诗态度严肃，以苦吟著称。有《李长吉歌诗》。

【注释】

[1]梦天：梦游天上。[2]老兔寒蟾：神话传说中住在月宫里的动物。屈原《天问》中曾提到月中有兔。《淮南子·览冥训》中有后羿的妻子姮娥偷吃神药，飞入月宫变成蟾的故事。[3]“云楼”句：忽然云层变幻，月亮的清白色的光斜穿过云隙，把云层映照得像海市蜃楼一样。[4]“玉轮”句：月亮带着光晕，像被露水打湿了似的。[5]鸾佩：雕刻着鸾凤的玉佩，此代指仙女。[6]三山：指海上的三座神山蓬莱、方丈、瀛洲。[7]齐州：中州，即中国。《尚书·禹贡》言中国有九州。这两句说在月宫俯瞰中国，九州小得就像九个模糊的小点，而大海小得就像一杯水。[8]泓：量词，指清水一道或一片。

【诗解】

本诗通过梦游月宫来排遣个人苦闷，抒发对人事沧桑的深沉感慨。天上仙境环境清幽、生活宁静而人间人生短促、空间渺小。本诗想象丰富，构思奇妙，用比新颖，体现了李贺诗歌变幻诡谲的艺术特色。

【思考与练习】

1.《梦天》前四句是如何写漫游天空的？

2.《梦天》五六句写与仙女交谈中对黄尘清水（人间沧桑）的感慨。最后两句是诗人下望人世的景象，大唐的九州只是九点烟尘，东海就如同一杯倒翻的水。诗人的真实意图是什么？

暮秋独游曲江[1]

李商隐

荷叶生时春恨生[2]，荷叶枯时秋恨成。
深知身在情长在，怅望江头江水声[3]。

【作者简介】

李商隐（813年—858年），字义山，号玉溪生，又号樊南生。怀州河内（今河南省沁阳市）人。开成二年（837年）进士，授秘书省校书郎，补弘农尉。次年入泾原节度使王茂元幕府。当时牛（僧孺）李（德裕）党争激烈，李商隐被卷入漩涡，政治上受到排挤，此后一生在牛、李两党的倾轧中度过，困顿失意，潦倒终生。李商隐是晚唐最著名的诗人，与杜牧齐名，二人合称“小李杜”。与同时期的温庭筠风格相近，二人合称“温李”。李商隐在艺术上有杰出的成就，其中七律成就最高，其他五言、绝句、七古、五古等也多有名篇警句。他的诗秾艳绮丽，幽微含蓄，深情绵邈，寄托极深。善于用典故和神话传说，通过想象、联想和象征，构成丰富多彩的艺术形象。他的散文峭直刚劲，直抒胸臆；工本章奏典丽工整，才情富赡，善于表情达意，对后世影响也很大，被奉为四六文的金科玉律。有《李义山文集》。

【注释】

[1]曲江：即曲江池。在今陕西省西安市东南。唐代高适《同薛司直诸公秋霁曲江俯见南山作》：“南山郁初霁，曲江湛不流。”[2]春恨：春愁，春怨。唐代杨炯《梅花落》：“行人断消息，春恨几裴回。”生：一作“起”。[3]怅望：惆怅地看望或想望。唐代杜甫《咏怀古迹五首》之二：“怅望千秋一洒泪，萧条异代不同时。”

【诗解】

作者借曲江流水、曲江荷花抒写自己的爱情往事和人生遗恨。整首诗凄婉感伤，“深情绵邈”（刘熙载《艺概·诗概》）。

【思考与练习】

1. 李商隐诗歌的艺术特色是什么？
2. 你喜欢李商隐的诗歌吗？为什么？

第四节　宋代诗歌

偶　成

朱　熹

少年易老学难成，一寸光阴不可轻[1]。
未觉池塘春草梦[2]，阶前梧叶已秋声[3]。

【作者简介】

朱熹（1130年—1200年），字元晦，后改字仲晦，别号紫阳，又号晦庵。祖籍徽州婺源（今属江西），出生于南剑州尤溪（今福建省尤溪县），是南宋时期著名的思想家、教育家、诗人、哲学家。绍兴十八年（1148年）中进士，历仕高宗、孝宗、光宗、宁宗四朝，庆元六年卒。朱熹学识渊博，著述极丰，对经学、史学、文学、乐律乃至自然科学都有研究。朱熹著作中最重要、最有影响的，除《四书章句集注》外，当推《朱文公文集》《朱子语类》《朱子家礼》。朱熹也擅书法，名重一时。朱熹是宋代理学的集大成者，中国封建时代儒家的主要代表人物之一。他的学术思想，在中国元明清三代，一直是封建统治阶级的官方哲学，不仅深刻地影响了中国的传统思想文化，而且还远播海外，产生了相当大的影响。

【注释】

[1]轻：轻视，不重视。[2]未觉：未感觉到，不知不觉中。池塘春草梦：这是一个典故，源于《南史·谢方明传》，谢方明之子惠连，年十岁能属文，族兄灵运嘉赏之，云："每有篇章，对惠连辄得佳话。"尝于永嘉西堂四诗，竟日不就，忽梦见惠连，即得"池塘生春草"，大以为工。常云："此语神功，非吾语也。""池塘生春草，园柳变鸣禽"是谢灵运《登池上楼》中的诗句，后被赞誉为写春意的千古名句，此处活用其典，意谓美好的青春年华将很快消逝，如同一场春梦。[3]秋声：秋天萧瑟的声音。秋时西风作，草木凋零，多肃杀之声。

【诗解】

本诗主旨是劝诫年轻人应该珍惜时间，刻苦治学，用以劝人，也用于自警。本诗语言简洁明了、通俗易懂。

【思考与练习】

1．古往今来，劝学之诗不胜枚举，你还能列出其他的劝学之作吗？对你有什么启发？

2．分析本诗的艺术特色。

北　山[1]

王安石

北山输绿涨横陂[2]，直堑回塘滟滟时[3]。
细数落花因坐久，缓寻芳草得归迟[4]。

【作者简介】

王安石（1021年—1086年），北宋政治家、思想家、文学家。字介甫，晚号半山。抚州临川（今属江西）人。仁宗庆历进士。嘉佑三年（1058年）上万言书，提出变法主张，要求改变"积贫积弱"的局面，推行富国强兵的政策，抑制官僚地主的兼并，强化统治力量，以防止大规模的农民起义，巩固地主阶级的统治。神宗熙宁二年（1069年）任参知政事。次年任宰相，依靠神宗实行变法。并指挥收复西河等五州，改善对西夏作战的形势。因保守派反对，新法遭到阻碍。熙宁七年辞退。次年再相。九年再辞，还居江宁（今江苏南京），封舒国公，改封荆，世称荆公。卒谥文。

他强调“权时之变”，反对因循保守，是中国十一世纪的改革家。他主张“绝求正所以经世务”，设置专局，使子与门人纂修各经新义，以为诵习的定本。《诗》《书》《周官》三经新义最为重要，《周官新义》尤能阐发新政理论。他的诗文颇有揭露时弊、反映社会矛盾之作，体现了他的政治主张和抱负。散文雄健峭拔，被列为“唐宋八大家”之一。诗歌遒劲清新。词虽不多而风格高峻，《桂枝香·金陵怀古》颇有名。所著《字说》《钟山即事》等，多已散佚。今存《王临川集》《临川集拾遗》《三经新义》中的《周官新义》残卷、《老子注》若干条。

【注释】

[1]北山：即钟山，在金陵（今江苏南京）东郊，因山上有紫色页岩层，阳光照射呈紫金色，又称紫金山，主峰高498米，山势险峻。王安石晚年在那里隐居。[2]输：送。陂（bēi）：池塘。横陂：横塘。[3]直堑：直的护城河。回塘：弯曲的池塘。回，弯曲。滟滟：水光波动的样子。[4]得：可。

【诗解】

王安石晚年寓居于金陵钟山，潜心著述，创作了大量工致雅丽的绝句，表达了闲适散淡的心情。这首《北山》就写在此时。

【思考与练习】

1. 请分析首句中“输”字的妙处，并分析这首诗所蕴含的思想情感。

2. 王安石后期另外一首作品《悟真院》“野水纵横漱屋除，午窗残梦鸟相呼。春风日日吹香草，山北山南路欲无。”也深得读者喜爱，结合两首诗分析王安石后期诗歌的艺术特征。

登快阁[1]

黄庭坚

痴儿了却公家事[2]，快阁东西倚晚晴[3]。
落木[4]千山天远大，澄江[5]一道月分明。
朱弦已为佳人绝[6]，青眼聊因美酒横[7]。
万里归船弄[8]长笛，此心吾与白鸥盟[9]。

【作者简介】

黄庭坚（1045年—1105年），字鲁直，号山谷道人，晚号涪翁，洪州分宁（今江西省修水县）人，北宋著名文学家、书法家，是盛极一时的江西诗派开山之祖，与杜甫、陈师道和陈与义素有“一祖三宗”（黄庭坚为其中一宗）之称。与张耒、晁补之、秦观都游学于苏轼门下，合称为“苏门四学士”。生前与苏轼齐名，世称“苏黄”。著有《山谷词》，且黄庭坚书法也能独树一格，为“宋四家”之一。

【注释】

[1]快阁：在吉州泰和县（今属江西）东澄江（赣江）之上，以江山广远、景物清华著称。此诗作于元丰五年（1082年）作者任泰和令时。[2]痴儿了却公家事：意思是说，自己并非大器，只会敷衍官事。痴儿，作者自指。《晋书·傅咸传》载杨济与傅咸书云：“天下大器，非可稍了，而相观每事欲了。生子痴，了官事，官事未易了也，了事正作痴，复为快耳。”这是当时的清谈家崇尚清谈、反对务实的观点，认为一心想把官事办好的人是“痴”，黄庭坚这里反用其意，以“痴儿”自许。了却，完成。[3]东西：东边和西边。指在阁中四处周览。倚：倚靠。[4]落木：落叶。[5]澄江：指赣江。澄，澄澈，清澈。[6]“朱弦”句：《吕氏春秋·本味》“钟子期死，伯牙破琴绝弦，终身不复鼓琴，以为世无足复为鼓琴者。”朱弦：这里指琴。佳人：美人，引申为知己、知音。[7]“青眼”句：《晋书·阮籍传》“（阮）籍又能为青白眼，见礼俗之士，以白眼对之。及嵇喜来吊，籍作白眼，喜不怿而退。喜弟康闻之，乃赍酒挟琴造焉，籍大悦，乃见青眼。”青眼：黑色的眼珠在眼眶中间，青眼看人则是表示对人的喜爱、重视、尊重，指正眼看人。白眼指露出眼白，表示轻蔑。聊：姑且。[8]弄：演奏。[9]与白鸥盟：据《列子·黄帝》“海上之人有好沤（鸥）鸟者，每旦之海上从沤鸟游，沤鸟之至者，百住而不止。其父曰：‘吾闻沤鸟皆从汝游，汝取来吾玩之。’明日之海上，沤鸟舞而不下也。”后人以与鸥鸟盟誓表示毫无心机，这里是指无利禄之心，借指归隐。

【诗解】

《登快阁》是北宋文学家黄庭坚写的七律诗。此诗作于作者在太和令任上。百姓的困苦，官吏的素餐，使作者有志难展，于是产生孤独寂寞之感。因此诗虽写在开朗空阔的背景下忘怀得失的“快”意，但终因知音难觅而产生归欤之思。全诗先叙事，再写景，一气贯注，波荡生姿，结以弄笛盟鸥，余韵无穷，集中体现了诗人的审美趣味和艺术主张。

【思考与练习】

1. 这首诗表达了诗人多方面的感情，请结合全诗简要分析。

2. 黄庭坚为宋代江西诗派开山之祖。江西诗派以杜诗为宗，处处追摹。本诗的颔联与杜甫《登高》的颔联“无边落木萧萧下，不尽长江滚滚来”都写到了“落木”“江”这样相同的景物，但表达的意境却不尽相同。试分析其异同。

3. 有人说这首诗的意旨落脚在“归”字上，请结合全诗谈谈哪些地方体现了一个“归”字。

秋日偶成

程　颢

闲来无事不从容[1]，睡觉东窗日已红[2]。万物静观皆自得[3]，四时佳兴与人同[4]。

道通天地有形外，思入风云变态中。富贵不淫贫贱乐[5]，男儿到此是豪雄[6]。

【作者简介】

程颢（hào）（1032 年—1085 年），字伯淳，学者称明道先生。世居中山，后从开封徙河南（今河南洛阳）。程颢和其弟程颐曾学于周敦颐，世称“二程”，同为北宋理学的奠基者，其学说后为朱熹所继承和发展，世称“程朱学派”。其所亲撰有《定性书》《识仁篇》等，后人集其言论所编的著述书籍《遗书》《文集》等，皆收入《二程全书》。

【注释】

[1]从容：不慌不忙。[2]觉：醒。[3]静观：仔细观察。[4]四时：春、夏、秋、冬四季。[5]淫：放纵。[6]豪雄：英雄。

【诗解】

程颢是以理学为精神底蕴的“濂洛学派”代表人物，他的诗表现了主体意识进入宇宙万物中达到的物我一体的精神境界，反映了北宋理学家开朗明快的心理氛围和浪漫情调。诗歌中情感体验的最高境界是生命体验，而理学家的生命体验包含着对心性本体的内在观照。在观照生生之仁的同时，从自家心性里体会出自得之乐，这是理学生趣盎然的诗意所在。在物欲横流的时代读程颢的《秋日偶成》，颇有感触，世人当以“中和”修身、觉悟，努力进入“忙中闲”“闹中静”“富贵不骄淫”“贫贱能安乐”“超脱物外”“摒除浮躁”的境界，方能活得“我心处处自优游”。

【思考与练习】

1．这首诗反映了中国传统文化中的什么思想？
2．联系现实社会，谈谈这首诗歌带给你的启示。

梅花绝句

陆　游

闻道梅花坼晓风[1]，雪堆遍满四山中[2]。
何方可化身千亿[3]？一树梅花一放翁[4]。

【作者简介】

陆游（1125 年—1210 年），汉族，字务观，号放翁，越州山阴（今浙江绍兴）人，12 岁即能诗文，一生著述丰富，有《剑南诗稿》《渭南文集》等数十种存世。陆游具有多方面文学才能，尤以诗的成就为最。自言“六十年间万首诗”，今尚存九千三百余首。其中许多诗篇抒写了抗金杀敌的豪情和对敌人、卖国贼的仇恨，风格雄奇奔放，沉郁悲壮，洋溢着强烈的爱国主义激情，在思想上、艺术上取得了卓越成就，在生前即有“小李白”之称，不仅成为南宋一代诗坛领袖，而且在中国文学史上享有崇高地位，是我国伟大的爱国诗人，南宋四大家之一。他始终坚持抗金，在仕途上不断受到当权派的排斥打击。中年入蜀抗金，军事生活丰富了他的文学内容，作品吐露出万丈光芒。词作的量不如诗篇巨大，但和诗同样贯穿了“气吞残虏”的爱国主义精神，著有《放翁词》一卷、《渭南词》二卷。

【注释】

[1]闻道：听说。坼（chè）：裂开，这里是绽开的意思。坼晓风：（梅花）在晨风中开放。[2]雪堆：指梅花盛开像雪堆似的。[3]何方：有什么办法。千亿：指能变成千万个放翁（陆游号放翁，字务观）。[4]梅花：一作“梅前”。

【诗解】

《梅花绝句》是一组诗，共六首，嘉泰二年（1202 年）春作于山阴，陆游时年七十八岁。这首诗表现了诗人对笑傲寒风的梅花的爱慕之情，同时也借咏梅暗喻自己落寞孤高的情愫。

【思考与练习】

1. 陆游一生爱梅成痴，除了大量的咏梅诗外，还写有一首著名的咏梅词《卜算子·咏梅》，将二者比较阅读，谈谈诗与词的区别。

2. 宋代人皆有爱梅嗜好，结合本诗，谈谈你的理解。

第五节 词

浣溪沙

（敦煌曲子词）

五两竿头风欲平[1]，长风举棹觉船轻。柔橹不施停却棹，是船行。
满眼风波多闪烁[2]，看山恰似走来迎。仔细看山山不动，是船行。

【注释】

[1]五两：古代测风仪，用五两（一说八两）鸡毛制成，故名。系于高竿顶端，用来测占风向、风力。一说“五两”即“五里”，因为六朝以后，“两”“量”常常通用。风欲平：风力转弱。[2]闪烁：原作“陕汮”，音近而误。

【诗解】

这是敦煌曲子词中的一首，篇幅不长，却多变化。上片写启航、扬帆的经过，下片叙行船所见，借助行船及舟中人所见，以轻快的节奏，传达出船夫愉快的心情。

【思考与练习】

1. 找找其他的敦煌曲子词，结合本词，谈谈早期民间词的特点。

2. 比较敦煌曲子词与文人词的异同。

梦 江 南[1]

温庭筠

梳洗罢[2]，独倚望江楼[3]。过尽千帆皆不是[4]，斜晖脉脉水悠悠[5]。肠断白蘋洲[6]。

【作者简介】

温庭筠（812 年—866 年），晚唐著名词人。一作廷筠，又作庭云。本名岐，字飞卿，太原祁（今山西省祁县）人。唐代宰相温彦博后代。为人放荡不羁，性格倨傲，好讽刺权贵，为执政者所恶，屡试不第。曾为隋县尉及方城尉，终国子助教，后人因称“温助教”。温庭筠从青年时代即以才思敏捷、才情绮丽著称，辞章律赋擅名一时，与当世诗人李商隐并称“温李”，骈文则与李商隐、段成式齐名，三人皆排行十六，时号“三十六体”。诗风华艳，体现了晚唐诗的基本特色。温庭筠又精通音乐，能逐弦吹之音，为侧艳之词。是晚唐文人中第一个大量写词的人，为花间词派之鼻祖，对词的发展有很大影响。其词以秾艳绮丽之语，状隐约迷离之境，写惝恍怅惘之情，是传统香软词风的重要奠基者。对其词的评价，历来就有分歧，誉者认为其词全祖《离骚》，深美闳约，为唐词最高；贬者以为如画屏金鹧鸪，不出“绮怨”二字。有《金荃词》。

【注释】

[1]梦江南：又名“望江南”“忆江南”，原唐教坊曲名，后用为词牌名。段安节《乐府杂录》中写到“《望江南》始自朱崖李太尉（德裕）镇浙日，为亡妓谢秋娘所撰，本名《谢秋娘》，后改此名。”小令，单调二十七字，三平韵。[2]梳洗：梳头、洗脸、化妆等妇女的生活内容。[3]独：独自。望江楼：楼名，因临江而得名。[4]千帆：上千只帆船。帆：船上使用风力的布篷，又作船的代名词。皆：副词，都。[5]斜晖：日落前的日光。晖：阳光。脉脉：本作“眽眽”，凝视的样子。《古诗十九首》有“盈盈一水间，脉脉不得语”。后多用以示含情欲吐之意。[6]肠断：形容极度悲伤愁苦。白蘋（同“苹”）(pín)：水中浮草，色白。古时男女常采苹花赠别。洲：水边陆地。

【诗解】

这是一首写闺怨的小令，写的是思妇楼头，望人不归。全词表现了女主人公从希望到失望以致最后的“肠断”的感情，情真意切，语言精练含蓄而余意不尽，风格清丽自然，是温词中别具一格的精品。

【思考与练习】

1．作为花间派词人，温庭筠的词有什么特点？

2．本词被视为是温词中别具一格的精品，为什么？

菩 萨 蛮

韦 庄

人人尽说江南好[1]，游人只合江南老[2]。春水碧于天，画船听雨眠。垆边人似月[3]，皓腕凝霜雪[4]。未老莫还乡，还乡须断肠。

【作者简介】

韦庄（约 836 年—910 年），字端己，京兆杜陵（今陕西省西安市）人。中唐诗人韦应物四世孙。少孤贫力学，才敏过人。黄巢起义时，长时间流寓江南各地。唐昭宗乾宁元年（894 年）中进士，授校书郎。其后奉使人蜀，宣谕西川节度使王建，后留蜀为掌书记，并终身仕蜀。唐亡，力劝王建称帝，蜀之开国制度多出其手，官至吏部侍郎兼平章事（宰相）。蜀高祖武成三年八月，卒于成都，谥文靖。工诗能词，曾作长诗《秦妇吟》，时人称为“秦妇吟秀才”。词与温庭筠齐名，并称“温韦”。为花间词派代表作家。词风清丽，寓浓于淡。有《浣花集》。

【注释】

[1]江南好：白居易《忆江南》词首句为“江南好”。[2]游人：这里指飘泊江南的人，即作者自谓。合：应当。[3]垆边：指酒家。垆，旧时酒店用土砌成酒瓮卖酒的地方。《史记·司马相如列传》记载，司马相如妻卓文君长得很美，曾当垆卖酒：“买一酒舍，酤酒而令文君当垆。”[4]皓腕凝霜雪：形容双臂洁白如雪。霜雪：形容女子手腕白皙。

【诗解】

《菩萨蛮》是花间派词人韦庄避乱在南方写的一组词，共五首，主要歌颂江南水乡的景色和人物的秀丽以及对家乡的思念。

【思考与练习】

1. 词中从哪些方面写出了“江南好”？

2. 谈谈花间词派和婉约派的区别。

相见欢[1]

李　煜

林花谢了春红[2]，太匆匆。无奈朝来寒雨晚来风。
胭脂泪[3]，相留醉，几时重[4]。自是人生长恨水长东。

【作者简介】

李煜（937 年—978 年），初名从嘉，字重光，号钟隐。李璟第六子，901 年嗣位，史称南唐后主。即位后对宋称臣纳贡，以求偏安一方。生活上则穷奢极欲。975 年，宋军破金陵，他肉袒出降，虽封违命侯，实已沦为阶下囚。太平兴国三年七月卒。据宋人王至《默记》，盖为宋太宗赐牵机药所毒毙。他精于书画，谙于音律，工于诗文，词尤为五代之冠。前期词多写宫廷享乐生活，风格绮丽柔靡，还不脱“花间”习气；后期词反映亡国之痛，题材扩大，意境深远，感情真挚，语言清新，极富艺术感染力。后人将他与李璟的作品合辑为《南唐二主词》。

【注释】

[1]相见欢：此调原为唐教坊曲，又名《乌夜啼》《秋夜月》《上西楼》。三十六字，上片平韵，下片两仄韵两平韵。[2]谢：凋谢。[3]胭脂泪：指女子的眼泪。女子脸上搽有胭脂，泪水流经脸颊时沾上胭脂的红色，故云。[4]几时重：何时再度相会。

【词解】

这是李煜后期之作，作者寄景抒情，通过拟人和比喻，化抽象的愁绪和伤感之情为具体可见的物，将人生失意的无限怅恨、个体的生命体验寄寓在对暮春残景的描绘中，景中含情，寄情于景，给人绵长的感慨。

【思考与练习】

1．“自是人生长恨水长东”是什么意思？作者为什么要发出“自是人生长恨水长东”的感慨？

2．结合李煜前期词作，比较李煜词风的变化。

八声甘州

柳　永

对潇潇暮雨洒江天，一番洗清秋[1]。渐霜风凄紧，关河冷落[2]，残照当楼[3]。是处红衰翠减[4]，苒苒物华休[5]。惟有长江水，无语东流。

不忍登高临远，望故乡渺邈[6]，归思难收[7]。叹年来踪迹，何事苦淹留[8]。想佳人妆楼颙望[9]，误几回、天际识归舟[10]。争知我[11]，倚栏杆处，正恁凝愁[12]！

【作者简介】

柳永（约984年—约1053年），原名三变，字景庄，后改名柳永，字耆卿，因排行第七，又称柳七，福建崇安人，北宋著名词人，婉约派代表人物。

柳永出身官宦世家，少时学习诗词，有功名用世之志。咸平五年（1002年），柳永离开家乡，流寓杭州、苏州，沉醉于听歌买笑的浪漫生活之中。大中祥符元年（1008年），柳永进京参加科举，屡试不中，遂一心填词。景祐元年（1034年），柳永暮年及第，历任睦州团练推官、余杭县令、晓峰盐碱、泗州判官等职，以屯田员外郎致仕，故世称柳屯田。柳永是第一位对宋词进行全面革新的词人，也是两宋词坛上创用词调最多的词人。柳永大力创作慢词，将敷陈其事的赋法移植于词，同时充分运用俚词俗语，以适俗的意象、淋漓尽致的铺叙、平淡无华的白描等独特的艺术个性，对宋词的发展产生了深远影响。

【注释】

[1]对潇潇暮雨洒江天，一番洗清秋：写眼前的景象。潇潇暮雨在辽阔江天飘洒，经过一番雨洗的秋景分外清朗寒凉。潇潇，下雨声。一说雨势急骤的样子。一作“萧萧”，义同。清秋，清冷的秋景。[2]霜风：指秋风。凄紧：凄凉紧迫。关河：关塞与

河流，此指山河。[3]残照：落日余光。当：对。[4]是处：到处。红衰翠减：指花叶凋零。红，代指花。翠，代指绿叶。[5]苒苒（rǎn）：同“荏苒”，形容时光消逝，渐渐（过去）的意思。物华：美好的景物。休：这里是衰残的意思。[6]渺邈（miǎo）：远貌，渺茫遥远。一作“渺渺”，义同。[7]归思（旧读 sì，作心绪愁思讲）：渴望回家团聚的心思。[8]淹留：长期停留。[9]颙（yóng）望：抬头凝望。颙，一作“长”。[10]误几回：多少次错把远处驶来的船只当做心上人的归舟。语意出温庭筠《望江南》“过尽千帆皆不是，斜晖脉脉水悠悠，肠断白苹洲。”天际：指目力所能达到的极远之处。[11]争（zěn）：怎。处：这里表示时间。“倚栏杆处”即“倚栏杆时”。[12]恁（nèn）：如此。凝愁：愁苦不已，愁恨深重。凝，表示一往情深，专注不已。

【诗解】

《八声甘州·对潇潇暮雨洒江天》抒写了作者漂泊江湖、思乡念亲的愁思和仕途失意的悲慨，道出了封建社会知识分子怀才不遇的共同心声。全词融写景、抒情为一体，语浅而情深。

【思考与练习】

1. 这首词结构上有什么特点？
2. 结合本词，谈谈柳永在词的发展史上的贡献。

浣溪沙·游蕲水清泉寺

苏 轼

游蕲水清泉寺，寺临兰溪，溪水西流[1]。

山下兰芽短浸溪[2]，松间沙路净无泥，潇潇暮雨子规啼[3]。
谁道人生无再少？门前流水尚能西！休将白发唱黄鸡[4]。

【作者简介】

苏轼（1037 年—1101 年），字子瞻，又字和仲，号东坡居士，世称苏东坡、苏仙。北宋眉州眉山（今属四川省眉山市）人，祖籍河北栾城，北宋著名文学家、书法家、画家。嘉祐二年（1057 年），苏轼进士及第。宋神宗时曾在凤翔、杭州、密州、徐州、湖州等地任职。元丰三年（1080 年），因“乌台诗案”受诬陷被贬黄州任团练副使。宋哲宗即位后，曾任翰林学士、侍读学士、礼部尚书等职，并出知杭州、颍州、扬州、定州等地，晚年因新党执政被贬惠州、儋州。宋徽宗时获大赦北还，途中于常州病逝。宋高宗时追赠太师，谥号“文忠”。苏轼是宋代文学最高成就的代表，并在诗、词、散文、书、画等方面取得了很高的成就。其诗题材广阔，清新豪健，善用夸张比喻，独具风格，与黄庭坚并称“苏黄”；其词开豪放一派，与辛弃疾同是豪放派代表，并称“苏辛”；其散文著述宏富，豪放自如，与欧阳修并称“欧苏”，为“唐宋八大家”之一。苏轼也善书，为“宋四家”之一；工于画，尤擅墨竹、怪石、枯木等。有《东坡七集》《东坡易传》《东坡乐府》等传世。

【注释】

[1]蕲（qí）水：县名，在今湖北省浠水县，距黄州不远。当时苏轼因“乌台诗案”被贬任黄州（今湖北黄冈）团练副使。他常与医人庞安时（字安常）同游。《东坡志林》卷一云：“黄州东南三十里为沙湖，亦曰螺师店，予买田其间，因往相田得疾。闻麻桥人庞安常善医而聋，遂往求疗……疾愈，与之同游清泉寺。寺在蕲水郭门外里许，有王逸少洗笔泉，水极甘，下临兰溪，溪水西流。”[2]浸：泡在水中。[3]潇潇：形容雨声。潇潇，一作“萧萧”。子规：布谷鸟。无再少：不能回到少年时代。[4]白发：老年。唱黄鸡：感慨时光的流逝。因黄鸡可以报晓，表示时光的流逝。

【诗解】

这首词是公元 1082 年（宋神宗元丰五年）春三月，作者游蕲水清泉寺时所作，不仅描写了清泉寺幽雅的风景和环境，还抒发了执着人生、奋发自强的人生哲理。

【思考与练习】

1．在贬谪生活中，发出如此昂扬进取的爽健之音，体现出作者什么性格特点？

2．本词的艺术特点是什么？

水调歌头·黄州快哉亭赠张偓佺[1]

苏　轼

落日绣帘卷，亭下水连空。知君为我新作，窗户湿青红[2]。长记平山堂上[3]，欹枕江南烟雨[4]，杳杳没孤鸿。认得醉翁语[5]，山色有无中[6]。

一千顷，都镜净，倒碧峰[7]。忽然浪起，掀舞一叶白头翁[8]。堪笑兰台公子[9]，未解庄生天籁，刚道有雌雄[10]。一点浩然气，千里快哉风[11]。

【注释】

[1]水调歌头：词牌名，又名“元会曲”“台城游”“凯歌”“江南好”“花犯念奴”等。双调，九十五字，平韵（宋代也有用仄声韵和平仄混用的）。相传隋炀帝开汴河自制《水调歌》，唐人演为大曲，“歌头”就是大曲中的开头部分。快哉亭：在黄州的江边，张怀民修建。怀民名梦得，又字偓佺，当时也贬官在黄州，与苏轼的心境相同，二人交往密切。苏辙《黄州快哉亭记》：“清河张君梦得，谪居齐安，即其庐之西南为亭，以览观江流之胜，而余兄子瞻名之曰‘快哉’。”[2]湿青红：指漆色鲜润。[3]平山堂：宋仁宗庆历八年（1048 年）欧阳修在扬州所建，其景色“壮丽为淮南第一”（叶梦得《避暑录话》）。[4]欹枕：指卧着可以看望。[5]醉翁：欧阳修别号。[6]“山色”句：出自欧阳修《朝中措·平山堂》。[7]倒碧峰：碧峰倒影水中。[8]一叶：指小舟。白头翁：指老船夫。[9]“堪笑”三句：兰台公子，指战国楚辞赋家宋玉，相传曾作兰台令。他有《风赋》云：“楚襄王游于兰台之宫，宋玉、景差侍，有风飒然而至，王乃披襟而当之，曰：‘快哉此风，寡人所与庶人共者耶。’”宋玉回答说“大王之雄风”与“庶人之雌风”截然不同。庄生：战国时道家学者庄周。《庄子·齐物论》说，“人

籁”是吹奏箫笛等竹器的声音，“天籁”是发于自然的音响，即指风吹声。苏轼为亭命名“快哉”，即取自《风赋》“快哉此风”句；但他认为风是自然之物，本身不应有雌、雄之别，大家都可以享受。[10]刚道：“硬说”的意思。[11]“一点”两句：是说胸中有“浩然之气”，就会感受“快哉此风”。《孟子·公孙丑上》云“我善养吾浩然之气”，“其为气也，至大至刚，以直养而无害，则塞于天地之间。”指的是一种主观精神修养。

【诗解】

这首词又名《快哉亭作》，是苏轼贬官在黄州（今湖北黄冈）时所作，为其豪放词代表作之一。全词通过描绘快哉亭周围壮阔的山光水色，抒发了作者旷达豪迈的处世精神以及对视为同调的友人张偓佺的欣赏。

【思考与练习】

1．这首词运用了哪些典故？都什么含义？

2．有人将苏轼与柳永的词总结为“豪苏腻柳”，结合本词，谈谈你的看法。

永遇乐·元宵

李清照

落日熔金，暮云合璧，人在何处。染柳烟浓，吹梅笛怨[1]，春意知几许。元宵佳节，融和天气，次第岂无风雨[2]。来相召、香车宝马[3]，谢他酒朋诗侣。

中州盛日[4]，闺门多暇，记得偏重三五[5]。铺翠冠儿，捻金雪柳[6]，簇带争济楚[7]。如今憔悴，风鬟霜鬓，怕见夜间出去。不如向、帘儿底下，听人笑语。

【作者简介】

李清照（1084 年—约 1151 年），南宋著名女词人。号易安居士，齐州章丘（今属山东）人。父李格非为当时著名学者，夫赵明诚为金石考据家。早期生活优裕，与明诚共同致力于书画金石的搜集整理。金兵入据中原，流寓南方，明诚病死，境遇孤苦。所作词，前期多写其悠闲生活，后期多悲叹身世，情调感伤，有的也流露出对中原的怀念。形式上善用白描手法，自辟蹊径，语言清丽。论词强调协律，崇尚典雅、情致，提出词“别是一家”之说，反对以作诗文之法作词。并能诗，留存不多，部分篇章感时咏史，情辞慷慨，与其词风不同。有《易安居士文集》《易安词》，已散佚。后人有《漱玉词》辑本。今人有《李清照集校注》。

【注释】

[1]吹梅笛怨：梅，指乐曲《梅花落》，用笛子吹奏此曲，其声哀怨。[2]次第：这里是转眼的意思。[3]香车宝马：这里指贵族妇女所乘坐的、雕镂工致、装饰华美的车驾。[4]中州：即中土、中原。这里指北宋的都城汴京，今河南开封。[5]三五：十五日。此处指元宵节。[6]铺翠冠儿：以翠羽装饰的帽子。雪柳：雪白如柳叶之头饰，以素绢和银纸做成的头饰（参见《岁时广记》卷十一）。此二句所列举之物均为北宋元

宵节妇女时髦的装饰品。[7]簇带：簇，聚集之意。带即戴，加在头上谓之戴。济楚：美好、端整、漂亮。簇带、济楚均为宋时方言，意谓头上所插戴的各种饰物。

【诗解】

《永遇乐·元宵》是宋代女词人李清照晚年流寓临安时所作，作者伤今追昔，以今昔元宵的不同情景作对比，抒发了深沉的盛衰之感和身世之悲，并含蓄地表达了对南宋统治者苟且偷安的不满。

【思考与练习】

1．这首词如何写出时代变迁的？

2．结合李清照的前期词作，分析作者词风的差异。

行香子·七夕

李清照

草际鸣蛩，惊落梧桐[1]。正人间、天上愁浓。云阶月地，关锁千重[2]。纵浮槎来，浮槎去，不相逢[3]。

星桥鹊驾[4]，经年才见，想离情、别恨难穷。牵牛织女，莫是离中[5]。甚霎儿晴，霎儿雨，霎儿风[6]。

【注释】

[1]蛩（qióng）：蟋蟀。梧桐：从立秋起开始落叶，故称之为“一叶知秋”的树木。[2]云阶月地：云做阶梯月做地，指天宫。关锁：关卡封锁。重：《花草粹编》作“里”。[3]槎（chá）：即木筏。浮槎：指往来于海上和天河之间的木筏。“纵浮槎”三句：张华《博物志》记载，天河与海可通，每年八月有浮槎，来往从不失期。有人矢志要上天宫，带了许多吃食浮槎而往，航行十数天竟到达了天河。此人看到牛郎在河边饮牛，织女却在很遥远的天宫中。此三句系对张华上述记载的隐括，借喻词人与其夫的被迫分离之事。[4]星桥鹊驾：传说每年农历七月七日晚，有喜鹊在星河中搭桥，帮助牛郎织女相会。韩鄂《岁华纪丽》卷三引《风俗通》：“织女七夕当渡河，使鹊为桥。”[5]牵牛织女：二星宿名。《文选·曹丕〈燕歌行〉》：“牵牛织女遥相望。”李善注：《史记》曰“牵牛为牺牲，其北河鼓……婺女，其北织女，织女，天女孙也。”曹植《九咏》注曰：“牵牛为夫，织女为妇。织女、牵牛之星，各处一旁，七月七日得一会同矣。”莫是：莫非是，难道是。[6]甚霎（shà）儿：“甚”是领字，此处含有“正”的意思。霎儿：一会儿。

【诗解】

这首双调小令，托事言情，借牛郎织女的神话传说，写人间的离愁别恨，表现自己对离家远行的丈夫的深情怀念和对时局的忧虑，全词婉曲动人。

【思考与练习】

1．分析这首词的艺术特点。

2. 分析这首词的思想情感。

水调歌头

黄庭坚

瑶草一何碧[1]，春入武陵溪[2]。溪上桃花无数，枝上有黄鹂。我欲穿花寻路，直入白云深处，浩气展虹霓。只恐花深里，红露湿人衣[3]。

坐玉石，倚玉枕，拂金徽[4]。谪仙何处？无人伴我白螺杯[5]。我为灵芝仙草，不为朱唇丹脸，长啸亦何为[6]？醉舞下山去，明月逐人归。

【注释】

[1]瑶草：仙草。[2]武陵溪：在今湖南常德。此处代指世外桃源。[3]“只恐”二句：形容竹径花丛里仙露晶莹欲滴。[4]拂金徽：指弹琴。[5]“谪仙”二句：倾慕李白飘逸旷放，感叹缺少知音。[6]“我为”三句：写自己的志趣品格。愿为超尘的仙草，不做悦人趋时的妾妇。

【诗解】

此词为春行纪游之作，大约写于作者贬谪时期。全词情景交融，反映了词人出世、入世交相冲撞的人生观和孤芳自赏、不肯媚世以求荣的品格，体现了词人超轶绝尘、游于物外的审美理想。

【思考与练习】

1. 请简要分析“红露湿人衣”一句之韵味。
2. 这首词表现了词人怎样的情感？

贺新郎[1]

辛弃疾

老大那堪说[2]。似而今、元龙臭味[3]，孟公瓜葛[4]。我病君来高歌饮，惊散楼头飞雪[5]。笑富贵千钧如发[6]。硬语盘空谁来听[7]？记当时、只有西窗月。重进酒[8]，换鸣瑟[9]。

事无两样人心别。问渠侬[10]：神州毕竟，几番离合？汗血盐车无人顾[11]，千里空收骏骨[12]。正目断关河路绝[13]。我最怜君中宵舞[14]，道“男儿到死心如铁”。看试手[15]，补天裂[16]。

【作者简介】

辛弃疾（1140 年—1207 年），南宋词人。字幼安，号稼轩，历城（今山东济南）人。出生时山东已为金兵所占，二十一岁时曾聚众二千参加耿京的抗金起义军，二十三岁时决策南向，归于南宋朝廷。二十四岁被任命江阴（今属江苏）签判，此后又通判建康（今南京）、知滁州（今属安徽）。其间他曾上《美芹十论》于朝，献《九议》给宰相虞允文，力主抗金，并提出一整套计划，均未得到反响。叶衡为相，力荐辛弃疾慷慨有大略，历任江西提点刑狱、湖北转运使、治潭州（今湖南长沙）兼湖南安抚使、知隆兴府（今江西南昌）兼江西安抚使。任职期间，政绩卓著，并招集流亡，训练军队，不断为抗金复土大业作准备，后为当权者所忌，自四十三岁起长期落职闲居江西上饶、铅山一带。晚年又被起用，先后知绍兴府兼浙东安抚使、知镇江府。辛弃疾支持宰相韩侂胄北伐，但反对轻敌冒进，终于不被信任，再度被罢，不久病卒。

辛弃疾是一位民族英雄、伟大的爱国词人。其词抒写力图恢复国家统一的爱国热情，倾诉壮志难酬的悲愤，对南宋上层统治集团的屈辱投降进行揭露和批判；也有不少吟咏祖国河山的作品。艺术风格多样，而以豪放为主。热情洋溢，慷慨悲壮，笔力雄厚，与苏轼并称为“苏辛”。《破阵子·为陈同甫赋壮词以寄之》《永遇乐·京口北固亭怀古》《水龙吟·登建康赏心亭》《菩萨蛮·书江西造口壁》等均有名。但部分作品也流露出抱负不能实现而产生的消极情绪。现存词六百余首，有《稼轩词》。

【注释】

[1]贺新郎：词牌名，又名《金缕曲》《贺新凉》。[2]老大：年纪大。《乐府诗集·相和歌辞五·长歌行》：“少壮不努力，老大徒伤悲。”唐代白居易《琵琶行》：“门前冷落鞍马稀，老大嫁作商人妇。”那堪：“那”通“哪”，堪，能。堪当重任。[3]元龙臭味：陈登，字元龙。《三国志》卷七《魏书·陈登传》“后许汜与刘备并在荆州牧刘表坐，表与备共论天下人，汜曰：‘陈元龙湖海之士，豪气不除。’备谓表曰：‘许君论是非？’表曰：‘欲言非，此君为善士，不宜虚言；欲言是，元龙名重天下。’备问汜：‘君言豪，宁有事邪？’汜曰：‘昔遭乱过下邳，见元龙。元龙无客主之意，久不相与语，自上大床卧，使客卧下床。’备曰：‘君有国士之名，今天下大乱，帝主失所，望君忧国忘家，有救世之意，而君求田问舍，言无可采，是元龙所讳也，何缘当与君语？如小人，欲卧百尺楼上，卧君於地，何但上下床之间邪？’”[4]孟公瓜葛：陈遵，字孟公。《汉书·陈遵传》：“遵嗜酒，每大饮，宾客满堂，辄关门，取客车辖投井中。虽有急，终不得去。”瓜葛，指关系、交情。[5]楼头：楼上。唐代王昌龄《青楼曲》之一：“楼头小妇鸣筝坐，遥见飞尘入建章。”郭沫若《前茅·暴虎辞》：“猛虎在圈中，成群相聚处……楼头观者人如堵。”[6]钧：古代重量单位，合三十斤。发：头发，指像头发一样轻。[7]硬语盘空：形容文章的气势雄伟，矫健有力。韩愈《荐士》：“横空盘硬语，妥帖力排奡。”[8]进酒：斟酒劝饮，敬酒。[9]鸣瑟：即瑟。《史记·货殖列传》：“女子则鼓鸣瑟，跕屣，游媚贵富，入后宫，徧诸侯。”南朝梁江淹《丽色赋》：“女乃耀邯郸之躧步，媚北里之鸣瑟。”南朝梁简文帝《金錞赋》：“应南斗之鸣瑟，杂西汉之金丸。”[10]渠侬：对他人的称呼，指南宋当权者。渠，他。侬，你。均系吴语方言。[11]汗血盐车：汗血，汗血马。《汉书·武帝纪》应劭说：“大宛归有天马种，蹋石汗血，汗从前肩，髆出如血，号一日千里。”盐车，语出《战国策·楚策四》：“夫骥之齿至矣，服盐车而上太行，蹄申膝折，尾湛胕溃，漉汁洒地，白汗交流，中阪迁延，负辕不能上。”骏马拉运盐的车子，后以之比喻人才埋没受屈。[12]骏骨：典出《战国策》卷二十九《燕策一·燕昭王收破燕后即位》。战国时，燕昭王要招揽贤才，郭隗喻以“千金买骏骨”的故事。后以“买骏骨”指燕昭王用千金购千里马骨以求贤的故事，比喻招揽人才。[13]目断：纵目远眺。关河：即边塞、边防，指边疆。[14]怜：

爱惜，尊敬。中宵：半夜。[15]试手：大显身手。[16]补天裂：女娲氏补天。《补史记·三皇本纪》中写有“当其（女娲）末年也，诸侯有共工氏，任智刑以强霸而不王；以水乘木，乃与祝融战。不胜而怒，乃头触不周山崩，天柱折，地维缺。女娲乃炼五色石以补天……于是地平天成，不改归物。”

【诗解】

宋孝宗淳熙十五年（1188 年）冬，陈亮自浙江东阳来江西上饶北郊带湖访问作者。作者和陈亮纵谈天下大事，议论抗金复国，极为投契。陈亮在带湖住了十天，又同游鹅湖（山名，在江西省铅山县东北）。后来陈亮因朱熹失约未来紫溪（地名，在江西省铅山县南），匆匆别去。辛弃疾思念陈亮，曾先写《贺新郎》一首寄给陈亮。陈亮很快就和了一首《贺新郎·寄辛幼安和见怀韵》。辛弃疾见到陈亮的和词以后，再次回忆他们相会时的情景而写下了这首词。从时间上看，这首词可能作于淳熙十六年（1189 年）春天。

作者由岁月感叹、朋友之情、英雄情怀写到以天下为己任的报国之志，中间穿插神州分裂的现实、英雄被弃的悲愤、人生易老的感伤，最后以称道友人的心志、重整山河的豪情作结。整首词沉郁顿挫、悲壮沉雄、奋发扬厉，读来慷慨激昂、荡气回肠。

【思考与练习】

1．谭献《谭评词辩》评价此词曰：“裂竹之声，何尝不潜气内转。”结合本词，谈谈你对这个评价的理解。

2．王国维《人间词话》云：“东坡之词旷，稼轩之词豪。”谈谈你的理解。

虞美人·听雨[1]

蒋　捷

少年听雨歌楼上，红烛昏罗帐[2]。壮年听雨客舟中，江阔云低、断雁叫西风[3]。

而今听雨僧庐下，鬓已星星也[4]。悲欢离合总无情[5]，一任阶前、点滴到天明[6]。

【作者简介】

蒋捷，生卒年不详，字胜欲，号竹山，南宋词人，阳羡（今江苏宜兴）人，咸淳十年进士。宋亡不仕，抱节以终。长于词，与周密、王沂孙、张炎并称“宋末四大家”。其词多抒发故国之思、山河之恸，风格多样，而以悲凉清俊、萧寥疏爽为主。尤以造语奇巧之作，在宋季词坛上独标一格。有《竹山词》。

【注释】

[1]虞美人：著名词牌之一。唐教坊曲。一为五十六字，上下片各两仄韵，两平韵。一为五十八字，上下片各两仄韵，三平韵。[2]昏：昏暗。罗帐：古代床上的纱幔。[3]断雁：失群孤雁。[4]星星：白发点点如星，形容白发很多。左思《白发赋》：“星星白发，生于鬓垂。”[5]无情：无动于衷。[6]一任：听凭。

【词解】

《虞美人·听雨》由南宋词人蒋捷创作。这是一首描写羁旅他乡凄迷心境的词。字字锤炼，用句精巧，凄怆感伤。

【思考与练习】

1. 分析本词的艺术特点。

2. 写雨的诗词很多，如张志和的《渔歌子》、李商隐的《夜雨寄北》等，体会雨在不同词人笔下的不同特点。

木兰词·拟古决绝词柬友[1]

纳兰性德

人生若只如初见，何事秋风悲画扇[2]。等闲变却故人心，却道故人心易变[3]。

骊山语罢清宵半，泪雨霖铃终不怨[4]。何如薄幸锦衣郎，比翼连枝当日愿[5]。

【作者简介】

纳兰性德（1655 年—1685 年），清朝太傅明珠长子。原名成德，字容若，号楞伽山人，满洲正黄旗，清初著名词人。容若天资颖慧，博通经史，工书法，擅丹青，又精骑射。十七为诸生，十八举乡试，二十二岁殿试赐进士出身，后晋一等侍卫，受到皇帝宠信，常伴康熙出巡边塞。然与其人生志向不合，心情郁闷。三十一岁时因寒疾而殁。受汉族传统文化熏陶颇深，喜结交朝野文士。能诗文，尤以词著称。词作多抒写扈驾出巡之凄苦、与妻子别离之愁绪，以及“羁栖良苦”的人生感受，情感真切，出语自然，风格婉丽清新。在他生前刻本出版后产生过“家家争唱”的轰动效应。在他身后，纳兰被誉为“满清第一词人”“第一学人”，清家词话和学者均对他评价甚高，王国维赞曰：“以自然之眼观物，以自然之舌言情……北宋以来，一人而已。”有《饮水词》。

【注释】

[1]柬：给……信札。[2]“何事”句：用汉朝班婕妤被弃的典故。班婕妤为汉成帝妃，被赵飞燕谗害，退居冷宫，后有诗《怨歌行》，以秋扇闲置为喻抒发被弃之怨情。南北朝梁刘孝绰《班婕妤怨》诗又点明“妾身似秋扇”，后遂以秋扇见捐喻女子被弃。这里是说本应当相亲相爱，但却成了相离相弃。[3]故人：指情人。却道故人心易变，一作“却道故心人易变”。[4]“骊山”二句：借用唐明皇与杨玉环的爱情典故。《太真外传》载，唐明皇与杨玉环曾于七月七日夜，在骊山华清宫长生殿里盟誓，愿世世为夫妻。白居易《长恨歌》：“在天愿作比翼鸟，在地愿为连理枝。”对此作了生动的描写。后安史乱起，明皇入蜀，于马嵬坡赐死杨玉环。杨死前云：“妾诚负国恩，死无恨矣。”明皇此后于途中闻雨声、铃声而悲伤，遂作《雨霖铃》以寄哀思。这里借用此典说即使是最后作决绝之别，也不生怨。[5]“何如”二句：化用唐代李商隐《马嵬》诗中“如何四纪为天子，不及卢家有莫愁”之句意。薄幸：薄情。锦衣郎：指唐明皇。

【诗解】

道光十二年结铁网斋刻本《纳兰词》里看到词牌下边还有这样一个词题："拟古决绝词，柬友"，也就是说，这首词是模仿古乐府的决绝词，写给一位朋友的。现在一般认为这个朋友就是指容若公子的知己，当时另一位诗词大家顾贞观。一说纳兰性德的这首拟作是借用汉唐典故而抒发"闺怨"之情，以一个女子的口吻，抒写被丈夫抛弃的幽怨之情。

【思考与练习】

1. 词中运用了哪些典故？有什么意义？

2. 对本词的理解，有人说是讲爱情，有人说是讲友情，谈谈你的认识。

第六节　元曲

南吕·一枝花·不伏老

关汉卿

攀出墙朵朵花，折临路枝枝柳。花攀红蕊嫩，柳折翠条柔，浪子风流。凭着我折柳攀花手，直煞得花残柳败休。半生来折柳攀花，一世里眠花卧柳。

【梁州】我是个普天下郎君领袖，盖世界浪子班头。愿朱颜不改常依旧，花中消遣，酒内忘忧。分茶攧竹，打马藏阄；通五音六律滑熟，甚闲愁到我心头！伴的是银筝女银台前理银筝笑倚银屏，伴的是玉天仙携玉手并玉肩同登玉楼，伴的是金钗客歌《金缕》捧金樽满泛金瓯。你道我老也，暂休。占排场风月功名首，更玲珑又剔透。我是个锦阵花营都帅头，曾玩府游州。

【隔尾】子弟每是个茅草冈、沙土窝初生的兔羔儿乍向围场上走，我是个经笼罩、受索网苍翎毛老野鸡蹅踏的阵马儿熟。经了些窝弓冷箭镴枪头，不曾落人后。恰不道"人到中年万事休"，我怎肯虚度了春秋。

【尾】我是个蒸不烂、煮不熟、捶不扁、炒不爆响当当一粒铜豌豆，恁子弟每谁教你钻入他锄不断、斫不下、解不开、顿不脱慢腾腾千层锦套头。我玩的是梁园月，饮的是东京酒，赏的是洛阳花，攀的是章台柳。我也会围棋、会蹴鞠、会打围、会插科、会歌舞、会吹弹、会咽作、会吟诗、会双陆。你便是落了我牙、歪了我嘴、瘸了我腿、折了我手，天赐与我这几般儿歹症候，尚兀自不肯休。则除是阎王亲自唤，神鬼自来勾，三魂归地府，七魄丧冥幽，天那，那其间才不向烟花路儿上走！

【作者简介】

关汉卿（1219 年—1301 年），元代杂剧奠基人，元代戏剧作家，"元曲四大家"之首。晚号已斋（一说名一斋）、已斋叟。汉族，解州人（今山西省运城），其籍贯还有大都（今北京市）人、祁州（今河北省安国市）人等说，与白朴、马致远、郑光祖并称为"元曲四大家"。以杂剧的成就最大，今知有 67 部，现存 18 部，个别作品是否为他所作，无定论。最著名的是《窦娥冤》。关汉卿也写了不少历史剧，《单刀会》《尉迟恭单鞭夺槊》《西蜀梦》等，散曲今在小令40多首、套数10多首。他的散曲，内容丰富多彩，格调清新刚劲，具有很高的艺术价值。

【曲解】

这是关汉卿较有名的散套。详细地载叙了自己的生活、性格和爱好，对于了解关氏的生平、思想，具有重大的参考价值。《南吕·一枝花·不伏老》是作者的自白，体现出作者与黑暗社会决不妥协的斗争精神。这首带有自述心志性质的著名套曲，气韵深沉，语势狂放，在清澈见底的情感波流中极能见出诗人独特的个性，因而历来为人传颂，被视为关汉卿散曲的代表之作。

【思考与练习】

1. 结合关汉卿生平，谈谈此曲表现了关汉卿怎样的性格特点。
2. 作者表达情感时选择了哪些意象？

第七节　现当代诗歌

立在地球边上放号

郭沫若

无数的白云在空中怒涌，/啊啊！好幅壮丽的北冰洋的情景哟！/无限的太平洋提起他全身的力量来要把地球推倒。/啊啊！我眼前来了滚滚的洪涛哟！/啊啊！不断的毁坏，不断的创造，不断的努力哟！/啊啊！力哟！力哟！/力的绘画，力的舞蹈，力的音乐，力的诗歌，力的韵律哟！

【作者简介】

郭沫若（1892年11月16日—1978年6月12日），幼名文豹，原名郭开贞，字鼎堂，号尚武，是中国新诗的奠基人之一、中国历史剧的开创者之一、古文字学家、考古学家、社会活动家、甲骨学四堂之一、第一届中央研究院院士。1926年参加北伐，1927年参加了南昌起义，1928年2月因被国民党政府通缉，流亡日本，著有《中国古代社会研究》《甲骨文字研究》等重要学术著作，1958年9月兼任中国科学技术大学校长。主编作品有《中国史稿》和《甲骨文合集》，全部作品编成《郭沫若全集》38卷。1952年4月9日郭沫若获得“加强国际和平”斯大林国际奖。

【诗解】

《立在地球边上放号》出自诗集《女神》，是作者1919年九十月份之间的作品，主要是歌颂大自然，歌颂除旧布新的革命创造精神。

【思考与练习】

1.《立在地球边上放号》如何体现了“五四时期”狂飙突进的时代精神？
2. 结合本诗，体会《女神》的浪漫主义特色。

小　河

周作人

一条小河，稳稳地向前流动。
经过的地方，两面全是乌黑的土；
生满了红的花，碧绿的叶，黄的果实。
一个农夫背了锄来，在小河中间筑起一道堰[1]。
下流干了；上流的水被堰拦着，下来不得；
不得前进，又不能退回，水只在堰前乱转。
水要保他的生命，总须流动，便只在堰前乱转。
堰下的土，逐渐淘去，成了深潭。
水也不怨这堰，便只是想流动，
想同从前一般，稳稳地向前流动。
一日农夫又来，土堰外筑起一道石堰。土堰坍了[2]；
水冲着坚固的石堰，还只是乱转。
堰外田里的稻，听着水声，皱眉说道：
“我是一株稻，是一株可怜的小草，
我喜欢水来润泽我，
怯怕他在我身上流过。
小河的水是我的好朋友；
他曾经稳稳地流过我面前，
我对他点头，他向我微笑。
我愿他能够放出了石堰，
仍然稳稳地流着，
向我们微笑；
曲曲折折地尽量向前流着，
经过两面地方，都变成一片锦绣。
他本是我的好朋友，
只怕他如今不认识我了；
他在地底呻吟，
听去虽然微细，却又如何可怕！
这不你我的朋友平日的声音，
——被轻风搀着走上沙滩来时，
快活的声音。
我只怕他这回出来的时候，

不认识从前的朋友了，——
便在我身上大踏步过去；
我所以正在这里忧虑。”
田边的桑树，也摇头说：
“我生得高，能望见那条小河，——
他是我的好朋友，
他送清水给我喝，
使我能生肥绿的叶，紫红的桑葚。
他从前清澈的颜色，
现在变了青黑；
又是终年挣扎，脸上添许多痉挛的皱纹[3]。
他只向下钻，早没有工夫对我点头微笑；
堰下的潭，深过了我的根了。
我生在小河旁边，
夏天晒不枯我的枝条，
冬天冻不坏我的根。
如今只怕我的好朋友，
将我带到沙滩上，
伴着他卷来的水草。
我可怜我的好朋友，
但实在也为我自己着急。”
田里的草和虾蟆，听了两个的话，
也都叹气，各有他们自己的心事。
水只在堰前乱转；
坚固的石堰，还是一毫不摇动。
筑堰的人，不知到哪里去了。

【作者简介】

周作人（1885年1月16日—1967年5月6日），原名櫆寿（后改为奎绶），字星杓，又名启明、启孟、起孟，笔名遐寿、仲密、岂明，号知堂、药堂、独应等。是鲁迅（周树人）之弟，周建人之兄。浙江绍兴人。中国现代著名散文家、文学理论家、评论家、诗人、翻译家、思想家，中国民俗学开拓人，新文化运动的杰出代表。

历任国立北京大学教授、东方文学系主任，燕京大学新文学系主任、客座教授。新文化运动中是《新青年》的重要同人作者，并曾任“新潮社”主任编辑。“五四运动”之后，与郑振铎、沈雁冰、叶绍钧、许地山等人发起成立“文学研究会”；并与鲁迅、林语堂、孙伏园等创办《语丝》周刊，任主编和主要撰稿人。曾经担任北平世界语学会会长。

【注释】

[1]堰（yàn）：挡水的障碍物。[2]坍（tān）：倒塌。[3]痉挛（jìng luán）：指肌肉很强烈的收缩，人的意志不能控制肌肉的颤动。

【诗解】

《小河》写作于1919年1月，正是白话文诗创作方兴未艾之时。它的发表，给新文学带来不小的震动，胡适曾称它为“新诗中的第一首杰作”（《谈新诗》）。《小河》中共有三组关系，即“我”（稻子，桑树）、“河”和“农夫”（又称为“筑堰的人”），“我”对其他两者的态度，其实就是周作人内心世界真实的表达。他的内心世界主要表现在两点：一是矛盾的内心；二是忧愁之心，为自己忧愁，为他人忧愁，为革命忧愁，为前途和未来忧愁，更为国家社稷忧愁。

【思考与练习】

1. 诗歌中的筑堰人有什么深刻含义？
2. 周作人的《小河》被胡适称为“新诗的第一首杰作”，为什么？

太阳吟

闻一多

太阳啊，刺得我心痛的太阳！
又逼走了游子的一出还乡梦，
又加他十二个时辰[1]的九曲回肠！

太阳啊，火一样烧着的太阳！
烘干了小草尖头的露水，
可烘得干游子的冷泪盈眶？

太阳啊，六龙骖驾[2]的太阳！
省得我受这一天天的缓刑，
就把五年当一天跑完那又何妨？

太阳啊——神速的金乌[3]——太阳！
让我骑着你每日绕行地球一周，
也便能天天望见一次家乡！

太阳啊，楼角新升的太阳！
不是刚从我们东方来的吗？
我的家乡此刻可都依然无恙？

太阳啊，我家乡来的太阳！
北京城里的宫柳[4]裹上一身秋了罢？
唉！我也憔悴的同深秋一样！

太阳啊，奔波不息的太阳！
你也好像无家可归似的呢。
啊！你我的身世一样地不堪设想！

太阳啊，自强不息的太阳！
大宇宙许就是你的家乡罢。
可能指示我，我的家乡的方向？

太阳啊，这不像我的山川，太阳！
这里的风云另带一般颜色，
这里鸟儿唱的调子格外凄凉。

太阳啊，生命之火的太阳！
但是谁不知你是球东半的情热，
同时又是球西半的智光？

太阳啊，也是我家乡的太阳！
此刻我回不了我往日的家乡，
便认你为家乡，也还得失相偿。

太阳啊，慈光普照的太阳！
往后我看见你时，就当回家一次，
我的家乡不在地下乃在天上！

【作者简介】

闻一多（1899 年 11 月 24 日—1946 年 7 月 15 日），本名闻家骅，字友三，生于湖北省黄冈市浠水县，中国现代伟大的爱国主义者，坚定的民主战士，中国民主同盟早期领导人，中国共产党的挚友，新月派代表诗人和学者。1912 年考入清华大学留美预备学校。1916 年开始在《清华周刊》上发表系列读书笔记。1925 年 3 月在美国留学期间创作《七子之歌》。1928 年 1 月出版第二部诗集《死水》。1932 年闻一多离开青岛，回到母校清华大学任中文系教授。1946 年 7 月 15 日在云南昆明被国民党特务暗杀。

【注释】

[1]时辰：旧时的计时单位。一昼夜的十二分之一，等于两小时。[2]六龙骖驾：据传说，太阳神所乘之车驾以六龙，以羲和为御者。骖驾，驾驭。[3]金乌：太阳的代称。传说太阳中有三足乌。[4]宫柳：紫禁城周围的柳树。借以指代京城和祖国。

【诗解】

《太阳吟》是闻一多留学美国期间创作的一首著名诗歌。这首诗创作于 1922 年的秋天，后来收入作者的第一本诗集《红烛》之中。反映出作者强烈的爱国之情和刻骨的思乡之情。作为弱国的子民，诗人在大洋彼岸遭遇了许多苦难和屈辱。这首诗既是远方游子思念、赞美、眷恋祖国的一封情书，也是炎黄的后裔为捍卫民族尊严而战的一篇檄文。

【思考与练习】

1．把结尾“我的家乡不在地下乃在天上”改为“我的家乡不在地上乃在天上”，好不好？

2．闻一多的《太阳吟》与余光中的《乡愁》相比较，有哪些相同点？又有哪些不同点？

沪杭车中[1]

徐志摩

匆匆匆！催催催！
一卷烟，一片山，几点云影，
一道水，一条桥，一支橹声[2]，
一林松，一丛竹，红叶纷纷：
艳色的田野，艳色的秋景，
梦境似的分明，模糊，消隐，——
催催催！是车轮还是光阴？
催老了秋容，催老了人生！

【作者简介】

徐志摩（1897 年 1 月 15 日—1931 年 11 月 19 日），现代诗人、散文家。原名章垿，字槱森，留学英国时改名志摩。曾经用过的笔名有南湖、诗哲、海谷、谷、大兵、云中鹤、仙鹤、删我、心手、黄狗、谔谔等。徐志摩是新月派代表诗人，新月诗社成员。

1915 年毕业于杭州一中，先后就读于上海沪江大学、天津北洋大学和北京大学。1918 年赴美国克拉克大学学习银行学。十个月即告毕业，获学士学位，得一等荣誉奖。同年，转入纽约的哥伦比亚大学的研究院经济系。1921 年赴英国留学，入剑桥大学当特别生，研究政治经济学。在剑桥两年深受西方教育的熏陶及欧美浪漫主义和唯美派诗人的影响，奠定其浪漫主义诗风。1923 年成立新月社。1924 年任北京大学教授。1926 年任光华大学（西南财经大学前身）、大夏大学（华东师范大学前身）和南京中央大学（1949 年更名为南京大学）教授。1930 年辞去了上海和南京的职务，应胡适之邀，再度任北京大学教授，兼北京女子师范大学教授。1931 年 11 月 19 日因飞机失事罹难。代表作品有《再别康桥》《翡冷翠的一夜》等。

【注释】

[1]此诗作于 1923 年 10 月 30 日，发表于 1923 年《小说月报》第 14 卷第 11 号，原名《沪杭道中》。后收入《志摩的诗》，改题《沪杭车中》。沪：上海。[2]橹（lǔ）：拨水使船前进的工具，置于船边，比桨长，用于摇动。

【诗解】

徐志摩以车为象征，将沪杭车这一具体事物及“催”与“匆”同声同义不同态的拟声词巧妙运用，用极其简洁的文字再现了时光匆匆的身姿。它以诗歌所特有的语言让我们感受到了时间的紧迫和无情。

【思考与练习】

1．本诗表现了诗人怎样的感慨？结合朱自清的散文《匆匆》，谈谈你对时间的理解。

2．以第一小节为例，任选一个角度说说本诗在艺术手法上的妙处。

我爱这土地

艾　青

假如我是一只鸟，
我也应该用嘶哑的喉咙歌唱：
这被暴风雨所打击着的土地，
这永远汹涌着我们的悲愤的河流，
这无止息地吹刮着的激怒的风，
和那来自林间的无比温柔的黎明……
——然后我死了，
连羽毛也腐烂在土地里面。
为什么我的眼里常含泪水？
因为我对这土地爱得深沉……

【作者简介】

艾青（1910 年—1996 年），现代诗人。本名蒋正涵，号海澄，曾用笔名莪加、克阿、林壁等。浙江金华人。新中国成立后，曾担任《人民文学》副主编、全国文联委员等职，1985 年获法国文学艺术最高勋章。成名作《大堰河——我的保姆》，著有《大堰河》《北方》《向太阳》《黎明的通知》《归来的歌》等诗集、论文集《诗论》、长篇小说《绿洲笔记》等。

【诗解】

《我爱这土地》是现代诗人艾青于 1938 年写的一首现代诗。这首诗以鸟的形象自比，用“嘶哑”形容鸟儿歌唱得投入与忘我，由鸟儿歌唱的内容抒写面对苦难现实的悲愤，由鸟儿死后魂归大地抒写对祖国始终不渝、至死不改的深沉情感。诗歌直抒胸臆，感人肺腑。

【思考与练习】

1. 结合具体诗句，谈谈本诗的“土地”意象。
2. 分析本诗的艺术特色。

桂林山水歌（节选）

贺敬之

云中的神呵，雾中的仙，
神姿仙态桂林的山！
情一样深呵，梦一样美，
如情似梦漓江的水！
水几重呵，山几重？
水绕山环桂林城……
是山城呵，是水城？
都在青山绿水中……
呵！此山此水入胸怀，
此时此身何处来？
……黄河的浪涛塞外的风，
此来关山千万重。
马鞍上梦见沙盘上画：
“桂林山水甲天下”……
呵！是梦境呵！是仙境？
此时身在独秀峰[1]！
心是醉呵，还是醒？
水迎山接入画屏！
画中画——漓江照我身千影，
歌中歌——山山应我响回声……
招手相问老人山[2]，
云罩江山几万年？
——伏波山下还珠洞[3]，
室珠久等叩门声……
鸡笼山一唱屏风开[4]，

绿水白帆红旗来！
大地的愁容春雨洗，
请看穿山明镜里[5]——
呵！桂林的山来漓江的水——
祖国的笑容这样美！

【作者简介】

贺敬之，现代著名诗人和剧作家。1924 年生，山东枣庄市峄县人。15 岁参加抗日救国运动，16 岁到延安入鲁迅艺术学院文学系，17 岁入党。1945 年和丁毅执笔集体创作我国第一部新歌剧《白毛女》，获 1951 年斯大林文学奖。著有诗集《放歌集》《贺敬之诗选》、评论集《贺敬之文艺论集》、抒情短诗《回延安》、长诗《放声歌唱》《雷锋之歌》《中国的十月》等。

【注释】

[1]独秀峰：在桂林市中心，孤峰一柱，拔地而起。[2]老人山：在桂林市区，因其形状得名。[3]还珠洞：有老龙谢情还珠的神话，本诗转意借用。[4]鸡笼山：在桂林市区，因其形状得名。[5]穿山：在桂林市南郊，峰顶有巨大圆形洞口，洞穿露天，状似明镜高悬。

【诗解】

《桂林山水歌》既是一首优美的山水诗，又是一曲深情的祖国颂。诗人通过对桂林山水的讴歌，礼赞了伟大的祖国和英雄的人民，体现出强烈的爱国主义情怀和自豪之情。本诗具有浓郁的民歌风味，语言自然，音韵和谐。

【思考与练习】

1．诗歌的节选内容重点围绕哪两个字展开描写桂林风光的？请认真分析并写出景致的名称。

2．新中国刚刚成立后，诗坛掀起了一股“颂诗”潮，结合当时的时代背景，请认真分析本诗所蕴含的思想内容。

惠安女子[1]

舒　婷

野火在远方，远方
在你琥珀色的眼睛里
以古老部落的银饰
约束柔软的腰肢
幸福虽不可预期，但少女的梦
蒲公英一般徐徐落在海面上

啊，浪花无边无际
天生不爱倾诉苦难
并非苦难已经永远绝迹
当洞箫和琵琶在晚照中
唤醒普遍的忧伤
你把头巾一角轻轻咬在嘴里
这样优美地站在海天之间
令人忽略了：你的裸足
所踩过的碱滩和礁石
于是，在封面和插图中
你成为风景，成为传奇

【作者简介】

舒婷，女，原名龚佩瑜，1952 年出生于福建石码镇，从小随父母定居于厦门，1969 年下乡插队，1972 年返城当工人，1979 年开始发表诗歌作品，1980 年至福建省文联工作，从事专业写作。舒婷的诗歌在自我情感律动的内省，情感的复杂、细致、丰富、微妙方面独树一帜。同时，舒婷常常能够在一些容易被人们漠视的常规现象中发现尖锐深刻的诗化哲理，并把这种发现写得既富有思辩力量，又楚楚动人。舒婷和同代人北岛、顾城、梁小斌等以迥异于前人的诗风，在中国诗坛上掀起了一股“朦胧诗”大潮。1980 年获全国中青年优秀诗歌作品奖，1993 年获庄重文文学奖。代表作品有《致橡树》《祖国啊，我亲爱的祖国》《神女峰》《惠安女子》《这也是一切》等。出版诗集《双桅船》《舒婷顾城抒情诗选》《会唱歌的鸢尾花》等，散文集《心烟》《硬骨凌霄》等。

【注释】

[1]惠安女子是我国福建省惠安县沿海几个村镇汉民族妇女群体，那儿的男子长年漂泊在海上，“留守”几乎是所有惠安女子的现实处境。但长期以来她们一直默默隐忍了生活的苦涩，以勤劳、温良、孝顺呼应着传统文化期待。

【诗解】

舒婷以女性的情感体验和悲悯的情怀抒写了福建惠安女子的辛苦、忍耐、温柔，表现出作者对弱势女性群体的关注、理解和同情。作者在质疑现代眼光对惠安女子误解的同时，呼吁更多的人从更高的起点、更深更广的角度去正确对待这群女性，提高她们的地位，改变她们的命运。

【思考与练习】

1.《惠安女子》显示了诗人善于从客观生活中提炼诗歌意象的能力。请你撷取诗中的意象，描述诗中所表现的情景。

2．有人说诗的最后一句“于是，在封面和插图中/你成为风景，成为传奇”揭示了惠安女子的优美形象和真实命运，请谈谈你对这一评价的理解。

苹 果 树

蓝海文

我是
中国的苹果树
以东方的精神
做我硕大的支柱
身上虽然有些
西方的枝叶
是枫是荷
是苹是桃
都在一树里成熟

东风里
唱过之乎者也
西风中
唱过阿弥陀佛

我的血液
充满神奇
谁与我接触
都要归化我族

我的根
既深且广
向纵深
向四方
吸取我需要的
物质

我是
中国的苹果树
环游了世界
终于回到中土

东海的空气稀薄
南海的土壤干枯
西海的水分太咸
北海的阳光有毒

还是自己的水土
舒服

【作者简介】

蓝海文，又名蓝田，文学博士，世界华文诗人协会会长、香港诗人协会会长、《世界中国诗刊》社长兼主编、同济大学客座教授，是当代中国新古典主义诗歌运动的倡导者。

【诗解】

《苹果树》是一首咏物而不滞于物的别具一格的咏物诗。它以“中国的苹果树”为中心意象，具体描写它的枝叶、根部及其生长习性，又由此展开丰富的艺术联想，采用拟人化的手法，让苹果树在东风、西风中吟唱。它“环游了世界”，方知东海的空气、南海的土壤、西海的水分、北海的太阳均不适于自己生长，“终于回到中土”。“苹果树”实为我国传统文化的象征，它的环游过程暗示着中国的新诗创作不能全盘西化，它可以向西方吸取某些需要的物质，但仍植根于本民族的土壤，要走自己的道路，将传统与现代有机结合。诗人在《我们对“新古典主义”的看法》一文中指出：“我们的‘新古典主义’，在于强调民族的自尊心，在于重振民族精神，在于强调我们的新诗是‘中国的’。我们强调，吸取中华文化传统的精华，把传统过滤、消化为养分，而以现代的语言、现代的表现方法，写‘典雅的’‘中国的’新诗。”《苹果树》一诗正是对诗人这种诗学主张的有力诠释。

【思考与练习】

1. 本诗的艺术特点是什么？
2.《苹果树》为什么被视为是中华传统文化的赞歌？

等你，在雨中

余光中

等你，在雨中，在造虹的雨中
蝉声沉落，蛙声升起
一池的红莲如火焰，在雨中[1]
你来不来都一样，竟感觉
每朵莲都像你
尤其隔着黄昏，隔着这样的细雨
永恒，刹那，刹那，永恒
等你，在时间之外，在时间之内，等你
在刹那，在永恒
如果你的手在我的手里，此刻
如果你的清芬
在我的鼻孔，我会说，小情人

诺，这只手应该采莲，在吴宫
这只手应该
摇一柄桂桨，在木兰舟中[2]
一颗星悬在科学馆的飞檐
耳坠子一般地悬着
瑞士表说都七点了
忽然你走来
步雨后的红莲，翩翩，你走来
像一首小令
从一则爱情的典故里你走来
从姜白石的词里，有韵地，你走来[3]

【作者简介】

余光中，1928 年出生于南京，祖籍福建永春。余光中一生从事诗歌、散文、评论、翻译，至今驰骋文坛已逾半个世纪，涉猎广泛，被誉为“艺术上的多妻主义者”。其文学生涯悠远、辽阔、深沉，为当代诗坛健将、著名批评家、优秀翻译家。代表作有《白玉苦瓜》《记忆像铁轨一样长》。

【注释】

[1]红莲：典出乐府诗《江南》，原诗为“江南可采莲，莲叶何田田。鱼戏莲叶间。鱼戏莲叶东，鱼戏莲叶西，鱼戏莲叶南，鱼戏莲叶北。”吴宫：原指吴国的宫廷，这里泛称江南，因江南可采莲。[2]桂桨：以桂木为桨，语出楚辞。木兰舟：用木兰树所造的船。《述异记》：“木兰洲在浔阳江中，多木兰树。昔吴王阖闾植木兰于此，用构宫殿也。七里洲中有鲁班刻木兰为舟，舟至今在洲中。”桂桨与木兰舟都是说舟楫的华美典雅。[3]姜白石：南宋人，原名姜夔，字尧章，号白石道人，工诗词，精音律。

【诗解】

《等你，在雨中》是余光中爱情诗歌的代表作。诗作名曰“等你”，但全诗只字未提“等你”的焦急和无奈，而是别出心裁地状写“等你”的幻觉和美感。

【思考与练习】

1. 分析本诗的艺术特点。
2. 本诗运用了哪些意象？

七律·人民解放军占领南京[1]

毛泽东

钟山[2]风雨起苍黄[3]，百万雄师过大江。虎踞龙盘今胜昔[4]，天翻地覆慨而慷[5]。
宜将剩勇追穷寇[6]，不可沽名学霸王[7]。天若有情天亦老[8]，人间正道是沧桑[9]。

【作者简介】

毛泽东（1893 年 12 月 26 日—1976 年 9 月 9 日），字润之（原作咏芝，后改润芝），笔名子任。湖南湘潭人。伟大的无产阶级革命家、政治家、军事家，开国领袖，被人们尊称为“毛主席”，是领导中国人民彻底改变自己命运和国家面貌的一代伟人，是马克思主义中国化的伟大开拓者，他对马克思列宁主义的发展、军事理论的贡献以及对共产党的理论贡献被称为毛泽东思想。毛泽东被视为现代世界历史中最重要的人物之一，《时代》杂志也将他评为 20 世纪最具影响的 100 人之一。同时，毛泽东精通古典诗词，擅长书法，是优秀的文学家、书法家。贺敬之评述毛泽东诗词时曾这样说：“毛泽东诗词以其前无古人的崇高优美的革命感情、遒劲伟美的创造力量、超越奇美的艺术思想、豪华精美的韵调辞采，形成了中国悠久的诗史上风格绝殊的新形态的诗美，这种瑰奇的诗美熔铸了毛泽东的思想和实践、人格和个性。”

【注释】

[1]1949 年 4 月 22 日，人民解放军解放了国民党盘踞了 22 年的南京。为了纪念这个伟大的日子，毛泽东满怀豪情挥笔写成此篇。[2]钟山：《江南通志》中写到“钟山在江宁府东北，一曰金陵山，一曰蒋山，一名北山，一名元武山，俗名紫金山。周围六十里，高一百五十丈。诸葛亮对吴大帝云：钟山龙蟠，指此。”此处用作南京的代语。[3]苍黄：有两解，一是同“仓皇”，慌张，匆忙，急遽失措貌；二是变化翻覆的意思。《墨子·所染篇》中“墨子见染丝者而叹曰：染于苍则苍，染于黄则黄，所入者变，其色亦变。”后因此比喻变化不定，反复无常，并引申为天翻地覆。此苍黄就是仓皇，即突然的意思。[4]虎踞（jù）龙盘：形容地势优异。三国时诸葛亮看到吴国都城建业（今南京市南）的地势曾说：“钟山龙蟠，石头虎踞，此帝王之宅。”（见《太平御览》引《吴录》）石头即石头山，在今南京市西。[5]慨（kǎi，即凯）而慷：感慨而激昂。曹操《短歌行》：“慨当以慷”。[6]宜将剩勇追穷寇：剩勇，形容人民解放军（三大战役大量歼灭国民党部队后）过剩的勇气。穷寇，走投无路的敌人。《后汉书·皇甫嵩传》中写到“兵法（指《司马兵法》），穷寇勿追。”这里反其意而为之，号召将革命进行到底，把敌人坚决、彻底、干净、全部地歼灭掉，不要留下后患。[7]沽（gū）名：用某种手段猎取名誉。霸王：指项羽。项羽（曾自封西楚霸王）和刘邦（后来的汉高祖）同时起兵反秦。刘邦先据秦都咸阳拒项羽。项羽歼灭了秦兵主力，拥四十万大军入咸阳。他当时为了避免“不义”之名，没有利用兵力优势消灭刘邦，后来反被刘邦所消灭。[8]天若有情天亦老：借用唐代诗人李贺《金铜仙人辞汉歌》中的诗句，原诗说的是汉武帝制作的极贵重的宝物金铜仙人像，在三国时被魏明帝由长安迁往洛阳的传说。原句的意思是，对于这样的人间恨事，天若有情，也要因悲伤而衰老。这里是说，天若有情，见到国民党反动统治的黑暗残酷，也要因痛苦而衰老。[9]人间正道是沧桑：人间正道，社会发展的正常规律。沧桑，沧海（大海）变为桑田，这里比喻革命性的发展变化。古代神话中，女仙麻姑对另一仙人王方平说，他们相见以来，东海已经三次变为桑田（见葛洪《神仙传》）。

【诗解】

《七律·人民解放军占领南京》是对国民党中央政府所在地南京获得解放这一改天换地的历史性胜利的热情讴歌。作品展现了一个伟大革命家、战略家的历史豪情和昂扬自信。全诗用典灵活，风格豪放，笔意雄奇，意境广阔深远，饱含哲理。

【思考与练习】

1. 分析本词的艺术特色。

2. 词中用了什么典故？有什么意义？

浪淘沙·北戴河[1]

毛泽东

大雨落幽燕[2]，白浪滔天[3]，秦皇岛外打鱼船[4]。一片汪洋都不见[5]，知向谁边[6]？

往事越千年[7]，魏武挥鞭[8]，东临碣石有遗篇[9]。萧瑟秋风今又是[10]，换了人间[11]。

【注释】

[1]浪淘沙：词牌名。北戴河：地名，现属于河北秦皇岛市所辖的一个区，在河北秦皇岛的渤海边，是旅游胜地。[2]幽燕：指今天河北、北京一带。幽指幽州，燕指燕国。[3]滔天：形容水势很大，大到好像与天连接起来一样。[4]秦皇岛：三面环海，是渤海湾一个不冻良港，现已设为市，相传秦始皇求仙曾到此，它因此得名。[5]汪：指水势大，深且阔。[6]谁边：哪边，何处。[7]往事：过去的事，这里指公元 207 年（建安十二年）曹操东征乌桓（古代部族名）经过碣石山时写下《观沧海》一诗之事。越：越过。千年：只是一个大概数，实际已一千七百多年。[8]魏武：即曹操。曹操死后，他的儿子曹丕当上皇帝追封他为魏武帝。挥鞭：原指挥鞭策马，这里指骑马出征。[9]碣石：碣石是古代山名，位于现今何处，目前学术界尚有争议，有河北乐亭说、河北昌黎说、山东无棣说等。本词指的应是位于河北昌黎。昌黎碣石山位于河北省昌黎城北一公里，与北戴河毗邻，面积 28.8 平方公里，形成历史久远，自然风光秀美，历史文化渊源，地理位置优越，是五岳之外的“神岳”，是古今中外有名的历史名山、仙山、观海胜地、佛教胜地和旅游胜地。遗篇：遗留下来的诗篇，指《观沧海》一诗。[10]萧瑟：秋风吹拂草木的飒飒声音（或指风的阴冷狂暴）。萧与瑟指的是古代的两种乐器，演奏时其声音沙哑低沉、凄凉悲楚。[11]人间：指社会。

【诗解】

《浪淘沙·北戴河》是毛泽东 1954 年于秦皇岛北戴河开会时创作的一首词，它生动描绘了北戴河海滨夏秋之交的壮丽景色，展示了一代伟人前无古人的雄伟气魄和汪洋浩瀚的博大胸怀。

【思考与练习】

1. 第一节中“大雨落幽燕，白浪滔天”带给你什么感受？

2．请结合作品分析毛泽东的革命现实主义与革命浪漫主义相结合的艺术风格。

第八节　外国诗歌

为了看看阳光，我来到世上

巴尔蒙特（俄罗斯）

我来到这个世界为的是看太阳，
和蔚蓝色的田野。
我来到这个世界为的是看太阳，
和连绵的群山。

我来到这个世界为的是看大海，
和百花盛开的峡谷。
我与世界签订了和约，
我是世界的真主。

我战胜了冷漠无言的冰川，
我创造了自己的理想。
我每时每刻都充满了启示，
我时时刻刻都在歌唱。

我的理想来自苦难，
但我因此而受人喜爱。
试问天下谁能与我的歌声媲美[1]？
无人、无人媲美。

我来到这个世界为的是看太阳，
而一旦天光熄灭，
我也仍将歌唱……歌颂太阳
直到人生的最后时光！

（张冰　译）

【作者简介】

巴尔蒙特·康斯坦丁·德米特里耶维奇（1867年—1942年），俄罗斯诗人、评论家、翻译家。他一生执著于太阳的崇拜，自称“太阳的歌手”。作为俄国象征派领袖人物之一，追求音乐性强、辞藻优美、意境深远的诗风。出版了3本诗集《在北方的天空下》《在无穷之中》《静》。诗歌代表作是《为了看看阳光，我来到世上》。

【注释】

[1]媲美（pì měi）：比美，美的程度差不多。

【诗解】

《为了看看阳光，我来到世上》出自于诗集《在北方的天空下》，通过抒发对阳光的向往之情，表达了对有意义的生命和幸福生活的不懈追求，展现出一个人内心的纯净、光明与温暖。作品基调高昂，境界深邃。

【思考与练习】

1．诗中太阳的象征义是什么？

2．比较分析本诗与中国诗人海子的诗歌《面朝大海，春暖花开》的异同。

我愿意是急流（献给未婚妻森德莱·尤丽娅）[1]

裴多菲（匈牙利）

我愿意是急流，
山里的小河，
在崎岖的路上、
岩石上经过……
只要我的爱人
是一条小鱼，
在我的浪花中
快乐地游来游去。

我愿意是荒林，
在河流的两岸，
对一阵阵的狂风，
勇敢地作战……
只要我的爱人
是一只小鸟，
在我的稠密的
树枝间做窠[2]，鸣叫。

我愿意是废墟，
在峻峭的山岩上，
这静默的毁灭
并不使我懊丧……
只要我的爱人
是青青的常春藤，
沿着我的荒凉的额，

亲密地攀援上升。

我愿意是草屋，
在深深的山谷底，
草屋的顶上
饱受风雨的打击……
只要我的爱人
是可爱的火焰，
在我的炉子里，
愉快地缓缓闪现。

我愿意是云朵，
是灰色的破旗，
在广漠的空中，
懒懒地飘来荡去，
只要我的爱人
是珊瑚似的夕阳，
傍着我苍白的脸，
显出鲜艳的辉煌。

（孙用　译）

【作者简介】

裴多菲·山陀尔（1823 年—1849 年），原译名彼得斐，19 世纪匈牙利最伟大的爱国诗人，也是匈牙利民族文学的奠基人，革命民主主义者，在瑟克什堡大血战中同沙俄军队作战时牺牲，年仅 26 岁。他短暂的一生共写了 800 多首抒情诗和 9 首长篇叙事诗，被誉为匈牙利“抒情之王”。

【注释】

[1]裴多菲的这首诗是写给未婚妻森德莱·尤丽娅的，当时他正与尤丽娅热恋。
[2]窠（kē）：昆虫鸟兽的巢穴。

【诗解】

本诗是裴多菲向自己的恋人表白炽热爱情的抒情诗。诗歌通过五处对照使诗人对爱情忠贞不渝、真诚无私的奉献精神得到了形象而深刻的体现，诗句回环反复，整齐而富有韵律。

【思考与练习】

1. 诗歌常常通过意象来表达，这首诗用了两大类意象，它们分别是什么？
2. 本诗的爱情观是什么？通过学习，联系现实，谈谈你的爱情观。

当你老了[1]

威廉·巴特勒·叶芝（爱尔兰）

当你老了，头白了，睡意昏沉，
炉火旁打盹，请取下这部诗歌，
慢慢读，回想你过去眼神的柔和，
回想它们昔日浓重的阴影；

多少人爱你青春欢畅的时辰，
爱慕你的美丽，假意或真心，
只有一个人爱你那朝圣者[2]的灵魂，
爱你衰老了的脸上痛苦的皱纹；

垂下头来，在红光闪耀的炉子旁，
凄然地轻轻诉说那爱情的消逝，
在头顶的山上它缓缓踱着步子，
在一群星星中间隐藏着脸庞。

（袁可嘉　译）

【作者简介】

威廉·巴特勒·叶芝（1865 年 6 月 13 日—1939 年 1 月 28 日），也译为“叶慈”“耶茨”，爱尔兰诗人、剧作家和散文家，著名的神秘主义者，是“爱尔兰文艺复兴运动”的领袖，也是艾比剧院（Abbey Theatre）的创建者之一。叶芝的诗受浪漫主义、唯美主义、神秘主义、象征主义和玄学诗的影响，演变出其独特的风格。

【注释】

[1]《当你老了》作于 1893 年，诗人为女友毛特·冈妮而写。毛特·冈妮是爱尔兰自治运动中的主要人物之一，她曾经是叶芝长期追求的对象。[2]朝圣者：指参加朝圣的人。朝圣者有不同的信仰，他们的朝圣之路都是通往他们内心认为最神圣的地方。

【诗解】

《当你老了》创作于 1893 年，是叶芝献给女友毛特·冈妮的一首热烈而真挚的爱情诗篇。诗人采用假设想象、对比反衬、意象强调、象征升华等艺术表现手法，表达对女友忠贞不渝的爱恋之情。诗歌语言简明，情感丰富真切。

【思考与练习】

1．分析本诗的艺术特色。

2．找找其他的爱情诗篇，比较分析它们的异同。

致凯恩[1]

普希金（俄罗斯）

我记得那美妙的一瞬：
在我的面前出现了你，
有如昙花一现的幻影，
有如纯洁之美的精灵。

在那无望的忧愁的折磨中，
在那喧闹的浮华生活的困扰中[2]，
我的耳边长久地响着你那温柔的声音，
我还在睡梦中见到你那可爱的倩影。

许多年过去了，狂风暴雨般的激变，
驱散了往日的梦想，
于是我忘却了你温柔的声音，
还有你那天仙般的倩影。

在穷乡僻壤[3]，在囚禁的阴暗生活中，
我的日子就那样静静地消逝，
没有倾心的人，没有诗的灵感，
没有眼泪，没有生命，也没有爱情。

如今心灵已开始苏醒，
这时在我面前又重新出现了你，
有如昙花一现的幻影，
有如纯洁之美的精灵。

我的心在狂喜中跳跃，
心中的一切又重新苏醒，
有了倾心的人，有了诗的灵感，
有了生命，有了眼泪，也有了爱情。

（查良铮　译）

【作者简介】

亚历山大·谢尔盖耶维奇·普希金（1799 年 6 月 6 日—1837 年 2 月 10 日），俄罗斯伟大的诗人，出身贵族，酷爱民主和自由，痛恨沙皇的统治，曾被沙皇放逐过，并因不容于世俗，死于决斗。普希金是 19 世纪俄国浪漫主义文学主要代表，在诗歌、小说、戏剧、散文等领域都有杰出的成就。代表作有诗歌《自由颂》《致大海》《致恰达耶夫》《假如生活欺骗了你》等、诗体小说《叶甫盖尼·奥涅金》、小说《上尉的女儿》《黑桃皇后》等。他的文学事业奠定了俄罗斯近代文学的基础。

【注释】

[1]写于 1825 年，普希金在彼得堡和凯恩相识，后来他幽禁在米海洛夫村时，凯恩又来到该村附近的三山村作客，和普希金时常来往，凯恩离开时，普希金将这首诗送给她。这首诗后来由著名作曲家格林卡谱成歌曲《我记得那美妙的瞬间》，成为俄国最有名的一首歌。[2]浮华：浮世的华丽与美好，指表面上虚浮不实的华丽或阔气。语出汉代王充的《论衡·自纪》中的“其文盛，其辩争，浮华虚伪之语，莫不澄定。”[3]穷乡僻壤：指荒远偏僻的地方。穷：荒僻，缺少物资。僻：偏远。

【诗解】

《致凯恩》这首诗是情诗的典范之作，普希金通过凯恩温柔的声音和天仙般的倩影这两个动人的瞬间，描绘出它们带给诗人神奇的精神动力。

【思考与练习】

1．分析这首诗的艺术特点。

2．找找其他的爱情诗歌，分析比较它们的异同。

水上精灵之歌

歌　德（德国）

人的灵魂
像是水。
它来自天空，
它升上天空，
它必须又
降到地上，
它永远循环。

若是莹洁的水光
从又高又陡的
岩壁流下，
它就妩媚地
如云浪纷飞
流向平坦的岩石，
轻松地被接受，
隐隐约约地
潺潺地
涌入深处。

若是巉岩峭立[1]
阻挡它的倾注，
它就愤激四溅，
一层一层地
奔向深渊。

在浅水的河床，
它潜入草谷。
在平静的湖中
万点星辰
欣赏它们的倒影。

风是水波的
可爱的情人，
风从水底掀起
水沫飞腾的涛浪。
人的灵魂，
你多么像是水！
人的命运，
你多么像是风！

——选自《歌德文集》第 8 卷（人民文学出版社 1999 年版，冯至译）

【作者简介】

歌德（1749 年—1832 年），德国著名诗人、剧作家、思想家，其作品对德国和世界文学的影响很大。

【注释】

[1]巉岩（chán yán）：指高而险的山岩。战国后期楚国宋玉《高唐赋》中有“登巉岩而下望兮，临大阺之稸水。”唐代诗人李白《北上行》中有“磴道盘且峻，巉岩凌穹苍。”

【诗解】

这首诗是对人性的高度赞美和对人的命运的透彻认识。作者以水的清澈透明、滋养万物、润物无声、循环不息，来讴歌人性本善的纯洁、无私和永恒。作者以风的自然而生、自然而行来象征人的命运自自然然、寂然前行。

【思考与练习】

1.《水上精灵之歌》将人的灵魂、人的命运比作水上精灵，写得灵性飞动，富有诗意。二者有什么相似之处？

2．对诗中的最后一节，你是怎样理解的？

第九节　拓展阅读

【《诗经》】

《诗经》是我国第一部诗歌总集，共收入自西周初期至春秋中叶约五百年间的诗歌 305 篇。最初称《诗》，汉代儒者奉为经典，乃称《诗经》。它开创了我国古代诗歌创作的现实主义的优秀传统。《诗经》“六义”指的是风、雅、颂、赋、比、兴，前三个说的是内容，后三个说的是手法。《诗经》分为《风》《雅》《颂》三部分。《风》包括“十五国风”，诗 160 篇；《雅》包括《大雅》31 篇和《小雅》74 篇；《颂》包括《周颂》31 篇、《商颂》5 篇、《鲁颂》4 篇。

这些诗篇，就其原来性质而言，是歌曲的歌词。《风》《雅》《颂》三部分的划分，就是依据音乐的不同。《风》是相对于“王畿”，即周王朝直接统治地区而言的带有地方色彩的音乐，“十五国风”就是十五个地方的土风歌谣。《雅》是“王畿”之乐，这个地区周人称之为“夏”，“雅”和“夏”古代通用。“雅”又有“正”的意思，当时把王畿之乐看做是正声——典范的音乐。《大雅》《小雅》之分，众说不同，大约其音乐特点和应用场合都有些区别。《颂》是专门用于宗庙祭祀的音乐。

《诗经》中的乐歌，原来的主要用途，一是作为各种典礼的一部分，二是娱乐，三是表达对于社会和政治问题的看法。到后来，《诗经》成了贵族教育中普遍使用的文化教材。这种教育一方面具有美化语言的作用，特别在外交场合，常常需要摘引《诗经》中的诗句，曲折地表达自己的意思，叫“赋《诗》言志”；另一方面，《诗经》的教育也具有政治、道德意义。《礼记·经解》引用孔子的话说，经过“诗教”，可以使人“温柔敦厚”。

秦代曾经焚毁包括《诗经》在内的所有儒家典籍，但由于《诗经》易于传诵，所以到汉代又得到流传。汉初传授《诗经》学的有四家，也就是四个学派：齐之辕固生，鲁之申培，燕之韩婴，赵之毛亨、毛苌，简称齐诗、鲁诗、韩诗、毛诗。齐、鲁、韩三家属今文经学，是官方承认的学派，毛诗属古文经学，是民间学派。但到了东汉以后，毛诗反而日渐兴盛，并为官方所承认；前三家则逐渐衰落，到南宋就完全失传了。今天我们看到的《诗经》，就是毛诗一派的传本。

【汉乐府】

汉乐府就是指汉时乐府官署所采制的诗歌。汉乐府掌管的诗歌一部分是供执政者祭祀祖先神明使用的郊庙歌辞，其性质与《诗经》中“颂”相同；另一部分则是采集民间流传的无主名的俗乐，世称之为乐府民歌。据《汉书·艺文志》载：“自孝武立乐府而采歌谣，于是有代、赵之讴，秦、楚之风，皆感于哀乐，缘事而发，亦可以观风俗，知薄厚云。”可见这部分作品乃是汉乐府之精华。宋人郭茂倩所编《乐府诗集》100 卷，分 12 类（郊庙歌辞、燕射歌辞、鼓吹歌辞、横吹歌辞、相和歌辞、清商曲辞、舞曲歌辞、琴曲歌辞、杂曲歌辞、近氏曲辞、杂歌谣辞、新乐府辞）著录，是收罗汉迄五代乐府最为完备的一部诗集。《乐府诗集》现存汉乐府民歌 40 余篇，多为东汉时期作品，反映当时的社会现实与人民生活，用犀利的言辞表现爱恨情感，较为倾向现实主义风格。

汉乐府是继《诗经》之后，古代民歌的又一次大汇集，不同于《诗经》的浪漫主义手法，它开创了诗歌现实主义新风。汉乐府民歌中女性题材作品占重要位置，它用通俗的语言构造贴近生活的作品，由杂言渐趋向五言，采用叙事写法，刻画人物细致入微，创造人物性格鲜明，故事情节较为完整，而且能突出思想内涵，着重描绘典型细节，开拓叙事诗发展成熟的新阶段，是中国诗史五言诗体发展的一个重要阶段。

《陌上桑》和《孔雀东南飞》都是汉乐府民歌，后者是我国古代最长的叙事诗，与《木兰诗》合称“乐府双璧”。

【《古诗十九首》】

《古诗十九首》，组诗名，最早见于《文选》，为南朝梁萧统从传世无名氏《古诗》中选录十九首编入，编者把这些亡失主名的无言诗汇集起来，冠以此名，列在“杂诗”类之首，后世遂作为组诗看待。《古诗十九首》习惯上以首句为标题，依次为《行行重行行》《青青河畔草》《青青陵上柏》《今日良宴会》《西北有高楼》《涉江采芙蓉》《明月皎夜光》《冉冉孤生竹》《庭中有奇树》《迢迢牵牛星》《回车驾言迈》《东城高且长》《驱车上东门》《去者日以疏》《生年不满百》《凛凛岁云暮》《孟冬寒气至》《客从远方来》《明月何皎皎》。

《古诗十九首》深刻地再现了文人在汉末社会思想大转变时期，追求的幻灭与沉沦、心灵的觉醒与痛苦。艺术上语言朴素自然，描写生动真切，具有天然浑成的艺术风格。同时，《古诗十九首》所抒发的是人生最基本、最普遍的几种情感和思绪，令古往今来的读者常读常新。

关于《古诗十九首》的作者和时代有多种说法，《昭明文选·杂诗·古诗一十九首》题下注曾释之甚明：“并云古诗，盖不知作者。”曾有说法认为其中有枚乘、傅毅、曹植、王粲等人的创作，例如，其中有八首在《玉台新咏》里题为汉代枚乘作，后人多疑其不确。犹又如曹植《送应氏》描写过洛阳被焚毁后的萧条景象。而《古诗十九首》的诗人眼中的洛阳还是两宫双阙，王侯第宅尚安然无恙，冠带来游宴如故，更何况洛阳未遭破坏之前，王粲尚幼，曹植并未出生。今人综合考察《古诗十九首》所表现的情感倾向、所折射的社会生活情状以及它纯熟的艺术技巧，一般认为它并不是一时一人之作，它所产生的年代应当在东汉顺帝末到献帝前，即公元 140—190 年之间。

《古诗十九首》是乐府古诗文人化的显著标志。汉末文人对个体生存价值的关注，使他们与自己生活的社会环境、自然环境，建立起更为广泛而深刻的情感联系。过去与外在事功相关联的，诸如帝王、诸侯的宗庙祭祀、文治武功、畋猎游乐乃至都城宫室等，曾一度霸踞文学的题材领域，现在让位于与诗人的现实生活、精神生活息息相关的进退出处、友谊爱情乃至街衢田畴、物候节气，文学的题材、风格、技巧，因之发生巨大的变化。

《古诗十九首》在五言诗的发展上有重要地位，在中国诗史上也有相当重要的意义，它的题材内容和表现手法为后人师法，几至形成模式。它的艺术风格，也影响到后世诗歌的创作与批评。就古代诗歌发展的实际情况而言，称它为“五言之冠冕”“千古五言之祖”是并不过分的。诗史上认为《古诗十九首》为五言古诗之权舆的评论有：明代王世贞称“（十九首）谈理不如《三百篇》，而微词婉旨，碎足并驾，是千古五言之祖”；陆时雍则云“（十九首）谓之风余，谓之诗母”。

【唐代诗歌】

一、唐代诗歌的分体与分期概况

唐代诗歌的发展经历了初唐、盛唐、中唐和晚唐四个时期。

（一）初唐（618 年—713 年）

初唐诗人的主要贡献在于：开拓了题材，使之面向社会、贴近现实；逐步用刚健清新的文风取代六朝的绮靡文风；确立律体。

唐代初期，诗坛主盟者多为陈隋旧臣，诗歌创作仍受南朝诗风的影响，题材较为狭窄，追求华丽词藻。代表人物是有“文章四友”之称的杜审言、崔融、李峤、苏味道。其中，杜审言成绩较大。

待到被称为“四杰”的王勃、杨炯、卢照邻、骆宾王出现，才扩大了诗的表现范围，从宫廷楼榭移向市井边塞，从歌功颂德变为言志抒怀、咏叹人生，显示出雄伟的气势和开阔的襟怀。在诗的体式上，在沈佺期、宋之问的努力下，这时完成了五言七言律体的定型。

初唐后期出现了两位重要诗人：陈子昂和张若虚。陈子昂不仅批判了当时“采丽竞繁”的文风，而且标举“风骨”“兴寄”，并在创作实践上垂范。他的代表作《感遇》诗 38 首和《蓟丘览古赠卢居士藏用》7 首等，反映现实，抨击时弊，思索人生，较之四杰，深广有加，风格雄浑高古，寄托遥深，洗尽六朝铅华，在理论和实践上廓清六朝文风，为盛唐诗歌繁荣奠定基础。张若虚、贺知章、张旭、包融被称为“吴中四士”。张若虚的《春江花月夜》，写月夜春江明丽纯美的境界，融入浓烈情思和深刻哲理，婉转的音调，无穷的韵味，创造出了非常完美的意境。陈子昂和张若虚艺术上的成熟，透露出盛唐诗歌行将到来的信息。

（二）盛唐（714 年—765 年）

盛唐诗歌的特点：雄健刚劲的风骨、高远浑成的意境与天然去雕琢的自然美完美融合。

盛唐是唐诗发展的高峰。此时诗坛群星辉映、流派纷呈：

（1）王、孟山水诗派：他们以清丽疏淡的笔墨，描绘题咏山水田园，重在领悟其中的诗情画意，创造意境，并借以抒情寄趣。形式上他们多采用五言古体和律体，以王维、孟浩然、常建、储光羲等为代表。

（2）边塞诗派：盛唐的边塞诗派以高适、岑参、李颀、王昌龄为代表。他们多有边塞从戎的生活经历，他们的诗描绘边塞苍茫壮阔、奇异瑰丽的景色，抒发他们立功疆场、报效祖国的豪情壮志，洋溢着激扬高亢的时代精神，风格慷慨雄壮。在七言歌行和绝句的运用上有所创新。

（3）“双子星座”——李白、杜甫。代表唐朝，乃至我国古典诗歌最高成就的是盛唐的两位伟大诗人李白、杜甫。“诗仙”李白的诗歌以澎湃雄放的气势、奇特瑰丽的想象、清新自然的语言、飘逸不群的风格，抒写拯物济世的怀抱，揭露社会政治的黑暗，反映民生的苦难，蔑视权贵，反抗礼教，成为反映盛唐时代精神风貌的一面镜子。而“诗圣”杜甫的诗歌则是“安史之乱”前后的一部诗史。他忧国伤时，谴责战乱，哀恤民瘼，善于把时代的灾难、民生的涂炭和个人的不幸结合起来，用典型事例反映现实，因而他的诗感情深沉、蕴涵深广、语言遒劲、笔法曲折，形成“沉郁顿挫”的风格。又由于他善于学习与总结，成为一位既集前人大成、又开后人无数法门的诗人。

（三）中唐（766年—859年）

唐代中期，诗歌的发展走向多元化，出现了有明确艺术主张的不同流派和独具风格的诗人。

（1）边塞诗：李益、卢纶的边塞诗能嗣响盛唐。

（2）山水诗：韦应物、刘长卿的山水诗，高雅闲淡，于王维、孟浩然之外，自成一家。

（3）大历十才子：“大历十才子”多为权门清客，诗多流连光景和投献之作。他们多工五律，意境淡泊，情致闲适，描写细腻精工，但雕琢过甚，有句无篇。

（4）现实主义流派：元结、顾况等用风格古朴的乐府古体，揭露时弊，反映百姓疾苦，成为介于杜甫与元稹、白居易之间的一个现实主义流派。

（5）韩、孟诗派：以韩愈、孟郊为代表，有李贺、贾岛、姚合等人。他们的风格不（尽相同，但都以奇崛险怪为美，重主观，常常打破律体约束，以散文句式入诗。李贺是一位灵心善感却只活了27岁的天才诗人，他的诗想象怪奇而丰富，意象色彩斑斓，而且组合密集。

（6）元、白诗派：以元稹、白居易为主。他们主张发挥诗歌的美刺作用，干预现实，对杜甫的现实主义有所继承和发展。艺术方面务求晓畅坦易，以俗为美。白居易提出“文章合为时而著，歌诗合为事而作”。元、白都写有新题乐府，表示了对于国家的关心、对于黑暗现象的抨击和对于生民疾苦的同情。

（7）柳宗元与刘禹锡：柳宗元的诗风格近于陶渊明，与韦应物并称“韦柳”。他的诗幽峭明净，深得楚骚精髓，则与韦应物不同。刘禹锡的诗长于咏史吊古，工于七言律绝，雄健苍劲，被誉为“诗豪”。柳宗元、刘禹锡不入流派，而能标新立异。

（四）晚唐（860年—907年）

晚唐诗风又一变，其主要特点是：题材自社稷江山移向歌台舞榭，审美情趣也转向朦胧幽细婉约。代表人物有杜牧、李商隐、温庭筠。其中，杜牧的古体诗，感怀时事，抒发襟袍，慷慨激昂；他的律诗，尤其是七律，俊爽不羁，时寓拗峭；他的咏史诗，精警、婉曲、隽永。李商隐与杜牧并称“小李杜”。李商隐的诗感时伤事、沉郁顿挫，但气魄笔力，略逊杜甫一筹，而寓意的深曲、思绪的缜密、用典的精工，则又过之，亦身危情苦所致。温庭筠的诗成就逊于李商隐，两人以诗风秾丽并称，他们的部分诗歌从题材到表现手法都对词的发展有所影响。

晚唐诗人的共同点是：无论出处穷达，对时局已不抱幻想，最后大多归隐田园，寄迹山林或放清声色；他们的诗无论何种题材，都充满感伤、悲愤的情调；无论风格有多大区别，都步人后尘，没有创新。总之，晚唐是唐代诗歌衰微的时期。

二、唐代诗歌的性质与特点

初、盛唐诗歌在内容上，如从军生活、离别情怀、现实弊病、个人志向都成为吟咏的题材，而且大多表现出奋发进取的精神。慷慨高亢的情调，这是宫廷化、贵族化的齐梁文学所不可能具备的；在诗歌形式上，也进行了改造（歌行）、变革（乐府）、创新（律诗）；在审美理想上，也从以华丽雕琢为美，转变为以雄浑壮丽自然为美。中唐诗歌在反映现实、伤病民瘼、讽谏朝政、针砭时弊的深度广度方面，超过初唐、盛唐，而且大量增加了表现男女爱情、商妇贾客生活和民风民俗的题材，出现了“诗到元和体变新”（白居易《馀思未尽，加为六韵，重寄微之》）的现象，以俗为美的元白诗派、以律调入七古的长庆体风靡朝野。晚唐诗歌在题材和审美情趣方面，似乎是六朝文学某种程度上的回归，但仍有所不同。晚唐文人绝望于国事时局，或隐逸山林，或纵情声色，生活圈子变得狭小，社会心态转向内省、感伤。“唐至大中间，国体伤变，气候改色，人多商声，亦愁思之感。”（余成教《石园诗话》卷二引徐献忠语）从李商隐的“刻意伤春复伤别”（《杜司勋》）到韦庄的“伤时伤事更伤心”（《长安旧里》），晚唐诗人可谓“眼前何事不伤神”（杜荀鹤《登城有作》）。他们在诗词中大量表现男女之情，描写官能感受，有类六朝宫体，但其中往往融入了他们对现实人生的追求和失望以及由此产生的苦痛和感伤，审美情趣也变成以朦胧、幽细、婉约为美，与六朝宫体的狎昵猥亵、轻浮淫艳也不尽相同。

【花间派】

花间派为中国晚唐五代词派，因后蜀赵崇祚所选编的词集《花间集》得名。所选的18个作者中温庭筠、皇甫松为晚唐人，其余多数为五代西蜀文人，包括流寓、游宦者。

花间词派的形成，自有温庭筠的开山作用，但衍为流派，风行一时，则还有它更深刻的社会政治和文学原因。晚唐时局动荡，五代西蜀苟安，君臣醉生梦死，狎妓宴饮，耽于声色犬马。正如欧阳炯《花间集序》中所述：“家家之香径春风，宁寻越艳；处处之红楼夜月，自锁嫦娥。”花间词正是这种颓靡世风的产物。晚唐五代诗人的心态，已由拯世济时转为绮思艳情，而他们的才力在中唐诗歌的繁荣发展之后，也不足以标新立异，于是把审美情趣由社会人生转向歌舞宴乐，专以深细婉曲的笔调、浓重艳丽的色彩写官能感受、内心体验。而李贺、李商隐、温庭筠、韩偓等人的部分诗歌，又在题材和表现手法上为花间词的创作提供了借鉴。词在晚唐五代便成了文人填写的供君臣宴乐之间歌伎乐工演唱的曲子：“绮宴公子，绣幌佳人，递叶叶之花笺，文抽丽锦；举纤纤之玉指，拍按香檀。不无清绝之辞，用助娇饶之态。”这就决定了花间词的题材和风格，以“绮罗香泽”为主。

当然，《花间集》中也有少数表现边塞生活和异域风情的词，如牛希济的《定西蕃》，表现塞外荒寒，征人梦苦，风格苍凉悲壮；李珣的《南乡子》、孙光宪的《风流子》，表现南国渔村的风俗人情，也较清疏质朴，如“渔市散，渡船稀，越南云树望中微。行客待潮天欲暮，送春浦，愁听猩猩啼瘴雨。”（李珣《南乡子》之九）但这不能代表花间词的总体特征。在《花间集》中成就能与温庭筠比肩、而风格有所不同的是韦庄。

花间词在思想上无甚可取，但其文字富艳精工，艺术成就较高，对后世词作影响较大。《花间集》有南宋绍兴、淳熙、开禧年间 3 种刻本。今人李一氓《花间集校》，1981 年由人民文学出版社再版。

【南唐词】

南唐词的兴起比西蜀稍晚，主要的代表词人是南唐元老冯延巳、南唐中主李璟、南唐后主李煜。南唐君臣沉溺声色与西蜀相类，但文化修养较高，艺术趣味也相应雅一些。所以从花间词到南唐词，风气有明显的转变。特别是后主李煜的词，与花间词相比，境界有所扩大。

"词至李后主而眼界始大，感慨遂深，遂变伶工之词而为士大夫之词。周介存置诸温、韦之下，可谓颠倒黑白矣。'自是人生长恨水长东''流水落花春去也，天上人间'，《金荃》《浣花》能有此气象耶？"（王国维《人间词话》（十五））

【宋词】

词是我国古代诗歌的一种。词初名曲、曲子、曲子词，简称"词"，又名乐府、近体乐府、乐章、琴趣，还被称作诗余、歌曲、长短句。归纳起来，这许多名称主要是分别说明词与音乐的密切关系及其与传统诗歌不同的形式特征。按体制分类，词一般分为小令、中调、长调。按音乐分类，词一般分为令、引、近、慢四类。词始于梁代，形成于唐代而极盛于宋代。据《旧唐书》上记载；"自开元（唐玄宗年号）以来，歌者杂用胡夷里巷之曲。"由于音乐的广泛流传，当时的都市里有很多以演唱为生的优伶乐师，根据唱词和音乐节拍配合的需要，创作或改编出一些长短句参差的曲词，这便是最早的词了。从敦煌曲子词中也能够看出，民间产生的词比出自文人之笔的词要早几十年。唐代民间的词大都是反映爱情相思之类的题材，所以它在文人眼里是不登大雅之堂的，被视为诗余小道。只有注重汲取民歌艺术长处的人，如白居易、刘禹锡等人写的一些词，具有朴素自然的风格，洋溢着浓厚的生活气息。以脂粉气浓烈、崇尚浓辞艳句而驰名的温庭筠和五代"花间派"，在词的发展史上有一定的位置。而南唐李后主被俘虏之后的词作则开拓一个新的深沉的艺术境界，给后世词客以强烈的感染。到了宋代，词的发展进入鼎盛时期。

两宋三百余年的词坛，先后共出现过四代词人群体，宋词的发展历程也相应地经历了四个阶段。

一、第一代词人群的因革

第一代词人群，以柳永、范仲淹、张先、晏殊、欧阳修等为代表。另有宋祁、杜安世等人。

这一代词人，从创作倾向上可以分为两个创作阵营。

1. 第一个创作阵营

这个创作阵营以晏殊、欧阳修、范仲淹、宋祁等为代表。他们的社会地位都比较显达，其中晏殊、范仲淹和欧阳修官至宰辅，位极人臣，人生命运相对来说比较顺利适意，所以其词所反映的主要是"承平"时代的享乐意识和乐极生悲后对人生的反思。

晏、欧等人的词作以小令为主，他们以自己的创作实践强化了花间、南唐词以柔情为主的题材取向和以柔软婉丽为美的审美规范。当然，他们在题材、艺术上也有所开拓创新：男性士大夫的抒情形象自他们开始进入词的世界。

2. 第二个创作阵营

这个创作阵营以柳永、张先为代表。柳永词作的贡献主要是对五代词风的革新，概括地说，柳永具有“三创”之功：

一是创体。柳永大力创作慢词，扩大了词的体制，增加了词的内容涵量，也提高了词的表现能力，从而为宋词的发展提供了最基本的艺术形式与文本规范。

二是创意。柳永给词注入了新的情感特质和审美内涵。晚唐五代以来的文人词，大多是表现普泛化的情感，词中的情感世界是类型化的“共我”的情感世界，其中只有韦庄和李煜的有些词作开始表现自我的人生感受。柳永沿着李煜开启的方向，着重表现自我的情感心态、喜怒哀乐等自我独特的人生体验，从而使词的抒情取向朝着创作主体的内心世界回归、贴近。

三是创法。晚唐五代词最常见的抒情方法是运用比兴手法，通过一系列的外在物象来烘托、映衬抒情主人公瞬间性的情思心绪。而柳永则将赋的表现方法移植于词，铺叙展衍：或者对人物的情态心理进行直接的刻画；或者对情、事的发生、发展的场面性、过程性进行层层的描绘，因而他的抒情词往往带有一定的叙事性、情节性。

二、第二代词人群的开创

第二代词人群，是以苏轼、黄庭坚、晏几道、秦观、贺铸、周邦彦等为代表的元佑词人。此外著名的词人还有王安石、王观、李之仪、赵令畤、晁补之、陈师道、毛滂等。

从社交群体看，这一代词人大致可以划分为两个群体：一是以苏轼为领袖的苏门词人群，黄庭坚、秦观、晁补之、李之仪、赵令畤、陈师道、毛滂等属之。晏几道、贺铸等虽不属苏门，但与苏门过从甚密。二是以周邦彦为领袖的大晟词人群，晁冲之、曹组、万俟咏、田为、徐伸、江汉等属之，他们都曾经在大晟乐府内供职。

虽然此期词坛分为两个群体，但词风并不局限于两种。就苏门而言，师法其词的仅有晁补之、黄庭坚两人。秦观另辟蹊径，俊逸精妙，自成一体。李之仪、赵令畤等则标举“花间”词风，继续用小令建构他们的词世界。本不属苏门的晏几道、贺铸，更是“各尽其才力，自成一家”（王灼《碧鸡漫志》卷二）。万俟咏等大晟词人，作词也不受其领袖周邦彦的制约而另择师门。总之，元佑前后半个世纪的词坛，是多种风格情调并存共竞的繁荣期。其中创造力最强盛、影响力最深远的是苏轼和周邦彦。

（一）苏轼

从四川盆地走出的大才子苏轼得到欧阳修的大力扶持，欧阳修去世后，苏轼接替他成为执掌文坛的盟主。他以文坛领袖特有的胸襟和悍然不顾一切的气魄对词作进行了大刀阔斧的开拓和变革，“指出向上一路，新天下耳目”（王灼《碧鸡漫志》），主要表现在：将只表现“爱情”的词扩展为表现“性情”的词，将只表现女性化的“柔情”的词扩展为表现男性化的“豪情”的词，使词作像诗歌一样可以充分表现创作主体的丰富复杂的心灵世界、性情怀抱。由于苏轼扩大了词的表现功能，丰富了词的情感内涵，拓展了词的时空境界，从而提高了词的艺术品位，把词堂堂正正地引入文学殿堂，使词从“小道”上升为一种与诗具有同等地位的抒情文体。

（二）周邦彦

周邦彦作为一大词派的领袖，给后代词人提供的抒情范式主要表现在三个层面：

1. 重音律

周邦彦填词按谱，审音用字，十分严格，不仅分平仄，而且严分平、上、去、入四声，使语言的字音高低与曲调旋律节奏的变化完全吻合。

2. 重法度

周词的法度，集中体现在章法结构和句法炼字两个方面。

（1）章法结构：周词的章法结构像柳词（柳永）一样长于铺叙，抒情性与叙事性兼融，但他是变直叙为曲叙，往往将顺叙、倒叙、插叙错综穿插，时空结构上体现为一种跳跃式结构，过去、现在、未来的时空场景交错叠映，使结构繁复多变。

（2）句法炼字：周词的句法，主要决窍是融前人诗句入词，贴切自然，既显出博学，又见出精巧。

3. 言恋情，善咏物

（1）恋情词：恋情词在周邦彦手中发生了两大变化：一是自我化，二是雅化。所谓自我化，是指周词中的失恋主体多是词人自我，内容也多是词人自我失恋的经历，其恋爱情事、恋爱对象有具体明确的指向。所谓雅化，是指周邦彦的部分恋情词雅而不俗，并且与自己的人生失意相融汇，含蓄隽永，不像以往的一些恋情词写得过于直露，失于庸俗轻浮。

（2）咏物词：周邦彦写的咏物词也比较多，而且善于将身世飘零之感、仕途沦落之悲、情场失恋之苦与所咏之物打成一片，对后来姜派词人的咏物词有深刻影响。

苏轼以后的南宋词坛，主要有两种创作趋向，并形成两大派系：

（1）“苏辛”派：注重抒情言志的自由，遵守词的音律规范而不为音律所拘，词的可读性胜于可歌性；是骚人志士的“诗化”词、“豪气”词；以苏轼为宗，主要词人有叶梦得、朱敦儒、向子諲、张元干、张孝祥、陆游、辛弃疾、陈亮、刘过、戴复古、陈人杰、刘克庄、刘辰翁和金元词人。

（2）“周姜”派：注重词艺音律的精严，情感的抒发有所节制而力避豪迈，强调词的协律可歌；是知音识律者的“乐化”词、“风情”词；以周邦彦为祖，主要词人有姜夔、史达祖、吴文英、周密、王沂孙、张炎等人。

三、第三代词人群的新变

第三代词人群，是以叶梦得、朱敦儒、李纲、李清照、张元干等为代表的南渡词人。其他比较著名的有陈克、周紫芝、赵鼎、向子諲、李弥逊、陈与义、岳飞等词人。

这代词人群人数众多，有词集传世的就有 40 多人，超过了前两代词人有词集传世者的总和（不到 30 人）。从词人的角色身份和创作倾向来看，这代词人群可以分为三个创作阵营或三种创作类型：

（一）愤世与救世的志士词人群

主要有叶梦得、陈克、朱敦儒、向子諲、李弥逊、陈与义、王以宁、张元干、岳飞和“南宋四名臣”——李纲、李光、赵鼎、胡铨等人。他们有着强烈的社会责任感和使命感，直接或间接地投身过抗击金兵的战斗。他们都是坚定的抗战派，但因朝廷的主和势力常常占着上风，尤其是在绍兴八年（1138 年）秦桧专权之后，一味向金人屈膝求和，这批抗战的志士词人更倍受打击迫害，而报国无门。创作上，他们面向激烈变化的时代现实，表现民族的苦难生活，抒发对国事的痛愤和英雄失路的苦闷，词风悲壮慷慨，代表着南渡词坛的主流和词史进程的新方向。

（二）遁世与玩世的隐士词人群

这有周紫芝、吕渭老、扬无咎等人。他们虽然也历经战乱，但时代风云、战争乱离、国家破亡似乎既没有改变他们的人生命运，也没有改变他们的创作态度和创作风格。他们只是封闭在个人生活的圈子里吟诵着林泉风月中的逍遥自在、闲适自得，词作缺乏鲜明的时代感和现实感。

（三）颂世和谀世的宫廷词人群

这有康与之、曹勋、史浩、曾觌、张抡等人。他们或是嬖客，或是内廷宠臣，专门在宫廷里遵命创作，或歌功颂德，或应制献谀，以讨得主子皇上的欢心。这批词人年寿较高，登上词坛的时间也比前两群词人稍晚，他们的创作活动主要是在高宗朝的后期，并延续到孝宗朝，而与下一代词人辛弃疾等人的创作时代交叉重叠。

南渡词坛是以群体的力量和优势推动着宋词的发展，尚未产生像苏轼、周邦彦那样开宗立派、领袖一代的"大家"，但此时出现的杰出女词人李清照，也足以使南渡词坛放出异彩。

李清照流传下来的词作虽只有 50 多首，但几乎首首都是"精品"。这种"精品"现象在中国诗歌史上是颇为少见的。她具有天才般的艺术表现能力，能用从日常生活中提炼出来的最平常的语言准确地表现复杂微妙的情感心态，用一两个日常动作细节的勾勒就能传达出人物内心情绪的波动变化。她的语言，具有"清水出芙蓉"般的天然纯净之美，自成一种风格。

从词史的进程来观察，这个时期是词史的新变期。说其"新变"，是因为南渡词人在南渡以后空前地将词的抒情取向贴近了激烈变化的社会现实生活，词人的视野不再是局限于个体化的情感世界或普泛化的超时代的情感思绪，而扩大到社会化的民族心理、社会心声，加强了词的现实感和时代感，并进一步扩大了词的表现功能。

四、第四代词人群的辉煌

第四代词人群是以辛弃疾、陆游、张孝祥、陈亮、刘过和姜夔等为代表的"中兴词人群"。另有袁去华、刘仙伦、杨炎正、史达祖、高观国、卢祖皋和张辑等词人。

这代词人都是在靖康之难后出生，对国家的苦难、民族的屈辱有着切身的体验和感受。他们是在南渡词人相继辞世后登上词坛的。他们的创作年代，主要是在十二世纪下半叶。宁宗开禧三年（1207 年），词坛主帅辛弃疾含恨去世，标志着这一阶段词史的结束。这个时期的词坛，创作队伍阵营强大，有词集传世的知名词人就有 50 多位，而且大家辈出，名作纷呈，多元化的艺术风格和审美规范并存共竞，是两宋词史上最辉煌的高峰期。

从词人的社会角色和身份来看，这代词人可以分为两种类型：一类是像辛弃疾、陆游、陈亮这样有救国壮志且具有方略、勇于进取而未获重用、无法施展其文经武略的英雄志士；另一类是像姜夔那样才高名盛而毫无政治地位的江湖名士。刘过虽属江湖名士，词风却与辛、陈相近。

创作倾向上也壁垒分明。以辛弃疾为领袖的英雄词人禀承苏轼的抒情范式，沿着南渡志士词人的创作方向，写“豪气词”“诗化词”。他们把词的表现功能发挥到最大限度，词不仅可以抒情言志，也可以同诗文一样议论说理。从此，词作与社会现实生活、词人的人生命运和人格个性更紧密相连，词人的艺术个性日益鲜明突出。一人之词，就是一个独特完整的生命世界。词的创作手法，不仅是借鉴诗歌的艺术经验，以诗为词，而且吸取了散文的创作技法，以文为词。词的语言在保持自身特有的音乐节奏感的前提下，也大量融入了诗文中的语汇。虽然词的“诗化”和“散文化”有时不免损害了词的美感特质，但此期词人以一种开放性的创作态势，在词中容纳一切可以容纳的对人生、自然、社会、历史的观察、思考和感受，利用一切可以利用的创作手段和蕴藏在生活中、历史中的语言，空前地解放了词体，增强了词作的艺术表现力，最终确立并巩固了词体与五七言诗歌分庭抗礼的独立的文学地位。

姜夔则远承周邦彦写“雅词”“乐化词”而自树一帜，与其追随者史达祖、高观国、卢祖皋、张辑等人别成一派，而与辛派形成双峰对峙之势。

辛派词人是远承东坡而近学稼轩，而从东坡到稼轩，其间直接的桥梁则是张孝祥。张孝祥比辛弃疾年长几岁，是南渡词人群与中兴词人群之间的过渡人物。张孝祥与苏轼的气质有些相似，都是天才型的词人，他作诗填词也以东坡为典范。他的名作《六州歌头》，把抒情、描写、议论完美地融为一体。

【中国现代诗歌概述】

中国现代诗歌是“五四”运动至中华人民共和国成立以来的诗歌。中国现代诗歌主要指新体诗。其特点是用白话语言写作，表现科学、民主的新的时代内容，打破旧诗词格律的束缚，形式上灵活自由。

一、20 世纪初至 20 年代的诗歌

（一）新诗的倡导与初期创作

新体诗诞生于“五四”新文化运动。最初试验并倡导新诗的杂志是《新青年》，继之《新潮》《少年中国》《星期评论》等刊物也发表新诗。其倡导者和初期作家主要有胡适、刘半农、沈尹默、周作人、俞平伯、刘大白等。

1920 年 3 月，胡适的《尝试集》出版，这是“五四”新文化运动时期第一部白话新诗集。刘半农的《相隔一层纸》、沈尹默的《三弦》、刘大白的《旧梦》《邮吻》、周作人的《小河》、俞平伯的《冬夜》等是这个时期颇受好评的作品。

（二）多种新诗流派形成

1. 文学研究会

1921 年 7 月成立，是新文学运动中最早的文学社团，代表诗人有鲁迅、冰心、朱自清、周作人等。

文学研究会的诗人以“为人生而艺术”为核心的诗歌价值观念，因此常被称为“人生派”或“为人生派”。由于他们的积极实践，开辟了早期新诗注重社会生活、面向人生、揭露黑暗，以新诗作为干预人生手段的现实主义倾向。朱自清是其中成绩显著的诗人，他的代表作是《毁灭》。

冰心的代表作《繁星》《春水》深受泰戈尔的影响，晶莹清丽，浸透着在人性主题下的母爱和童心。这些由智慧和情感的珍珠缀成的人生经验的短诗，内容自由活泼，

形式不拘一格，从侧面反映出“五四”时代思想开放的自由气氛。也与新诗独立于旧诗之后扬弃模式化的抒情转向重视理性的阐发的追求相衔接，一时写者甚多，形成了新诗史上的小诗运动。其中，宗白华的《流云小诗》较有影响。

2. 创造社

由从日本留学归来的郭沫若、成仿吾、郁达夫、张资平、田汉、郑伯奇等人共同创建的创造社成立于 1921 年 7 月。前期的创造社主张自我表现和个性解放，具有唯美抒情倾向，后期创造社有冯乃超等思想激进的年轻一代参加，其中，王独清、穆木天、冯乃超后来加入了现代派阵营。以创造社为核心所形成的诗歌流派也称为早期浪漫主义。创造社的主将、浪漫主义诗人郭沫若的诗歌代表了新诗创始期的最高成就，其代表作是诗集《女神》。

3. 湖畔诗派

应修人、汪静之、潘漠华、冯雪峰四人于 1922 年 3 月在杭州结成诗社，形成了历史上的湖畔诗派。他们的合集《湖畔》《春的歌集》颇为世人注目。他们的作品以爱情题材为主，显示出争取婚姻自由，反对封建主义的勇气和激情。

4. 新月派

这是现代新诗史上一个重要的诗歌流派，大体上以 1927 年为界分为前后两个时期。前期自 1926 年春始，以北京的《晨报副刊·诗镌》为阵地，主要成员有闻一多、徐志摩、朱湘、饶孟侃、孙大雨、刘梦苇等。他们不满于“五四”以后“自由诗人”忽视诗艺的作风，提倡新格律诗，主张“理性节制情感”，反对滥情主义和诗的散文化倾向，从理论到实践上对新诗的格律化进行了认真的探索。闻一多在《诗的格律》中提出了著名的“三美”主张，即“音乐美、绘画美、建筑美”。因此新月派又被称为“新格律诗派”。新月派纠正了早期新诗创作过于散文化的弱点，也使新诗进入了自觉创造的时期。1927 年春，胡适、徐志摩、闻一多、梁实秋等人创办新月书店，次年又创办《新月》月刊，“新月派”的主要活动转移到上海，这是后期新月派。它以《新月》月刊和 1930 年创刊的《诗刊》季刊为主要阵地，新加入成员陈梦家、方玮德、卞之琳等。后期新月派提出了“健康”“尊严”的原则，坚持的仍是超功利的、自我表现的、贵族化的“纯诗”的立场，讲求“本质的醇正、技巧的周密和格律的谨严”，但诗的艺术表现、抒情方式与现代派趋近。

5. 中国早期象征诗派

20 年代后期，象征派诗风兴起，以法国象征主义诗歌为模式，以有“诗怪”之称的李金发为代表，其代表作品有《弃妇》《琴的哀》等。

二、20 世纪 30 年代的诗歌

1. 现代派

中国现代派由新月派和象征派演变而来，代表诗人有戴望舒、卞之琳等。中国现代派崛起的另一个重要原因是 1932 年《现代》杂志在上海的创刊，作为现代诗歌的刊载平台，该刊物成为现代派诗人发表作品的重要阵地。现代派一方面追求“纯诗”的艺术观，坚持表现自我，以个体生命和个人情感为中心，另一方面在内容上往往表现出悲观的虚无思想。在表现形式上，不追求严格的格律，诗的韵律靠诗情的抑扬顿挫来表达，多用象征、暗示构成诗的意境。

值得注意的是，中国现代派诗群中三位杰出的现代主义代表诗人卞之琳、何其芳、李广田因出版合集《汉园集》而被称为“汉园三诗人”。

2. 革命诗歌

以殷夫为代表的革命诗歌运动，自1932年成立的中国诗歌会而形成壮阔的潮流。中国诗歌会由穆木天、杨骚、任钧、蒲风四人发起，这是中国现代文学史上第一个有组织、有纲领的革命诗歌社团，其机关刊物为《新诗歌》。其中最具代表性的诗人是蒲风，其主要作品有《茫茫夜》等。他们的诗克服了新月派与现实脱节的唯美倾向以及后期创造社、太阳社的空泛叫喊，促进诗歌更为坚实地把握时代情绪和走向人民大众。弱点在于因过于重视诗的宣传功能而忽视艺术的规律。

3. 抗日战争时期诗歌

抗日战争时期的诗歌主要适应抗日战争的形势，以多样的形式为现实斗争服务。街头诗、传单诗应运而生，诗歌与群众的联系空前密切。诗歌的主题基本转向国难的描绘与国防的呼吁，诗歌的旋律由柔婉变为雄健。倾心于激昂的战斗代替了对于纯美的追求，诗人们多以愤怒而乐观的调子歌赞这场全民族生死存亡的抗争。艾青、田间、臧克家、柯仲平等都是当时的杰出代表。抗战时期最受欢迎的诗人是田间，他被誉为“时代的鼓手”，其代表作品有《山中》《给战斗者》等。卞之琳、何其芳也投入到抗日的洪流中。

三、20世纪40年代的诗歌

从抗战后期到整个解放战争时期，由于政治地图与战争区域的划分，20世纪40年代的诗歌活动大致上分为国民党统治区和中国共产党领导的解放区两部分，且各有自身的特点。

1. 解放区的诗歌

作为延安文艺座谈会的直接产物，出现了形式是民间和民族的长篇叙事诗的高潮。代表作品有李季的《王贵与李香香》、田间的《赶车传》（第一部）、阮章竞的《圈套》、张志民的《王九诉苦》、李冰的《赵巧儿》，以及定稿于战争年间、出版于新中国诞生以后的阮章竞的《漳河水》。

2. 国民党统治区的诗歌

诗歌的直接社会功能表现在对于腐朽没落事物的揭露与抨击。主要形式也遵从了解放区的风尚，即取民谣、小调的形式，因之有袁水拍的《马凡陀的山歌》、臧克家的《宝贝儿》等作品出现，但也有一批诗人以自由体新诗作为基本形式。他们分属于“七月”与“九叶”两个诗人群。

（1）“七月”派：团结在胡风主编的《七月》《希望》《七月诗丛》周围，主要成员有绿原、阿垅、曾卓、鲁藜、孙钿、彭燕郊、杜谷、牛汉、鲁煤、罗洛、徐放、方然、芦甸等。他们大多受到艾青的影响，肯定诗的战斗作用，并将诗所体现的美学上的斗争和人所意识到的社会责任统一起来，用朴素、自然、明朗、真诚且有独立个性的声音为人民的今天和明天歌唱。代表作品在“文化大革命”后的新时期选编成二十人集《白色花》出版。

（2）“九叶”诗派：以《中国新诗》《诗创造》《森林诗丛》为中心，代表诗人是辛笛、穆旦、郑敏、杜运燮、陈敬容、杭约赫（曹辛之）、唐祈、唐湜、袁可嘉。他们从战争动乱中感知人民的希求，重视诗人自身对社会现象的体验，注重诗艺的磋磨与意象的新颖，追求形象的流动性和雕塑的立体感。他们不同程度地熟悉外国现代诗歌并受到陶冶，由于注意融哲理诗的思辨、社会诗的技巧、抒情诗的魅力于一炉的艺术效果，故与当日诗风相比，偏于蕴藉深沉。代表作集中于 1981 年出版的《九叶集》。穆旦是“九叶诗派”最具特色的诗人，有诗集《探险队》《旗》和《穆旦诗集》等。

【中国当代诗歌概述】

当代诗歌指从中华人民共和国成立一直到现在为止的诗歌创作。随着社会主义建设的需要，中国当代诗歌以崭新的面貌出现在世人面前。在中国当代诗歌的发展过程中，有下面几个重要的诗歌现象需要重视：

一、建国初期的诗歌

（1）随着新中国的成立，新诗开始了新纪元。解放区的诗人、国统区的诗人以及随着新中国成立而出现的青年诗人都怀着内心的欣喜之情，沉浸在百废待兴的开国气象中。他们满怀激情和豪情，热情讴歌社会主义的新中国、英勇的人民、党的领袖，形成了建国初期的颂歌潮。郭沫若的《新华颂》、艾青的《国旗》、何其芳的《我们最伟大的节日》、胡风的《时间开始了》、臧克家的《有的人》、冯至的《我的感谢》等诗歌是这一时期的代表。这些颂歌大多真挚乐观，但有时也有把生活看得过于单纯的时代局限。

（2）抗美援朝、反对战争、热爱和平也是这一时期诗歌的主题。田间《雷之歌》、未央《枪给我吧》、石方禹《和平的最强音》、艾青《在智利的海岬上》等诗歌也体现了这一时代精神。

（3）国统区的诗人转型剧烈，冯至、穆旦、何其芳等人中断了他们的探索，没有写出超越以前的诗歌。

（4）青年诗人的诗歌明朗、清新、昂扬，邵燕祥、李瑛、未央、闻捷、公刘、顾工等人都写出了优秀的作品。

二、20 世纪 60 年代的诗歌

（1）抒情诗与政治抒情诗：20 世纪 60 年代抒情诗的代表是闻捷，他的诗展现了新疆旖旎的风光和少数民族热情、奔放、开朗的性格。在刻画少男少女爱情心理方面，闻捷的诗歌独到新颖、细腻动人，如《天山牧歌》。政治抒情诗的代表作家是郭小川和贺敬之，他们的诗歌讴歌火热的时代，具有强烈的政治内容、鲜明的政治倾向。其中，郭小川被誉为“战士——诗人”，其代表作是《向困难进军》《甘蔗林——青纱帐》《秋歌》等。贺敬之的政治抒情诗代表作是《放声歌唱》《雷锋之歌》。

（2）叙事诗：代表作家李季《杨高传》、郭小川《将军三部曲》、闻捷《复仇的火焰》最为引人瞩目。

三、1976 年天安门诗歌运动

1976 年 4 月，出现了人民群众自发地在北京天安门广场创作、朗诵革命诗歌的场面，是为天安门诗歌运动。其基本内容是怀念周总理，揭露和批判“四人帮”，控诉封建专制主义，显示了很强的现实性和战斗性。天安门诗歌是亿万人民群众的集体创作，后汇集成诗集《天安门诗抄》。天安门诗歌运动吹响了新时期诗歌的号角。

四、新时期诗歌

1. 现实主义诗歌潮流

这是新时期的第一个诗歌潮流。现实主义诗歌是在反思“文化大革命”的时代背景中形成的。抒真情，表达人民的心声，批判“极左”思想，批判封建主义，体现出诗人的主体意识的觉醒。代表诗人及其作品主要有艾青的《光的赞歌》、雷抒雁的《小草在歌唱》、张志民的《祖国，我对你说》、张学梦的《现代化和我们自己》等。

2. 朦胧诗

朦胧诗公开出现在刊物上是 1980 年。关于朦胧诗曾在当时文坛引起论争。朦胧诗有三个层面的精神内涵：一是揭露黑暗和社会批判，二是在黑暗中寻找光明、反思与探求意识以及浓厚的英雄主义色彩，三是在人道主义的基础上建立起来的对“人”的特别关注。朦胧诗改写了以往诗歌单纯描摹“现实”与图解政策的传统模式，把诗歌作为探求人生的重要方式，语言有着强烈的“陌生化”效果，在哲学意义上达到了前所未有的高度。朦胧诗的代表有食指、芒克、北岛、顾城、舒婷、江河、杨炼等。

（1）北岛的《宣告》《回答》《结局或开始》等诗歌中以人本主义为价值核心的启蒙精神达到了那个时代的高峰。

（2）舒婷的《祖国啊，我亲爱的祖国》《致橡树》《双桅船》等向我们展示了一个大写的抒情主人公的形象。

（3）顾城的《生命幻想曲》《一代人》《远和近》《感觉》《弧线》等诗可以看到这个“童话诗人”精神世界的多个侧面。

（4）杨炼的《诺日朗》《敦煌组诗》《西藏组诗》《与死亡对称》等诗是“文化寻根”的优秀代表作品。

3. 新边塞诗

新边塞诗派诗歌出现于 1980 年，新边塞诗派诗歌的形成是以《绿风》诗刊为刊载媒介发表诗歌的诗人群不断壮大的结果。

新边塞诗派以诗歌作品描述新边塞风情、歌颂西部精神为主，其主要成员有昌耀、杨牧、周涛、章德益等。

4. “新生代”诗歌

随着朦胧诗人的衰微，“新生代”诗人走上历史舞台。“新生代”诗人不是属于某一个诗群的流派，而是一个复杂的群体，有人称之为“第三代”“先锋诗歌”“实验诗”“后新诗潮”等。

“新生代”诗的整体特色是对朦胧诗建立的审美风格的反拨，他们普遍坚持平民主义的审美态度，进行“零度情感”的诗歌写作，反崇高，消除深度模式，消解善恶二元对立的价值模式，追求语言的戏谑与反讽等。如果说朦胧诗是中国的现代主义诗歌运动的话，“新生代”诗歌就是中国的后现代状态的诗歌运动。也有人把“新生代”称为“后朦胧诗派”。

“新生代”诗人的几个代表群体有：①“莽汉主义”：以李亚伟、万夏、胡冬、马松为代表；②“整体主义”：以石光华、宋渠、宋炜、杨宏远为代表；③“他们诗群”：以韩东、于坚、丁当、吕德安、陆忆敏等为代表；④“非非主义”：以周伦佑、蓝马、杨黎、尚仲敏等为代表；⑤“新传统主义”：以廖亦武、欧阳江河为代表。

5. 网络诗歌

1993 年 3 月，诗阳首次使用电脑创作诗歌并通过互联网大量发表，网络诗歌诞生，诗阳因此成为中国历史上第一位网络诗人。1995 年，中国历史上第一份网络诗刊《橄榄树》诞生，诗阳担任主编，后有马兰、祥子、京不特、桑克等加盟。《橄榄树》的出现，形成了以网络诗刊为核心的网络诗人群。21 世纪初出现的诗歌网站有丑石（谢宜兴、刘伟雄）、轻诗歌网（刘湛秋）、诗选刊、同志诗歌网（墓草）、新诗代（海啸）、扬子鳄（刘春）、第三条道路（林童）、或者（小引、朵朵）、荒诞诗工厂（祈国）、一行（严力）、女子诗报（晓音）、今天（北岛）、时代（九歌）、网络诗人（克莱儿）、翼（周瓒）、新诗歌网（张祈）、蒲公英、独立诗歌网、乐趣园诗歌社区以及其他的诗歌网站。此外还有越来越多的网络诗人以诗歌论坛和博客网络日记的方式发表原创作品，从此中国的网络诗歌进入多元化发展的时代。

6. “80 后”诗歌

“80 后”是指出生于 20 世纪 80 年代的诗人。2003 年，《诗选刊》正式推出“80 后”诗人专号，《海峡》连续八期推出“80 后”诗歌展。此后，“80 后”诗歌更加活跃起来，更多的刊物相继推出了“80 后诗歌专号”，“80 后”诗人群成为中国诗歌不可忽视的团体，新的“80 后”诗人不断登上诗坛，风格迥异，令人眼花缭乱。比较引人注目的“80 后”有：春树，已经出版了个人诗集《激情万丈》，并主编了几期《“80 后”诗选》；李傻傻，2005 年作为中国新文化力量代表登上《时代》周刊（全球版），被称为“幽灵作家”；阿斐，《2004—2005 年中国新诗年鉴》执行主编，被称为“80 后的第一诗人”。

【诗歌鉴赏】

一、鉴赏诗歌，要了解诗歌的性质、类别和特点

阅读和鉴赏诗歌，了解诗歌的特点是十分必要的。从主要的方面来讲，诗歌有别于其他文学体裁之处有以下几个方面：

1. 最富有抒情性

这是诗歌最基本、最显著的特征。诗歌正是适应人们表达情感的需要而产生的一种文学样式。情感是诗歌的生命，没有情感的泉水灌溉，就没有诗歌的鲜花盛开。所有的文学作品都离不开情感，而对于专司抒情之职的诗歌来说，情感具有本源的意义。

叙事诗同样有着鲜明的抒情性。叙事诗中的叙事不是客观的描述，而是浸透人主观情感色彩的表达，如白居易的《长恨歌》等。

2. 丰富的想象和联想

想象是在头脑中改造记忆表象而创造新形象的过程，它是为了达到一定的目的而有意进行的创造性思维活动。没有想象就谈不上文学作品的创作，诗歌尤其是这样。人的思想感情是丰富复杂的，仅靠概念和逻辑不可能充分表达出来，即使是准确的表达也只是以“理”服人而不是以“情”动人。要使情感成为能够感染读者的力量，必须借助艺术形象，而艺术形象的创造则离不开作者丰富的想象和联想。诗人要在诗歌形式的规范下最大限度地将人的心灵感受和丰富情感表达出来，就需要丰富的想象、

联想和大胆的幻想，突破物我之间、时空之间、理想与现实之间的界限，从而达到自由地宣泄情感、表达思想、拓展境界的目的。

3. 高度凝练

诗歌的篇幅一般都比较短小，中国的诗歌从产生初期就以短小的抒情诗为主，代表中国古典诗歌定型成熟的律诗绝句，多则五十六字，少则二十字，篇幅短小成为其形式的突出特点之一。要在有限的篇幅内涵盖尽可能丰富的思想和浓烈的感情，就要求作者必须用最精练、最优美、最富于表现力的语言去绘景写物、表情达意。在中国古典诗歌表现中，通过炼字、炼句、炼意而达到高度凝练是其显著的特征。

4. 结构的跳跃性

诗歌结构的跳跃性是它不同于散文表达的特点之一。“诗歌由于其语言的高度凝练与大胆丰富的想象、跌宕起伏的情感相结合，使得其内容难以遵循日常经验的逻辑按部就班地展开。在诗歌中，结构所遵循的是情感和想象的逻辑，因而常常省略掉语言中的过渡、转折和联系交待的词语，甚至打破语法规则，以求满足情感与想象飞跃变化的需要。”因此，鉴赏诗歌必须注意沿着诗人情感与想象的线索，把省略的过程衔接起来，把隐含的意义体味出来，贯通诗歌间歇的语气，连缀诗人跳跃的思绪，追求诗歌的总体效果，从而准确地领会诗人所要表达的情与志。

5. 鲜明的节奏感与和谐的韵律性

诗歌是一种富有音乐美的文学样式，节奏和韵律就是诗歌语言音乐美的最主要因素。诗的节奏指诗句中音节有规律地间歇和停顿，相当于音乐中的节拍，它是根据感情表现得强弱高低来安排声音的长短抑扬与之配合。格律诗的节奏首先是由它的形式严格限制而决定的，在中国古典格律诗中，五言诗一般为二三节拍，七言诗则多为二二三节拍，它讲究词句停顿时间长短的对称平衡和协调一致，将内在情感的起伏跌宕纳入整饬严格的音节中。自由诗则不同，它的节奏形式不拘一格，主要传达诗人内在情感的节奏，是诗人心灵节律的外化，随物赋形，寓情宛转，表达上更加自由奔放，使人追求的是使诗歌语言的节奏音律符合自我情感的流泻奔突。

二、鉴赏诗歌，要从语言入手

语言是作者思想感情的载体，是文学构成艺术形象的媒质。中国古代文论中关于诗歌语言有许多精彩的论述，如“言不尽意”“言简意赅”“得意忘言”“言有尽而意无穷”等。语言的锤炼对诗歌来说尤其重要，鉴赏诗歌，从语言入手是一条基本的途径。

1. 词句的锤炼

诗歌抒写真性情，而每个人性情不同，处于不同时间空间中的具体审美感受是千差万别的，要准确地传达出个体独特的审美感受，就必须突破固定的思维模式和惯常的表达方法，对诗歌语言进行符合目的性的内容改造和形式变形，以表现出个性。这就是为什么诗人要对诗歌语言反复推敲和锤炼的原因。古今中外的诗人都非常重视语言的锤炼，力求以最恰切的字句来表达情感与思想。

2. 艺术手法

艺术手法就是艺术创作中塑造形象、表达情感、反映生活所运用的各种具体的表现方法，具体到诗歌而言，艺术手法就是形象化的艺术描写方法。诗人的喜、怒、哀、乐等思想感情是抽象的，要使这些抽象的思想感情充分地表达出来，并感染和打动读者，就不能枯燥平淡地直来直去，一泻无余，而必须通过语言表达的技巧将抽象的思想感情化为具体可感的艺术形象。深入地理解艺术手法在具体的诗歌创作中的运用，可以帮助我们更深入地感受诗歌的艺术性和正确理解诗句的内涵。艺术方法是多种多样的，最常见的一些艺术手法是：赋、比、兴、拟人、夸张、象征、用典。

3. 语法结构

诗歌语言和散文语言明显的不同还表现在语法结构上。散文的语序要遵从一般的语法规则，而诗歌语言则往往要打破惯常的语法规则，对语言进行奇异的组合，从而深刻地表达诗人对客观事物的新鲜感觉和审美体验，同时要符合诗歌的格律要求。方法有：语序的颠倒，成分的省略，词类的活用。

三、鉴赏诗歌，要善于捕捉形象、品辨韵味和领略意境

1. 感受形象

文学作品以感性的形式反映外在世界和人的内心生活，呈现在读者面前的是一幅幅具体可感的生活画面，这与科学著作是很不相同的，在以抒情为主的诗歌中，作者通过艺术形象直接诉诸于欣赏者的感情，而呈现在作品中的形象不是如小说、戏剧中的人物形象，而是融汇了诗人主观情思的“意象”，它可以是自然景物，可以是社会事物，也可以是人物形象，即它指的是一个包括物事、事象、境象、景象、人象等多层次的概念。

2. 领略意境

“意境”指艺术作品所呈现的主题情思和审美对象互相交融、虚实结合、启人想象的艺术世界，也称为“境界”或“境”，是我国抒情文学创作传统中锤炼出来的审美范畴。

意，包括情与理，即主观感受、感情和对生活的理解认识两个方面。境，可以分为形与神，即客观事物的外在形貌特征和内在意蕴，是诗歌所呈现的主体情思和审美对象相互交融、虚实结合、启人想象的艺术世界，它超越了诗歌的情、景、意这些个别元素，所展示的是诗人对宇宙、人生某种形而上的生命体验。意境的营造，要求意与境谐，心与物共，情思与景物浑然一体，能够调动欣赏者的情感，使其进入审美状态，引起他们的想象与联想等精神活动，感受到生命的情调和意味。

四、鉴赏诗歌，要深入领悟情中之理

抒情是诗歌的基本功能和审美特征，但情感本身就是与一定的理性认识相联系的。文学作品总要表达一定的意旨，表达作者的理想和观念，文学作品中的“理”允许与具体生动的社会生活画面、形象描绘和饱满的情感抒写交融在一起，使其自然地流露出来，在鉴赏活动中，读者要充分地把握作品的意韵，就必须深刻地体会其情中之理，层层深入地领悟作品多方面的艺术价值。

五、鉴赏诗歌，要体察诗人的人格美

诗歌的品格来自诗人的人品。诗人创作价值的高低，从根本而言，取决于诗人的品格。诗人人生境界的高下，对其诗歌创作有重要的影响。境界高者，诗中所抒发情感大多高远，诗格也高，相反则往往趋于卑下。

诗歌是人类追求真善美的艺术结晶，世世代代的优秀诗人以他们高尚的人格照耀着诗歌的园地，给我们留下了无数充满艺术魅力的名篇佳作。欣赏诗歌不仅能够使人得到高雅的艺术享受，而且能够从中体察到诗人的人格境界，使鉴赏者的思想境界得到升华。

文学是人类满足精神需要的一种方式。人之所以不同于其他动物，就在于人类把物质需要和精神需要最大限度地统一起来，并使之成为人类内在和本质的需要。在现实生活中，并不需要人人都去作诗，但每个人的生存状态都离不开诗。诗歌是发自内心的真情的流露，诗歌是存在于每一个人的心中的。所以欣赏诗歌，可以使我们从瞬间的超越中体会到永恒，在有限中体会到无限，胸襟高远，超脱尘俗，使生活始终充满新鲜的活力，得到精神的愉悦和审美的享受。

【推荐书目】

（1）余冠英，《诗经选》，人民文学出版社

（2）周振甫译注，《诗经译注》，中华书局

（3）冯浩菲，《历代诗经论说述评》，中华书局

（4）闻一多，《闻一多诗经讲义》，天津古籍出版社

（5）马茂元，《楚辞选》，人民文学出版社，1998

（6）周啸天，《元明清诗歌鉴赏辞典》，商务印书馆，2011

（7）朱彝尊（清）编，《词综》，上海古籍出版社

（8）周密（宋）辑，《绝妙好词选》，广陵古籍刻印室

（9）王重民，《敦煌曲子词集》，上海商务印书馆，1950

（10）李冰若，《花间集评注》，人民文学出版社，1993

（11）詹安泰，《李璟李煜词》，人民文学出版社，1958

（12）陈迩冬，《苏轼词选》，人民文学出版社，1957

（13）刘忆萱，《李清照诗词选注》，上海古籍出版社，1982

（14）邓广铭，《稼轩词编年笺注》，古典文学出版社，1957

（15）疾风，《陆放翁诗词选》，浙江人民出版社，1958

（16）徐培钧，《淮海居士长短句》，上海古籍出版社，1985

（17）刘乃昌，《姜夔诗词选注》，上海古籍出版社，1983

（18）钱钟书编著，《宋诗选》，人民文学出版社

（19）中国社会科学院文学所编，《唐宋词选》，人民文学出版社

（20）夏承焘、张璋编，《金元明清词选》，人民文学出版社

（21）北京大学中文系编，《近代诗选》，人民文学出版社

（22）龙榆生编，《近三百年名家词选》，上海古籍出版社

（23）王季思等，《元明清散曲选》，人民文学出版社

（24）《唐宋词鉴赏辞典》，上海辞书出版社

（25）王步高主编，《唐宋诗词鉴赏》（教材），北京大学出版社

（26）况周颐（清）、王国维撰，《蕙风词话·人间词话》，人民文学出版社

（27）杨海明，《唐宋词史》，江苏古籍出版社

第二章　散文

第一节　先秦两汉魏晋南北朝散文

大学（节选）

大学之道[1]，在明明德[2]，在亲民[3]，在止于至善。知止[4]而后有定，定而后能静，静而后能安，安而后能虑，虑而后能得[5]。物有本末，事有终始。知所先后，则近道矣。古之欲明明德于天下者，先治其国；欲治其国者，先齐其家[6]；欲齐其家者，先修其身[7]；欲修其身者，先正其心；欲正其心者，先诚其意；欲诚其意者，先致其知[8]。致知在格物[9]。物格而后知至，知至而后意诚，意诚而后心正，心正而后身修，身修而后家齐，家齐而后国治，国治而后天下平。自天子以至于庶人[10]，壹是皆以修身为本[11]。其本乱而末治者，否矣[12]。其所厚者薄，而其所薄者厚[13]，未之有也[14]。

【注释】

[1]大学之道：大学的宗旨。“大学”一词在古代有两种含义：一是“博学”的意思；二是相对于小学而言的“大人之学”。古人八岁入小学，学习“洒扫、应对、进退、礼乐射御书数”等文化基础知识和礼节；十五岁入大学，学习伦理、政治、哲学等“穷理正心，修己治人”的学问。所以，后一种含义其实也和前一种含义有相通的地方，同样有“博学”的意思。“道”的本义是道路，引申为规律、原则等，在中国古代哲学、政治学里，也指宇宙万物的本原、个体、一定的政治观或思想体系等，在不同的上下文环境里有不同的意思。[2]明明德：前一个“明”作动词，有使动的意味，即“使彰明”，也就是发扬、弘扬的意思。后一个“明”作形容词，明德也就是光明正大的品德。[3]亲民：根据后面的“传”文，“亲”应为“新”，即革新、弃旧图新。亲民，也就是新民，使人弃旧图新、去恶从善。[4]知止：知道目标所在。[5]得：收获。[6]齐其家：管理好自己的家庭或家族，使家庭或家族和和美美，蒸蒸日上，兴旺发达。[7]修其身：修养自身的品性。[8]致其知：使自己获得知识。[9]格物：认识、研究万事万物。[10]庶人：指平民百姓。[11]壹是：一切，统统。本：根本。[12]末：相对于本而言，指枝末、枝节。[13]厚者薄：该重视的不重视。薄者厚：不该重视的却加以重视。[14]未之有也：即未有之也，没有这样的道理（事情、做法）等。

【文解】

《大学》是一篇论述儒家修身治国平天下思想的散文。

【思考与练习】

1. 请结合你自身，谈谈你对“明明德”“亲民”“止于至善”的理解。
2. 谈谈你对“治国、修身、齐家、平天下”思想的理解。

中庸（节选）

天命之谓性[1]，率性之谓道[2]，修道之谓教。道也者，不可须臾离也，可离非道也。是故君子戒慎乎其所不睹，恐惧乎其所不闻。莫见乎隐，莫显乎微[3]，故君子慎其独也。喜怒哀乐之未发，谓之中[4]；发而皆中节[5]，谓之和；中也者，天下之大本也；和也者，天下之达道也。致[6]中和，天地位焉，万物育焉。（《中庸·第一章》）

博学之[7]，审问之[8]，慎思之[9]，明辨之[10]，笃行之[11]。有弗学，学之弗能，弗措也[12]。有弗问，问之弗知[13]，弗措也。有弗思，思之弗得，弗措也。有弗辨，辨之弗明，弗措也。有弗行，行之弗笃[14]，弗措也。人一能之，己百之[15]；人十能之，己千之。果能此道矣[16]，虽愚必明[17]，虽柔必强[18]。（《中庸·第二十章》）

【注释】

[1]天命：天赋。朱熹解释说："天以阴阳五行化生万物，气以成形，而理亦赋焉，犹命令也。"（《中庸章句》）所以，这里的天命（天赋）实际上就是指人的自然禀赋，并无神秘色彩。[2]率性：遵循本性。率，遵循，按照。[3]莫：在这里是"没有什么更……"的意思。见（xiàn）：显现，明显。乎：于，在这里有比较的意味。[4]中（zhòng）：符合。[5]节：节度，法度。[6]致：达到。[7]博学之：博学，广泛地学习。之，第三人称代词，泛指动词"学"的对象。以下四句的"之"字，分别泛指动词"问""思""辨""行"的对象。[8]审：详细，详尽。审问：详细地询问。[9]慎思：慎重地考虑。[10]明辨：明确地分辨。[11]笃：坚定，这里有"踏实"的意思。笃行：踏踏实实地实行。[12]有弗学，学之弗能，弗措也：除非不学，学了要是学不会，就不能罢休。有，大致相当于现代汉语的"除非""要么就"。[13]知：懂。[14]弗笃：指不能完全做好它。[15]人一能之，己百之：别人用一分工夫，自己就用一百倍工夫去做到它。能，动词，能够做到。之，第三人称代词，泛指"能"的对象。[16]果能此道矣：果真能实行这个办法。果，副词，果真。道，方法。矣，语气助词，表现将要出现的情况。[17]愚：糊涂。[18]柔：弱，这里指意志不坚强。强：坚强，这里指意志坚强。

【文解】

《中庸》是一篇论述儒家人性修养的散文。

【思考与练习】

1．谈谈你对中庸思想的认识。

2．谈谈你对学习的五个方面"博学之，审问之，慎思之，明辨之，笃行之"的认识。

谏逐客书

李　斯

臣闻吏议逐客，窃以为过矣。昔穆公求士，西取由余于戎[1]，东得百里奚于宛[2]，迎蹇叔于宋[3]，来邳豹、公孙支于晋[4]。此五子者，不产于秦[5]，而穆公用之，并国二十，遂霸西戎[6]。孝公用商鞅之法[7]，移风易俗，民以殷盛[8]，国以富强，百姓乐用，诸侯亲服，获楚、魏之师[9]，举地千里，至今治强。惠王用张仪之计[10]，拔三川之地[11]，西并巴、蜀[12]，北收上郡[13]，南取汉中[14]，包九夷[15]，制鄢、郢[16]，东据成皋之险[17]，割膏腴之壤，遂散六国之从，使之西面事秦，功施到今[18]。昭王得范雎[19]，废穰侯[20]，逐华阳[21]，强公室，杜私门，蚕食诸侯[22]，使秦成帝业。此四君者，皆以客之功。由此观之，客何负于秦哉！向使四君却客而不内[23]，疏士而不用，是使国无富利之实，而秦无强大之名也。

今陛下致昆山之玉[24]，有随和之宝[25]，垂明月之珠[26]，服太阿之剑[27]，乘纤离之马[28]，建翠凤之旗[29]，树灵鼍之鼓[30]。此数宝者，秦不生一焉，而陛下说之[31]，何也？必秦国之所生然后可，则是夜光之璧，不饰朝廷；犀象之器，不为玩好[32]；郑、卫之女不充后宫[33]，而骏良駃騠不实外厩[34]，江南金锡不为用[35]，西蜀丹青不为采[36]。所以饰后宫，充下陈，娱心意，说耳目者[37]，必出于秦然后可，则是宛珠之簪[38]，傅玑之珥[39]，阿缟之衣[40]，锦绣之饰不进于前，而随俗雅化，佳冶窈窕，赵女不立于侧也[41]。夫击瓮叩缶弹筝搏髀[42]，而歌呼呜呜快耳者，真秦之声也；郑、卫、桑间、昭、虞、武、象者[43]，异国之乐也。今弃击瓮叩缶而就郑、卫，退弹筝而取昭、虞，若是者何也？快意当前，适观而已矣。今取人则不然。不问可否，不论曲直，非秦者去，为客者逐。然则是所重者在乎色乐珠玉，而所轻者在乎人民也。此非所以跨海内、制诸侯之术也。

臣闻地广者粟多，国大者人众，兵强则士勇。是以太山不让土壤[44]，故能成其大；河海不择细流[45]，故能就其深；王者不却众庶[46]，故能明其德。是以地无四方，民无异国，四时充美，鬼神降福，此五帝三王之所以无敌也[47]。今乃弃黔首以资敌国[48]，却宾客以业诸侯[49]，使天下之士退而不敢西向，裹足不入秦，此所谓"借寇兵而赍盗粮"者也[50]。夫物不产于秦，可宝者多；士不产于秦，而愿忠者众。今逐客以资敌国，损民以益雠[51]，内自虚而外树怨于诸侯[52]，求国无危，不可得也。

【作者简介】

李斯（约公元前 284 年—公元前 208 年），秦朝丞相，著名的政治家、文学家和书法家，协助秦始皇统一天下。秦统一之后，参与制定了法律，统一车轨、文字、度量衡制度。秦始皇死后与赵高合谋立少子胡亥为二世皇帝。后为赵高所忌，腰斩于市。

【注释】

[1]由余：也作"繇余"，戎王的臣子，是晋人的后裔，入秦后受到秦穆公重用，帮助秦国攻灭西戎众多小国，称霸西戎。戎：古代中原人多称西方少数部族为戎。这里指秦国西北部的西戎，活动范围约在今陕西西南、甘肃东部、宁夏南部一带。[2]百里奚：原为虞国大夫。晋灭虞被俘，后作为秦穆公夫人的陪嫁臣妾之一送往秦国。逃亡到宛，被楚人所执。秦穆公用五张黑公羊皮赎出，用为大夫，故称"五羖大夫"，是辅佐秦穆公称霸的重臣。宛：楚国邑名，在今河南安阳市。[3]蹇叔：百里奚的好友，经百里奚推荐，秦穆公把他从宋国请来，委任为上大夫。宋：国名，或称商、殷，子

姓，始封君为商纣王庶兄微子启，西周初周公平定武庚叛乱后将商旧都周围地区封给微子启，都于商丘（今河南商丘县南），约有今河南东南部及所邻山东、江苏、安徽接界之地。公元前三世纪中叶，大臣剔成肸（即司城子罕）逐杀宋桓侯，戴氏代宋。公元前286年被齐国所灭。[4]来：招徕，别本或作“求”。邳豹：晋国大夫邳郑之子，邳郑被晋惠公杀死后，邳豹投奔秦国，秦穆公任为大夫。公孙支：支或作“枝”，字子桑，秦人，曾游晋，后返秦任大夫。晋：国名，姬姓，始封君为周成王之弟叔虞，建都于唐（今陕西翼城县西），约有今山西西南部之地。春秋时，晋献公迁都于绛，也称“翼”（今山西翼城县东南），陆续攻灭周围小国；晋文公成为继齐桓公之后的霸主；晋景公迁都新田（今山西侯马市西），也称“新绛”，兼并赤狄，疆域扩展到今山西大部、河北西南部、河南北部和陕西一角。春秋后期，公室衰微，六卿强大，战国初被执政的韩、赵、魏三家所瓜分。公元前369年，最后一位国君晋桓公被废为庶人，国灭祀绝。[5]产：生，出生。[6]并国二十，遂霸西戎：《秦本纪》云秦穆公“益国十二，开地千里，遂霸西戎”。这里的“二十”当是约数。[7]孝公：即秦孝公。商鞅：卫国公族，氏公孙，也称公孙鞅，初为魏相公叔座家臣，公叔座死后入秦，受到秦孝公重用，任左庶长、大良造，因功封于商（今山西商县东南）十五邑，号称商君。于公元前356年和前350年两次实行变法，奠定秦国富强的基础。公元前338年，秦孝公去世，被车裂身死。详见《商君列传》。[8]殷：多，众多。殷盛：指百姓众多且富裕。[9]魏：国名，始封君魏文侯，系晋国大夫毕万后裔，于公元前403年与韩景侯、赵烈侯联合瓜分晋国，被周威烈王封为诸侯，建都安邑（今山西夏县西北）。魏文侯任用李悝改革内政，成为强国。梁惠王时迁都大梁（今河南开封市），因也称“梁”。后国势衰败，公元前225年被秦国所灭。获楚、魏之师：指战胜楚国、魏国的军队。公元前340年，商鞅设计诱杀魏军主将公子印，大败魏军。同年又与楚战，战况不详，据此，当也是秦军获胜。[10]惠王：即秦惠王，名驷，秦孝公之子，公元前337年至前311年在位，于公元前325年称王。详见《秦本纪》。张仪：魏人，秦惠王时数次任秦相，鼓吹“连横”，游说各国诸侯事奉秦国，辅佐秦惠文君称王，封武信君。秦武王即位，入魏为相。于公元前310年去世。详见《张仪列传》。[11]三川之地：指黄河、雒水、伊水三川之地，在今河南西北部黄河以南的洛水、伊水流域。韩宣王在此设三川郡。公元前308年秦武王派兵攻取三川大县宜阳（今河南宜阳县西）。公元前249年秦灭东周，取得韩三川全郡，重设三川郡。[12]巴：国名，周武王灭商后被封为子国，称巴子国，在今四川东部、湖北西部一带。战国中期建都于巴（今四川成都市）。公元前316年秦惠王派张仪、司马错等领兵攻灭巴国，在其地设置巴郡。蜀：国名，周武王时曾参加灭商的盟会，在今四川中部偏西地区。[13]上郡：郡名，魏文侯时置，辖境有今陕西洛河以东，黄梁河以北，东北到子长县、延安市一带。公元前328年魏割上郡十五县给秦，前312年又将整个上郡献秦。秦国于公元前304年于此设置上郡。[14]汉中：郡名，楚怀王时置，辖境有陕西东南和湖北西北的汉水流域。公元前312年，被秦将魏章领兵攻取，秦于此重置汉中郡。[15]九夷：此指楚国境内西北部的少数部族，在今陕西、湖北、四川三省交界地区。[16]鄢（yān）：楚国别都，在今湖北宜城县东南。春秋时楚惠王曾都于此。郢：楚国都城，在今湖北江陵市西北纪南城。公元前279年秦将白起攻取鄢，翌年又攻取郢。[17]成皋：邑名，在今河南荥阳县汜水镇，地势险要，是著名的军事重地。春秋时属郑国称虎牢，公元前375年韩国灭郑属韩，公元前249年被秦军攻取。[18]施（yì）：蔓延，延续。[19]昭王：即秦昭王，名稷，一作“侧”或“则”，秦惠王之子，秦武王异母弟，公元前306年至前251年在位，详见《秦本纪》。范雎：一作“范且”，也称范叔，魏人，入秦后改名张禄，受到秦昭王信任，为秦相，对内力主废除外戚专权，对外采取远交近攻策略，封于应（今河南宝丰县西南），也称应侯，死于公元前255年。详见《范雎列传》。[20]穰（ráng）侯：即魏冉，楚人后裔，秦昭王母宣太后之异父弟，秦武王去世，拥立秦昭王，任将军，多次为相，受封于穰（今河南邓县），故称穰侯，后又加封陶（今山东定陶县西北）。因秦昭王听用范雎之言，被免去相职，终老于陶。详见《穰侯列传》。[21]华阳：即华阳君芈戎，楚昭王母宣太后之同父弟，曾任将军等职，与魏冉同掌国政，先受封于华阳（今河南新郑县北），故称华阳君，后封于新城（今河南密县东南），故又称新城君。公元前266年，与魏冉同被免职遣归封地。[22]蚕食：比喻像蚕吃桑叶那样逐渐吞食侵占。[23]向使：假使，倘若。内：通“纳”，接纳。[24]陛下：对帝王的尊称。致：达，得。昆山：即昆仑山。[25]随和之宝：即所谓“随侯珠”和“和氏璧”，传说中春秋时随侯所得的夜明珠和楚人卞和来得的美玉。[26]明月：宝珠名。[27]太阿：也称“泰阿”，宝剑名，相传为春秋著名工匠欧冶子、干将所铸。[28]纤离：骏马名。[29]翠凤之旗：用翠凤羽毛作为装饰的旗帜。[30]鼍（tuó）：也称扬子鳄，俗称猪龙婆，皮可以蒙鼓。[31]说：通“悦”，喜悦，喜爱。[32]犀象之器：指用犀牛角和象牙制成的器具。[33]郑：国名，姬姓，始封君为周宣王弟友，公元前806年分封于郑（今陕西华县东）。春秋时建都新郑（今河南新郑县），有今河南中部之地，公元前375年被韩国所灭。卫：国名，姬姓，始封君为周武王弟康叔，初都朝歌（今河南淇县），后迁都楚丘（今河南滑县）、帝丘（今河南濮阳县），有今河南北部、山东西部之地。公元前254年被魏国所灭。郑、卫之女：此时郑、卫已亡，当指郑、卫故地的女子。后宫：嫔妃所居的宫室，也可以用作妃的代称。[34]駃騠（jué tí）：骏马名。外厩：宫外的马圈。[35]江南：长江以南地区。此指长江以南的楚地，素以出产金、锡著名。《货殖列传》云：“豫章出黄金，长沙山连，锡。”[36]丹：丹砂，可以制成红色颜料。青：可以制成青黑色颜料。西蜀丹青：蜀地素以出产丹青矿石出名。《货殖列传》云：“巴蜀亦沃野，地饶卮、姜、丹沙、石……”采：彩色，彩绘。[37]下陈：殿堂下陈放礼器、站立傧从的地方。充下陈：此泛指将财物、美女充买府库后宫。[38]宛：宛转，缠绕。宛珠之簪，缀绕珍珠的发簪。或以“宛”为地名，指用宛（今河南南阳市）地出产的珍珠所作装饰的发簪。[39]傅：附着，镶嵌。玑：不圆的珠子，此泛指珠子。珥（ěr）：耳饰。[40]阿：细缯，一种轻细的丝织物。或以“阿”为地名，指齐国东阿（今山东东阿县）。缟（gǎo）：未经染色的绢。[41]随俗雅化：随合时俗而雅致不凡。佳：美好，美丽。冶：妖冶，艳丽。窈窕（yǎo tiǎo）：美好的样子。赵：国名，始封君赵烈侯，系晋国大夫赵衰后裔，于公元前403年与魏文侯、韩景侯联合瓜分晋国，被周威烈王封为诸侯，建都晋阳（今山西太原市东南），有今山西中部、陕西东北角、河北西南部。公元前386年迁都邯郸（今河北邯郸市）。公元前222年被秦国所灭。古人多以燕、赵为出美女之地。[42]瓮（wèng）：陶制的容器，古人用来打水。缶（fǒu）：一种口小腹大的陶器。秦人将瓮、缶作为打击乐器。搏：击打，拍打。髀（bì）：大腿。搏髀：拍打大腿，以此掌握音乐唱歌的节奏。[43]郑：指郑国故地的音乐。卫：指卫国故地的音乐。桑间：卫国濮水边上地名，在今河南濮阳县南，有男女聚会唱歌的风俗。此指桑间的音乐，即《乐记》的“桑间濮上之音”。昭：通“韶”。《史记集解》引徐广曰：“昭，一作‘韶’。”歌颂虞舜的舞乐。虞：按《史记会注考证校补》引南化本、枫山本、三条本等作“护”，当为歌颂商汤的舞乐。武：歌颂周武王的舞乐。象：歌颂周文王的舞乐。[44]太山：即泰山。让：辞让，拒绝。[45]择：通“释”，舍弃，抛弃。[46]却：推却，拒绝。[47]五帝：指黄帝、颛顼、帝喾、尧、舜。三王：指夏、商、周三代开国君主，即夏禹、商汤、周文王和周武王。[48]黔首：无爵平民不能服冠，只能以黑巾裹头，故称黔首。此泛指百姓。秦始皇统一六国后正式称百姓为黔首。资：资助，供给。[49]业：从业，从事，事奉。[50]赍（jī）：送，送给。[51]益：增益，增多。雠：通“仇”，仇敌。[52]外树怨于诸侯：指宾客被驱逐出外必投奔其他诸侯，从而构树新怨。

【文解】

据《史记·李斯列传》记载，李斯拜为秦客卿。适值韩人郑国来作间谍，被秦发觉，秦宗室大臣皆言秦王曰：“诸侯人来事秦者，大抵为其主游间于秦耳，请一切逐客。”李斯也在被逐之列，乃上此书，历叙客的有功于秦，力陈逐客之失。秦王乃除逐客之令，复李斯官。

【思考与练习】

1. 谈谈对“逐客”思想的认识。
2. 分析本文议论的具体方法。

项羽之死

司马迁

项王军壁垓下，兵少食尽，汉军及诸侯兵围之数重。夜闻汉军四面皆楚歌，项王乃大惊曰：“汉皆已得楚乎？是何楚人之多也[1]！”项王则夜起，饮帐中。有美人名虞，常幸从；骏马名骓[2]，常骑之。于是项王乃悲歌慷慨，自为诗曰：“力拔山兮气盖世，时不利兮骓不逝[3]。骓不逝兮可奈何，虞兮虞兮奈若何[4]！”歌数阕[5]，美人和之。项王泣数行下，左右皆泣，莫能仰视。

于是项王乃上马骑，麾下壮士骑从者八百余人，直夜溃围南出[6]，驰走。平明，汉军乃觉之，令骑将灌婴以五千骑追之。项王渡淮，骑能属者百余人耳[7]。项王至阴陵，迷失道，问一田父[8]，田父绐曰“左”[9]。左，乃陷大泽中。以故汉追及之。项王乃复引兵而东，至东城，乃有二十八骑。汉骑追者数千人。项王自度不得脱。谓其骑曰：“吾起兵至今八岁矣，身七十余战，所当者破，所击者服，未尝败北，遂霸有天下。然今卒困于此[10]，此天之亡我，非战之罪也。今日固决死，愿为诸君快战[11]，必三胜之，为诸君溃围，斩将，刈旗[12]，令诸君知天亡我，非战之罪也。”

乃分其骑以为四队，四向[13]。汉军围之数重。项王谓其骑曰：“吾为公取彼一将。”令四面骑驰下，期山东为三处。于是项王大呼驰下，汉军皆披靡[14]，遂斩汉一将。是时，赤泉侯为骑将，追项王，项王瞋目而叱之，赤泉侯人马俱惊，辟易数里[15]。与其骑会为三处。汉军不知项王所在，乃分军为三，复围之。项王乃驰，复斩汉一都尉，杀数十百人，复聚其骑，亡其两骑耳。乃谓其骑曰："何如？"骑皆伏曰："如大王言。"

于是项王乃欲东渡乌江。乌江亭长檥船待[16]，谓项王曰："江东虽小，地方千里，众数十万人，亦足王也。愿大王急渡。今独臣有船，汉军至，无以渡。"项王笑曰："天之亡我，我何渡为[17]！且籍与江东子弟八千人渡江而西，今无一人还，纵江东父兄怜而王我，我何面目见之？纵彼不言，籍独不愧于心乎？"乃谓亭长曰："吾知公长者。吾骑此马五岁，所当无敌，尝一日行千里，不忍杀之，以赐公。"乃令骑皆下马步行，持短兵接战。独籍所杀汉军数百人。项王身亦被十余创[18]。顾见汉骑司马吕马童，曰："若非吾故人乎[19]？"马童面之[20]，指王翳曰："此项王也。"项王乃曰："吾闻汉购我头千金[21]，邑万户，吾为若德[22]。"乃自刎而死。王翳取其头，余骑相蹂践争项王，相杀者数十人。最其后，郎中骑杨喜，骑司马吕马童，郎中吕胜、杨武各得其一体[23]。五人共会其体，皆是。故分其地为五：封吕马童为中水侯，封王翳为杜衍侯，封杨喜为赤泉侯，封杨武为吴防侯，封吕胜为涅阳侯。

项王已死，楚地皆降汉，独鲁不下。汉乃引天下兵欲屠之，为其守礼义，为主死节[24]，乃持项王头视鲁[25]，鲁父兄乃降。始，楚怀王初封项籍为鲁公，及其死，鲁最后下，故以鲁公礼葬项王穀城。汉王为发哀，泣之而去。诸项氏枝属[26]，汉王皆不诛。乃封项伯为射阳侯。桃侯、平皋侯、玄武侯皆项氏，赐姓刘。

太史公曰：吾闻之周生曰，舜目盖重瞳子[27]，又闻项羽亦重瞳子。羽岂其苗裔邪[28]？何兴之暴也[29]！夫秦失其政，陈涉首难，豪杰蠭起，相与并争，不可胜数，然羽非有尺寸，乘埶[30]起陇亩之中[31]，三年，遂将五诸侯灭秦[32]，分裂天下，而封王侯，政由羽出，号为"霸王"，位虽不终[33]，近古以来未尝有也。及羽背关怀楚[34]，放逐义帝而自立，怨王侯叛己，难矣。自矜功伐[35]，奋其私智而不师古[36]，谓霸王之业，欲以力征经营天下[37]，五年卒亡其国，身死东城，尚不觉寤而不自责[38]，过矣[39]。乃引"天亡我，非用兵之罪也"，岂不谬哉！

【作者简介】

司马迁（公元前 145 年—公元前 90 年），字子长，夏阳（今陕西韩城南）人，一说龙门（今山西河津）人。中国西汉伟大的史学家、文学家、思想家。司马谈之子，任太史令，因替李陵败降之事辩解而受宫刑，后任中书令。司马迁早年受学于孔安国、董仲舒，漫游各地，了解风俗，采集传闻。初任郎中，奉使西南。元封三年（公元前 108 年）任太史令，继承父业，著述历史。他以其"究天人之际，通古今之变，成一家之言"的史识创作了中国第一部纪传体通史《史记》，被公认为是中国史书的典范，该书记载了从上古传说中的黄帝时期，到汉武帝元狩元年，长达 3000 多年的历史，是"二十五史"之首，被鲁迅誉为"史家之绝唱，无韵之离骚"。

【注释】

[1]何楚人之多：怎么楚人这么多。[2]骓（zhuī）：毛色苍白相杂的马。[3]逝：跑。[4]奈若何：把你怎么办。[5]阕：乐曲每终了一次叫一阕。"数阕"就是几遍。[6]直：同

“值”，当，趁。[7]属：连接，这里指跟上。[8]田父（fǔ）：老农。[9]绐：欺骗。[10]卒：终于。[11]快战：痛快地打一仗。[12]刈（yì）：割，砍。[13]四向：面向四方。[14]披靡：原指草木随风倒伏，这里比喻军队溃败。[15]辟易：倒退的样子。[16]檥（yǐ）：整船靠岸。[17]何渡为：还渡江干什么。[18]被：遭受。[19]故人：旧友。[20]面之：跟项王面对面。吕马童原在后面追赶项王，项王回过头来看见他，二人才正面相对。[21]购：悬赏征求。[22]为若德：意思是送给你点儿好处。德，恩德。[23]体：身体的部分，四肢加头合称五体。[24]死节：为节操而死。[25]视：同“示”，给……看。[26]枝属：宗族。[27]周生：《正义》引孔文祥说以为是汉代儒者，姓周。盖：大概。重瞳子：两个瞳仁儿。[28]苗裔：后代。[29]何兴之暴：怎么起来得这么突然。[30]尺寸：形容很少。埶：同“势”，权势，权柄。又：有人认为“尺寸”指尺寸之地，这句在“寸”字后断句，“乘埶”属下句，是趁势的意思。[31]陇亩之中：田野之中，指民间。“陇”同“垄”。[32]五诸侯：指战国时的齐、赵、韩、魏、燕五个诸侯国。[33]位：指王位。不终：指没有维持下来。终，到最后。[34]背关：舍弃关中。背，弃。[35]矜：夸。功伐：功劳，“伐”与“功”同义。[36]奋：振，这里有极力施展的意思。师古：效法古人。[37]力征：以武力征伐。[38]寤：同“悟”。[39]过：错。

【文解】

《项羽之死》节选自《史记·项羽本纪》，本篇记叙的是项羽一生的最后阶段，由垓下被围，到乌江自刎，也是《项羽本纪》中最具悲剧性的一幕。

【思考与练习】

1．分析项羽的形象。

2．分析本文场景描写的作用。

河水·龙门

郦道元

河水南径北屈县故城西，西四十里有风山。风山西四十里，河南孟门山，与龙门相对。《山海经》曰：“孟门之山，其上多金玉，其下多黄垩涅石。”《淮南子》曰[1]：“龙门未辟[2]，吕梁未凿[3]，河出孟门之上[4]，大溢逆流，无有丘陵，高阜灭之[5]，名曰洪水。大禹疏通，谓之孟门。”故《穆天子传》曰[6]：“北登孟门，九河之隥[7]。”孟门，即龙门之上口也[8]。实为河之巨阨[9]，兼孟门津之名矣。

此石经始禹凿[10]，河中漱广[11]。夹岸崇深[12]，倾崖返捍[13]，巨石临危，若坠复倚。古之人有言，水非石凿，而能入石，信哉！其中水流交冲[14]，素气云浮[15]，往来遥观者，常若雾露沾人，窥深悸魄。其水尚崩浪万寻[16]，悬流千丈[17]，浑洪赑怒[18]，鼓若山腾，浚波颓迭[19]，迄于下口[20]。方知《慎子》，下龙门，流浮竹，非驷马之追也。

【作者简介】

郦道元（约公元 470 年—527 年），字善长，范阳涿州（今河北涿州）人。平东将军郦范之子，南北朝时期北魏官员、地理学家。郦道元仕途坎坷，终未能尽其才。

其曾任御史中尉、北中郎将等职，还做过冀州长史、鲁阳郡太守、东荆州刺史、河南尹等职务。执法严峻，后被北魏朝廷任命为关右大使。北魏孝昌三年（527 年），被萧宝夤部将郭子恢在阴盘驿所杀。郦道元年少时博览奇书，幼时曾随父亲到山东访求水道，后又游历秦岭、淮河以北和长城以南的广大地区，考察河道沟渠，搜集有关的风土民情、历史故事、神话传说，撰《水经注》四十卷。其文笔隽永，描写生动，既是一部内容丰富多彩的地理著作，也是一部优美的山水散文汇集。可称为我国游记文学的开创者，对后世游记散文的发展影响颇大。另著《本志》十三篇及《七聘》等文，但均已失传。

【注释】

[1]《淮南子》：西汉淮南王刘安（公元前 179 年—公元前 122 年）和他的门客撰写的杂家书，也称《淮南鸿烈》。[2]龙门：即禹门口，在今山西省河津市和陕西省韩城市之间，黄河至此，两岸峭壁对峙，形如阙门，故名。相传为禹所凿。[3]吕梁：山名，在今山西省西部，位于黄河与汾水间，主峰关帝山，位于方山县东，海拔 2830 米。大禹治水，凿吕梁以通黄河，即指此。[4]孟门：古山名，在今山西省吉县西黄河河道中，为水中一巨石。[5]高阜：高山。灭：淹没。[6]《穆天子传》：晋武帝司马炎咸宁五年（279 年）在汲郡战国魏王古冢中出土的古书，书中有很多荒诞不经的记载。[7]九河：禹时黄河的九条支流，今人多以为是古代黄河下游许多支流的总称。隥（dèng）：登山的石级。[8]上口：入口处。[9]实：是。巨阸（è）：巨险。阸：险阻重地。[10]经始：开始。[11]漱广：因冲蚀而变得宽广。漱：冲刷，冲蚀。[12]夹岸：两岸。崇深：高峻深邃。[13]返捍：重叠捍护。返：通“反”，反复，重叠。捍：捍护，这里指相倚相撑。[14]交冲：交相冲激。[15]素气：白色的水汽。[16]崩：迸溅。寻：古代长度单位，一般为八尺。[17]悬流：这里指瀑布。[18]浑洪：浑浊的洪流。赑（bì）怒：形容气势壮大。[19]浚（jùn）：通“骏”，疾速，疾驰。[20]下口：河的下游出口处。

【文解】

本文描写河水经过龙门险要之地，写得惊心动魄。龙门，山名，在今山西省河津县西北、陕西省韩城县东北，分跨黄河两岸。

【思考与练习】

1. 分析本文引用典故的艺术手法。
2. 文末引用《慎子》下龙门的记载有什么作用？

别　赋

江　淹

黯然销魂者[1]，唯别而已矣。况秦吴兮绝国[2]，复燕宋兮千里[3]。或春苔兮始生，乍秋风兮蹔起[4]。是以行子肠断，百感凄恻。风萧萧而异响，云漫漫而奇色。舟凝滞于水滨，车逶迟于山侧[5]，棹容与而讵前[6]，马寒鸣而不息。掩金觞而谁御[7]，横玉柱而沾轼[8]。居人愁卧，怳若有亡[9]。日下壁而沉彩[10]，月上轩而飞光。见红兰之受露，望青楸之离霜[11]。巡曾楹而空掩，抚锦幕而虚凉[12]。知离梦之踯躅[13]，意别魂之飞扬[14]。故别虽一绪，事乃万族[15]。

至若龙马银鞍[16]，朱轩绣轴[17]，帐饮东都[18]，送客金谷[19]。琴羽张兮箫鼓陈[20]，燕赵歌兮伤美人[21]；珠与玉兮艳暮秋，罗与绮兮娇上春[22]。惊驷马之仰秣[23]，耸渊鱼之赤鳞[24]。造分手而衔涕[25]，感寂漠而伤神[26]。

乃有剑客惭恩[27]，少年报士[28]，韩国赵厕[29]，吴宫燕市[30]，割慈忍爱，离邦去里，沥泣共诀[31]，抆血相视[32]。驱征马而不顾，见行尘之时起。方衔感于一剑[33]，非买价于泉里[34]。金石震而色变[35]，骨肉悲而心死[36]。

或乃边郡未和，负羽从军[37]。辽水无极[38]，雁山参云[39]。闺中风暖，陌上草薰。日出天而耀景[40]，露下地而腾文[41]，镜朱尘之照烂[42]，袭青气之烟煴[43]。攀桃李兮不忍别，送爱子兮沾罗裙[44]。

至如一赴绝国，讵相见期[45]。视乔木兮故里[46]，决北梁兮永辞[47]。左右兮魂动，亲宾兮泪滋。可班荆兮赠恨[48]，惟尊酒兮叙悲[49]。值秋雁兮飞日，当白露兮下时。怨复怨兮远山曲，去复去兮长河湄[50]。

又若君居淄右[51]，妾家河阳[52]。同琼佩之晨照[53]，共金炉之夕香[54]，君结绶兮千里[55]，惜瑶草之徒芳[56]。惭幽闺之琴瑟，晦高台之流黄[57]。春宫閟此青苔色[58]，秋帐含兹明月光，夏簟清兮昼不暮[59]，冬釭凝兮夜何长[60]！织锦曲兮泣已尽，回文诗兮影独伤[61]。

傥有华阴上士[62]，服食还山[63]。术既妙而犹学，道已寂而未传[64]。守丹灶而不顾[65]，炼金鼎而方坚[66]，驾鹤上汉，骖鸾腾天[67]。蹔游万里，少别千年[68]。惟世间兮重别，谢主人兮依然[69]。

下有芍药之诗[70]，佳人之歌[71]。桑中卫女，上宫陈娥[72]。春草碧色，春水渌波[73]，送君南浦[74]，伤如之何！至乃秋露如珠，秋月如珪[75]，明月白露，光阴往来，与子之别，思心徘徊。

是以别方不定[76]，别理千名[77]，有别必怨，有怨必盈[78]，使人意夺神骇，心折骨惊[79]。虽渊云之墨妙[80]，严乐之笔精[81]，金闺之诸彦[82]，兰台之群英[83]，赋有凌云之称[84]，辩有雕龙之声[85]，谁能摹暂离之状，写永诀之情者乎！

【作者简介】

江淹（444 年—505 年），字文通，济阳考城（今河南省兰考县）人。少孤贫，后任中书侍郎，天监元年为散骑常侍左卫将军，封临沮县伯，迁金紫光禄大夫，封醴陵侯，历仕宋、齐、梁三代。少年时以文章著名，钟嵘在《诗品》中称其“诗体总杂，善于摹拟”，江淹在被权贵贬黜到浦城当县令时，相传有一天，他漫步浦城郊外，歇宿在一小山上。睡梦中，见神人授他一支闪着五彩的神笔，自此文思如涌，成了一代文章魁首，当时人称为“梦笔生花”，晚年才思减退，传为梦中还郭璞五色笔，尔后作诗，遂无美句，世称“江郎才尽”。诗善刻画模拟，小赋遣词精工，赋作 30 余篇，其成就在诗文之上，尤以《别赋》《恨赋》脍炙人口，被誉为“千秋绝调”。今有《江文通集》传世。

【注释】

[1]黯然：心神沮丧，形容惨戚之状。销魂：即丧魂落魄。[2]秦吴：古国名。秦在今陕西一带，吴在今江苏、浙江一带。绝国：相隔极远的邦国。[3]燕宋：古国名。燕在今河北一带，宋在今河南一带。[4]蹔：同"暂"。[5]逶迟：徘徊不行的样子。[6]棹（zhào）：船桨，这里指代船。容与：缓慢荡漾不前的样子。讵前：滞留不前。此处化用屈原《九章·涉江》"船容与而不进兮，淹回水而疑滞"的句意。[7]掩：覆盖。觞（shāng）：酒杯。御：进用。[8]横：搁置。玉柱：琴瑟上的系弦之木，这里指琴。轼：车前的横木。[9]怳（huǎng）：丧神失意的样子。[10]沉彩：日光西沉。[11]楸（qiū）：落叶乔木。枝干端直，高达三十米，古人多植于道旁。离：即"罹"，遭受。[12]曾楹（yíng）：高高的楼房。曾：同"层"。楹：屋前的柱子，此指房屋。锦幕：锦织的帐幕。此两句写行子一去，居人徘徊旧屋的感受。[13]踯躅（zhí zhú）：徘徊不前的样子。[14]意：同"臆"，料想。飞扬：飞散而无着落。[15]万族：不同的种类。[16]龙马：据《周礼·夏官·廋人》载，马八尺以上称"龙马"。[17]朱轩：贵者所乘之车。绣轴：绘有彩饰的车轴。此指车驾之华贵。[18]帐饮：古人设帷帐于郊外以饯行。东都：指东都门，长安城门名。《汉书·疏广传》记疏广告老还乡时，"公卿大夫故人邑子设祖道供帐东都门，送者车数百辆，辞决而去。"[19]金谷：晋代石崇在洛阳西北金谷所造金谷园。史载石崇拜太仆，出为征虏将军，送者倾都，曾帐饮于金谷园。[20]羽：五音之一，声最细切，宜于表现悲戚之情。琴羽：指琴中弹奏出羽声。张：调弦。[21]燕赵：《古诗》有"燕赵多佳人，美者颜如玉"句，后引以说美人多出燕赵。[22]上春：即初春。[23]驷马：古时四匹马拉的车驾称驷，马称驷马。仰秣（mò）：抬起头吃草。语出《淮南子·说山训》："伯牙鼓琴，驷马仰秣。"原形容琴声美妙动听，此反其意。[24]耸：因惊动而跃起。鳞：指渊中之鱼。语出《韩诗外传》："昔者瓠巴鼓瑟而潜鱼出听。"[25]造：等到。衔涕：含泪。[26]寂漠：即"寂寞"。[27]惭恩：自惭于未报主人知遇之恩。[28]报士：心怀报恩之念的侠士。[29]韩国：指战国时侠士聂政为韩国严仲子报仇，刺杀韩相侠累一事。赵厕：指战国初期，豫让因自己的主人智氏为赵襄子所灭，乃变姓名为刑人，入宫涂厕，挟匕首欲刺死赵襄子一事。[30]吴宫：指春秋时专诸置匕首于鱼腹，在宴席间为吴国公子光刺杀吴王一事。燕市：指荆轲与朋友高渐离等饮于燕国街市，因感燕太子恩遇，藏匕首于地图中，至秦献图刺秦王未成，被杀。高渐离为了替荆轲报仇，又一次入秦谋杀秦王一事。[31]沥泣：洒泪哭泣。[32]抆（wěn）：擦拭。抆血，言泣泪以尽继之以血。[33]衔感：怀恩感遇。衔，怀。[34]买价：指以生命换取金钱。泉里：黄泉。[35]金石震：钟、磬等乐器齐鸣。句出《燕丹太子》："荆轲与武阳入秦，秦王陛戟而见燕使，鼓钟并发，群臣皆呼万岁，武阳大恐，面如死灰色。"[36]此句语出《史记·刺客列传》，聂政刺杀韩相侠累后，屠肠毁容自杀，以免牵累。韩国当政者暴尸于市，悬赏千金。其姐聂嫈云："妾其奈何畏殁身之诛，终灭贤弟之名！"遂扬其弟义举，伏尸而哭，自杀其旁。骨肉，指死者亲人。[37]负羽：挟带弓箭。[38]辽水：辽河。在今辽宁省西部，流经营口入海。[39]雁山：雁门山。在今山西原平县西北。[40]耀景：闪射光芒。[41]腾文：指露水在阳光下反射出绚烂的色彩。[42]镜：照。朱尘：红色的尘霭。照烂：鲜明绚烂之色。

[43]袭：扑入。青气：春天草木上腾起的烟霭。烟煴（yīn yūn）：同“氤氲”，云气笼罩的样子。[44]爱子：爱人，指征夫。[45]讵：岂有。[46]乔木：高大的树木。王充《论衡·佚文》：“睹乔木，知旧都。”[47]此句语出《楚辞·九怀》。[48]班：铺设。荆：树枝条。据《左传·襄公二十六年》记载，楚国伍举与声子相善。伍举将奔晋，遇声子于郑郊。“班荆相与食，而言复故。”后遂以“班荆道故”比喻亲旧惜别之悲痛。[49]尊：同“樽”，酒器。[50]湄：水边。[51]淄右：淄水西面。在今山东境内。[52]河阳：黄河北岸。[53]琼佩：琼玉之类的佩饰。[54]这两句回忆昔日朝夕共处的爱情生活。[55]绶：系官印的丝带。结绶，指出仕做官。[56]瑶草：仙山中的芳草。这里比喻闺中少妇。徒芳：比喻虚度青春。[57]晦：昏暗不明。流黄：黄色丝绢，这里指黄绢做成的帷幕。这一句说为免伤情，不敢卷起帷幕远望。[58]春宫：指闺房。閟（bì）：关闭。[59]簟（diàn）：竹席。[60]釭（gāng）：灯。以上四句写居人春、夏、秋、冬四季相思之苦。[61]“织锦”二句：据武则天《璇玑图序》载：“前秦苻坚时，窦滔镇襄阳，携宠姬赵阳台之任，断妻苏蕙音问。蕙因织锦为回文，五彩相宣，纵横八寸，题诗二百余首，计八百余言，纵横反复，皆成章句，名曰《璇玑图》以寄滔。”一说窦滔被徙沙漠，妻苏蕙遂织锦为回文诗寄赠给他（《晋书·列女传》）。以上写游宦别离和闺中思妇的恋念。[62]傥（tǎng）：同“倘”。华阴：即华山，在今陕西省渭南县南。上士：道士，求仙的人。[63]服食：道家以为服食丹药可以长生不老。还山：即成仙，一作“还仙”。[64]寂：进入微妙之境。传：至，最高境界。[65]丹灶：炼丹炉。不顾：不顾问尘俗之事。[66]炼金鼎：在金鼎里炼丹。[67]骖（cān）：三匹马驾车称“骖”。鸾：古代神话传说中凤凰一类的鸟。[68]少别：小别。[69]谢：告辞，告别。以上写学道炼丹者的离别。[70]下：下士。与“上士”相对。芍药之诗：语出《诗经·郑风·溱洧》“维士与女，伊其相谑，赠以芍药。”[71]佳人之歌：指李延年的歌“北方有佳人，绝世而独立”。[72]桑中：卫国地名。上宫：陈国地名。卫女、陈娥：均指恋爱中的少女。《诗经·鄘风·桑中》：“云谁之思？美孟姜矣。期我乎桑中，要我乎上宫。”[73]渌（lù）波：清澈的水波。[74]南浦：《楚辞·九歌·河伯》“子交手兮东行，送美人兮南浦。”后以“南浦”泛指送别之地。[75]珪（guī）：一种洁白晶莹的圆形美玉。[76]别方：别离的双方。[77]名：种类。[78]盈：充盈。[79]折、惊：均言创痛之深。[80]渊：即王褒，字子渊。云：即扬雄，字子云。二人都是汉代著名的辞赋家。[81]严：严安。乐：徐乐。二人为汉代著名文学家。[82]金闺：原指汉代长安金马门，后为汉官署名，是聚集才识之士以备汉武帝诏询的地方。彦：有学识才干的人。[83]兰台：汉代朝廷中藏书和讨论学术的地方。[84]凌云：据《史记·司马相如列传》载，司马相如作《大人赋》，汉武帝誉之为“飘飘有凌云之气，似游天地之间”。[85]雕龙：据《史记·孟子荀卿列传》载，驺奭作文，善闳辩，故齐人称颂为“雕龙奭”。

【文解】

本文通过对各种不同类型人物离情别绪的描写，刻画了他们各自的心理状态和不同特色。作者善于通过环境的描绘突出人物的心理感受，具有浓厚的抒情气氛。

【思考与练习】

1．谈谈你对“离别”主题的认识，作者是如何表现这个主题的？
2．分析此赋的艺术特色。
3．具体谈谈此赋的音乐美。

第二节　唐宋散文

代李敬业传檄天下文[1]

骆宾王

伪临朝武氏者[2]，性非和顺，地实寒微。昔充太宗下陈[3]，曾以更衣入侍。洎乎晚节，秽乱春宫[4]。潜隐先帝之私，阴图后房之嬖[5]。入门见嫉[6]，蛾眉不肯让人；掩袖工谗[7]，狐媚偏能惑主。践元后于翚翟，陷吾君于聚麀[8]。加以虺蜴为心，豺狼成性，近狎邪僻，残害忠良，杀姊屠兄，弑君鸩母[9]。神人之所共嫉[10]，天地之所不容。犹复包藏祸心，窥窃神器[11]。君之爱子，幽之于别宫[12]；贼之宗盟[13]，委之以重任。呜呼[14]！霍子孟之不作，朱虚侯之已亡[15]。燕啄皇孙[16]，知汉祚之将尽；龙漦帝后[17]，识夏庭之遽衰。

敬业皇唐旧臣，公侯冢子。奉先帝之成业，荷本朝之厚恩。宋微子之兴悲，良有以也；袁君山之流涕，岂徒然哉！是用气愤风云，志安社稷。因天下之失望，顺宇内之推心，爰举义旗，以清妖孽。南连百越，北尽三河；铁骑成群，玉轴相接。海陵红粟，仓储之积靡穷；江浦黄旗，匡复之功何远。班声动而北风起，剑气冲而南斗平。喑呜则山岳崩颓，叱咤则风云变色。以此制敌，何敌不摧；以此图功，何功不克！

公等或家传汉爵，或地协周亲，或膺重寄于爪牙，或受顾命于宣室。言犹在耳，忠岂忘心？一抔之土未干，六尺之孤何托？倘能转祸为福，送往事居，共立勤王之勋，无废旧君之命，凡诸爵赏，同指山河。若其眷恋穷城，徘徊歧路，坐昧先几之兆，必贻后至之诛。请看今日之域中，竟是谁家之天下！移檄州郡，咸使知闻。

【作者简介】

骆宾王（约 640 年—684 年），婺州义乌（今浙江省义乌县）人。早慧，七岁能赋诗，有“神童”之誉。早年随父游学于齐鲁一带，有志节，以诗文著称，与当时著名文士王勃、杨炯、卢照邻齐名。曾在道王李元庆幕府中供职，后又历任武功、长安两县主簿。此间曾随军到过西域，宦游于蜀滇一带。唐高宗永徽年间官至侍御史，因上书言政事而获罪入狱，并贬为临海县丞，乃怏怏弃官而去。光宅元年（684 年）武则天称帝，李敬业在扬州（今江苏省扬州市）起兵反对武氏。他投在李敬业麾下，专撰军中书檄。讨武失败后，下落不明，有说投水而死，有说在灵隐寺出家为僧。骆宾王怀才不遇，一世落魄，但其诗文却颇有成就。他善为五言诗，七言歌行尤为擅长，其中不乏托物寄兴、直抒胸臆的佳作。这些都奠定了他作为“初唐四杰”之一的地位。骆宾王的诗文，早在唐中宗时就有人为之搜采结集，仅存一百余篇。其诗文集名称甚多，至明代胡应麟始命名为《临海集》。清代陈熙晋《骆临海集笺注》，最称完备。

【注释】

[1]李敬业：祖父徐世绩是唐朝开国功臣，封英国公，赐姓李改名绩。李敬业是李绩的长孙，承袭英国公爵位。公元 684 年起兵声讨武则天，失败而死。檄（xí）：古代用于晓谕、征召和申讨的文书，多用于军事。[2]伪：被认为非法占据的国家或政权。临朝：当朝执政。者：用在主语后面，表示语气暂停一下。[3]太宗：唐朝第二代皇帝李世民的庙号。所谓“庙号”，就是帝王死后，在太庙立室奉祀，上尊号叫某祖、某宗。下陈：古代统治者堂下陈放礼品、站立姬妾的地方。这里指“才人”。[4]洎（jì）乎：犹至于，到达。晚节：这里指武则天年龄稍大以后。秽乱：淫乱。春宫：东宫，太子住的地方，指高宗（李治）。[5]潜隐：隐瞒。嬖（bì）：宠爱，也指受宠爱的人。[6]门：指宫门。见：被。嫉：妒忌。蛾眉：女子长而美的眉毛，因此作为美女的代称。[7]掩袖：用衣袖捂住鼻子。工谗：善于挑拨离间。谗，说别人坏话。语见《韩非子·内储说下》：魏王送给楚怀王一个美人，怀王妃郑袖怕美人夺她的宠爱，就骗美人说：“大王很喜欢你的面貌，但不喜欢你的鼻子，假如你去见大王，一定要捂住鼻子。”美人果然这样做了。怀王问郑袖，郑袖说：“可能是讨厌你嘴里的臭味。”于是怀王大怒，命人割掉了美人的鼻子。狐媚：像狐狸般地迷惑人。[8]元后：皇后。翚翟（huī dí）：皇后的礼服。聚麀（yōu）：指武则天是太宗的才人，后为高宗的皇后。父子共一配偶，今叫做“乱伦”。《礼记·曲礼上》：“夫惟禽兽无礼，故父子聚麀。”聚，共。麀，母鹿。[9]虺（huǐ）：毒蛇。蜴（yì）：蜥蜴，俗称四脚蛇。近狎（xiá）：亲近而态度不庄重。邪僻：指奸邪的人。杀姊屠兄：泛指杀害亲属。武则天的异母兄武元庆、武元爽被流放到边远州郡而死。侄儿武惟良、武怀远和姐姐的女儿贺兰氏都被她杀害。弑（shì）君鸩（zhèn）母：此事史书上并无记载。弑：古代称以下杀上为弑。鸩：鸟名，羽毛有毒，放入酒中，喝了就死。这里用作动词。[10]嫉：憎恨。[11]犹：还。复：再，又。包藏祸心：外貌和善，心怀恶意。窥窃：阴谋盗窃。神器：帝位，政权。[12]君之爱子：指中宗，被武则天废黜，囚禁在房州。幽：拘禁，囚禁。别宫：另外设的宫。[13]贼之宗盟：指武则天称帝，封武承嗣等为王。宗盟：指同姓宗族。[14]呜呼：叹词。[15]霍子孟：霍光，字子孟。汉昭帝（刘弗陵）即位时仅八岁，霍光以大司马大将军受武帝（刘彻）遗诏辅政。昭帝死后，迎立昌邑王（刘贺）。王荒淫无度，霍光废昌邑王，另立宣帝（刘询），安定了汉王朝。朱虚侯：高祖（刘邦）孙子刘章的封号。吕后死后，诸吕阴谋篡国。刘章同陈平、周勃等合谋诛诸吕，迎立代王刘恒（即文帝），安定了刘家政权。[16]燕啄皇孙：汉成帝（刘骜）的皇后赵飞燕，性情狠毒，因为自己没有儿子，就把许多皇子杀掉。当时有童谣：“燕飞来，啄皇孙。皇孙死，燕啄矢。”武则天曾先后废掉、流放和杀死太子李忠、李私、李贤等。祚（zuò）：国统，政权。[17]龙漦（chí）帝后：传说夏朝末年有两条龙下降宫廷，口说人言，吐下涎沫。夏帝把龙涎装入匣子藏了起来。到周厉王时，打开观看，龙涎流入内宫，一个少年宫女感而怀孕，生下一个女孩，就是褒姒。后来褒姒做了周幽王的皇后，招致了西周的灭亡。

【文解】

本文为骆宾王的代表作。这篇檄文立论严正，先声夺人。将武则天置于被告席上，列数其罪。借此宣告天下，共同起兵，起到了很大的宣传鼓动作用。据《新唐书》所载，武则天初观此文时，还嬉笑自若，当读到“一抔之土未干，六尺之孤何托”一句时，惊问是谁写的，叹道：“有如此才，而使之沦落不偶，宰相之过也！”可见这篇檄文煽动力之强了。

【思考与练习】

1．谈谈这篇檄文立论的特点。

2．结合陈琳的《讨贼檄文》，谈谈檄文的特点。

三　戒

柳宗元

吾恒恶世之人，不知推己之本[1]，而乘物以逞[2]，或依势以干非其类[3]，出技以怒强[4]，窃时以肆暴[5]，然卒迨于祸[6]。有客谈麋、驴、鼠三物[7]，似其事，作《三戒》。

临江之麋

临江之人畋[8]，得麋麑[9]，畜之。入门，群犬垂涎，扬尾皆来。其人怒，怛之[10]。自是日抱就犬[11]，习示之，使勿动，稍使与之戏。积久，犬皆如人意。麋麑稍大，忘己之麋也，以为犬良我友[12]，抵触偃仆[13]，益狎。犬畏主人，与之俯仰甚善[14]，然时啖其舌[15]。

三年，麋出门，见外犬在道甚众，走欲与为戏。外犬见而喜且怒，共杀食之，狼藉道上[16]，麋至死不悟。

黔之驴

黔无驴[17]，有好事者船载以入，至则无可用，放之山下。虎见之，庞然大物也，以为神。蔽林间窥之，稍出近之，慭慭然莫相知[18]。

他日，驴一鸣，虎大骇远遁，以为且噬己也，甚恐。然往来视之，觉无异能者。益习其声，又近出前后，终不敢搏。稍近益狎，荡倚冲冒[19]，驴不胜怒，蹄之。虎因喜，计之曰：“技止此耳！”因跳踉大㘎[20]，断其喉，尽其肉，乃去。

噫！形之庞也类有德[21]，声之宏也类有能，向不出其技，虎虽猛，疑畏，卒不敢取；今若是焉，悲夫！

永某氏之鼠

永有某氏者[22]，畏日[23]，拘忌异甚。以为己生岁直子[24]；鼠，子神也，因爱鼠，不畜猫犬，禁僮勿击鼠[25]。仓廪庖厨[26]，悉以恣鼠[27]，不问。

由是鼠相告，皆来某氏，饱食而无祸。某氏室无完器，椸无完衣[28]，饮食大率鼠之馀也。昼累累与人兼行[29]，夜则窃啮斗暴[30]，其声万状，不可以寝，终不厌。

数岁，某氏徙居他州；后人来居，鼠为态如故。其人曰：“是阴类[31]，恶物也，盗暴尤甚。且何以至是乎哉？”假五六猫，阖门撤瓦灌穴[32]，购僮罗捕之，杀鼠如丘，弃之隐处，臭数月乃已。

呜呼！彼以其饱食无祸为可恒也哉！

【作者简介】

柳宗元（公元 773 年—公元 819 年），字子厚，汉族，河东（今山西芮城、运城一带）人，“唐宋八大家”之一，唐代文学家、哲学家、散文家和思想家，世称“柳河东”“河东先生”，因官终柳州刺史，又称“柳柳州”。柳宗元与韩愈并称“韩柳”，与刘禹锡并称“刘柳”，与王维、孟浩然、韦应物并称“王孟韦柳”。柳宗元一生留诗文作品达 600 余篇，其文的成就大于诗。骈文有近百篇，散文论说性强，笔锋犀利，讽刺辛辣。游记写景状物，多所寄托，有《河东先生集》，代表作有《溪居》《江雪》《渔翁》。柳宗元遗族所建柳氏民居，现位于山西省晋城市沁水县文兴村。

【注释】

[1]推己之本：审察自己的实际能力。推，推求。[2]乘物以逞：依靠别的东西来逞强。[3]干：触犯。[4]怒：激怒。[5]窃时：趁机。肆暴：放肆地做坏事。[6]迨（dài）：及，遭到。[7]麋（mí）：形体较大的一种鹿类动物。[8]临江：唐县名，在今江西省清江县。畋（tián）：打猎。[9]麑（ní）：鹿仔。[10]怛（dá）：惊惧。[11]就：接近。[12]良：真，确。[13]抵触：用头角相抵相触。偃：仰面卧倒。仆：俯面卧倒。[14]俯仰：低头和抬头。[15]啖（dàn）：吃，这里是舔的意思。[16]狼藉：散乱。[17]黔（qián）：即唐代黔中道，所在今四川省彭水县，辖地相当于今四川彭水、酉阳、秀山一带和贵州北部部分地区。现以“黔”为贵州的别称。[18]慭（yín）慭然：小心谨慎的样子。[19]荡：碰撞。倚：挨近。[20]跳踉：腾跃的样子。㘎（hǎn）：吼叫。[21]类：似乎，好像。德：道行。[22]永：永州，在今湖南省零陵县。[23]畏日：怕犯日忌。旧时迷信，认为年月日辰都有凶吉，凶日要禁忌做某种事情，犯了就不祥。[24]生岁直子：出生的年份正当农历子年。生在子年的人，生肖属鼠。直，通“值”。[25]僮：童仆，这里泛指仆人。[26]仓廪（lǐn）：粮仓。庖厨：厨房。[27]恣：放纵。[28]椸（yí）：衣架。[29]累累：一个接一个。兼行：并走。[30]窃啮（niè）：偷咬东西。[31]阴类：在阴暗地方活动的东西。[32]阖（hé）：关闭。

【文解】

这一组三篇寓言，是作者贬谪永州时所写。题名“三戒”，可能是取《论语》“君子有三戒”之意。文前的小序，已经点明了文章的主旨所在。作者借麋、驴、鼠三种动物的可悲结局，对社会上那些倚仗人势、色厉内荏、擅威作福的人进行辛辣的讽刺，在当时很有现实的针对性和普遍意义。三篇寓言主题统一而又各自独立，形象生动而又寓意深刻，篇幅短小，语言简练而又刻画细致、传神，在艺术上达到了很高的境界。

【思考与练习】

1．谈谈《三戒》的寓意。

2．分析三篇寓言的写作手法。

第三节　明清散文

寒花葬志

归有光

婢，魏孺人媵也。嘉靖丁酉五月四日死[1]，葬虚丘[2]。事我而不卒，命也夫！

婢初媵时，年十岁，垂双鬟，曳深绿布裳。一日天寒，爇火煮荸荠熟[3]，婢削之盈瓯，予入自外，取食之，婢持去不与。魏孺人笑之。孺人每令婢倚几旁饭，即饭，目眶冉冉动，孺人又指予以为笑。

回思是时，奄忽便已十年[4]。吁，可悲也已！

【作者简介】

归有光（1507 年—1571 年），明代文学家。字熙甫，人称震川先生，昆山（今属江苏）人，嘉靖进士。曾任南京太仆寺丞，编修《世宗实录》，著有《震川先生集》。其文善用简洁疏淡的笔墨，描写家人、朋友之间的日常琐事，言近旨远，充满感情。《项脊轩志》《寒花葬志》等作极负盛名。黄宗羲推宗其为明文第一人。

【注释】

[1]嘉靖丁酉：公元 1537 年。[2]虚丘：古虚丘邑在今山东省境内。这里的“虚丘”似为“丘虚”，指荒地。[3]爇（ruò）：点燃，点火，焚烧。[4]奄忽（yǎn hū）：忽然，很快。

【文解】

《寒花葬志》是明代文学家归有光的一篇散文。当时，作者的妻子魏孺人已经离开人世，而魏氏的陪侍丫环寒花也过早去世。文中通过追忆寒花的生前经历，表达了作者对妻子深切的思念之情。

【思考与练习】

1．文章题目为《寒花葬志》，当写寒花，为何还要写魏孺人？

2．谈谈本文的艺术特色。

西湖七月半[1]

张　岱

西湖七月半，一无可看，止可看看七月半之人[2]。看七月半之人，以五类看之[3]。

其一，楼船箫鼓[4]，峨冠盛筵[5]，灯火优傒[6]，声光相乱，名为看月而实不见月者，看之[7]。其一，亦船亦楼，名娃闺秀[8]，携及童娈[9]，笑啼杂之，环坐露台[10]，左右盼望[11]，身在月下而实不看月者，看之。其一，亦船亦声歌，名妓闲僧，浅斟低唱[12]，弱管轻丝[13]，竹肉相发[14]，亦在月下，亦看月而欲人看其看月者，看之。其一，不舟不车，不衫不帻[15]，酒醉饭饱，呼群三五[16]，跻入人丛[17]，昭庆、断桥[18]，嘄呼嘈杂[19]，装假醉，唱无腔曲[20]，月亦看，看月者亦看，不看月者亦看，而实无一看者，看之。其一，小船轻幌[21]，净几暖炉，茶铛旋煮[22]，素瓷静递[23]，好友佳人，邀月同坐，或匿影树下[24]，或逃嚣里湖[25]，看月而人不见其看月之态，亦不作意看月者[26]，看之。

杭人游湖[27]，巳出酉归[28]，避月如仇。是夕好名[29]，逐队争出，多犒门军酒钱[30]。轿夫擎燎[31]，列俟岸上[32]。一入舟，速舟子急放断桥[33]，赶入胜会。以故二鼓以前[34]，人声鼓吹[35]，如沸如撼[36]，如魇如呓[37]，如聋如哑[38]。大船小船一齐凑岸，一无所见，止见篙击篙[39]，舟触舟，肩摩肩[40]，面看面而已。少刻兴尽，官府席散，皂隶喝道去[41]。轿夫叫，船上人怖以关门[42]，灯笼火把如列星[43]，一一簇拥而去。岸上人亦逐队赶门，渐稀渐薄，顷刻散尽矣。

吾辈始舣舟近岸[44]，断桥石磴始凉[45]，席其上[46]，呼客纵饮[47]。此时月如镜新磨[48]，山复整妆，湖复颒面[49]，向之浅斟低唱者出[50]，匿影树下者亦出。吾辈往通声气[51]，拉与同坐。韵友来[52]，名妓至，杯箸安[53]，竹肉发。月色苍凉，东方将白，客方散去。吾辈纵舟，酣睡于十里荷花之中[54]，香气拍人[55]，清梦甚惬[56]。

【作者简介】

张岱（1597 年—1679 年），字宗子，又字石公，号陶庵，别号蝶庵居士，明末山阴人。他出身官宦家庭，早岁生活优裕，晚年避居山中，穷愁潦倒坚持著述。一生落拓不羁，淡泊功名，具有广泛的爱好和审美情趣。他喜游历山水，深谙园林布置之法；懂音乐，能弹琴制曲；善品茗，茶道功夫颇深；好收藏，具备非凡的鉴赏水平；精戏曲，编导评论追求至善至美。前人说：“吾越有明一代，才人称徐文长、张陶庵，徐以奇警胜，先生以雄浑胜。”

【注释】

[1]西湖：即今杭州西湖。七月半：农历七月十五，又称中元节。[2]“止可看”句：说只可以看那些来看七月半景致的人。止：同“只”。[3]以五类看之：把看七月半的人分做五类来看。[4]楼船：指考究的有楼的大船。箫鼓：指吹打音乐。[5]峨冠：头戴高冠，指士大夫。盛筵：摆着丰盛的酒筵。[6]优傒（xī）：优伶和仆役。[7]看之：指要看这一类人。下四类叙述末尾的“看之”同。[8]娃：美女。闺秀：有才德的女子。[9]童娈（luán）：容貌美好的家僮。[10]露台：船上露天的平台。[11]盼望：都是“看”的意思。[12]浅斟：慢慢地喝酒。低唱：轻声地吟哦。[13]弱管轻丝：指轻柔的管弦音乐。[14]竹肉：指管乐和歌喉。[15]“不舟”二句：不坐船，不乘车；不穿长衫，不戴头巾，指放荡随便。帻（zé）：头巾。[16]呼群三五：呼唤朋友，三五成群。[17]跻（jī）：通“挤”。[18]昭庆：寺名。断桥：西湖白堤的桥名。[19]嘄（jiào）：

呼叫。[20]无腔曲：没有腔调的歌曲，形容唱得乱七八糟。[21]幌（huǎng）：窗幔。[22]铛（chēng）：温茶酒的器具。旋（xuàn）：随时，随即。[23]素瓷静递：雅洁的瓷杯无声地传递。[24]匿（nì）影：藏身。[25]逃嚣：躲避喧闹。里湖：西湖的白堤以北部分。[26]作意：故意做出某种姿态。[27]杭人：杭州人。[28]巳（sì）：巳时，约为上午九时至十一时。酉（yǒu）：酉时，约为下午五时至七时。[29]是夕好名：七月十五这天夜晚，人们喜欢这个名目。“名”指中元节的名目，等于说“名堂”。[30]犒（kào）：用酒食或财物慰劳。门军：守城门的军士。[31]擎（qíng）：举。燎（liào）：火把。[32]列俟（sì）：排着队等候。[33]速：催促。舟子：船夫。放：开船。[34]二鼓：二更，约为夜里十一点左右。[35]鼓吹：指鼓、钲、箫、笳等打击乐器、管弦乐器奏出的乐曲。[36]如沸如撼：像水沸腾，像物体震撼，形容喧嚷。[37]魇（yǎn）：梦中惊叫。呓：说梦话。这句指在喧嚷中种种怪声。[38]如聋如哑：指喧闹中震耳欲聋，自己说话别人听不见。[39]篙：用竹竿或杉木做成的撑船的工具。[40]摩：碰，触。[41]皂隶：衙门的差役。喝道：官员出行，衙役在前边吆喝开道。[42]怖以关门：用关城门恐吓。[43]列星：分布在天空的星星。[44]舣（yǐ）：停船靠岸。[45]石磴（dèng）：石头台阶。[46]席其上：在石磴上摆设酒筵。[47]纵饮：尽情喝。[48]镜新磨：刚磨制成的镜子。古代以铜为镜，磨制而成。[49]颒（huì）面：洗脸。[50]向：方才，先前。[51]往通声气：过去打招呼。[52]韵友：风雅的朋友，诗友。[53]箸（zhù）：筷子。安：放好。[54]纵舟：放开船。[55]拍：扑。[56]惬（qiè）：快意。

【文解】

《西湖七月半》是明代文学家张岱创作的一篇散文。作者先描绘了达官贵人、名娃闺秀、名妓闲僧、慵懒之徒四类看月之人；与这些附庸风雅的世俗之辈形成鲜明对比的是最后一类，即作者的好友和佳人，其观景赏月时行为的持重高雅、情态气度与西湖的优美风景和谐一致。作者对五类人的描述，字里行间不见褒贬之词，然孰优孰劣、孰雅孰俗则昭然若示。文章表面写人，又时时不离写月，看似无情又蕴情于其中，完美而含蓄地体现了作者抑浅俗、颂高雅的主旨。

【思考与练习】

1. 为什么作者说“西湖七月半，一无可看，止可看看七月半之人”？谈谈你的看法。

2. 张岱的散文独具个性，请分析本文的艺术特点。

李姬传

侯方域

李姬者，名香[1]，母曰贞丽[2]。贞丽有侠气，尝一夜博，输千金立尽。所交接皆当世豪杰，尤与阳羡陈贞慧善也[3]。姬为其养女，亦侠而慧，略知书，能辨别士大夫贤否[4]，张学士溥、夏吏部允彝急称之[5]。少风调皎爽不群[6]。十三岁，从吴人周如松[7]受歌玉茗堂四传奇[8]，皆能尽其音节。尤工琵琶词[9]，然不轻发也[10]。

雪苑侯生[11]，己卯来金陵[12]，与相识。姬尝邀侯生为诗，而自歌以偿之。初，皖人阮大铖者[13]，以阿附魏忠贤论城旦[14]，屏居金陵[15]，为清议所斥[16]。阳羡陈贞慧、贵池吴应箕实首其事[17]，持之力[18]。大铖不得已，欲侯生为解之，乃假所善王将军[19]，日载酒食与侯生游。姬曰："王将军贫，非结客者[20]，公子盍叩之[21]？"侯生三问，将军乃屏人述大铖意[22]。姬私语侯生曰："妾少从假母识阳羡君[23]，其人有高义，闻吴君尤铮铮[24]，今皆与公子善，奈何以阮公负至交乎！且以公子之世望[25]，安事阮公[26]！公子读万卷书，所见岂后于贱妾耶[27]？"侯生大呼称善，醉而卧。王将军者殊怏怏[28]，因辞去，不复通[29]。

未几，侯生下第[30]。姬置酒桃叶渡[31]，歌琵琶词以送之，曰："公子才名文藻，雅不减中郎[32]。中郎学不补行[33]，今琵琶所传词固妄[34]，然尝昵董卓[35]，不可掩也。公子豪迈不羁，又失意，此去相见未可期，愿终自爱，无忘妾所歌琵琶词也[36]！妾亦不复歌矣！"

侯生去后，而故开府田仰者[37]，以金三百锾[38]，邀姬一见。姬固却之。开府惭且怒，且有以中伤姬[39]。姬叹曰："田公岂异于阮公乎[40]？吾向之所赞于侯公子者谓何[41]？今乃利其金而赴之，是妾卖公子矣！"卒不往。

【作者简介】

侯方域（1618年4月—1655年1月），字朝宗，明朝归德府（今河南商丘）人，明末清初散文三大家之一、明末"四公子"之一、复社领袖。侯方域是明代户部尚书侯恂之子，祖父及父辈都是东林党人，均因反对宦官专权而被黜。与冒襄、陈贞慧、方以智合称明末"四公子"，与陈贞慧交情尤深。明朝灭亡后，侯方域流落江南，入清后参加科举，为时人所讥："两朝应举侯公子，忍对桃花说李香。"晚年失悔此举。清顺治二年，28岁的侯方域回到归德府老家隐居，在此整理旧籍，编写新著。至35岁，回想起自己遭遇坎坷，事业一无所成，悔恨不已，便将其书房更名为"壮悔堂"，表示其壮年后悔之意。在这里完成了他的两部文集《壮悔堂文集》10卷、《四忆堂诗集》6卷明志。清朝顺治十一年12月13日（1655年1月30日），37岁的侯方域因悲愤国事和思念香君，不幸染病身亡。清初作家孔尚任撰《桃花扇》剧本，描写的就是侯方域与秦淮名妓李香君的爱情故事，侧面反映了明亡清兴的历史背景。

【注释】

[1]李姬：李香，明末南京秦淮名妓。南京是明朝的陪都，江南第一大都会，金粉繁华，江南文士多流连歌馆酒楼，声气相求，议论时事。妓女亦多知书，不乏善绘、工诗者，以附丽清流名士为荣幸。崇祯末，侯方域以世家公子游学南京，入复社，参与复社反阉党余孽阮大铖的活动，介入弘光朝的政治斗争，遂使其所宠爱的李香也卷入其中。后侯方域缅怀往事，感其品节之可贵，作成此传。文章以实事为主，叙事简洁，不失史传文笔法，然亦不全遵传记文体，只叙出侯生所见李香品节之二三事，结末无论赞，又类乎记逸事之文。论者谓"近唐人小说"（宋荦《国朝三家文钞·凡例》）。[2]贞丽：姓李，字淡如，秦淮名妓，李香假母。[3]阳羡：江苏宜兴旧名。陈贞慧：字定生，宜兴人，为复社重要成员，明亡不仕，有《皇明语林》。[4]贤否（pǐ）：贤与恶。[5]张学士溥：张溥，字天如，江苏太仓人，进士及第，复社发起人，著有《七录

斋诗文合集》《汉魏六朝百三名家集》。夏吏部允彝：夏允彝，字彝仲，华亭（今属上海市）人，崇祯进士，官福建长乐知县，与陈子龙组织几社，与复社相呼应。南明弘光朝，官吏部主事。清兵渡江，于家乡起兵抵抗，兵败投水死。著有《幸存录》。[6]风调：风度，格调。皎爽：纯洁爽朗。[7]周如松：苏昆生原名，本河南固始人，精通音律，善歌，为著名昆曲教习。明亡后，流落苏州。[8]玉茗堂四传奇：即汤显祖的《紫钗记》《牡丹亭》《邯郸记》《南柯记》。玉茗堂是汤显祖的书斋名。[9]琵琶词：即高明的《琵琶记》。[10]不轻发：不轻易演唱。[11]雪苑侯生：作者自称。雪苑，汉梁孝王林苑，初名兔园，规模甚大，司马相如等名士曾为座上客，故著名，也称梁苑。南朝谢惠连作《雪赋》，描绘梁苑雪景，传诵极广，故梁苑也称雪苑。故址在今河南商丘东南。侯方域为商丘人，故称雪苑侯生。[12]己卯：明崇祯十二年（1639 年），当时侯方域二十二岁。[13]皖人阮大铖：字圆海，安徽省怀宁人。明天启朝为京官，依附权阉魏忠贤。崇祯初，削职为民，流寓南京，作戏曲，蓄声伎，结纳文士、游侠。南明弘光朝，依附马士英，官至兵部尚书。清兵渡江，出降，从清兵南侵，死于仙霞关。作有《春灯谜》《燕子笺》等传奇。事具《明史·奸臣传》。[14]论城旦：被定罪判刑。城旦，古代刑罚名。《墨子·号令》："以令为除死罪二人，城旦四人。"孙诒让《墨子闲诂》引应劭语："城旦者，旦起行治城，四岁刑也。"后指徒刑或流放。阮大铖被判处"赎徒为民"，故云。[15]屏（bǐng）居：退居。[16]为清议所斥：指复社陈贞慧、吴应箕等人在南京联合发布《留都防乱揭帖》，揭发阮大铖为阉党余孽，蓄意再起。清议，在野士人对时政之评议。[17]首其事：首先发起那件事情。[18]持之力：态度坚决。[19]假：借，委托。所善：所交好的人。王将军：事迹不详。[20]非结客者：不是有能力广交宾客的人。[21]盍：何不。叩：询问。[22]屏人：让周围人退避。[23]阳羡君：指陈贞慧。[24]吴君：指吴应箕。铮铮：正直刚强的样子。[25]世望：家世和名望。侯方域祖执蒲、父恂、叔恪，在明末天启、崇祯年间为朝官，均立身正直，未阿附权阉魏忠贤，属东林党人。[26]安：如何。事：为之服务。[27]后于：低于，不如。[28]怏怏：失意的样子。[29]不复通：不再交往。通，往来。[30]下第：指侯方域应江南乡试未中。[31]桃叶渡：在南京秦淮河口，相传因晋王献之送其爱妾桃叶于此而得名。[32]雅：甚。中郎：《琵琶记》演蔡伯喈与赵五娘的故事，系据宋元年间民间传说而作成，附会为东汉蔡邕之事。蔡邕，字伯喈，官左中郎将，以职称名中郎。[33]学不补行：谓学问虽富，但品行有缺陷。补，修补，引申为掩盖。[34]琵琶所传词固妄：指《琵琶记》所写并非蔡邕实有之事。固，诚然。[35]尝昵董卓：汉献帝时，董卓擅政，征蔡邕为侍中，再拜中郎将，封高阳乡侯。王允诛董卓，独蔡邕哭之，坐董卓党下狱死（参见《后汉书·蔡邕传》）。昵，亲近。[36]"无忘"句：勿忘所以歌之意，即勉之以蔡中郎为鉴。[37]开府：古代高级官员设立官署，自选僚属，称"开府"。明清两代用以指称方面大员，如总督、巡抚。田仰：字百源，贵州人，与马士英有亲，弘光朝官淮扬巡抚。[38]锾（huán）：货币量词。《书·吕刑》："墨辟疑赦，其罚百锾。"孙星衍《尚书今古文注疏》："一说为六两，一说为十铢二十五分之十三。"后借用以钱币数，三百锾即三百金。[39]有以：因此。中伤姬：诬陷李香。侯方域有《答田中丞书》，驳斥田仰声称李香却金拒招是受其指使。此所谓"中伤"，当是指田仰羞怒，诬陷李香拒招有复社人物反马士英、阮大铖擅政之政治背景。[40]岂异：何异。[41]向：前时。赞：支持。谓何：为了什么。谓，通“为”。

【文解】

《李姬传》是由明末清初的散文家侯方域所作，描写明末秦淮歌妓李香，不仅写了她擅长歌唱的艺术才能和不同流俗的风度，更突出写了她的见识和品格。她及时识破了阉党余孽的诡计，劝说侯方域拒绝阮大铖的利诱。她忠实于真挚的爱情，勉励侯方域保持气节。她坚持不肯与和阮大铖同流合污的开府田仰接近，敢于抗拒权贵的诱惑和威胁。同时生动地描绘了李香的生活和斗争，热情地赞美了李香的才能、智慧和品德。《李姬传》无论在思想上或艺术上，都有可取之处，所以，它成为侯方域的散文代表作之一，也可以算是清初散文代表作之一。

【思考与练习】

1．作者为李姬立传，表现了她怎样的精神？

2．分析本文描写人物的特点。

习惯说

刘　蓉

蓉少时，读书养晦堂之西偏一室[1]。俯而读，仰而思，思有弗得，辄起绕室以旋。室有洼，径尺，浸淫日广[2]。每履之，足苦踬焉。既久而遂安之。

一日，父来室中，顾而笑曰：“一室之不治，何以天下家国为？”命童子取土平之。后蓉复履其地，蹶然以惊，如土忽隆起者，俯视，地坦然，则既平矣。已而复然。又久而后安之。

噫！习之中人甚矣哉！足之履平地，而不与洼适也，及其久，则洼者若平，至使久而即乎其故，则反窒焉而不宁。故君子之学，贵乎慎始。

【作者简介】

刘蓉（1816 年—1873 年），清代文学家。“蓉”一作“容”，字孟容，号霞仙。湖南湘乡人。诸生出身。曾在乡办团练，跟从曾国藩在江西与太平军作战。同治元年（1862年）任四川布政使，同年石达开军入川，奉命赴前敌督战。石大败，自投清营，他将其槛送成都，酷刑处死。次年调升陕西巡抚，督办全陕军务。后为张宗禹所部西捻军所败，革职回家。著有《养晦堂诗文集》《思辨录疑义》等。

【注释】

[1]养晦堂：刘蓉居室名，在湖南湘乡。[2]浸（qīn）淫：渐渐扩展。

【文解】

这篇文章选自《养晦堂诗文集》。文章主要采用了记叙和议论的表达方式，揭示的道理是：对于一个人来说，无论是培养好习惯，还是克服坏习惯，都应该从少年时期开始。

【思考与练习】

1. 谈谈“习惯”。

2. 本文短小精悍，谈谈本文是如何具体来写“习惯”的。

第四节　现当代散文

清塘荷韵

季羡林

楼前有清塘数亩。记得三十多年前初搬来时，池塘里好像是有荷花的，我的记忆里还残留着一些绿叶红花的碎影。后来时移事迁，岁月流逝，池塘里却变得“半亩方塘一鉴开，天光云影共徘徊”，再也不见什么荷花了。

我脑袋里保留的旧的思想意识颇多，每一次望到空荡荡的池塘，总觉得好像缺点什么。这不符合我的审美观念。有池塘就应当有点绿的东西，哪怕是芦苇呢，也比什么都没有强。最好的最理想的当然是荷花。中国旧的诗文中，描写荷花的简直是太多太多了。周敦颐的《爱莲说》读书人不知道的恐怕是绝无仅有的。他那一句有名的“香远益清”是脍炙人口的。几乎可以说，中国没有人不爱荷花的。可我们楼前池塘中独独缺少荷花。每次看到或想到，总觉得是一块心病。

有人从湖北来，带来了洪湖的几颗莲子，外壳呈黑色，极硬。据说，如果埋在淤泥中，能够千年不烂。因此，我用铁锤在莲子上砸开了一条缝，让莲芽能够破壳而出，不至永远埋在泥中。这都是一些主观的愿望，莲芽能不能长出，都是极大的未知数。反正我总算是尽了人事，把五六颗敲破的莲子投入池塘中，下面就是听天由命了。

这样一来，我每天就多了一件工作：到池塘边上去看上几次。心里总是希望，忽然有一天，“小荷才露尖尖角”，有翠绿的莲叶长出水面。可是，事与愿违，投下去的第一年，一直到秋凉落叶，水面上也没有出现什么东西。经过了寂寞的冬天，到了第二年，春水盈塘，绿柳垂丝，一片旖旎的风光。可是，我翘盼的水面却仍然没有露出什么荷叶。此时我已经完全灰了心，以为那几颗湖北带来的硬壳莲子，由于人力无法解释的原因，大概不会再有长出荷花的希望了。我的目光无法把荷叶从淤泥中吸出。

但是，到了第三年，却忽然出了奇迹。有一天，我忽然发现，在我投莲子的地方长出了几个圆圆的绿叶，虽然颜色极惹人喜爱，但是却细弱单薄，可怜兮兮地平卧在水面上，像水浮莲的叶子一样。而且最初只长出了五六个叶片。我总嫌这有点太少，总希望多长出几片来。于是，我盼星星，盼月亮，天天到池塘边上去观望。有校外的农民来捞水草，我总请求他们手下留情，不要碰断叶片。但是经过了漫漫的长夏，凄清的秋天又降临人间，池塘里浮动的仍然只是孤零零的那五六个叶片。对我来说，这又是一个虽微有希望但究竟仍是令人灰心的一年。

真正的奇迹出现在第四年上。严冬一过，池塘里又溢满了春水。到了一般荷花长叶的时候，在去年飘浮着五六个叶片的地方，一夜之间，突然长出了一大片绿叶，而且看来荷花在严冬的冰下并没有停止行动，因为在离开原有五六个叶片的那块基地比较远的池塘中心，也长出了叶片。叶片扩张的速度，扩张范围的广大，都是惊人地快。几天之内，池塘内不小一部分，已经全为绿叶所覆盖。而且原来平卧在水面上的像是水浮莲一样的叶片，不知道是从哪里聚集来了力量，有一些竟然跃出水面，长成了亭亭的荷叶。原来我心中还迟迟疑疑，怕池中长的是水浮莲，而不是真正的荷花。这样一来，我心中的疑云一扫而光：池塘中生长的真正是洪湖莲花的子孙了。我心中狂喜，这几年总算是没有白等。

天地萌生万物，对包括人在内的动植物等有生命的东西，总是赋予一种极其惊人的求生存的力量和极其惊人的扩展蔓延的力量，这种力量大到无法抗御。只要你肯费力来观察一下，就必然会承认这一点。现在摆在我面前的就是我楼前池塘里的荷花。自从几个勇敢的叶片跃出水面以后，许多叶片接踵而至。一夜之间，就出来了几十枝，而且迅速地扩散、蔓延。不到十几天的工夫，荷叶已经蔓延得遮蔽了半个池塘。从我撒种的地方出发，向东西南北四面扩展。我无法知道，荷花是怎样在深水中淤泥里走动。反正从露出水面的荷叶来看，每天至少要走半尺的距离，才能形成眼前的这个局面。

光长荷叶，当然是不能满足的。荷花接踵而至，而且据了解荷花的行家说，我门前池塘里的荷花，同燕园其他池塘里的，都不一样。其他地方的荷花，颜色浅红；而我这里的荷花，不但红色浓，而且花瓣多，每一朵花能开出十六个复瓣，看上去当然就与众不同了。这些红艳耀目的荷花，高高地凌驾于莲叶之上，迎风弄姿，似乎在睥睨一切。幼时读旧诗："毕竟西湖六月中，风光不与四时同。接天莲叶无穷碧，映日荷花别样红。"爱其诗句之美，深恨没有能亲自到杭州西湖去欣赏一番。现在我门前池塘中呈现的就是那一派西湖景象。是我把西湖从杭州搬到燕园里来了。岂不大快人意也哉！前几年才搬到朗润园来的周一良先生赐名为"季荷"。我觉得很有趣，又非常感激。难道我这个人将以荷而传吗？

前年和去年，每当夏月塘荷盛开时，我每天至少有几次徘徊在塘边，坐在石头上，静静地吸吮荷花和荷叶的清香。"蝉噪林愈静，鸟鸣山更幽。"我确实觉得四周静得很。我在一片寂静中，默默地坐在那里，水面上看到的是荷花的绿肥、红肥。倒影映入水中，风乍起，一片莲瓣堕入水中，它从上面向下落，水中的倒影却是从下边向上落，最后一接触到水面，二者合为一，像小船似的漂在那里。我曾在某一本诗话上读到两句诗："池花对影落，沙鸟带声飞。"作者深惜第二句对仗不工。这也难怪，像"池花对影落"这样的境界究竟有几个人能参悟透呢？

晚上，我们一家人也常常坐在塘边石头上纳凉。有一夜，天空中的月亮又明又亮，把一片银光洒在荷花上。我忽听扑通一声。是我的小白波斯猫毛毛扑入水中，她大概是认为水中有白玉盘，想扑上去抓住。她一入水，大概就觉得不对头，连忙矫捷地回到岸上，把月亮的倒影打得支离破碎，好久才恢复了原形。

今年夏天，天气异常闷热，而荷花则开得特欢。绿盖擎天，红花映日，把一个不算小的池塘塞得满而又满，几乎连水面都看不到了。一个喜爱荷花的邻居，天天兴致勃勃地数荷花的朵数。今天告诉我，有四五百朵；明天又告诉我，有六七百朵。但是，我虽然知道他为人细致，却不相信他真能数出确实的朵数。在荷叶底下，石头缝里，旮旮旯旯，不知还隐藏着多少菁葖，都是在岸边难以看到的。

连日来，天气突然变寒。池塘里的荷叶虽然仍是绿油油的一片，但是看来变成残荷之日也不会太远了。再过一两个月，池水一结冰，连残荷也将消逝得无影无踪。那时荷花大概会在冰下冬眠，做着春天的梦。它们的梦一定能够圆的。“既然冬天到了，春天还会远吗？”

我为我的“季荷”祝福。

【作者简介】

季羡林，字希逋，又字齐奘。著名的古文字学家、历史学家、东方学家、思想家、语言学家、佛学家、作家。他精通 12 国语言。1911 年 8 月 6 日出生于山东省清平县（现并入临清市），于 2009 年去世。1946 年，他由德国留学回国，被聘为北京大学教授，创建东方语文系。1956 年当选为中国科学院哲学社会科学部委员。1978 年任北京大学副校长。其著作已汇编成《季羡林文集》，共 24 卷。

【文解】

作者借荷花美景抒发了对荷花的赞颂之情。

【思考与练习】

1. 试分析作者“以情动人”的艺术表现手法。
2. 为何作者对荷情有独钟，谈谈你的认识。

跨越百年的美丽

梁　衡

1998 年是居里夫人和她的丈夫发现放射性元素镭一百周年。

一百年前的 1898 年 12 月 26 日，法国科学院人声鼎沸，一位年轻漂亮、神色庄重又略显疲倦的妇人走上讲台，全场立即肃然无声。她叫玛丽·居里，她今天要和她的丈夫皮埃尔·居里一起在这里宣布一项惊人发现，他们发现了天然放射性元素镭。本来这场报告，她想让丈夫来作，但皮埃尔·居里坚持让她来讲，因为在此之前还没有一个女子登上过法国科学院的讲台。玛丽·居里穿着一袭黑色长裙，白净端庄的脸庞显出坚定又略带淡泊的神情，而那双微微内陷的大眼睛，则让你觉得能看透一切，看透未来。她的报告使全场震惊，物理学进入了一个新时代，而她那美丽庄重的形象也就从此定格在历史上，定格在每个人的心里。

关于放射性的发现，居里夫人并不是第一人，但她是关键的一人。在她之前，1896 年 1 月，德国科学家伦琴发现了 X 光，这是人工放射性；1896 年 5 月，法国科学家贝克勒尔发现铀盐可以使胶片感光，这是天然放射性。这都还是偶然的发现，居里夫人却立即提出了一个新问题，其他物质有没有放射性？物质世界里是不是还有另一块全新的领域？别人在海滩上捡到一块贝壳，她却要研究一下这贝壳是怎样生、怎样长、怎样冲到海滩上来的，别人摸瓜她寻藤，别人摘叶她问根。是她提出了放射性这个词。两年后，她发现了钋，接着发现了镭，冰山露出了一角。为了提炼纯净的镭，居里夫妇搞到一吨可能含镭的工业废渣。他们在院子里支起了一口锅，一锅一锅地进行冶炼，然后再送到化验室溶解、沉淀、分析。而所谓的化验室是一个废弃的、曾停放解剖用尸体的破棚子。玛丽终日在烟熏火燎中搅拌着锅里的矿渣，她衣裙上、双手上，留下了酸碱的点点烧痕。一天，疲劳至极的玛丽揉着酸痛的后腰，隔着满桌的试管、量杯问皮埃尔："你说这镭会是什么样子？"皮埃尔说："我只是希望它有美丽的颜色。"经过 3 年又 9 个月，他们终于从成吨的矿渣中提炼出了 0.1 克镭。它真的有极美丽的颜色，在幽暗的破木棚里发出略带蓝色的荧光。它还会自动放热，一小时放出的热能融化等重的冰决。

旧木棚里这点美丽的淡蓝色荧光，是用一个美丽女子的生命和信念换来的。这项开辟科学新纪元的伟大发现好像不该落在一个女子头上。千百年来，漂亮就是一个女人的最高荣誉、最大资本，只要有幸得到这一点，其余便不必再求了。莫泊桑在他的名著《项链》中说："女人并无社会等级，也无种族差异；她们的姿色、风度和妩媚就是她们身世和门庭的标志。"居里夫人是属于那一类很漂亮的女子，她的肖像如今挂遍世界各国的科研教学机构，我们仍可看到她昔日的风采。但是她偏偏没有利用这一点资本，她的战胜自我也恰恰就是从这一点开始的。当她还是个小学生时就显示出上帝给她的优宠，漂亮的外貌已足以使她讨得周围所有人的喜欢。但她的性格里天生还有一种更可贵的东西。这就是人们经常加于男子汉身上的骨气。她坚定、刚毅，有远大、执著的追求。为了不受漂亮的干扰，她故意把一头金发剪得很短，她对哥哥说："毫无疑问，我们家里的人有天赋，必须使这种天赋由我们中的一个表现出来！"她中学毕业后在城里和乡下当了七年家庭教师，积攒了一点学费便到巴黎来读书。当时大学里女学生很少，这个高额头、蓝眼睛、身材修长的漂亮的异国女子，很快成了人们议论的中心。男学生们为了能更多地看她一眼，或有幸凑上去说几句话，常常挤在教室外的走廊里，她的女友甚至不得不用伞柄赶走这些追慕者。但她对这种热闹不屑一顾，她每天到得最早，坐在前排，给那些追寻的目光一个无情的后脑勺。她身上永远裹着一层冰霜的盔甲，凛然使那些"追星族"不敢靠近。她本来住在姐姐家中，为了求得安静，便一人租了间小阁楼，一天只吃一顿饭，日夜苦读。晚上冷得睡不着，就拉把椅子压在身上，以取得一点感觉上的温暖。这种心无旁骛、悬梁刺股、卧薪尝胆的进取精神，就是一般男子也是很难做到的啊。宋玉说有美女在墙头看他三年而不动心；范仲淹考进士前在一间破庙里读书，晨起煮粥一碗，冷后划作四块，是为一天的口粮。而在地球那一边的法国，一个波兰女子也这样心静，这样执著，这样地耐得苦寒。她以 25 岁的妙龄，面对追者如潮而不心动。她只要稍微松一下手，回一下头，就会跌回温软的怀抱和赞美的泡沫中，但是她有大志，有大求，她知道只有发现、创造之花才有永开不败的美丽。所以她甘愿让酸碱啃蚀她柔美的双手，让呛人的烟气吹皱她秀美的额头。

本来玛丽·居里完全可以换另外一种活法。她可以趁着年轻貌美如现代女孩吃青春饭那样，在钦羡和礼赞中活个轻松，活个痛快。但是她没有，她知道自己更深一层的价值和更远一些的目标。成语"浅尝辄止"是指人对外部世界的认识，殊不知有多少人对自己也常是浅尝辄止，见宠即喜。数年前一位母亲对我说她刚上初中的女儿成绩下降，为什么？答曰："知道爱美了，上课总用铅笔杆做她的卷卷头。"美对人来说是一种附加，就像格律对诗词也是一种附加。律诗难作，美人难为，做得好惊天动地，做不好就黄花萎地。玛丽·居里让全世界的女子都知道，她们除了“身世”和“门庭”之外，还有更重要的东西。

1852年斯托夫人写了一本《汤姆叔叔的小屋》，导致了美国南北战争的爆发，林肯说是一个小妇人引发了一场解放黑奴的大革命。比斯托夫人约晚50年，居里夫人发现了镭，也是一个小妇人引发了一场革命，科学革命。它直接导致了后来卢瑟夫对原子结构的探秘，导致了原子弹的爆炸，导致了原子时代的到来。更重要的是这项发现的哲学意义。哲学家说事物无时无刻不在变；西方哲人说，人不能两次踏进同一条河流；公元1082年东方哲人苏东坡赤壁望月长叹道：“盖将自其变者而观之，则天地曾不能以一瞬；自其不变者而观之，则物与我皆无尽也。”现在，居里夫人证明镭便是这样“不能以一瞬”而存在的物质，它会自己不停地发光、放热、放出射线，能灼伤人的皮肤，能穿透黑纸使胶片感光，能使空气导电，它刹那间是自己又不是自己。哲理就渗透在每个原子的毛孔里。玛丽·居里几乎在完成这项伟大自然发现的同时也完成了对人生意义的发现。她也在不停地变化着，当工作卓有成效的同时，镭射线也在无声地侵蚀着她的肌体。她美丽健康的容貌在悄悄地隐退，她逐渐变得眼花耳鸣，苍白乏力。而皮埃尔不幸早逝，社会对女性的歧视更加重了她生活和思想上的沉重负担。但她什么也不管，只是默默地工作。她从一个漂亮的小姑娘，一个端庄坚毅的女学者，变成科学教科书里的新名词“放射线”，变成物理学的一个新计量单位“居里”，变成一条条科学定理，她变成了科学史上一块永远的里程碑。“自其不变者而观之”，她得到了永恒。“长恨春归无觅处，不知转入此中来。”就像化学的置换反应一样，她的青春美丽换位到了科学教科书里，换位到了人类文化的史册里。

居里夫人的美名从她发现镭那一刻起就流传于世，迄今已经百年，这是她用全部的青春、信念和生命换来的荣誉。她一生共得了10项奖金、16种奖章、107个名誉头衔，特别是两次诺贝尔奖。她本来可以躺在任何一项大奖或任何一个荣誉上尽情地享受，但是她视名利如粪土，她将奖金赠给科研事业和战争中的法国，而将那些奖章送给6岁的小女儿去当玩具。上帝给的美形她都不为所累，尘世给的美誉她又怎肯背负在身呢？凭谁论短长，漫将浮名换了精修细研，她一如既往，埋头工作到67岁离开人世，离开了她心爱的实验室。直到她死后40年，她用过的笔记本里，还有射线在不停地释放。爱因斯坦说：“在所有的世界著名人物当中，玛丽·居里是唯一没有被盛名宠坏的人。”她实事求是，超形脱俗，知道自己的目标，更知道自己的价值。一般人要做到这两个自知，排除干扰并终生如一，是很难很难的，但居里夫人做到了。她让我们明白，人有多重价值，是需要多层开发的。有的人止于形，以售其貌；有的人止于勇，而呈其力；有的人止于心，而有其技；有的人达于理，而用其智。诸葛亮戎马一生，气吞曹吴，却不披一甲，不佩一刃；毛泽东指挥军民万众，在战火中打出一个新中国，却从不受军衔，不背一枪。大音希声，大道无形，大智之人，不耽于形，不逐于力，不持于技。他们淡淡地生活，静静地思考，执著地进取，直进到智慧高地，自由地驾驭规律，而永葆一种理性的美丽。

居里夫人就是这样一位挺立在智慧高地的伟人。

【作者简介】

梁衡，山西霍州人。1946 年出生，1968 年毕业于中国人民大学。历任《内蒙古日报》记者、《光明日报》记者、新闻出版总署副署长，著名的新闻理论家、散文家、科普作家和政治家。曾荣获全国青年文学奖、赵树理文学奖、全国优秀科普作品奖和中宣部“五个一”工程奖等多种荣誉。现任《人民日报》副总编辑、中国人民大学新闻学院博士生导师、中国作家协会全委会委员、中国记者协会全委会常务理事、人教版中小学教材总顾问。

【文解】

1998 年是居里夫人和她的丈夫发现镭一百周年。本文是一篇赞美居里夫人的文章。“美丽”是本文的主线，这跨越百年的“美丽”不仅是居里夫人端庄的形象，更是她所体现的坚定执著、淡泊名利、刚毅顽强、为科学献身的精神。

【思考与练习】

1. 谈谈本文赞颂了居里夫人怎样的品质精神？
2. 作者用了怎样的艺术手法，突出了居里夫人的“美丽”？

听听那冷雨

余光中

惊蛰一过，春寒加剧。先是料料峭峭，继而雨季开始，时而淋淋漓漓，时而淅淅沥沥，天潮潮地湿湿，即连在梦里，也似乎有把伞撑着。而就凭一把伞，躲过一阵潇潇的冷雨，也躲不过整个雨季。连思想也都是潮润润的。每天回家，曲折穿过金门街到厦门街迷宫式的长巷短巷，雨里风里，走入霏霏令人更想入非非。想这样子的台北凄凄切切完全是黑白片的味道，想整个中国整部中国的历史无非是一张黑白片子，片头到片尾，一直是这样下着雨的。这种感觉，不知道是不是从安东尼奥尼那里来的。不过那一块土地是久违了，二十五年，四分之一的世纪，即使有雨，也隔着千山万山，千伞万伞。十五年，一切都断了，只有气候，只有气象报告还牵连在一起，大寒流从那块土地上弥天卷来，这种酷冷吾与古大陆分担。不能扑进她怀里，被她的裙边扫一扫吧也算是安慰孺慕之情。

这样想时，严寒里竟有一点温暖的感觉了。这样想时，他希望这些狭长的巷子永远延伸下去，他的思路也可以延伸下去，不是金门街到厦门街，而是金门到厦门。他是厦门人，至少是广义的厦门人，二十年来，不住在厦门，住在厦门街，算是嘲弄吧，也算是安慰。不过说到广义，他同样也是广义的江南人，常州人，南京人，川娃儿，五陵少年。杏花春雨江南，那是他的少年时代了。再过半个月就是清明。安东尼奥尼的镜头摇过去，摇过去又摇过来。残山剩水犹如是，皇天后土犹如是，纭纭黔首、纷纷黎民从北到南犹如是。那里面是中国吗？那里面当然还是中国，永远是中国。只是杏花春雨已不再，牧童遥指已不再，剑门细雨渭城轻尘也都已不再。然则他日思夜梦的那片土地，究竟在哪里呢？

在报纸的头条标题里吗？还是香港的谣言里？还是傅聪的黑键白键马思聪的跳弓拨弦？还是安东尼奥尼的镜底勒马洲的望中？还是呢，故宫博物院的壁头和玻璃柜内，京戏的锣鼓声中太白和东坡的韵里？

杏花，春雨，江南。六个方块字，或许那片土就在那里面。而无论赤县也好神州也好中国也好，变来变去，只要仓颉的灵感不灭，美丽的中文不老，那形象那磁石一般的向心力当必然长在。因为一个方块字是一个天地。太初有字，于是汉族的心灵他祖先的回忆和希望便有了寄托。譬如凭空写一个“雨”字，点点滴滴，滂滂沱沱，淅淅沥沥，一切云情雨意，就宛然其中了。视觉上的这种美感，岂是什么 rain 也好 pluie 也好所能满足？翻开一部《辞源》或《辞海》，金木水火土，各成世界，而一入“雨”部，古神州的天颜千变万化，便悉在望中，美丽的霜雪云霞，骇人的雷电霹雹，展露的无非是神的好脾气与坏脾气，气象台百读不厌门外汉百思不解的百科全书。

听听，那冷雨。看看，那冷雨。嗅嗅闻闻，那冷雨，舔舔吧，那冷雨。雨在他的伞上这城市百万人的伞上雨衣上屋上天线上，雨下在基隆港在防波堤海峡的船上，清明这季雨。雨是女性，应该最富于感性。雨气空蒙而迷幻，细细嗅嗅，清清爽爽新新，有一点薄荷的香味，浓的时候，竟发出草和树林沐浴之后特有的淡淡土腥气，也许那尽是蚯蚓的蜗牛的腥气吧，毕竟是惊蛰了啊。也许地上的地下的生命也许古中国层层叠叠的记忆皆蠢蠢而蠕，也许是植物的潜意识和梦紧，那腥气。

第三次去美国，在高高的丹佛他山居住了两年。美国的西部，多山多沙漠，千里干旱，天，蓝似安格罗萨克逊人的眼睛，地，红如印第安人的肌肤，云，却是罕见的白，落基山簇簇耀目的雪峰上，很少飘云牵雾。一来高，二来干，三来森林线以上，杉柏也止步，中国诗词里“荡胸生层云”或是“商略黄昏雨”的意趣，是落基山上难睹的景象。落基山岭之胜，在石，在雪。那些奇岩怪石，相叠互倚，砌一场惊心动魄的雕塑展览，给太阳和千里的风看。那雪，白得虚虚幻幻，冷得清清醒醒，那股皑皑不绝一仰难尽的气势，压得人呼吸困难，心寒眸酸。不过要领略“白云回望合，青霭入看无”的境界，仍须来中国。台湾湿度很高，最富云气氤氲雨意迷离的情调。两度夜宿溪头，树香沁鼻，宵寒袭肘，枕着润碧湿翠苍苍交叠的山影和万籁都歇的岑寂，仙人一样睡去。山中一夜饱雨，次晨醒来，在旭日未升的原始幽静中，冲着隔夜的寒气，踏着满地的断柯折枝和仍在流泻的细股雨水，一径探入森林的秘密，曲曲弯弯，步上山去。溪头的山，树密雾浓，蓊郁的水气从谷底冉冉升起，时稠时稀，蒸腾多姿，幻化无定，只能从雾破云开的空处，窥见乍现即隐的一峰半壑，要纵览全貌，几乎是不可能的。至少上山两次，只能在白茫茫里和溪头诸峰玩捉迷藏的游戏。回到台北，世人问起，除了笑而不答心自问，故作神秘之外，实际的印象，也无非山在虚无之间罢了。云缭烟绕，山隐水迢的中国风景，由来予人宋画的韵味。那天下也许是赵家的天下，那山水却是米家的山水。而究竟，是米氏父子下笔像中国的山水，还是中国的山水上纸像宋画，恐怕是谁也说不清楚了吧？

雨不但可嗅，可亲，更可以听。听听那冷雨。听雨，只要不是石破天惊的台风暴雨，在听觉上总是一种美感。大陆上的秋天，无论是疏雨滴梧桐，或是骤雨打荷叶，听去总有一点凄凉、凄清、凄楚，于今在岛上回味，则在凄楚之外，再笼上一层凄迷了，饶你多少豪情侠气，怕也经不起三番五次的风吹雨打。一打少年听雨，红烛昏沉。

二打中年听雨，客舟中，江阔云低。三打白头听雨的僧庐下，这更是亡宋之痛，一颗敏感心灵的一生：楼上，江上，庙里，用冷冷的雨珠子串成。十年前，他曾在一场摧心折骨的鬼雨中迷失了自己。雨，该是一滴湿漓漓的灵魂，在窗外喊谁。

雨打在树上和瓦上，韵律都清脆可听。尤其是铿铿敲在屋瓦上，那古老的音乐，属于中国。王禹偁的黄冈，破如椽的大竹为屋瓦。据说住在竹楼上面，急雨声如瀑布，密雪声比碎玉，而无论鼓琴、咏诗、下棋、投壶，共鸣的效果都特别好。这样岂不像住在竹筒里面，任何细脆的声响，怕都会加倍夸大，反而令人耳朵过敏吧。

雨天的屋瓦，浮漾湿湿的流光，灰而温柔，迎光则微明，背光则幽黯，对于视觉，是一种低沉的安慰。至于雨敲在鳞鳞千瓣的瓦上，由远而近，轻轻重重轻轻，夹着一股股的细流沿瓦槽与屋檐潺潺泻下，各种敲击音与滑音密织成网，谁的千指百指在按摩耳轮。"下雨了"，温柔的灰美人来了，她冰冰的纤手在屋顶拂弄着无数的黑键啊灰键，把晌午一下子奏成了黄昏。

在古老的大陆上，千屋万户是如此。二十多年前，初来这岛上，日式的瓦屋亦是如此。先是天黯了下来，城市像罩在一块巨幅的毛玻璃里，阴影在户内延长复加深。然后凉凉的水意弥漫在空间，风自每一个角落里旋起，感觉得到，每一个屋顶上呼吸沉重都覆着灰云。雨来了，最轻的敲打乐敲打这城市。苍茫的屋顶，远远近近，一张张敲过去，古老的琴，那细细密密的节奏，单调里自有一种柔婉与亲切，滴滴点点滴滴，似幻似真，若孩时在摇篮里，一曲耳熟的童谣摇摇欲睡，母亲吟哦鼻音与喉音。或是在江南的泽国水乡，一大筐绿油油的桑叶被啮于千百头蚕，细细琐琐屑屑，口器与口器咀咀嚼嚼。雨来了，雨来的时候瓦这么说，一片瓦说千亿片瓦说，说轻轻地奏吧沉沉地弹，徐徐地叩吧挞挞地打，间间歇歇敲一个雨季，即兴演奏从惊蛰到清明，在零落的坟上冷冷奏挽歌，一片瓦吟千亿片瓦吟。

在旧式的古屋里听雨，听四月，霏霏不绝的黄梅雨，朝夕不断，旬月绵延，湿黏黏的苔藓从石阶下一直侵到舌底，心底。到七月，听台风台雨在古屋顶上一夜盲奏，千层海底的热浪沸沸被狂风挟持，掀翻整个太平洋只为向他的矮屋檐重重压下，整个海在他的蜗壳上哗哗泻过。不然便是雷雨夜，白烟一般的纱帐里听羯鼓一通又一通，滔天的暴雨滂滂沛沛扑来，强劲的电琵琶忐忐忑忑忐忐忑忑，弹动屋瓦的惊悸腾腾欲掀起。不然便是斜斜的西北雨斜斜刷在窗玻璃上，鞭在墙上打在阔大的芭蕉叶上，一阵寒濑泻过，秋意便弥漫旧式的庭院了。

在旧式的古屋里听雨，春雨绵绵听到秋雨潇潇，从少年听到中年，听听那冷雨。雨是一种单调而耐听的音乐是室内乐是室外乐，户内听听，户外听听，冷冷，那音乐。雨是一种回忆的音乐，听听那冷雨，回忆江南的雨下得满地是江湖，下在桥上和船上，也下在四川的秧田和蛙塘，下肥了嘉陵江下湿布谷咕咕的啼声，雨是潮潮润润的音乐下在渴望的唇上，舔舔那冷雨。

因为雨是最最原始的敲打乐，从记忆的彼端敲起。瓦是最最低沉的乐器，灰蒙蒙的温柔覆盖着听雨的人，瓦是音乐的雨伞撑起。但不久公寓的时代来临，台北你怎么一下子长高了，瓦的音乐竟成了绝响。千片万片的瓦翩翩，美丽的灰蝴蝶纷纷飞走，飞入历史的记忆。现在雨下下来，下在水泥的屋顶和墙上。没有音韵的雨季。树也砍光了，那月桂，那枫树，柳树和擎天的巨椰，雨来的时候不再有丛叶嘈嘈切切，闪动湿湿的绿光迎接。鸟声减了啾啾，蛙声沉了咯咯，秋天的虫吟也减了唧唧。七十年代的台北不需要这些，一个乐队接一个乐队便遣散尽了。要听鸡叫，只有去诗经的韵里找。现在只剩下一张黑白片，黑白的默片。

正如马车的时代去后，三轮车的时代也去了。曾经在雨夜，三轮车的油布篷挂起，送她回家的途中，篷里的世界小得多可爱，而且躲在警察的辖区以外，雨衣的口袋越大越好，盛得下他的一只手里握一只纤纤的手。台湾的雨季这么长，该有人发明一种宽宽的双人雨衣，一人分穿一只袖子，此外的部分就不必分得太苛。而无论工业如何发达，一时似乎还废不了雨伞。只要雨不倾盆，风不横吹，撑一把伞在雨中仍不失古典的韵味。任雨点敲在黑布伞或是透明的塑胶伞上，将骨柄一旋，雨珠向四方喷溅，伞缘便旋成了一圈飞檐。跟女友共一把雨伞，该是一种美丽的合作吧。最好是初恋，有点兴奋，更有点不好意思，若即若离之间，雨不妨下大一点。真正初恋，恐怕是兴奋得不需要伞的，手牵手在雨中狂奔而去，把年轻的长发和肌肤交给漫天的淋淋漓漓，然后向对方的唇上颊上尝凉凉甜甜的雨水。不过那要非常年轻且激情，同时，也只能发生在法国的新潮片里吧。

大多数的雨伞想不会为约会张开。上班下班，上学放学，菜市来回的途中。现实的伞，灰色的星期三。握着雨伞。他听那冷雨打在伞上。索性更冷一些就好了，他想。索性把湿湿的灰雨冻成干干爽爽的白雨，六角形的结晶体在无风的空中回回旋旋地降下来。等须眉和肩头白尽时，伸手一拂就落了。二十五年，没有受故乡白雨的祝福，或许发上下一点白霜是一种变相的自我补偿吧。一位英雄，经得起多少次雨季？他的额头是水成岩削成还是火成岩？他的心底究竟有多厚的苔藓？厦门街的雨巷走了二十年与记忆等长，一座无瓦的公寓在巷底等他，一盏灯在楼上的雨窗子里，等他回去，向晚餐后的沉思冥想去整理青苔深深的记忆。

前尘隔海。古屋不再。听听那冷雨。

【作者简介】

余光中，1928 年出生于南京，祖籍福建永春。母亲原籍江苏武进，故也自称“江南人”。1952 年毕业于台湾大学外文系。1959 年获美国爱荷华大学（LOWA）艺术硕士。先后任教于台湾东吴大学、台湾师范大学、台湾大学、台湾政治大学。其间两度应美国国务院邀请，赴美国多家大学任客座教授。1972 年任台湾政治大学西语系教授兼主任。1974 年至 1985 年任香港中文大学中文系教授。1985 年至今，任台湾中山大学教授及讲座教授，其中有六年时间兼任文学院院长及外文研究所所长。余光中一生从事诗歌、散文、评论、翻译，自称写作的“四度空间”。至今驰骋文坛已逾半个世纪，涉猎广泛，被誉为“艺术上的多妻主义者”。其文学生涯悠远、辽阔、深沉，为当代诗坛健将、散文重镇、著名批评家、优秀翻译家。现已出版诗集 21 种；散文集 11 种；评论集 5 种；翻译集 13 种；共 40 余种。代表作有《白玉苦瓜》（诗集）、《记忆像铁轨一样长》（散文集）及《分水岭上：余光中评论文集》（评论集）等。

【文解】

《听听那冷雨》是著名诗人余光中的散文作品。这篇散文抒写的是深深的思乡情绪，这种乡情主要是通过雨声的描写流淌而出的，借冷雨抒情，将自己身处台湾，不能回大陆团聚的思乡情绪娓娓倾诉，但另一方面这种乡情也表现在他在文中化用的诗词里面，中国古典诗词的意趣在被赋予生命的冷雨中表现得更淋漓尽致。

【思考与练习】

1. 分析本文的结构特点?
2. 这篇美文语言诗情画意，请分析其语言运用的特点。
3. 这篇散文的主题为“乡愁”，请结合文章进行分析。

第五节 外国散文

瓦尔登湖（节选）

梭 罗（美国）

到达我们生命的某个时期，我们就习惯于把可以安家落户的地方，一个个地加以考察了。正是这样我把住所周围一二十英里内的田园统统考察一遍。我在想象中已经接二连三地买下了那儿的所有田园，因为所有的田园都得要买下来，而且我都已经摸清它们的价格了。我步行到各个农民的田地上，尝尝他的野苹果，和他谈谈稼穑，再又请他随便开个什么价钱，就照他开的价钱把它买下来，心里却想再以任何价钱把它押给他，甚至付给他一个更高的价钱——把什么都买下来，只不过没有立契约——而是把他的闲谈当做他的契约，我这个人原来就很爱闲谈——我耕耘了那片田地，而且在某种程度上，我想，耕耘了他的心田，如是尝够了乐趣以后，我就扬长而去，好让他继续耕耘下去。这种经营，竟使我的朋友们当我是一个地产掮客。其实我是无论坐在哪里，都能够生活的，哪里的风景都能相应地为我而发光。家宅者，不过是一个座位——如果这个座位是在乡间就更好些。我发现许多家宅的位置，似乎都是不容易很快加以改进的，有人会觉得它离村镇太远，但我觉得倒是村镇离它太远了点。我总说，很好，我可以在这里住下；我就在那里过一小时夏天和冬天的生活；我看到那些岁月如何奔驰，挨过了冬季，便迎来了新春。这一区域的未来居民，不管他们将要把房子造在哪里，都可以肯定过去就有人住过那儿了。只要一个下午就足够把田地化为果园、树林和牧场，并且决定门前应该留着哪些优美的橡树或松树，甚至于砍伐了的树也都派定了最好的用场了；然后，我就由它去啦，好比休耕了一样，一个人越是有许多事情能够放得下，他越是富有。

我的想象却跑得太远了些，我甚至想到有几处田园会拒绝我，不肯出售给我——被拒绝正合我的心愿呢——我从来不肯让实际的占有这类事情伤过我的手指头。几乎已实际地占有田园那一次，是我购置霍乐威尔那个地方的时候，都已经开始选好种子，找出了木料来，打算造一架手推车，来推动这事，或载之而他往了；可是在原来的主人正要给我一纸契约之前，他的妻子——每一个男人都有一个妻子的——发生了变卦，她要保持她的田产了，他就提出赔我十元钱，解除约定。现在说句老实话，我在这个世界上只有一角钱，假设我真的有一角钱的话，或者又有田园，又有十元，或有了所有的这一切，那我这点数学知识可就无法计算清楚了。不管怎样，我退回了那十元钱，退还了那田园，因为这一次我已经做过头了，应该说，我是很慷慨的罗，我按照我买进的价格，按原价再卖了给他，更因为他并不见得富有，还送了他十元，但保留了我的一角钱和种子，以及备而未用的独轮车的木料。如此，我觉得我手面已很阔绰，而且这样做无损于我的贫困。至于那地方的风景，我却也保留住了，后来我每年都得到丰收，却不需要独轮车来载走。关于风景——

我勘察一切，像一个皇帝，

谁也不能够否认我的权利。

我时常看到一个诗人，在欣赏了一片田园风景中的最珍贵的部分之后，就扬长而去，那些固执的农夫还以为他拿走的只是几枚野苹果。诗人却把他的田园押上了韵脚，而且多少年之后，农夫还不知道这回事，这么一道最可羡慕的、肉眼不能见的篱笆已经把它圈了起来，还挤出了它的牛乳，去掉了奶油，把所有的奶油都拿走了，他只把去掉了奶油的奶水留给了农夫。

霍乐威尔田园的真正迷人之处，在我看是：它的遁隐之深，离开村子有两英里，离开最近的邻居有半英里，并且有一大片地把它和公路隔开了；它傍着河流，据它的主人说，由于这条河，而升起了雾，春天里就不会再下霜了，这却不在我心坎上；而且，它的田舍和棚屋带有灰暗而残败的神色，加上零落的篱笆，好似在我和先前的居民之间，隔开了多少岁月；还有那苹果树，树身已空，苔藓满布，兔子咬过，可见得我将会有什么样的一些邻舍了，但最主要的还是那一度回忆，我早年就曾经溯河而上，那时节，这些屋宇藏在密密的红色枫叶丛中，还记得我曾听到过一头家犬的吠声。我急于将它购买下来，等不及那产业主搬走那些岩石，砍伐掉那些树身已空的苹果树，铲除那些牧场中新近跃起的赤杨幼树，一句话，等不及它的任何收拾了。为了享受前述的那些优点，我决定干一下了；像那阿特拉斯一样，把世界放在我肩膀上好啦——我从没听到过他得了哪样报酬——我愿意做一切事：简直没有别的动机或任何推托之辞，只等付清了款子，便占有这个田园，再不受他人侵犯就行了；因为我知道我只要让这片田园自生自展，它将要生展出我所企求的最丰美的收获。但后来的结果已见上述。

所以，我所说的关于大规模的农事（至今我一直在培育着一座园林），仅仅是我已经预备好了种子。许多人认为年代越久的种子越好。我不怀疑时间是能分别好和坏的，但到最后我真正播种了，我想我大约是不至于会失望的。可是我要告诉我的伙伴们，只说这一次，以后永远不再说了：你们要尽可能长久地生活得自由，生活得并不执著才好。执迷于一座田园，和关在县政府的监狱中，简直没有分别。

老卡托——他的《乡村篇》是我的“启蒙者”，曾经说过——可惜我见到的那本唯一的译本把这一段话译得一塌糊涂——“当你想要买下一个田园的时候，你宁可在脑中多多地想着它，可决不要贪得无厌地买下它，更不要嫌麻烦而再不去看望它，也别以为绕着它兜一个圈子就够了。如果这是一个好田园，你去的次数越多你就越喜欢它。”我想我是不会贪得无厌地购买它的，我活多久，就去兜多久的圈子，死了之后，首先要葬在那里。这样才能使我终于更加喜欢它。

目前要写的，是我的这一类实验中其次的一个，我打算更详细地描写描写；而为了便利起见，且把这两年的经验归并为一年。我已经说过，我不预备写一首沮丧的颂歌，可是我要像黎明时站在栖木上的金鸡一样，放声啼叫，即使我这样做只不过是为了唤醒我的邻人罢了。

我第一天住在森林里，就是说，白天在那里，而且也在那里过夜的那一天，凑巧得很，是一八四五年七月四日，独立日，我的房子没有盖好，过冬还不行，只能勉强避避风雨，没有灰泥墁，没有烟囱，墙壁用的是饱经风雨的粗木板，缝隙很大，所以到晚上很是凉爽。笔直的、砍伐得来的、白色的间柱，新近才刨得平坦的门户和窗框，使屋子具有清洁和通风的景象，特别在早晨，木料里饱和着露水的时候，总使我幻想到午间大约会有一些甜蜜的树胶从中渗出。这房间在我的想象中，一整天里还将多少保持这个早晨的情调，这使我想起了上一年我曾游览过的一个山顶上的一所房屋，这是一所空气好的、不涂灰泥的房屋，适宜于旅行的神仙在途中居住，那里还适宜于仙女走动，曳裙而过。吹过我的屋脊的风，正如那扫荡山脊而过的风，唱出断断续续的调子来，也许是天上人间的音乐片段。晨风永远在吹，创世纪的诗篇至今还没有中断；可惜听得到它的耳朵太少了。灵山只在大地的外部，处处都是。

除掉了一条小船之外，从前我曾经拥有的唯一屋宇，不过是一顶篷帐，夏天里，我偶或带了它出去郊游，这顶篷帐现在已卷了起来，放在我的阁楼里；只是那条小船，辗转经过了几个人的手，已经消隐于时间的溪流里。如今我却有了这更实际的避风雨的房屋，看来我活在这世间，已大有进步。这座屋宇虽然很单薄，却是围绕我的一种结晶了的东西，这一点立刻在建筑者心上发生了作用。它富于暗示的作用，好像绘画中的一幅素描。我不必跑出门去换空气，因为屋子里面的气氛一点儿也没有失去新鲜。坐在一扇门背后，几乎和不坐在门里面一样，便是下大雨的天气，亦如此。哈利梵萨说过："并无鸟雀巢居的房屋像未曾调味的烧肉。"寒舍却并不如此，因为我发现我自己突然跟鸟雀做起邻居来了；但不是我捕到了一只鸟把它关起来，而是我把我自己关进了它们的邻近一只笼子里。我不仅跟那些时常飞到花园和果树园里来的鸟雀弥形亲近，而且跟那些更野性、更逗人惊诧的森林中的鸟雀亲近了起来，它们从来没有，就有也很难得，向村镇上的人民唱出良宵的雅歌的——它们是画眉、东部鸫鸟、红色的碛鹕、野麻雀、怪鸱和许多别的鸣禽。

我坐在一个小湖的湖岸上，离开康科德村子南面约一英里半，较康科德高出些，就在市镇与林肯乡之间那片浩瀚的森林中央，也在我们的唯一著名地区，康科德战场之南的两英里地；但因为我是低伏在森林下面的，而其余的一切地区，都给森林掩盖了，所以半英里之外的湖的对岸便成了我最遥远的地平线。在第一个星期内，无论什么时候我凝望着湖水，湖给我的印象都好像山里的一泓龙潭，高高在山的一边，它的底还比别的湖沼的水平面高了不少，以至日出的时候，我看到它脱去了夜晚的雾衣，它轻柔的粼波，或它波平如镜的湖面，都渐渐地在这里那里呈现了，这时的雾，像幽灵偷偷地从每一个方向，退隐入森林中，又好像是一个夜间的秘密宗教集会散会了一样。露水后来要悬挂在林梢，悬挂在山侧，到第二天还一直不肯消失。

八月里，在轻柔的斜风细雨暂停的时候，这小小的湖做我的邻居，最为珍贵，那时水和空气都完全平静了，天空中却密布着乌云，下午才过了一半却已具备了一切黄昏的肃穆，而画眉在四周唱歌，隔岸相闻。这样的湖，再没有比这时候更平静的了；

湖上的明净的空气自然很稀薄，而且给乌云映得很黯淡了，湖水却充满了光明和倒影，成为一个下界的天空，更加值得珍视。从最近被伐木的附近一个峰顶上向南看，穿过小山间的巨大凹处，看得见隔湖的一幅愉快的图景，那凹处正好形成湖岸，那儿两座小山坡相倾斜而下，使人感觉到似有一条溪涧从山林谷中流下，但是，却没有溪涧。我是这样从近处的绿色山峰之间和之上，远望一些蔚蓝的地平线上的远山或更高的山峰的。真的，踮起了足尖来，我可以望见西北角上更远、更蓝的山脉，这种蓝颜色是天空的染料制造厂中最真实的出品，我还可以望见村镇的一角。但是要换一个方向看的话，虽然我站得如此高，却给郁茂的树木围住，什么也看不透，看不到了。在邻近，有一些流水真好，水有浮力，地就浮在上面了。便是最小的井也有这一点值得推荐，当你窥望井底的时候，你发现大地并不是连绵的大陆，而是隔绝的孤岛。这是很重要的，正如井水之能冷藏牛油。当我的目光从这一个山顶越过湖向萨德伯里草原望过去的时候，在发大水的季节里，我觉得草原升高了，大约是蒸腾的山谷中显示出海市蜃楼的效果，它好像沉在水盆底下的一个天然铸成的铜币，湖之外的大地都好像薄薄的表皮，成了孤岛，给小小一片横亘的水波浮载着，我才被提醒，我居住的地方只不过是干燥的土地。

虽然从我的门口望出去，风景范围更狭隘，我却一点不觉得它拥挤，更无被囚禁的感觉。尽够我的想象力在那里游牧的了。矮橡树丛生的高原升起在对岸，一直向西去的大平原和鞑靼式的草原伸展开去，给所有的流浪人家一个广阔的天地。当达摩达拉的牛羊群需要更大的新牧场时，他说过："再没有比自由地欣赏广阔的地平线的人更快活的人了。"

时间和地点都已变换，我生活在更靠近了宇宙中的这些部分，更挨紧了历史中最吸引我的那些时代。我生活的地方遥远得跟天文家每晚观察的太空一样，我们惯于幻想，在天体的更远更僻的一角，有着更稀罕、更愉快的地方，在仙后星座的椅子形状的后面，远远地离了嚣闹和骚扰。我发现我的房屋位置正是这样一个遁隐之处，它是终古常新的没有受到污染的宇宙一部分。如果说，居住在这些部分，更靠近昴星团或毕星团，牵牛星座或天鹰星座更加值得的话，那么，我真正是住在那些地方的，至少是，就跟那些星座一样远离我抛在后面的人世，那些闪闪的小光，那些柔美的光线，传给我最近的邻居，只有在没有月亮的夜间才能够看得到。我所居住的便是创造物中那部分——

曾有个牧羊人活在世上，
他的思想有高山那样
崇高，在那里他的羊群
每小时都给予他营养。

如果牧羊人的羊群老是走到比他的思想还要高的牧场上，我们会觉得他的生活是怎样的呢？

每一个早晨都是一个愉快的邀请，使得我的生活跟大自然自己同样的简单，也许我可以说，同样的纯洁无暇。我向曙光顶礼，忠诚如同希腊人。我起身很早，在湖中洗澡；这是个宗教意味的运动，我所做到的最好的一件事。据说在成汤王的浴盆上就刻着这样的字："苟日新，日日新，又日新。"我懂得这个道理。黎明带来了英雄时代。

在最早的黎明中，我坐着，门窗大开，一只看不到也想象不到的蚊虫在我的房中飞，它那微弱的吟声都能感动我，就像我听到了宣扬美名的金属喇叭声一样。这是荷马的一首安魂曲，空中的《伊利亚特》和《奥德赛》，歌唱着它的愤怒与漂泊。此中大有宇宙本体之感，宣告着世界的无穷精力与生生不息，直到它被禁。黎明啊，一天之中最值得纪念的时节，是觉醒的时辰。那时候，我们的昏沉欲睡的感觉是最少的了；至少可有一小时之久，整日夜昏昏沉沉的官能大都要清醒起来。但是，如果我们并不是给我们自己的禀赋所唤醒，而是给什么仆人机械地用肘子推醒的；如果并不是由我们内心的新生力量和内心的要求来唤醒我们，既没有那空中的芬香，也没有回荡的天籁的音乐，而是工厂的汽笛唤醒了我们的——如果我们醒时，并没有比睡前有了更崇高的生命，那么这样的白天，即便能称之为白天，也不会有什么希望可言；要知道，黑暗可以产生这样的好果子，黑暗是可以证明它自己的功能并不下于白昼的。一个人如果不能相信每一天都有一个比他亵渎过的更早、更神圣的曙光时辰，他一定是已经对于生命失望的了，正在摸索着一条降入黑暗去的道路。感官的生活在休息了一夜之后，人的灵魂，或者就说是人的官能吧，每天都重新精力弥漫一次，而他的禀赋又可以去试探他能完成何等崇高的生活了。可以纪念的一切事，我敢说，都在黎明时间的氛围中发生。《吠陀经》说："一切知，俱于黎明中醒。"诗歌与艺术，人类行为中最美丽最值得纪念的事都出发于这一个时刻。所有的诗人和英雄都像曼依，那曙光之神的儿子，在日出时他播送竖琴音乐。以富于弹性的和精力充沛的思想追随着太阳步伐的人，白昼对于他便是一个永恒的黎明。这和时钟的鸣声不相干，也不用管人们是什么态度，在从事什么劳动。早晨是我醒来时内心有黎明感觉的一个时候。改良德性就是为了把昏沉的睡眠抛弃。人们如果不是在浑浑噩噩地睡觉，那为什么他们回顾每一天的时候要说得这么可怜呢？他们都是精明人嘛。如果他们没有被昏睡所征服，他们是可以干成一些事的。几百万人清醒得足以从事体力劳动，但是一百万人中，只有一个人才清醒得足以有效地服役于智慧；一亿人中，才能有一个人，生活得诗意而神圣。清醒就是生活。我还没有遇到过一个非常清醒的人。要是见到了他，我怎敢凝视他呢？

我们必须学会再苏醒，更须学会保持清醒而不再昏睡，但不能用机械的方法，而应寄托无穷的期望于黎明，就在最沉的沉睡中，黎明也不会抛弃我们的。我没有看到过更使人振奋的事实了，人类无疑是有能力来有意识地提高他自己的生命的。能画出某一张画，雕塑出某一个肖像，美化某几个对象，是很了不起的；但更加荣耀的事是能够塑造或画出那种氛围与媒介来，从中能使我们发现，而且能使我们正当地有所为。能影响当代的本质的，是最高的艺术。每人都应该把最崇高的和紧急时刻内他所考虑到的做到，使他的生命配得上他所想的，甚至小节上也配得上。如果我们拒绝了，或者说虚耗了我们得到的这一点微不足道的思想，神示自会清清楚楚地把如何做到这一点告诉我们的。

我到林中去，因为我希望谨慎地生活，只面对生活的基本事实，看看我是否学得到生活要教育我的东西，免得到了临死的时候，才发现我根本就没有生活过。我不希望度过非生活的生活，生活是这样的可爱；我却也不愿意去修行过隐逸的生活，除非是万不得已。我要生活得深深地把生命的精髓都吸到，要生活得稳稳当当，生活得斯巴达式的，以便根除一切非生活的东西，划出一块刈割的面积来，细细地刈割或修剪，把生活压缩到一个角隅里去，把它缩小到最低的条件中，如果它被证明是卑微的，那么就把那真正的卑微全部认识到，并把它的卑微之处公布于世界；或者，如果它是崇高的，就用切身的经历来体会它，在我下一次远游时，也可以作出一个真实的报道。因为，我看，大多数人还确定不了他们的生活是属于魔鬼的，还是属于上帝的呢，然而又多少有点轻率地下了判断，认为人生的主要目标是“归荣耀于神，并永远从神那里得到喜悦”。

然而我们依然生活得卑微，像蚂蚁；虽然神话告诉我们说，我们早已经变成人了；像小人国里的人，我们和长脖子仙鹤作战；这真是错误之上加错误，脏抹布之上更抹脏：我们最优美的德性在这里成了多余的本可避免的劫数。我们的生活在琐碎之中消耗掉了。一个老实的人除十指之外，便用不着更大的数字了，在特殊情况下也顶多加上十个足趾，其余不妨笼而统之。简单，简单，简单啊！我说，最好你的事只两件或三件，不要一百件或一千件；不必计算一百万，半打不是够计算了吗，总之，账目可以记在大拇指甲上就好了。在这浪涛滔天的文明生活的海洋中，一个人要生活，得经历这样的风暴和流沙和一千零一种事变，除他纵身一跃，直下海底，不要作船位推算去安抵目的港了，那些事业成功的人，真是伟大的计算家啊。简单化，简单化！不必一天三餐，如果必要，一顿也够了；不要百道菜，五道够多了；至于别的，就在同样的比例下来减少好了。我们的生活像德意志联邦，全是小邦组成的。联邦的边界永在变动，甚至一个德国人也不能在任何时候把边界告诉你。国家是有所谓内政的改进的，实际上它全是些外表的，甚至肤浅的事务，它是这样一种不易运用的生长得臃肿庞大的机构，壅塞着家具，掉进自己设置的陷阱，给奢侈和挥霍毁坏完了，因为它没有计算，也没有崇高的目标，好比地面上的一百万户人家一样；对于这种情况，和对于他们一样，唯一的医疗办法是一种严峻的经济学，一种严峻的更甚于斯巴达人的简单的生活，并提高生活的目标。生活现在是太放荡了。人们以为国家必须有商业，必须把冰块出口，还要用电报来说话，还要一小时驰奔三十英里，毫不怀疑它们有没有用处；但是我们应该生活得像狒狒呢，还是像人，这一点倒又确定不了。如果我们不做出枕木来，不轧制钢轨，不日夜工作，而只是笨手笨脚地对付我们的生活，来改善它们，那么谁还想修筑铁路呢？如果不造铁路，我们如何能准时赶到天堂去呢？可是，我们只要住在家里，管我们的私事，谁还需要铁路呢？我们没有来坐铁路，铁路倒乘坐了我们。你难道没有想过，铁路底下躺着的枕木是什么？每一根都是一个人，爱尔兰人或北方佬。铁轨就铺在他们身上，他们身上又铺起了黄沙，而列车平滑地驰过他们。我告诉你，他们真是睡得熟呵。每隔几年，就换上了一批新的枕木，车辆还在上面奔驰着；如果一批人能在铁轨之上愉快地乘车经过，必然有另一批不幸的人是在下面被乘坐被压过去的。当我们奔驰过了一个梦中行路的人，一根出轨的多余的枕木，他们只得唤醒他，突然停下车子，吼叫不已，好像这是一个例外。我听到了真觉得有趣，他们每五英里路派定了一队人，要那些枕木长眠不起，并保持应有的高低，由此可见，他们有时候还是要站起来的。

为什么我们应该生活得这样匆忙，这样浪费生命呢？我们下了决心，要在饥饿以前就饿死。人们时常说，及时缝一针，可以将来少缝九针，所以现在他们缝了一千针，只是为了明天少缝九千针。说到工作，任何结果也没有，我们患了跳舞病，连脑袋都无法保住静止。如果在寺院的钟楼下，我刚拉了几下绳子，使钟声发出火警的信号来，钟声还没大响起来，在康科德附近的田园里的人，尽管今天早晨说了多少次他如何如何的忙，没有一个男人，或孩子，或女人，我敢说是会不放下工作而朝着那声音跑来的，主要不是要从火里救出财产来，如果我们说老实话，更多的还是来看火烧的，因为已经烧着了，而且这火，要知道，不是我们放的；或者是来看这场火是怎么被救灭的，要是不费什么劲，也还可以帮忙救救火；就是这样，即使教堂本身着了火也是这样。一个人吃了午饭，还只睡了半个小时的午觉，一醒来就抬起了头，问："有什么新闻？"好像全人类在为他放哨。有人还下命令，每隔半小时唤醒他一次，无疑的是并不为什么特别的原因，然后，为报答人家起见，他谈了谈他的梦。睡了一夜之后，新闻之不可缺少，正如早饭一样的重要。"请告诉我发生在这个星球之上的任何地方的任何人的新闻。"——于是他一边喝咖啡、吃面包卷，一边读报纸，知道了这天早晨的瓦奇多河上，有一个人的眼睛被挖掉了；一点不在乎他自己就生活在这个世界的深不可测的大黑洞里，自己的眼睛里早就是没有瞳仁的了。

拿我来说，我觉得有没有邮局都无所谓。我想，只有很少的重要消息是需要邮递的。我一生之中，确切地说，至多只收到过一两封信是值得花费那邮资的——这还是我几年之前写过的一句话。通常，一便士邮资的制度，其目的是给一个人花一便士，你就可以得到他的思想了，但结果你得到的常常只是一个玩笑。我也敢说，我从来没有从报纸上读到什么值得纪念的新闻。如果我们读到某某人被抢了，或被谋杀或者死于非命了，或一幢房子烧了，或一只船沉了，或一只轮船炸了，或一条母牛在西部铁路上给撞死了，或一只疯狗死了，或冬天有了一大群蚱蜢——我们不用再读别的了，有这么一条新闻就够了。如果你掌握了原则，何必去关心那亿万的例证及其应用呢？对于一个哲学家，这些被称为新闻的，不过是瞎扯，编辑和读者就只不过是在喝茶的长舌妇。然而不少人都贪婪地听着这种瞎扯。我听说那一天，大家这样抢啊夺啊，要到报馆去听一个最近的国际新闻，那报馆里的好几面大玻璃窗都在这样一个压力之下破碎了——那条新闻，我严肃地想过，其实是一个有点头脑的人在十二个月之前，甚至在十二年之前，就已经可以相当准确地写好的。比如，说西班牙吧，如果你知道如何把唐卡洛斯和公主，唐彼得罗、塞维利亚和格拉纳达这些字眼时时地放进一些，放得比例适合——这些字眼，自从我读报至今，或许有了一点变化了吧——然后，在没有什么有趣的消息时，就说说斗牛好啦，这就是真实的新闻，把西班牙的现状以及变迁都给我们详详细细地报道了，完全跟现在报纸上这个标题下的那些最简明的新闻一个样；再说英国吧，来自那个地区的最后的一条重要新闻几乎总是一六四九年的革命；如果你已经知道它的谷物每年的平均产量的历史，你也不必再去注意那些事了，除非你是要拿它来做投机生意，要赚几个钱的话。如果你能判断，谁是难得看报纸的，那么在国外实在没有发生什么新的事件，即使一场法国大革命，也不例外。

什么新闻！要知道永不衰老的事件，那才是更重要得多！蘧伯玉（卫大夫）派人到孔子那里去。孔子与之坐而问焉，曰：夫子何为？对曰：夫子欲寡其过而未能也。使者出。子曰：使乎，使乎。在一个星期过去了之后、疲倦得直瞌睡的农夫们休息的日子里——这个星期日，真是过得糟透的一星期的适当的结尾，但决不是又一个星期的新鲜而勇敢的开始啊——偏偏那位牧师不用这种或那种拖泥带水的冗长的宣讲来麻烦农民的耳朵，却雷霆一般地叫喊着："停！停下！为什么看起来很快，但事实上你们却慢得要命呢？"

谎骗和谬见已被高估为最健全的真理，现实倒是荒诞不经的。如果世人只是稳健地观察现实，不允许他们自己受欺被骗，那么，用我们所知道的来比喻，生活将好像是一篇童话，仿佛是一部《天方夜谭》了。如果我们只尊敬一切不可避免的，并有存在权利的事物，音乐和诗歌便将响彻街头；如果我们不慌不忙而且聪明，我们会认识唯有伟大而优美的事物才有永久的绝对的存在——琐琐的恐惧与碎碎的欢喜不过是现实的阴影。

现实常常是活泼而崇高的。由于闭上了眼睛，神魂颠倒，任凭自己受影子的欺骗，人类才建立了他们日常生活的轨道和习惯，到处遵守它们，其实它们是建筑在纯粹幻想的基础之上的。嬉戏地生活着的儿童，反而更能发现生活的规律和真正的关系，胜过了大人，大人不能有价值地生活，还以为他们是更聪明的，因为他们有经验，这就是说，他们时常失败。我在一部印度的书中读到：有一个王子，从小给逐出故土之城，由一个樵夫抚养成长，一直以为自己属于他生活其中的贱民阶级。他父亲手下的官员后来发现了他，把他的出身告诉了他，他的性格的错误观念于是被消除了，他知道自己是一个王子。

所以，那印度哲学家接下来说："由于所处环境的缘故，灵魂误解了他自己的性格，非得由神圣的教师把真相显示了给他。然后，他才知道他是婆罗门。"我看到，我们新英格兰的居民之所以过着这样低贱的生活，是因为我们的视力透不过事物表面。我们把似乎是当作了是。如果一个人能够走过这一个城镇，只看见现实，你想，"贮水池"就该是如何的下场？如果他给我们一个他所目击的现实的描写，我们都不会知道他是在描写什么地方。看看会议厅，或法庭，或监狱，或店铺，或住宅，你说，在真正凝视它们的时候，这些东西到底是什么啊，在你的描绘中，它们都纷纷倒下来了。人们尊崇迢遥疏远的真理，那在制度之外的，那在最远一颗星后面的，那在亚当以前的，那在末代以后的。自然，在永恒中是有着真理和崇高的。可是，所有这些时代，这些地方和这些场合，都是此时此地的啊！上帝之伟大就在于现在伟大，时光尽管过去，他绝不会更加神圣一点的。只有永远渗透现实，发掘围绕我们的现实，我们才能明白什么是崇高。宇宙经常顺从地适应我们的观念，不论我们走得快或慢，路轨已给我们铺好。让我们穷毕生之精力来意识它们。诗人和艺术家从未得到这样美丽而崇高的设计，然而至少他的一些后代是能完成它的。

我们如大自然一般自然地过一天吧，不要因硬壳果或掉在轨道上的蚊虫的一只翅膀而出了轨。让我们黎明即起，不用或用早餐，平静而又无不安之感；任人去人来，让钟去敲，孩子去哭——下个决心，好好地过一天。为什么我们要投降，甚至于随波逐流呢？让我们不要卷入在子午线浅滩上的所谓午宴之类的可怕急流与旋涡，而惊惶失措。

熬过了这种危险，你就平安了，以后是下山的路了。神经不要松弛，利用那黎明似的魄力，向另一个方向航行，像尤利西斯那样拴在桅杆上过活。如果汽笛啸叫了，让它叫得沙哑吧。如果钟打响了，为什么我们要奔跑呢？我们还要研究它算什么音乐？让我们定下心来工作，并用我们的脚跋涉在那些污泥似的意见、偏见、传统、谬见与表面中间，这蒙蔽全地球的淤土啊，让我们越过巴黎、伦敦、纽约、波士顿、康科德，教会与国家，诗歌，哲学与宗教，直到我们达到一个坚硬的底层，在那里的岩盘上，我们称之为现实，然后说，这就是了，不错的了，然后你可以在这个point d'appui之上，在洪水、冰霜和火焰下面，开始在这地方建立一道城墙或一个国土，也许能安全地立起一个灯柱，或一个测量仪器，不是尼罗河水测量器了，而是测量现实的仪器，让未来的时代能知道，谎骗与虚有其表曾洪水似的积了又积，积得多么深呐。如果你直立而面对着事实，你就会看到太阳闪耀在它的两面，它好像一柄东方的短弯刀，你能感到它的甘美的锋镝正剖开你的心和骨髓，你也欢乐地愿意结束你的人间事业了。生也好，死也好，我们仅仅追求现实。如果我们真要死了，让我们听到我们喉咙中的咯咯声，感到四肢上的寒冷好了；如果我们活着，让我们干我们的事务。

时间只是我垂钓的溪。我喝溪水，喝水的时候我看到它那沙底，它多么浅啊。它的汩汩的流水逝去了，可是永恒留了下来。我愿饮得更深；在天空中打渔，天空的底层里有着石子似的星星。我不能数出“一”来。我不知道字母表上的第一个字母。我常常后悔，我不像初生时聪明了。智力是一把刀子，它看准了，就一路切开事物的秘密。我不希望我的手比所必需的忙得更多些。我的头脑是手和足。我觉得我最好的官能都集中在那里。我的本能告诉我，我的头可以挖洞，像一些动物，有的用鼻子，有的用前爪，我要用它挖掘我的洞，在这些山峰中挖掘出我的道路来。我想那最富有的矿脉就在这里的什么地方；用探寻藏金的魔杖，根据那升腾的薄雾，我要判断；在这里我要开始开矿。

【作者简介】

亨利·戴维·梭罗（1817年7月12日—1862年5月6日），美国作家、哲学家、废奴主义者。他最著名的作品有长篇散文《瓦尔登湖》（又译为《湖滨散记》）和《公民不服从》（又译为《消极抵抗》《论公民抗命》《公民不服从论》）。《瓦尔登湖》记载了他在瓦尔登湖的隐逸生活，而《公民不服从》则讨论面对政府和强权的不义，为公民主动拒绝遵守若干法律提出辩护。梭罗一生都是废奴主义者，他到处演讲倡导废奴，并抨击逃亡奴隶法。他在《公民不服从》中的见解影响了托尔斯泰、圣雄甘地和马丁·路德·金。

【文解】

《瓦尔登湖》是美国作家梭罗独居瓦尔登湖畔的记录，描绘了他两年多时间里的所见、所闻和所思。大至四季交替造成的景色变化，小到两只蚂蚁的争斗，无不栩栩如生地再现于梭罗的生花妙笔之下，而且描写也不流于表浅，而是有着博物学家的精确。本文崇尚简朴生活，热爱大自然的风光，内容丰富，意义深远，语言生动，意境深邃。

【思考与练习】

1. 谈谈你对梭罗隐逸生活及思想的认识。
2. 本文语言质朴自然，试分析。

第六节 拓展阅读

【中国古代散文概述】

殷商时代有了文字，也就有了记史的散文。到了周朝，各诸侯国的史官进一步以朴素的语言、简洁的文字记录了列国间的史实，如《春秋》。以后，随着时代的需求，产生了描述现实的历史文学，这就有了《左传》《国语》《战国策》等历史著作。

《左传》是《春秋左氏传》的简称，又名《左氏春秋》，相传是春秋末年鲁国的史官左丘明所著，共18万字，记载了春秋240年间列国的政治、军事、外交活动和言论以及天道、鬼神、灾祥、占卜之事。这部书叙事富于戏剧性，情节紧凑，战事描写尤为出色，语言精练，富于形象。

《国语》是一部国别史，分别记载了周王朝及诸侯各国之事，记言多于记事，所记大多为当时较有远见的开明贵族的话。

《战国策》作者不可考，现在版本为西汉刘向整理而成。它同《国语》一样，也是分国记事，记载了西、东周及秦、齐、楚、赵等诸国之事，记载内容是谋臣策士的种种活动及辞说。《战国策》文章的特点是长于说事，善用比喻，人物形象塑造极为生动。

先秦历史散文为中国的历史文学奠定了基础，对后世历史家和古文家都产生了极为深远的影响。

春秋战国之交是社会大变革的时代，各种学术流派纷纷著书立说，争论不休，形成百家争鸣的局面。代表不同阶级或阶层的思想家的著作，促进了说理散文的发展。这些思想家有儒家、墨家、道家、法家等。记载他们言论的书流传到现在的有《论语》《孟子》《墨子》《庄子》《韩非子》等。

《论语》和《孟子》是儒家诠释“仁”的著作。《论语》是记录孔丘及其弟子言行的，其中多半是简短的谈话和问答。《孟子》是记载孟轲言论的。孟轲长于辩论，因此书中语言明快，富于鼓动性。

《墨子》代表墨翟“兼爱”的主张，语言朴素，说理明确，逻辑性很强，《兼爱》《非攻》等篇极有代表性。

《庄子》代表道家庄周“无为而治”的主张。庄子的散文在诸子中独具魅力。这表现在作者具有奇幻的想象力和敏锐的观察力，善用民间寓言，长于譬喻，使文章富于文学趣味。

《韩非子》代表法家“因时制宜”的主张。韩非的散文结构严谨、锋芒锐利、说理深刻。

《荀子》代表荀况的学说，现有32篇，多长篇。荀子的散文论点明确、层次清楚、句法整练、词汇丰富。

《吕氏春秋》是秦丞相吕不韦门客的集体创作。它包括八览、六论、十二纪，兼有儒、道、墨、法、农诸家学说。书中保留了大量先秦时代的文献和佚事。它是一种集合许多单篇的系统化的说理文，层层深入，最见条理。和诸子散文一样，它往往以寓言故事为譬喻，因而文章富于形象性。

先秦诸子的说理散文无论在思想上，还是在艺术风格上，都对后世散文的发展产生了显而易见的影响。

汉初，政论散文有所发展。贾谊是西汉初年杰出的文学家，他的文章《过秦论》总结了秦代灭亡的原因，汲取了秦末农民起义的教训，发展了先秦的民本思想。他的散文善用比喻，语言富于形象性。

除贾谊外，汉初还有不少散文家，他们的文章大多或论秦之得失，或针对时弊提出自己的主张，其中以晁错和邹阳成就较高。晁错以主张募民备塞的《守边劝农疏》《论贵粟疏》两篇散文最为著名。

汉武帝时，罢黜百家，独尊儒术，封建王朝迫切需求总结古代文化，给予大一统的统治局面以哲学和历史的解释，司马迁的《史记》应运而生。它的出现将先秦历史散文又大大向前发展了一步。在《史记》的影响下，东汉产生了不少历史散文著作，班固的《汉书》便是其中的杰出代表。

汉代出现了一种新的文体"赋"。赋的名称始于战国赵人荀卿的《赋篇》，到后代形成了特定的体制。讲究文采、韵节，兼具诗歌和散文的双重性质。接近散文的称"文赋"，接近骈文的称"骈赋"。汉初贾谊的《吊屈原赋》《鹏鸟赋》、司马相如的《子虚赋》《上林赋》、西汉末年扬雄的《甘泉赋》《羽猎赋》《长杨赋》《河东赋》、班固的《两都赋》、东汉张衡的《二京赋》都是汉赋的名篇。

魏晋南北朝时期，骈文盛行，散文衰落。但在郦道元的《水经注》和杨炫之的《洛阳伽蓝记》等学术著作中仍有一些质朴的叙事、抒情、写景的优美文字。

唐朝韩愈大力反对浮华的骈俪文，提倡作古文，一时从者甚众，后又得柳宗元大力支持，古文创作业绩大增，影响更大，成为文坛的主要风尚，文学史上称其为古文运动。以韩、柳为首的古文运动的胜利，树立了一种摆脱陈言俗套、自由抒写的新文风，大大提高了散文的抒情、叙事、议论、讽刺的艺术功能。

中唐以后，古文运动一度衰落，到了宋代，欧阳修再一次掀起了古文运动，此后的王安石、曾巩、苏轼、苏洵、苏辙等人都在古文革新运动的影响之下取得了各自的成就，后人将他们与唐代韩愈、柳宗元合称为"唐宋八大家"。

北宋的历史文学家司马光编有一部历史巨著《资治通鉴》，它除了具有史学价值外，还非常具有文学价值。

南宋散文家在北宋诸位大家的影响下，产生了一部分上书言事的政论文，表现了作者鲜明的政治态度，胡铨、陈亮、叶适是这方面的代表作家。古文运动的成功，使散文更切合实用，南宋时大量出现的笔记杂文便是一个明证。洪迈的《容斋随笔》、王明清的《挥尘录》是笔记杂文中的佳作，此外，朱熹的古文长于说理，造诣匪浅。

明初的宋濂是"开国文臣之首"，他的一部分传记文很有现实意义，比较著名的作品有《秦士录》《王冕传》《李疑传》等。明中叶以后，针对程朱理学、八股文的束缚，以李梦阳、何景明为首的"前七子"发起"复古运动"，倡导文必秦汉。他们在对扫荡八股文风起到一定积极作用的同时，又走上了盲目模仿古人的路。后来的李攀龙、王世贞为代表的"后七子"复古运动，也再一次重复了他们的错误。

归有光等"唐宋派"首先起来反对"复古派"，进而是万历年间的"公安派"也加入猛烈抨击拟古主义的队伍。

“公安派”以袁宗道、袁宏道、袁中道为代表，时称“三袁”，袁宏道最为著名。他们认为不同的时代有不同的文学，因此反对贵古贱今，模仿古人。袁宏道更出于作家的主观要求提出了“性灵说”。“公安派”的散文创作特点是冲破传统古文的陈规旧律，自然流露个性，语言不事雕琢。

与“公安派”同时存在的还有以钟惺、谭元春为代表的“竟陵派”，他们也主张“独抒性灵”。

“公安派”与“竟陵派”革新的直接产物是晚明大量出现的小品散文，这是传统散文的一个发展，张岱是小品散文作者中比较有成就的一位。他的小品散文题材较广，山水名胜、风俗世情、戏曲技艺乃至古董玩具等都可以入他的文。他的散文语言清新活泼，形象生动，广览简取，《西湖七月半》《湖心亭看雪》是他的代表作。

明末清初，晚节不保的侯方域的散文取得了较高的艺术成就，代表作有《李姬传》《马伶传》《任源邃传》等。

“桐城派”古文是清中叶最著名的一个流派，主要作家方苞、刘大櫆、姚鼐都是安徽桐城人，“桐城派”因此而得名。方苞继承归有光的传统，提出“义法”主张，并使之成为“桐城派”古文的基本理论。“桐城派”古文作品选材用语只重阐明立意，而不期堆砌材料，因而文章一般简洁自然，但缺乏生气，代表作品有方苞的《狱中杂记》《左忠毅公逸事》、姚鼐的《登泰山记》等。

与“桐城派”对立存在的是提倡“骈文”的复社作家，汪中是其中成就最大者。

清初有不少成绩突出的散文家，如王猷定、魏禧。王猷定的传奇性散文以小说传奇体打破了传统古文写法，代表作有《李一足传》《汤琵琶传》《义虎记》等。魏禧以人物传记最为突出，代表作是《大铁椎传》。

康有为、梁启超为清末改良运动的代表人物，也是学术上“改良派”的代表作家。他们的散文无视传统古文的程式，直抒己见，畅所欲言，是政治斗争的有效工具。梁启超的新体散文更是对一切传统古文的猛烈冲击，为晚清的文体解放和“五四”白话文运动开辟了道路，他的《少年中国说》即是这样一篇典型作品。

伴随着对封建主义文学和文言文的批判，最早的一批现代新文学作品诞生了，议论性散文便是其中之一，它是现代散文的源头。

【现当代散文概述】

一、现代散文概述

（一）现代散文的特点

（1）现代散文个性解放色彩。自“五四”以来，现代散文因个性的解放而壮大了，正如胡适先生在 1922 年《申报五十年纪念特刊》上《五十年来中国之文学》中所说：“白话散文进步了，长篇议论文的进步，那是显而易见的，可以不论。这几年来，散文方面最可注意的发展，乃是周作人等提倡的小品散文。这一类的小品，用平淡的谈话，包藏着深刻的意味；有时很像笨拙，其实却是滑稽。这一类作品的成功，就可以彻底打破那‘美文不能用白话’的迷信了。”

（2）散文范围的扩大。

（3）人性、社会性与大自然的调和。

（4）语言的多样化。

（二）中国现代散文的发展

中国现代散文的发展大致经历了三个阶段：

1. “五四”时期（1917年—1927年）

有种种样式、流派，有中国名士风、外国绅士风，或描写，或讽刺，或委曲，或劲健，或绮丽，或洗练，或含蓄。

鲁迅杂感文创作成就最高，代表作《坟》《热风》《华盖集》《华盖集续编》《而已集》，散文诗《野草》《朝花夕拾》。其他代表作家作品有周作人《谈龙集》《谈虎集》、朱自清《桨声灯影里的秦淮河》、冰心《寄小读者》以及林语堂、郁达夫、徐志摩、郭沫若等人的作品。

2. 20世纪30年代（1928年—1937年）

继承传统，在表现社会生活容量、文体演变等方面有新发展，成就最突出的是议论性散文。

杂文：瞿秋白的杂文，鲁迅的杂文《三闲集》《二心集》《南腔北调集》《伪自由书》《准风月谈》等。

报告文学：夏衍的《包身工》、宋之的《一九三六年春在太原》。

游记散文：郁达夫《屐痕处处》、朱自清《欧游杂记》《伦敦杂记》、何其芳《画梦录》、丰子恺《缘缘堂随笔》、李广田《画廊集》等。

传记散文：郭沫若、庐隐、沈从文等人的作品。

小品文：林语堂、周作人等人的作品。

3. 抗战和解放战争时期（1938年—1949年）

民族矛盾和阶级矛盾空前激化，人们迫切地关心战况，导致报告文学的兴盛。主要作品有：丘东平《第七连》《我们在那里打了败仗》《我认识这样的敌人》、曹白《这里，生命也在呼吸》、周立波《晋察冀边区印象记》《战地日记》、丁玲《孩子们》、许迟《大场之夜》、华山、周而复、白朗等人的作品。

小品文：茅盾《白杨礼赞》《风景谈》、萧红《萧红散文》、沈从文《湘西》等。

二、当代散文概述

（一）第一阶段（1949年—1966年）：建国“十七年”时期

集中在两个阶段：20世纪50年代前期（1949年—1956年）和1960年前后（1959年—1961年）。散文题材的显著特色为：

（1）从不同战线歌颂社会主义建设进程，热情欢呼祖国在党的领导下日新月异、飞速发展。老舍的《我热爱新北京》是这类作品中成就较高的一篇。老舍一生挚爱、关注北京，他以舒缓、幽默且亲切的口吻，以“过来者”“见证人”的身份叙述着可喜的变化，有着巨大的艺术感染力。

（2）点染各种人物，为那些曾经在中国革命和建设中起过巨大作用的若干平凡或不平凡的人物画像，摄下他们在历史进程中的某一阶段或某一瞬间特有的光彩与丰神。

1）主要刻画、描绘中国现代革命史上的种种伟人或普通的真实人物，讴歌他们献身革命、不畏强暴的精神，以及对未来、对光明的坚定信念。代表作有：冯雪峰《回忆鲁迅》、丁玲《一个真实人的一生》、光未然《冼星海同志回忆录》、胡洪霞《吉鸿昌就义前后》、冰心《小桔灯》等。

2）主要探索挖掘建国初期各种人物的心路历程，抒写他们在不同时代不同的精神面貌，并开始塑造社会主义新人形象。代表作有：魏金枝《任樟元和三个地主》、王玉胡《哈萨克民间诗人司马古勒》、巴金《廖静秋同志》、杜鹏程《夜走灵官峡》、秦兆阳《王永淮》等。

（3）抗美援朝战争爆发后，散文名副其实地充当了文学的“轻骑兵”，迅速及时地报道了中朝人民鱼水相依的友谊、人民志愿军感天动地的英勇事迹与英雄品格。代表作有：魏巍《谁是最可爱的人》《依依惜别的深情》、巴金《我们会见了彭德怀司令员》等。

（4）1960 年前后，中国历史上爆发 1957 年的“反右”运动与 1958 年的“大跃进”运动，随之而来的是“三年困难时期”。作家们热情的头脑开始降温，作品基调上的浪漫因素开始减少，但总的思想精神并没有质的变化。

1）回忆新中国的创建历程，从革命传统中吸取力量的源泉，激励人们在困难的历史条件下藐视困难、继续前进。代表作有：吴伯箫《记一辆纺车》《歌声》、吴咏湘《忆修水》、马识途《老三姐》、方纪《挥手之间》等。

2）与 20 世纪 50 年代热情报道各条战线上的新人新事不同，这一时期的散文已不满足于泛泛介绍一般的积极分子、先进事迹，而是注重描写典范性的英雄人物、理想化的社会关系。代表作有：郁茹《向秀丽》、王石和房树民《为了六十一个阶级弟兄》、穆青等人的《县委书记的榜样——焦裕禄》等。

3）不少散文作者逐渐摆脱描叙上的新闻性，开始转向艺术追求，并开始形成自己的创作风格。秦牧、杨朔、刘白羽都脱颖于这一时期，其他如吴伯箫、曹靖华、袁鹰、碧野、方纪等人也开始注重自己的艺术个性。可惜其后不久的“文化大革命”很快打断了这些作家的艺术进程，也使当代散文史留下了一段无法弥补的空白。

（二）第二阶段（1976 年 10 月至 20 世纪末期）

1. 1976 年“文化大革命”结束后，进入新时期（1976 年—1985 年）的散文创作

（1）一批作家愤怒地揭露林彪、“四人帮”的“极左”路线给中华民族从肉体到心灵带来的巨大伤痛，形成了一股声势浩大的“伤痕文学”的思潮。代表作有：巴金《怀念萧珊》、楼适夷《痛悼傅雷》、丁宁《幽燕诗魂》、陶斯亮《一封终于发出的信》、丁玲《牛棚小品》等。其中，巴金的五集《随想录》所取得的成就最为瞩目，被评论界誉为“情透纸背、热透纸背、力透纸背”的一本“讲真话的大书”。

（2）一批作家在与建国“十七年”时期陈旧散文观念的矛盾斗争中，显示了异常复杂的多元的艺术探索。努力将描写的中心集中在个人的人生旅程，代表作有：杨绛《干校六记》、陈白尘《云梦断忆》《寂寞的童年》、孙犁《青春余梦》、萧乾《未带地图的旅人》《一本褪色的相册》、冰心《关于男人》等。美文传统也相继复活并获得长足的发展，其代表作有：传递心灵律动的抒情散文，如贾平凹的《一棵小桃树》、唐敏的《怀念黄昏》等；游记散文，如贾平凹的《商州三录》、刘成章的《高跟鞋响过绥德街头》等；以知识性、哲理性为主导特征的散文，如夏衍的《甲子谈

鼠》、忆明珠的《鱼的闲话》等。

2. 20世纪80年代中后期与90年代的散文创作成绩尤其突出

（1）老作家和新生代作家在这一阶段各显身手，涌现了许多卓有建树的作家，如汪曾祺、张中行、苏叶、王英琦、斯妹、刘烨园、周佩红、叶梦、曹明华、刘西鸿等。

（2）一大批诗人、小说家、学者如余秋雨、王蒙、陆文夫、史铁生、周涛等也在这一阶段开始介入散文创作，从而掀起了“文化散文”与“学者散文”的浪潮。其中余秋雨的《文化苦旅》不仅在读者中激起广泛的反响，而且以其艺术上的重要突破给当代散文带来了巨大的影响。

（3）针对20世纪80年代以来的大众散文，张承志、张炜、韩少功等人提出了“抵抗投降”即反对散文迎合低级庸俗大众趣味的口号，创作出了一批严肃的以弘扬人文精神为主旨的作品，从而为二十世纪末期的中国散文奠定了某种健康的发展方向。

【散文鉴赏】

一、关于散文的概念、分类与特点

散文概念的含义是随着历史和文学体裁的发展变化而有所不同的。中国是散文的国度，我国自古就有散文，它几乎和中国文字的历史一样悠远。在古代，一般认为凡是不押韵、不重排偶的散体文章统称为散文，用来区别于骈文和韵文。它包括无韵的文学作品，同时也包括一切非文学作品，如史、经、传、书、记、表、序等，所以，我国古代散文包括的范围非常广泛，可以说它是韵文以外一切文章的总称。

在国外，人们把通俗、平淡、不受任何约束而直截了当地描述事物的文章称为散文。

散文的形式自由活泼，内容要求集中，可以记叙，可以抒情，也可以议论，根据它的表达方式的侧重点不同，我们可以把散文分为叙事性散文和抒情性散文两大类。

人们对鉴赏散文的兴趣往往不及对小说或诗词那么浓厚，认为散文不像小说和诗词那样吸引人、打动人，这种认识是片面的，其实散文有它的独特之处。第一，散文是“轻骑兵”，它可以及时、真实地反映现实生活；第二，散文富有浓郁的主观感情色彩；第三，散文的形式灵活自由，表现手法多姿多彩。

二、鉴赏散文必须把握散文“形散而神不散”的主要特点

“形散而神不散”是散文最基本的特征。所谓“形散”主要指两方面：一是题材广泛，无所不包；二是表现形式自由灵活。它的表现形式完全可以根据内容的需要，如天马行空、神行无际，又如流水行云、没有定形。

三、应搞清作品的线索，领会作者精巧的构思

作品的线索是指贯穿整个作品情节发展的脉络，或者说是把作品的全部材料组成一个有机整体的脉络。把握一篇散文作品必须首先把握这条线索，把握住线索等于抓住了文章的纲，纲举目张，顺着它便于弄清文章各个部分之间的关系，更好地理解作者是如何“形散而神不散”地组织材料的，从而领会作者精巧的构思。

散文作品的线索一般有以下几种常见形式：

1. 以“情”为线索

散文又称“情文”，是一种长于抒情的文体。“情”是一篇文章中隐伏的线索，它把全篇文字组成有机的整体。以“情”为线索，这是散文中最常见的一种形式。古往今来许多散文名篇之所以广为传诵，具有很高的美学价值，其最根本的原因就在于文章有真情实感。

2. 以“理”为线索

其线索往往通过从感性到理性突变的描写中，凭借着理性的议论，“点化”出某些富有启发、开导人的道理，去说服读者。

3. 以事件、人物或事物为线索

这是在叙事、记人的散文中常用的方法。作者往往以一个富有特征的事件或景象为中心，展开丰富的联想，并根据事件的内在联系组织材料。以人物为主要线索的散文往往以人物为核心，围绕人物的性格特征，选择最能表现该人物性格的典型事件加以刻画。也有散文的作者并不是为写物而写物，而是借助于某一具体事物来表达一种“意”，即托物言志。

四、要善于领悟散文作品的意境美

什么是意境？“意”即文章的主题，作者的思想感情；“境”指文章中具有典型意义的画面、场景或形象。作者在创作散文作品时，他的旨意和思想感情往往不是直接表达出来的，而是通过事、物、景的叙述描写与词语的点化，将其蕴育其中，让事、物、景含蓄地反映出来，再让读者去感受、体会，这就是意境。

不同的散文作品在表现“意”的手法方面是不一样的，为了更好地领会散文作品的意境美，我们可以从以下几个方面进行探讨：

（1）注意体会散文作品中的“画龙点睛”之笔。一些以记叙为主的散文，作者在必要时往往加上几句直接抒情或议论，这几句抒情或议论常常是散文作品中的“画龙点睛”之笔。

（2）注意体会散文作品中描绘的各种画面。散文中作者的感情一般是依附于一定的具体形象，这一具体形象在作品中就构成了一幅幅完整的意境画面。沿着这画面去探求作者的感情，就能领略到其中的意境美。

（3）注意散文作品创造意境的表现手法。创造散文作品的意境可以采用象征隐喻，以兴寄托；也可以采用白描、渲染、直陈其事的表现手法，还可以赋、比、兴综合运用。

五、注意品鉴散文作品的语言美

优秀散文作品的语言美表现为精练畅达、形象生动、朴素自然和节律优美。

【推荐书目】

（1）严可均辑，《全上古三代秦汉三国六朝文》，中华书局，1965
（2）费振刚，《全汉赋校注》（上、下），广东教育出版社，2005
（3）龚克昌等评注，《全汉赋评注》（全三册），花山文艺出版社，2003
（4）章海荣，《生态伦理与生态美学》，复旦大学出版社，2005
（5）梭罗，《自然之书》，中国妇女出版社，2004
（6）塞尔，《〈瓦尔登湖〉新论》，北京大学出版社，2007
（7）冯其庸等编，《历代文选》，中国青年出版社
（8）四川大学中文系编，《宋文选》，人民文学出版社
（9）俞元桂等，《中国现代散文史》，山东文艺出版社

第三章　戏剧（曲）

第一节　中国戏剧（曲）

救风尘（节选）

关汉卿

第三折

（周舍同店小二上，诗云）万事分已定，浮生空自忙。无非花共酒，恼乱我心肠。店小二，我着你开着这个客店，我那里稀罕你那房钱养家？不问官妓私科子，只等有好的来你客店里，你便来叫我。（小二云）我知道。只是你脚头乱，一时间那里寻你去？（周舍云）你来粉房里寻我。（小二云）粉房里没有呵？（周舍云）赌房里来寻。（小二云）赌房里没有呵？（周舍云）牢房里来寻。（下）（丑扮小闲，挑笼上，诗云）钉靴雨伞为活计，偷寒送暖作营生。不是闲人闲不得，及至得了闲时又闲不成。自家张小闲的便是。平生做不的买卖，止是与歌者姐姐每叫些人，两头往来，传消寄信都是我。这里有个大姐赵盼儿，着我收拾两箱子衣服行李，往郑州去。都收拾停当了。请姐姐上马。（正旦上，云）小闲，我这等打扮，可冲动得那厮么？（小闲做倒科）（正旦云）你做甚么哩？（小闲云）休道冲动那厮，这一会儿，连小闲也酥倒了。（正旦唱）

【正宫】【端正好】则为他满怀愁，心间闷，做的个进退无门。那婆娘家一涌性，无思忖，我可也强打入迷魂阵。

【滚绣球】我这里微微把气喷，输个姓因，怎不教那厮背槽抛粪！更做道普天下无他这等郎君。想着容易情，忒献勤，几番家待要不问；第一来我则是可怜见无主娘亲，第二来是我“惯曾为旅偏怜客”，第三来也是我“自己贪杯惜醉人”。到那里呵，也索费些精神。

（云）说话之间，早来到郑州地方了。小闲，接了马者，且在柳阴下歇一歇咱。（小闲云）我知道。（正旦云）小闲，咱闲口论闲话：这好人家好举止，恶人家恶家法。（小闲云）姐姐，你说我听。（正旦唱）

【倘秀才】县君的则是县君，妓人的则是妓人。怕不扭捏着身子驀入他门；怎禁他使数的到支分，背地里暗忍。

【滚绣球】那好人家将粉扑儿浅淡匀，那里像咱干茨腊手抢着粉；好人家将那篦梳儿慢慢地铺鬓，那里像咱解了那襻胸带，下颏上勒一道深痕。好人家知个远近，觑个向顺，衠一味良人家风韵；那里像咱们，恰便似空房中锁定个猢孙。有那千般不实乔躯老，有万种虚嚣歹议论，断不了风尘。

（小闲云）这里一个客店，姐姐好住下罢。（正旦云）叫店家来。（店小二见科）

（正旦云）小二哥，你打扫一间干净房儿，放下行李。你与我请将周舍来，说我在这里久等多时也。（小二云）我知道。（做行叫科，云）小哥在那里？（周舍上，云）店小二，有甚么事？（小二云）店里有个好女子请你哩。（周舍云）咱和你就去来。（做见科，云）是好一个科子也。（正旦云）周舍，你来了也。（唱）

【幺篇】俺那妹子儿有见闻，可有福分，抬举的个丈夫俊上添俊，年纪儿恰正青春。

（周舍云）我那里曾见你来？我在客火里，你弹着一架筝，我不与了你个褐色绸缎儿？（正旦云）小的，你可见来？（小闲云）不曾见他有甚么褐色绸缎儿。（周舍云）哦，早起杭州客火散了，赶到陕西客火里吃酒，我不与了大姐一分饭来？（正旦云）小的每，你可见来？（小闲云）我不曾见。（正旦唱）你则是忒现新，忒忘昏，更做道你眼钝。那唱词话的有两句留文："咱也曾武陵溪畔曾相识，今日佯推不认人。"我为你断梦劳魂。

（周舍云）我想起来了，你敢是赵盼儿么？（正旦云）然也。（周舍云）你是赵盼儿，好，好！当初破亲也是你来！小二，关了店门，则打这小闲。（小闲云）你休要打我。俺姐姐将着锦绣衣服，一房一卧来嫁你，你倒打我？（正旦云）周舍，你坐下，你听我说。你在南京时，人说你周舍名字，说的我耳满鼻满的，则是不曾见你。后得见你呵，害的我不茶不饭，只是思想着你。听的你娶了宋引章，教我如何不恼？周舍，我待嫁你，你却着我保亲！（唱）

【倘秀才】我当初倚大呵妆儇主婚，怎知我嫉妒呵特故里破亲？你这厮外相儿通疏就里村！你今日结婚姻，咱就肯罢论？

（云）我好意将着车辆、鞍马、奁房来寻你，你划地将我打骂。小闲，拦回车儿，咱家去来！（周舍云）早知姐姐来嫁我，我怎肯打舅舅？（正旦云）你真个不知道？你既不知，你休出店门，只守着我坐下。（周舍云）休说一两日，就是一两年，您儿也坐的将去。（外旦上，云）周舍两三日不家去，我寻到这店门首。我试看咱，原来是赵盼儿和周舍坐哩！兀那老弟子不识羞，直赶到这里来！周舍，你再不要来家，等你来时，我拿一把刀子，你拿一把刀子，和你一递一刀子截哩。（下）（周舍取棍科，云）我和你抢生吃哩！不是奶奶在这里，我打杀你！（正旦唱）

【脱布衫】我更是的不待饶人，我为甚不敢明闻？肋底下插柴自稳，怎见你便打他一顿？

【小梁州】可不道一夜夫妻百夜恩，你可便息怒停嗔。你村时节背地里使些村，对着我合思忖：那一个双同叔打杀俏红裙？

【幺篇】则见他恶哏哏，摸按着无情棍，便有火性的不似你个郎君。

（云）你拿着偌粗的棍棒，倘或打杀他呵，可怎了？（周舍云）丈夫打杀老婆，不该偿命。（正旦云）这等说，谁敢嫁你？（背唱）我假意儿瞒，虚科儿喷，着这厮有家难奔。妹子也，你试看咱风月救风尘。

（云）周舍，你好道儿！你这里坐着，点的你媳妇来骂我这一场。小闲，拦回车儿，咱回去来。（周舍云）好奶奶，请坐。我不知道他来；我若知道他来，我就该死。（正旦云）你真个不曾使他来？这妮子不贤惠，打一棒快毬子。你舍的宋引章，我一发嫁你。（周舍云）我到家里就休了他。（背云）且慢着，那个妇人是我平日间打怕的，若与了一纸休书，那妇人就一道烟去了。这婆娘他若是不嫁我呵，可不弄的尖担两头脱？休的造次，把这婆娘摇撼的实着。（向旦云）奶奶，您孩儿肚肠是驴马的见识，我今家去把媳妇休了呵，奶奶你把肉吊窗儿放下来，可不嫁我，做的个尖担两头脱。奶奶，你说下个誓着。（正旦云）周舍，你真个要我赌咒？你若休了媳妇，我不嫁你呵，我着堂子里马踏杀，灯草打折臁儿骨。你逼的我赌这般重咒哩！（周舍云）小二，将酒来。（正旦云）休买酒，我车儿上有十瓶酒哩。（周舍云）还要买羊。（正旦云）休买羊，我车上有个熟羊哩。（周舍云）好、好、好，待我买红去。（正旦云）休买红，我箱子里有一对大红罗。周舍，你争甚么那！你的便是我的，我的就是你的。（唱）

【二煞】则这紧的到头终是紧，亲的原来只是亲。凭着我花朵儿身躯，笋条儿年纪，为这锦片儿前程，倒赔了几锭儿花银。拼着个十米九糠，问甚么两妇三妻？受了些万苦千辛。我着人头上气忍，不枉了一世做郎君。

【黄钟尾】你穷呵，甘心守分捱贫困；你富呵，休笑我饱暖生淫惹议论。您心中觑个意顺。但休了你这门内人，不要你钱财使半文。早是我走将来自上门。家业家私待你六亲，肥马轻裘待你一身，倒贴了奁房和你为眷姻。

（云）我若还嫁了你，我不比那宋引章，针指油面，刺绣铺房，大裁小剪，都不晓得一些儿的。（唱）我将你写了的休书正了本。（同下）

【作者简介】

关汉卿（1219 年—1301 年），元代杂剧奠基人，元代戏剧作家，“元曲四大家”之首。晚号已斋（一说名一斋）、已斋叟。汉族，解州人（今山西省运城），其籍贯还有大都（今北京市）人、祁州（今河北省安国市）人等说，与白朴、马致远、郑光祖并称为“元曲四大家”。其杂剧的成就最大，今知有 67 部，现存 18 部，个别作品是否为他所作，无定论。最著名的是《窦娥冤》。关汉卿也写了不少历史剧，《单刀会》《单鞭夺槊》《西蜀梦》等，散曲今在小令 40 多首、套数 10 多首。他的散曲，内容丰富多彩，格调清新刚劲，具有很高的艺术价值。关汉卿塑造的“我是个蒸不烂、煮不熟、捶不扁、炒不爆、响珰珰一粒铜豌豆”（《不伏老》）的形象也广为人称道，被誉为“曲圣”。

【曲解】

《救风尘》全名《赵盼儿风月救风尘》，杂剧剧本，全剧共四折。现存版本有：明脉望馆校藏《古名家杂剧》本、《新续古名家杂剧》宫集本、《元曲选》乙集本、《元曲大观》本、《元人杂剧全集》本。元代关汉卿所作，是一部杰出的现实主义古典喜剧。主要写恶棍周舍骗娶风尘女子宋引章后又加以虐待，宋引章的结义姐妹赵盼儿巧设计谋将其救出的故事。

【思考与练习】

1．分析赵盼儿的形象。

2．对比分析宋引章与赵盼儿的形象。

西厢记（节选）

王实甫

第一本　张君瑞闹道场杂剧

楔子[1]

（外扮老夫人上开）[2]老身姓郑[3]，夫主姓崔，官拜前朝相国[4]，不幸因病告殂[5]。只生得个小姐，小字莺莺。年一十九岁，针指女工[6]，诗词书算，无不能者。老相公在日，曾许下老身之侄，乃郑尚书之长子郑恒为妻。因俺孩儿父丧未满，未得成合。又有个小妮子[7]，是自幼伏侍孩儿的，唤做红娘。一个小厮儿[8]，唤做欢郎。先夫弃世之后，老身与女孩儿扶柩至博陵安葬[9]；因路途有阻，不能得去。来到河中府[10]，将这灵柩寄在普救寺内[11]。这寺是先夫相国修造的，是则天娘娘香火院[12]，况兼法本长老[13]又是俺相公剃度的和尚[14]；因此俺就这西厢下一座宅子安下[15]。一壁写书附京师去[16]，唤郑恒来相扶回博陵去。我想先夫在日，食前方丈，从者数百[17]，今日至亲则这三四口儿[18]，好生伤感人也呵！

【仙吕】【赏花时】[19]夫主京师禄命终[20]，子母孤孀途路穷[21]；因此上旅榇在梵王宫[22]。盼不到博陵旧冢[23]，血泪洒杜鹃红[24]。

今日暮春天气，好生困人[25]，不免唤红娘出来分付他。红娘何在？（旦倈，扮红见科[26]）（夫人云）你看佛殿上没人烧香呵，和小姐散心耍一回去来。（红云）谨依严命。（夫人下）（红云）小姐有请。（正旦扮莺莺上）（红云）夫人着俺和姐姐佛殿上闲耍一回去来。（旦唱）

【么篇】[27]可正是人值残春蒲郡东[28]，门掩重关萧寺中[29]；花落水流红[30]，闲愁万种[31]，无语怨东风。（并下）

第一折

（正末扮张生骑马，引倈人上，开）小生姓张，名珙，字君瑞，本贯西洛人也。先人拜礼部尚书，不幸五旬之上，因病身亡。后一年丧母。小生书剑飘零，功名未遂，游于四方。即今贞元十七年二月上旬，唐德宗即位，欲往上朝取应，路经河中府，过蒲关上，有一故人[32]，姓杜名确，字君实，与小生同郡同学，当初为八拜之交。后弃文就武，遂得武举状元，官拜征西大元帅，统领十万大军，镇守着蒲关。小生就望哥哥一遭，却往京师求进。暗想小生萤窗雪案，刮垢磨光[33]，学成满腹文章，尚在湖海飘零，何日得遂大志也呵！万金宝剑藏秋水，满马春愁压绣鞍。

【仙吕】【点绛唇】游艺中原，脚根无线，如蓬转。望眼连天，日近长安远。

【混江龙】向诗书经传，蠹鱼似不出费钻研[34]。将棘围守暖[35]，把铁砚磨穿[36]。投至得云路鹏程九万里[37]，先受了雪窗萤火二十年。才高难入俗人机，时乖不遂男儿愿。空雕虫篆刻，缀断简残编[38]。

行路之间，早到蒲津。这黄河有九曲，此正古河内之地，你看好形势也呵！

【油葫芦】九曲风涛何处显，则除是此地偏。这河带齐梁，分秦晋，隘幽燕；雪浪拍长空，天际秋云卷；竹索缆浮桥，水上苍龙偃；东西溃九州，南北串百川。归舟紧不紧如何见？却便似弩箭乍离弦[39]。

【天下乐】只疑是银河落九天；渊泉、云外悬，入东洋不离此径穿。滋洛阳千种花，润梁园万顷田，也曾泛浮槎到日月边。

话说间早到城中。这里一座店儿，琴童接下马者！店小二哥那里？（小二上，云）自家是这状元店里小二哥。官人要下呵，俺这里有干净店房。（末云）头房里下，先撒和那马者[40]！小二哥，你来，我问你：这里有甚么闲散心处？名山胜境，福地宝坊皆可。（小二云）俺这里有一座寺，名曰普救寺，是则天皇后香火院，盖造非俗：琉璃殿相近青霄，舍利塔直侵云汉。南来北往，三教九流，过者无不瞻仰；则除那里可以君子游玩。（末云）琴童料持下晌午饭！俺到那里走一遭便回来也。（童云）安排下饭，撒和了马，等哥哥回家。（下）

（法聪上）小僧法聪，是这普救寺法本长老座下弟子。今日师父赴斋去了，着我在寺中，但有探长老的，便记着，待师父回来报知。山门下立地，看有甚么人来。（末上，云）却早来到也。（见聪了，聪问云）客官从何来？（末云）小生西洛至此，闻上刹幽雅清爽，一来瞻仰佛像，二来拜谒长老。敢问长老在么？（聪云）俺师父不在寺中，贫僧弟子法聪的便是，请先生方丈拜茶。（末云）既然长老不在呵，不必吃茶；敢烦和尚相引，瞻仰一遭，幸甚！（聪云）小僧取钥匙，开了佛殿、钟楼、塔院、罗汉堂、香积厨，盘桓一会，师父敢待回来[41]。（做看科）（末云）是盖造得好也呵！。

【村里迓鼓】随喜了上方佛殿，早来到下方僧院。行过厨房近西，法堂北，钟楼前面。游了洞房，登了宝塔，将回廊绕遍。数了罗汉，参了菩萨，拜了圣贤。

（莺莺引红娘捻花枝上云）红娘，俺去佛殿上耍去来。（末做见科）呀！正撞着五百年前风流业冤。

【元和令】颠不剌的见了万千[42]，似这般可喜娘的庞儿罕曾见。则着人眼花撩乱口难言，魂灵儿飞在半天。他那里尽人调戏亸着香肩，只将花笑捻。

【上马娇】这的是兜率宫[43]，休猜做了离恨天[44]。呀，谁想着寺里遇神仙！我见他宜嗔宜喜春风面，偏、宜贴翠花钿。

【胜葫芦】则见他宫样眉儿新月偃，斜侵入鬓云边。

（旦云）红娘，你觑：寂寂僧房人不到，满阶苔衬落花红。（末云）我死也！未语人前先腼腆，樱桃红绽，玉粳白露[45]，半晌恰方言。

【幺篇】恰便似呖呖莺声花外啭，行一步可人怜[46]。解舞腰肢娇又软[47]，千般袅娜，万般旖旎[48]，似垂柳晚风前。

（红云）那壁有人，咱家去来。（旦回顾觑末下）（末云）和尚，恰怎么观音现来？（聪云）休胡说，这是河中府崔相国的小姐。（末云）世间有这等女子，岂非天姿国色乎？休说那模样儿，则那一对小脚儿，价值百镒之金[49]。（聪云）偌远地，他在那壁，你在这壁，系着长裙儿，你便怎知他脚儿小？（末云）法聪，来，来，来，你问我怎便知，你觑：

【后庭花】若不是衬残红，芳径软，怎显得步香尘底样儿浅。且休题眼角儿留情处，则这脚踪儿将心事传。慢俄延，投至到栊门儿前面，刚那了上步远。刚刚的打个照面，风魔了张解元[50]。似神仙归洞天，空馀下杨柳烟，只阙得鸟雀喧。

【柳叶儿】呀，门掩着梨花深院，粉墙儿高似青天。恨天，天不与人行方便，好着我难消遣，端的是怎留连。小姐呵，则被你兀的不引了人意马心猿[51]？

（聪云）休惹事，河中开府的小姐去远了也。（末唱）

【寄生草】兰麝香仍在，佩环声渐远。东风摇曳垂杨线，游丝牵惹桃花片，珠帘掩映芙蓉面。你道是河中开府相公家，我道是南海水月观音现。

“十年不识君王面，始信婵娟解误人。”小生便不往京师去应举也罢。（觑聪云）敢烦和尚对长老说知，有僧房借半间，早晚温习经史，胜如旅邸内冗杂，房金依例拜纳，小生明日自来也。

【赚煞】饿眼望将穿，馋口涎空咽，空着我透骨髓相思病染，怎当他临去秋波那一转！休道是小生，便是铁石人也意惹情牵。近庭轩，花柳争妍，日午当庭塔影圆。春光在眼前，争奈玉人不见，将一座梵王宫疑是武陵源。（并下）

第四本　张君瑞梦莺莺杂剧

第二折

（夫人引俫云）这几日窃见莺莺语言恍惚，神思加倍，腰肢体态，比向日不同；莫不做下来了么？（俫云）前日晚夕，奶奶睡了，我见姐姐和红娘烧香，半晌不回来，我家去睡了。（夫人云）这桩事都在红娘身上，唤红娘来！（俫唤红科）（红云）哥哥唤我怎么？（俫云）奶奶知道你和姐姐去花园里去，如今要打你哩。（红云）呀！小姐，你带累我也！小哥哥，你先去，我便来也。（红唤旦科）（红云）姐姐，事发了也，老夫人唤我哩，却怎了？（旦云）好姐姐，遮盖咱！（红云）娘呵，你做的稳秀者[52]，我道你做下来也。（旦念）月圆便有阴云蔽，花发须教急雨催。（红唱）

【越调】【斗鹌鹑】则着你夜去明来，倒有个天长地久，不争你握雨携云[53]，常使我提心在口。你则合带月披星，谁着你停眠整宿？老夫人心数多[54]，情性㑇[55]；使不着我巧语花言，将没做有。

【紫花儿序】老夫人猜那穷酸做了新婿，小姐做了娇妻，这小贱人做了牵头。俺小姐这些时春山低翠，秋水凝眸。别样的都休，试把你裙带儿拴，纽门儿扣，比着你旧时肥瘦，出落得精神，别样的风流。

（旦云）红娘，你到那里小心回话者！（红云）我到夫人处，必问：“这小贱人，

【金蕉叶】我着你但去处行监坐守，谁着你拖逗的胡行乱走？”若问着此一节呵如何诉休？你便索与他个“知情”的犯由。

姐姐，你受责理当，我图甚么来？

【调笑令】你绣帏里效绸缪[56]，倒凤颠鸾百事有。我在窗儿外几曾轻咳嗽，立苍苔将绣鞋儿冰透。今日个嫩皮肤倒将粗棍抽，姐姐呵，俺这通殷勤的着甚来由？

姐姐在这里等着，我过去。说过呵，休欢喜；说不过，休烦恼。（红见夫人科）（夫人云）小贱人，为甚么不跪下！你知罪么？（红跪云）红娘不知罪。（夫人云）你故自口强哩。若实说呵，饶你；若不实说呵，我直打死你这个贱人！谁着你和小姐花园里去来？（红云）不曾去，谁见来？（夫人云）欢郎见你去来，尚故自推哩。（打科）（红云）夫人休闪了手，且息怒停嗔，听红娘说。

【鬼三台】夜坐时停了针绣，共姐姐闲穷究，说张生哥哥病久。咱两个背着夫人，向书房问候。

（夫人云）问候呵，他说甚么？（红云）他说来，道“老夫人事已休，将恩变为仇，着小生半途喜变做忧”。他道：“红娘你且先行，教小姐权时落后。”

（夫人云）他是个女孩儿家，着他落后怎么！（红唱）

【秃厮儿】我则道神针法灸，谁承望燕侣莺俦。他两个经今月余则是一处宿，何须你一一问缘由？

【圣药王】他每不识忧，不识愁，一双心意两相投。夫人得好休，便好休，这其间何必苦追求？常言道“女大不中留”。

（夫人云）这端事都是你个贱人。（红云）非是张生小姐红娘之罪，乃夫人之过也。（夫人云）这贱人倒指下我来，怎么是我之过？（红云）信者人之根本，“人而无信，不知其可也。大车无輗，小车无軏，其何以行之哉？”当日军围普救，夫人所许退军者，以女妻之。张生非慕小姐颜色，岂肯区区建退军之策？兵退身安，夫人悔却前言，岂得不为失信乎？既然不肯成其事，只合酬之以金帛，令张生舍此而去。却不当留请张生于书院，使怨女旷夫，各相早晚窥视，所以夫人有此一端。目下老夫人若不息其事，一来辱没相国家谱；二来张生日后名重天下，施恩于人，忍令反受其辱哉？使至官司，老夫人亦得治家不严之罪。官司若推其详，亦知老夫人背义而忘恩，岂得为贤哉？红娘不敢自专，乞望夫人台鉴：莫若恕其小过，成就大事，撋之以去其污[57]，岂不为长便乎？

【麻郎儿】秀才是文章魁首，姐姐是仕女班头；一个通彻三教九流，一个晓尽描鸾刺绣。

【幺篇】世有、便休、罢手，大恩人怎做敌头？起白马将军故友，斩飞虎叛贼草寇。

【络丝娘】不争和张解元参辰卯酉[58]，便是与崔相国出乖弄丑。到底干连着自己骨肉，夫人索穷究。

（夫人云）这小贱人也道得是。我不合养了这个不肖之女。待经官呵，玷辱家门。罢罢！俺家无犯法之男，再婚之女，与了这厮罢。红娘唤那贱人来！（红见旦云）且喜姐姐，那棍子则是滴溜溜在我身上，吃我直说过了。我也怕不得许多，夫人如今唤你来，待成合亲事。（旦云）羞人答答的，怎么见夫人？（红云）娘跟前有甚么羞？

【小桃红】当日个月明才上柳梢头，却早人约黄昏后。羞得我脑背后将牙儿衬着衫儿袖。猛凝眸，则见鞋底尖儿瘦。一个恣情的不休，一个哑声儿厮耨。呸！那其间可怎生不害半星儿羞？

（旦见夫人科）（夫人云）莺莺，我怎生抬举你来，今日做这等的勾当；则是我的孽障，待怨谁的是！我待经官来，辱没了你父亲，这等事不是俺相国人家的勾当。罢罢罢！谁似俺养女的不长俊[59]！红娘，书房里唤将那禽兽来！（红唤末科）（末云）小娘子唤小生做甚么？（红云）你的事发了也，如今夫人唤你来，将小姐配与你哩。小姐先招了也，你过去。（末云）小生惶恐，如何见老夫人？当初谁在老夫人行说来？（红云）休佯小心，过去便了。

【幺篇】既然泄漏怎甘休？是我相投首。俺家里陪酒陪茶倒撋就。你休愁，何须约定通媒媾[60]？我弃了部署不收，你原来“苗而不秀”[61]。呸！你是个银样镴枪头[62]。

（末见夫人科）（夫人云）好秀才呵，岂不闻“非先王之德行不敢行”？我待送你去官司里去来，恐辱没了俺家谱。如今将莺莺与你为妻，则是俺三辈儿不招白衣女婿[63]，你明日便上朝取应去。我与你养着媳妇，得官呵，来见我；驳落呵，休来见我。（红云）张生早则喜也。

【东原乐】相思事，一笔勾，早则展放从前眉儿皱，美爱幽欢恰动头[64]。既能够，张生，你觑兀的般可喜娘庞儿也要人消受。

（夫人云）明日收拾行装，安排果酒，请长老一同送张生到十里长亭去。（旦念）寄语西河堤畔柳，安排青眼送行人。（同夫人下）（红唱）

【收尾】来时节画堂箫鼓鸣春昼，列着一对儿鸾交凤友。那其间才受你说媒红[65]，方吃你谢亲酒。

（并下）

【作者简介】

王实甫，名德信，元代著名杂剧作家，河北省保定市定兴（今定兴县）人。他一生写作了 14 部剧本，著有杂剧 14 种，现存《西厢记》《丽春堂》《破窑记》三种。《破窑记》写刘月娥和吕蒙正悲欢离合的故事，有人怀疑不是王实甫的手笔。另有《贩茶船》《芙蓉亭》两种，各传有曲文一折。《西厢记》大约写于元贞、大德年间，是他的代表作。王实甫与关汉卿齐名，其作品全面地继承了唐诗宋词精美的语言艺术，又吸收了元代民间生动活泼的口头语言，并将它们完美地融合在一起，创造了文采璀璨的元曲词汇，成为中国戏曲史上“文采派”最杰出的代表。

【注释】

[1]楔（xiē）子：在元代和明初，把放在一段戏的头一首曲子叫楔子。[2]外：元代杂剧中女主角叫正旦，男主角叫正末，其他角色加“外”，如外末。[3]老身：老年人自称，不分男女。[4]拜：授官。前朝：这里指前一个皇帝在位时。[5]告殂：布告死讯。[6]针指女工：妇女从事的纺织、刺绣、针线等活计。工，也写成红。[7]小妮子：对婢女的称呼。[8]小厮儿：宋元时对男孩儿包括儿子的称呼。[9]柩：棺材。[10]河中府：治所在今山西省永济市。[11]普救寺：隋朝时就有，唐朝时曾扩建，成为名胜。[12]则天：唐高宗李治的皇后，曾称帝，死后谥号则天皇后。香火院：接受民间供奉的寺院。[13]长老：庙里的住持。[14]相公：妻子对丈夫的尊称。剃度：指和尚、尼姑断发，这里指不出家的人为出家的人出资买度牒。[15]安下：安置。[16]一壁：一边。附：寄。[17]食前方丈，从者数百：当年家道旺盛时，美味佳肴能摆到一丈见方，仆役的数量有好几百。[18]则：仅，只。[19]仙吕：宫调名，宫调就是乐律。元曲中有“五宫四调”：黄钟宫、正宫、南宫、仙宫、中宫，石调、越调、双调、商调。赏花时：曲调名。[20]禄命：天命，人生运数。禄命终，指死亡。[21]穷：处境艰难窘迫。[22]旅榇：没有埋入祖坟前临时寄存在外的棺材。梵王宫：这里泛指寺院。[23]冢：坟墓，旧冢代指家乡。[24]杜鹃：子规鸟，杜鹃红这里指子规鸟嘴上叫出的血。此处用来形容老夫人的悲戚心情。[25]困人：使人疲倦。[26]旦倈：小旦，倈即倈儿，戏里扮演儿童的角色。[27]幺篇：幺是。[28]值：遇上。蒲郡：蒲州。[29]掩：关门。重关：一道道的门。萧寺：梁武帝萧衍信佛，建了很多寺庙，后世就称寺院为萧寺。[30]红：指落花。[31]闲愁：无法排遣的愁思。[32]蒲关：蒲津关的简称。[33]刮垢磨光：这里指读书时认真琢磨，去粗取精。[34]蠹鱼：书虫。这里比喻自己像书虫一样埋头读书。[35]棘围：指考场。[36]铁砚磨穿：刻苦攻读，不取功名誓不罢休。[37]投至得：直等

到。[38]“空雕虫”二句：是说白白地写作、研究诗文，却徒劳无益。[39]弩箭：由机械发射的箭。[40]撒和：喂养牲口。[41]敢待：也许。[42]颠不剌：有多意，此处“颠”有可爱、风流的意思。不剌：语助词，无意。[43]的是：确实是。兜率宫：兜率天是六大欲天第四天，佛祖成佛前居住在这里，这里的房院就是兜率宫。[44]离恨天：佛教三十三天中没有离恨天，而在此剧中的意思是指男女相思烦恼的一种心境。[45]玉粳：光洁如玉的粳米，比喻牙齿小而白。[46]可人怜：让人爱。[47]解舞腰肢：能跳舞的腰肢。[48]旖旎：轻盈柔美，引申为风流之意。[49]镒：古时重量单位，二十两或二十四两为一镒。百镒黄金是说贵重。[50]风魔：本指精神失常，这里指神魂颠倒。[51]兀的：指示代词，表惊讶语气。[52]稳秀：藏而不露的意思。稳，通“隐”。[53]不争：这里作“因为”讲。[54]心数：心计。[55]佁：固执之意。[56]绸缪：用以指男女欢会。[57]撋：本指摩弄、揉搓，此处为迁就、撮合之意。[58]参辰：参星和辰星，也作参商。[59]长俊：长进，有出息。[60]媒媾：因媒人而结婚，此指媒人。媾，结婚。[61]苗而不秀：庄稼出了苗而没有抽穗，比喻没用的人。[62]银样镴枪头：看上去是银做的，其实是镴做的枪头，比喻好看而不中用的样子货。[63]白衣：没有官职的人，相当于布衣。[64]恰动头：刚开始。[65]说媒红：赏给媒人的谢礼。

【曲解】

《西厢记》全名《崔莺莺待月西厢记》，共5本21折5楔子，表达了“愿普天下有情人都成眷属”这一美好的愿望。

【思考与练习】

1. 谈谈对《西厢记》“愿普天下有情人终成眷属”主题的认识。

2. 分析《西厢记》的语言特点。

原野（节选）

曹　禺

第二幕

（焦氏由中门走进。仇、花两人在窗前屏息伫立，望着她森严地踱到香桌旁，擎起沉重的铁杖，走到右门前，花氏几乎吓得喊出。瞎子听一下，倒锁右门。焦氏的脸忽然显出异常的凶恶，她轻轻拖着铁杖，向左门走。仇和花的眼睛跟随着焦氏，焦氏昂然走进了左门。）

（屋内无声，只远远听见野狗嚎叫如鬼如狼。花氏望着仇虎，仇虎盯着左门。）

焦花氏：（低声）怪，她进到里屋干什么？

仇　虎：（按住她的手）她要打死我。

焦花氏：（耳语）用——用什么？

仇　虎：（急促地）你没有看见她拿着那根铁拐？

焦花氏：怎么？

仇　虎：也是（两手做击下状）这么一下子。

焦花氏：（忽然想起，全身颤抖，低声急促地）那——那孩子就在你的床上。

仇　虎：（吓着）什么？那孩子——

焦花氏：（狂惧）孩子就在那——那床——

（蓦地听见里面铁杖闷塞而沉重地捣在床上，仿佛有一个小动物轻嚎了一下，便没有了声音。）

仇　虎、焦花氏：（同时）啊，天！

（左屋焦氏忽然尖锐地喊了一声。）

焦　母：（恐怖到了极点）哦——黑子，我的黑子！（又没有声音）

仇　虎：（怵惧）晚了！

焦花氏：（忽然地）走！快走。

仇　虎：（自己也怕起来）黑子死了。

焦花氏：快穿衣服，外面一定有人。你这样出去，准叫他们看出来。

（她为仇虎套上小褂，便忙着拿包袱，拾匕首。仇虎的衣服没扣了一半，焦氏由左门走出。她两手举起小黑子，上面盖上一层黑布褂。她的脸像一个悲哀的面具，锁住苦痛的眉头，口角垂下来，成两道深沟。她不哭，也不喊，像一座可怖的煞神站在左门前。仇与花不觉怵然退后，紧紧挤在一角。）

焦　母：（不像人声）虎子！（停一下，不见人应）虎子！（仍无人应，森严地）我知道你在这儿，虎子。（忽然爆发地）你的心太狠了，虎子，天不容你呀！我们焦家是对不起你，可是你这一招可报得太损德了。（痛极欲狂）你猜对了，看！孩子我亲手打死的，可是这次我送到老神仙那里也救不活，虎子，（酷恨地）我会跟着你的，你到哪儿，我会跟你到哪儿的。（森严地）虎子，现在我要从你脸前过！（一面向中门走，一面说）你要打，就打死我吧！我告诉你，（刚走到中门前）侦缉队已经在外面把枪预备好，就要进来宰你的。

（焦氏举着小黑子由中门出。二人僵立不动。外面听见焦氏低声叫："狗蛋！"继而听见一种粗哑的怪声唱"……初一十五庙门开……牛头马面哪两面排……"二人回头谛听。）

焦花氏：（怯惧地）谁？谁这时候唱这个？

仇　虎：（极力镇静）是狗——狗蛋。

（外面的声音（更加惨厉）"……阎王老爷哟，当中坐，一阵哪阴风……"）

焦花氏：（向上望，忽然大叫，指着）阎王的眼又动，动，起来了。

仇　虎：（惊惧）什么？

焦花氏：（怕极）他要说话！

（仇虎抽土手枪向墙上的阎王的像，连发四枪，相框立刻落在地下。）

焦花氏：虎子！

（外面以为仇虎攻出，枪向里面乱射。）

仇　虎：他们真来了。

（枪声中，常五在外面大喊："后面不要放！不要放，我在前面。"失了魂似的跌进中门。）

常　五：（一见仇虎，吓得瘫在那里）天！（又想回身出门）

仇　虎：（一把抓着常五）你来得好！（枪对着他）来得好。（向中门喊）弟兄们，别放！（外面仍在放射，转向常五）你跟他们说，叫他们别放。

常　五：（斜对窗户，急喊）刘队长！刘队长！别放，是我，常五，常老五。

（枪声突停。）

仇　虎：告诉他，你现在在我手里，叫他们别放枪，我要出去。

常　五：（不成声）刘队长！我，我叫仇虎抓着了。我在他手里，刘队长，他拿着我，他要出去，你们千万别放枪。

仇　虎：（高喊）弟兄们，我仇虎跟你们无冤无恨，到此地来也是报我两代似海的冤仇，讲交情，弟兄们，跟我让一条活路。要不卖面子，我先就拿你们的探子常五开刀。

常　五：刘队长！刘队长！

仇　虎：好，你们答应不答应？不说话？那么，你们要不答应，放一枪；答应放两枪。怎么样？

（外面悄然无声。）

仇　虎：好，你们不答声！我数十下，十下不答声，（对常五）我就不客气了。

常　五：刘队长！刘队长！

仇　虎：（开始数）一下，两下，三下，四下……

常　五：（几乎同时喊）刘队长！刘队长！我常五家里孩子大人一大堆。我要死了，我家里的人就找你抵偿，刘队长！

（四外悄寂。）

仇　虎：八下，九下——

常　五：刘——

（外面发一枪。）

仇　虎：一枪。

常　五：刘队长！刘——

（外面又放一枪。）

仇　虎：两枪！

常　五：（嘘出一口气）啊！

仇　虎：（枪抵住常五的背）走！（对花氏）我们走吧。

（花氏拿着包袱跟在两个男人的后面，由中门走出。屋内悄无一人，半晌，忽然听见远处两声枪响，又一声，接着枪声忽密，幕渐落，快闭时，枪声更密。）

——幕落

【作者简介】

曹禺（1910 年 9 月 24 日—1996 年 12 月 13 日），原名万家宝，字小石，小名添甲，中国现代话剧史上成就最高的剧作家。曹禺笔名的来源是因为本姓“万”（繁体字），繁体万字为草字头下一个禺。于是他将万字上下拆为“草禺”，又因“草”不像个姓，故取谐音字“曹”，两者组合而得曹禺。汉族，祖籍湖北潜江，出生在天津一个没落的封建官僚家庭里。曹禺自小随继母辗转各个戏院听曲观戏，故而从小心中便播下了戏剧的种子。其作品《雷雨》《日出》《原野》《北京人》的出现也标志着中国现代话剧艺术的成熟，被人称为“中国的莎士比亚”。1996年12月13日，因长期疾病，曹禺在北京医院辞世，享年86岁。

【剧解】

《原野》通过一个复仇的命运悲剧故事，深刻地展示出作家对“人生困境”的困惑以及对神秘宇宙的哲学思考。为了戏剧化地传达这种认识，《原野》借鉴了西方表现主义的艺术手法，参考尤金·奥尼尔的戏剧《琼斯皇》，并结合本民族的欣赏习惯，成功地对戏剧文本的叙述方式进行了新的探索。

【思考与练习】

1. 试分析本剧的复仇主题。
2. 谈谈本文的叙述手法。

第二节　外国戏剧

哈姆雷特（节选）

莎士比亚（英国）

第三幕

第一景：宫廷内一室

哈：（自言自语）

生存或毁灭，这是个必答之问题：
是否应默默地忍受坎坷命运之无情打击，
还是应与深如大海之无涯苦难奋然为敌，
并将其克服。
此二抉择，究竟是哪个较崇高？

死即睡眠，它不过如此！
倘若一眠能了结心灵之苦楚与肉体之百患，
那么，此结局是可盼的！
死去，睡去……
但在睡眠中可能有梦，啊，这就是个阻碍：
当我们摆脱了此垂死之皮囊，
在死之长眠中会有何梦来临？
它令我们踌躇，
使我们心甘情愿地承受长年之灾，
否则谁肯容忍人间之百般折磨，
如暴君之政、骄者之傲、失恋之痛、法章之慢、贪官之侮或庸民之辱，
假如他能简单地一刃了之？

还有谁会肯去做牛做马，终生疲于操劳，
默默地忍受其苦其难，而不远走高飞，飘于渺茫之境，
倘若他不是因恐惧身后之事而使他犹豫不前？
此境乃无人知晓之邦，自古无返者。
所以，“理智”能使我们成为懦夫，
而“顾虑”能使我们本来辉煌之心志变得黯然无光，像个病夫。
再之，这些更能坏大事，乱大谋，使它们失去魄力。
（见到欧菲利亚）
哦，小声。
美丽的欧菲利亚，可爱的小姐，在你的祈祷中可别忘了我的罪孽。
欧：殿下这几天来如何？
哈：我谦逊地谢谢你，很好。
欧：殿下，这里有些你从前给我之纪念品，我一直想还给你，
希望你把它们收下。
哈：不，才不，我从来没给过你任何东西。
欧：尊贵的殿下，你知道你曾经有过，
并且当时还添加了你的香甜蜜语，使它格外的珍贵。
现在既然此芳已散，你就收回这些罢。
对有情人来说，送礼者若无诚，那此礼就会失去意义。
拿去罢，殿下。
哈：哈哈，你有无贞节？（注意地端详）
欧：（吃惊）殿下？
哈：你美吗？
欧：殿下是什么意思？
哈：你若有贞节，并有美貌，那么，你的贞节不应和你的美貌有所来往。
欧：美貌与贞节，能有比此更完美之结合吗，殿下？
哈：当然有的：美貌能败坏贞节，使它淫荡；
这比贞节能感化美貌来得容易。
从前这是无法想象的，但是现在它已得到了时间的证实。
我曾爱过你，在以前。
欧：你的确曾令我如此的想过，殿下。
哈：当时你不应该相信我：
可把美德之枝接于罪孽之干，
但其果实仍将存有罪恶之苦涩。
那不是爱。
欧：你真的把我给骗了。
哈：你去进修道院罢！
难道你想做一窝罪人之生母？
我还算是个有点道德的人，

但是我能说出我的许多过失，
使我觉得我的母亲是不应该生了我。
我骄矜、记仇、有野心；
藏匿于我内心之为恶潜能，庞大得使我无法想象，繁多得令我无空实践。
像我这种家伙，存于天地之间有啥用处？
我们都是坏蛋，千万别相信我们。
你去修道院罢。
你父亲呢？

欧：在家里，殿下。

哈：让他被锁在那儿好了，这样，他只能在自己家当个傻瓜。
再见。

欧：啊，老天爷，请帮助他！

哈：将来你若会出嫁，那就让我送句恶言来给你做嫁：
尽管你是守操如冰，还是贞洁如雪，你将无法逃离流言的毁谤。
你去进修道院罢！再见。
倘若你非嫁人不可，那就嫁个傻瓜好了，
因为聪明人都晓得你会使他们当乌龟。请赶快进尼姑庵了吧！
再见。

欧：请上帝之神力使他痊愈。

哈：我听说过你的那些胭脂饰品，
上帝给了你一张脸，你却偏要把它打扮成另一个。
你卖弄风情，你矫文饰字，你油腔滑调，你虚情假意。
够了，不谈了，我火了。我说，我们以后不许再有婚姻。
已婚之人可以继续生活下去，除了一人之外，
其他的人们均应保持现状，不许结婚。
你去修道院罢，走呀！
（哈姆雷特出）

【作者简介】

威廉·莎士比亚（1564 年 4 月 23 日—1616 年 4 月 23 日），华人社会常尊称为莎翁，鲁迅在《摩罗诗力说》（1908 年 2 月）称莎士比亚为“狭斯丕尔”。莎士比亚是英国文学史上最杰出的戏剧家，也是西方文艺史上最杰出的作家之一，是全世界最卓越的文学家之一。

【剧解】

《哈姆雷特（Hamlet）》是由威廉·莎士比亚创作于 1599 年至 1602 年间的一部悲剧作品。戏剧讲述了叔叔克劳狄斯谋害了哈姆雷特的父亲，篡取了王位，并娶了国王的遗孀乔特鲁德，哈姆雷特王子因此为父王向叔叔复仇。

【思考与练习】

1. 试分析哈姆雷特的延宕。

2. 剧本的内心独白是其特色，试分析。

浮士德（节选）

歌　德（德国）

悲剧　第二部　第五幕之山谷，森林，岩石，荒野

神圣的隐士们散布山上，住在岩壑中间。

合唱与回音

林原莽莽苍苍，
巉岩重叠如嶂；
树根牢牢纠缠，
树干密密参天。
百道流泉飞洒，
千寻深穴安全。
猛狮与人为友，
默默四周徘徊。
敬此洞天福地，
敬此圣爱所在。

极乐神甫

（上下飘浮）
欢乐之焰永不息，
恩爱缠绵如火炽，
苦痛熬胸中，
神趣转葱茏。
但愿利箭穿我心，
但愿长矛刺我身，
大棒捣我为齑粉，
电火烧我成灰烬！
一切虚无物，
消失如烟云，
唯有耿耿长明星，
永恒之爱的核心！

沉思神甫

（在底层地段）
脚下悬岩重万钧，
下临绝壑深千仞，
千道溪泉齐飞迸，

汇作洪流怒奔腾；
复有古木郁森森，
高柯劲节欲凌云；
是皆全能爱之力，
造形万物育万类。
四周风狂声怒号，
震撼林壑如涌涛，
山泉飞瀑趋大壑，
不舍昼夜流滔滔，
灌溉谷底育群苗。
闪电下击焰腾腾，
扫荡毒雾与妖氛，
万里长空大气清。
爱之使者告吾人：
永恒造化育众生。
纵使我心热如焚，
我神紊乱冷如冰，
官能顽钝已失灵，
如被桎梏苦难禁。
请神解我沉思苦，
光明照我饥渴心！

天使澄明神甫

（在中层地段）
何物朝云自在飘？
穿过摇曳枞林梢。
我料其中有生命，
乃是年幼众精灵。

升天的幼儿们合唱

爸爸，告诉我们，我们飘浮在哪里？
好人，告诉我们，我们究竟是何人！
我们大家都幸福，
幸福生活长如春。

天使澄明神甫

孩子们，你们是夜半生下地，
精神和官能才半启，
父母失汝悲夭殇，
天使得来如拱璧！
此间有一爱人者，
汝辈觉出速来近！

尘世歧途多险恶，
汝辈幸未着痕迹！
入我眼来莫迟疑，
顺应世界和大地！
作为汝眼而使用，
藉以洞察此地区！
（将众幼儿容纳眼中）
这是树木，那是岩石，
水流浩浩，奔去迅疾，
波翻浪滚，赫赫声势，
缩短山道，化险为夷。

升天的幼儿们

（从眼中）
外界果然壮观，
这儿却太黑暗，
我们胆战心惊。
尊贵和善的人，放出我们！

天使澄明神甫

往更高境界飞翔，
暗中不断成长，
按照永恒纯洁的方式，
有神明增强你们的力量。
在极自由的太空中，
充满着精灵的营养：
永恒之爱启示，
普遍赐福降祥。

升天的幼儿们合唱

（旋绕在最高山顶）
手挽手儿我和你，
结成一环真欢喜，
踊跃又歌唱，
神圣感情扬！
神明所教养，
你们须信赖，
你们将瞻仰，
你们所敬爱。

天使们

（飘浮在高空中，荷着浮士德的灵魂）
灵界高贵的成员，

已从恶魔手救出；
不断努力进取者，
吾人均能拯救之。
更有爱从天降，
慈光庇护其身，
极乐之群与相遇，
衷心表示欢迎。
（较年轻的天使们）
玫瑰花，圣洁手，
赎罪女子情意厚，
协助吾人赢胜利，
崇高事业喜成就，
宝贵灵魂获抢救。
天花撒落，恶者躲藏，
天花命中，魔鬼逃亡。
魔鬼虽经地狱罪，
爱之苦恼更加倍；
即使老牌大魔王，
钻心刺痛也难当，
大功告成齐欢唱！
（较成熟的天使们）
尘世遗蜕累人，
负载实感苦辛，
纵如石棉耐火，
质地也不纯净。
精灵之力颇强，
能将元素吸引，
使其附着于身。
形与神合，
亦肉亦灵，
天使也难分泪泾；
只有永恒之爱，
才使灵肉离分。
（较年轻的天使们）
雾笼岩顶，
我方觉察
有精灵的生命，
活跃在附近。
浮云已澄清，

我看出是活泼的
升天幼儿之群。
他们摆脱了扰扰红尘，
结成环形，
神会心领
上方世界的
绮丽新春。
他初来到，
应与幼儿为朋，
向完美不断增进！
（升天的幼儿们）
我们乐意接待他，
他还像个蛹宝宝；
如今一旦得到手，
天使押品要保牢。
浑身裹在茧壳中，
代为层层剥去掉！
圣神生命得福佑，
便已长大而美好。

崇奉玛利亚的博士

（在极高极洁净的石龛中）
这儿自由眺望，
精神无比昂扬。
有美人兮结成行，
飘摇飞往上方，
中有庄严圣体，
星冠璀璨辉煌，
我向光辉瞻仰，
天后万寿无疆！
（狂喜）
世界上最崇高的女帝！
让我在蔚蓝的
辽阔天宇下，
瞻仰你的神秘！
请你容许，侠气与温情
激荡着男子的心胸，
并以圣洁的爱之乐趣
向你呈奉。
你一旦严格命令，

我们的勇气便不可战胜；
你只要稍加安抚，
突然间我们又矜平躁释。
最纯洁的处女，
受崇敬的圣母，
为万民而选出的女王，
位与诸神相侔。
轻云冉冉，
在她四周环绕：
原来是赎罪女子，
一群荏弱的娇鸟，
齐集膝下，
餐风饮露，
祈求恩恕。
圣母啊，你是不可触扪，
但不阻止
那易受诱惑的人儿，
虔诚地向你走近。
世人不易拯救，
沉湎于声色玩好；
有谁凭着本身力量，
挣断欲望的镣铐？
踏着光滑而倾斜的地皮，
多么容易失足！
媚眼、祝福和吹嘘，
怎不叫人着迷？
光明圣母冉冉飞来。

赎罪女子合唱

你飞在天乡高处，
几度低回；
垂听我们的哀求，
你崇高无比，
你大慈大悲！

罪孽深重的女子（《新约》《路加福音》第七章第三十六节）

我以爱情向圣母祈祷，
泪洒圣子脚上，
滚滚如涂香膏，
不顾法利赛人的讥嘲；
我持此瓶向圣母哀请，

瓶中芳香流溢不尽；
我凭鬈发向圣母陈词，
柔软的发丝曾擦干神圣的肢体——

撒马利亚的女子（《约翰福音》第四章）

我指井水祷告圣母，
亚伯拉罕曾到此放牧，
我以水桶祷告圣母，
耶稣解渴时唇与接触；
清泉滚滚，
源远流长，
永世常清不竭，
流向四面八方——

埃及的玛利亚（《圣徒故事集》）

鉴彼至圣地，
卸下救世主；
鉴彼无形臂，
阻我入门去；
潜居沙漠中，
忏悔四十年，
临终诀别辞，
字字沙中传——

三女合唱

你不拒绝罪大的女子
向你身边靠拢，
你使忏悔的益处
上升到无穷。
这儿有位善女，
偶然一次失身，
过失出于无意，
请你广开鸿恩！

赎罪女子之一

（旧名葛丽卿，紧靠上去）
往下看，往下看，
无比崇高的圣母，
无比光辉的圣母，
请慈悲地一顾我的幸福！
我早年的爱人
已经回来，
不再是那样呆木。

升天的幼儿们（做环绕运动而近前）
他的肢体
已比我们长得强壮，
对我们的忠心看护，
将给予重重的奖赏。
我们过早天殇，
对人世茫然不省；
他却见多识广，
可以指导我们。

赎罪女子之一（旧名葛丽卿）
新来者被高洁的精灵所围绕，
神智尚未十分清醒，
他还预料不到新鲜的生命，
便已列入神圣之群。
瞧吧！他摆脱了任何尘世羁绊，
抛弃了旧日的腐臭皮囊，
从云霞重裹中
显露出第一股青春力量！
请允许我将他指导，
他还目眩于新的天光。

光明圣母
来吧，升向更高的境界！
他觉察到你，会从后面跟来。

崇奉玛利亚的博士
（俯伏膜拜）
悔悟柔和之人，
仰沾浩荡天恩，
从此革面洗心，
共同超凡入圣！
任何向上意志，
无不对你皈依！
处女，圣母，女神，天后，
但愿慈悲始终不渝！

神秘的合唱
一切无常事物，
无非譬喻一场；
不如意事常八九，
而今如愿以偿；
奇幻难形笔楮，

焕然竟成文章；
永恒女性自如常，
接引我们向上。

【作者简介】

约翰·沃尔夫冈·冯·歌德（1749年8月28日—1832年3月22日），出生于美因河畔法兰克福。作为戏剧家、诗人、自然科学家、文艺理论家和政治人物，歌德是魏玛的古典主义最著名的代表。而作为戏剧、诗歌和散文作品的创作者，他是最伟大的德国作家，也是世界文学领域最出类拔萃的光辉人物之一。歌德一生跨越两个世纪，正当欧洲社会大动荡、大变革的年代。封建制度的日趋崩溃，革命力量的不断高涨，促使歌德不断接受先进思潮的影响，从而加深自己对于社会的认识，创作出当代最优秀的文艺作品。歌德的绰号为浪游者在法兰克。

【剧解】

《浮士德》是一部长达12111行的诗剧，第一部出版于1808年，共二十五场，不分幕。第二部共二十七场，分五幕。全剧没有首尾连贯的情节，而是以浮士德思想的发展变化为线索，以德国民间传说为题材，以文艺复兴以来的德国和欧洲社会为背景，写一个新兴资产阶级先进知识分子不满现实，竭力探索人生意义和社会理想的生活道路，是一部现实主义和浪漫主义结合得十分完美的诗剧。

【思考与练习】

1. 试分析《浮士德》的主题。
2. 谈谈浮士德精神。

第三节　拓展阅读

【元代戏曲综述】

元代戏曲包括元曲（杂剧和散曲）及南戏。

一、元曲

元曲包括杂剧和散曲两部分，其发展与分期问题说法不一。通常着眼于杂剧的南移和趋于衰微的演变，以元成宗大德（1297年—1307年）划界分为前后两期（文学史分为南北两个戏剧圈，基本上前期是北方圈，后期为南方圈）。

（一）前期：鼎盛时期

前期从金末1234年至元成宗大德（1307年）约有80年，是鼎盛时期，中心在北方的大都（今北京），包括当时东平、汴梁、真定、平阳等地，即所谓北方戏剧圈。

元前期作家主要指钟嗣成《录鬼簿》中所列“前辈名公才人”56人，都是北方人，主要活跃于大都（今北京）等地。著名作家有关汉卿、白仁甫、马致远、王实甫，比较重要的还有高文秀、康进之、纪君祥、尚仲贤、杨显之、石君宝、郑廷玉、武汉臣等八位。

现存元杂剧剧本约有 80 种是前期作品。著名的优秀剧作，特别是悲剧作品，如被王国维推为“元人第一”的大戏剧家关汉卿的《窦娥冤》、代表元杂剧最高成就的另一部佳作王实甫的《西厢记》、马致远表现昭君出塞的《汉宫秋》、白朴反映唐明皇与杨贵妃故事的《梧桐雨》以及描写贵公子裴少俊与少女李千金私订终身的《墙头马上》、纪君祥表现春秋时期历史冤案的《赵氏孤儿》，还有康进之根据水浒故事改写的《李逵负荆》等，也都是元杂剧中的传世佳作。

《窦娥冤》《梧桐雨》《汉宫秋》《赵氏孤儿》等，都产生在前期，可以说这是一个产生悲剧的时代。前期杂剧作品真实地反映了当时的社会现实，并且塑造了一些勇于抗争的人物形象，热情地讴歌了人民的反抗精神。

杂剧的语言以北方中原地区的口语为基础，吸收了民间讲唱文艺的营养，具有质朴自然、生动泼辣的特点。许多杂剧大家还吸收了诗词散文中富有表现力的词汇与句法，使语言更加优美。同时，杂剧剧本和舞台演出结合得十分紧密，充分反映了舞台艺术特点。由于杂剧大家都有自己的艺术风格，所以前期剧坛呈现十分绚丽的局面。

有的作品还洋溢着昂扬、乐观的战斗精神，现实主义是这个时期创作的主流倾向，少数作品达到了现实主义和浪漫主义相结合的高度。

（二）后期：衰微时期

元代灭宋统一全国后，杂剧创作出现了衰微，创作中心南移至临安（今杭州），形成了南方戏剧圈。

重要作家多是北方籍而流寓南方的，如郑光祖、宫天挺、乔吉、秦简夫等，也有不少是南方人，如萧德祥、沈和甫等。杂剧创作渐趋于衰微，以流寓南方的郑光祖、宫天挺、乔吉、秦简夫影响最大。

不仅作家作品的数量不能与前期相比，而且思想性、艺术性也较为逊色，在风格上后期作品追求辞藻工丽，失去了前期语言的本色美。由于这个时期是元朝统治的稳固时期，文人对统治阶级产生了幻想，所以后期杂剧作品大都缺乏前期杂剧的现实性，爱情剧、文人事迹剧及神仙道化剧有所发展。艺术上偏向曲词的工丽华美和追求情节的曲折离奇。

杂剧南移后脱离了它赖以生存的基础，在与南戏并存的过程中逐渐发生变化。在南戏和杂剧的基础上孕育着明代戏曲的新发展，杂剧形式的衰微不可避免。

后期杂剧作家中最优秀的是郑光祖，他的《倩女离魂》以唐代陈玄《离魂记》的故事为题材，是一部用浪漫笔调表现青年女子追求婚姻自主的强烈愿望和斗争精神的佳作。前人把郑光祖与关汉卿、白朴、马致远并称为“元曲四大家”。

二、南戏

随着杂剧的南移和衰微，南方戏剧圈中渐渐流行一种用南方曲调演唱的“永嘉杂剧”，即南戏或“戏文”，它始于南宋温州，并逐渐盛行于南方，入元稍衰，元末复起，发展而为明代的传奇。南戏发展深受杂剧艺术的影响，但在体制上较杂剧自由。两者总体风格差异是：杂剧“神气鹰扬，有刚健之气”，南戏则“流丽婉转，有柔媚之情”。代表作有《永乐大典戏文三种》：《小孙屠》《宦门子弟错立身》《张协状元》。元末高明创作的《琵琶记》相当著名，通过赵五娘、蔡伯喈的家庭悲剧，比较深刻地反映了封建社会某些伦理问题和社会问题，被后人推崇为“南戏之祖”。元末明初还出现了《荆钗记》《刘知远白兔记》《拜月亭》《杀狗记》四部重要的南戏，后被合称为“荆刘拜杀”四大传奇。

三、散曲

和杂剧创作发展相似，元散曲的创作也以元成宗大德年间为界分成前后两个时期。

前期著名的散曲作家大都是杂剧作家，较有代表性的有关汉卿、马致远、白朴等，他们的作品大多通俗晓畅，保持着原来“俗谣俚曲”的本色美。其中马致远是一位领袖群英的散曲大家，他在元代散曲中的地位，如李杜之于唐诗、苏辛之于宋词。他以丰富的思想情感注入散曲而扩大了散曲的表现领域，加深了散曲的意境，他的（越调）《天净沙·秋思》和（双调）《夜行船·秋思》都是传世名作。关汉卿多以真挚委婉的笔调写男女情爱和离愁别绪，脍炙人口的佳作是他的（南吕）《一枝花·不伏老》。白朴的作品以清丽婉约的小令较为出色。

后期的元散曲日渐失去民间文学的通俗性，代表作家有张可久、乔吉等，他们在修辞和表现手法方面，注意含蓄锤炼，散曲的本色已属鲜见。这一时期较优秀的散曲作家尚有张养浩、贯云石、睢景臣、刘时中等。张养浩传世的《云庄休居自适小乐府》，抒写晚年归隐后的心境，在歌咏大自然的自由天地里流露出对黑暗政治的不满和厌恶，其中还收有一些反映民生疾苦的佳作。贯云石才情奔放，文字优美，为时人所重。睢景臣的（般涉调）《哨遍·高祖还乡》，制作新奇，讽刺辛辣，有鲜明的艺术个性。刘时中的（正宫）《端正好·上高监司》反映百姓的灾难和吏治的腐败，扩大了散曲的表现力，在元曲中别树一帜。但总地说来，后期散曲随着本色美的减弱，也就日渐衰微了。

【西方戏剧】

在世界范围内，戏剧是一种古老的艺术门类，作为人类文化的一个部分，它的发展总是与其他文化成分的发展相伴随，并受到诸如政治、经济、哲学、心理学以及文学的影响。同时，不同的国家、民族又有自己的文化传统，戏剧作为这一传统的组成部分，其发展进程又往往呈现出特殊的轨迹。因此，所谓“戏剧的历史”也必然不是一统的。面对世界戏剧发展的错综纷杂的状态，我们至少必须对西方戏剧与东方戏剧分别进行考察。

西方戏剧的历史可以分为：古希腊罗马戏剧、中世纪戏剧、文艺复兴时期戏剧、古典主义时期戏剧、启蒙运动时期戏剧、19世纪戏剧、现代戏剧和当代戏剧。

一、古希腊戏剧

古希腊戏剧是指大致繁荣于公元前6世纪末至公元前4世纪初之间的古希腊世界的戏剧。雅典城，既是古希腊的政治和军事中心，同时也是古希腊戏剧的中心。雅典的悲剧和喜剧也包括在全世界范围内出现最早的戏剧形式之中。古希腊的剧场和剧作对西方戏剧和文化的发展产生了持续而深远的影响。

雅典最早的戏剧传统起源于祭奠酒神狄奥尼索斯的宗教活动。公元前600年，诗人阿利翁将酒神赞美诗发展成了一种由歌队吟唱、具有叙事性特征的新的艺术样式。在公元前534年，一个名叫泰斯庇斯的人成为最早在这种叙事剧中扮演主要角色的人物。他通过背诵台词和切身表演，试图完全融入角色；同时他还使自己的表演和歌队结合。在这种戏剧的雏形中，歌队扮演的是叙事者和评论者的角色。泰斯庇斯被认为是古希腊最早的演员。

古希腊悲剧的内容，基本取材于神话和传说，荷马史诗和史诗系列是悲剧诗人们频频光顾的创作源泉。古希腊悲剧一般具有深远的历史、宗教和人文背景，探讨形而上的问题，把探索的触角指向伦理观的终端，考察生活的意义，把人的生存看做是对智能和意志的挑战。

在艺术形式方面，悲剧由话语和唱段组成。话语通常用三音段（或六音步）短长格表述，而唱段则采用众多的抒情格写成。悲剧的布局一般包含：①开场白；②入场歌；③场；④场次之间的唱段；⑤终场。有的悲剧直接从入场歌开始，如埃斯库罗斯的《乞援女》。

歌队是悲剧的原始成分，合唱在早期作品中占有相当大的比重。歌队可以以剧中人的身份介入剧情发展，也可以代表观众对人物或事件进行评论，有时还以城邦利益的阐述者身份出现。

亚里士多德将古希腊戏剧的特点归纳于“三一律”，即时间的一致、地点的一致和表演的一致。古希腊戏剧的情节通常只发生在一天之内，地点也不变换。在情节上也往往只有一条主线，不允许其他支线情节存在。亚里士多德提出“三一律”理论的初衷在于描述一种客观的形式，而非规定一种理想状态。并非所有的古希腊戏剧都遵循刻板的“三一律”，但这一理论适用于绝大多数情况。

到公元前 5 世纪，戏剧已经正式成为雅典文化和市民生活中的重要组成部分。也正是在这个时期，戏剧的影响传至雅典以外的地方。雅典的酒神节仍然是一年之中最重要的戏剧活动，而每个古希腊城邦都建造了自己的剧院。现今保存最完好的是埃匹多拉斯剧院。每个古希腊剧院都和宗教庆典活动以及神话传说有一定的关联。古希腊剧院的庞大规模决定了演员们的表演必须要比较夸张。他们要大声地背诵台词，大幅度地做出各种手势，因为只有这样才能保证全场的观众都能看到和听到他们的表演。也正是出于同样的原因，在戏剧表演中往往也不能使用尺寸比较小的道具，演员们要通过打手势来喻指某些物体。古希腊戏剧通常只有两至三个演员，因此一个演员往往要同时饰演几个不同的角色。而往往剧中的一个角色也可以同时被几个演员饰演。

这一时期只有四位戏剧作家有作品传世，四个人都是雅典人，他们分别是悲剧作家埃斯库罗斯、索福克勒斯和欧里庇得斯，以及喜剧作家阿里斯托芬。

《俄狄浦斯王》是索福克勒斯的著名剧作，取材于神话传说：太阳神曾谕示忒拜王拉伊奥斯必死于儿子之手，儿子一出生，国王便命令牧羊人将其抛弃荒山，但牧羊人将婴儿送给了科任托斯国王的仆人，该仆人抱回的孩子由国王养大成人，取名俄狄浦斯。太阳神谕示俄狄浦斯将来要杀父娶母，他在逃亡途中偶杀生父拉伊奥斯。在忒拜城郊他猜中司芬克斯之谜后被拥立为王，便娶王后（他不知道她正是自己的生母）为妻并生儿育女。当瘟疫流行后求太阳神神示，得到的回答是：必严惩杀前国王的凶手才可以消除瘟疫。俄狄浦斯王于是认真查处，最后发现追查的对象正是他自己，便以戳瞎双目和自行流放作了自我惩罚。这部悲剧，从忒拜父老请求俄狄浦斯王设法消除瘟疫开始，描写了人的意志和命运的矛盾冲突，表现了善良刚毅的英雄俄狄浦斯在和邪恶命运的搏斗中遭到不可避免的毁灭，歌颂了具有独立意志的人的勇敢坚强的斗争精神，反映了当时奴隶主民主派的思想特征。

在这部悲剧中，“命运”被描写成一种巨大的力量，它像一个魔影，总在主人公行动之前设下陷阱，使其步入罪恶的深渊。在诗人索福克勒斯的眼里，命运的性质是邪恶的、不可顺从的，命运的力量是巨大的、不可抗拒的，命运的根源是神秘的、不可解释的。因该剧主要表现了人的意志和命运的矛盾冲突，所以被称为“命运悲剧”。

剧情围绕着寻找凶手而进行。全剧共有两个线索：一是忒拜牧人曾说拉伊奥斯死在三岔口，其妻子伊奥卡斯特曾提到拉伊奥斯的相貌、年龄、侍从人数以及被杀的时间。这一切证明俄狄浦斯是杀死拉伊奥斯的凶手，但俄狄浦斯仍未想到那人是他的父亲；另一线索是科任托斯牧人告诉俄狄浦斯，他并非波吕波斯的儿子。当这两个牧人相遇时，两条线索交织在一起，真相也就大白了。该剧通过倒叙的手法，环环相扣，一步步地把戏剧冲突推向高潮，悲剧气氛也随之趋于顶点：伊奥卡斯特自杀，俄狄浦斯自刺双目后离开忒拜城，行乞涤罪。

《俄狄浦斯王》是索福克勒斯的剧作中最具震撼力的一部。希腊人笃信命运，《俄狄浦斯王》更是命运剧的代表。命运固然是不可战胜的，但是，俄狄浦斯并不是消极地等待，而是展开英勇的斗争，他的品德，他那种完全不顾自己痛苦的行动，他那种不惜任何代价去寻求真相的决心，本身就是可歌可泣的。可以说，这是一曲人与命运作殊死斗争的悲歌。

二、文艺复兴时期戏剧

莎士比亚戏剧代表了文艺复兴时期戏剧的最高成就，而《哈姆雷特》在艺术上代表了莎士比亚戏剧的最高成就。在人物塑造上，《哈姆雷特》着重通过内心矛盾冲突的描写揭示人物的深度。莎士比亚的悲剧以描写人及人的自然本性为核心，在戏剧冲突的建构上，不像古希腊悲剧那样主要表现人与外部自然力（“命运”）之间的冲突，而是表现人与人以及人自身的理智、信念与情感、欲望之间的冲突，这就构成了内与外双重矛盾冲突，而人与人之间的外在冲突在根本上又起因于人的内在精神与心理因素的差异性，并且外在冲突最终又是为展示心灵服务的，因此，莎士比亚的悲剧在人的内心世界的开掘上达到了空前的深度。哈姆雷特是世界文学史上一个极富艺术魅力的典型，这种魅力的产生很大程度上依赖于形象心理蕴涵的丰富性。哈姆雷特的内心冲突是随着为父复仇的戏剧情节逐步展开并激化的，而复仇的外在冲突又逐渐让位于内心冲突，从而揭示出犹豫延宕的本质特性。他追怀理想又对现实的丑恶感到失望甚至悲观，向往人性的善又深信人自身有恶的渊薮，想重整乾坤又因人性之恶的深重而感到回天无力，觉得人生无意义又对死后世界充满恐惧，爱奥菲莉娅和母亲乔特鲁德，又怨恨她们的“脆弱”等。这一系列的内心冲突描写既显示了主人公心灵世界的丰富性、复杂性，又展现出其性格的丰富性、复杂性。在莎士比亚之前欧洲文学史上，还不曾有任何一个作家塑造出内心世界如此丰富复杂的原型形象。

出于展示人物心灵世界和刻画人物性格的需要，莎士比亚十分善于运用内心独白这一艺术手段，《哈姆雷特》在这方面历来受人称道。内心独白可以把隐藏在人物内心的思想、情感和欲望等多层次地展示出来。哈姆雷特的多次独白，就表达出他对社会与人生、生与死、爱与恨、理想与现实等方面的哲学探索，揭露出他内心的矛盾、苦闷、困惑、迷惘和恐惧等多方面的心理内容，有效地刻画了人物性格，也推动了剧情的发展。他关于“生存还是毁灭”的著名独白，十分准确地传达出了他此时的矛盾心态，是他犹豫延宕性格的一个典型例证。这样的独白哲理性强，富有艺术感染力，向来为人们反复吟诵。

在情节结构上，《哈姆雷特》一剧除哈姆雷特复仇的线索之外，还有雷欧提斯和挪威王子福丁布拉斯的复仇线索。三条线索以哈姆雷特的复仇为主线，以雷欧提斯和福丁布拉斯的复仇为副线，交错发展而又主次分明。三条线索起到了互成对比、激化矛盾的作用，使戏剧场面不断转换，造成戏剧高潮，产生动人心弦的艺术效果，共同表现全剧的主题。

三、19 世纪现实主义戏剧

在 19 世纪，欧洲戏剧分为两大流派：浪漫主义戏剧与现实主义戏剧。现实主义戏剧更重视客观性，强调按照生活的全部真实性和本来面貌再现现实；它更重视细节的真实，强调再现完整的人，重视人的个性特征，以真实地再现典型环境中的典型性格为显著标志。从 19 世纪 30～40 年代起，资本主义已经在欧洲很多国家取代了封建主义，而资本主义社会的种种矛盾和问题也日益显露出来。在这一时期形成并发展起来的现实主义戏剧，具有冷静的洞察社会生活和明显的社会批判性质，因而也被称为批判现实主义。在欧洲，现实主义剧作家有挪威的易卜生、法国的小仲马、英国的萧伯纳、高尔斯华绥等。在俄国，现实主义戏剧从 20 世纪 30 年代以后出现了繁荣的局面，著名剧作家有果戈理、奥斯特洛夫斯基、托尔斯泰、契诃夫、高尔基等，他们的作品在戏剧史上享有特殊的声誉。

亨利克·易卜生是挪威的杰出戏剧家。纵观易卜生一生的创作，大约可以分为三个时期。早期的作品多用浪漫主义手法写成，体裁主要是诗歌和戏剧。作者往往通过浪漫的幻想和奇特的构思来抒发内心强烈的情感，曲折地表现作家对现实世界的思考。易卜生早年创作的又一特点，是作品表现了强烈的民族性。剧作多采用挪威及斯堪的纳维亚的历史故事写成，歌颂了为民族与人民而献身的英雄，体现了易卜生对挪威民族的热爱与关注。不仅如此，易卜生还探索、实践用挪威语写作，为挪威语言文化的创建与发展作出了贡献。易卜生第二时期的作品由浪漫主义转向现实主义，这一时期作家主要的作品是“社会问题剧”。作家以犀利的笔触涉及一个又一个社会问题，题材涉及面相当广。这些作品表现了作家对现实社会一系列重大问题的思考，同时表现了作家强烈的批判精神。易卜生的作品，对当时脱离现实、过分追求作品艺术精巧的戏剧舞台来讲，无异是一种革命，它使戏剧进一步贴近生活，发展了欧洲乃至世界戏剧的现实精神和批判性。易卜生晚年的作品倾向于人物的心理描绘，作品象征主义的成分较多，有时不免陷入晦涩，但批判现实的精神仍在。

自开始写“社会问题剧”以来，易卜生以深邃的目光观察社会，洞察社会的弊病，他看到了这个貌似平等、自由的社会，其实是一个男权的社会，妇女是没有地位的。妇女作为人的权利是被扼杀了的。家庭是社会的细胞，妇女问题其实也是社会问题的一个方面，易卜生通过一个家庭所发生的故事，来达到他剖析社会的目的。

《玩偶之家》曾被比做“妇女解放运动的宣言书”。在这本宣言书里，娜拉终于觉悟到自己在家庭中的玩偶地位，并向丈夫严正地宣称：“首先我是一个人，跟你一样的人，至少我要学做一个人。”以此作为对以男权为中心的社会传统观念的反叛。

娜拉是个具有资产阶级个性解放思想的叛逆女性。她对社会的背叛和弃家出走，被誉为妇女解放的“独立宣言”。然而，在素把妇女当做玩偶的社会里，娜拉真能求得独立解放吗？茫茫黑夜，她又能走向何处？鲁迅先生在《娜拉走后怎样？》一文中说：“从事理上推想起来，娜拉或者其实也只有两条路：不是堕落，就是回来。”这确实是问题的症结所在。

【戏剧文学鉴赏】

一、戏剧文学的性质、分类及审美特性

（一）戏剧文学的性质及分类

戏剧文学和小说、诗歌、散文一样，是文学的一种体裁样式。它和戏剧是两个既相关联又有区别的概念。戏剧，是指由演员扮演角色，在舞台上表演故事情节，创造完整的舞台艺术形象的一种艺术。在戏剧艺术中，文学、导演、表演、音乐、美术、舞蹈等艺术成分都参与其中，具有很强的综合性。戏剧文学——剧本，就是戏剧的文学成分，是这种综合艺术的“脚本”，是戏剧演出的文字依据。

在中国，戏剧是戏曲、话剧、歌剧等的总称，作为传统的戏剧艺术，主要是指戏曲。

戏剧文学源远流长，种类繁多。按照不同的标准，可以有不同的分类。根据戏剧文学所反映的矛盾冲突的性质、所运用的表现手法及对读者产生的美感作用，可以分为悲剧、喜剧和正剧。

悲剧主要表现主人公和现实环境之间必然的矛盾冲突，其结果往往是主人公的失败、受难或死亡。莎士比亚的《哈姆雷特》《奥赛罗》《李尔王》《麦克白》是世界著名的四大悲剧。

喜剧文学可以分为讽刺喜剧和赞美喜剧。它们的共同特征是通过合理的夸张来刻画人物性格、表达作者对生活的认识。讽刺喜剧的主角多半是愚蠢、卑鄙、心地丑陋的人物，剧本多以非正面人物的表里不一、前后矛盾形成戏剧冲突，推动剧情发展，以恶人现形、丑事被揭穿、有缺点受到批评而告终。赞美戏剧又称歌颂性喜剧或抒情喜剧，它的性质与讽刺喜剧完全不同。它的戏剧冲突虽然也是社会生活中矛盾冲突的反映，却往往以一连串看似偶然的误会或巧合为主构成，造成一种既出人意料又合乎情理、既逗人发笑又引人思索的效果。

正剧兼有悲剧、喜剧文学的因素。在正剧中，戏剧冲突多是现实中的矛盾，剧中主人公一般为正面人物，虽有曲折的遭遇，但结局不是悲剧性的。正剧人物现实地实现自己的意志，自由地创造着生活。

除此之外，按表演方式，戏剧文学可以分为话剧、诗剧、舞剧、哑剧；按组织结构和容量大小，可以分为独幕剧和多幕剧；按作品反映的时代，可以分为历史剧和现代剧；按地域特色，可以分为京剧、越剧、沪剧、评剧、豫剧、川剧、粤剧、秦腔、昆曲、黄梅戏等。

（二）戏剧文学的审美特征

（1）矛盾的集中性和紧张性是戏剧文学的第一个审美特征。

（2）人物语言是戏剧语言的中心要素，这是戏剧文学的第二个审美特征。

（3）假定性是戏剧文学的第三个审美特征。

二、尖锐、集中的矛盾冲突

构成戏剧的主要因素是动作，基础是冲突。所谓戏剧冲突，就是戏剧的矛盾冲突，它是社会生活中的矛盾和矛盾斗争在剧本中的反映。

（1）人物间的冲突，主要表现为人物之间的性格冲突和意志冲突。

（2）人物自身的内心冲突。

（3）人物和环境的冲突。

三、引人入胜的故事情节

戏剧情节是构成戏剧的基本要素之一，一般是指作品中人物与人物、人物与环境的各种关系所组成的生活事件、矛盾冲突的发展过程。我们在欣赏戏剧文学时，要注意把握情节的发展脉络，领会艺术形象的审美价值。

那么，怎样的戏剧情节才称得上出新出奇、引人入胜呢？

（1）反映生活中鲜为人知的性格和事件，从而显示出新奇色彩。

（2）想象丰富，构思巧妙，带有明显浪漫主义因素而又不悖情理的戏剧情节能够产生常看常新的艺术效果。

（3）出乎意料却又合乎情理的带有“巧合性”的情节是吸引观众或读者的有效方式。

为了使戏剧情节更加引人入胜，古今中外戏剧家创造积累了丰富的艺术技巧，通常使用的有：悬念、伏笔、渲染。

四、动作性和个性化的语言

戏剧语言在剧本中主要是由两部分构成：一是作者的舞台提示，包括人物活动环境的介绍和人物外部动作与心理情况的说明；二是人物的语言，又叫台词，包括剧中人物的对话、独白和旁白，戏曲中人物的唱词和念白。戏剧是一种动作的艺术，在剧本中，它不仅体现在舞台提示中，更重要的是表现在人物的语言上。戏剧人物语言的动作性，可以从几个方面来体会：首先，通过人物语言，可以看到人物的内心活动、情感意向和行为动机；其次，台词应能展现出剧本中人物关系的发展变化；还有，富于潜台词也是戏剧语言的一大特点。

五、深刻积极的思想内容

戏剧大多以社会生活中的重大问题和矛盾冲突为表现内容，凡是活跃在舞台上具有生命力的戏剧，总是反映着时代的脉搏和动荡，回答人类共同关心的道德、伦理、人生等方面的重大课题，以其深刻积极的思想内容影响着一代又一代的观众。

【推荐书目】

（1）臧懋循，《元曲选》，中华书局，1979

（2）隋树森，《元曲选外编》，中华书局，1980

（3）毛晋，《六十种曲》，中华书局，1985

（4）王季思主编，《全元戏曲》，人民文学出版社，1999

（5）王季思主编，《中国古典十大悲剧集》，上海文艺出版社，1982

（6）王季思主编，《中国古典十大喜剧集》，上海文艺出版社，1982
（7）郭汉城主编，《中国古典十大悲喜剧集》，上海文艺出版社，1989
（8）张庚、郭汉城，《中国戏曲通史》，中国戏剧出版社，1980
（9）王国维，《宋元戏曲史》，上海古籍出版社，1998
（10）陈多、叶长海等，《中国历代剧论选注》，湖南文艺出版社，1987
（11）叶长海，《中国戏剧学史稿》，中国戏剧出版社，2005
（12）叶长海，《曲学与戏剧学》，学林出版社，1999
（13）《戏曲美学论文集》，中国戏剧出版社，1984
（14）李渔，《闲情偶寄》，浙江古籍出版社，1985
（15）王骥德著，陈多、叶长海注释，《王骥德曲律》，湖南人民出版社，1983
（16）陈白尘、董健主编，《中国现代戏剧史稿》，中国戏剧出版社，1989
（17）葛一虹主编，《中国话剧通史》，文化艺术出版社，1990
（18）廖可兑，《西欧戏剧史》（上、下），中国戏剧出版社，2002
（19）田本相、焦尚志，《中国话剧史研究概述》，天津古籍出版社，1993
（20）丁罗男，《二十世纪中国戏剧整体观》，文汇出版社，1993
（21）胡星亮，《二十世纪中国戏剧思潮》，江苏文艺出版社，1995
（22）孙庆升，《中国现代戏剧思潮史》，北京大学出版社，1994
（23）王新民，《中国当代戏剧史纲》，社会科学文献出版社，1997
（24）田本相主编，《新时期戏剧论述》，文化艺术出版社，1996
（25）高义龙、李晓主编，《中国戏曲现代戏史》，上海文化出版社，1999
（26）田本相主编，《中国现代比较戏剧史》，文化艺术出版社，1993
（27）布罗凯特，《戏剧艺术欣赏——世界戏剧史》，中国戏剧出版社，1987
（28）斯坦恩，《西方现代戏剧的理论与实践》，中国戏剧出版社，1987
（29）吴光耀，《西方演剧史论稿》，中国戏剧出版社，2002
（30）余秋雨，《戏剧理论史稿》，上海文艺出版社，1983
（31）陈世雄，《欧美现代戏剧史》，四川教育出版社，1994
（32）荣广润编，《世界文学金库·戏剧卷》，上海文艺出版社，1994
（33）荣广润、刘明厚编，《外国戏剧名著选读》，中国文联出版社，2003

第四章　小说

第一节　中国小说

世说新语三则

刘义庆

过江诸人

过江诸人，每至美日，辄相邀新亭[1]，藉卉饮宴[2]。周侯中坐而叹曰："风景不殊，正自有山河之异[3]！"皆相视流泪。唯王丞相愀然变色曰："当共戮力王室[4]，克复神州，何至作楚囚相对[5]！"

【作者简介】

刘义庆（公元 403 年—公元 444 年），字季伯，原籍南朝宋彭城（今江苏徐州）人，世居京口，南朝宋文学家。刘义庆是宋武帝刘裕之侄，长沙景王刘道怜之次子，其叔临川王刘道规无子，即以刘义庆为嗣，袭封临川王。曾任荆州刺史等官职，在政八年，政绩颇佳。后任江州刺史。刘义庆自幼才华出众，爱好文学。除《世说新语》外，还著有志怪小说《幽明录》。《世说新语》是由他组织一批文人编写的。

【注释】

[1]新亭：亭子名，故址在今南京市西南长江边上。[2]藉卉：坐在草地上。[3]正自：只是。[4]戮力：合力。[5]楚囚：本指楚国的囚犯，后来借指处境窘迫的人。

【文解】

《过江诸人》是南北朝时期文学家刘义庆的一篇散文，出自《世说新语·言语第二·三十一》。文中通过记叙士大夫在新亭宴饮时的对话，反映了南渡之后，东晋士族官僚的没落情绪。

【思考与练习】

1．本文表现了怎样的社会现实？

2．本文突出的手法是"对比写人"，试分析。

雪夜访戴

王子猷居山阴[1]。夜大雪，眠觉，开室，命酌酒[2]。四望皎然，因起彷徨，咏左思《招隐》诗[3]。忽忆戴安道[4]；时戴在剡[5]，即便夜乘小船就之。经宿方至[6]，造门不前而返。人问其故，王曰："吾本乘兴而行，兴尽而返，何必见戴？"

【注释】

[1]王子猷居山阴：王子猷住在山阴。王子猷，名徽之，字子猷，王羲之的儿子。山阴，今浙江绍兴。[2]命酌酒：命令（下人）斟酒来喝。[3]咏左思《招隐》诗：吟诵着左思的《招隐》诗。左思，字太冲，西晋大文人。[4]戴安道：名逵，字安道，名画家。[5]剡：今浙江省嵊县。[6]经宿方至：过了一夜才到。

【文解】

故事介绍了王子猷雪夜访戴安道，未至而返，显示了他作为名士的潇洒自适。

【思考与练习】

1．谈谈"一任性情"的名士风流。

2．本文突出的写作手法为"记行写人"，试分析。

石崇与王恺争豪

石崇与王恺争豪，并穷绮丽，以饰舆服[1]。武帝，恺之甥也，每助恺。尝以一珊瑚树高二尺许赐恺，枝柯扶疏，世罕其比。恺以示崇，崇视讫，以铁如意击之[2]，应手而碎。恺既惋惜，又以为疾己之宝，声色甚厉。崇曰："不足恨，今还卿[3]。"乃命左右悉取珊瑚树，有三尺、四尺、条干绝世[4]，光彩溢目者六七枚，如恺许比甚众[5]。恺惘然自失[6]。

【注释】

[1]舆服：车辆、冠冕和服装。[2]铁如意：搔背痒的工具，一端做成灵芝形或云叶形，供观赏。[3]卿：此处为对对方的称谓。[4]条干：枝条树干。[5]如恺许比：同王恺那棵珊瑚树差不多相等的。[6]惘然：失意的样子。

【文解】

本文反映了当时的士族搜刮民财，表现出了这些富人的攀比之心和骄傲自大、目中无人的心态。

【思考与练习】

1．谈谈对石崇与王恺竞豪奢的认识。

2．本文突出的写作手法为"以事写人"，试分析。

三国演义（节选）

罗贯中

第五回　发矫诏诸镇应曹公　破关兵三英战吕布

程普、黄盖、韩当都来寻见孙坚，再收拾军马屯扎。坚为折了祖茂，伤感不已，星夜遣人报知袁绍。绍大惊曰："不想孙文台败于华雄之手！"便聚众诸侯商议。众人都到，只有公孙瓒后至，绍请入帐列坐。绍曰："前日鲍将军之弟不遵调遣，擅自进兵，杀身丧命，折了许多军士；今者孙文台又败于华雄：挫动锐气，为之奈何？"诸侯并皆不语。绍举目遍视，见公孙瓒背后立着三人，容貌异常，都在那里冷笑。绍问曰："公孙太守背后何人？"瓒呼玄德出曰："此吾自幼同舍兄弟，平原令刘备是也。"曹操曰："莫非破黄巾刘玄德乎？"瓒曰："然。"即令刘玄德拜见。瓒将玄德功劳，并其出身，细说一遍。绍曰："既是汉室宗派，取坐来。"命坐。备逊谢。绍曰："吾非敬汝名爵，吾敬汝是帝室之胄耳。"玄德乃坐于末位，关、张叉手侍立于后。忽探子来报："华雄引铁骑下关，用长竿挑着孙太守赤帻，来寨前大骂搦战。"绍曰："谁敢去战？"袁术背后转出骁将俞涉曰："小将愿往。"绍喜，便著俞涉出马。即时报来："俞涉与华雄战不三合，被华雄斩了。"众大惊。太守韩馥曰："吾有上将潘凤，可斩华雄。"绍急令出战。潘凤手提大斧上马。去不多时，飞马来报："潘凤又被华雄斩了。"众皆失色。绍曰："可惜吾上将颜良、文丑未至！得一人在此，何惧华雄！"言未毕，阶下一人大呼出曰："小将愿往斩华雄头，献于帐下！"众视之，见其人身长九尺，髯长二尺，丹凤眼，卧蚕眉，面如重枣，声如巨钟，立于帐前。绍问何人。公孙瓒曰："此刘玄德之弟关羽也。"绍问现居何职。瓒曰："跟随刘玄德充马弓手。"帐上袁术大喝曰："汝欺吾众诸侯无大将耶？量一弓手，安敢乱言！与我打出！"曹操急止之曰："公路息怒。此人既出大言，必有勇略；试教出马，如其不胜，责之未迟。"

袁绍曰："使一弓手出战，必被华雄所笑。"操曰："此人仪表不俗，华雄安知他是弓手？"关公曰："如不胜，请斩某头。"操教酾热酒一杯，与关公饮了上马。关公曰："酒且斟下，某去便来。"出帐提刀，飞身上马。众诸侯听得关外鼓声大振，喊声大举，如天摧地塌，岳撼山崩，众皆失惊。正欲探听，鸾铃响处，马到中军，云长提华雄之头，掷于地上。其酒尚温。

后人有诗赞之曰："威镇乾坤第一功，辕门画鼓响冬冬。云长停盏施英勇，酒尚温时斩华雄。"曹操大喜。只见玄德背后转出张飞，高声大叫："俺哥哥斩了华雄，不就这里杀入关去，活拿董卓，更待何时！"袁术大怒，喝曰："俺大臣尚自谦让，量一县令手下小卒，安敢在此耀武扬威！都与赶出帐去！"曹操曰："得功者赏，何计贵贱乎？"袁术曰："既然公等只重一县令，我当告退。"操曰："岂可因一言而误大事耶？"命公孙瓒且带玄德、关、张回寨。众官皆散。曹操暗使人赍牛酒抚慰三人。却说华雄手下败军，报上关来。李肃慌忙写告急文书，申闻董卓。卓急聚李儒、吕布等商议。儒曰："今失了上将华雄，贼势浩大。袁绍为盟主，绍叔袁隗，现为太傅；倘或里应外合，深为不便，可先除之。请丞相亲领大军，分拨剿捕。"卓然其说，唤李傕、郭汜领兵五百，围住太傅袁隗家，不分老幼，尽皆诛绝，先将袁隗首级去关前号令。

【作者简介】

罗贯中（约 1330 年—约 1400 年），名本，字贯中，号湖海散人，山西并州太原人，元末明初著名小说家、戏曲家，是中国章回小说的鼻祖，代表作《三国演义》。其他主要作品有小说《隋唐两朝志传》《残唐五代史演义》《三遂平妖传》《水浒全传》。《三国志通俗演义》（简称《三国演义》）是罗贯中的力作，这部长篇小说对后世文学创作影响深远。除小说创作外，尚存杂剧《宋太祖龙虎风云会》。

【文解】

曹操在陈留起兵，发矫诏声讨董卓。前来讨伐董卓的十八路诸侯立袁绍为盟主，关羽在阵前斩了董卓大将华雄，自此威震三军。

【思考与练习】

1. 试分析关羽的形象。

2. 运用了怎样的手法来表现关羽？

婴　宁

蒲松龄

王子服，莒之罗店人[1]。早孤，绝慧，十四入泮[2]。母最爱之，寻常不令游郊野。聘萧氏，未嫁而夭，故求凰未就也[3]。会上元，有舅氏子吴生，邀同眺瞩[4]。方至村外，舅家有仆来，招吴去。生见游女如云，乘兴独遨。有女郎携婢，拈梅花一枝[5]，容华绝代，笑容可掬。生注目不移，竟忘顾忌。女过去数武，顾婢曰："个儿郎目灼灼似贼[6]！"遗花地上，笑语自去。生拾花怅然，神魂丧失，怏怏遂返[7]。至家，藏花枕底，垂头而睡，不语亦不食。母忧之。醮禳益剧，肌革锐减[8]。医师诊视，投剂发表[9]，忽忽若迷。母抚问所由，默然不答。适吴生来，嘱密诘之。吴至榻前，生见之泪下。吴就榻慰解，渐致研诘[10]。生具吐其实，且求谋画。吴笑曰："君意亦复痴，此愿有何难遂？当代访之。徒步于野，必非世家。如其未字，事固谐矣；不然，拚以重赂，计必允遂[11]。但得痊瘳[12]，成事在我。"生闻之，不觉解颐[13]。吴出告母，物色女子居里。而探访既穷，并无踪迹。母大忧，无所为计。然自吴去后，颜顿开，食亦略进。数日，吴复来。生问所谋。吴绐之曰[14]："已得之矣。我以为谁何人，乃我姑氏女，即君姨妹行，今尚待聘。虽内戚有婚姻之嫌[15]，实告之，无不谐者。"生喜溢眉宇，问居何里。吴诡曰[16]："西南山中，去此可三十余里。"生又付嘱再四，吴锐身自任而去[17]。

生由此饮食渐加，日就平复。探视枕底，花虽枯，未便雕落。凝思把玩，如见其人。怪吴不至，折柬招之[18]。吴支托不肯赴召[19]。生恚怒[20]，悒悒不欢。母虑其复病，急为议姻。略与商榷，辄摇首不愿，惟日盼吴。吴迄无耗[21]，益怨恨之。转思三十里非遥，何必仰息他人[22]？怀梅袖中，负气自往[23]，而家人不知也。伶仃独步[24]，无可问程，但望南山行去。约三十余里，乱山合沓，空翠爽肌，寂无人行，止有鸟道[25]。遥望谷底，丛花乱树中，隐隐有小里落。下山入村，见舍宇无多，皆茅屋，而意甚修雅[26]。北向一家，门前皆绿柳，墙内桃杏尤繁，间以修竹，野鸟格磔其中[27]。意是园亭，不敢遽入[28]。回顾对户，有巨石滑洁，因据坐少憩[29]。俄闻墙内有女子[30]，长呼"小荣"，其声娇细。方伫听间[31]，一女郎由东而西，执杏花一朵，俯首自簪。举头见生，遂不复簪，含笑拈花而入。审视之，即上元途中所遇也。心骤喜，但念无以阶进，欲呼姨氏，而顾从无还往[32]，惧有讹误。门内无人可问，坐卧徘徊，自朝至于日昃，盈盈望断，并忘饥渴[33]。时见女子露半面来窥，似讶其不去者[34]。忽一老妪扶杖出，顾生曰："何处郎君，闻自辰刻便来[35]，以至于今，意将何为？得毋饥耶[36]？"生急起揖之，答云："将以盼亲[37]。"媪聋聩不闻。又大言之[38]。乃问："贵戚何姓？"生不能答。媪笑曰："奇哉。姓名尚自不知，何亲可探？我视郎君，亦书痴耳。不如从我来，啖以粗粝[39]，家有短榻可卧，待明朝归，询知姓氏，再来探访，不晚也。"生方腹馁思啖[40]，又从此渐近丽人，大喜。从媪入，见门内白石砌路，夹道红花，片片堕阶上；曲折而西，又启一关[41]，豆棚架满庭中。肃客入舍[42]，粉壁光明如镜，窗外海棠枝朵，探入室内，裀藉几榻，罔不洁泽[43]。甫坐[44]，即有人自窗外隐约相窥。媪唤："小荣，可速作黍[45]。"外有婢子噭声而应[46]。坐次，具展宗阀[47]。媪曰："郎君外祖，莫姓吴否？"曰："然。"媪惊曰："是吾甥也！尊堂，我妹子。年来以家窭贫，又无三尺男[48]，遂至音问梗塞。甥长成如许，尚不相识。"生曰："此来即为姨也，匆遽遂忘姓氏。"媪曰："老身秦姓，并无诞育；弱息仅存，亦为庶产[49]。渠母改醮，遗我鞠养[50]。颇亦不钝[51]，但少教训，嬉不知愁。少顷，使来拜识。"

未几，婢子具饭，雏尾盈握[52]。媪劝餐已，婢来敛具[53]。媪曰："唤宁姑来。"婢应去。良久，闻户外隐有笑声。媪又唤曰："婴宁，汝姨兄在此。"户外嗤嗤笑不已。婢推之以入，犹掩其口，笑不可遏。媪嗔目曰："有客在，咤咤叱叱[54]，是何景象？"女忍笑而立，生揖之。媪曰："此王郎，汝姨子。一家尚不相识，可笑人也。"生问："妹子年几何矣？"媪未能解。生又言之。女复笑，不可仰视。媪谓生曰："我言少教诲，此可见也。年已十六，呆痴裁如婴儿[55]。"生曰："小于甥一岁。"曰："阿甥已十七矣，得非庚午属马者耶[56]？"生首应之[57]。又问："甥妇阿谁？"答云："无之。"曰："如甥才貌，何十七岁犹未聘耶？婴宁亦无姑家[58]，极相匹敌，惜有内亲之嫌。"生无语，目注婴宁，不遑他瞬[59]。婢向女小语云："目灼灼，贼腔未改。"女又大笑，顾婢曰："视碧桃开未？"遽起，以袖掩口，细碎莲步而出。至门外，笑声始纵。媪亦起，唤婢幞被[60]，为生安置。曰："阿甥来不易，宜留三五日，迟迟送汝归[61]。如嫌幽闷，舍后有小园，可供消遣，有书可读。"次日，至舍后，果有园半亩，细草铺毡，杨花糁径；有草舍三楹，花木四合其所[62]。穿花小步，闻树头苏苏有声，仰视，则婴宁在上。见生，狂笑欲堕。生曰："勿尔，堕矣。"女且下且笑，不能自止。方将及地，失手而堕，笑乃止。生扶之，阴捘其腕[63]。女笑又作，倚树不能行，良久乃罢。生俟其笑歇[64]，乃出袖中花示之。女接之曰："枯矣。何留之？"曰："此上元妹子所遗，故存之。"问："存之何意？"曰："以示相爱不忘也。自上元相遇，凝思成疾，自分化为异物[65]；不图得见颜色，幸垂怜悯。"女曰："此大细事，至戚何所靳惜[66]？待兄行时，园中花，当唤老奴来，折一巨捆负送之。"生曰："妹子痴耶？"女曰："何便是痴？"生曰："我非爱花，爱拈花之人耳。"女曰："葭莩之情[67]，爱何待言。"生曰："我所谓爱，非瓜葛之爱[68]，乃夫妻之爱。"女曰："有以异乎？"曰："夜共枕席耳。"女俯思良久，曰："我不惯与生人睡。"语未已，婢潜至，生惶恐遁去。少时，会母所。母问何往，女答以园中共话。媪曰："饭熟已久，有何长言，周遮乃耳[69]。"女曰："大哥欲我共寝。"言未已，生大窘，急目瞪之，女微笑而止。幸媪不闻，犹絮絮究诘。生急以他词掩之，因小语责女。女曰："适此语不应说耶？"生曰："此背人语。"女曰："背他人，岂得背老母。且寝处亦常事，何讳之？"生恨其痴，无术可以悟之。食方竟，家中人捉双卫来寻生[70]。

先是，母待生久不归，始疑；村中搜觅几遍，竟无踪兆[71]。因往询吴。吴忆曩言[72]，因教于西南山行觅。凡历数村，始至于此。生出门，适相值，便入告媪，且请偕女同归。媪喜曰："我有志，匪伊朝夕[73]。但残躯不能远涉，得甥携妹子去，识认阿姨，大好。"呼婴宁，宁笑至。媪曰："有何喜，笑辄不辍？若不笑，当为全人。"因怒之以目。乃曰："大哥欲同汝去，可便装束。"又饷家人酒食，始送之出，曰："姨家田产充裕，能养冗人[74]。到彼且勿归，小学诗礼[75]，亦好事翁姑。即烦阿姨，为汝择一良匹[76]。"二人遂发，至山坳回顾，犹依稀见媪倚门北望也。抵家，母睹姝丽，惊问为谁。生以姨女对。母曰："前吴郎与儿言者，诈也。我未有姊，何以得甥。"问女，女曰："我非母出。父为秦氏，没时，儿在褓中，不能记忆。"母曰："我一姊适秦氏良确，然殂谢已久[77]，那得复存。"因细诘面庞痣赘[78]，一一符合。又疑曰："是矣。然亡已多年，何得复存？"疑虑间，吴生至，女避入室。吴询得故，惘然久之。忽曰："此女名婴宁耶？"生然之。吴极称怪事。问所自知，吴曰："秦家姑去后，姑丈鳏居，祟于狐，病瘠死[79]。狐生女名婴宁，绷卧床上，家人皆见之。姑丈殁，狐犹时来。后求天师符粘壁间[80]，狐遂携女去。将勿此耶[81]？"彼此疑参[82]，但闻室中吃吃，皆婴宁笑声。母曰："此女亦太憨生[83]。"吴请面之。母入室，女犹浓笑不顾。母促令出，始极力忍笑，又面壁移时，方出。才一展拜，翻然遽入，放声大笑。满室妇女，为之粲然[84]。吴请往觇其异，就便执柯[85]。寻至村所，庐舍全无，山花零落而已。吴忆姑葬处，仿佛不远，然坟垅湮没，莫可辨识，诧叹而返。母疑其为鬼。入告吴言，女略无骇意，又吊其无家，亦殊无悲意，孜孜憨笑而已[86]。众莫之测。母令与少女同寝止，昧爽即来省问，操女红精巧绝伦[87]。但善笑，禁之亦不可止。然笑嫣然，狂而不损其媚。人皆乐之。邻女少妇，争承迎之。母择吉将为合卺[88]，而终恐为鬼物，窃于日中窥之，形影殊无少异。至日，使华妆行新妇礼，女笑极不能俯仰，遂罢。生以其憨痴，恐漏泄房中隐事，而女殊密秘，不肯道一语。每值母忧怒，女至一笑即解。奴婢小过，恐遭鞭楚，辄求诣母共话，罪婢投见，恒得免[89]。而爱花成癖，物色遍戚党，窃典金钗，购佳种，数月，阶砌藩溷[90]，无非花者。

庭后有木香一架，故邻西家，女每攀登其上，摘供簪玩。母时遇见，辄诃之。女卒不改。一日，西邻子见之，凝注倾倒。女不避而笑。西邻子谓女意已属[91]，心益荡。女指墙底，笑而下。西邻子谓示约处，大悦，及昏而往，女果在焉。就而淫之，则阴如锥刺，痛彻于心，大号而踣[92]。细视非女，则一枯木卧墙边。所接乃水淋窍也。邻父闻声，急奔研问，呻而不言。妻来，始以实告。爇火烛窍[93]，见中有巨蝎，如小蟹然。翁碎木捉杀之，负子至家，半夜寻卒[94]。邻人讼生，讦发婴宁妖异[95]。邑宰素仰生才，稔知其笃行士[96]，谓邻翁讼诬，将杖责之。生为乞免，逐释而归。母谓女曰："憨狂尔尔，早知过喜而伏忧也。邑令神明，幸不牵累；设鹘突官宰[97]，必逮妇女质公堂，我儿何颜见戚里？"女正色，矢不复笑[98]。母曰："人罔不笑，但须有时。"而女由是竟不复笑，虽故逗，亦终不笑，然竟日未尝有戚容[99]。一夕，对生零涕。异之。女哽咽曰："曩以相从日浅，言之恐致骇怪。今日察姑及郎，皆过爱无有异心，直告或无妨乎？妾本狐产，母临去，以妾托鬼母，相依十余年，始有今日。妾又无兄弟，所恃者惟君。老母岑寂山阿，无人怜而合厝之[100]，九泉辄为悼恨。君倘不惜烦费，使地下人消此怨恫，庶养女者不忍溺弃[101]。”生诺之，然虑坟冢迷于荒草。女但言无虑。刻日，夫妻舆榇而往[102]。女于荒烟错楚中[103]，指示墓处，果得媪尸，肤革犹存。女抚哭哀痛。舁归[104]，寻秦氏墓合葬焉。是夜，生梦媪来称谢，寤而述之。女曰：“妾夜见之，嘱勿惊郎君耳。”生恨不邀留。女曰：“彼鬼也。生人多，阳气胜，何能久居？”生问小荣。曰：“是亦狐，最黠[105]，狐母留以视妾。每摄饵相哺，故德之常不去心[106]。昨问母，云已嫁之。”由是岁值寒食[107]，夫妻登秦墓，拜扫无缺。

女逾年生一子，在怀抱中，不畏生人，见人辄笑，亦大有母风云[108]。

异史氏曰[109]：观其孜孜憨笑，似全无心肝者。而墙下恶作剧，其黠孰甚焉。至凄恋鬼母，反笑为哭，我婴宁殆隐于笑者矣[110]。窃闻山中有草，名“笑矣乎”，嗅之则笑不可止。房中植此一种，则合欢忘忧[111]，并无颜色矣。若解语花，正嫌其作态耳[112]。

【作者简介】

蒲松龄（1640年—1715年），字留仙，又字剑臣，别号柳泉居士，世称聊斋先生，自称异史氏，清代文学家，今山东省淄博市淄川区洪山镇蒲家庄人，汉族。出生于一个日渐败落的中小地主兼商人家庭。19岁应童子试，接连考取县、府、道三个第一，名震一时。补博士弟子员。以后屡试不第，直至71岁时才成岁贡生。为生活所迫，他除了应同邑人宝应县知县孙蕙之请，为其做幕宾数年之外，主要是在本县西铺村毕际有家做塾师，舌耕笔耘，近42年，直至1709年方撤帐归家。1715年正月病逝，享年76岁。创作了著名的文言短篇小说集《聊斋志异》。

【注释】

[1]莒（jǔ）：古国名，今山东莒县一带。罗店为其县一地名。[2]泮（pàn）：即泮宫，此指地方官办的学馆。入泮，即考取秀才，得以进县学读书。[3]聘：指订婚。夭：夭折，早死。凰：传说中凤凰的雌者。求凰，就是求妻之意。[4]会：值，恰逢。上元：农历正月十五，旧俗称上元节，即元宵佳节。眺瞩：登高望远。此意为郊游。[5]拈：用手指拿着。[6]武：过去称半步为武。数武，就是几步。个：这个。[7]怏怏：失意的神态。[8]醮禳（jiào ráng）：醮，道士设坛祈祷。禳，除去邪恶与灾祸。请和尚道士祈福消灾的迷信行为。剧：加重。醮禳益剧，意为越求神拜佛病情越重。肌：肌肉。革：皮肤。锐：迅速。肌革锐减，身体很快消瘦。[9]投剂：从病人的角度说就是吃药。发表：中医治病方法之一，即通过让患者出汗使其体内邪毒发散出来。投剂发表，指吃药发散内火。[10]研诘：细细询问。[11]字：女子许婚。拼：不惜。赂：用钱收买。计：估量，估计。遂：成功，实现。[12]痊瘳（chōu）：病好。[13]颐：面颊。解颐，笑。[14]绐（dài）：说谎话骗人。[15]虽内戚有婚姻之嫌：同母系的姨表亲戚结婚，血缘近，对后代不利，因而有嫌忌。[16]诡：欺骗。[17]锐身自任：挺身承担，自告奋勇。[18]折柬：裁纸写信。[19]支托：支吾推托。[20]恚（huì）：恼怒，气愤。[21]迄：终究。耗：音讯，消息。[22]仰息：依赖。[23]负气：赌气。[24]伶仃：孤独的样子。[25]合沓（tà）：集聚重叠。鸟道：比喻山路狭窄而险峻，只有飞鸟可以通过。[26]意：意态，样子。修：修整，整齐。雅：幽雅。[27]格磔（zhé）：鸟鸣声。[28]遽（jù）：

突然。[29]憩：休息。[30]俄：忽然。[31]伫（zhù）听：站着静听。[32]阶进：踏着阶梯而入，这里有通过关系或找出理由进去的意思。顾：但是。[33]日昃（zè）：太阳过午偏西。盈盈：眼光流转的样子。盈盈望断，形容一心一意地盼望着的神情。并忘：两忘，同时都忘了。[34]讶：惊异。[35]辰刻：上午七时至九时之间。[36]得毋：莫不是。[37]盼亲：探亲。[38]大言：大声说话。[39]啖（dàn）：吃。粗粝（lì）：糙米饭。啖以粗粝，拿糙米饭给他吃。[40]馁：饿。[41]关：门。[42]肃：请进。肃客入舍，让客人先进屋，表示尊敬。[43]裀（yīn）藉：垫褥，坐席。罔：无。[44]甫：刚。[45]作黍：做饭。[46]噭（jiào）声而应：大声答应。[47]坐次：依次坐定的时候。宗阀：宗族门第。具展宗阀，详细说明宗族门第。[48]窭（jù）贫：极贫。三尺男：喻指男人。[49]诞育：生育。弱息：对自己女儿的谦称，这里指婴宁。庶产：由妾生下的孩子。[50]渠：代词，她。醮：古时女子出嫁时有人酌酒叫她喝，叫做醮。改醮，改嫁。遗我鞠养：留给我抚养。[51]钝：愚笨。[52]未几：不久。雏尾：雏鸡。盈握：满把。雏尾盈握，形容菜肴中家禽的肥大。[53]敛具：收拾餐具。[54]嗔目：生气地看对方。咤（zhà）咤叱叱：嘻嘻哈哈的样子。[55]裁：通“才”。[56]庚午属马者：庚午年生人，应属马。[57]首应：点头答应。[58]姑家：婆家。古代妇女称丈夫的母亲为“姑”。[59]遑：暇。瞬：转目看。[60]襆（fú）：被单，这里用为动词。襆被，即铺设被褥。[61]迟迟：等一等。[62]糁（sǎn）：饭粒，这里作动词用。糁径：像碎米屑撒在小路上。楹：间。四合其所：四面包围着这个地方。[63]捘（zùn）：按，捏。阴捘其腕，暗中捏她的手腕。[64]俟：等。[65]分（fèn）：料想。异物：鬼物。化为异物，死亡的婉称。自分化为异物，即自以为要死了。[66]大细事：很小的事。靳惜：吝惜。[67]葭莩（jiā fú）：芦苇里粘附的薄膜，这里借指亲戚。葭莩之情：亲戚情谊。[68]瓜葛：瓜和葛都是牵连很长的蔓生植物，用以比喻疏远的亲戚。瓜葛之爱：亲戚之间的爱。[69]周遮：一作“啁嗻”。声音繁杂细碎，形容言语啰嗦、话多的样子。乃尔：竟如此，竟这样。[70]卫：代指驴。双卫，两头驴子。捉双卫，即牵着两头驴。[71]踪兆：踪迹。[72]曩（nǎng）：从前的，过去的。[73]匪：非，不是。伊：语助词，无义。匪伊朝夕，不止一朝一夕了。[74]冗人：多余的人，不从事生产的人。[75]小学诗礼：稍微学点诗书礼仪。[76]良匹：好配偶，好对象。[77]适：出嫁，嫁给。殂（cú）谢：死亡，去世。[78]痣：皮肤上的深色小斑痕。赘：皮肤上的小疙瘩。痣赘，这里指人身体上的特征或标记。[79]鳏（guān）居：男子死了妻子独居。祟于狐：被狐狸精迷住了。病：作动词用，生病。瘠：虚症。病瘠死，害虚症而死。[80]天师：汉代传播道教的张道陵，元朝被封为天师，其子孙门徒沿用这个称号从事炼丹画符等迷信活动。此处指道士。[81]将勿：莫非，莫不是。[82]疑参：疑惑询问。[83]憨（hān）：痴傻。生：语助词。太憨生：过于痴傻。[84]粲然：形容笑的样子。[85]觇（chān）：看，窥视。柯：指斧头，这里用斧头伐木做斧柄来比喻媒人做媒。执柯，做媒。[86]孜孜：憨笑不停的样子。[87]昧爽：天刚亮。省问：问安。女红（gōng）：指妇女纺织、刺绣等工作。[88]合卺：旧时婚礼中的一种仪式。这里是举行婚礼的意思。[89]诣母：到母亲那里去。恒：常常。[90]藩：篱笆。溷（hùn）：厕所。阶砌藩溷，庭阶篱笆厕所等处。[91]谓女意已属：认为婴宁对他已经有意了。[92]踣（bó）：扑倒。[93]爇（ruò）：点燃。爇火，点起灯笼火把。[94]寻卒：随即死亡。[95]讦（jié）：攻击，揭发，告发。[96]稔（rěn）：熟悉。笃行：品行纯厚。[97]鹘（hú）突：糊涂。[98]矢：通“誓”。[99]戚容：忧愁的样子。[100]岑寂：离开人世而独处。山阿：山中曲坳处。岑寂山阿，在山边很孤寂。合厝（cuò）：合葬。[101]恫（tōng）：病痛。庶：庶几，希望之词。溺：淹死。庶养女者不忍溺弃，也许可以使生女孩的人不忍心将其淹死或抛弃。[102]舆榇（chèn）：用车子装着棺材，以车载柩。[103]错楚：杂乱的灌木丛。[104]舁（yú）归：共同抬回来。[105]黠（xiá）：聪明而狡猾。[106]摄饵：找来食物。相哺：喂养。德之常不去心：感激不忘。[107]寒食：寒食节，在清明的前一两日。此指上坟扫墓的风俗。[108]母风：母亲的样子。[109]异史氏：作者蒲松龄的自称。[110]殆隐于笑者：大概是以笑隐藏真相的人。[111]合欢：即夜合花。忘忧：萱草的别名。合欢、忘忧，传说这两种花可以使人欢乐而忘记忧愁。[112]解语花：懂得说话的花，喻指善于迎合人意的美女。作态：装模作样。

【文解】

篇名“婴宁”，似出于《庄子·大宗师》“其为物，无不将也，无不迎也，无不毁也，无不成也，其名为撄宁”。所谓“撄宁”，指合乎天道、保持自然本色的人生。

【思考与练习】

1. 试分析婴宁的形象特点。
2. 谈谈婴宁形象的蕴涵。
3.《婴宁》的艺术特点分析。

红楼梦（节选）

曹雪芹　无名氏

第二十七回

滴翠亭杨妃戏彩蝶　埋香冢飞燕泣残红

话说黛玉正自悲泣，忽听院门响处，只见宝钗出来了，宝玉袭人一群人都送出来。待要上去问着宝玉，又恐当着众人问羞了宝玉不便，因而闪过一旁，让宝钗去了，宝玉等进去关了门，方转过来，尚望着门洒了几点泪。自觉无味，转身回来，无精打采地卸了残妆。

紫鹃雪雁素日知道黛玉的情性：无事闷坐，不是愁眉，便是长叹，且好端端的不知为了什么，常常的便自泪道不干的。先时还有人解劝，怕她思父母，想家乡，受了委屈，只得用话宽慰解劝。谁知后来一年一月的竟常常如此，把这个样儿看惯了，也都不理论了。所以也没人理，由她去闷坐，只管睡觉去了。那林黛玉倚着床栏杆，两手抱着膝，眼睛含着泪，好似木雕泥塑一般，直坐到二更多天方才睡了。一宿无话。

至次日乃是四月二十六日，原来这日未时交芒种节。尚古风俗：凡交芒种节的这日，都要设摆各色礼物，祭饯花神，言芒种一过，便是夏日了，众花皆卸，花神退位，须要饯行。闺中更兴这件风俗，所以大观园中之人都早起来了。那些女孩子们，或用花瓣柳枝编成轿马的，或用绫锦纱罗叠成干旄旌幢的[1]，都用彩线系了，每一棵树上，每一枝花上，都系了这些物事。满园里绣带飘飖，花枝招展，更兼这些人打扮得桃羞柳让，燕妒莺惭，一时也道不尽。

且说宝钗、迎春、探春、惜春、李纨、凤姐等并巧姐、大姐、香菱与众丫鬟们在园内玩耍，独不见林黛玉。迎春因说道："林妹妹怎么不见？好个懒丫头！这会子还睡觉不成？"宝钗道："你们等着，我去闹了她来。"说着便丢下了众人，一直往潇湘馆来。正走着，只见文官等十二个女孩子也来了，上来问了好，说了一回闲话。宝钗回身指道："她们都在那里呢，你们找她们去罢，我叫林姑娘去就来。"说着便逶迤往潇湘馆来。

忽然抬头，见宝玉进去了，宝钗便站住低头想了想：宝玉和林黛玉是从小儿一处长大，他兄妹间多有不避嫌疑之处，嘲笑喜怒无常；况且林黛玉素习猜忌，好弄小性儿的，此刻自己也跟了进去，一则宝玉不便，二则黛玉嫌疑，罢了，倒是回来的妙。想毕抽身回来。

刚要寻别的姊妹去。忽见面前一双玉色蝴蝶，大如团扇，一上一下迎风翩跹，十分有趣。宝钗意欲扑了来玩耍，遂向袖中取出扇子来，向草地下来扑。只见那一双蝴蝶忽起忽落，来来往往，穿花度柳，将欲过河去了。倒引的宝钗蹑手蹑脚的，一直跟到池中滴翠亭上，香汗淋漓，娇喘细细。宝钗也无心扑了，刚欲回来，只听滴翠亭里边嘁嘁喳喳有人说话。原来这亭子四面俱是游廊曲桥，盖造在池中水上，四面雕镂槅子糊着纸。

宝钗在亭外听见说话，便煞住脚往里细听。只听说道："你瞧这手帕子，果然是你丢的那块，你就拿着；要不是，就还芸二爷去。"又有一人说话："可不是我那块！拿来给我罢。"又听道："你拿什么谢我呢？难道白寻了来不成。"又答道："我既许了谢你，自然不哄你的。"又听说道："我寻了来给你，自然谢我；但只是拣的人，你就不拿什么谢他？"又回道："你别胡说。他是个爷们家，拣了我的东西，自然该还的。我拿什么谢他呢？"又听说道："你不谢他，我怎么回他呢？况且他再三再四地和我说了，若没谢的，不许我给你呢。"半晌，又听答道："也罢，拿我这个给他，算谢他的罢——你要告诉别人呢？须说个誓来。"又听说道："我要告诉一个人，就长一个疔，日后不得好死！"又听说道："嗳呀！咱们只顾说话，看有人来悄悄在外头听见。不如把这槅子都推开了，便是有人见咱们在这里，他们只当我们说顽话呢。若走到跟前，咱们也看的见，就别说了。"

宝钗外面听见这话，心中吃惊，想道："怪道从古至今那些奸淫狗盗的人，心机都不错，这一开了，见我在这里，她们岂不臊了。况才说话的语音，大似宝玉房里的红儿的言语。她素昔眼空心大，是个头等刁钻古怪东西，今儿我听了她的短儿，一时人急造反，狗急跳墙，不但生事，而且我还没趣。如今便赶着躲了，料也躲不及，少不得要使个'金蝉脱壳'的法子。"犹未想完，只听"咯吱"一声，宝钗便故意放重了脚步，笑着叫道："颦儿，我看你往哪里藏！"一面说，一面故意往前赶。

那亭内的红玉坠儿刚一推窗，只听宝钗如此说着往前赶，两个人都唬怔了。宝钗反向她二人笑道："你们把林姑娘藏在哪里了？"坠儿道："何曾见林姑娘了。"宝钗道："我才在河那边看着林姑娘在这里蹲着弄水儿的。我要悄悄地唬她一跳，还没有走到跟前，她倒看见我了，朝东一绕就不见了。别是藏在这里头了。”一面说，一面故意进去寻了一寻，抽身就走，口内说道：“一定是又钻在山子洞里去了。遇见蛇，咬一口也罢了！”一面说一面走，心中又好笑：这件事算遮过去了，不知她二人是怎样。

谁知红玉听了宝钗的话，便信以为真，让宝钗去远，便拉坠儿道：“了不得了！林姑娘蹲在这里，一定听了话去了！”坠儿听说，也半日不言语。红玉又道：“这可怎么样呢？”坠儿道：“便是听了，管谁筋疼，各人干各人的就完了。”红玉道：“若是宝姑娘听见，还倒罢了。林姑娘嘴里又爱刻薄人，心里又细，她一听见了，倘或走露了风声，怎么样呢？”二人正说着，只见文官、香菱、司棋、侍书等上亭子来了。二人只得掩住这话，且和她们顽笑。

只见凤姐儿站在山坡上招手叫，红玉连忙弃了众人，跑至凤姐跟前，堆着笑问：“奶奶使唤作什么事？”凤姐打量了一打量，见她生得干净俏丽，说话知趣，因笑道：“我的丫头今儿没跟进我来。我这会子想起一件事来，要使唤个人出去，不知你能干不能干？说的齐全不齐全？”红玉笑道：“奶奶有什么话，只管吩咐我说去；要说的不齐全，误了奶奶的事，任凭奶奶责罚就是了。”凤姐笑道：“你是哪位小姐房里的？我使你出去，她回来找你，我好替你说的。”红玉道：“我是宝二爷房里的。”凤姐听了笑道：“嗳哟！你原来是宝玉房里的，怪道呢。也罢了，等他问，我替你说。你到我们家，告诉你平姐姐：外头屋里桌子上汝窑盘子架儿底下放着一卷银子，那是一百六十两，给绣匠的工价，等张材家的来要，当面称给他瞧了，再给他拿去。再里头床头间有一个小荷包拿了来。”

红玉听说撤身去了，回来只见凤姐不在这山坡子上了，因见司棋从山洞里出来，站着系裙子，便赶上来问道：“姐姐，不知道二奶奶往哪里去了？”司棋道：“没理论。”红玉听了，抽身又往四下里一看，只见那边探春宝钗在池边看鱼，红玉上来陪笑道：“姑娘们可知道二奶奶哪去了？”探春道：“往你大奶奶院里找去。”红玉听了，才往稻香村来，顶头只见晴雯、绮霰、碧痕、紫绡、麝月、侍书、入画、莺儿等一群人来了。

晴雯一见了红玉，便说道：“你只是疯罢！院子里花儿也不浇，雀儿也不喂，茶炉子也不爖，就在外头逛。”红玉道：“昨儿二爷说了，今儿不用浇花，过一日浇一回罢。我喂雀儿的时候，姐姐还睡觉呢。”碧痕道：“茶炉子呢？”红玉道：“今儿不该我爖的班儿，有茶没茶，别问我。”绮霰道：“你听听她的嘴！你们别说了，让她逛去罢。”红玉道：“你们再问问我逛了没有。二奶奶使唤我说话取东西的。”说着将荷包举给她们看，方没言语了。

大家分路走开。晴雯冷笑道：“怪道呢！原来爬上高枝儿去了，把我们不放在眼里。不知说了一句话半句话，名儿姓儿知道了不曾呢，就把她兴的这样！这一遭半遭儿的算不得什么，过了后儿还得听呵！有本事从今儿出了这园子，长长远远的在高枝儿上才算得。”一面说着去了。

这里红玉听说，不便分证，只得忍着气来找凤姐儿。到了李氏房中，果见凤姐在这里和李氏说话儿呢。红玉上来回道：“平姐姐说，奶奶刚出来了，她就把银子收了起来；才张材家的来讨，当面称了给他拿去了。”说着将荷包递了上去，又道：“平姐姐教我回奶奶：才旺儿进来讨奶奶的示下，好往那家子去。平姐姐就把那话按着奶奶的主意打发他去了。”凤姐笑道：“她怎么按我的主意打发去了？”红玉道：“平姐姐说，我们奶奶问这里奶奶好。原是我们二爷不在家，虽然迟了两天，只管请奶奶放心。等五奶奶好些，我们奶奶还会了五奶奶来瞧奶奶呢。五奶奶前儿打发了人来说，舅奶奶带了信来了，问奶奶好，还要和这里的姑奶奶寻两丸延年神验万金丹；若有了，奶奶打发人来，只管送在我们奶奶这里。明儿有人去，就顺路给那边舅奶奶带去的。”

话未说完，李氏道：“嗳哟哟！这些话我就不懂了，什么‘奶奶’‘爷爷’的一大堆。”凤姐笑道：“怨不得你不懂，这是四五门子的话呢。”说着，又向红玉笑道：“好孩子，难为你说得齐全，不像他们扭扭捏捏蚊子似的。嫂子你不知道，如今除了我随手使的几个丫头老婆之外，我就怕和他们说话。他们必定把一句话拉长了作两三截儿，咬文咬字，拿着腔儿，哼哼唧唧的，急得我冒火，他们哪里知道！先时我们平儿也是这么着，我就问着她：难道必定装蚊子哼哼就算美人儿了？说了几遭，才好些儿了。”李宫裁笑道：“都像你泼皮破落户才好。”凤姐又道：“这一个丫头就好。方才两遭，说话虽不多，听那口声就简断。”说着又向红玉笑道：“你明儿服侍我去罢。我认你做女儿。我一调理，你就出息了。”

红玉听了，扑哧一笑。凤姐道：“你怎么笑？你说我年轻，比你能大几岁，就做你的妈了？你还做春梦呢！你打听打听，这些人头比你大的大的，赶着我叫妈，我还不理，今儿抬举了你呢！”红玉笑道：“我不是笑这个，我笑奶奶认错了辈数了。我妈是奶奶的女儿，这会子又认我作女儿。”凤姐道：“谁是你妈？”李宫裁笑道：“你原来不认得她？她是林之孝之女。”凤姐听了十分诧异，说道：“哦，原来是他的丫头。”又笑道：“林之孝两口子都是锥子扎不出一声儿来的。我成日家说，他们倒是配就了的一对儿夫妻：一个天聋，一个地哑。哪里承望养出这么个伶俐丫头来！你十几岁了？”红玉道：“十七岁了。”又问名字，红玉道：“原叫红玉的，因为重了宝二爷，如今只叫红儿了。”

凤姐听说将眉一皱，把头一回，说道：“讨人嫌的很！得了玉的益似的，你也玉，我也玉。”因说道：“既这么着，肯跟，我还和她妈说，‘赖大家的如今事多，也不知这府里谁是谁，你替我好好地挑两个丫头我使’，她一般答应着。她饶不挑，倒把这女孩子送了别处去。难道跟我必定不好？”李氏笑道：“你可是又多心了。她进来在先，你说话在后，怎么怨的她妈！”凤姐道：“既这么着，明儿我和宝玉说，叫他再要人，叫这丫头跟我去。可不知本人愿意不愿意？”红玉笑道：“愿意不愿意，我们也不敢说。只是跟着奶奶，我们也学些眉眼高低，出入上下，大小的事儿也得见识见识。”刚说着，只见王夫人的丫头来请，凤姐便辞了李宫裁去了。红玉回怡红院去，不在话下。

如今且说黛玉因夜间失寐，次日起来迟了，闻得众姊妹都在园中做饯花会，恐人笑她痴懒，连忙梳洗了出来。刚到了院中，只见宝玉进门来了，笑道：“好妹妹，你昨儿可告我了不曾？教我悬了一夜的心。”林黛玉便回头叫紫鹃：“把屋子收拾了，撂下一扇纱屉，看那大燕子回来，把帘子放下来，拿狮子倚住，烧了香就把炉罩上。”一面说，一面又往外走。宝玉见她这样，还认作是昨日晌的事，哪知晚间的这件公案，还打恭作揖的。林黛玉正眼儿也不看，各自出了院门，一直找别的姊妹去了。宝玉心中纳闷，自己猜疑：看起这个光景来，不像是为昨日的事；但只昨日我回来的晚了，又没有见她，再没有冲撞了她的去处了。”一面想，一面由不得随后追了来。

只见宝钗探春正在那边看鹤舞，见黛玉去了，三个一同站着说话儿。又见宝玉来了，探春便笑道：“宝哥哥，身上好？我整整的三天没见你了。”宝玉笑道：“妹妹身上好？我前儿还在大嫂子跟前问你呢。”探春道：“宝哥哥，你往这里来，我和你说话。”宝玉听说，便跟了她，离了钗、玉两个，到了一棵石榴树下。

探春因说道：“这几天老爷可曾叫你？”宝玉笑道：“没有叫。”探春道：“昨儿我恍惚听见说老爷叫你出去的。”宝玉笑道：“那想是别人听错了，并没叫的。”探春又笑道：“这几个月，我又攒下有十来吊钱了。你还拿了去，明儿出门逛去的时候，或是好字画，好轻巧顽意儿，替我带些来。”宝玉道：“我这么城里城外、大廊小庙地逛，也没见个新奇精致东西，左不过是那些金、玉、铜、磁，没处撂的古董，再就是绸缎吃食衣服了。”探春道：“谁要这些。怎么像你上回买的那柳枝儿编的小篮子，整竹子根抠的香盒儿，胶泥垛的风炉子儿，这就好了，我喜欢的什么似的，谁知她们都爱上了，都当宝贝似的抢了去了。”宝玉笑道：“原来要这个。这不值什么，拿五百钱出去给小子们，管拉一车来。”探春道：“小厮们知道什么？你拣那朴而不俗、直而不拙者，这些东西，你多多的替我带了来，我还像上回的鞋做一双你穿，比那双还加工夫，如何呢？”

宝玉笑道：“你提起鞋来，我想起个故事。那一回我穿着，可巧遇见了老爷，老爷就不受用，问是谁做的。我哪里敢提‘三妹妹’三个字，我就回说是前儿我生日，是舅母给的。老爷听了是舅母给的，才不好说什么了。半日还说：‘何苦来！虚耗人力，作践绫罗，做这样的东西。’我回来告诉了袭人，袭人说这还罢了，赵姨娘气地抱怨得了不得：‘正经兄弟，鞋搭拉袜搭拉的没人看得见，且做这些东西！’”探春听说，登时沉下脸来，道：“这话糊涂到什么田地！怎么我是该做鞋的人么？环儿难道没有分例的？一般的衣裳是衣裳，鞋袜是鞋袜，丫头老婆一屋子，怎么抱怨这些话！给谁听呢！我不过是闲着没事儿，做一双半双，爱给哪个哥哥兄弟，随我的心。谁敢管我不成！这也是白气。”宝玉听了，点头笑道：“你不知道，他心里自然又有个想头了。”探春听说，益发动了气，将头一扭，说道：“连你也糊涂了！他那想头自然是有的。不过是那阴微鄙贱的见识。他只管这么想，我只管认得老爷、太太两个人，别人我一概不管。就是姊妹弟兄跟前，谁和我好，我就和谁好，什么偏的庶的，我也不知道。论理我不该说他，但他忒昏愦的不像了！还有笑话儿呢：就是上回我给你那钱，替我买那顽的东西。过了两天，他见了我，也是说没钱使，怎么难，我也不理论。谁知后来丫头们出去了，他就抱怨起来，说我攒的钱为什么给你使，倒不给环儿使呢。我听见这话，又好笑又好气。我就出来往太太跟前去了。”正说着，只见宝钗那边笑道：“说完了，来罢。显见的是哥哥妹妹了，丢下别人，且说体己去。我们听一句儿就使不得了！”说着，探春宝玉二人方笑着来了。

宝玉因不见了林黛玉，便知是她躲了别处去了，想了一想，索性迟两日，等她的气消一消再去也罢了。因低头看见许多凤仙石榴等各色落花，锦重重地落了一地，因叹道：“这是她心里生了气，也不收拾这花儿来了。待我送了去，明儿再问着她。”说着，只见宝钗约着他们往外头走。宝玉道：“我就来。”说毕，等她二人去远了，便把那花兜了起来，登山渡水，过树穿花，一直奔了那日和黛玉葬桃花的去处来。

将已到了花冢，犹未转过山坡，只听山坡那边有呜咽之声，一行数落着，哭得好不伤感。宝玉心下想道："这不知是哪房里的丫头，受了委屈，跑到这个地方来哭。"一面想，一面煞住脚步，听她哭道是：

花谢花飞飞满天，红消香断有谁怜？
游丝软系飘春榭，落絮轻沾扑绣帘。
闺中女儿惜春暮，愁绪满怀无释处。
手把花锄出绣闺，忍踏落花来复去。
柳丝榆荚自芳菲，不管桃飘与李飞。
桃李明年能再发，明年闺中知有谁？
三月香巢初垒成，梁间燕子太无情！
明年花发虽可啄，却不道人去梁空巢也倾。
一年三百六十日，风刀霜剑严相逼。
明媚鲜妍能几时，一朝飘泊难寻觅。
花开易见落难寻，阶前闷杀葬花人。
独倚花锄泪暗洒，洒上空枝见血痕。
杜鹃无语正黄昏，荷锄归去掩重门。
青灯照壁人初睡，冷雨敲窗被未温。
怪奴底事倍伤神，半为怜春半恼春：
怜春忽至恼忽去，至又无言去不闻。
昨宵庭外悲歌发，知是花魂与鸟魂？
花魂鸟魂总难留，鸟自无言花自羞。
愿奴胁下生双翼，随花飞到天尽头。
天尽头，何处有香丘？
未若锦囊收艳骨，一抔净土掩风流。
质本洁来还洁去，强于污淖陷渠沟。
尔今死去侬收葬，未卜侬身何日丧？
侬今葬花人笑痴，他年葬侬知是谁？
试看春残花渐落，便是红颜老死时。
一朝春尽红颜老，花落人亡两不知！

宝玉听了不觉痴倒。要知端详，且听下回分解。

【作者简介】

曹雪芹（约 1715 年—约 1763 年），名沾，字梦阮，号雪芹，又号芹溪、芹圃，中国古典名著《红楼梦》作者，籍贯沈阳（一说辽阳），生于南京，约十三岁时迁回北京。曹雪芹出身清代内务府正白旗包衣世家，他是江宁织造曹寅之孙、曹顒之子（一说曹頫之子）。曹雪芹早年在南京江宁织造府亲历了一段锦衣纨绔、富贵风流的生活。至雍正六年（1728 年），曹家因亏空获罪被抄家，曹雪芹随家人迁回北京老宅，后又移居北京西郊，靠卖字画和朋友救济为生。曹雪芹素性放达，爱好广泛，对金石、诗书、绘画、园林、中医、织补、工艺、饮食等均有所研究。他以坚韧不拔的毅力，历经多年艰辛，终于创作出极具思想性、艺术性的伟大作品——《红楼梦》。

【注释】

[1]干旄旌幢：干同“竿”。旄：牦牛尾。干旄：古代饰牦牛尾于旗竿，以示威仪。旌：与旄相似，另有五彩鸟羽装饰。幢：形状像伞。

【文解】

此回讲述林黛玉春困发幽情、众姐妹春日祭花神、宝钗扑蝶、黛玉葬花等事情，以此窥见各人性格。

【思考与练习】

1. 宝钗扑蝶、黛玉葬花如何体现了宝钗黛玉的性格特点？

2. 试分析《红楼梦》通过细节描写来表现人物性格的手法。

示　众[1]

鲁　迅

首善之区[2]的西城的一条马路上，这时候什么扰攘也没有。火焰焰的太阳虽然还未直照，但路上的沙土仿佛已是闪烁地生光；酷热满和在空气里面，到处发挥着盛夏的威力。许多狗都拖出舌头来，连树上的乌老鸦也张着嘴喘气——但是，自然也有例外的。远处隐隐有两个铜盏[3]相击的声音，使人忆起酸梅汤，依稀感到凉意，可是那懒懒的单调的金属音的间作，却使那寂静更其深远了。

只有脚步声，车夫默默地前奔，似乎想赶紧逃出头上的烈日。

“热的包子咧！刚出屉的……”

十一二岁的胖孩子，细着眼睛，歪了嘴在路旁的店门前叫喊。声音已经嘶嗄了，还带些睡意，如给夏天的长日催眠。

他旁边的破旧桌子上，就有二三十个馒头包子，毫无热气，冷冷地坐着。

“荷阿！馒头包子咧，热的……”

像用力掷在墙上而反拨过来的皮球一般，他忽然飞在马路的那边了。在电杆旁，和他对面，正向着马路，其时也站定了两个人：一个是淡黄制服的挂刀的面黄肌瘦的巡警，手里牵着绳头，绳的那头就拴在别一个穿蓝布大衫上罩白背心的男人的臂膊上。这男人戴一顶新草帽，帽檐四面下垂，遮住了眼睛的一带。但胖孩子身体矮，仰起脸来看时，却正撞见这人的眼睛了。那眼睛也似乎正在看他的脑壳。他连忙顺下眼，去看白背心，只见背心上一行一行地写着些大大小小的什么字。

刹时间，也就围满了大半圈的看客。待到增加了秃头的老头子之后，空缺已经不多，而立刻又被一个赤膊的红鼻子胖大汉补满了。这胖子过于横阔，占了两人的地位，所以续到的便只能屈在第二层，从前面的两个脖子之间伸进脑袋去。

秃头站在白背心的略略正对面，弯了腰，去研究背心上的文字，终于读起来：

“嗡，都，哼，八，而……”

胖孩子却看见那白背心正研究着这发亮的秃头，他也便跟着去研究，就只见满头光油油的，耳朵左近还有一片灰白色的头发，此外也不见得有怎样新奇。但是后面的一个抱着孩子的老妈子却想乘机挤进来了；秃头怕失了位置，连忙站直，文字虽然还未读完，然而无可奈何，只得另看白背心的脸：草帽檐下半个鼻子，一张嘴，尖下巴。

又像用了力掷在墙上而反拨过来的皮球一般，一个小学生飞奔上来，一手按住了自己头上的雪白的小布帽，向人丛中直钻进去。但他钻到第三——也许是第四——层，竟遇见一件不可动摇的伟大的东西了，抬头看时，蓝裤腰上面有一座赤条条的很阔的背脊，背脊上还有汗正在流下来。他知道无可措手，只得顺着裤腰右行，幸而在尽头发见了一条空处，透着光明。他刚刚低头要钻的时候，只听得一声“什么”，那裤腰以下的屁股向右一歪，空处立刻闭塞，光明也同时不见了。

但不多久，小学生却从巡警的刀旁边钻出来了。他诧异地四顾：外面围着一圈人，上首是穿白背心的，那对面是一个赤膊的胖小孩，胖小孩后面是一个赤膊的红鼻子胖大汉。他这时隐约悟出先前的伟大的障碍物的本体了，便惊奇而且佩服似的只望着红鼻子。胖小孩本是注视着小学生的脸的，于是也不禁依了他的眼光，回转头去了，在那里是一个很胖的奶子，奶头四近有几枝很长的毫毛。

“他，犯了什么事啦？”

大家都愕然看时，是一个工人似的粗人，正在低声下气地请教那秃头老头子。

秃头不作声，单是睁起了眼睛看定他。他被看得顺下眼光去，过一会再看时，秃头还是睁起了眼睛看定他，而且别的人也似乎都睁了眼睛看定他。他于是仿佛自己就犯了罪似的局促起来，终至于慢慢退后，溜出去了。一个挟洋伞的长子就来补了缺；秃头也旋转脸去再看白背心。

长子弯了腰，要从垂下的草帽檐下去赏识白背心的脸，但不知道为什么忽又站直了。于是他背后的人们又须竭力伸长了脖子；有一个瘦子竟至于连嘴都张得很大，像一条死鲈鱼。

巡警，突然间，将脚一提，大家又愕然，赶紧都看他的脚；然而他又放稳了，于是又看白背心。长子忽又弯了腰，还要从垂下的草帽檐下去窥测，但即刻也就立直，擎起一只手来拼命搔头皮。

秃头不高兴了，因为他先觉得背后有些不太平，接着耳朵边就有唧咕唧咕的声响。他双眉一锁，回头看时，紧挨他右边，有一只黑手拿着半个大馒头正在塞进一个猫脸的人的嘴里去。他也就不说什么，自去看白背心的新草帽了。

忽然，就有暴雷似的一击，连横阔的胖大汉也不免向前一跄踉。同时，从他肩膊上伸出一只胖得不相上下的臂膊来，展开五指，啪的一声正打在胖孩子的脸颊上。

“好快活！你妈的……”同时，胖大汉后面就有一个弥勒佛[4]似的更圆的胖脸这么说。

胖孩子也跄踉了四五步，但是没有倒，一手按着脸颊，旋转身，就想从胖大汉的腿旁的空隙间钻出去。胖大汉赶忙站稳，并且将屁股一歪，塞住了空隙，恨恨地问道：

“什么？”

胖孩子就像小鼠子落在捕机里似的，仓皇了一会，忽然向小学生那一面奔去，推开他，冲出去了。小学生也返身跟出去了。

“吓，这孩子……”总有五六个人都这样说。

待到重归平静，胖大汉再看白背心的脸的时候，却见白背心正在仰面看他的胸脯；他慌忙低头也看自己的胸脯时，只见两乳之间的洼下的坑里有一片汗，他于是用手掌拂去了这些汗。

然而形势似乎总不甚太平了。抱着小孩的老妈子因为在骚扰时四顾，没有留意，头上梳着的喜鹊尾巴似的“苏州俏[5]”便碰了站在旁边的车夫的鼻梁。车夫一推，却正推在孩子上；孩子就扭转身去，向着圈外，嚷着要回去了。老妈子先也略略一跄踉，但便即站定，旋转孩子来使他正对白背心，一手指点着，说道：

“阿，阿，看呀！多么好看哪！”

空隙间忽而探进一个戴硬草帽的学生模样的头来，将一粒瓜子之类似的东西放在嘴里，下颚向上一磕，咬开，退出去了。这地方就补上了一个满头油汗而粘着灰土的椭圆脸。

挟洋伞的长子也已经生气，斜下了一边的肩膊，皱眉疾视着肩后的死鲈鱼。大约从这么大的大嘴里呼出来的热气，原也不易招架的，而况又在盛夏。秃头正仰视那电杆上钉着的红牌上的四个白字，仿佛很觉得有趣。胖大汉和巡警都斜了眼研究着老妈子的钩刀般的鞋尖。

“好！”

什么地方忽有几个人同声喝采。都知道该有什么事情起来了，一切头便全数回转去。连巡警和他牵着的犯人也都有些摇动了。

“刚出屉的包子咧！荷阿，热的……”

路对面是胖孩子歪着头，瞌睡似的长呼；路上是车夫们默默地前奔，似乎想赶紧逃出头上的烈日。大家都几乎失望了，幸而放出眼光去四处搜索，终于在相距十多家的路上，发见了一辆洋车停放着，一个车夫正在爬起来。

圆阵立刻散开，都错错落落地走过去。胖大汉走不到一半，就歇在路边的槐树下；长子比秃头和椭圆脸走得快，接近了。车上的坐客依然坐着，车夫已经完全爬起，但还在摸自己的膝髁。周围有五六个人笑嘻嘻地看他们。

“成么？”车夫要来拉车时，坐客便问。

他只点点头，拉了车就走；大家就惘惘然目送他。起先还知道那一辆是曾经跌倒的车，后来被别的车一混，知不清了。

马路上就很清闲，有几只狗伸出了舌头喘气；胖大汉就在槐阴下看那很快地一起一落的狗肚皮。

老妈子抱了孩子从屋檐阴下蹩过去了。胖孩子歪着头，挤细了眼睛，拖长声音，瞌睡地叫喊——“热的包子咧！荷阿！刚出屉的……”

1925 年 3 月 18 日

【作者简介】

鲁迅（1881 年 9 月 25 日—1936 年 10 月 19 日），原名周樟寿，后改名周树人，字豫山，后改豫才，浙江绍兴人，1936 年 10 月 19 日因肺结核病逝于上海，是中国现代著名的文学家、思想家和革命家。鲁迅的作品主要以小说、杂文为主，1918 年 5

月 15 日发表了中国第一部现代白话文小说《狂人日记》。1921 年发表中篇白话小说《阿 Q 正传》。代表性的作品集有：小说集《呐喊》《彷徨》《故事新编》；散文集《朝花夕拾》；散文诗集《野草》；杂文集《坟》《热风》《华盖集》《华盖集续编》《南腔北调集》《三闲集》《二心集》《而已集》《且介亭杂文》等。他的作品有数十篇被选入中小学语文课本，并有多部小说被先后改编成电影。其作品对于“五四运动”以后的中国文学产生了深刻的影响。鲁迅以笔代戈，奋笔疾书，战斗一生，被誉为“民族魂”。“横眉冷对千夫指，俯首甘为孺子牛”是鲁迅一生的写照。

【注释】

[1]本篇最初发表于 1925 年 4 月 13 日北京《语丝》周刊第二十二期。[2]首善之区：指首都。《汉书·儒林传》载“故教化之行也，建首善，自京师始。”这里指北洋军阀时代的首都北京。[3]铜盏：一种杯状小铜器。旧时北京卖酸梅汤的商贩，常用两个铜盏相击，发出有节奏的声音，以招引顾客。[4]弥勒佛：佛教菩萨之一，佛经说他继承释迦牟尼的佛位而成佛。他常见的塑像是胖圆笑脸，袒胸露腹，俗称大肚子弥勒佛。[5]苏州俏：旧时妇女所梳发髻的一种式样，先流行于苏州一带，故有此称。

【文解】

《示众》全篇没有复杂的情节，也没有贯穿首尾的完整故事，而只截取了一个剖面，描述了在一个酷热的夏天，发生在“首善之区”西城一条马路上来来去去的过路人汇集在一起看“示众”的场面。文中先后出场的人物大约十来个，他们形成了一种“看与被看”的二元对立模式，这种模式在鲁迅的《阿 Q 正传》《祝福》等作品中也都有突出表现。作品中的“看”与“被看”均显现出民众的麻木不仁，体现出作者企图唤醒那些麻木而善良的灵魂，迫切希望改造国民性的良苦用心。

【思考与练习】

1.《示众》的主题是什么？

2. 结合《示众》，谈谈鲁迅对中国文学的贡献。

呼兰河传（节选）

萧　红

第二章

一

呼兰河除了这些卑琐平凡的实际生活之外，在精神上，也还有不少的盛举，如跳大神、唱秧歌、放河灯、野台子戏、四月十八娘娘庙大会……

先说大神。大神是会治病的，她穿着奇怪的衣裳，那衣裳平常的人不穿；红的，是一张裙子，那裙子一围在她的腰上，她的人就变样了。开初，她并不打鼓，只是一围起那红花裙子就哆嗦。从头到脚，无处不哆嗦，哆嗦了一阵之后，又开始打颤。她闭着眼睛，嘴里边叽咕的。每一打颤，就装出来要倒的样子。把四边的人都吓得一跳，可是她又坐住了。

大神坐的是凳子，她的对面摆着一块牌位，牌位上贴着红纸，写着黑字。

那牌位越旧越好，好显得她一年之中跳神的次数不少，越跳多了就越好，她的信用就远近皆知，她的生意就会兴隆起来。那牌前，点着香，香烟慢慢地旋着。

那女大神多半在香点了一半的时候神就下来了。那神一下来，可就威风不同，好像有万马千军让她领导似的，她全身是劲，她站起来乱跳。

大神的旁边，还有一个二神，当二神的都是男人。他并不昏乱，他是清晰如常的，他赶快把一张圆鼓交到大神的手里，大神拿了这鼓，站起来就乱跳，先诉说那附在她身上的神灵的下山的经历，是乘着云，是随着风，或者是驾雾而来，说得非常之雄壮。二神站在一边，大神问他什么，他回答什么。

好的二神是对答如流的，坏的二神，一不加小心说冲着了大神的一字，大神就要闹起来的。大神一闹起来的时候，她也没有别的办法，只是打着鼓，乱骂一阵，说这病人，不出今夜就必得死的，死了之后，还会游魂不散，家族、亲戚、乡里都要招灾的。这时吓得那请神的人家赶快烧香点酒，烧香点酒之后，若再不行，就得赶送上红布来，把红布挂在牌位上，若再不行，就得杀鸡，若闹到了杀鸡这个阶段，就多半不能再闹了。因为再闹就没有什么想头了。

这鸡、这布，一律都归大神所有，跳过了神之后，她把鸡拿回家去自己煮上吃了。把红布用蓝靛染了之后，做起裤子穿了。

有的大神，一上手就百般的下不来神。请神的人家就得赶快地杀鸡来，若一杀慢了，等一会跳到半道就要骂的，谁家请神都是为了治病，请大神骂，是非常不吉利的。所以对大神是非常尊敬的，又非常怕。

跳大神，大半是天黑跳起，只要一打起鼓来，就男女老幼，都往这跳神的人家跑，若是夏天，就屋里屋外都挤满了人。还有些女人，拉着孩子，抱着孩子，哭天叫地地从墙头上跳过来，跳过来看跳神的。

跳到半夜时分，要送神归山了，那时候，那鼓打得分外地响，大神也唱得分外地好听；邻居左右，十家二十家的人家都听得到，使人听了起着一种悲凉的情绪，二神嘴里唱："大仙家回山了，要慢慢地走，要慢慢地行。"

大神说："我的二仙家，青龙山，白虎山……夜行三千里，乘着风儿不算难……"

这唱着的词调，混合着鼓声，从几十丈远的地方传来，实在是冷森森的，越听就越悲凉。听了这种鼓声，往往终夜而不能眠的人也有。

请神的人家为了治病，可不知那家的病人好了没有？却使邻居街坊感慨兴叹，终夜而不能已的也常常有。

满天星光，满屋月亮，人生何如，为什么这么悲凉。

过了十天半月的，又是跳神的鼓，地响。于是人们又都着了慌，爬墙的爬墙，登门的登门，看看这一家的大神，显的是什么本领，穿的是什么衣裳。听听她唱的是什么腔调，看看她的衣裳漂亮不漂亮。

跳到了夜静时分，又是送神回山。送神回山的鼓，个个都打得漂亮。

若赶上一个下雨的夜，就特别凄凉，寡妇可以落泪，鳏夫就要起来彷徨。

那鼓声就好像故意招惹那般不幸的人，打得有急有慢，好像一个迷路的人在夜里诉说着他的迷惘，又好像不幸的老人在回想着他幸福的短短的幼年。又好像慈爱的母亲送着她的儿子远行。又好像是生离死别，万分地难舍。

人生为了什么，才有这样凄凉的夜。

似乎下回再有打鼓的连听也不要听了。其实不然，鼓一响就又是上墙头的上墙头，侧着耳朵听的侧着耳朵在听，比西洋人赴音乐会更热心。

二

七月十五盂兰会，呼兰河上放河灯了。

河灯有白菜灯、西瓜灯，还有莲花灯。

和尚、道士吹着笙、管、笛、箫，穿着拼金大红缎子的褊衫。在河沿上打起场子来在做道场。那乐器的声音离开河沿二里路就听到了。

一到了黄昏，天还没有完全黑下来，奔着去看河灯的人就络绎不绝了。

小街大巷，哪怕终年不出门的人，也要随着人群奔到河沿去。先到了河沿的就蹲在那里。沿着河岸蹲满了人，可是从大街小巷往外出发的人仍是不绝，瞎子、瘸子都来看河灯（这里说错了，唯独瞎子是不来看河灯的），把街道跑得冒了烟了。

姑娘、媳妇，三个一群，两个一伙，一出了大门，不用问，到哪里去。

就都是看河灯去。

黄昏时候的七月，火烧云刚刚落下去，街道上发着显微的白光，嘁嘁喳喳，把往日的寂静都冲散了，个个街道都活了起来，好像这城里发生了大火，人们都赶去救火的样子。非常忙迫，踢踢踏踏地向前跑。

先跑到了河沿的就蹲在那里，后跑到的，也就挤上去蹲在那里。

大家一齐等候着，等候着月亮高起来，河灯就要从水上放下来。七月十五日是个鬼节，死了的冤魂怨鬼，不得脱生，缠绵在地狱里边是非常苦的，想脱生，又找不着路。这一天若是每个鬼托着一个河灯，就可得以脱生。大概从阴间到阳间的这一条路，非常之黑，若没有灯是看不见路的。所以放河灯这件事情是件善举。可见活着的正人君子们，对着那些已死的冤魂怨鬼还没有忘记。

但是这其间也有一个矛盾，就是七月十五这夜生的孩子，怕是都不大好，多半都是野鬼托着个莲花灯投生而来的。这个孩子长大了将不被父母所喜欢，长到结婚的年龄，男女两家必要先对过生日时辰，才能够结亲。若是女家生在七月十五，这女子就很难出嫁，必须改了生日，欺骗男家。若是男家七月十五的生日，也不大好，不过若是财产丰富的，也就没有多大关系，嫁是可以嫁过去的，虽然就是一个恶鬼，有了钱大概怕也不怎样恶了。但在女子这方面可就万万不可，绝对的不可以；若是有钱的寡妇的独养女，又当别论，因为娶了这姑娘可以有一份财产在那里晃来晃去，就是娶了而带不过财产来，先说那一份妆奁也是少不了的。假说女子就是一个恶鬼的化身，但那也不要紧。

平常的人说：“有钱能使鬼推磨。”似乎人们相信鬼是假的，有点不十分真。

但是当河灯一放下来的时候，和尚为着庆祝鬼们更生，打着鼓，叮地响；念着经，好像紧急符咒似的，表示着，这一工夫可是千金一刻，且莫匆匆地让过，诸位男鬼女鬼，赶快托着灯去投生吧。

念完了经，就吹笙管笛箫，那声音实在好听，远近皆闻。

同时那河灯从上流拥拥挤挤，往下浮来了。浮得很慢，又镇静、又稳当，绝对的看不出来水里边会有鬼们来捉了它们去。

这灯一下来的时候，金呼呼的，亮通通的，又加上有千万人的观众，这举动实在是不小的。河灯之多，有数不过来的数目，大概是几千百只。两岸上的孩子们，拍手叫绝，跳脚欢迎。大人则都看出了神了，一声不响，陶醉在灯光河色之中。灯光照得河水幽幽地发亮。水上跳跃着天空的月亮。真是人生何世，会有这样好的景况。

一直闹到月亮来到了中天，大昴星、二昴星、三昴星都出齐了的时候，才算渐渐地从繁华的景况，走向了冷静的路去。

河灯从几里路长的上流，流了很久很久才流过来了。再流了很久很久才流过去了。在这过程中，有的流到半路就灭了；有的被冲到了岸边，在岸边生了野草的地方就被挂住了；还有每当河灯一流到了下流，就有些孩子拿着竿子去抓它，有些渔船也顺手取了一两只。到后来河灯越来越稀疏了。

到往下流去，就显出荒凉孤寂的样子来了，因为越流越少了。

流到极远处去的，似乎那里的河水也发了黑，而且是流着流着地就少了一个。

河灯从上流过来的时候，虽然路上也有许多落伍的，也有许多淹灭了的，但始终没有觉得河灯是被鬼们托着走了的感觉。

可是当这河灯，从上流的远处流来，人们是满心欢喜的，等流过了自己，也还没有什么，唯独到了最后，那河灯流到了极远的下流去的时候，使看河灯的人们，内心里无由地来了空虚。

“那河灯，到底是要漂到哪里去呢？”

多半的人们，看到了这样的景况，就抬起身来离开了河沿回家去了。

于是不但河里冷落，岸上也冷落了起来。

这时再往远处的下流看去，看着，看着，那灯就灭了一个。再看着看着，又灭了一个，还有两个一块灭的。于是就真像被鬼一个一个地托着走了。

打过了三更，河沿上一个人也没有了，河里边一个灯也没有了。

河水是寂静如常的，小风把河水皱着极细的波浪。月光在河水上边并不像在海水上边闪着一片一片的金光，而是月亮落到河底里去了。似乎那渔船上的人，伸手可以把月亮拿到船上来似的。

河的南岸，尽是柳条丛，河的北岸就是呼兰河城。

那看河灯回去的人们，也许都睡着了。不过月亮还是在河上照着。

三

野台子戏也是在河边上唱的。也是秋天，比方这一年秋收好，就要唱一台子戏，感谢天地。若是夏天大旱，人们戴起柳条圈来求雨，在街上几十人，跑了几天，唱着，打着鼓。求雨的人不准穿鞋，龙王爷可怜他们在太阳下边把脚烫得很痛，就因此下了雨了。一下了雨，到秋天就得唱戏的，因为求雨的时候许下了愿。许愿就得还愿，若是还愿的戏就更非唱不可了。

一唱就是三天。

在河岸的沙滩上搭起了台子来。这台子是用杆子绑起来的，上边搭上了席棚，下了一点小雨也不要紧，太阳则完全可以遮住的。

戏台搭好了之后，两边就搭看台。看台还有楼座。坐在那楼座上是很好的，又风凉，又可以远眺。不过，楼座是不大容易坐得到的，除非当地的官、绅，别人是不大坐得到的。不卖票，哪怕你就有钱，也没有办法。

只搭戏台，就搭三五天。

台子的架一竖起来，城里的人就说："戏台竖起架子来了。"

一上了棚，人就说："戏台上棚了。"

戏台搭完了就搭看台，看台是顺着戏台的左边搭一排，右边搭一排，所以是两排平行而相对的。一搭要搭出十几丈远去。

眼看台子就要搭好了，这时候，接亲戚的接亲戚，唤朋友的唤朋友。

比方嫁了的女儿，回来住娘家，临走（回婆家）的时候，做母亲的送到大门外，摆着手还说："秋天唱戏的时候，再接你来看戏。"

坐着女儿的车子远了，母亲含着眼泪还说："看戏的时候接你回来。"

所以一到了唱戏的时候，可并不是简单地看戏，而是接姑娘唤女婿，热闹得很。

东家的女儿长大了，西家的男孩子也该成亲了，说媒的这个时候，就走上门来。约定两家的父母在戏台底下，第一天或是第二天，彼此相看。也有只通知男家而不通知女家的，这叫做"偷看"，这样的看法，成与不成，没有关系，比较的自由，反正那家的姑娘也不知道。

所以看戏去的姑娘，个个都打扮得漂亮。都穿了新衣裳，擦了胭脂涂了粉，刘海剪得并排齐。头辫梳得一丝不乱，扎了红辫根，绿辫梢。也有扎了水红的，也有扎了蛋青的。走起路来像客人，吃起瓜子来，头不歪眼不斜的，温文尔雅，都变成了大家闺秀。有的着蛋青色布长衫，有的穿了藕荷色的，有的银灰的。有的还把衣服的边上压了条，有的蛋青色的衣裳压了黑条，有的水红洋纱的衣裳压了蓝条，脚上穿了蓝缎鞋，或是黑缎绣花鞋。

鞋上有的绣着蝴蝶，有的绣着蜻蜓，有的绣着莲花，绣着牡丹的，各样的都有。

手里边拿着花手巾。耳朵上戴了长钳子，土名叫做"带穗钳子"。这带穗钳子有两种，一种是金的、翠的；一种是铜的、琉璃的。有钱一点的戴金的，稍微差一点的带琉璃的。反正都很好看，在耳朵上摇来晃去。黄忽忽、绿森森的，再加上满脸矜持的微笑，真不知这都是谁家的闺秀。

那些已嫁的妇女，也是照样地打扮起来，在戏台下边，东邻西舍的姊妹们相遇了，好互相的品评。

谁的模样俊，谁的鬓角黑。谁的手镯是福泰银楼的新花样，谁的压头簪又小巧又玲珑。谁的一双绛紫缎鞋，真是绣得漂亮。

老太太虽然不穿什么带颜色的衣裳，但也个个整齐，人人利落，手拿长烟袋，头上撇着大扁方。慈祥，温静。

戏还没有开台，呼兰河城就热闹不得了了，接姑娘的，唤女婿的，有一个很好的童谣："拉大锯，扯大锯，老爷（外公）门口唱大戏。接姑娘，唤女婿，小外孙也要去……"

于是乎不但小外甥，三姨二姑也都聚在了一起。

每家如此，杀鸡买酒，笑语迎门，彼此谈着家常，说着趣事，每夜必到三更，灯油不知浪费了多少。

某村某村，婆婆虐待媳妇。哪家哪家的公公喝了酒就要酒疯。又是谁家的姑娘出嫁了刚过一年就生了一对双生。又是谁的儿子十三岁就定了一家十八岁的姑娘做妻子。

烛火灯光之下，一谈谈个半夜，真是非常的温暖而亲切。

一家若有几个女儿，这几个女儿都出嫁了，亲姊妹，两三年不能相遇的也有。平常是一个住东，一个住西。不是隔水的就是离山，而且每人有一大群孩子，也各自有自己的家务，若想彼此过访，那是不可能的事情。

若是做母亲的同时把几个女儿都接来了，那她们的相遇，真仿佛已经隔了三十年了。相见之下，真是不知从何说起，羞羞惭惭，欲言又止，刚一开口又觉得不好意思，过了一刻工夫，耳脸都发起烧来，于是相对无语，心中又喜又悲。过了一袋烟的工夫，等那往上冲的血流落了下去，彼此都逃出了那种昏昏恍恍的境界，这才来找几句不相干的话来开头；或是“你多咱来的？”或是“孩子们都带来了？”

关于别离了几年的事情，连一个字也不敢提。

从表面上看来，她们并不是像姊妹，丝毫没有亲热的表现。面面相对的，不知道她们两个人是什么关系，似乎连认识也不认识，似乎从前她们两个并没有见过，而今天是第一次的相见，所以异常的冷落。

但是这只是外表，她们的心里，就早已沟通着了。甚至于在十天或半月之前，她们的心里就早已开始很远地牵动起来，那就是当她们彼此都接到了母亲的信的时候。

那信上写着迎接她们姊妹回来看戏的。

【作者简介】

萧红，1911 年生于黑龙江省哈尔滨市呼兰区，著名女作家，被誉为“20 世纪 30 年代文学洛神”。1935 年，在鲁迅的支持下，发表了成名作《生死场》。1936 年，为摆脱精神上的苦恼东渡日本，并写下了散文《孤独的生活》、长篇组诗《砂粒》等。1940 年与端木蕻良同抵香港，之后发表了中篇小说《马伯乐》和著名长篇小说《呼兰河传》。

【文解】

《呼兰河传》是著名作家萧红创作的一部自传体小说，写于香港。小说共分七章，前有序后有尾声，著名文学巨匠茅盾为之作序。本书描绘了 20 世纪 20 年代东北小城呼兰河的风土人情，抒写了小城人的不幸与艰辛，融入了对人性和社会的审视与思考，展示了女作家独特的艺术个性与特色。

【思考与练习】

1．作者写这部作品的时候已经成年，为什么她对童年生活的记忆如此深刻，又这般的怀念呢？

2．茅盾曾这样评价萧红的艺术成就：“它是一篇叙事诗，一幅多彩的风土画，一串凄婉的歌谣。”结合这个评价，分析《呼兰河传》独特的艺术性。

边城（节选）

沈从文

第二章

四

还是两年前的事。五月端阳，渡船头祖父找人作了代替，便带了黄狗同翠翠进城，过大河边去看划船。河边站满了人，四只朱色长船在潭中滑着，龙船水刚刚涨过，河中水皆豆绿，天气又那么明朗，鼓声蓬蓬响着，翠翠抿着嘴一句话不说，心中充满了不可言说的快乐。河边人太多了一点，各人皆尽张着眼睛望河中，不多久，黄狗还在身边，祖父却挤得不见了。

翠翠一面注意划船，一面心想“过不久祖父总会找来的”。但过了许久，祖父还不来，翠翠便稍稍有点儿着慌了。先是两人同黄狗进城前一天，祖父就问翠翠：“明天城里划船，倘若一个人去看，人多怕不怕？”翠翠就说：“人多我不怕，但自己只是一个人可不好玩。”于是祖父想了半天，方想起一个住在城中的老熟人，赶夜里到城里去商量，请那老人来看一天渡船，自己却陪翠翠进城玩一天。且因为那人比渡船老人更孤单，身边无一个亲人，也无一只狗，因此便约好了那人早上过家中来吃饭，喝一杯雄黄酒。第二天那人来了，吃了饭，把职务委托那人以后，翠翠等便进了城。到路上时，祖父想起什么似的，又问翠翠：“翠翠，翠翠，人那么多，好热闹，你一个人敢到河边看龙船吗？”翠翠说：“怎么不敢？可是一个人有什么意思。”到了河边后，长潭里的四只红船，把翠翠的注意力完全占去了，身边祖父似乎也可有可无了。祖父心想：“时间还早，到收场时，至少还得三个时刻。溪边的那个朋友，也应当来看看年轻人的热闹，回去一趟，换换地位还赶得及。”因此就问翠翠，“人太多了，站在这里看，不要动，我到别处去有事情，无论如何总赶得回来伴你回家。”翠翠正为两只竞速并进的船迷着，祖父说的话毫不思索就答应了。祖父知道黄狗在翠翠身边，也许比他自己在她身边还稳当，于是便回家看船去了。

祖父到了那渡船处时，见代替他的老朋友，正站在白塔下注意听远处鼓声。

祖父喊他，请他把船拉过来，两人渡过小溪仍然站到白塔下去。那人问老船夫为什么又跑回来，祖父就说想替他一会儿故把翠翠留在河边，自己赶回来，好让他也过河边去看看热闹，且说，“看得好，就不必再回来，只须见了翠翠问她一声，翠翠到时自会回家的。小丫头不敢回家，你就伴她走走！”但那替手对于看龙船已无什么兴味，却愿意同老船夫在这溪边大石上各自再喝两杯烧酒。老船夫十分高兴，把酒葫芦取出，推给城中来的那一个。两人一面谈些端午旧事，一面喝酒，不到一会，那人却在岩石上为烧酒醉倒了。

人既醉倒了，无从入城，祖父为了责任又不便与渡船离开，留在河边的翠翠便不能不着急了。

河中划船的决了最后胜负后，城里军官已派人驾小船在潭中放了一群鸭子，祖父还不见来。翠翠恐怕祖父也正在什么地方等着她，因此带了黄狗各处人丛中挤着去找寻祖父，结果还是不得祖父的踪迹。后来看看天快要黑了，军人扛了长凳出城看热闹的，皆已陆续扛了那凳子回家。潭中的鸭子只剩下三五只，捉鸭人也渐渐的少了。落日向上游翠翠家中那一方落去，黄昏把河面装饰了一层薄雾。翠翠望到这个景致，忽然起了一个怕人的想头，她想："假若爷爷死了？"

她记起祖父嘱咐她不要离开原来地方那一句话，便又为自己解释这想头的错误，以为祖父不来必是进城去或到什么熟人处去，被人拉着喝酒，故一时不能来的。正因为这也是可能的事，她又不愿在天未断黑以前，同黄狗赶回家去，只好站在那石码头边等候祖父。

再过一会，对河那两只长船已泊到对河小溪里去不见了，看龙船的人也差不多全散了。吊脚楼有娼妓的人家，已上了灯，且有人敲小斑鼓弹月琴唱曲子。另外一些人家，又有划拳行酒的吵嚷声音。同时停泊在吊脚楼下的一些船只，上面也有人在摆酒炒菜，把青菜萝卜之类，倒进滚热油锅里去时发出吵——的声音。河面已朦朦胧胧，看去好像只有一只白鸭在潭中浮着，也只剩一个人追着这只鸭子。

翠翠还是不离开码头，总相信祖父会来找她，同她一起回家。

吊脚楼上唱曲子声音热闹了一些，只听到下面船上有人说话，一个水手说："金亭，你听你那铺子陪川东庄客喝酒唱曲子，我赌个手指，说这是她的声音！"另一个水手就说："她陪他们喝酒唱曲子，心里可想我。她知道我在船上！"先前那一个又说："身体让别人玩着，心还想着你，你有什么凭据？"另一个说："有凭据。"于是这水手吹着唿哨，作出一个古怪的记号，一会儿，楼上歌声便停止了。歌声停止后，两个水手皆笑了。两人接着便说了些关于那个女人的一切，使用了不少粗鄙字眼，翠翠很不习惯把这种话听下去，但又不能走开。且听水手之一说，楼上妇人的爸爸是在棉花坡被人杀死的，一共杀了十七刀。翠翠心中那个古怪的想头，"爷爷死了呢？"便仍然占据到心里有一忽儿。

两个水手还正在谈话，潭中那只白鸭慢慢地向翠翠所在的码头边游来，翠翠想："再过来些我就捉住你！"于是静静地等着，但那鸭子将近岸边三丈远近时，却有个人笑着，喊那船上水手。原来水中还有个人，那人已把鸭子捉到手，却慢慢地"踹水"游近岸边的。船上人听到水面的喊声，在隐约里也喊道："二老，二老，你真干，你今天得了五只吧。"那水上人说："这家伙狡猾得很，现在可归我了。""你这时捉鸭子，将来捉女人，一定有同样的本领。"水上那一个不再说什么，手脚并用地拍着水傍了码头。湿淋淋地爬上岸时，翠翠身旁的黄狗，仿佛警问水中人似的，汪汪地叫了几声，那人方注意到翠翠。码头上已无别的人，那人问：

"是谁？"

"是翠翠！"

"翠翠又是谁？"

"是碧溪岨撑渡船的孙女。"

"你在这儿做什么？"

"我等我爷爷。我等他来好回家去。"

"等他来他可不会来，你爷爷一定到城里军营里喝了酒，醉倒后被人抬回去了！"

"他不会。他答应来，他就一定会来的。"

"这里等也不成。到我家里去，到那边点了灯的楼上去，等爷爷来找你好不好？"

翠翠误会邀她进屋里去那个人的好意，正记着水手说的妇人丑事，她以为那男子就是要她上有女人唱歌的楼上去，本来从不骂人，这时正因等候祖父太久了，心中焦急得很，听人要她上去，以为欺侮了她，就轻轻地说：

"你个悖时砍脑壳的！"

话虽轻轻的，那男的却听得出，且从声音上听得出翠翠年纪，便带笑说："怎么，你骂人！你不愿意上去，要呆在这儿，回头水里大鱼来咬了你，可不要叫喊！"

翠翠说："鱼咬了我也不管你的事。"

那黄狗好像明白翠翠被人欺侮了，又汪汪地吠起来。那男子把手中白鸭举起，向黄狗吓了一下，便走上河街去了。黄狗为了自己被欺侮还想追过去，翠翠便喊："狗，狗，你叫人也看人叫！"翠翠意思仿佛只在问给狗"那轻薄男子还不值得叫"，但男子听去的却是另外一种好意，男的以为是她要狗莫向好人叫，放肆地笑着，不见了。

又过了一阵，有人从河街拿了一个废缆做成的火炬，喊叫着翠翠的名字来找寻她，到身边时翠翠却不认识那个人。那人说老船夫回到家中，不能来接她，故搭了过渡人口信来，问翠翠要她即刻就回去。翠翠听说是祖父派来的，就同那人一起回家，让打火把的在前引路，黄狗时前时后，一同沿了城墙向渡口走去。翠翠一面走一面问那拿火把的人，是谁问他就知道她在河边。那人说是二老问他的，他是二老家里的伙计，送翠翠回家后还得回转河街。

翠翠说："二老他怎么知道我在河边？"

那人便笑着说："他从河里捉鸭子回来，在码头上见你，他说好意请你上家里坐坐，等候你爷爷，你还骂过他！"

翠翠带了点儿惊讶轻轻地问："二老是谁？"

那人也带了点儿惊讶说："二老你都不知道？就是我们河街上的傩送二老！就是岳云！他要我送你回去！"傩送二老在茶峒地方不是一个生疏的名字！

翠翠想起自己先前骂人那句话，心里又吃惊又害羞，再也不说什么，默默地随了那火把走去。

翻过了小山岨，望得见对溪家中火光时，那一方面也看见了翠翠方面的火把，老船夫即刻把船拉过来，一面拉船一面哑声儿喊问："翠翠，翠翠，是不是你？"翠翠不理会祖父，口中却轻轻地说："不是翠翠，不是翠翠，翠翠早被大河里鲤鱼吃去了。"翠翠上了船，二老派来的人，打着火把走了，祖父牵着船问："翠翠，你怎么不答应我，生我的气了吗？"

翠翠站在船头还是不作声。翠翠对祖父那一点儿埋怨，等到把船拉过了溪，一到了家中，看明白了醉倒的另一个老人后，就完事了。但另一件事，属于自己不关祖父的，却使翠翠沉默了一个夜晚。

【作者简介】

沈从文（1902 年 12 月 28 日—1988 年 5 月 10 日），原名沈岳焕，笔名休芸芸、甲辰、上官碧、璇若等，乳名茂林，字崇文，湖南省凤凰县人。祖父沈宏富是汉族，祖母刘氏是苗族，其母黄素英是土家族。1988 年 5 月 10 日，因心脏病猝发，在家中病逝，享年 86 岁。沈从文是现代著名作家、历史文物研究家。自 20 世纪 20 年代起就蜚声文坛，与诗人徐志摩、散文家周作人、杂文家鲁迅齐名。代表作有《边城》《长河》《中国古代服饰研究》等。

【文解】

《边城》发表于 1934 年，是沈从文的小说代表作。小说描写了山城茶峒码头团总的两个儿子天保和傩送与摆渡人的外孙女——纯情天真的少女翠翠的爱情故事，谱写了一曲充满爱和美的人性颂歌。作品中的一切都非常纯净自然：青年男女的情爱，祖孙父子的亲爱，人们相互之间的友爱，以及湘西边地风俗风景的迷人可爱……作者为读者创造的这一个诗意的自然环境与人类社会，就像世外桃源一样令人向往。作者讴歌这种具有原始野性的纯真朴实的人情美、人性美，无疑是对现代都市尔虞我诈和充满铜钱臭味的人生形态的否定与反抗，以此表达对重义轻财、重情轻利的完美人性和田园牧歌式生活的向往和追求。

【思考与练习】

1. 结合节选内容，谈谈《边城》的艺术特色。
2. 请分析主人公翠翠的人物形象。

围城（节选）

钱钟书

第三章（节选）

唐小姐跟苏小姐的来往也比从前减少了，可是方鸿渐迫于苏小姐的恩威并施，还不得不常向苏家走动。苏小姐只等他正式求爱，心里怪他太浮太慢。他只等机会向她声明并不爱她，恨自己心肠太软，没有快刀斩乱丝的勇气。他每到苏家一次，出来就懊悔这次多去了，话又多说了。他渐渐明白自己是个西洋人所谓"道义上的懦夫"，只怕唐小姐会看破了自己品格上的大弱点。一个星期六下午他请唐小姐喝了茶回家，看见桌子上赵辛楣明天请吃晚饭的帖子，大起惊慌，想这也许是他的订婚喜酒，那就糟了，苏小姐更要爱情专注在自己身上了。苏小姐打电话来问他收到请帖没有，说辛楣托她转邀，还叫他明天上午去谈谈。明天苏小姐见了面，说辛楣请他务必光临，大家叙叙，别无用意。他本想说辛楣怎会请到自己，这话在嘴边又缩回去了；他现在不愿再提起辛楣对自己的仇视，又加深苏小姐的误解。他改口问有没有旁的客人。苏小姐说，听说还有两个辛楣的朋友。鸿渐道："小胖子大诗人曹元朗是不是也请在里面？有他，菜也可以省一点；看见他那个四喜丸子的脸，人就饱了。"

"不会有他罢。辛楣不认识他，我知道辛楣跟你一对小心眼儿，见了他又要打架，我这儿可不是战场，所以我不让他们两人碰头。元朗这人顶有意思的，你全是偏见，你的心我想也偏在夹肢窝里。自从那一次后，我也不让你和元朗见面，免得冲突。"

鸿渐本想说："其实全没有关系。"可是在苏小姐抚爱的眼光下，这话不能出口。同时知道到苏家来朝参的又添了个曹元朗，心放了许多。苏小姐忽然问道："你看赵辛楣这人怎么样？"

"他本领比我大，仪表也很神气，将来一定得意。我看他倒是个理想的——呃——人。"

假如上帝赞美魔鬼，社会主义者歌颂小布尔乔亚，苏小姐听了也不会这样惊奇。她准备鸿渐嘲笑辛楣，自己主持公道，为辛楣辩护。她便冷笑道：“请客的饭还没到口呢，已经恭维主人了！他三天两天写信给我，信上的话我也不必说，可是每封信都说他失眠，看了讨厌！谁叫他失眠的，跟我有什么关系？我又不是医生！”苏小姐深知道他失眠跟自己大有关系，不必请教医生。

方鸿渐笑道：“《毛诗》说：‘窈窕淑女，寤寐求之；求之不得，寤寐思服。’他写这种信，是地道中国文化的表现。”

苏小姐瞪眼道：“人家可怜，没有你这样运气呀！你得福不知，只管口轻舌薄取笑人家，我不喜欢你这样。鸿渐，我希望你做人厚道些，以后我真要好好地劝劝你。”

鸿渐吓得哑口无言。苏小姐家里有事，跟他约晚上馆子里见面。他回到家整天闷闷不乐，觉得不能更延宕了，得赶快表明态度。

方鸿渐到馆子，那两个客人已经先在。一个躬背高额，大眼睛，苍白脸，戴夹鼻金丝眼镜，穿的西装袖口遮没手指，光光的脸，没胡子也没皱纹，而看来像个幼稚的老太婆或者上了年纪的小孩子。一个气概飞扬，鼻子直而高，侧望像脸上斜搁了一张梯，颈下打的领结饱满齐整得使方鸿渐绝望地企羡。辛楣见了鸿渐，热烈欢迎。彼此介绍之后，鸿渐才知道那位躬背的是哲学家褚慎明，另一位叫董斜川，原任捷克中国公使馆军事参赞，内调回国，尚未到部，善做旧诗，是个大才子。这位褚慎明原名褚家宝，成名以后嫌“家宝”这名字不合哲学家身份，据斯宾诺沙改名的先例，换成“慎明”，取“慎思明辩”的意思。他自小负神童之誉，但有人说他是神经病。他小学、中学、大学都不肯毕业，因为他觉得没有先生配教他考他。他最恨女人，眼睛近视得厉害而从来不肯配眼镜，因为怕看清楚了女人的脸，又常说人性里有天性跟兽性两部分，他自己全是天性。他常翻外国哲学杂志，查出世界大哲学家的通信处，写信给他们，说自己如何爱读他们的书，把哲学杂志书评栏里赞美他们著作的话，改头换面算自己的意见。外国哲学家是知识分子里最牢骚不平的人，专门的权威没有科学家那样高，通俗的名气没有文学家那样大，忽然几万里外有人写信恭维，不用说高兴得险地忘掉了哲学。他们理想中国是个不知怎样闭塞落伍的原始国家，而这个中国人信里说几句话，倒有分寸，便回信赞褚慎明是中国新哲学的创始人，还有送书给他的。不过褚慎明再写信去，就收不到多少复信，缘故是那些虚荣的老头子拿了他的第一封信向同行卖弄，不料彼此都收到他的这样一封信，彼此都是他认为“现代最伟大的哲学家”，不免扫兴生气了。褚慎明靠着三四十封这类回信，吓倒了无数人，有位爱才的阔官僚花一万金送他出洋。西洋大哲学家不回他信的只有柏格森；柏格森最怕陌生人去缠他，住址严守秘密，电话簿上都没有他的名字。褚慎明到了欧洲，用尽心思，写信到柏格森寓处约期拜访，谁知道原信退回，他从此对直觉主义痛心疾首。柏格森的敌人罗素肯敷衍中国人，请他喝过一次茶，他从此研究数理逻辑。他出洋时，为方便起见，不得不戴眼镜，对女人的态度逐渐改变。杜慎卿厌恶女人，跟她们隔三间屋还闻着她们的臭气，褚慎明要女人，所以鼻子同样的敏锐。他心里装满女人，研究数理逻辑的时候，看见 aposteriori 那个名词会联想到 posterior，看见×记号会联想到 kiss，亏得他没细读柏拉图的太米谒斯对话（Timaeus），否则他更要对着×记号出神。他正把那位送他出洋的大官僚讲中国人生观的著作翻成英文，每月到国立银行领一笔生活费过极闲适的日子。董斜川的父亲董沂孙是个老名士，虽在民国作官，而不忘前清。斜川才气甚好，跟着老子作旧诗。中国是出儒将的国家，不比法国有一两个提得起笔的将军，就要请进国家学院去高供着。斜川的将略跟一般儒将相去无几，而他的诗即使不是儒将作的，也算得好了。文能穷人，所以他官运不好，这对于士兵，倒未始非福。他作军事参赞，不去讲武，倒批评上司和同事们文理不通，因此内调。他回国不多几天，想另谋个事。

方鸿渐见董斜川像尊人物，又听赵辛楣说是名父之子，不胜倾倒，说："老太爷沂孙先生的诗，海内闻名。董先生不愧家学渊源，更难得是文武全才。"他自以为这算得恭维周到了。

董斜川道："我作的诗，路数跟家严不同。家严年轻时候的诗取径没有我现在这样高。他到如今还不脱黄仲则、龚定盦那些乾嘉人习气，我一开笔就作的同光体。"

方鸿渐不敢开口。赵辛楣向跑堂要了昨天开的菜单，予以最后审查。董斜川也向跑堂的要了一支秃笔，一方砚台，把茶几上的票子飞快地书写着。方鸿渐心里诧异。褚慎明危坐不说话，像内视着潜意识深处的趣事而微笑，比了他那神秘的笑容，蒙娜丽莎（Mona Lisa）的笑算不得什么一回事。鸿渐攀谈道："褚先生最近研究些什么哲学问题？"

褚慎明神色慌张，撇了鸿渐一眼，别转头叫赵辛楣道："老赵，苏小姐该来了。我这样等女人，生平是破例。"

辛楣把菜单给跑堂，回头正要答应，看见董斜川在写，忙说："斜川，你在干什么？"

董斜川头都不抬道："我在写诗。"

辛楣释然道："快多写几首，我虽不懂诗，最爱看你的诗。我那位朋友苏小姐，新诗作得非常好，对旧诗也很能欣赏。回头把你的诗给她看。"

斜川停笔，手指拍着前额，像追思什么句子，又继续写，一面说："新诗跟旧诗不能比！我那年在庐山跟我们那位老世伯陈散原先生聊天，偶尔谈起白话诗。老头子居然看过一两首新诗。他说还算徐志摩的诗有点意思，可是只相当于明初杨基那些人的境界，太可怜了。女人作诗，至多是第二流，鸟里面能唱的都是雄的，譬如鸡。"

辛楣大不服道："为什么外国人提起夜莺，总说它是雌的？"

褚慎明对雌雄性别，最有研究，冷冷道："夜莺雌的不会唱，会唱的是雄夜莺。"

说着，苏小姐来了。辛楣利用主人职权，当鸿渐的面向她专利地献殷勤。斜川一拉手后，正眼不瞧她，因为他承受老派名士对女人的态度，或者谑浪玩弄，这是对妓女的风流，或者眼观鼻，鼻观心，这是对朋友内眷的礼貌。褚哲学家害馋痨地看着苏小姐，大眼珠仿佛哲学家谢林的"绝对观念"，像"手枪里弹出的子药"，险的突破眼眶，迸碎眼镜。辛楣道："今天本来也请了董太太，董先生说她有事不能来。董太太是美人，一笔好中国画，跟我们这位斜川兄真是珠联璧合。"

斜川客观地批判说："内人长得相当漂亮，画也颇有家法。她画的《斜阳萧寺图》，在很多老辈的诗集里见得到题咏。她跟我到龙树寺，回家就画这个手卷，我老太爷题两首七绝，有两句最好：'贞元朝士今谁在，无限僧寮旧夕阳！'的确，老辈一天少似一天，人才好像每况愈下，'不须上溯康乾世，回首同光已惘然！'"说时摇头慨叹。

方鸿渐闻所未闻，甚感兴味。只奇怪这样一个英年洋派的人，何以口气活像遗少，也许是学同光体诗的缘故。辛楣请大家入席，为苏小姐杯子里斟满了法国葡萄汁，笑说：“这是专给你喝的，我们另有我们的酒。今天席上慎明兄是哲学家，你跟斜川兄都是诗人，方先生又是哲学家又是诗人，一身兼两长，更了不得。我一无所能，只会喝两口酒，方先生，我今天陪你喝它两斤酒，斜川兄也是洪量。”

方鸿渐吓得跳起来道：“谁讲我是哲学家和诗人？我更不会喝酒，简直滴酒不饮。”

辛楣按住酒壶，眼光向席上转道：“今天谁要客气推托，我们就罚他两杯，好不好？”

斜川道：“赞成！这样好酒，罚还是便宜。”

鸿渐拦不住道：“赵先生，我真不会喝酒，也给我葡萄汁，行不行？”

辛楣道：“哪有不会喝酒的留法学生？葡萄汁是小姐们喝的。慎明兄因为神经衰弱戒酒，是个例外。你别客气。”

斜川呵呵笑道：“你既不是文纨小姐的‘倾国倾城貌’，又不是慎明先生的‘多愁多病身’，我劝你还是‘有酒直须醉’罢。好，先干一杯，一杯不成，就半杯。”

苏小姐道：“鸿渐好像是不会喝酒——辛楣这样劝你，你就领情稍微喝一点罢。”辛楣听苏小姐护惜鸿渐，恨不得鸿渐杯里的酒滴滴都化成火油。他这愿望没实现，可是鸿渐喝一口，已觉一缕火线从舌尖伸延到胸膈间。慎明喝茶，酒杯还空着。跑堂拿上一大瓶巨耐牌A字牛奶，说已隔水温过。辛楣把瓶给慎明道：“你自斟自酌罢，我不跟你客气了。”慎明倒了一杯，尖着嘴唇尝了尝，说：“不凉不暖，正好。”然后从口袋里掏出个什么外国补药瓶子，数四粒丸药，搁在嘴里，喝一口牛奶咽下去。苏小姐道：“褚先生真知道养生！”慎明透口气道：“人没有这个身体，全是心灵，岂不更好；我并非保重身体，我只是哄乖了它，好不跟我捣乱——辛楣，这牛奶还新鲜。”

辛楣道：“我没哄你罢？我知道你的脾气，这瓶奶送到我家以后，我就搁在电气冰箱里冻着。你对新鲜牛奶这样认真，我有机会带你去见我们相熟的一位徐小姐，她开奶牛场，请她允许你每天凑着母牛的奶直接吸一个饱——今天的葡萄汁、酒、牛奶都是我带来的，没叫馆子里预备。文纨，吃完饭，我还有一匣东西给你。你爱吃的。”

苏小姐道：“什么东西？——哦，你又要害我头痛了。”

方鸿渐道：“我就不知道你爱吃什么东西，下次也可以买来孝敬你。”

辛楣又骄又妒道：“文纨，不要告诉他。”

苏小姐又为自己的嗜好抱歉道：“我在外国想吃广东鸭肫肝，不容易买到。去年回来，大哥买了给我吃，咬得我两太阳酸痛好几天。你又要来引诱我了。”

鸿渐道：“外国菜里从来没有鸡鸭肫肝，我在伦敦看见成箱的鸡鸭肫肝贱得一文不值，人家买了给猫吃。”

辛楣道：“英国人吃东西远比不上美国人花色多。不过，外国人的吃胆总是太小，不敢冒险，不像我们中国人什么肉都敢吃。并且他们的烧菜原则是‘调’，我们是‘烹’，所以他们的汤菜尤其不够味道。他们白煮鸡，烧了一滚，把汤丢了，只吃鸡肉，真是笑话。”

鸿渐道：“这还不算冤呢！茶叶初到外国，那些外国人常把整磅的茶叶放在一锅子水里，到水烧开，泼了水，加上胡椒和盐，专吃那叶子。”

大家都笑。斜川道："这跟樊樊山把鸡汤来沏龙井茶的笑话相同。我们这老世伯光绪初年做京官的时候，有人外国回来送给他一罐咖啡，他以为是鼻烟，把鼻孔里的皮都擦破了。他集子里有首诗讲这件事。"

鸿渐道："董先生不愧系出名门！今天听到不少掌故。"

慎明把夹鼻眼镜按一下，咳声嗽，说："方先生，你那时候问我什么一句话？"

鸿渐糊涂道："什么时候？"

"苏小姐还没来的时候，"——鸿渐记不起——"你好像问我研究什么哲学问题，对不对？"对这个照例的问题，褚慎明有个刻板的回答，那时候因为苏小姐还没来，所以他留到现在表演。

"对，对。"

"这句话严格分析起来，有点毛病。哲学家碰见问题，第一步研究问题：这成不成问题，不成问题的是假问题 pseudoqueation，不用解决，也不可解决。假使成问题呢，第二步研究解决：相传的解决正确不正确，要不要修正。你的意思恐怕不是问我研究什么问题，而是问我研究什么问题的解决。"

方鸿渐惊奇，董斜川厌倦，苏小姐迷惑，赵辛楣大声道："妙，妙，分析得真精细，了不得！了不得！鸿渐兄，你虽然研究哲学，今天也甘拜下风了，听了这样好的议论，大家得干一杯。"

鸿渐经不起辛楣苦劝，勉强喝了两口，说："辛楣兄，我只在哲学系混了一年，看了几本指定参考书，在褚先生前面只能虚心领教做学生。"

褚慎明道："岂敢，岂敢！听方先生的话好像把一个个哲学家为单位，来看他们的著作。这只算研究哲学家，至多是研究哲学史，算不得研究哲学。充乎其量，不过做个哲学教授，不能成为哲学家。我喜欢用自己的头脑，不喜欢用人家的头脑来思想。科学文学的书我都看，可是非万不得已决不看哲学书。现在许多号称哲学家的人，并非真研究哲学，只研究些哲学上的人物文献。严格讲起来，他们不该叫哲学家 philosophers，该叫'哲学家学家'philophilosophers。"

鸿渐说："philophilosophers 这个字很妙，是不是先生用自己头脑想出来的？"

"这个字是有人在什么书上看见了告诉 Bertie，Bertie 告诉我的。"

"谁是 Bertie？"

"就是罗素了。"

世界有名的哲学家，新袭勋爵，而褚慎明跟他亲狎得叫他乳名，连董斜川都羡服了，便说："你跟罗素很熟？"

"还够得上朋友，承他瞧得起，请我帮他解答许多问题。"天知道褚慎明并没吹牛，罗素确问过他什么时候到英国、有什么计划、茶里要搁几块糖这一类非他自己不能解决的问题——"方先生，你对数理逻辑用过功没有？"

"我知道这东西太难了，从没学过。"

"这话有语病，你没学过，怎会'知道'它难呢？你的意思是：'听说这东西太难了。'"

辛楣正要说"鸿渐兄输了，罚一杯"，苏小姐为鸿渐不服气道："褚先生可真精明厉害哪！吓得我口都不敢开了。"

慎明说：“不开口没有用，心里的思想照样的混乱不合逻辑，这病根还没有去掉。”

苏小姐撅嘴道：“你太可怕了！我们心里的自由你都要剥夺了。我瞧你就没本领钻到人心里去。”

褚慎明有生以来，美貌少女跟他讲“心”，今天是第一次。他非常激动，夹鼻眼镜泼剌一声直掉在牛奶杯子里，溅得衣服上桌布上都是奶，苏小姐胳膊上也沾润了几滴。大家忍不住笑。赵辛楣捺电铃叫跑堂来收拾。苏小姐不敢皱眉，轻快地拿手帕抹去手臂上的飞沫。褚慎明红着脸，把眼镜擦干，幸而没破，可是他不肯戴上，怕看清了大家脸上逗留的余笑。

董斜川道：“好，好，虽然‘马前泼水’，居然‘破镜重圆’，慎明兄将来的婚姻一定离合悲欢，大有可观。”

辛楣道：“大家干一杯，预敬我们大哲学家未来的好太太。方先生，半杯也喝半杯。”——辛楣不知道大哲学家从来没有娶过好太太，苏格拉底的太太就是泼妇，褚慎明的好朋友罗素也离了好几次婚。

鸿渐果然说道：“希望褚先生别像罗素那样的三四次离婚。”

慎明板着脸道：“这就是你所学的哲学！”苏小姐道：“鸿渐，我看你醉了，眼睛都红了。”斜川笑得前仰后合。辛楣嚷道：“岂有此理！说这种话非罚一杯不可！”本来敬一杯，鸿渐只需喝一两口，现在罚一杯，鸿渐自知理屈，挨了下去，渐渐觉得另有一个自己离开了身子在说话。

慎明道：“关于 Bertie 结婚离婚的事，我也和他谈过。他引一句英国古话，说结婚仿佛金漆的鸟笼，笼子外面的鸟想住进去，笼内的鸟想飞出来；所以结而离，离而结，没有了局。”

苏小姐道：“法国也有这么一句话。不过，不说是鸟笼，说是被围困的城堡 fortresse assiegee，城外的人想冲进去，城里的人想逃出来。鸿渐，是不是？”鸿渐摇头表示不知道。

辛楣道：“这不用问，你还会错吗！”

慎明道：“不管它鸟笼罢，围城罢，像我这种一切超脱的人是不怕被围困的。”

鸿渐给酒摆布得失掉自制力道：“反正你会摆空城计。”结果他又给辛楣罚了半杯酒，苏小姐警告他不要多说话。斜川像在寻思什么，忽然说道：“是了，是了。中国哲学家里，王阳明是怕老婆的。”——这是他今天第一次没有叫“老世伯”的人。

辛楣抢说：“还有什么人没有？方先生，你说，你念过中国文学的。”

鸿渐忙说：“那是从前的事，根本没有念通。”辛楣欣然对苏小姐做个眼色，苏小姐忽然变得很笨，视若无睹。

“大学里教你国文的是些什么人？”斜川不兴趣地问。

鸿渐追想他的国文先生都叫不响，不比罗素、陈散原这些名字，像一支上等哈瓦那雪茄烟，可以挂在口边卖弄，便说：“全是些无名小子，可是教我们这种不通的学生，已经太好了。斜川兄，我对诗词真的一窍不通，叫我作呢，一个字都作不出。”苏小姐嫌鸿渐太没面子，心痒痒地要为他挽回体面。

斜川冷笑道：“看的是不是燕子龕、人境庐两家的诗？”

“为什么？”

“这是普通留学生所能欣赏的二毛子旧诗。东洋留学生捧苏曼殊，西洋留学生捧黄公度。留学生不知道苏东坡，黄山谷，心目间只有这一对苏黄。我没说错罢？还是黄公度好些，苏曼殊诗里的日本味儿，浓得就像日本女人头发上的油气。”

苏小姐道：“我也是个普通留学生，就不知道近代的旧诗谁算顶好。董先生讲点给我们听听。”

“当然是陈散原第一。这五六百年来，算他最高。我常说唐以后的大诗人可以把地理名字来概括，叫‘陵谷山原’。三陵：杜少陵，王广陵——知道这个人么？——梅宛陵；二谷：李昌谷，黄山谷；四山：李义山，王半山，陈后山，元遗山；可是只有一原，陈散原。”说时，翘着左手大拇指。鸿渐懦怯地问道：“不能添个‘坡’字么？”

“苏东坡，他差一点。”

鸿渐咋舌不下，想苏东坡的诗还不入他法眼，这人作的诗不知怎样好法，便问他要刚才写的诗来看。苏小姐知道斜川写了诗，也向他讨，因为只有作旧诗的人敢说不看新诗，作新诗的人从不肯说不懂旧诗的。斜川把四五张纸，分发同席，傲然靠在椅背上，但觉得这些人都不懂诗，决不能领略他句法的妙处，就是赞美也不会亲切中肯。这时候，他等待他们的恭维，同时知道这恭维不会满足自己，仿佛鸦片瘾发的时候只找到一包香烟的心理。纸上写着七八首近体诗，格调很老成。辞军事参赞回国那首诗有：“好赋归来看妇靥，大惭名字止儿啼”；愤慨中日战事的诗有：“直疑天似醉，欲与日偕亡”；此外还有“清风不必一钱买，快雨端宜万户封”，“石齿漱寒濑，松涛泻夕风”，“未许避人思避世，独扶残醉赏残花”。可是有几句像“泼眼空明供睡鸭，蟠胸秘怪媚潜虬”，“数子提携寻旧迹，哀芦苦竹照凄悲”，“秋气身轻一雁过，鬓丝摇影万鸦窥”，意思非常晦涩。鸿渐没读过《散原精舍诗》，还竭力思索这些字句的来源。他想芦竹并没起火，照东西不甚可能，何况“凄悲”是探海灯都照不见的。“数子”明明指朋友并非小孩子，朋友怎可以“提携”？一万只乌鸦看中诗人几根白头发，难道“乱发如鸦窠”，要宿在他头上？心里疑惑，不敢发问，怕斜川笑自己外行人不懂。

大家照例称好，斜川客气地淡漠，仿佛领袖受民众欢迎时的表情。辛楣对鸿渐道：“你也写几首出来，让我们开开眼界。”鸿渐极口说不会作诗。斜川说鸿渐真的不会作诗，倒不必勉强。辛楣道：“大家喝一大杯，把斜川兄的好诗下酒。”鸿渐要喉舌两关不留难这口酒，溜税似的直咽下去，只觉胃里的东西给这口酒激得要冒上来，好比已塞的抽水马桶又经人抽一下水的景象。忙搁下杯子，咬紧牙齿，用坚强的意志压住这阵泛溢。

苏小姐道：“我没见过董太太，可是我想象得出董太太的美。董先生的诗‘好赋归来看妇靥’，活画出董太太的可爱的笑容，两个深酒涡。”

赵辛楣道：“斜川有了好太太不够，还在诗里招摇，我们这些光杆看了真眼红。”说时，仗着酒勇，涎着脸看苏小姐。

褚慎明道：“酒涡生在他太太脸上，只有他一个人看，现在写进诗里，我们都可以仔细看个饱了。”

斜川生气不好发作，板着脸说：“跟你们这种不通的人，根本不必谈诗。我这一联是用的两个典，上句梅圣俞，下句杨大眼，你们不知道出处，就不要穿凿附会。”

辛楣一壁斟酒道：“抱歉抱歉！我们罚自己一杯。方先生，你应该知道出典，你不比我们呀！为什么也一窍不通？你罚两杯，来！”

鸿渐生气道：“你这人不讲理，为什么我比你们应当知道？”

苏小姐因为斜川骂“不通”，有自己在内，甚为不快，说：“我也是一窍不通的，可是我不喝这杯罚酒。”

辛楣已有醉意，不受苏小姐约束道：“你可以不罚，他至少也得还喝一杯，我陪他。”说时，把鸿渐杯子里的酒斟满了，拿起自己的杯子来一饮而尽，向鸿渐照着。

鸿渐毅然道：“我喝完这杯，此外你杀我头也不喝了。”举酒杯直着喉咙灌下去，灌完了，把杯子向辛楣一扬道：“照——”他“杯”字没出口，紧闭嘴，连跌带撞赶到痰盂边，“哇”的一声，菜跟酒冲口而出，想不到肚子里有那些呕不完的东西，只吐得上气不接下气，鼻涕眼泪胃汁都赔了。心里只想：“大丢脸！亏得唐小姐不在这儿。”胃里呕清了，恶心不止，傍茶几坐下，抬不起头，衣服上都溅满脏沫。苏小姐要走近身，他疲竭地做手势阻止她。辛楣在他吐得厉害时，为他敲背，斜川叫跑堂收拾地下，拿手巾，自己先倒杯茶给他漱口。褚慎明掩鼻把窗子全打开，满脸鄙厌，可是心上高兴，觉得自己泼的牛奶，给鸿渐的呕吐在同席的记忆里冲掉了。

斜川看鸿渐好了些，笑说：“‘凭阑一吐，不觉箜篌’，怎么饭没吃完，已经忙着还席了！没有关系，以后拼着吐几次，就学会喝酒了。”

辛楣道：“酒，证明真的不会喝了。希望诗不是真的不会作，哲学不是真的不懂。”

苏小姐发恨道：“还说风凉话呢！全是你不好，把他灌到这样，明天他真生了病，瞧你做主人的有什么脸见人？——鸿渐，你现在觉得怎么样？”把手指按鸿渐的前额，看得辛楣悔不曾学过内功拳术，为鸿渐敲背的时候，使他受致命伤。

鸿渐头闪开说：“没有什么，就是头有点痛。辛楣兄，今天真对不住你，各位也给我搅得扫兴，请继续吃罢。我想先回家去了，过天到辛楣兄府上来谢罪。”

【作者简介】

钱钟书（1910 年—1998 年），1910 年 11 月 21 日出生于江苏无锡，原名仰先，字哲良，后改名钟书，字默存，号槐聚，曾用笔名中书君，中国现代作家、文学研究家。1929 年，考入清华大学外文系。1932 年，在清华大学古月堂前结识杨绛。1937 年，以《十七十八世纪英国文学中的中国》一文获牛津大学学士学位。1941 年，完成《谈艺录》《写在人生边上》的写作。1947 年，长篇小说《围城》由上海晨光出版公司出版。1958 年创作的《宋诗选注》，列入中国古典文学读本丛书。1972 年 3 月，六十二岁的钱钟书开始写作《管锥篇》。1976 年，由钱钟书参与翻译的《毛泽东诗词》英译本出版。1982 年，创作的《管锥编增订》出版。1998 年 12 月 19 日上午 7 时 38 分，钱钟书先生因病在北京逝世，享年 88 岁。

【文解】

《围城》是现代中国上层知识分子的众生相。小说以喜剧性的讽刺笔调，通过方鸿渐与几位知识女性的情感、婚恋纠葛，以及方鸿渐由上海到内地的一路遭遇，刻画了抗战环境下中国一部分知识分子的彷徨和空虚。作者借小说人物之口解释“围城”

的题义说：这是从法国的一句成语中引申而来的，即“被围困的城堡”。“城外的人想冲进去，城里的人想逃出来。”小说的基本情节是知识界青年男女在爱情纠葛中的围困与逃离，而在更深的层次上，则是表现一部分知识者陷入精神“围城”的境遇。《围城》表现出了对世态人情的精微观察与高超的心理描写艺术。作者刻画才女型人物苏文纨的矜持与矫情，小家碧玉式的孙柔嘉柔顺后面深隐的城府，可谓洞幽烛微；而对嘴上机敏而内心怯弱、不无见识而又毫无作为的方鸿渐的复杂性格心态的剖析，则更是入木三分。《围城》的讽刺艺术、喜剧情调也是独具一格。

【思考与练习】

1.“围在城里的人想逃出来，城外的人想冲进去，婚姻也罢，事业也罢，人生的欲望大都如此”是对《围城》书名的解释。请谈谈你对这句话的理解。

2. 结合作品，请简要分析作品的艺术特色。

倾城之恋（节选）

张爱玲

10

到了家，推开了虚掩着的门，拍着膀翅飞出一群鸽子来。穿堂里满积着灰尘与鸽粪。流苏走到楼梯口，不禁叫了一声“哎呀。”二层楼上歪歪斜斜大张口躺着她新置的箱笼，也有两只顺着楼梯滚了下来，梯脚便淹没在绫罗绸缎的洪流里。流苏弯下腰来，捡起一件蜜合色衬绒旗袍，却不是她自己的东西，满是汗垢、香烟洞与贱价的香水气味。她又发现了许多陌生女人的用品，破杂志，开了盖的罐头荔枝，淋淋漓漓流着残汁，混在她的衣服一堆。这屋子里驻过兵么？——带有女人的英国兵？去得仿佛很仓促。挨户洗劫的本地的贫民，多半没有光顾过，不然，也不会留下这一切。柳原帮着她大声唤阿栗。末一只灰背鸽，斜刺里穿出来，掠过门洞子里的黄色的阳光，飞了出去。

阿栗是不知去向了。然而屋子里的主人们，少了她也还得活下去。他们来不及整顿房屋，先去张罗吃的，费了许多事，用高价买进一袋米。煤气的供给幸而没有断，自来水却没有。柳原提了铅桶到山里去汲了一桶泉水，煮起饭来。以后他们每天只顾忙着吃喝与打扫房间。柳原各样粗活都来得，扫地、拖地板、帮着流苏拧较沉重的褥单。流苏初次上灶做菜，居然带点家乡风味。因为柳原忘不了马来菜，她又学会了做油炸“沙袋”、咖哩鱼。他们对于饭食上虽然感到空前的兴趣，还是极力地撙节着。柳原身边的港币带得不多，一有了船，他们还得设法回上海。

在劫后的香港住下去究竟不是长久之计。白天这么忙忙碌碌也就混了过去。一到晚上，在那死的城市里，没有灯，没有人声，只有那莽莽的寒风，三个不同的音阶，“喔……呵……呜……”无穷无尽地叫唤着，这个歇了，那个又渐渐响了，三条骈行的灰色的龙，一直线地往前飞，龙身无限制地延长下去，看不见尾。“喔……呵……呜……”叫唤到后来，索性连苍龙也没有了，只是一条虚无的气，真空的桥梁，通入黑暗，通入虚空的虚空。这里是什么都完了。剩下点断堵颓垣，失去记忆力的文明人在黄昏中跌跌跄跄摸来摸去，像是找着点什么，其实是什么都完了。

流苏拥被坐着，听着那悲凉的风。她确实知道浅水湾附近，灰砖砌的那一面墙，一定还屹然站在那里。风停了下来，像三条灰色的龙，蟠在墙头，月光中闪着银鳞。她仿佛做梦似的，又来到墙根下，迎面来了柳原，她终于遇见了柳原……在这动荡的世界里，钱财、地产、天长地久的一切，全不可靠了。靠得住的只有她腔子里的这口气，还有睡在她身边的这个人。她突然爬到柳原身边，隔着他的棉被，拥抱着他。他从被窝里伸出手来握住她的手。他们把彼此看得透明透亮。仅仅是一刹那的彻底的谅解，然而这一刹那够他们在一起和谐地活个十年八年。

他不过是一个自私的男子，她不过是一个自私的女人。在这兵荒马乱的时代，个人主义者是无处容身的，可是总有地方容得下一对平凡的夫妻。

有一天，他们在街上买菜，碰着萨黑荑妮公主。萨黑荑妮黄着脸，把蓬松的辫子胡乱编了个麻花髻，身上不知从哪里借来一件青布棉袍穿着，脚下却依旧趿着印度式七宝嵌花纹皮拖鞋。她同他们热烈地握手，问他们现在住在哪里，急欲看看他们的新屋子。又注意到流苏的篮子里有去了壳的小蚝，愿意跟流苏学习烧制清蒸蚝汤。柳原顺口邀了她来吃便饭，她很高兴地跟了他们一同回去。她的英国人进了集中营，她现在住在一个熟识的、常常为她当点小差的印度巡捕家里。她有许久没有吃饱过。她唤流苏“白小姐”，柳原笑道：“这是我太太。你该向我道喜呢！”萨黑荑妮道：“真的么？你们几时结婚的？”柳原耸耸肩道：“就在中国报上登了个启事，你知道，战争期间的婚姻，总是潦草的……”流苏没听懂他们的话。萨黑荑妮吻了他又吻了她。然而他们的饭菜毕竟是很寒苦，而且柳原声明他们也难得吃一次蚝汤。萨黑荑妮从此没有再上门过。

当天他们送她出去，流苏站在门槛上，柳原立在她身后，把手掌合在她的手掌上，笑道：“我说，我们几时结婚呢？”流苏听了，一句话也没有，只低下了头，落下泪来。柳原拉住她的手道：“来来，我们今天就到报馆里去登报启事，不过你也许愿意候些时，等我们回到上海，大张旗鼓的排场一下，请请亲戚们。”流苏道：“呸！他们也配！”说着，嗤地笑了出来，往后顺势一倒，靠在他身上。柳原伸手到前面去羞她的脸道：“又是哭，又是笑！”

两人一同走进城去，走到一个峰回路转的地方，马路突然下泻，眼前只是一片空灵——淡墨色的，潮湿的天。小铁门口挑出一块洋磁招牌，写的是“赵祥庆牙医”。风吹得招牌上的铁钩子吱吱响，招牌背后只是那空灵的天。

柳原歇下脚来望了半晌，感到那平淡中的恐怖，突然打起寒战来，向流苏道：“现在你可该相信了‘死生契阔’，我们自己哪儿做得了主？轰炸的时候，一个不巧——”流苏嗔道：“到了这个时候，你还说做不了主的话！”柳原笑道：“我并不是打退堂鼓，我的意思是——”他看了看她的脸色，笑道：“不说了，不说了。”他们继续走路，柳原又道：“鬼使神差的，我们倒真的恋爱起来了。”流苏道：“你早就说过你爱我。”柳原笑道：“那不算。我们那时候太忙着谈恋爱了，哪里还有工夫恋爱？”

结婚启事在报上刊出了，徐先生徐太太赶了来道喜，流苏因为他们在围城中自顾自搬到安全地带去，不管她的死活，心中有三分不快，然而也只得笑脸相迎。柳原办了酒菜，补请了一次客。不久，港沪之间恢复了交通，他们便回上海来了。

白公馆里流苏只回去过一次，只怕人多嘴多，惹出是非来。然而麻烦是免不了的，四奶奶决定和四爷进行离婚，众人背后都派流苏的不是。流苏离了婚再嫁，竟有这样惊人的成就，难怪旁人要学她的榜样。流苏蹲在灯影里点蚊香。想到四奶奶，她微笑了。

柳原现在从来不跟她闹着玩了，他把他的俏皮话省下来说给旁的女人听。那是值得庆幸的好现象，表示他完全把她当作自家人看待——名正言顺的妻，然而流苏还是有点怅惘。

香港的陷落成全了她。但是在这不可理喻的世界里，谁知道什么是因，什么是果？谁知道呢？也许就因为要成全她，一个大都市倾覆了。成千上万的人死去，成千上万的人痛苦着，跟着是惊天动地的大改革……流苏并不觉得她在历史上的地位有什么微妙之点。她只是笑吟吟地站起身来，将蚊香盘踢到桌子底下去。

传奇里的倾国倾城的人大抵如此。

11

到处都是传奇，可不见得有这么圆满的收场。胡琴咿咿哑哑拉着，在万盏灯的夜晚，拉过来又拉过去，说不尽的苍凉的故事——不问也罢！

【作者简介】

张爱玲，中国现代著名作家，曾用笔名梁京。原名张煐，原籍河北省唐山市，1920年9月30日出生于上海，1973年定居洛杉矶，1995年9月8日病逝，享年75岁，骨灰后被撒入太平洋。张爱玲善用比喻、反讽、意象和象征等手法，新旧交织；风格基调冷静苍凉，作品主题多描写凡夫俗子的悲欢离合，通俗易懂，雅俗共赏。作品主要有小说、散文、电影剧本以及文学论著，她的书信也被人们作为著作的一部分加以研究。代表性的小说有《金锁记》《倾城之恋》《沉香屑・第一炉香》等。主要作品集：小说集《传奇》；散文集《流言》等。

【文解】

《倾城之恋》讲述了一个既庸俗又浪漫的故事。婚姻失败、丈夫早死、在娘家过着忍气吞声生活的上海女子白流苏认识了从外国回来的纨绔子弟范柳原。白流苏在毫无把握的感情中奋力挣扎。最后，香港的一场战争成就了他们的爱情。战争中，本无结婚打算的范柳原和白流苏结了婚。范柳原虽然结了婚，转向了平实的生活，但是并没有完全放弃往日的生活习惯与作风。而从腐旧的家庭里走出来的白流苏，香港之战的洗礼也并不曾将她感化成为革命女性。在这里，张爱玲摒弃革命小说的传统模式，以一个女性作家独特的敏锐力与洞察力，对女性的人生和命运进行了自己的独特思考。

【思考与练习】

1. 张爱玲小说《倾城之恋》里出现了两次墙的描写分别有什么象征意义？
2. 张爱玲小说的女性有什么特点？

长恨歌（节选）

王安忆

第一部

11．三小姐

导演的话，王琦瑶如风过耳，而与吴佩珍见面，她却有回不去的感觉。可这更使她义无反顾，为的是尽快将茫然的前途明确下来，好偿还代价似的。此时此地，代价是未明的代价，前途是未明的前途，王琦瑶的心却是平静的。她本就是个少想多做的人，不过是受了境遇的影响，生出些感时伤怀，这其实都是赘物一样无用的东西，平添负担的，王琦瑶出于上进的本能，将它们排除了出去。通过复选，进入决赛，似乎是在意想之中，她并没有多少意外的喜悦，就好像决赛的资格不是别人给她的，而是她自己给自己的。她不再相信奇迹，只相信自己。每一个进入决赛的小姐，都是以为理所当然。这竞争一轮又一轮的，早已把侥幸的心理消除干净，余下的都是谋事在人，成事也在人。这也是上海的小姐同其他小姐的不同之处，她们是主动权在握，相信人的力量。说起来，进入决赛也已是大半个成功，是大半个名人。有上海的老店名店主动上门来给王琦瑶免费做衣服的。在发表决赛名单的同时，也公布决赛时小姐们将三次出场，第一次是旗袍装，第二次是西洋装，第三次是结婚礼服。穿上结婚礼服出场就好像小姐们都要出阁似的，于是社会上一时盛传这些小姐都已经名花有主，谁对谁也有名有姓。决赛之前的日子，蒋家闭门谢客，只程先生例外，他是她们与外界的联络。所以，她们人在家中坐，却知天下事的。

王琦瑶和蒋丽莉母女，再加上程先生，四人着重商量的，是这三次出场的服装问题。程先生认为把结婚礼服放在压轴的位置，是有真见识的。因为结婚礼服总是大同小异，照相馆橱窗里摆着的新娘照片，都像是同一个人似的，是个大俗；而结婚礼服又是最圣洁高贵，是服装之最，是个大雅，就看谁能一领结婚礼服的精髓，这次出场是带有些烈火真金的意思了。她们三人听程先生说话都听出了神，这女人的衣服穿在她们身上，心倒好像长在程先生体内，他全懂得。程先生接着说，对这结婚礼服，虽是有些无从着手，却也并非一无所措，可做的至少有两点：第一，就是利用对比，让第一次和第二次出场给第三次开辟道路，做一个烘托，结婚礼服不是白吗？就先给个姹紫嫣红；结婚礼服不是纯吗？就先给个缤纷五彩；结婚礼服不是天上仙境吗？就先给个人间冷暖，把前边的文章做足，轰轰烈烈，然后却是个空谷回声；这就是第二点，王琦瑶要穿最简单的结婚礼服，最常见的，照相馆橱窗里的新娘的那种，是退到底的意思，其间的距离越拉开，效果就越强烈，难的是前两套服装是个什么繁荣热闹法，这就要听你们女士的意思了。这时候，她们三个哪敢有什么意见，心里只有惭愧，做女人的要领全叫一个男人得去了，很失职的。倒是王琦瑶还剩几分主见，说是受程先生启发，她便决定穿一身红和一身翠，好去领出那身白。程先生一听便知她已明白自己的意思，只是在红和翠的具体颜色上有一些分歧。他说，红和翠自然是颜色的顶了，可是却要看在什么地方，王琦瑶好看是不露声色的美，要静心仔细地去品的，而红和翠却是果断的颜色，容不得人细想，人的目光反是仓促行事的；它们的浓烈也会误事，把王琦瑶的淡盖住了不说，还叫这淡化解了的，浓烈也浓烈不到极处了，倘若退一步的颜色，有些谦让的，能同王琦瑶互相照顾，你呼我应，携起手来，齐心协力的，兴许倒可达到浓烈的效果。所以，他建议红是粉红，和王琦瑶的妩媚，做成一个娇嫩的艳；绿是苹果绿，虽然有些乡气，可如是西洋的式样，也盖过了，苹果绿和王琦瑶的清新，可成就一个活泼的艳。说到此处，她们三人便只有听的份，再开不得口了。三次出场和装束就这样定了下来。

这时，社会已经风传“上海小姐”的三名位置已经全被人买下，一是某大老板的千金，二是某军政界要人的情妇，三是某交际花，名扬沪上的。虽是风传，小报上却登出了讽刺小品，说是评“上海小姐”却评出了“上海夫人”。接着又有文章调侃，把“上海夫人”这谁称解释出人皆可夫的意思。第三篇则是辟谣，说“上海小姐”的评选是投票的方式，不存在花钱买这一说。第四篇文章就专门反驳辟谣者，说它是此地无银三百两，人家说买的就是选票，国民政府的官、抗日的民族义士称号都可以买得，“上海小姐”又有什么买不得？这话其实是含沙射影，指的是重庆接收大员的受贿。几张报纸你来我往，硝烟渐起的样子，算是为决赛造了一场别致的声势，也使竞选的空气加倍地紧张起来。

程先生出入蒋家越发频繁，早来晚去的，也是临战的气氛。裁缝请进门就再没离去过，三餐一宿地侍奉，好比贵客，同时又是伙计，是有几个师傅监工的。程先生自然是为首，蒋丽莉算一个，她母亲也算一个。再有王琦瑶，鸡蛋里挑骨头，一个针脚不许错。她挑剔着这些，心里是有些委屈的，难道这就是她的人生吗？那么微乎其微的，又是角角落落的心思都用尽的样子。她明知那裁缝的活是好得没法再好的，却有意找茬地说不好，看着裁缝为难，自己的委屈非但没减少，还加了些为人家的。粉红旗袍缎子上的绣花，却是温暖着她的心，那细针密线，绣的都是她的希望，滚边滚的也是希望，看着会掉泪，即使事情不成也不怪它的。苹果绿的洋装的裙裥，则要洒脱得多，开司米的面料把光收进去，沉下去，稳住了心的。结婚礼服的白可是百感交集，有千万句话要说，终还是哑口无言，其实最是你知我知，天知地知，是善解里的善解。这些衣服，都是要与她共赴前程的，是她孤独中的伴侣。她与它们是有肌肤之亲，是心贴心。这也是有些叫人委屈的，临到头谁也帮不上忙，只撇下她自己似的。临近决赛的日子，住在人家家里是叫人委屈，报纸传播的谣言更叫人委屈，蒋家母女和程先生待她的好是委屈加委屈。这些委屈都是憋在心里，看上去依然如故，谁也看不出来，都照着自己的意思奔忙和着急，难免有些乱的，王琦瑶反倒是乱中的一个镇定。在小报的笔仗，衣料的粉红嫩绿，还有包在心里的委屈中，决赛的那一日，一分一秒地来临了。

投票的方式也是艳情手笔，有万种风流。台前一排花篮，系着各小姐的芳名，有意于哪一位，便将手中的康乃馨投进哪一位的花篮。康乃馨有红色和白色两种，摆满了前厅，一百元钱一朵，卖花得的钱，捐给河南的灾民。这城市所有的康乃馨都集中到了新仙林花园的前厅，康乃馨的舞池似的。红和白都是风情的颜色，花香更是风情。这一天的晚上，连天上的星星都变成了康乃馨，也在向人间撒播风情。这晚上的灯啊！真是了不得，都在诉说衷肠，人心荡漾得没法说。灯下的梧桐，也是有衷肠的，只是不说。车水马龙是啦啦队一样鼓动，川流不息的，不让人消停。这城市的劲头，足得了不得，不知人事不知愁的，立志将世上的快乐都享尽。新仙林门前的灯是起雾的，厅里的康乃馨也是起雾的，而且漫了出来，聚起一层云，新闻记者的闪光灯，是云里的雷电，顷刻之间，酿成一场风流雨。小姐们的轿车来了，一辆辆的，出轿车的一幕是最初的亮相。人们目不暇接的，胡乱喝着彩，掀起了第一个高潮。这时候，好像有五彩的小雨，缤纷乱舞，披了人的一身，小姐们惊鸿一瞥，倏忽而去。新仙林前人头济济，是自觉自愿的龙套演员，烘托气氛的。厅里排着长队买康乃馨，那康乃馨摘了还会长似的，怎么卖也不见少，转眼间，人人手里都有一束，厅里还是康乃馨的舞池。今天就像是康乃馨的晚会。是它们聚首的日子，盛开得格外娇艳，心花怒放的样子。这情景可真美啊！这繁华是可有四十年不散的余音，四十年的入梦。

决赛是载歌载舞的，小姐的三次出场被歌唱、舞蹈和京剧的节目隔开来，每一次出场都有声色作引子。在歌、舞、剧的热闹中间，她们的出场有偃旗息鼓，敛声屏息的意思，是要全盘抓住注意力，打不得马虎眼的。在歌、舞、剧的各自谢幕之后，便也产生了舞后、歌后和京剧皇后，每一个皇后都是为她们出场开道的，她们便是皇后的皇后。是何等的光荣在等着她们，天大地大的光荣将在此刻决定，这又是何样的时刻呢？台前的花篮渐渐地有了花，一朵两朵，三朵四朵，是真心真意，也是悉心悉意。篮里的花无意间为王琦瑶作了点缀。康乃馨的红和白，是专为衬托她的粉红和苹果绿来的，要不，这两种艳是有些分量不足，有些要飘起来，散开去的，这红和白全为它们压了底。王琦瑶在红白两色的康乃馨中间，就像是花的蕊，真是娇媚无比。她不是舞台上的焦点那样将目光收拢，她不是强取豪夺式的，而是一点一滴，收割过的麦地里拾麦穗的，是好言好语有商量的，她像是和你谈心似的，争取着你的同情。她的花篮里也有了花，这花不是如雨如瀑的，却一朵一朵没有间断，细水长流的，竟也聚起了一篮。王琦瑶不是台上最美最耀目的一个，却是最有人缘的一个，三次出场像是专为她着想，给她时间让人认识，记进心里。她一次比一次有轰动，最后一次则已收揽了夺魁的希望。

白色的婚服终于出场了，康乃馨里白色的一种退进底色，红色的一种跃然而出，跳上了她的白纱裙。王琦瑶没有做“上海小姐”的皇后，就先做了康乃馨的皇后。她的婚服是最简单最普通的一种，是其他婚服的争奇斗艳中的一个退让。别人都是婚礼的表演，婚服的模特儿，只有她是新娘。这一次出场，是满台的堆纱叠给，只一个有血有肉的，那就是王琦瑶。她有娇有羞，连出阁的一份怨也有的。这是最后的出场。所有的争取都到了头，希望也到了头，所有所有的用心和努力，都到了终了。这一刻的辉煌是有着伤逝之痛，能见明日的落花流水。王琦瑶穿上这婚纱真是有体己的心情，婚服和她都是带有最后的意思，有点喜，有点悲，还有点委屈。这套出场的服装，也是专为王琦瑶规定的，好像知道王琦瑶的心。穿婚服的王琦瑶有着悲剧感，低回慢转都在作着告别，这不是单纯的美人，而是情景中人。投向王琦瑶篮里的花朵带着点小雨的意思了，王琦瑶都来不及去看，她眼前一片综乱，心里也一片混乱，她是孤立无援，又束手待毙，想使劲也不知往何处使的，只有身上的婚服，与她相依为命。她简直是要流泪的，为不可知的命运。她想起那一次在片厂，开表拉前的一瞬，也是这样的境地，甚至连装束也是一样，都是婚服，那天一身红，今天一身白，这预兆着什么呢？也许穿上婚服就是一场空，婚服其实是丧服！王琦瑶的心已经灰了一半，泪水蒙住眼睛。在这最后的时刻，剧场里好像下了一场康乃馨的雨，看不清谁投谁，也有投错花篮的。这是顶点，接下去便胜负有别、悲喜参半了。所有的小姐都伫立着，飞扬的沉落下来，康乃馨的雨也停了，音乐也止了，连心都是止的，是梦的将醒未醒时分。

这一刻是何等的静啊，甚至听见小街上卖桂花糖粥的敲梆声，是这奇境中的一丝人间烟火。人的心都有些往下掉，还有些沉渣泛起。有些细丝般的花的碎片在灯光里舞着，无所归向的样子，令人感伤。有隐隐的钟声，更是命运感的，良宵有尽的含义。这一刻静得没法再静了，能听见裙裾的窸窣，是压抑着的那点心声。这是这个不夜城的最静默时和最静默处，所有的静都凝聚在一点，是用力收住的那个休止，万物禁声。厅里和篮里的康乃馨都开到了最顶点，盛开得不能再盛开，也止了声息。灯是在头顶上很远的地方，笼罩全局的样子；台下是黑压压的一片，没底的深渊似的。这城市的激荡是到最极处，静止也是到最极处。好了，这静眼看也到头了，有新的骚动要起来了。心都跳到口边了，弦也要崩断了。有如雷的掌声响起，灯光又亮了一成，连台下都照亮了。皇后推了出来，有灿烂的金冠戴在了头上，令人目眩。那是压倒群芳的华贵，头发丝上都缀着金银片，天生的皇后，毋庸置疑，不可一世的美。金冠是为她定做的，非她莫属，她那个花篮也分外大似的，预先就想到的，花枝披挂在篮边，兜不住的情势。亚后却是有藏不住的娇冶，银冠也正对她合适。花篮里的花又白的多红的少，专配银冠似的。她的眼睛是有波光的，闪闪烟增，煽动着情欲，是集万种风情为一身，是人间尤物。掌声连成了一片，灯光再亮了一成，连场子的角落都看得见，眼看就要曲终人散，然后，今夜是人家的今夜，明晨也是人家的明晨。这时，王琦瑶感觉有一只手，领她到了舞台中间，一顶花冠戴在了她的头顶。她耳边嗡嗡的，全是掌声，听不见说什么。皇后的金冠和亚后的银冠把她的眼眩花了，也看不见什么。她茫然地站着，又被领到皇后的身边。她定了定神，看见了她的花篮，篮里的康乃馨是红白各一半，也是堆起欲坠的样子，这就是她春华秋实的收获。

王琦瑶得的是第三名，俗称三小姐。这也是专为王琦瑶起的称呼。她的艳和风情都是轻描淡写的，不足以称后，却是给自家人享用，正合了三小姐这称呼。这三小姐也是少不了的，她是专为对内，后方一般的。是辉煌的外表里面，绝对不逊色的内心。可说她是真正代表大多数的，这大多数虽是默默无闻，却是这风流城市的艳情的最基本元素。马路上走着的都是三小姐。大小姐和二小姐是应酬场面的，是负责小姐们的外交事务，我们往往是见不着她们的，除非在特殊的盛大场合。她们是盛大场合的一部分。而三小姐则是日常的图景，是我们眼熟心熟的画面，她们的旗袍料看上去都是暖心的。三小姐其实最体现民意。大小姐二小姐是偶像，是我们的理想和信仰，三小姐却与我们的日常起居有关，是使我们想到婚姻、生活、家庭这类概念的人物。

【作者简介】

王安忆，1954 年 3 月出生于江苏南京，原籍福建省同安县，现代作家、文学家，现为中国作协副主席、上海市作家协会主席、复旦大学教授。

1972 年，考入徐州文工团工作。1976 年发表散文处女作《向前进》。1987 年调上海作家协会创作室从事专业创作。1996 年发表个人代表作《长恨歌》，获得第五届茅盾文学奖。2004 年《发廊情话》获第三届鲁迅文学优秀短篇小说奖。2013 年获法兰西文学艺术骑士勋章。获得 2015 年诺贝尔文学奖提名。

【文解】

王安忆的长篇小说《长恨歌》被评论界视为是“新都市小说”的代表，它与唐代诗人白居易的《长恨歌》迥然不同。作品摒弃了诗歌《长恨歌》的唯美、浪漫，讲述了上海女人王琦瑶既不唯美也不浪漫的爱情故事。作者将王琦瑶的命运以及与几个男子的情感纠葛与上海的过去和现在结合起来进行细致的描摹，向读者展示了一个完整的上海。王安忆虽然是上海人，但她的家庭是迁居到上海的外来户，所以“失根感”一直伴随着王安忆的创作历程。从某种角度上看，小说《长恨歌》是王安忆借一个女人王琦瑶的一生来表现自己对这座城市过去的怀旧和对自己精神的寻根。

【思考与练习】

1．有评论家说《长恨歌》是借一个女人写一个城市，你赞同这种观点吗？为什么？

2．旅美学者王德威教授在其论文《海派文学又见传人——王安忆的小说》中称王安忆是张爱玲之后的海派文学代表。针对此观点，请分析王安忆与张爱玲的联系。

活着（节选）

余　华

苦根总还是小，割稻子自然比我慢多了，他一看到我割得快，便不高兴，朝我叫：“福贵，你慢点。”

村里人叫我福贵，他也这么叫，也叫我外公，我指指自己割下的稻子说：“这是苦根割的。”

他便高兴地笑起来，也指指自己割下的稻子说：“这是福贵割的。”

苦根年纪小，也就累得快，他时时跑到田埂上躺下睡一会，对我说：“福贵，镰刀不快啦。”

他是说自己没力气了。他在田埂上躺一会，又站起来神气活现地看我割稻子，不时叫道：“福贵，别踩着稻穗啦。”

旁边田里的人见了都笑，连队长也笑了，队长也和我一样老了，他还在当队长，他家人多，分到了五亩地，紧挨着我的地，队长说：“这小子真能说会道。”

我说：“是凤霞不会说话欠的。”

这样的日子苦是苦，累也是累，心里可是高兴，有了苦根，人活着就有劲头。看着苦根一天一天大起来，我这个做外公的也一天比一天放心。到了傍晚，我们两个人就坐在门槛上，看着太阳掉下去，田野上红红一片闪亮着，听着村里人吆喝的声音，家里养着的两只母鸡在我们面前走来走去，苦根和我亲热，两个人坐在一起，总是有说不完的话，看着两只母鸡，我常想起我爹在世时说的话，便一遍一遍去对苦根说：“这两只鸡养大了变成鹅，鹅养大了变成羊，羊大了又变成牛。我们啊，也就越来越有钱啦。”

苦根听后咯咯直笑，这几句话他全记住了，多次他从鸡窝里掏出鸡蛋来时，总要唱着说这几句话。

鸡蛋多了，我们就拿到城里去卖。我对苦根说：“钱积够了我们就去买牛，你就能骑到牛背上去玩了。”

苦根一听眼睛马上亮了，他说：“鸡就变成牛啦。”

从那时以后，苦根天天盼着买牛这天的来到，每天早晨他睁开眼睛便要问我：“福贵，今天买牛吗？”

有时去城里卖了鸡蛋，我觉得苦根可怜，想给他买几颗糖吃吃，苦根就会说：“买一颗就行了，我们还要买牛呢。”

一转眼苦根到了七岁，这孩子力气也大多了。这一年到了摘棉花的时候，村里的广播说第二天有大雨，我急坏了，我种的一亩半棉花已经熟了，要是雨一淋那就全完蛋。一清早我就把苦根拉到棉花地里，告诉他今天要摘完，苦根仰着脑袋说：“福贵，我头晕。”

我说：“快摘吧，摘完了你就去玩。”

苦根便摘起了棉花，摘了一阵他跑到田埂上躺下，我叫他，叫他别再躺着，苦根说：“我头晕。”

我想就让他躺一会吧，可苦根一躺下便不起来了，我有些生气，就说：“苦根，棉花今天不摘完，牛也买不成啦。”

苦根这才站起来，对我说：“我头晕得厉害。”

我们一直干到中午，看看大半亩棉花摘了下来，我放心了许多，就拉着苦根回家去吃饭，一拉苦根的手，我心里一怔，赶紧去摸他的额头，苦根的额头烫得吓人。我才知道他是真病了，我真是老糊涂了，还逼着他干活。回到家里，我就让苦根躺下。村里人说生姜能治百病，我就给他熬了一碗姜汤，可是家里没有糖，想往里面撒些盐，又觉得太委屈苦根了，便到村里人家那里去要了点糖，我说：“过些日子卖了粮，我再还给你们。”

那家人说：“算啦，福贵。”

让苦根喝了姜汤，我又给他熬了一碗粥，看着他吃下去。

我自己也吃了饭，吃完了我还得马上下地，我对苦根说：“你睡上一觉会好的。”

走出了屋门，我越想越心疼，便去摘了半锅新鲜的豆子，回去给苦根煮熟了，里面放上盐。把凳子搬到床前，半锅豆子放在凳上，叫苦根吃，看到有豆子吃，苦根笑了，我走出去时听到他说：“你怎么不吃啊。”

我是傍晚才回到屋里的，棉花一摘完，我累得人架子都要散了。从田里到家才一小段路，走到门口我的腿便哆嗦了，我进了屋叫：“苦根，苦根。”

苦根没答应，我以为他是睡着了，到床前一看，苦根歪在床上，嘴半张着能看到里面有两颗还没嚼烂的豆子。一看那嘴，我脑袋里嗡嗡乱响了，苦根的嘴唇都青了。我使劲摇他，使劲叫他，他的身体晃来晃去，就是不答应我。我慌了，在床上坐下来想了又想，想到苦根会不会是死了，这么一想我忍不住哭了起来。我再去摇他，他还是不答应，我想他可能真是死了。我就走到屋外，看到村里一个年轻人，对他说：“求你去看看苦根，他像是死了。”

那年轻人看了我半晌，随后拔脚便往我屋里跑。他也把苦根摇了又摇，又将耳朵贴到苦根胸口听了很久，才说：“听不到心跳。”

村里很多人都来了，我求他们都去看看苦根，他们都去摇摇、听听，完了对我说：“死了。”

苦根是吃豆子撑死的，这孩子不是嘴馋，是我家太穷，村里谁家的孩子都过得比苦根好，就是豆子，苦根也是难得能吃上。我是老昏了头，给苦根煮了这么多豆子，我老得又笨又蠢，害死了苦根。

往后的日子我只能一个人过了，我总想着自己日子也不长了，谁知一过又过了这些年。我还是老样子，腰还是常常疼，眼睛还是花，我耳朵倒是很灵，村里人说话，我不看也能知道是谁在说。我是有时候想想伤心，有时候想想又很踏实，家里人全是我送的葬，全是我亲手埋的，到了有一天我腿一伸，也不用担心谁了。我也想通了，轮到自己死时，安安心心死就是，不用盼着收尸的人，村里肯定会有人来埋我的，要不我人一臭，那气味谁也受不了。我不会让别人白白埋我的，我在枕头底下压了十元钱，这十元钱我饿死也不会去动它的，村里人都知道这十元钱是给替我收尸的那个人，他们也都知道我死后是要和家珍他们埋在一起的。

这辈子想起来也是很快就过来了，过得平平常常，我爹指望我光耀祖宗，他算是看错人了，我啊，就是这样的命。年轻时靠着祖上留下的钱风光了一阵子，往后就越过越落魄了，这样反倒好，看看我身边的人，龙二和春生，他们也只是风光了一阵子，到头来命都丢了。做人还是平常点好，争这个争那个，争来争去赔了自己的命。像我这样，说起来是越混越没出息，可寿命长，我认识的人一个挨着一个死去，我还活着。

苦根死后第二年，我买牛的钱凑够了，看看自己还得活几年，我觉得牛还是要买的。牛是半个人，它能替我干活，闲下来时我也有个伴，心里闷了就和它说说话。牵着它去水边吃草，就跟拉着个孩子似的。

买牛那天，我把钱揣在怀里走着去新丰，那里是个很大的牛市场。路过邻近一个村庄时，看到晒场上转着一群人，走过去看看，就看到了这头牛，它趴在地上，歪着脑袋吧哒吧哒掉眼泪，旁边一个赤膊男人蹲在地上霍霍地磨着牛刀，围着的人在说牛刀从什么地方刺进去最好。我看到这头老牛哭得那么伤心，心里怪难受的。想想做牛真是可怜。累死累活替人干了一辈子，老了，力气小了，就要被人宰了吃掉。

我不忍心看它被宰掉，便离开晒场继续往新丰去。走着走着心里总放不下这头牛，它知道自己要死了，脑袋底下都有一滩眼泪了。

我越走心里越是定不下来，后来一想，干脆把它买下来。

我赶紧往回走，走到晒场那里，他们已经绑住了牛脚，我挤上去对那个磨刀的男人说：“行行好，把这头牛卖给我吧。”

赤膊男人手指试着刀锋，看了我好一会才问：“你说什么？”

我说：“我要买这牛。”

他咧开嘴嘻嘻笑了，旁边的人也哄地笑起来，我知道他们都在笑我，我从怀里抽出钱放到他手里，说：“你数一数。”赤膊男人马上傻了，他把我看了又看，还搔搔脖子，问我：“你当真要买？”

我什么话也不去说，蹲下身子把牛脚上的绳子解了，站起来后拍拍牛的脑袋，这牛还真聪明，知道自己不死了，一下子站起来，也不掉眼泪了。我拉住缰绳对那个男人说：“你数数钱。”

那人把钱举到眼前像是看看有多厚，看完他说：“不数了，你拉走吧。”

我便拉着牛走去，他们在后面乱哄哄地笑，我听到那个男人说：“今天合算，今天合算。”

牛是通人性的，我拉着它往回走时，它知道是我救了它的命，身体老往我身上靠，亲热得很，我对它说：“你呀，先别这么高兴，我拉你回去是要你干活，不是把你当爹来养着的。”

我拉着牛回到村里，村里人全围上来看热闹，他们都说我老糊涂了，买了这么一头老牛回来，有个人说：“福贵，我看它年纪比你爹还大。”

会看牛的告诉我，说它最多只能活两年三年的，我想两三年足够了，我自己恐怕还活不到这么久。谁知道我们都活到了今天，村里人又惊又奇，就是前两天，还有人说我们是——“两个老不死”。

牛到了家，也是我家里的成员了，该给它取个名字，想来想去还是觉得叫它福贵好。定下来叫它福贵，我左看右看都觉得它像我，心里美滋滋的，后来村里人也开玩笑说像我，我嘿嘿笑，心想我早就知道它像我了。

福贵是好样的，有时候嘛，也要偷偷懒，可人也常常偷懒，就不要说是牛了。我知道什么时候该让它干活，什么时候该让它歇一歇，只要我累了，我知道它也累了，就让它歇一会，我歇得来精神了，那它也该干活了。

老人说着站了起来，拍拍屁股上的尘土，向池塘旁的老牛喊了一声，那牛就走过来，走到老人身旁低下了头，老人把犁扛到肩上，拉着牛的缰绳慢慢走去。

两个福贵的脚上都沾满了泥，走去时都微微晃动着身体。

我听到老人对牛说：“今天有庆，二喜耕了一亩，家珍、凤霞耕了也有七八分田，苦根还小都耕了半亩。你嘛，耕了多少我就不说了，说出来你会觉得我是要羞你。话还得说回来，你年纪大了，能耕这么些田也是尽心尽力了。”

老人和牛渐渐远去，我听到老人粗哑的令人感动的嗓音在远处传来，他的歌声在空旷的傍晚像风一样飘扬，老人唱道：

少年去游荡，
中年想掘藏，
老年做和尚。

炊烟在农舍的屋顶袅袅升起，在霞光四射的空中分散后消隐了。

女人吆喝孩子的声音此起彼伏，一个男人挑着粪桶从我跟前走过，扁担吱呀吱呀一路响了过去。慢慢地，田野趋向了宁静，四周出现了模糊，霞光逐渐退去。

我知道黄昏正在转瞬即逝，黑夜从天而降了。我看到广阔的土地袒露着结实的胸膛，那是召唤的姿态，就像女人召唤着她们的儿女，土地召唤着黑夜来临。

【作者简介】

余华，1960 年 4 月 3 日生于浙江杭州，现代作家。1977 年中学毕业后，进入北京鲁迅文学院进修深造。1983 年开始创作，同年进入浙江省海盐县文化馆。1984 年开始发表小说。《活着》和《许三观卖血记》同时入选百位批评家和文学编辑评选的

20世纪90年代最具有影响力的十部作品。1998年获意大利格林扎纳·卡佛文学奖。2005年获得中华图书特殊贡献奖。代表作《在细雨中呼喊》《活着》《许三观卖血记》《兄弟》等。现就职于杭州文联。

【文解】

《活着》讲述的是主人公福贵伴随着一头老牛在阳光下回忆自己沉重的一生：从既富且贵的地主少爷到一贫如洗的普通百姓，从儿女双全的幸福家庭到亲人因为各种有常或无常的原因而相继离开人世后的孤独无依。这里面既饱含着作者对时代的反思，更饱含着作者对生命的思考：极度生存状态下，生命个体的真实本相和生存意义究竟是什么？对于自己的作品《活着》，作者曾这样说道："作家的使命不是发泄，不是控诉或者揭露，他应该向人们展示高尚。这里所说的高尚不是那种单纯的美好，而是对一切事物理解之后的超然，对善和恶一视同仁，用同情的目光看待世界……写作过程让我明白，人是为活着本身而活着的，而不是为了活着之外的任何事物而活着。我感到自己写下了高尚的作品。"《活着》讲述的就是宽容和理解，还有超然。

【思考与练习】

1. 作者说"人是为了活着本身而活着的，而不是为了活着之外的任何事物而活着"。请谈谈你对这句话的认识。

2.《活着》的艺术手法有什么特点？

红高粱（节选）

莫　言

第一章（节选）

一九三九年古历八月初九，我父亲这个土匪种十四岁多一点。他跟着后来名满天下的传奇英雄余占鳌司令的队伍去胶平公路伏击日本人的汽车队。奶奶披着夹袄，送他们到村头。余司令说："立住吧。"奶奶就立住了。奶奶对我父亲说："豆官，听你干爹的话。"父亲没吱声，他看着奶奶高大的身躯，嗅着奶奶的夹袄里散出的热烘烘的香味，突然感到凉气逼人。他打了一个颤，肚子咕噜噜响一阵。余司令拍了一下父亲的头，说："走，干儿。"

天地混沌，景物影影绰绰，队伍的杂沓脚步声已响出很远。父亲眼前挂着蓝白色的雾幔，挡住他的视线，只闻队伍脚步声，不见队伍形和影。父亲紧紧扯住余司令的衣角，双腿快速挪动。奶奶像岸愈离愈远，雾像海水愈近愈汹涌，父亲抓住余司令，就像抓住一条船舷。

父亲就这样奔向了耸立在故乡通红的高粱地里属于他的那块无字的青石墓碑。他的坟头上已经枯草瑟瑟，曾经有一个光屁股的男孩牵着一只雪白的山羊来到这里，山羊不紧不忙地啃着坟头上的草，男孩子站在墓碑上，怒气冲冲地撒上一泡尿，然后放声高唱：高粱红了——日本来了——同胞们准备好——开枪开炮——

有人说这个放羊的男孩就是我，我不知道是不是我。我曾经对高密东北乡极端热爱，曾经对高密东北乡极端仇恨，长大后努力学习马克思主义，我终于悟到：高密东北乡无疑是地球上最美丽最丑陋、最超脱最世俗、最圣洁最龌龊、最英雄好汉最王八蛋、最能喝酒最能爱的地方。生存在这块土地上的我的父老乡亲们，喜食高粱，每年都大量种植。八月深秋，无边无际的高粱红成汪洋的血海。高粱高密辉煌，高粱凄婉可人，高粱爱激荡。秋风苍凉，阳光很旺，瓦蓝的天上游荡着一朵朵丰满的白云，高粱上滑动着一朵朵丰满白云的紫红色影子。一队队暗红色的人在高粱棵子里穿梭拉网，几十年如一日。他们杀人越货，精忠报国，他们演出过一幕幕英勇悲壮的舞剧，使我们这些活着的不肖子孙相形见绌，在进步的同时，我真切地感到种的退化。

出村之后，队伍在一条狭窄的土路上行进，人的脚步声中夹杂着路边碎草的窸窣声响。雾奇浓，活泼多变。我父亲的脸上，无数密集的小水点凝成大颗粒的水珠，他的一撮头，粘在头皮上。从路两边高粱地里飘来的幽淡的薄荷气息和成熟高粱苦涩微甘的气味，我父亲早已闻惯，不新不奇。在这次雾中行军里，我父亲闻到了那种新奇的、黄红相间的腥甜气息。那味道从薄荷和高粱的味道中隐隐约约地透过来，唤起父亲心灵深处一种非常遥远的回忆。

七天之后，八月十五日，中秋节。一轮明月冉冉升起，遍地高粱肃然默立，高粱穗子浸在月光里，像蘸过水银，汩汩生辉。我父亲在剪破的月影下，闻到了比现在强烈无数倍的腥甜气息。那时候，余司令牵着他的手在高粱地里行走，三百多个乡亲叠股枕臂、陈尸狼藉，流出的鲜血灌溉了一大片高粱，把高粱下的黑土浸泡成稀泥，使他们拔脚迟缓。腥甜的气味令人窒息，一群前来吃人肉的狗，坐在高粱地里，目光炯炯地盯着父亲和余司令。余司令掏出自来得手枪，甩手一响，两只狗眼灭了；又一甩手，又灭了两只狗眼。群狗一哄而散，坐得远远的，呜呜地咆哮着，贪婪地望着死尸。腥甜味愈加强烈，余司令大喊一声："日本狗！狗娘养的日本！"他对着那群狗打完了所有的子弹，狗跑得无影无踪。余司令对我父亲说："走吧，儿子！"一老一小，便迎着月光，向高粱深处走去。那股弥漫田野的腥甜味浸透了我父亲的灵魂，在以后更加激烈更加残忍的岁月里，这股腥甜味一直伴随着他。

高粱的茎叶在雾中嗞嗞乱叫，雾中缓慢地流淌着在这块低洼平原上穿行的墨河水，明亮而喧哗，一阵强一阵弱，一阵远一阵近。赶上队伍了，父亲的身前身后响着踢踢踏踏的脚步声和粗重的呼吸声。不知谁的枪托撞到另一个谁的枪托上了。不知谁的脚踩破了一个死人的骷髅什么的。父亲前边那个人吭吭地咳嗽起来，这个人的咳嗽声非常熟悉。父亲听着他咳嗽就想起他那两扇一激动就充血的大耳朵。透明单薄布满细血管的大耳朵是王文义头上最引人注目的器官。他个子很小，一颗大头缩在耸起的双肩中。父亲努力看去，目光刺破浓雾，看到了王文义那颗一边咳一边颠动的大头。父亲想起王文义在演练场上挨打时，那颗大头颠成那般可怜模样。那时他刚参加余司令的队伍，任副官在演练场上对他也对其他队员喊："向右转——"，王文义欢欢喜喜地跺着脚，不知转到哪里去了。任副官在他腚上打了一鞭子，他嘴咧开叫一声："孩子他娘！"脸上表情不知是哭还是笑。围在短墙外看光景的孩子们都哈哈大笑。

第九章（节选）

"吹吧！"爷爷说。

刘大号一条腿跪着，一条腿拖着，举起大喇叭，仰天吹起来，喇叭口里飘出暗红色的声音。

“冲啊，弟兄们！”爷爷高喊着。

路西边高粱地里有几个声音跟着喊。爷爷左手举着枪，刚刚跳起，就有几颗子弹擦着他的腮边飞过，爷爷就地一滚，回到了高粱地。路西边河堤上响起一声惨叫。父亲知道，又一个队员中了枪弹。

刘大号对着天空吹喇叭，暗红色的声音碰得高粱棵子瑟瑟打抖。爷爷抓住父亲的手，说：“儿子，跟着爹，到路西边与弟兄们汇合去吧。”

桥上的汽车浓烟滚滚，在哔哔叭叭的火焰里，大米像冰霰一样满河飞动。爷爷牵着父亲，飞步跨过公路，子弹追着他们，把路面打得噗噗作响。两个满面焦煳、皮肤开裂的队员见到爷爷和父亲，嘴咧了咧，哭着说：“司令，咱们完了！”

爷爷颓丧地坐在高粱地里，好久都没抬起头来，河对岸的鬼子也不开枪了。桥上响着汽车燃烧的爆裂声，路东响着刘大号的喇叭声。

父亲已经不感到害怕，他沿着河堤，往西溜了一段，从一蓬枯黄的衰草后，他悄悄伸出头。父亲看到从第二辆尚未燃烧的汽车棚里，跳出一个日本兵。日本兵又从车厢里拖出了一个老鬼子。老鬼子异常干瘦，手上套着雪白的手套，腚上挂着一柄长刀，黑色皮马靴装到膝盖。他们沿着汽车边，把着桥墩，哧溜哧溜往下爬。父亲举起勃朗宁手枪，他的手抖个不停，那个老鬼子干瘪的屁股在父亲枪口前跳来跳去。父亲咬牙闭眼开了一枪，勃朗宁嗡地一声响，子弹打着呼哨钻到水里，把一条白鳝鱼打翻了肚皮。鬼子官跌到水中。父亲高叫着：“爹，一个大官！”

父亲的脑后一声枪响，老鬼子的脑袋炸裂了，一团血在水里噗啦啦散开了。另一个鬼子手脚并用，钻到了桥墩背后。

鬼子的枪弹又压过来，父亲被爷爷按住。子弹在高粱地里唧唧咕咕乱叫。爷爷说：“好样的，是我的种！”

父亲和爷爷不知道，他们打死的老鬼子，就是有名的中岗尼高少将。

刘大号的喇叭声不断，天上的太阳，被汽车的火焰烤得红绿间杂，萎萎缩缩。

父亲说：“爹，俺娘想你啦，叫你去。”

爷爷问：“你娘还活着？”

父亲说：“活着。”

父亲牵着爷爷的手，向着高粱深处走。

奶奶躺在高粱下，脸上印着高粱的暗影，脸上留着为我爷爷准备的高贵的笑容。奶奶的脸空前白净，双眼尚未合拢。

父亲第一次现，两行泪水，从爷爷坚硬的脸上流下来。

爷爷跪在奶奶身旁，用那只没受伤的手，把奶奶的眼皮合上了。

一九七六年，我爷爷死的时候，母亲用她的缺了两个指头的左手，把爷爷圆睁的双眼合上。爷爷一九五八年从日本北海道的荒山野岭中回来时，已经不太会说话，每个字都像沉重的石块一样从他口里往外吐。爷爷从日本回来时，村里举行了盛大的典礼，连县长都来参加了。那时候我两岁。我记得在村头的白果树下，一字儿排开八张八仙桌，每张桌子上摆着一坛酒，十几个大白碗。县长搬起坛子，倒出一碗酒，双手捧给爷爷。县长说：“老英雄，敬您一碗酒，您给全县人民带来了光荣！”爷爷笨拙地站起来，灰白的眼珠子转动着，说：“喔——喔——枪——枪。”我看到爷爷把那碗酒放到唇边，他的多皱的脖子梗着，喉结一上一下地滑动，酒很少进口，多半顺着下巴，哗哗啦啦地流到了他的胸膛上。

我记得爷爷牵着我，我牵着一匹小黑狗，在田野里转。爷爷最喜欢去看墨水河大桥，他站在桥头上，手扶着桥墩石，一站就是半个上午或半个下午。我看到爷爷的眼睛常常定在桥石那些坑坑洼洼的痕迹上。高粱长高时，爷爷带我到高粱地里去，他喜欢去的地方也离着墨水河大桥不远。我猜想，那儿就是奶奶升天的地方，那块普普通通的黑土地上，浸透着奶奶的鲜血。那时候，我们家的老房子还没拆，爷爷有一天抓起一把镢头，在那棵楸树下刨起土来。他刨出了几个蝉的幼虫，递给我，我扔给狗，狗把蝉的幼虫咬死，却不吃。“爹，您刨什么？”我的要去公共食堂做饭的娘问。爷爷抬起头，用恍若隔世的目光看着娘。娘走了，爷爷继续刨土。爷爷刨出了一个大坑，斩断了十几根粗细不一的树根，揭开了一块石板，从一个阴森森的小砖窖里，搬出了一个锈得不成形的铁皮匣子。铁匣子一落地就碎了。一块破布里，露出了一条锈得通红的、比我还要长的铁家伙，我问爷爷是什么，爷爷说：“喔——喔——枪——枪。”爷爷把枪放在太阳下晒着，他坐在枪前，睁一会儿眼，闭一会儿眼，又睁一会儿眼，又闭一会儿眼。后来，爷爷起身，找来一柄劈木柴的大斧，对着枪乱砍乱砸。爷爷把枪砸成一堆碎铁，然后，一件件拿开扔掉，扔得满院子都是。

【作者简介】

莫言，原名管谟业，山东高密人。中国当代著名作家。作品以乡土题材为主，“怀乡”与“怨乡”的复杂情感相互交织。主要作品有《红高粱家族》《丰乳肥臀》（1997年获“大家文学奖”）《生死疲劳》《蛙》等。长篇小说《檀香刑》有争议。有《莫言文集》五卷。其作品深受魔幻现实主义影响，以家乡高密东北乡为背景，构造出独特的主观感觉世界。2011 年获茅盾文学奖，2012 年获诺贝尔文学奖。

【文解】

莫言的中篇小说《红高粱》是中国新时期小说“寻根文学”的代表作品之一，曾经被张艺谋导演改编成同名电影《红高粱》。作品以抗日战争为背景，讲述了一个民间的抗日故事。不同于其他的“抗日文学”作品，《红高粱》减少了单纯的乐观主义，增加了民族的自然发展规律和充满血腥的民间历史。故事发生在家乡高密东北乡，那里无边无际的高粱红成一片，高粱地里既有生生活剐的血腥，也有土匪的出没和舍生忘死的英勇伏击。与此同时，作家在对家乡高密东北乡的“王国”构建中，将“我爷爷”余占鳌、“我奶奶”戴凤莲的爱情与抗日斗争结合起来，讴歌了原始的生命个性和生命强力。

【思考与练习】

1. 请分析一下“红高粱”的意象。
2. 与传统小说相比较，《红高粱》的创新主要体现在哪些方面？

天龙八部（节选）

金 庸

第十五章 杏子林中 商略平生义

这人背上负着五只布袋，是丐帮的五袋弟子。他逃得极是匆忙，不问可知，自是假传号令、骗项长老上船去之人了。传功、执法两长老相对叹息一声，并不说话。只见人影一晃，一人抢出来拦在那五袋弟子身前。那人满脸红光，手持鬼头刀，正是四大长老中的吴长老，厉声喝道："刘竹庄，你为什么要逃？"那五袋弟子颤声道："我……我……我……"连说了六七个"我"字，再也说不出第二个字来。

吴长老道："咱们身为丐帮弟子，须当遵守祖宗遗法。大丈夫行事，对就是对，错就是错，敢作敢为，也敢担当。"转过身来向乔峰道："乔帮主，我们大伙儿商量了，要废去你的帮主之位。这件大事，宋奚陈吴四长老都是参与的。我们怕传功、执法两位长老不允，是以设法将他们囚禁起来。这是为了本帮的大业着想，不得不冒险而为。今日势头不利，被你占了上风，我们由你处置便是。吴长风在丐帮三十年，谁都知道我不是贪生怕死的小人。"说着当的一声，将鬼头刀远远掷了开去，双臂抱在胸前，一副天不怕地不怕的神气。

他侃侃陈辞，将"废去帮主"的密谋吐露了出来，诸帮众自是人人震动。这几句话，所有参与密谋之人，心中无不明白，可就谁也不敢宣之于口，吴长风却第一个直言无隐。

执法长老白世镜朗声道："宋奚陈吴四长老背叛帮主，违犯帮规第一条。执法弟子，将四长老绑上了。"他手下执法的弟子取过牛筋，先去给吴长风上绑。吴长风含笑而立，毫不反抗。跟着宋奚二长老也抛下兵刃，反手就缚。

陈长老脸色极是难看，喃喃的道："懦夫，懦夫！群起一战，未必便输，可是谁都怕了乔峰。"他这话确是不错，当全冠清被制服之初，参与密谋之人如果立时发难，乔峰难免寡不敌众。即是传功、执法二长老，大仁、大义、大信、大勇、大礼五舵主一齐回归，仍是叛众人数居多。然而乔峰在众人前面这么一站，凛然生威，竟是谁也不敢抢出动手，以致良机坐失，一个个的束手就缚。待得宋奚吴三长老都被绑缚之后，陈长老便欲决心一战，也已孤掌难鸣了。他一声叹息，抛下手中麻袋，让两名执法弟子在手腕上和脚踝上都绑上了牛筋。

此时天已全黑，白世镜吩咐弟子燃起火堆。火光照在被绑各人的脸上，显出来的尽是一片沮丧阴沉之意。白世镜凝视刘竹庄，说道："你这等行径，还配做丐帮的弟子吗？你自己了断呢，还是须得旁人动手？"刘竹庄道："我……我……"底下的话仍是说不出来，但见他抽出身边单刀，想要横刀自刎，但手臂颤抖得极是厉害，竟无法向自己颈中割去。一名执法弟子叫道："这般没用，亏你在丐帮中耽了这么久。"抓住他右臂，用力一挥，割断了他喉头。刘竹庄道："我……谢谢……"随即断气。

原来丐帮中规矩，凡是犯了帮规要处死刑的，如果自行了断，帮中仍当他是兄弟，只须一死，便洗清了一切罪孽。但如由执法弟子动手，那么罪孽永远不能清脱。适才那执法弟子见刘竹庄确有自刎之意，只是力有不逮，这才出手相助。

段誉与王语嫣、阿朱、阿碧四人，无意中撞上了丐帮这场大内变，都觉自己是局外人，窥人阴私，极是不该，但在这时退开，却也已不免引起丐帮中人的疑忌，只有坐得远远地，装得漠不关心。眼见李春来和刘竹庄接连血溅当场，尸横就地，不久之前还是威风凛凛的宋奚陈吴四长老一一就缚，只怕此后尚有许多惊心动魄的变故。四人你看看我，我看看你，都觉处境甚是尴尬。段誉与乔峰义结金兰，风波恶中毒后乔峰代索解药，王语嫣和朱碧双姝都对乔峰心存感激，这时见他平定逆乱，将反叛者一一制服，自是代他欢喜。

乔峰怔怔的坐在一旁，叛徒就缚，他心中却殊无胜利与喜悦之感，回思自受上代汪帮主深恩，以帮主之位相授，执掌丐帮八年以来，经过了不少大风大浪，内解纷争，外抗强敌，自己始终竭力以赴，不存半点私心，将丐帮整顿得好生兴旺，江湖上威名赫赫，自己实是有功无过，何以突然之间，竟有这许多人密谋反叛？若说全冠清胸怀野心，意图倾覆本帮，何以连宋长老、奚长老这等元老，吴长风这等耿直汉子，均会参与其事？难道自己无意之中做了什么对不起众兄弟之事，竟连自己也不知么？

白世镜朗声道："众位兄弟，乔帮主继任上代汪帮主为本帮首领，并非巧取豪夺，用什么不正当手段而得此位。当年汪帮主试了他三大难题，命他为本帮立七大功劳，这才以打狗棒相授。那一年泰山大会，本帮受人围攻，处境十分凶险，全仗乔帮主连创九名强敌，丐帮这才转危为安，这里许多兄弟都是亲眼得见。这八年来本帮声誉日隆，人人均知是乔帮主主持之功。乔帮主待人仁义，处事公允，咱们大伙儿拥戴尚自不及，为什么居然有人猪油蒙了心，竟会起意叛乱？全冠清，你当众说出来！"

全冠清被乔峰拍了哑穴，对白世镜的话听得清清楚楚，苦于无法开口回答，乔峰走上前去，在他背心上轻轻拍了两下，解开他的穴道，说道："全舵主，我乔峰做了什么对不起众兄弟之事，你尽管当面指证，不必害怕，不用顾忌。"

全冠清一跃站起，但腿间兀自酸麻，右膝跪倒，大声道："对不起众兄弟的大事，你现今虽然还没有做，但不久就要做了。"说完这句话，这才站直身子。

白世镜厉声道："胡说八道！乔帮主为人处事，光明磊落，他从前既没做过歹事，将来更加不会做。你只凭一些全无佐证的无稽之言，便煽动人心，意图背叛帮主。老实说，这些谣言也曾传进我的耳里，我只当他是大放狗屁，老子一拳头便将放屁之人打断了三条肋骨。偏有这么些胡涂透顶的家伙，听信了你的胡说八道，你说来说去，也不过是这么几句话，快快自行了断罢。"

乔峰寻思："原来在我背后，早有许多不利于我的言语，白长老也听到了，只是不便向我提起，那自是难听之极的话了。大丈夫事无不可对人言，那又何必隐瞒？"于是温言道："白长老，你不用性急，让全舵主从头至尾，详详细细说个明白。连宋长老、奚长老他们也都反对我，想必我乔峰定有不对之处。"

奚长老道："我反叛你，是我不对，你不用再提。回头定案之后，我自行把矮脖子上的大头割下来给你便是。"他这句话说得滑稽，各人心中却均感沉痛，谁都不露丝毫笑容。

白世镜道："帮主吩咐的是。全冠清，你说罢。"

全冠清见与自己同谋的宋奚陈吴四长老均已就缚，这一仗是输定了，但不能不作最后的挣扎，大声道："马副帮主为人所害，我相信是出于乔峰的指使。"

乔峰全身一震，惊道："什么？"

全冠清道："你一直憎恶马副帮主，恨不得除之而后快，总觉若不除去这眼中之钉，你帮主之位便不安稳。"

乔峰缓缓摇了摇头，说道："不是。我和马副帮主交情虽不甚深，言谈虽不甚投机，但从来没存过害他的念头。皇天后土，实所共鉴。乔峰若有加害马大元之意，教我身败名裂，受千刀之祸，为天下好汉所笑。"这几句话说得甚是诚恳，这副莽莽苍苍的英雄气概，谁都不能有丝毫怀疑。

全冠清却道："然则咱们大伙到姑苏来找慕容复报仇，为什么你一而再、再而三的与敌人勾结？"指着王语嫣等三个少女道："这三人是慕容复的家人眷属，你加以庇护。"指着段誉道："这人是慕容复的朋友，你却与之结为兄弟……"

段誉连连摇手，说道："非也，非也！我不是慕容复的朋友，我从未见过慕容公子之面，这三位姑娘，说是慕容公子的家人亲戚则可，说是眷属却未必。"他想王语嫣只是慕容复的"亲戚"，绝非"眷属"，其间分别，不可不辨。

全冠清道："'非也非也'包不同是慕容复属下的金风庄庄主，'一阵风风波恶'是慕容复手下的玄霜庄庄主，他二人若非得你乔峰解围，早就一个乱刀分尸，一个中毒毙命。此事大伙儿亲眼目睹，你还有什么抵赖不成？"

乔峰缓缓说道："我丐帮开帮数百年，在江湖上受人尊崇，并非恃了人多势众、武功高强，乃是由于行侠仗义、主持公道之故。全舵主，你责我庇护这三位年轻姑娘，不错，我确是庇护她们，那是因为我爱惜本帮数百年来的名声，不肯让天下英雄说一句'丐帮众长老合力欺侮三个稚弱女子'。宋奚陈吴四长老，哪一位不是名重武林的前辈？丐帮和四位长老的名声，你不爱惜，帮中众兄弟可都爱惜。"

众人听了这几句话，又向王语嫣等三个娇滴滴的姑娘瞧了几眼，都觉极是有理，倘若大伙和这三个姑娘为难，传了出去，确是大损丐帮的名声。

白世镜道："全冠清，你还有什么话说？"转头向乔峰道："帮主，这等不识大体的叛徒，不必跟他多费唇舌，按照叛逆犯上的帮规处刑便了。"

乔峰心想："白长老一意要尽快处决全冠清，显是不让他吐露不利于我的言语。"朗声道："全舵主能说得动这许多人密谋作乱，必有极重大的原因。大丈夫行事，对就是对，错就是错。众位兄弟，乔峰的所作所为，有何不对，请大家明言便是。"

吴长风叹了口气，道："帮主，你或者是个装腔作势的大奸雄，或者是个直肠直肚的好汉子，我吴长风没本事分辨，你还是及早将我杀了罢。"乔峰心下大疑，问道："吴长老，你为什么说我是个欺人的骗子？你……你……什么地方疑心我？"吴长风摇了摇头，说道："这件事说起来牵连太多，传了出去，丐帮在江湖上再也抬不起头来，人人要瞧我们不起。我们本来想将你一刀杀死，那就完了。"

乔峰更加堕入五里雾中，摸不着半点头脑，喃喃道："为什么？为什么？"抬起头来，说道："我救了慕容复手下的两员大将，你们就疑心我和他有所勾结，是不是？可是你们谋叛在先，我救人在后，这两件事拉不上干系。再说，此事是对是错，这时候还难下断语，但我总觉得马副帮主不是慕容复所害。"

全冠清道："何以见得？"这句话他本已问过一次，中间变故陡起，打断了话题，直至此刻又再提起。

乔峰道："我想慕容复是大英雄、好汉子，不会下手去杀害马二哥。"

王语嫣听得乔峰称慕容复为“大英雄、好汉子”，芳心大喜，心道：“这位乔帮主果然也是个大英雄、好汉子。”

段誉却眉头微蹙，心道：“未必，未必！慕容复不见得是什么大英雄、好汉子。”

全冠清道：“这两个月来，江湖上被害的高手着实不少，都是死于各人本身的成名绝技之下。人人皆知是姑苏慕容氏所下毒手。如此辣手杀害武林中朋友，怎能说是英雄好汉？”

乔峰在场中缓缓踱步，说道：“众位兄弟，昨天晚上，我在江阴长江边上的望江楼头饮酒，遇到一位中年儒生，居然一口气连尽十大碗酒，面不改色，好酒量，好汉子！”

段誉听到这里，不禁脸露微笑，心想：“原来大哥昨天晚上又和人家赌酒来着。人家酒量好，喝酒爽气，他就心中喜欢，说人家是好汉子，那只怕也不能一概而论。”

只听乔峰又道：“我和他对饮三碗，说起江南的武林人物，他自夸掌法江南第二，第一便是慕容复慕容公子。我便和他对了三掌。第一掌、第二掌他都接了下来，第三掌他左手中所持的酒碗震得粉碎，瓷片划得他满脸都是鲜血。他神色自若，说道：‘可惜！可惜！可惜了一大碗好酒。’我大起爱惜之心，第四掌便不再出手，说道：‘阁下掌法精妙，“江南第二”四字，当之无愧。’他道，‘江南第二，天下第屁！’我道，‘兄台不必过谦，以掌法而论，兄台实可算得是一流好手。’他道，‘原来是丐帮乔帮主驾到，兄弟输得十分服气，多承你手下留情，没让我受伤，我再敬你一碗！’咱们二人对饮三碗。分手时我问他姓名，他说复姓公冶，单名一个‘乾’字。这不是乾坤之乾，而是乾杯之乾。他说是慕容公子的下属，是赤霞庄的庄主，邀我到他庄上去大饮三日。众位兄弟，这等人物，你们说是如何？是不是好朋友？”

吴长风大声道：“这公冶乾是好汉子，好朋友！帮主，什么时候你给我引见引见。”他也不想自己犯上作乱，已成阶下之囚，转眼间便要受刑处死，听到有人说起英雄好汉，不禁便起结交之心。乔峰微微一笑，心下暗暗叹息：“吴长风豪迈痛快，不意牵连在这场逆谋之中。”宋长老问道：“帮主，后来怎样？”乔峰道：“我和公冶乾告别之后，便赶路向无锡来，行到二更时分，忽听到有两个人站在一条小桥上大声争吵。其时天已全黑，居然还有人吵之不休，我觉得奇怪，上前一看，只见那条小桥是条独木桥，一端站着个黑衣汉子，另一端是个乡下人，肩头挫着一担大粪，原来是两人争道而行。那黑衣汉子叫乡下人退回去，说是他先到桥头。乡下人说他挑了粪担，没法退回，要黑衣汉子退回去。黑衣汉子道，‘咱们已从初更耗到二更，便再从二更耗到天明。我还是不让。’乡下人道，‘你不怕我的粪担臭，就这么耗着。’黑衣汉子道，‘你肩头压着粪担，只要不怕累，咱们就耗到底了。’”

“我见了这副情形，自是十分好笑，心想：‘这黑衣汉子的脾气当真古怪，退后几步，让他一让，也就是了，和这个挑粪担的乡下人这么面对面的干耗，有什么味道？听他二人的说话，显是已耗了一个更次。’我好奇心起，倒想瞧个结果出来，要知道最后是黑衣汉子怕臭投降呢，还是乡下人累得认输。我可不愿多闻臭气，在上风头远远站着。只听两人你一言我一语，说的都是江南土话，我也不大听得明白，总之是说自己道理直。那乡下人当真有股狠劲，将粪担从左肩换到右肩，又从右肩换到左肩，就是不肯退后一步。”

段誉望望王语嫣，又望望阿朱、阿碧，只见三个少女都笑眯眯的听着，显是极感兴味，心想："这当儿帮中大叛待决，情势何等紧急，乔大哥居然会有闲情逸致来说这等小事。这些故事，王姑娘她们自会觉得有趣，怎地乔大哥如此英雄了得，竟也自童心犹存？"

不料丐帮数百名帮众，人人都肃静倾听，没一人以乔峰的言语为无聊。

乔峰又道："我看了一会，渐渐惊异起来，发觉那黑衣汉子站在独木桥上，身形不动如山，竟是一位身负上乘武功之士。那挑粪的乡下人则不过是个常人，虽然生得结实壮健，却是半点武功也不会的。我越看越是奇怪，寻思：这黑衣汉子武功如此了得，只消伸出一个小指头，便将这乡下人连着粪担，一起推入了河中，可是他却全然不使武功。像这等高手，照理应当涵养甚好，就算不愿让了对方，那么轻轻一纵，从那乡下人头顶飞跃而过，却又何等容易，他偏偏要跟这乡下人呕气，真正好笑！

"只听那黑衣汉子提高了嗓子大声说道，'你再不让我，我可要骂人了！'乡下人道，'骂人就骂人。你会骂人，我不会骂么？'他居然抢先出口，大骂起来。黑衣汉子便跟他对骂。两个人你一句，我一句，各种古里古怪的污言秽语都骂将出来。这些江南骂人的言语，我十句里也听不懂半句。足足骂了小半个时辰，那乡下人已累得筋疲力尽，黑衣汉子内力充沛，仍是神定气足。我见那乡下人身子摇晃，看来过不到一盏茶时分，便要摔入河了。

"突然之间，那乡下人将手伸入粪桶，抓起一把粪水，向黑衣汉子夹头夹脸掷了过去。黑衣人万料不到他竟会使泼，'啊哟'一声，脸上口中已被他掷满粪水。我暗叫，'糟糕，这乡下人自寻死路，却又怪得谁来？'眼见那黑衣汉子大怒之下，手掌一起，便往乡下人的头顶拍落。"

段誉耳中听的是乔峰说话，眼中却只见到王语嫣樱口微张，极是关注。一瞥眼间，只见阿朱与阿碧相顾微笑，似乎浑不在意。

只听乔峰继续道："这变故来得太快，我为了怕闻臭气，站在十数丈外，便想去救那乡下人，也已万万不及。不料那黑衣汉子一掌刚要击上那乡下人的天灵盖，突然间手掌停在半空，不再落下，哈哈一笑，说道，'老兄，你跟我比耐心，到底是谁赢了？'那乡下人也真惫懒，明明是他输了，却不肯承认，说道，'我挑了粪担，当然是你占了便宜，不信你挑粪担，我空身站着，且看谁输谁赢？'那黑衣汉子道，'也说的是！'伸手从他肩头接过粪担，左臂伸直，手掌放在扁担中间，平平托住。

"那乡下人见他只手平托粪担，臂与肩齐，不由得呆了，只说，'你……你……'黑衣汉子笑道，'我就这么托着，不许换手，咱们对耗，是谁输了，谁就喝干了这一担大粪。'那乡下人见了他这等神功，如何再敢和他争闹，忙向后退，不料心慌意乱，踏了个空，便向河中掉了下去。黑衣汉子伸出右手，抓住了他衣领，右臂平举，这么左边托一担粪，右边抓一个人，哈哈大笑，说道，'过瘾，过瘾！'身子一纵，轻轻落到对岸，将乡下人和粪担都放在地下，展开轻功，隐入桑林之中而去。

"这黑衣汉子口中被泼大粪，若要杀那乡下人，只不过举手之劳。就算不肯随便杀人，那么打他几拳，也是理所当然，可是他毫不恃技逞强。这个人的性子确是有点儿特别，求之武林之中，可说十分难得。众位兄弟，此事是我亲眼所见，我和他相距甚远，谅他也未必能发现我的踪迹，以致有意做作。像这样的人，算不算得是好朋友、好汉子？"

吴长老、陈长老、白长老等齐声道："不错，是好汉子！"陈长老道："可惜帮主没问他姓名，否则也好让大伙儿知道，江南武林之中，有这么一号人物。"

乔峰缓缓的道："这位朋友，适才曾和陈长老交过手，手背被陈长老的毒蝎所伤。"陈长老一惊，道："是一阵风风波恶！"乔峰点了点头，说道："不错！"

段誉这才明白，乔峰所以详详细细的说这段铁事，旨在叙述风波恶的性格，心想此人面貌丑陋，爱闹喜斗，原来天性却极善良，真是人不可以貌相了；刚才王语嫣关心而朱碧双姝相顾微笑，自因朱碧二女熟知风波恶的性情，既知莫名其妙与人斗气者必是此君，而此君又决不会滥杀无辜。

只听乔峰说道："陈长老，咱们丐帮自居为江湖第一大帮，你是本帮的首要人物，身份名声，与江南一个武人风波恶自不可同日而语。风波恶能在受辱之余不伤无辜，咱们丐帮的高手，岂能给他比了下去？"陈长老面红过耳，说道："帮主教训得是，你要我给他解药，原来是为我声名身份着想。陈孤雁不知帮主的美意，反存怨责之意，真如木牛蠢驴一般。"乔峰道："顾念本帮声名和陈长老的身份，此事尚在其次。咱们学武之人，第一不可滥杀无辜。陈长老就算不是本帮的首脑人物，不是武林中赫赫有名的耆宿，那也不能不问青红皂白的取人性命啊！"陈长老低头说道："陈孤雁知错了。"

乔峰见这一席话居然说服了四大长老中最为桀傲不驯的陈孤雁，心下甚喜，缓缓的道："那公冶乾豪迈过人，风波恶是非分明，包不同潇洒自如，这三位姑娘也都温文良善。这些人不是慕容公子的下属，便是他的戚友。常言说得好：物以类聚，人以群分。众位兄弟请平心静气的想一想：慕容公子相交相处的都是这么一干人，他自己能是大奸大恶、卑鄙无耻之徒么？"

丐帮高手大都重义气、爱朋友，听了均觉有理，好多人出声附和。

全冠清却道："帮主，依你之见，杀害马副帮主的，决计不是慕容复了？"

乔峰道："我不敢说慕容复定是杀害马副帮主的凶手，却也不敢说他一定不是凶手。报仇之事，不必急在一时。我们须当详加访查，查明是慕容复，自当抓了他来为马副帮主报仇雪恨，如查明不是他，终须捉到真凶为止。倘若单凭胡乱猜测，竟杀错了好人，真凶却逍遥自在，暗中偷笑丐帮湖涂无能，咱们不但对不起被错杀了的冤枉之人，对不起马副帮主，也败坏了我丐帮响当当的名头。众兄弟走到江湖之上，给人讥笑嘲骂，滋味好得很吗？"

丐帮群雄听了，尽皆动容。传功长老一直没出声，这时伸手摸着颔下稀稀落落的胡子，说道："这话有理。当年我错杀了一个无辜好人，至今耿耿，唔，至今耿耿！"

吴长风大声道："帮主，咱们所以叛你，皆因误信人言，只道你与马副帮主不和，暗里勾结姑苏慕容氏下手害他。种种小事凑在一起，竟不由得人不信。现下一想，咱们实在太过胡涂。白长老，你请法刀来，依照帮规，咱们自行了断便是。"

白世镜脸如寒霜，沉声道："执法弟子，请本帮法刀。"

他属下九名弟子齐声应道："是！"每人从背后布袋中取出一个黄布包袱，打开包袱，取出一柄短刀。九柄精光灿然的短刀并列在一起，一样的长短大小，火光照耀之下，刀刃上闪出蓝森森的光彩。一名执法弟子捧过一段树木，九人同时将九柄短刀插入了木中，随手而入，足见九刀锋锐异常。九人齐声叫道："法刀齐集，验明无误。"

白世镜叹了口气，说道："宋奚陈吴四长老误信人言，图谋叛乱，危害本帮大业，罪当一刀处死。大智分舵舵主全冠清，造遥惑众，鼓动内乱，罪当九刀处死。参与叛乱的各舵弟子，各领罪责，日后详加查究，分别处罚。”

他宣布了各人的罪刑，众人都默不作声。江湖上任何帮会，凡背叛本帮、谋害帮主的，理所当然的予以处死，谁都不会有什么异言。众人参与图谋之时，原已知道这个后果。

吴长风大踏步上前，对乔峰躬身说道：“帮主，吴长风对你不起，自行了断。盼你知我胡涂，我死之后，你原谅了吴长风。”说着走到法刀之前，大声道：“吴长风自行了断，执法弟子松绑。”一名执法弟子道：“是！”上前要去解他的绑缚，乔峰喝道：“且慢！”

吴长风登时脸如死灰，低声道：“帮主，我罪孽太大，你不许我自行了断？”

丐帮规矩，犯了帮规的人倘若自行了断，则死后声名无污，罪行劣迹也决不外传，江湖上若有人数说他的恶行，丐帮反而会出头干涉。武林中好汉谁都将名声看得极重，不肯令自己死后的名字受人损辱，吴长风见乔峰不许他自行了断，不禁愧惶交集。

乔峰不答，走到法刀之前，说道：“十五年前，契丹国入侵雁门关，宋长老得知讯息，三日不食，四晚不睡，星夜赶回，报知紧急军情，途中连毙九匹好马，他也累得身受内伤，口吐鲜血。终于我大宋守军有备，契丹胡骑不逞而退。这是有功于国的大事，江湖上英雄虽然不知内中详情，咱们丐帮却是知道的。执法长老，宋长老功劳甚大，盼你体察，许他将功赎罪。”

白世镜道：“帮主代宋长老求情，所说本也有理。但本帮帮规有云：‘叛帮大罪，决不可赦，纵有大功，亦不能赎。以免自恃有功者骄横生事，危及本帮百代基业。’帮主，你的求情于帮规不合，咱们不能坏了历代帮主传下来的规矩。”

宋长老惨然一笑，走上两步，说道：“执法长老的话半点也不错。咱们既然身居长老之位，哪一个不是有过不少汗马功劳？倘若人人追论旧功，那么什么罪行都可犯了。帮主，请你见怜，许我自行了断。”只听得喀喀两声响，缚在他手腕上的牛筋已被崩断。

群丐尽皆动容。那牛筋又坚又韧，便是用钢刀利刃斩割，一时也未必便能斫断，宋长老却于举手之间便即崩断，不愧为丐帮四大长老之首。宋长老双手一脱束缚，伸手便去抓面前的法刀，用以自行了断。不料一股柔和的内劲逼将过来，他手指和法刀相距尺许，便伸不过去，正是乔峰不令他取刀。

宋长老惨然变色，叫道：“帮主，你……”乔峰一伸手，将左首条一柄法刀拔起。宋长老道：“罢了，罢了，我起过杀害你的念头，原是罪有应得，你下手罢！”眼前刀光一闪，噗的一声轻响，只见乔峰将法刀戳入了他自己左肩。

群丐“啊”的一声大叫，不约而同的都站起身来。段誉惊道：“大哥，你！”连王语嫣这局外之人，也是为这变故吓得花容变色，脱口叫道：“乔帮主，你不要……

乔峰道：“白长老，本帮帮规之中，有这么一条：‘本帮弟子犯规，不得轻赦，帮主欲加宽容，亦须自流鲜血，以洗净其罪。’是也不是？”

白世镜脸容仍是僵硬如石，缓缓的道：“帮规是有这么一条，但帮主自流鲜血，洗人之罪，亦须想想是否值得。”

乔峰道：“只要不坏祖宗遗法，那就好了。”转过身来，对着奚长老道：“奚长老当年指点我的武功，虽无师父之名，却有师父之实。这尚是私人的恩德。想当年汪帮主为契丹国五大高手设伏擒获，困于祁连山黑风洞中，威逼我丐帮向契丹降服。汪帮主身材矮胖，奚长老与之有三分相似，便乔装汪帮主的模样，甘愿代死，使汪帮主得以脱险。这是有功于国家和本帮的大事，本人非免他的罪名不可。”说着拔起第二柄法刀，轻轻一挥，割断奚长老腕间的牛筋，跟着回手一刀，将这柄法刀刺入了自己肩头。

他目光缓缓向陈长老移去。陈长老性情乖戾，往年做了对不起家门之事，变名出亡，老是担心旁人揭他疮疤，心中忌惮乔峰精明，是以和他一直疏疏落落，并无深交，这时见乔峰的目光瞧来，大声道：“乔帮主，我跟你没什么交情，平时得罪你的地方太多，不敢要你流血赎命。”双臂一翻，忽地从背后移到了身前，只是手腕仍被牛筋牢牢缚着。原来他的“通臂拳功”已练到了出神入化之境，一双手臂伸缩自如，身子一蹲，手臂微长，已将一柄法刀抢在手中。

乔峰反手擒拿，轻轻巧巧的抢过短刀，朗声道：“陈长老，我乔峰是个粗鲁汉子，不爱结交为人谨慎、事事把细的朋友，也不喜欢不爱喝酒、不肯多说多话、大笑大吵之人，这是我天生的性格，勉强不来。我和你性情不投，平时难得有好言好语。我也不喜马副帮主的为人，见他到来，往往避开，宁可去和一袋二袋的低辈弟子喝烈酒、吃狗肉。我这脾气，大家都知道的。但如你以为我想除去你和马副帮主，那可就大错而特错了。你和马副帮主老成持重，从不醉酒，那是你们的好处，我乔峰及你们不上。”说到这里，将那法刀插入了自己肩头，说道：“刺杀契丹国左路副元帅耶律不鲁的大功劳，旁人不知，难道我也不知么？”

群丐之中登时传出一阵低语之声，声音中混着惊异、佩服和赞叹。原来数年前契丹国大举入侵，但军中数名大将接连暴毙，师行不利，无功而返，大宋国免除了一场大灾。暴毙的大将之中，便有左路副元帅耶律不鲁在内。丐帮中除了最高的几位首脑人物，谁也不知道这是陈长老所建的大功。

陈长老听乔峰当众宣扬自己的功劳，心下大慰，低声说道：“我陈孤雁名扬天下，深感帮主大恩大德。”

丐帮一直暗助大宋抗御外敌，保国护民，然为了不令敌人注目，以致全力来攻打丐帮，各种谋干不论成败，都是做过便算，决不外泄，是以外间多不知情，即令本帮之中，也是尽量守秘。陈孤雁一向居傲无礼，自恃年纪比乔峰大，在丐帮中的资历比乔峰久，平时对他并不如何谦敬，群丐众所周知，这时见帮主居然不念旧嫌，代他流血洗罪，无不感动。

乔峰走到吴长风身前，说道：“吴长老，当年你独守鹰愁峡，力抗西夏‘一品堂’的高手，使其行刺杨家将的阴谋无法得逞。单凭杨元帅赠给你的那面‘记功金牌’，便可免了你今日之罪。你取出来给大家瞧瞧罢！”吴长风突然间满脸通红，神色忸怩不安，说道：“这个……这个……”乔峰道：“咱们都是自己兄弟，吴长老有何为难之处，尽说不妨。”吴长风道：“我那面记功金牌嘛，不瞒帮主说，是……这个……这个……已经不见了。”乔峰奇道：“如何会不见了？”吴长风道：“是自己弄丢了的。嗯……”他定了定神，大声道：“那一天我酒瘾大发，没钱买酒，把金牌卖了给金铺子啦。”乔峰哈哈大笑，道：“爽快，爽快，只是未免对不起杨元帅了。”说着拔起一柄法刀，先割断了吴长风腕上的牛筋，跟着插入自己左肩。

吴长风大声道："帮主，你大仁大义，吴长风这条性命，从此交了给你。人家说你这个那个，我再也不信了。"乔峰拍拍他的肩头，笑道："咱们做叫化子的，没饭吃，没酒喝，尽管向人家讨啊，用不着卖金牌。"吴长风笑道："讨饭容易讨酒难，人家都说：'臭叫化子，吃饱了肚子还想喝酒，太不成话了！不给，不给。'"群丐听了，都轰笑起来。讨酒为人所拒，丐帮中不少人都经历过，而乔峰赦免了四大长老的罪责，人人都是如释重负。各人目光一齐望着全冠清，心想他是煽动这次叛乱的罪魁祸首，乔峰便再宽宏大量，也决计不会赦他。

乔峰走到全冠清身前，说道："全舵主，你有什么话说？"全冠清道："我所以反你，是为了大宋的江山，为了丐帮百代的基业，可惜跟我说了你身世真相之人，畏事怕死，不敢现身。你将我一刀杀死便是。"乔峰沉吟片刻，道："我身世中有何不对之处，你尽管说来。"全冠清摇头道："我这时空口说白话，谁也不信，你还是将我杀了的好。"乔峰满腹疑云，大声道："大丈夫有话便说，何必吞吞吐吐，想说却又不说？全冠清，是好汉子，死都不怕，说话却又有什么顾忌了？"

全冠清冷笑道："不错，死都不怕，天下还有什么事可怕？姓乔的，痛痛快快，一刀将我杀了。免得我活在世上，眼看大好丐帮落入胡人手中，我大宋的锦绣江山，更将沦亡于夷狄。"乔峰道："大好丐帮如何会落入胡人手中？你明明白白说来。"全冠清道："我这时说了，众兄弟谁也不信，还道我全冠清贪生怕死，乱嚼舌根。我早已拚着一死，何必死后再落骂名。"

白世镜大声道："帮主，这人诡计多端，信口胡说一顿，只盼你也饶了他的性命，执法弟子，取法刀行刑。"

一名执法弟子应道："是！"迈步上前，拔起一柄法刀，走到全冠清身前。

乔峰目不转睛凝视着全冠清的脸色，只见他只有愤愤不平之容，神色间既无奸诈谲狯，亦无畏惧惶恐，心下更是起疑，向那执法弟子道："将法刀给我。"那执法弟子双手捧刀，躬身呈上。

乔峰接过法刀，说道："全舵主，你说知道我身世真相，又说此事与本帮安危有关，到底真相如何，却又不敢吐实。"说到这里，将法刀还入包袱中包起，放入自己怀中，说道："你煽动叛乱，一死难免，只是今日暂且寄下，待真相大白之后，我再亲自杀你。乔峰并非一味婆婆妈妈的买好示惠之辈，既决心杀你，谅你也逃不出我的手掌。你去罢，解下背上布袋，自今而后，丐帮中没了你这号人物。"

所谓"解下背上布袋"，便是驱逐出帮之意。丐帮弟子除了初入帮而全无职司者之外，每人背上均有布袋，多则九袋，少则一袋，以布袋多寡而定辈份职位之高下。全冠清听乔峰命他解下背上布袋，眼光中陡然间露出杀气，一转身便抢过一柄法刀，手腕翻处，将刀尖对准了自己胸口。江湖上帮会中人被逐出帮，实是难以形容的奇耻大辱，较之当场处死，往往更加令人无法忍受。

乔峰冷冷的瞧着他，看他这一刀是否戳下去。

全冠清稳稳持着法刀，手臂绝不颤抖，转头向着乔峰。两个相互凝视，一时之间，杏子林中更无半点声息。全冠清忽道："乔峰，你好泰然自若！难道你自己真的不知？"乔峰道："知道什么？"

全冠清口唇一动，终于并不说话，缓缓将法刀放还原处，再缓缓将背上布袋一只只的解了下来，恭恭敬敬的放在地下。

眼见全冠清解到第五只布袋时，忽然马蹄声响，北方有马匹急奔而来，跟着传来一两声口哨。群丐中有人发哨相应，那乘马越奔越快，渐渐驰近。吴长风喃喃的道：“有什么紧急变故？”那乘马尚未奔到，忽然东首也有一乘马奔来，只是相距尚远，蹄声隐隐，一时还分不清驰向何方。

片刻之间，北方那乘马已奔到了林外，一人纵马入林，翻身下鞍。那人宽袍大袖，衣饰甚是华丽，他极迅速的解去外衣，露出里面鹑衣百结的丐帮装束。段誉微一思索，便即明白：丐帮中人乘马驰骤，极易引人注目，官府中人往往更会查问干涉，但传报紧急讯息之人必须乘马，是以急足信使便装成富商大贾的模样，但里面仍服鹑衣，不敢忘本。

那人走到大信分舵舵主跟前，恭恭敬敬的呈上一个小小包裹，说道：“紧急军事……”只说了这四个字，便喘气不已，突然之间，他乘来的那匹马一声悲嘶，滚倒在地，竟是脱力而死。那信使身子摇晃，猛地扑倒。显而易见，这一人一马长途奔驰，都已精疲力竭。

大信舵舵主认得这信使是本舵派往西夏刺探消息的弟子之一。西夏时时兴兵犯境，占土扰民，只为害不及契丹而已，丐帮掌有谍使前往西夏，刺探消息。他见这人如此奋不顾身，所传的讯息自然极为重要，且必异常紧急，当下竟不开拆，捧着那小包呈给乔峰，说道：“西夏紧急军情。信使是跟随易大彪兄弟前赴西夏的。”

乔峰接过包裹，打了开来，见里面裹着一枚蜡丸。他捏碎蜡丸，取出一个纸团，正要展开来看，忽听得马蹄声紧，东首那乘马已奔入林来。马头刚在林中出现，马背上的乘客已飞身而下，喝道：“乔峰，蜡丸传书，这是军情大事，你不能看。”

众人都是一惊，看那人时，只见他白须飘动，穿着一身补钉累累的鹑衣，是个年纪极高的老丐。传功、执法两长老一齐站起身来，说道：“徐长老，何事大驾光临？”

群丐听得徐长老到来，都是耸然动容。这徐长老在丐帮中辈份极高，今年已八十七岁，前任汪帮主都尊他一声“师伯”，丐帮之中没一个不是他的后辈。他退隐已久，早已不问世务。乔峰和传功、执法等长老每年循例向他请安问好，也只是随便说说帮中家常而已。不料这时候他突然赶到。而且制止乔峰阅看西夏军情，众人自是无不惊讶。

乔峰立即左手一紧，握住纸团，躬身施礼，道：“徐长老安好！”跟着摊开手掌，将纸团送到徐长老面前。

乔峰是丐帮帮主，辈份虽比徐长老为低，但遇到帮中大事，终究是由他发号施令，别说徐长老只不过是一位退隐前辈，便是前代的历位帮主复生，那也是位居其下。不料徐长老不许他观看来自西夏国的军情急报，他竟然毫不抗拒，众人尽皆愕然。

徐长老说道：“得罪！”从乔峰手掌中取过纸团，握在左手之中，随即目光向群丐团团扫去，朗声说道：“马大元马兄弟的遗孀马夫人即将到来，向诸位有所陈说，大伙儿请待她片刻如何？”群丐都眼望乔峰，瞧他有何话说。

乔峰满腹疑团，说道：“假若此事关连重大，大伙儿等候便是。”徐长老道：“此事关连重大。”说了这六字，再也不说什么，向乔峰补行参见帮主之礼，便即坐在一旁。

段誉心下嘀咕，又想乘机找些话题和王语嫣说说，向她低声道："王姑娘，丐帮中的事情真多。咱们且避了开去呢，还是在旁瞧瞧热闹？"王语嫣皱眉道："咱们是外人，本不该参预旁人的机密大事，不过……不过……他们所争的事情跟我表哥有关，我想听听。"段誉附和道："是啊，那位马副帮主据说是你表哥杀的，遗下一个无依无靠的寡妇，想必十分可怜。"王语嫣忙道："不！不！马副帮主不是我表哥杀的，乔帮主不也这么说吗？"

这时马蹄声又作，两骑马奔向杏林而来。丐帮在此聚会，路旁固然留下了记号，附近更有人接同道，防敌示警。

众人只道其中一人必是马大元的寡妻，那知马上乘客却是一个老翁，一个老妪，男的身裁矮小，而女的甚是高大，相映成趣。

乔峰站起相迎，说道："太行山冲霄洞谭公、谭婆贤伉俪驾到，有失远迎，乔峰这里谢过。"徐长老和传功、执法等六长老一齐上前施礼。

段誉见了这等情状，料知这谭公、谭婆必是武林中来头不小的人物。

谭婆道："乔帮主，你肩上插这几把玩意干什么啊？"手臂一扬，立时便将他肩上四柄法刀拔了下来，手法快极。她这一拔刀，谭公即刻从怀中取出一只小盒，打开盒盖，伸指沾些药膏，抹在乔峰肩头。金创药一涂上，创口中如喷泉般的鲜血立时便止。谭婆拔刀手法之快，固属人所罕见，但终究是一门武功，然谭公取盒、开盖、沾药、敷伤、止血，几个动作干净利落，虽然快得异常，却人人瞧得清清楚楚，真如变魔术一般，而金创药止血的神效，更是不可思议，药到血停，绝不迟延。

乔峰见谭公、谭婆不问情由，便替自己拔刀治伤，虽然微嫌鲁莽，却也好生感激，口中称谢之际只觉肩头由痛变痒，片刻间便疼痛大减，这金创药的灵效，不但从未经历，抑且闻所未闻。

谭婆又问："乔帮主，世上有谁这么大胆，竟敢用刀子伤你？"乔峰笑道："是我自己刺的。"谭婆奇道："为什么自己刺自己？活得不耐烦了么？"乔峰微笑道："我自己刺着玩的，这肩头皮粗肉厚，也伤不到筋骨。"

宋奚陈吴四长老听乔峰替自己隐瞒真相，不由得既感且愧。

谭婆哈哈一笑，说道："你撒什么谎儿？我知道啦，你鬼精灵的，打听到谭公新得极北寒玉和玄冰蟾蜍，合成了灵验无比的伤药，就这么来试他一试。"

乔峰不置可否，只微微一笑，心想："这位老婆婆大是戆直。世上又有谁这么空闲，在自己身上戳几刀，来试你的药灵是不灵。"

只听得蹄声得得，一头驴子闯进林来，驴上一人倒转而骑，背向驴头，脸朝驴尾。谭婆登时笑逐颜开，叫道："师哥，你又在玩什么古怪花样啦？我打你的屁股！"

众人瞧那驴背上之人时，只见他缩成一团，似乎是个七八岁的孩童模样。谭婆伸手一掌往他屁股上拍去。那人一骨碌翻身下地，突然间伸手撑足，变得又高又大。众人都是微微一惊。谭公却脸有不豫之色，哼了一声，向他侧目斜睨，说道："我道是谁，原来是你。"随即转头瞧着谭婆。

那倒骑驴子之人说是年纪很老，似乎倒也不老，说他年纪轻，却又全然不轻，总之是三十岁到六十岁之间，相貌说丑不丑，说俊不俊。他双目凝视谭婆，神色间关切无限，柔声问道："小娟，近来过得快活么？"

这谭婆牛高马大，白发如银，满脸皱纹，居然名字叫做“小娟”，娇娇滴滴，跟她形貌全不相称，众人听了都觉好笑。但每个老太太都曾年轻过来，小姑娘时叫做“小娟”，老了总不成改名叫做“老娟”？段誉正想着这件事，只听得马蹄声响，又有数匹马驰来，这一次却奔跑并不急骤。

乔峰却在打量那骑驴客，猜不透他是何等样人物。他是谭婆的师兄，在驴背上所露的这手缩骨功又如此高明，自是非同寻常，可是却从来未曾听过他的名字。

那数乘马来到杏子林中，前面是五个青年，一色的浓眉大眼，容貌甚为相似，年纪最大的三十余岁，最小的二十余岁，显然是一母同胞的五兄弟。

吴长风大声道：“泰山五雄到了，好极，好极！什么好风把你们哥儿五个一齐都吹了来啊？”泰山五雄中的老三叫做单叔山，和吴长风甚为熟稔，抢着说道：“吴四叔你好，我爹爹也来啦。”吴长风脸上微微变色，道：“当真，你爹爹……”他做了违犯常规之事，心下正虚，听到泰山“铁面判官”单正突然到来，不由得暗自慌乱。“铁面判官”单正生平嫉恶如仇，只要知道江湖上有什么不公道之事，定然伸手要管。他本身武功已然甚高，除了亲生的五个儿子外，又广收门徒，徒子徒孙共达二百余人，“泰山单家”的名头，在武林中谁都忌惮三分。

跟着一骑马驰进林中，泰山五雄一齐上前拉住马头，马背上一个身穿茧绸长袍的老者飘身而下，向乔峰拱手道：“乔帮主，单正不请自来，打扰了。”

乔峰久闻单正之名，今日尚是初见，但见他满脸红光，当得起“童颜鹤发”四字，神情却甚谦和，不似江湖上传说的出手无情，当即抱拳还礼，说道：“若知单老前辈大驾光临，早该远迎才是。”

那骑驴客忽然怪声说道：“好哇！铁面判官到来，就该远迎。我‘铁屁股判官’到来，你就不该远迎了。”

众人听到“铁屁股判官”这五个字的古怪绰号，无不哈哈大笑。王语嫣、阿朱、阿碧三人虽觉笑之不雅，却也不禁嫣然。泰山五雄听这人如此说，自知他是有心戏侮自己父亲，登时勃然变色，只是单家家教极严，单正既未发话，做儿子的谁也不敢出声。

单正涵养甚好，一时又捉摸不定这怪人的来历，装作并未听见，朗声道：“请马夫人出来叙话。”

树林后转出一顶小轿，两名健汉抬着，快步如飞，来到林中一放，揭开了轿帷，轿中缓步走出一个全身缟素的少妇。那少妇低下了头，向乔峰盈盈拜了下去，说道：“未亡人马门温氏，参见帮主。”

乔峰还了一礼，说道：“嫂嫂，有礼！”

马夫人道：“先夫不幸亡故，多承帮主及众位伯伯叔叔照料丧事，未亡人衷心铭感。”她话声极是清脆，听来年纪甚轻，只是她始终眼望地下，见不到她的容貌。

乔峰料想马夫人必是发见了丈夫亡故的重大线索，这才亲身赶到，但帮中之事她不先禀报帮主，却去寻徐长老和铁面判官作主，其中实是大有蹊跷，回头向执法长老白世镜望去。白世镜也正向他瞧来。两人的目光之中都充满了异样神色。

乔峰先接外客，再论本帮事务，向单正道：“单老前辈，太行山冲霄洞谭氏伉俪，不知是否素识？”单正抱拳道：“久仰谭氏伉俪的威名，幸会，幸会。”乔峰道：“谭老爷子，这一位前辈，请你给在下引见，以免失了礼数。”

谭公尚未答话，那骑驴客抢着说道：“我姓双，名歪，外号叫作‘铁屁股判官’。”

铁面判官单正涵养再好，到这地步也不禁怒气上冲，心想：“我姓单，你就姓双，我叫正，你就叫歪，这不是冲着我来么？”正待发作，谭婆却道：“单老爷子，你莫听赵钱孙随口胡诌，这人是个癫子，跟他当不得真的。”

乔峰心想：“这人名叫赵钱孙吗？料来不会是真名。”说道：“众位，此间并无座位，只好随意在地下坐了。”他见众人分别坐定，说道：“一日之间，得能会见众位前辈高人，实不胜荣幸之至。不知众位驾到，有何见教？”

单正道：“乔帮主，贵帮是江湖上第一大帮，数百年来侠名播于天下，武林中提起‘丐帮’二字，谁都十分敬重，我单某向来也是极为心仪的。”乔峰道：“不敢！”

赵钱孙接口道：“乔帮主，贵帮是江湖上第一大帮，数百年来侠名播于天下，武林中提起‘丐帮’二字，谁都十分敬重，我双某向来也是极为心仪的。”他这番话和单正说的一模一样，就是将“单某”的“单”字改成了“双”字。

乔峰知道武林中这些前辈高人大都有副希奇古怪的脾气，这赵钱孙处处跟单正挑眼，不知为了何事，自己总之双方都不得罪就是，于是也跟着说了句：“不敢！”

单正微微一笑，向大儿子单伯山道：“伯山，余下来的话，你跟乔帮主说。旁人若要学我儿子，尽管学个十足便是。”

众人听了，都不禁打个哈哈，心想这铁面判官道貌岸然，倒也阴损得紧，赵钱孙倘若再跟着单伯山学嘴学舌，那就变成学做他儿子了。

不料赵钱孙说道：“伯山，余下来的话，你跟乔帮主说。旁人若要学我儿子，尽管学个十足便是。”这么一来，反给他讨了便宜去，认了是单伯山的父亲。

单正最小的儿子单小山火气最猛，大声骂道：“他妈的，这不是活得不耐烦了么？”

赵钱孙自言自语：“他妈的，这种窝囊儿子，生四个已经太多，第五个实在不必再生，嘿嘿，也不知是不是亲生的。”

听他这般公然挑衅，单正便是泥人也有土性儿，转头向赵钱孙道：“咱们在丐帮是客，争闹起来，那是不给主人面子，待此间事了之后，自当再来领教阁下的高招。伯山，你自管说罢！”

赵钱孙又学着他道：“咱们在丐帮是客，争闹起来，那是不给主人面子，待此间事了之后，自当再来领教阁下的高招。伯山，老子叫你说，你自管说罢！”

单伯山恨不得冲上前去，拔刀猛砍他几刀，方消心头之恨，当下强忍怒气，向乔峰道：“乔帮主，贵帮之事，我父子原是不敢干预，但我爹爹说，‘君子爱人以德……’”说到这里，眼光瞧向赵钱孙，看他是否又再学舌，若是照学，势必也要这么说：“但我爹爹说：“君子爱人以德”，那便是叫单正为“爹爹”了。

不料赵钱孙仍然照学，说道：“乔帮主，贵帮之事，我父子原是不敢干预，但我儿子说，‘君子爱人以德’。”他将“爹爹”两字改成“儿子”；自是明讨单正的便宜。众人一听，都皱起了眉头，觉得这赵钱孙太也过份，只怕当场便要流血。

单正淡淡的道：“阁下老是跟我过不去。但兄弟与阁下素不相识，实不知什么地方得罪了你，尚请明白示知。倘若是兄弟的不是，即行向阁下赔礼请罪便了。”

众人心下暗赞单正，不愧是中原得享大名的侠义前辈。

赵钱孙道："你没得罪我，可是得罪了小娟，这比得罪我更加可恶十倍。"

单正奇道："谁是小娟？我几时得罪她了？"赵钱孙指着谭婆道："这位便是小娟。小娟是她的闺名，天下除我之外，谁也称呼不得。"单正好气，又好笑，说道："原来这是谭婆婆的闺名，在下不知，冒昧称呼，还请恕罪。"赵钱孙老气横秋的道："不知者不罪，初犯恕过，下次不可。"单正道："在下久仰太行山冲霄洞谭氏伉俪的大名，却无缘识荆，在下自省从未在背后说人闲言闲语，如何会得罪了谭家婆婆？"

赵钱孙愠道："我刚才正在问小娟：'你近来过得快活么？'她尚未答话，你这五个宝贝儿子便大模大样、横冲直撞的来到，打断了她的话头，至今尚未答我的问话。单老兄，你倒去打听打听，小娟是什么人？我'赵钱孙李，周吴郑王'又是什么人？难道我们说话之时，也容你随便打断的么？"

单正听了这番似通非通的言语，心想这人果然脑筋不大灵，说道："兄弟有一事不明，却要请教。"赵钱孙道："什么事？我倘若高兴，指点你一条明路，也不打紧。"单正道："多谢，多谢。阁下说谭婆的闺名，天下便只阁下一人叫得，是也不是？"赵钱孙道："正是。如若不信，你再叫一声试试，瞧我'赵钱孙老，周吴郑王，冯陈褚卫，蒋沈韩杨'是不是跟你狠狠打上一架？"单正道："兄弟自然不敢叫，却难道连谭公也叫不得么？"

赵钱孙铁青着脸，半晌不语。众人都想，单正这一句话可将他问倒了。不料突然之间，赵钱孙放声大哭，涕泪横流，伤心之极。

这一着人人都大出意料之外，此人天不怕，地不怕，胆敢和"铁面判官"顶撞到底，哪想到这么轻轻一句话，却使得他号啕大哭，难以自休。

单正见他哭得悲痛，倒不好意思起来，先前胸中积蓄的满腔怒火，登时化为乌有，反而安慰他道："赵兄，这是兄弟的不是了……"

赵钱孙呜呜咽咽的道："我不姓赵。"单正更奇了，问道："然则阁下贵姓？"赵钱孙道："我没姓，你别问，你别问。"

众人猜想这赵钱孙必有一件极伤心的难言之隐，到底是什么事，他自己不说，旁人自也不便多问，只有让他抽抽噎噎、悲悲切切，一股劲儿的哭之不休。

谭婆沉着脸道："你又发癫了，在众位朋友之前，要脸面不要？"

赵钱孙道："你扔下了我，去嫁了这老不死的谭公，我心中如何不悲，如何不痛？我心也碎了，肠也断了，这区区外表的脸皮，要来何用？"

众人相顾莞尔，原来说穿了毫不希奇。那自然是赵钱孙和谭婆从前有过一段情史，后来谭婆嫁了谭公，而赵钱孙伤心得连姓名也不要了，疯疯癫癫的发痴。眼看谭氏夫妇都是六十以上的年纪，怎地这赵钱孙竟然情深若斯，数十年来苦恋不休？谭婆满脸皱纹，白发萧萧，谁也看不出这又高又大的老妪，年轻时能有什么动人之处，竟使得赵钱孙到老不能忘情。

谭婆神色忸怩，说道："师哥，你尽提这些旧事干什么？丐帮今日有正经大事要商量，你乖乖的听着罢。"

这几句温言相劝的软语，赵钱孙听了大是受用，说道："那么你向我笑一笑，我就听你的话。"谭婆还没笑，旁观众人中已有十多人先行笑出声来。

谭婆却浑然不觉，回眸向他一笑。赵钱孙痴痴的向她望着，这神情显然是神驰目眩，魂飞魄散。谭公坐在一旁，满脸怒气，却又无可奈何。

这般情景段誉瞧在眼里，心中蓦地一惊："这三人都情深如此，将世人全然置之度外，我……我对王姑娘，将来也会落到赵钱孙这般结果么？不，不！这谭婆对她师哥显然颇有情意，而王姑娘念念不忘的，却只是她的表哥慕容公子。比之赵钱孙，我是大大的不如，大大的不及了。"

乔峰心中却想的是另一回事："那赵钱孙果然并不姓赵。向来听说太行山冲霄洞谭公、谭婆，以太行嫡派绝技著称，从这三人的话中听来，三人似乎并非出于同一师门。到底谭公是太行派呢？还是谭婆是太行派？倘若谭公是太行派，那么这赵钱孙与谭婆师兄妹，又是什么门派？"

只听赵钱孙又道："听得姑苏出了个'以彼之道，还施彼身'的慕容复，胆大妄为，乱杀无辜。老子倒要会他一会，且看这小子有什么本事，能还施到我'赵钱孙李，周吴郑王'身上？小娟，你叫我到江南，我自然是要来的。何况我……"

他一番话没说完，忽听得一人号啕大哭，悲悲切切，呜呜咽咽，哭声便和他适才没半点分别。众人听了，都是一愣，只听那人跟着连哭带诉："我的好师妹啊，老子什么地方对不起你？为什么你去嫁了这姓谭的糟老头子？老子日想夜想，牵肚挂肠，记着的就是你小娟师妹。想咱师父在世之日，待咱们二人犹如子女一般，你不嫁老子，可对得起咱师父么？"

这说话的声音语调，和赵钱孙委实一模一样，若不是众人亲眼见到他张口结舌、满脸诧异的神情，谁都以为定是出于他的亲口。各人循声望去，见这声音发自一个身穿淡红衫子的少女。

那人背转了身子，正是阿朱。段誉和阿碧、王语嫣知道她模拟别人举止和说话的神技，自不为异，其余众人却无不又是好奇，又是好笑，以为赵钱孙听了之后，必定怒发如狂。不料阿朱这番话触动他的心事，眼见他本来已停了哭泣，这时又眼圈儿红了，嘴角儿扁了，泪水从眼中滚滚而下，竟和阿朱彼此唱和的对哭起来。

单正摇了摇头，朗声说道："单某虽然姓单，却是一妻四妾，儿孙满堂。你这位双歪双兄，偏偏形单影只，凄凄惶惶。这种事情乃是悔之当初，今日再来重论，不免为时已晚。双兄，咱们承丐帮徐长老与马夫人之邀，来到江南，是来商量阁下的婚姻大事么？"赵钱孙摇头道："不是。"单正道："然则咱们还是来商议丐帮的要事，才是正经。"赵钱孙勃然怒道："什么？丐帮的大事正经，我和小娟的事便不正经么？"

谭公听到这里，终于忍无可忍，说道："阿慧，阿慧，你再不制止他发疯发癫，我可不能干休了。"

众人听到"阿慧"两字称呼，均想："原来谭婆另有芳名，那'小娟'二字，确是赵钱孙独家专用的。"

谭婆顿足道："他又不是发疯发癫，你害得他变成这副模样，还不心满意足么？"谭公奇道："我……我……我怎地害了他？"谭婆道："我嫁了你这糟老头子，我师哥心中自然不痛快……"谭公道："你嫁我之时，我可既不糟，又不老。"谭婆怒道："也不怕丑，难道你当年就挺英俊潇洒么？"

徐长老和单正相对摇头，均想这三个宝贝当真为老不尊，三人都是武林中大有身份的前辈耆宿，却在众人面前争执这些陈年情史，实在好笑。

徐长老咳嗽一声，说道："泰山单兄父子，太行山谭氏夫妇，以及这位兄台，今日惠然驾临，敝帮全帮上下均感光宠。马夫人，你来从头说起罢。"

那马夫人一直垂手低头，站在一旁，背向众人，听得徐长老的说话，缓缓回过身来，低声说道："先夫不幸身故，小女子只有自怨命苦，更悲先夫并未遗下一男半女，接续马氏香烟……"她虽说得甚低，但语音清脆，一个字一个字的传入众人耳里，甚是动听。她说到这里，话中略带呜咽，微微啜泣。杏林中无数英豪，心中均感难过。同一哭泣，赵钱孙令人好笑，阿朱令人惊奇，马夫人却令人心酸。

只听她续道："小女子殓葬先夫之后，检点遗物，在他收藏拳经之处，见到一封用火漆密密封固的书信。封皮上写道：'余若寿终正寝，此信立即焚化，拆视者即为毁余遗体，令余九泉不安。余若死于非命，此信立即交本帮诸长老会同拆阅，事关重大，不得有误。'"

马夫人说到这里，杏林中一片肃静，当真是一针落地也能听见。她顿了一顿，继续说道："我见先夫写得郑重，知道事关重大，当即便要去求见帮主，呈上遗书，幸好帮主率同诸位长老，到江南为先夫报仇来了，亏得如此，这才没能见到此信。"

众人听她语气有异，既说"幸好"，又说"亏得"，都不自禁向乔峰瞧去。

乔峰从今晚的种种事情之中，早察觉到有一个重大之极的图谋在对付自己，虽则全冠清和四长老的叛帮逆举已然平定，但显然此事并未了结，此时听马夫人说到这里，反感轻松，神色泰然，心道："你们有什么阴谋，尽管使出来好了。乔某生平不作半点亏心事，不管有何倾害诬陷，乔某何惧？"

只听马夫人接着道："我知此信涉及帮中大事，帮主和诸长老既然不在洛阳，我生怕耽误时机，当即赴郑州求见徐长老，呈上书信，请他老人家作主。以后的事情，请徐长老告知各位。"

徐长老咳嗽几声，说道："此事说来恩恩怨怨，当真好生为难。"这两句话声音嘶哑，颇有苍凉之意。他慢慢从背上解下一个麻布包袱，打开包袱，取出一只油布招文袋，再从招文袋中抽出一封信来，说道："这封便是马大元的遗书。大元的曾祖、祖父、父亲，数代都是丐帮中人，不是长老，便是八袋弟子。我眼见大元自幼长大，他的笔迹我是认得很清楚的。这信封上的字，确是大元所写。马夫人将信交到我手中之时，信上的火漆仍然封固完好，无人动过。我也担心误了大事，不等会同诸位长老，便即拆来看了。拆信之时，太行山铁面判官单兄也正在座，可作明证。"

单正道："不错，其时在下正在郑州徐老府上作客，亲眼见到他拆阅这封书信。"

徐长老掀开信封封皮，抽了一张纸笺出来，说道："我一看这张信笺，见信上字迹笔致遒劲，并不是大元所写，微感惊奇，见上款写的是'剑髯吾兄'四字，更是奇怪。众位都知道，'剑髯'两字，是本帮前任汪帮主的别号，若不是跟他交厚相好之人，不会如此称呼，而汪帮主逝世已久，怎么有人写信与他？我不看笺上所写何字，先看信尾署名之人，一看之下，更是诧异。当时我不禁'咦'的一声，说道：'原来是他！'单兄好奇心起，探头过来一看，也奇道：'咦！原来是他！'"

单正点了点头，示意当时自己确有此语。

赵钱孙插口道："单老兄，这就是你的不对了。这是人家丐帮的机密书信，你又不是丐帮中的一袋、二袋弟子，连个没入流的弄舵化子硬要饭的，也还挨不上，怎可去偷窥旁人的阴私？”别瞧他一直疯疯癫癫的，这几句话倒也真在情在理。单正老脸微赭，说道：“我只瞧一瞧信尾署名，也没瞧信中文字。”赵钱孙道：“你偷一千两黄金固然是贼，偷一文小钱仍然是贼，只不过钱有多少、贼有大小之分而已。大贼是贼，小毛贼也是贼。偷看旁人的书信，便不是君子，不是君子，便是小人。既是小人，便是卑鄙混蛋，那就该杀！”

单正向五个儿子摆了摆手，示意不可轻举妄动，且让他胡说八道，一笔帐最后总算，心下固自恼怒，却也颇感惊异：“此人一遇上便尽找我渣子的挑眼，莫非跟我有旧怨？江湖上没将泰山单家放在眼中之人，倒也没有几个。此人到底是谁，怎么我全然想不起来？”

众人都盼徐长老将信尾署名之人的姓名说将出来，要知道到底是什么人物，何以令他及单正如此惊奇，却听赵钱孙缠夹不休，不停的捣乱，许多人都向他怒目而视。

谭婆忽道：“你们瞧什么？我师哥的话半点也不错。”

赵钱孙听谭婆出口相助，不由得心花怒放，说道：“你们瞧，连小娟也这么说，那还有什么错的？小娟说的话，做的事，从来不会错的。”

忽然一个和他一模一样的声音说道：“是啊，小娟说的话，做的事，从来不会错的。她嫁了谭公，没有嫁你，完全没有嫁错。”说话之人正是阿朱。她恼怒赵钱孙出言诬蔑慕容公子，便不停的跟他作对。

赵钱孙一听，不由得啼笑皆非，阿朱是以子之矛，攻子之盾，用的正是慕容氏的拿手法门：“以彼之道，还施彼身”。

这时两道感谢的亲切眼光分从左右向阿朱射过来，左边一道来自谭公，右边一道来自单正。

便在此时，人影一晃，谭婆已然欺到阿朱身前，扬起手掌，便往她右颊上拍了下去，喝道：“我嫁不嫁错，关你这臭丫头什么事？”这一下出手极快，阿朱待要闪避，固已不及，旁人更无法救援。啪的一声轻响过去，阿朱雪白粉嫩的面颊上登时出现五道青紫的指印。

赵钱孙哈哈笑道：“教训教训你这臭丫头，谁教你这般多嘴多舌！”

阿朱泪珠在眼眶之中转动，正欲哭未哭之间，谭公抢近身去，从怀中又取出那只小小白玉盒子，打开盒盖，右手手指在盒中沾了些油膏，手臂一扬，在阿朱脸上划了几划，已在她伤处薄薄的敷了一层。谭婆打她巴掌，手法已是极快，但终究不过出掌收掌。谭公这敷药上脸，手续却甚是繁复细致，居然做得和谭婆一般快捷，使阿朱不及转念避让，油膏已然上脸。她一愕之际，只觉本来热辣辣、胀鼓鼓的脸颊之上，忽然间清凉舒适，同时左手中多了一件小小物事。她举掌一看，见是一只晶莹润滑的白玉盒子，知是谭公所赠，乃是灵验无比的治伤妙药，不由得破涕为笑。

徐长老不再理会谭婆如何唠唠叨叨的埋怨谭公，低沉着嗓子说道：“众位兄弟，到底写这封信的人是谁，我此刻不便言明。徐某在丐帮七十余年，近三十年来退隐山林，不再闯荡江湖，与人无争，不结怨仇。我在世上已为日无多，既无子孙，又无徒弟，自问绝无半分私心。我说几句话，众位信是不信？”

群丐都道：“徐长老的话，有谁不信？”

徐长老向乔峰道：“帮主意下如何？”

乔峰道：“乔某对徐长老素来敬重，前辈深知。”

徐长老道：“我看了此信之后，思索良久，心下疑惑难明，唯恐有甚差错，当即将此信交于单兄过目。单兄和写信之人向来交好，认得他的笔迹。此事关涉太大，我要单兄验明此信的真伪。”

单正向赵钱孙瞪了一眼，意思是说：“你又有什么话说？”赵钱孙道：“徐长老交给你看，你当然可以看，但你第一次看，却是偷看。好比一个人从前做贼，后来发了财，不做贼了，但尽管他是财主，却洗不掉从前的贼出身。”

徐长老不理赵钱孙的打岔，说道：“单兄，请你向大伙儿说说，此信是真是伪。”

单正道：“在下和写信之人多年相交，舍下并藏得有此人的书信多封，当即和徐长老、马夫人一同赶到舍下，捡出旧信对比，字迹固然相同，连信笺信封也是一般，那自是真迹无疑。”

徐长老道：“老朽多活了几年，做事万求仔细，何况此事牵涉本帮兴衰气运，有关一位英雄豪杰的声名性命，如何可以冒昧从事？”

众人听他这么说，不自禁的都瞧向乔峰，知道他所说的那一位“英雄豪杰”，自是指乔峰而言。只是谁也不敢和他目光相触，一见他转头过来，立即垂下眼光。

徐长老又道：“老朽得知太行山谭氏伉俪和写信之人颇有渊源，于是去冲霄洞向谭氏伉俪请教。谭公、谭婆将这中间的一切原委曲折，一一向在下说明，唉，在下实是不忍明言，可怜可惜，可悲可叹！”

这时众人这才明白，原来徐长老邀请谭氏伉俪和单正来到丐帮，乃是前来作证。

徐长老又道：“谭婆说道，她有一位师兄，于此事乃是身经目击，如请他亲口述说，最是明白不过，她这位师兄，便是赵钱孙先生了。这位先生的脾气和别人略有不同，等闲请他不到。总算谭婆的面子极大，片笺飞去，这位先生便应召而到……”

谭公突然满面怒色，向谭婆道：“怎么？是你去叫他来的么？怎地事先不跟我说？瞒着我偷偷摸摸？”谭婆怒道：“什么瞒着你偷偷摸摸？我写了信，要徐长老遣人送去，乃是光明正大之事。就是你爱喝干醋，我怕你唠叨啰嗦，宁可不跟你说。”谭公道：“背夫行事，不守妇道，那就不该！”

谭婆更不打话，出手便是一掌，啪的一声，打了丈夫一个耳光。

谭公的武功明明远比谭婆为高，但妻子这一掌打来，既不招架，亦不闪避，一动也不动的挨了她一掌，跟着从怀中又取出一个小盒，伸手沾些油膏，涂在脸上，登时消肿退青。一个打得快，一个治得快，这么一来，两人心头怒火一齐消了。旁人瞧着，无不好笑。

只听得赵钱孙长叹了一声，声音悲切哀怨之至，说道：“原来如此，原来如此。唉，早知这般，悔不当初。受她打几掌，又有何难？”语声之中，充满了悔恨之意。

谭婆幽幽的道：“从前你给我打了一掌，总是非打还不可，从来不肯相让半分。”

赵钱孙呆若木鸡，站在当地，怔怔的出了神，追忆昔日情事，这小师妹脾气暴躁，爱使小性儿，动不动便出手打人，自己无缘无故的挨打，心有不甘，每每因此而起争吵，一场美满姻缘，终于无法得谐。这时亲眼见到谭公逆来顺受、挨打不还手的情景，方始恍然大悟，心下痛悔，悲不自胜，数十年来自怨自艾，总道小师妹移情别恋，必有重大原因，殊不知对方只不过有一门“挨打不还手”的好处。“唉，这时我便求她在我脸上再打几掌，她也是不肯的了。”

徐长老道：“赵钱孙先生，请你当众说一句，这信中所写之事，是否不假。”

赵钱孙喃喃自语：“我这蠢材傻瓜，为什么当时想不到？学武功是去打敌人、打恶人、打卑鄙小人，怎么去用在心上人、意中人身上？打是情、骂是爱，挨几个耳光，又有什么大不了？”

众人又是好笑，又觉他情痴可怜，丐帮面临大事待决，他却如此颠三倒四，徐长老请他千里迢迢的前来分证一件大事，眼见此人痴痴迷迷，说出话来，谁也不知到底有几分可信。

徐长老再问一声：“赵钱孙先生，咱们请你来此，是请你说一说信中之事。”

赵钱孙道：“不错，不错。嗯，你问我信中之事，那信写得虽短，却是余意不尽，‘四十年前同窗共砚，切磋拳剑，情景宛在目前，临风远念，想师兄两鬓虽霜，风采笑貌，当如昔日也。’”徐长老问他的是马大元遗书之事，他却背诵起谭婆的信来。

徐长老无法可施，向谭婆道：“谭夫人，还是你叫他说罢。”。

不料谭婆听赵钱孙将自己平平常常的一封信背得熟极如流，不知他魂梦中翻来覆去的已念了多少遍，心下感动，柔声道：“师哥，你说一说当时的情景罢。”

赵钱孙道：“当时的情景，我什么都记得清清楚楚。你梳了两条小辫子，辫子上扎了红头绳，那天师父教咱们‘偷龙转凤’这一招……”

谭婆缓缓摇头，道：“师哥，不要说咱们从前的事。徐长老问你，当年在雁门关外，乱石谷前那一场血战，你是亲身参预的，当时情形若何，你跟大伙儿说说。”

赵钱孙颤声道：“雁门关外，乱石谷前……我……我……”蓦地里脸色大变，一转身，向西南角上无人之处拔足飞奔，身法迅捷已极。

眼见他便要没入杏子林中，再也追他不上，众人齐声大叫：“喂！别走，别走，快回来，快回来。”赵钱孙哪里理会，只有奔得更加快了。

突然间一个声音朗朗说道：“师兄两鬓已霜，风采笑貌，更不如昔日也。”赵钱孙蓦地住足，回头问道：“是谁说的？”那声音道：“若非如此，何以见谭公而自惭形秽，发足奔逃？”众人向那说话之人看去，原来却是全冠清。

赵钱孙怒道：“谁自惭形秽了？他只不过会一门‘挨打不还手’的功夫，又有什么胜得过我了？”

忽得听杏林彼处，有一个苍老的声音说道：“能够挨打不还手，那便是天下第一等的功夫，岂是容易？”

【作者简介】

金庸，原名查良镛，当代知名武侠小说作家、新闻学家、企业家、政治评论家、社会活动家。1924 年 3 月 10 日生于浙江省海宁市，1944 年考入重庆中央政治大学外交系。1946 年秋，金庸进入上海《大公报》任国际电讯翻译。1952 年调入《新晚报》编辑副刊，并写出《绝代佳人》《兰花花》等电影剧本。1959 年，金庸等人于香港创办《明报》。1981 年，获英国政府 OBE 勋衔。1992 年，获法国政府荣誉军团骑士勋衔。1996 年至 1997 年，担任全国人大常委香港筹委会委员。1998 年，获文学创作终身成就奖。2000 年，获得香港大紫荆勋章。2009 年 9 月，被聘为中国作协第七届全国委员会名誉副主席，同年荣获2008年影响世界华人终身成就奖。

金庸是当代武侠小说大家，它的武侠小说被视为是将通俗文化与精英文化有机融合的典范。金庸共创作了十五部武侠小说，除去一个小短篇《越女剑》，其他的十四部小说，金庸将每一部作品书名的第一个字抽取出来组成了一副对联："飞雪连天射白鹿，笑书神侠倚碧鸳。" 作为新武侠小说的代表作家之一，被誉为武侠小说作家的"武林泰斗"，更有"金迷"们尊称其为"金大侠"或"查大侠"。

【文解】

《天龙八部》是金庸代表作之一，作者以宋哲宗时代为背景，以萧峰、段誉和虚竹的风雨江湖为主线，通过宋、辽、大理、西夏、吐蕃等各个王国之间的武林恩怨和民族矛盾，从哲学的高度对人生和社会进行了全面的审视和细致的描写，向读者展示了一幅波澜壮阔的生活画卷。同时，《天龙八部》是体现金庸佛学思想的一个作品。书名"天龙八部"本身就是一个佛教用语，指的是世界上过着各种各样生活、经历着各种各样人生的芸芸众生。

【思考与练习】

1. 请分析萧峰的人物形象。
2. 请结合作品分析金庸武侠小说的价值。

第二节　外国小说

简·爱（节选）

夏洛蒂·勃朗特（英国）

仲夏明媚的阳光普照英格兰。当时那种一连几天日丽天清的气候，甚至一天半天都难得惠顾我们这个波浪环绕的岛国。仿佛持续的意大利天气从南方飘移过来，像一群灿烂的候鸟，落在英格兰的悬崖上歇脚。干草已经收好，桑菲尔德周围的田野已经收割干净，显出一片新绿。道路晒得白煞煞仿佛烤过似的，林木葱郁，十分茂盛。树篱与林子都叶密色浓，与它们之间收割过的草地的金黄色，形成了鲜明的对比。

施洗约翰节前夕，阿黛勒在海村小路上采了半天的野草莓，累坏了，太阳一落山就上床睡觉。我看着她入睡后，便离开她向花园走去。

此刻是二十四小时中最甜蜜的时刻——"白昼已耗尽了它的烈火"，清凉的露水落在喘息的平原和烤灼过的山顶上。在夕阳朴实地西沉——并不伴有华丽的云彩——的地方，铺展开了一抹庄严的紫色，在山峰的一个尖顶上燃烧着红宝石和炉火般的光焰，向高处和远处伸延，显得越来越柔和，占据了半个天空。东方也自有它湛蓝悦目的魅力，有它不事炫耀的宝石——一颗升起的孤星。它很快会以月亮而自豪，不过这时月亮还在地平线之下。

我在铺筑过的路面上散了一会儿步。但是一阵细微而熟悉的清香——雪茄的气味——悄悄地从某个窗子里钻了出来。我看见图书室的窗开了一手掌宽的缝隙。我知道可能有人会从那儿看我，因此我走开了，进了果园。庭园里没有比这更隐蔽，更像伊甸园的角落了。这里树木繁茂，花儿盛开，一边有高墙同院子隔开，另一边一条长满山毛榉的路，像屏障一般，把它和草坪分开。底下是一道矮篱，是它与孤寂的田野唯一的分界。一条蜿蜒的小径通向篱笆。路边长着月桂树，路的尽头是一棵巨大无比的七叶树，树底下围着一排座位。你可以在这儿漫步而不被人看到。在这种玉露徐降、悄无声息、夜色渐浓的时刻，我觉得仿佛会永远在这样的阴影里踯躅。但这时我被初升的月亮投向园中高处开阔地的光芒所吸引，穿过花圃和果园，却停住了脚步——不是因为听到或是看到了什么，而是因为再次闻到了一种我所警觉的香味。

多花蔷薇、老人蒿、茉莉花、石竹花和玫瑰花早就在奉献着它们的晚香，刚刚飘过来的气味既不是来自灌木，也不是来自花朵，但我很熟悉，它来自罗切斯特先生的雪茄。我举目四顾，侧耳静听。我看到树上沉甸甸垂着即将成熟的果子，听到一只夜莺在半英里外的林子里鸣啭。我看不见移动的身影，听不到走近的脚步声，但是那香气却越来越浓了。我得赶紧走掉。我往通向灌木林的边门走去，却看见罗切斯特先生正跨进门来。我往旁边一闪，躲进了长满长春藤的幽深处。他不会久待，很快会顺原路返回，只要我坐着不动，他就绝不会看见我。

可是不行——薄暮对他来说也像对我一样可爱，古老的园子也一样诱人。他继续往前踱步，一会儿拎起醋栗树枝，看看梅子般大压着枝头的果子；一会儿从墙上采下一颗熟了的樱桃；一会儿又向着一簇花弯下身子，不是闻一闻香味，就是欣赏花瓣上的露珠。一只大飞蛾嗡嗡地从我身旁飞过，落在罗切斯特先生脚边的花枝上，他见了便俯下身去打量。

“现在，他背对着我，”我想，“而且全神贯注，也许要是我脚步儿轻些，我可以人不知鬼不觉地溜走。”

我踩在路边的草皮上，免得沙石路的咔嚓声把自己给暴露。他站在离我必经之地一两码的花坛中间，显然飞蛾吸引了他的注意力。“我会顺利通过。”我暗自思忖。月亮还没有升得很高，在园子里投下了罗切斯特先生长长的身影，我正要跨过这影子，他却头也不回就低声说：

“简，过来看看这家伙。”

我不曾发出声响，他背后也不长眼睛——难道他的影子会有感觉不成？我先是吓了一跳，随后便朝他走去。

“瞧它的翅膀，”他说，“它使我想起一只西印度的昆虫，在英国不常见到这么又大又艳丽的夜游虫。瞧！它飞走了。”

飞蛾飘忽着飞走了。我也局促不安地退去。可是罗切斯特先生跟着我，到了边门，他说：“回来，这么可爱的夜晚，坐在屋子里多可惜。在日落与月出相逢的时刻，肯定是没有谁愿意去睡觉的。”

我有一个缺陷，那就是尽管我口齿伶俐，对答如流，但需要寻找借口的时候却往往一筹莫展。因此某些关键时刻，需要随口一句话，或者站得住脚的遁词来摆脱痛苦的窘境时，我便常常会出差错。我不愿在这个时候单独同罗切斯特先生漫步在阴影笼罩的果园里。但是我又找不出一个脱身的理由。我慢吞吞地跟在后头，一面在拼命动脑筋设法摆脱。可是他显得那么镇定，那么严肃，使我反而为自己的慌乱而感到羞愧了。如果说心中有鬼——不管是现在还是将来——那只能说我有。他心里十分平静，而且全然不觉。

“简，”他重又开腔了。我们正走进长满月桂的小径，缓步踱向矮篱笆和七叶树，“夏天，桑菲尔德是个可爱的地方，是吗？”

“是的，先生。”

“你一定有些依恋桑菲尔德府了——你有欣赏自然美的眼力，而且很有依恋之情。”

“说实在，我依恋这个地方。”

“而且，尽管我不理解这究竟是怎么回事，但我觉察出来，你已开始关切阿黛勒这个小傻瓜，甚至还有朴实的老妇费尔法克斯。”

“是的，先生，尽管性质不同，我对她们两人都有感情。”

“而同她们分手会感到难过。”

“是的。”

“可惜呀！”他说，叹了口气又打住了。“世上的事情总是这样，”他马上又继续说，“你刚在一个愉快的栖身之处安顿下来，一个声音便会叫你起来往前赶路，因为已过了休息的时辰。”

“我得往前赶路吗，先生？”我问。“我得离开桑菲尔德吗？”

“我想你得走了，简，很抱歉，珍妮特，但我的确认为你该走了。”

这是一个打击，但我不让它击倒我。

“行呀，先生，要我走的命令一下，我便走。”

“现在命令来了——我今晚就得下。”

“那你要结婚了，先生？”

“确——实——如——此，对——极——了。凭你一贯的机敏，你已经一语中的。”

“快了吗，先生？”

“很快，我的——那就是，爱小姐，你还记得吧，简，我第一次，或者说谣言明白向你表示，我有意把自己老单身汉的脖子套上神圣的绳索，进入圣洁的婚姻状态——把英格拉姆小姐搂入我的怀抱，总之（她足足有一大抱，但那无关紧要——像我漂亮的布兰奇那样的市民，是谁都不会嫌大的）。是呀，就像我刚才说的——听我说，简！你没有回头去看还有没有飞蛾吧？那不过是个瓢虫，孩子，‘正飞回家去’。我想提醒你一下，正是你以我所敬佩的审慎，那种适合你责任重大却并不独立的职业的远见、精明和谦卑，首先向我提出，万一我娶了英格拉姆小姐你和小阿黛勒两个还是立刻就走好。我并不计较这一建议所隐含的对我意中人人格上的污辱。说实在，一旦你们走得远远的，珍妮特，我会努力把她忘掉。我所注意到的只是其中的智慧，她那么高明，我已把她奉为行动的准则。阿黛勒必须上学，爱小姐，你得找一个新的工作。”

“是的，先生，我会马上去登广告，而同时我想——”我想说，“我想我可以待在这里，直到我找到另外一个安身之处。”但我打住了，觉得不能冒险说一个长句，因为我的嗓门已经难以自制了。

“我希望大约一个月以后成为新郎，”罗切斯特先生继续说，“在这段期间，我会亲自为你留意找一个工作和落脚的地方。”

“谢谢你，先生，对不起给你——”

“呵——不必道歉！我认为一个下人把工作做得跟你自己一样出色时，她就有权要求雇主给予一点容易办到的小小帮助。其实我从未来的岳母那儿听到一个适合你去的地方。就是爱尔兰康诺特的苦果村，教迪奥尼修斯·奥加尔太太的五个女儿，我想你会喜欢爱尔兰的。他们说，那里的人都很热心。”

“离这儿很远呢，先生。”

“没有关系——像你这样一个通情达理的姑娘是不会反对航程或距离的。”

“不是航程，而是距离。还有大海是一大障碍——”

“离开什么地方，简？”

“离开英格兰和桑菲尔德，还有——”

“怎么？”

“离开你，先生。”

我几乎不知不觉中说了这话，眼泪不由自主夺眶而出。但我没有哭出声来，我也避免抽泣。一想起奥加尔太太和苦果村，我的心就凉了半截；一想起在我与此刻同我并肩而行的主人之间，注定要翻腾着大海和波涛，我的心就更凉了；而一记起在我同我自然和必然所爱的东西之间，横亘着财富、阶层和习俗的辽阔海洋，我的心凉透了。

“离这儿很远。”我又说了一句。

“确实如此。等你到了爱尔兰康诺特的苦果村，我就永远见不到你了，肯定就是这么回事。我从来不去爱尔兰，因为自己并不太喜欢这个国家。我们一直是好朋友，简，你说是不是？”

“是的，先生。”

“朋友们在离别的前夕，往往喜欢亲密无间地度过余下的不多时光。来——星星们在那边天上闪烁着光芒时，我们用上半个小时左右，平静地谈谈航行和离别。这儿是一棵七叶树，这边是围着老树根的凳子。来，今晚我们就安安心心地坐在这儿，虽然我们今后注定再也不会坐在一起了。”他让我坐下，然后自己也坐了下来。

“这儿到爱尔兰很远，珍妮特，很抱歉，把我的小朋友送上这么令人厌倦的旅程。但要是没有更好的主意了，那该怎么办呢？简，你认为你我之间有相近之处吗？”

这时我没敢回答，因为我内心很激动。

“因为，”他说，“有时我对你有一种奇怪的感觉——尤其是当你像现在这样靠近我的时候。仿佛我左面的肋骨有一根弦，跟你小小的身躯同一个部位相似的弦紧紧地维系着，难分难解。如果咆哮的海峡和二百英里左右的陆地，把我们远远分开，恐怕这根情感交流的弦会折断，于是我不安地想到，我的内心会流血。至于你——你会忘掉我。”

“那我永远不会，先生，你知道——”我不可能再说下去了。

“简，听见夜莺在林中歌唱吗？——听呀！”

我听着听着便抽抽噎噎地哭泣起来，再也抑制不住强忍住的感情，不得不任其流露了。我痛苦万分地浑身颤栗着。到了终于开口时，我便只能表达一个冲动的愿望：但愿自己从来没有生下来，从未到过桑菲尔德。

“因为要离开而难过吗？”

悲与爱在我内心所煽起的强烈情绪，正占上风，并竭力要支配一切，压倒一切，战胜一切，要求生存、扩展和最终主宰一切，不错——还要求吐露出来。

“离开桑菲尔德我很伤心，我爱桑菲尔德——我爱它是因为我在这里过着充实而愉快的生活——至少有一段时间。我没有遭人践踏，也没有弄得古板僵化，没有混迹于志向低下的人之中，也没有被排斥在同光明、健康、高尚的心灵交往的一切机会之外。我已面对面同我所敬重的人、同我所喜欢的人——同一个独特、活跃、博大的心灵交谈过。我已经熟悉你，罗切斯特先生，硬要让我永远同你分开，使我感到恐惧和痛苦。我看到非分别不可，就像看到非死不可一样。”

“在哪儿看到的呢？”他猛地问道。

“哪儿？你，先生，已经把这种必要性摆在我面前了。”

“什么样的必要性？”

“就是英格拉姆小姐那模样，一个高尚而漂亮的女人——你的新娘。”

“我的新娘！什么新娘呀？我没有新娘！”

“但你会有的。”

“是的，我会！我会！”他咬紧牙齿。

“那我得走——你自己已经说了。”

“不，你非留下不可！我发誓——我信守誓言。”

“我告诉你我非走不可！”我回驳着，感情很有些冲动。“你难道认为，我会留下来甘愿做一个对你来说无足轻重的人？你以为我是一架机器？——一架没有感情的机器？能够容忍别人把一口面包从我嘴里抢走，把一滴生命之水从我杯子里泼掉？难道就因为我一贫如洗、默默无闻、长相平庸、个子瘦小，就没有灵魂，没有心肠了？——你不是想错了吗？——我的心灵跟你一样丰富，我的心胸跟你一样充实！要是上帝赐予我一点姿色和充足的财富，我会使你同我现在一样难分难舍，我不是根据习俗、常规，甚至也不是血肉之躯同你说话，而是我的灵魂同你的灵魂在对话，就仿佛我们两人穿过坟墓，站在上帝脚下，彼此平等——本来就如此！”

“本来就如此！”罗切斯特先生重复道——“所以，”他补充道，一面用胳膊把我抱住，搂到怀里，把嘴唇贴到我的嘴唇上。“所以是这样，简？”

“是呀，所以是这样，先生，”我回答，“可是并没有这样。因为你已结了婚——或者说无异于结了婚，跟一个远不如你的人结婚——一个跟你并不意气相投的人——我才不相信你真的会爱她，因为我看到过，也听到过你讥笑她。对这样的结合我会表示不屑，所以我比你强——让我走！”

“上哪儿，简？去爱尔兰？”

“是的——去爱尔兰。我已经把心里话都说了，现在上哪儿都行了。”

“简，平静些，别那样挣扎着，像一只发疯的鸟儿，拼命撕掉自己的羽毛。”

“我不是鸟，也没有陷入罗网。我是一个具有独立意志的自由人，现在我要行施自己的意志，离开你。”

我再一挣扎便脱了身，在他跟前昂首而立。

“你的意志可以决定你的命运，”他说，“我把我的手、我的心和我的一份财产都献给你。”

“你在上演一出闹剧，我不过一笑置之。”

“我请求你在我身边度过余生——成为我的另一半，世上最好的伴侣。”

“那种命运，你已经作出了选择，那就应当坚持到底。”

“简，请你平静一会儿，你太激动了，我也会平静下来的。”

一阵风吹过月桂小径，穿过摇曳着的七叶树枝，飘走了——走了——到了天涯海角——消失了。夜莺的歌喉成了这时唯一的声响，听着它我再次哭了起来。罗切斯特先生静静地坐着，和蔼而严肃地瞧着我。过了好一会他才开口。最后他说：

“到我身边来，简，让我们解释一下，相互谅解吧。”

“我再也不会回到你身边了，我已经被拉走，不可能回头了。”

“不过，简，我唤你过来做我的妻子，我要娶的是你。”

我没有吭声，心里想他在讥笑我。

“过来，简——到这边来。”

“你的新娘阻挡着我们。”

他站了起来，一个箭步到了我跟前。

“我的新娘在这儿，”他说着，再次把我往身边拉，“因为与我相配的人在这儿，与我相像的人，简，你愿意嫁给我吗？”

我仍然没有回答，仍然要挣脱他，因为我仍然不相信。

“你怀疑我吗，简？”

“绝对怀疑。”

“你不相信我？”

“一点也不信。”

“你看我是个爱说谎的人吗？”他激动地问，“疑神疑鬼的小东西，我一定要使你信服。我同英格拉姆小姐有什么爱可言？没有，那你是知道的。她对我有什么爱？没有，我已经想方设法来证实。我放出了谣言，传到她耳朵里，说是我的财产还不到想象中的三分之一，然后我现身说法，亲自去看结果，她和她母亲对我都非常冷淡。我不愿意——也不可能——娶英格拉姆小姐。你——你这古怪的——你这近乎是精灵的家伙——我像爱我自己的肉体一样爱你。你——虽然一贫如洗、默默无闻、个子瘦小、相貌平庸——我请求你把我当做你的丈夫。”

“什么，我！”我猛地叫出声来。出于他的认真，尤其是粗鲁的言行，我开始相信他的诚意了。“我，我这个人除了你，世上没有一个朋友——如果你是我朋友的话。除了你给我的钱，一个子儿也没有。”

“就是你，简。我得让你属于我——完全属于我。你肯吗？快说‘好’呀。”

“罗切斯特先生，让我瞧瞧你的脸。转到朝月光的一边去。”

“为什么？”

“因为我要细看你的面容，转呀！”

“那儿，你能看到的无非是撕皱了的一页，往下看吧，只不过快些，因为我很不好受。”

他的脸焦急不安，涨得通红，五官在激烈抽动，眼睛射出奇怪的光芒。

“呵，简，你在折磨我！”他大嚷道，“你用那种犀利而慷慨可信的目光瞧着我，你在折磨我！”

“我怎么会呢？如果你是真的，你的提议也是真的，那么我对你的感情只会是感激和忠心——那就不可能是折磨。”

“感激！”他脱口喊道，并且狂乱地补充道——“简，快接受我吧。说，爱德华——叫我的名字——爱德华，我愿意嫁你。”

“你可当真？——你真的爱我？——你真心希望我成为你的妻子？”

“我真的是这样。要是有必要发誓才能使你满意，那我就以此发誓。”

“那么，先生，我愿意嫁给你。”

“叫爱德华——我的小夫人。”

“亲爱的爱德华！”

“到我身边来——完完全全过来。”他说，把他的脸颊贴着我的脸颊，用深沉的语调对着我耳朵补充说，“使我幸福吧——我也会使你幸福。”

“上帝呀，宽恕我吧！”他不久又添了一句，“还有人呀，别干涉我，我得到了她，我要紧紧抓住她。”

“没有人会干涉，先生。我没有亲人来干预。”

“不——那再好不过了。”他说。要是我不是那么爱他，我会认为他的腔调、他狂喜的表情有些粗野。但是我从离别的噩梦中醒来，被赐予天作之合，坐在他身旁，光想着啜饮源源而来的幸福的清泉。他一再问，“你幸福吗，简？”而我一再回答“是的”。随后他咕哝着，“会赎罪的——会赎罪的。我不是发现她没有朋友、得不到抚慰、受到冷落吗？我不是会保护她、珍爱她、安慰她吗？我心里不是有爱，我的决心不是始终不变吗？那一切会在上帝的法庭上得到赎罪。我知道造物主会准许我的所作所为。至于世间的评判——我不去理睬。别人的意见——我断然拒绝。”

可是，夜晚发生什么变化了？月亮还没有下沉，我们已全湮没在阴影之中了。虽然主人离我近在咫尺，但我几乎看不清他的脸。七叶树受了什么病痛的折磨？它扭动着，呻吟着，狂风在月桂树小径咆哮，直向我们扑来。

“我们得进去了，”罗切斯特先生说，“天气变了。不然我可以同你坐到天明，简。”

“我也一样。”我想。也许我应该这么说出来，可是从我正仰望着的云层里，窜出了一道铅灰色的闪电，随后是喀啦啦一声霹雳和近处的一阵隆隆声。我只想把自己发花的眼睛贴在罗切斯特先生的肩膀上。大雨倾盆而下，他催我踏上小径，穿过庭园，进屋子去。但是我们还没跨进门槛就已经湿淋淋了。在厅里他取下了我的披肩，把水滴从我散了的头发中摇下来，正在这时，费尔法克斯太太从她房间里出来了。起初我没有觉察，罗切斯特先生也没有。灯亮着，时钟正敲十二点。

“快把湿衣服脱掉，”他说，“临走之前，说一声晚安——晚安，我的宝贝！”

他吻了我，吻了又吻。我离开他怀抱抬起头来一看，只见那位寡妇站在那儿，脸色苍白，神情严肃而惊讶。我只朝她微微一笑，便跑上楼去了。“下次再解释也行。”我想。但是到了房间里，想起她一时会对看到的情况产生误解，心里便感到一阵痛楚。然而喜悦抹去了一切其他感情。尽管在两小时的暴风雨中，狂风大作，雷声隆隆，电光闪闪，暴雨如注，我并不害怕，并不畏惧。这中间罗切斯特先生三次上门，问我是否平安无事。这无论如何给了我安慰和力量。

早晨我还没起床，小阿黛勒就跑来告诉我，果园尽头的大七叶树夜里遭了雷击，被劈去了一半。

【作者简介】

夏洛蒂·勃朗特，1816 年生于英国北部约克郡的豪渥斯的一个乡村牧师家庭。母亲早逝，8 岁的夏洛蒂被送进一所专收神职人员孤女的慈善性机构——柯文桥女子寄宿学校。在那里，她的两个姐姐玛丽亚和伊丽莎白因染上肺病而先后死去。于是夏洛蒂和妹妹艾米莉回到家乡，15 岁时她进了伍勒小姐办的学校读书，几年后又在这个学校当教师。后来她曾作家庭教师，最终她投身于文学创作的道路。夏洛蒂·勃朗特有两个姐姐、两个妹妹和一个弟弟。两个妹妹，即艾米莉·勃朗特和安妮·勃朗特，也是著名作家，因而在英国文学史上常有“勃朗特三姐妹”之称。

1847 年，夏洛蒂·勃朗特出版著名的长篇小说《简·爱》，轰动文坛。1848 年秋到 1849 年她的弟弟和两个妹妹相继去世。在死亡的阴影和困惑下，她坚持完成了《谢利》一书，寄托了她对妹妹艾米莉的哀思，并描写了英国早期自发的工人运动。她另有作品《维莱特》（1853 年）和《教师》（1857 年），这两部作品均根据其本人生活经历写成。夏洛蒂·勃朗特善于以抒情的笔法描写自然景物，作品具有浓厚的感情色彩。

【文解】

《简·爱》（Jane Eyre）是十九世纪英国著名的女作家夏洛蒂·勃朗特的代表作，人们普遍认为《简·爱》是夏洛蒂·勃朗特“诗意的生平写照”，是一部具有自传色彩的作品。讲述一位从小变成孤儿的英国女子在各种磨难中不断追求自由与尊严，坚持自我，最终获得幸福的故事。小说引人入胜地展示了男女主人公曲折起伏的爱情经历，歌颂了摆脱一切旧习俗和偏见的爱情，成功塑造了一个敢于反抗、敢于争取自由和平等地位的妇女形象。

【思考与练习】

1．试分析简爱人物形象。

2．了解夏洛蒂·勃朗特的生平，结合其生平分析简爱人物形象的意义。

伊豆的舞女（节选）

川端康成（日本）

一

道路变得曲曲折折的，眼看着就要到天城山的山顶了，正在这么想的时候，阵雨已经把从密的杉树林笼罩成白花花的一片，以惊人的速度从山脚下向我追来。

那年我二十岁，头戴高等学校的学生帽，身穿藏青色碎白花纹的上衣，围着裙子，肩上挂着书包。我独自旅行到伊豆来，已经是第四天了。在修善寺温泉住了一夜，在汤岛温泉住了两夜，然后穿着高齿的木屐登上了天城山。一路上我虽然出神地眺望着重叠群山、原始森林和深邃幽谷的秋色，胸中却紧张地悸动着，有一个期望催我匆忙赶路。这时候，豆大的雨点开始打在我的身上。我沿着弯曲陡峭的坡道向上奔行。好不容易才来到山顶上北路口的茶馆，我呼了一口气，同时站在茶馆门口呆住了。因为我的心愿已经圆满地达到，那伙巡回艺人正在那里休息。

那舞女看见我伫立在那儿，立刻让出自己的坐垫，把它翻个身摆在旁边。

“啊……”我只答了一声就坐下了。由于跑上山坡一时喘不过气来，再加上有点惊慌，“谢谢”这句话已经到了嘴边却没有说出口来。

我就这样和舞女面对面地靠近在一起，慌忙从衣袖里取出了香烟。舞女把摆在她同伙女人面前的烟灰缸拉过来，放在我的近边。我还是没有开口。

那舞女看去大约十七岁。她头上盘着大得出奇的旧发髻，那发式我连名字都叫不出来，这使她严肃的鹅蛋脸显得非常小，可是又美又调和。她就像头发画得特别丰盛的历史小说上姑娘的画像。那舞女一伙里有一个四十多岁的女人，两个年轻的姑娘，另外还有一个十五六岁的男人，穿着印有长冈温泉旅店商号的外衣。

到这时为止，我见过舞女这一伙人两次。第一次是在前往汤岛的途中，她们正到修善寺去，在汤川桥附近碰到。当时年轻的姑娘有三个，那舞女提着鼓。我一再回过头去看望她们，感到一股旅情渗入身心。然后是在汤岛的第二天夜里，她们巡回到旅馆里来了。我在楼梯半当中坐下来，一心一意地观看那舞女在大门口的走廊上跳舞。我盘算着：当天在修善寺，今天夜里到汤岛，明天越过天城山往南，大概要到汤野温泉去。在二十多公里的天城山山道上准能追上她们。我这么空想着匆忙赶来，恰好在避雨的茶馆里碰上了，我心里扑通扑通地跳。

过了一会儿，茶馆的老婆子领我到另一个房间。这房间平时大概不用，没有装上纸门。朝下望去，美丽的幽谷深得望不到底。我的皮肤上起了鸡皮疙瘩，浑身发抖，牙齿在打战。老婆子进来送茶，我说了一声好冷啊，她就像拉着我的手似的，要领我到她们自己的住屋去。

“唉呀，少爷浑身都湿透啦。到这边来烤烤火吧，来呀，把衣服烤烤干。”

那个房间装着火炉，一打开纸隔门，就流出一股强烈的热气。我站在门槛边踌躇了。炉旁盘腿坐着一个浑身青肿、淹死鬼似的老头子，他的眼睛连眼珠子都发黄，像是烂了的样子。他忧郁地朝我这边望。他身边旧信和纸袋堆积如山，简直可以说他是埋在这些破烂纸头里。我目睹这山中怪物，呆呆地站在那里，怎么也不能想象这就是个活人。

“让您看到这样可耻的人样儿……不过，这是家里的老爷子，您用不着担心。看上去好难看，可是他不能动弹了，请您就忍耐一下吧。”

老婆子这样打了招呼，从她的话听来，这老爷子多年害了中风症，全身不遂。大堆的纸是各地治疗中风症的来信，还有从各地购来的中风症药品的纸袋。凡是老爷子从走过山顶的旅人听来的，或是在报纸广告上看到的，他一次也不漏过，向全国各地打听中风症的疗法，购求出售的药品。这些书信和纸袋，他一件也不丢掉，都堆积在身边，望着它们过日子。长年累月下来，这些陈旧的纸片就堆成山了。

我没有回答老婆子的话，在炉炕上俯下身去。越过山顶的汽车震动着房子。我心里想，秋天已经这么冷，不久就将雪盖山头，这个老爷子为什么不下山去呢？从我的衣服上腾起了水蒸气，炉火旺得使我的头痛起来。老婆子出了店堂，跟巡回女艺人谈天去了。

“可不是吗，上一次带来的这个女孩已经长成这个样子，变成了一个漂亮姑娘，你也出头啦！女孩子长得好快，已经这么美了！”

将近一小时之后，我听到了巡回艺人准备出发的声音。我当然很不平静，可只是心里头七上八下的，没有站起身来的勇气。我想，尽管她们已经走惯了路，而毕竟是女人的脚步，即使走出了一两公里之后，我跑一段路也追得上她们，可是坐在火炉旁仍然不安神。不过舞女们一离开，我的空想却像得到解放似的，又开始活跃起来。我向送走她们的老婆子问道：“那些艺人今天夜里在哪里住宿呢？”

“这种人嘛，少爷，谁知道他们住在哪儿呀。哪儿有客人留他们，他们就在哪儿住下了。有什么今天夜里一定的住处啊？”

老婆子的话里带着非常轻蔑的口吻，甚至使我想到，果真是这样的话，我要让那舞女今天夜里就留在我的房间里。

雨势小下来，山峰开始明亮。虽然他们一再留我，说再过十分钟，天就放晴了，可是我却怎么也坐不住。

“老爷子，保重啊。天就要冷起来了。”我恳切地说着，站起身来。老爷子很吃力地动着他的黄色眼睛，微微地点点头。

“少爷，少爷！”老婆子叫着追了出来，“您这么破费，真不敢当，实在抱歉啊。”

她抱着我的书包不肯交给我，我一再阻拦她，可她不答应，说要送我到那边。她随在我身后，匆忙迈着小步，走了好大一段路，老是反复着同样的话：“真是抱歉啊，没有好好招待您。我要记住您的相貌，下回您路过的时候再向您道谢。以后您一定要来呀，可别忘记了。”

我只不过留下五角钱的一个银币，看她却十分惊讶，感到眼里都要流出泪来。可是我一心想快点赶上那舞女，觉得老婆子蹒跚的脚步倒是给我添的麻烦。终于来到了山顶的隧道。

“非常感谢。老爷子一个人在家，请回吧。”我这么说，老婆子才算把书包递给我。

走进黑暗的隧道，冰冷的水滴纷纷地落下来。前面，通往南伊豆的出口微微露出了亮光。

【作者简介】

川端康成（1899 年—1972 年），日本新感觉派作家，著名小说家。1899 年 6 月 14 日生于大阪。幼年父母双亡，其后姐姐和祖父母又陆续病故，他被称为“参加葬礼的名人”。一生多旅行，心情苦闷忧郁，逐渐形成了感伤与孤独的性格，这种内心的痛苦与悲哀成为后来川端康成的文学底色。在东京大学国文专业学习时，参与复刊《新思潮》（第 6 次）杂志。1924 年毕业。同年和横光利一创办《文艺时代》杂志，后成为由此诞生的新感觉派的中心人物之一。新感觉派衰落后，参加新兴艺术派和新心理主义文学运动，一生创作小说 100 多篇，中短篇多于长篇。作品富有抒情性，追求人生升华的美，并深受佛教思想和虚无主义影响。早期多以下层女性作为小说的主人公，写她们的纯洁和不幸。后期一些作品写了近亲之间，甚至老人的变态情爱心理，手法纯熟，浑然天成。代表作有《伊豆的舞女》《雪国》《千只鹤》《古都》以及《睡美人》等。1968 年获诺贝尔文学奖，也是首位获得该奖项的日本作家。已有多部作品在中国翻译出版。川端担任过国际笔会副会长、日本笔会会长等职。1957 年被选为日本艺术院会员。曾获日本政府的文化勋章、法国政府的文化艺术勋章等。1972 年 4 月 16 日在工作室自杀身亡。

【文解】

《伊豆的舞女》是川端康成早期的代表作，也是一篇杰出的短篇小说，在读者中产生了深远的影响。作品情节简单，描述一名高中生独自在伊豆旅游时邂逅一位年少舞女的故事，伊豆的青山秀水与少男少女间纯净的爱慕之情交织在一起，互相辉映，给了读者一份清新之感，也净化了读者的心灵，把他们带入一个空灵美好的唯美世界。

【思考与练习】

1．谈谈小说的主题。
2．分析舞女的形象。
3．结合本篇，阅读原文，分析川端康成《伊豆的舞女》的艺术特点。

第三节　拓展阅读

【中国古代小说概述】

中国古代小说孕育于先秦时期的远古神话，经历了汉魏六朝杂史、志怪志人的成长，唐传奇的成熟，宋明话本、拟话本的发展壮大，最后在明清章回小说中展示出生命的辉煌。

从语体上说，中国古代小说又可以分为文言小说和白话小说两大系统。

从艺术的渊源上说，中国小说的萌芽状态可以追溯到远古神话，《山海经》被称为“古今小说之祖”。先秦的史传文对小说的影响也很明显，《战国策》因其叙事的成熟完备及其中多篇显著的虚构色彩，更是被当做最初的小说体裁之一——杂史小说的开端。

汉代出现了第一篇初具规模的杂史小说《燕丹子》，它比《史记·刺客列传》中的《荆轲传》更富传奇色彩。

中国小说初具规模是在魏晋南北朝时代，其标志就是小说由写事为主转向写人及其性格特征为主，从而确定了人在小说中的主体地位。按内容可以分为志怪和志人两类，前者以写神灵鬼怪及其妖异怪诞之事为主，代表是晋代干宝的《搜神记》；后者以记载人物的琐闻逸事为主，代表是南朝刘义庆的《世说新语》。这也是文言小说的第一个高峰。

中国古代小说真正成熟的标志是唐代传奇的出现与繁荣。他们在内容的丰富性、题材的多样性、人物的形象性、故事的艺术性和文笔的生动性等方面都是六朝小说所无可比拟的。涌现出一系列优秀传奇小说，如陈鸿的《长恨歌传》、沈既济的《枕中记》、李公佐的《南柯太守传》、李朝威的《柳毅传》、白行简的《李娃传》、蒋防的《霍小玉传》、元稹的《莺莺传》、杜光庭的《虬髯客传》等。内容以言情为主，搜奇记逸，文字婉转华艳，代表着早期文言小说艺术的最高成就，是文言小说的第二个高峰。

宋代出现了话本小说，它是民间说书人讲史或演说的底本，直接取材于现实生活，表达市民心声，如《碾玉观音》《快嘴李翠莲记》《错斩崔宁》等，都是脍炙人口之作，也是中国白话小说的滥觞之作。

明代掀起文人模仿话本风格而改编创作“拟话本”的高潮，“三言”“二拍”“一型”为其代表，也是古代白话小说的第一个高峰。“三言”即由冯梦龙选编加工而成的三部短篇小说集《喻世明言》《警世通言》《醒世恒言》，它对民间文学的继承与革新，它的现实主义精神与白话短篇的形式，直接推动了拟话本的繁荣，《杜十娘怒沉百宝箱》是其优秀代表。“二拍”即凌蒙初的《初刻拍案惊奇》和《二刻拍案惊奇》，它比“三言”更注意求奇求巧和强调自身的创作主体意识。“一型”即陆人龙的《型世言》，创作精神由改编变为独创，重视小说议论和教化作用。

中国古代小说的全面繁荣和辉煌是明清章回体白话长篇小说和文言短篇小说的全面丰收与总结。白话长篇主要包括：元末明初罗贯中的《三国演义》（第一部白话长篇历史小说，章回小说的开山之作）、施耐庵的《水浒传》（第一部以农民起义为题材的白话长篇小说，开小说英雄传奇之先河）；明代兰陵笑笑生的《金瓶梅》（开文人独立创作白话小说的先河，力促世情小说的成熟与繁荣）、吴承恩的《西游记》（第一部长篇神魔小说，浪漫主义白话长篇小说的杰出代表）；清代吴敬梓的《儒林外史》（中国讽刺文学的集大成者）、曹雪芹的《红楼梦》（人情小说的集大成者，古代白话小说的高峰与总结，代表着白话小说的最高成就，是一部内涵极为丰厚的鸿篇巨制）。煌煌巨著，构筑起古代白话小说的第二座高峰。清代蒲松龄的《聊斋志异》是一部文言短篇小说集，代表着文言小说的最高成就，是我国古代文言小说的第三个高峰。

【现当代小说概述】

中国现代小说和中国当代小说合称中国现当代小说，就性质上来说，是指用现代的语言和文学形式，表达现代中国人的思想情感、审美情趣的小说；在时限上是指1917 年开始的新文化运动至新时期，包括了整个新民主主义和社会主义时期将近一百年的新文学。

一、中国现代小说的特点及发展过程

中国现代小说意识是在“五四”这个激荡的时代中觉醒的。鲁迅的《狂人日记》是其开山之作。鲁迅的小说数量虽然不多，但却显示了文学革命和思想革命相结合的实绩。鲁迅是中国现代小说之父。

中国现代小说的发展历经三十年，可以分为三个时期。

1. 第一个时期（1917 年—1927 年）

这是现代小说的开端期。

这一时期也是我国新民主主义革命的开端期，几千年来被奉为正统的旧的秩序、观念、道德被颠覆，新的秩序、观念和道德标准尚未建立，“五四”思想启蒙者大多数以西方文学作品及文艺学、哲学理论作为批判现存社会、探寻社会出路的武器。大量外国小说及理论的输入也促进了“五四”新小说的发生、发展。

特点：这一时期的小说创作以短篇最多，有问题小说、人生派小说、乡土写实小说和浪漫抒情派小说。

（1）问题小说：问题小说并未构成小说流派，它只是“五四”前后三四年间的一股“题材热”，作者的创作方法并不一致，其中既有现实主义，也有浪漫主义、象征主义，但作者无论采用哪种创作方法，都是以“表现并且讨论一些有关人生一般的问题”为主要目的。1921 年以后，现代小说流派竞起。代表性作家作品有冰心的《斯人独憔悴》《超人》、王统照的《沉思》《微笑》、罗家伦的《是爱情还是苦痛》、庐隐的《一封信》《灵魂可以卖吗》《或人的悲哀》《丽石的日记》《海滨故人》和俞平伯的《花匠》等。

（2）人生派小说：人生派作家关心社会现实问题，并以人道主义和革命民主主义的态度关心民生疾苦。代表作品有叶圣陶的小说集《隔膜》《火灾》和短篇小说《线下》，其中《潘先生在难中》最为引人瞩目。此外，还有王统照的短篇小说集《春雨之夜》《霜痕》《号声》和中长篇小说《一叶》《黄昏》等，许地山的《命命鸟》《商人妇》《缀网劳蛛》《换巢鸾凤》和《黄昏后》以及王任叔的《破屋》集等。

（3）乡土写实小说：乡土写实小说以写实的笔法描写我国农村的风土人情和农民的悲惨生活，代表作品有鲁彦的《许是不至于罢》《阿长贼骨头》《宴会》、彭家煌的《怂恿》《活鬼》《隔壁人家》《我们的犯罪》、台静农的《地之子》《烛焰》《天二哥》、许钦文的《疯妇》《鼻涕阿二》《石宕》、蹇先艾的《水葬》、许杰的《惨雾》《赌徒吉顺》《出嫁的前夜》《台下的喜剧》以及废名的《竹林的故事》等。

（4）浪漫抒情派小说：浪漫抒情派小说热烈地要求小说逼近自我的个性和气质，追求小说的散文化和诗化，代表性的作品有郭沫若的《牧羊哀话》《残春》《漂流三部曲》《行路难》、郁达夫的《沉沦》《银灰色的死》《茑萝行》、张资平的《冲积期化石》、陶晶孙的《音乐会小曲》和叶灵凤的《女娲氏之遗孽》《菊子夫人》等。

2. 第二个时期（1928 年—1937 年）

这是现代小说的极盛期。

特点：①小说创作更加急切地参与历史，小说大家茅盾、老舍、巴金、沈从文都在这一时期有不俗的表现，且大多先后发表长篇代表作；②这一时期小说创作的一个突出现象就是由于政治和商业对小说的介入，促使分别形成了以“左联”为核心的左翼文学、商业化的海派文学和远离政治和商业影响的京派文学。

（1）茅盾：茅盾继承了“人生派”的现实主义精神，建立起在当时来说全新的革命现实主义文学模式，他这一时期由中长篇小说从《幻灭》《动摇》《追求》到《虹》《子夜》，逐渐到达了左翼文学创作艺术的一个高峰。《子夜》与作家叶圣陶 1929 年出版的《倪焕之》在现代小说史上成为现代长篇小说的真正开端。这一时期茅盾还写了一系列展示农村和小市镇的阶级矛盾、经济状况和社会心理的中短篇小说，著名的有“农村三部曲”《春蚕》《秋收》《残冬》以及《林家铺子》。他的小说“以社会阶级意识和文化心理描绘为特色，展现了一幅以《子夜》为中心，由大都会旁及小市镇，再旁及农村的社会百相图”。

（2）老舍：老舍小说的贡献在于他别具一格的“京味”文体风格，在于他在追求民族化与个性化方面的突出成绩，在于他在观察表现市民社会时独特的文化批判视角。他这一时期代表性的作品有长篇巨制《猫城记》《离婚》《骆驼祥子》和《牛天赐传》，中篇小说《月牙儿》和短篇小说《断魂枪》《柳家大院》《微神》。

（3）巴金：巴金的中长篇小说与茅盾、老舍的小说一起构成了第二个十年中现代小说创作的艺术高峰。他的中长篇小说带有强烈的主观性和抒情性，特别是小说中构建的"青年世界"是现代文学艺术园地里引人注目的景观。这一时期他奉献出了"爱情三部曲"《雾》《雨》《电》和"激流三部曲"之一的《家》。

（4）左翼小说：小说是左翼文学中收获最丰的文体。在小说领域，"左联"不仅有茅盾、丁玲、蒋光慈、欧阳山、柔石等较早开始创作的作家，而且在鲁迅和茅盾的扶持下，还有张天翼、魏金枝、蒋牧良、沙汀、艾芜、周文、叶紫、萧军和萧红等左翼小说新人。"左联"准备期间的小说以蒋光慈为代表，他的小说从《冲出云围的月亮》《丽莎的哀怨》到《咆哮了的土地》比较典型地反映出左翼小说从最初的"革命＋恋爱"、公式化、口号化到以革命现实主义对"革命浪漫谛克"自觉克服的轨迹。柔石、胡也频、丁玲等人的出现标志着现代文学真正超越了"革命文学"。柔石的《二月》《为奴隶的母亲》完全脱离了概念化的创作风气。给丁玲带来极大声誉的是她的《莎菲女士的日记》。左翼新人小说中不乏现实主义的优秀之作，像张天翼的《包氏父子》《笑》《脊背与奶子》《清明时节》、沙汀的《代理县长》《在祠堂里》、叶紫的《丰收》、艾芜的《南行记》、萧军的《八月的乡村》、萧红的《生死场》等。这一时期还有一些青年作家是"左联"的同路人，他们的作品也常被视作左翼小说，如吴组缃的《西柳集》和罗淑的《生人妻》等。

（5）京派小说：沈从文是京派小说的开创者，也是京派小说最优秀的代表人物。他小说的价值在于他的"湘西"主题，他以"人类"的眼光悠然神往地观照本族类的童年，兴味多在远离时代漩涡的汉苗杂居边远山区带中古遗风的人情世态，为这种"自然民族"写了一部充满浪漫情调的诗化的"民族志"。这部分小说短篇有《龙朱》《月下小景》《会明》《柏子》等，中篇以《阿黑小史》和《边城》为代表。这类作品被作者自称为"乡土抒情诗"，它们往往不重情节与人物，强调叙述主体的感觉、情绪在创作中的重要作用，被研究者称为"文化小说""诗小说"或"抒情小说"，沈从文因此也被人称为"文体作家"。沈从文还有一类"都市小说"作为"湘西小说"的陪衬和补充，这类作品的代表为短篇小说《八骏图》。这一时期值得提及的京派小说作家作品还有废名的《莫须有先生传》《桥》、萧乾的《篱下集》和芦焚的《谷》等。

（6）海派小说：20 世纪 30 年代上海世界性大都市的形成以及它高度的商业化促使了海派小说的发展。第一代海派小说家及其作品有张资平的《最后的幸福》《长途》《上帝的儿女们》、叶灵凤的《紫丁香》《流行性感冒》、林徽因的《花厅夫人》、徐蔚南的《都市的男女》等。第二代海派小说又被称为新感觉派小说，代表作家作品有施蛰存的《将军底头》《梅雨之夕》、穆时英的《公墓》《白金的女体塑像》《圣处女的感情》、刘呐鸥的《都市风景线》等，这些作品表现了病态的城市生活，作者吸取现代派的表现技巧，注意以人的视、听等感官去认识世界，较敏感地抓住人瞬间的感受，并用象征、暗示等手法加以精细描写，丰富了第二个"十年"的创作手法。

3. 第三个时期（1938 年—1949 年）

这是现代小说创作的变新期。

特点：由于抗日战争、解放战争的相继爆发，中国大地分成国民党统治区、沦陷区以及解放区。这三个地区的作家有较大的差别，主要表现在：

第一，国民党统治区和沦陷区的小说以批判现实主义为主要特色，而解放区的小说则以社会主义现实主义为主。在国民党统治区，有张天翼的《华威先生》、茅盾的《腐蚀》、沙汀的《在其香居茶馆里》、巴金的《第四病室》《寒夜》、黄谷柳的《虾球传》等，都是揭露国民党丑恶嘴脸和社会黑暗面的优秀之作。解放区则出现了一批描写农民的觉醒和成长，描写劳动中人与人的新型关系、崇高的道德和对美好生活、理想的追求的作品，代表作品有赵树理的《小二黑结婚》《李有才板话》、孙犁的《荷花淀》、周立波的《暴风骤雨》、丁玲的《太阳照在桑乾河上》、孔厥和袁静的《新儿女英雄传》、马烽和西戎的《吕梁英雄传》等。

第二，解放区的作品着力于小说创作的群众化、民族化，而国民党统治区作家则在深化现实主义创作风格方面作出了自己的贡献。解放区的作家在为小说创作民族化作出重大贡献的同时，因过于“迁就”工农群众的欣赏习惯和美学趣味，强调小说的“戏剧性”、通俗化，这在吸引了大批工农读者的同时也付出了代价，导致了某些作品艺术性的不足，在国民党统治区的创作中，老舍的《四世同堂》、钱钟书的《围城》、巴金的《寒夜》、张爱玲的《倾城之恋》《金锁记》等，都从独特的角度反映了特定历史时期中国社会的一些本质特征，批判的尖锐性、揭露的深刻性方面在一定程度上超出了“五四”以来的现实主义小说，艺术表现技巧也较为成熟，丰富了第三个“十年”小说创作的业绩。

二、中国当代小说的特点及发展过程

中国当代小说的历史发展可以分为三个时期，即从建国后到“文化大革命”前的“十七年”时期、“文化大革命”时期和“文化大革命”结束之后至今的“新时期”。

（一）建国“十七年”时期的小说

在“十七年”时期的小说创作中，长篇小说的成绩最为显著，短篇小说也硕果累累，中篇小说也不乏优秀之作。

（1）长篇小说：从 1949 年到 1966 年的十七年间，共有二百多部长篇小说正式出版，其中的优秀之作主要有柳青的《创业史》（第一部）、杜鹏程的《保卫延安》、赵树理的《三里湾》、李劼人的《大波》、梁斌的《红旗谱》、杨沫的《青春之歌》、罗广斌和杨益言的《红岩》、吴强的《红日》、曲波的《林海雪原》、欧阳山的《三家巷》、李英儒的《野火春风斗古城》、周立波的《山乡巨变》、周而复的《上海的早晨》（第一部）等。这些长篇小说的题材领域和艺术风格丰富多样，注重深广地概括社会生活，描绘和揭示我国人民的革命道路与历史命运，塑造了一系列血肉丰满的典型形象。但是由于历史的局限性，作家们对于文学政治功能的过分追求也限制了一些作品的思想艺术水平。

（2）短篇小说：“十七年”的中短篇小说创作也取得了丰硕成果，比较而言，短篇小说的成就更为巨大，涌现了一大批擅长短篇创作、具有独特风格的作家，其中最应重视的创作现象和作家作品有：

1）建国初期出现的代表作家及代表作品有赵树理的《登记》、孙犁的《山地回忆》、李准的《不能走那条路》和在当时引起广泛争议的路翎的《洼地上的“战役”》、萧也牧的《我们夫妇之间》等。

2）20 世纪 50 年代中期的优秀作品是文学新人带来的，它们是峻青的《黎明的河边》、王愿坚的《党费》、茹志鹃的《百合花》等。

3）“双百方针”之后的作品：在 1956 年毛泽东提出“百花齐放、百家争鸣”的方针之后出现了两类作品。第一类是干预生活的作品，其特点是大胆干预生活、反映社会矛盾、勇于触及时弊，以王蒙的《组织部新来的青年人》、李准的《灰色的篷帆》、李国文的《改选》、柳溪的《爬在旗杆上的人》、耿龙祥的《入党》为代表。第二类是爱情题材的作品，它们注重表现爱情本身的丰富性与复杂性，努力挖掘爱情之中所蕴涵的社会时代内涵和丰富的人性内容，在题材领域的开拓和思想内容的发掘与艺术风格的创新上，都取得了重要成就。以宗璞的《红豆》、邓友梅的《在悬崖上》、陆文夫的《小巷深处》、刘绍棠的《西苑草》、丰村的《美丽》、李威仑的《爱情》为代表。

4）20 世纪 60 年代初期，由于中央的文艺政策进行了一定的调整，20 世纪 50 年代后期的“反右”斗争以及其后的“左倾”错误给文学创作带来的消极影响逐渐得到克服，短篇小说的现实主义精神得到了发扬，作家在题材问题、人物创作问题和艺术形式方面大胆探索，创作了大批优秀作品，如现实题材方面赵树理的《套不住的手》、西戎的《赖大嫂》、欧阳山的《乡下奇人》、张庆田的《“老坚决”外传》和历史题材小说陈翔鹤的《陶渊明写〈挽歌〉》《广陵散》、黄秋耘的《杜子美还家》、冯至的《白发生黑丝》、李束为的《海瑞之死》等。

（3）中篇小说：“十七年”中篇小说创作与长篇和短篇相比不甚发达，但也出现了孙犁的《铁木前传》、刘绍棠的《运河的桨声》和杜鹏程的《在和平的日子里》等优秀作品。

（二）“文化大革命”时期的小说

“文化大革命”时期，由于“四人帮”文化专制主义的实行，文艺领域一片萧条，在此期间正式出版和发表的小说几无优秀之作。

（三）“新时期”的小说

“文化大革命”以后的“新时期”小说创作是“新时期文学”最有成就的一个领域。

1. 20 世纪 80 年代的小说创作

这个时期的小说创作有一个最为突出的表征，就是小说创作潮流的不断更迭与演进，这些小说潮流主要有：

（1）伤痕小说。

这是“新时期”小说最早涌现的潮流。“伤痕小说”的特点主要是揭露和控诉“四人帮”的罪行，表现对人民遭遇的深切同情，歌颂对“四人帮”的不屈斗争，及时地感应了时代脉搏，表现了时代主题，反映了人民心声，也提出了很多发人深省的社会问题。代表作品主要有刘心武的《班主任》、卢新华的《伤痕》（“伤痕小说”得名于此）、周克芹的《许茂和他的女儿们》、王蒙的《最宝贵的》、宗璞的《弦上的梦》、从维熙的《大墙下的红玉兰》、礼平的《晚霞消失的时候》、叶辛的《蹉跎岁月》和竹林的《生活的路》等。

（2）反思小说。

略晚于“伤痕小说”之后出现的“反思小说”在历史内容上进一步扩展和深化，它把作品所反映的社会现实由“文化大革命”向前推进至20世纪50年代中期，对解放以来特别是20世纪50年代中期以来的极“左”路线进行了深刻的批判与反思，作家的目光更为深邃，作品的主题也更为深刻，带有更强的理性色彩和悲剧意味。代表作品主要有鲁彦周的《天云山传奇》、高晓声的《李顺大造屋》、古华的《芙蓉镇》、张弦的《被爱情遗忘的角落》、张一弓的《犯人李铜钟的故事》、王蒙的《蝴蝶》、谌容的《人到中年》、韩少功的《西望茅草地》、李国文的《月食》、张贤亮的《灵与肉》等。

（3）改革小说。

“改革小说”主要反映我国各个领域的改革进程及其引起的社会变革、价值冲突及心理震荡。以1979年第7期《人民文学》发表的蒋子龙的《乔厂长上任记》作为标志。代表性作品除了蒋子龙的《乔厂长上任记》外，还有张锲的《改革者》、柯云路的《三千万》《新星》、张洁的《沉重的翅膀》、李国文的《花园街五号》、张贤亮的《男人的风格》、张炜的《秋天的愤怒》和贾平凹的《浮躁》等。

（4）寻根小说。

兴起于1985年前后的“寻根小说”注重以现代意识观照现实与历史，并对题材所蕴涵的深层的历史文化信息进行艺术传达，进而探寻民族文化和民族灵魂重建的可能。代表作品有韩少功的《爸爸爸》《归去来》《女女女》、阿城的《棋王》《树王》《孩子王》、郑万隆的《异乡异闻》、郑义的《老井》《远村》、李杭育的《沙灶遗风》、王安忆的《小鲍庄》等。

（5）现代派小说。

“现代派小说”大量借鉴西方现代主义的艺术表现方法，是真正具有现代主义精神意识的小说流派，出现于20世纪80年代中期。代表作品有刘索拉的《你别无选择》《蓝天绿海》《寻找歌王》、徐星的《无主题变奏》、莫言的《红高粱》《球状闪电》《透明的红萝卜》和残雪的《苍老的浮云》《黄泥街》等。

（6）实验小说。

“实验小说”出现于20世纪80年代中期，在文化内涵、文学观念和文本特征方面均有激进的反叛色彩和实验品格。代表作品有马原的《虚构》《冈底斯的诱惑》、洪峰的《极地之侧》、苏童的《1934年的逃亡》《平静如水》、余华的《现实一种》《一九八六年》《古典爱情》《鲜血梅花》、叶兆言的《枣树的故事》、格非的《迷舟》《褐色鸟群》和孙甘露的《信使之函》《访问梦境》等。

（7）新写实小说。

在“实验小说”稍后出现的“新写实小说”注重对生活原生态的还原，大多以客观化的“冷漠叙述”来表现叙述者对于现实的无奈与认同，缺乏明确的价值判断与理性精神。代表作品有池莉的《烦恼人生》《不谈爱情》《太阳出世》、刘震云的《单位》《一地鸡毛》、方方的《风景》《随意表白》等。

2. 20世纪90年代的小说创作

20世纪90年代，中国社会转型带来文化形态的巨大变异直接导致了文学格局、观念及价值取向等方面的变化。知识分子开始对自身的价值、曾经持有的文化观念产生怀疑，在20世纪90年代的文化意识和文学内容中，20世纪80年代那种进化论式的乐观情绪受到很大的削弱，而犹豫困惑、批判和反省的基调得到凸现。这个时期，作品的形式探索处于边缘地位，而作品的文学内容得到凸现和重视。于是出现了反思历史的历史小说，关注生存的精神性的作品，当然还有表现物化、欲望化的现代都市生活的作品。虽然作家们站在不同的立场上写作，虽然这个时期的小说创作不像20世纪90年代以前那样潮头迭起，但作家们仍然努力在社会文化空间中发出自己独立存在的声音。同时，作家们在相对自由轻松的环境里逐渐成熟了属于自己的创作风格，写出越来越多的优秀作品，如王安忆的《叔叔的故事》、史铁生的《我与地坛》、张承志的《心灵史》、张炜的《九月寓言》、余华的《许三观卖血记》、韩少功的《马桥词典》等。这些作品都堪称是中国20世纪最后十年文学界的重要收获，也是此世纪文学舞台上的一道庄严神圣的落幕。

【小说鉴赏】

一、小说的性质、特点与分类

1. 小说的性质与基本特点

小说是以塑造人物形象为中心，反映人生的一种散文体的叙事性的文学样式。同其他文学样式相比，小说具有独特的效能和作用。它能够更加广泛、具体、深入地描绘人物的生活环境，多角度、多方面地刻画人物性格，全面细致地反映复杂的社会生活。小说虽然是后起的文学品种，但当它一旦在文坛上崛起，即迅速占据了主位，并以其巨大的影响而“超过了一切其他种类的文学，独赢得社会的垂青”。

小说的基本特点首先是它对现实社会生活描写的广阔性和丰富性。评论家常用“生活的画卷”来形容小说，就是指出了它概括现实生活的巨大容量，如《红楼梦》就是一部时代的形象的百科全书。

小说的第二个特点是人物形象刻画的丰富性和细致性。这一特点也是在和剧本、诗歌相比较之中体现出来的。例如剧本，它是供演出时用的，它把人物限定在几幕戏和三四个小时的时间内，它只能通过人物的对话和动作来刻画人物，因此难以多方面、多方位地刻画人物。又如叙事诗，篇幅既短，又必须保持强烈的属性色彩和语言的音乐性，因而也不可能对人物作精细的描写。但是在小说里，情形就大不一样。只要是对人物性格的描写有好处，只要是展示人物命运的需要，作者可以把人物过去的身份、活动经历，详尽地进行说明，也可以借助说故事人的介绍，毫无限制地写出人物的心理活动和隐秘的思想情感；可以把人物放在激烈的现实冲突中展现他（她）们的性格特点，也可以在大量琐细的日常生活描写中来完成对其形象的刻画。总而言之，在小说中作者对人物的塑造手法，只要是对艺术表现有帮助，都可以自由运用，各显其能。

小说的第三个特点是故事情节的完整复杂和环境描写的具体生动。情节是由一系列能够展示人物及环境的关系的时间、细节组成的，人物思想性格的形成和发展在很大程度上有赖于情节的展开和发展。小说的情节越完整、复杂，人物的思想性格就越能得到全面、细致的表现。

人物刻画的丰富性、细致性，故事情节的完整性复杂性环境描写的具体性、生动性，这几个方面密切结合，相互依存，使小说成为最能广泛表现人生、表现错综复杂的社会生活、为人民大众所喜爱的文学样式。

2. 小说的分类

按篇幅的长短和容量的大小，小说通常分为长篇小说、短篇小说、中篇小说。

二、鉴赏小说应抓住人物形象作具体剖析

文学是人学，小说作为广泛、细致地表现人与人生的文学样式，更是把创造人物形象作为重要的艺术使命，更为重视对人物形象塑造的完美。一部小说成功与否，主要是看人物写得如何；分析、鉴赏小说必须抓住人物形象作具体剖析，尤其是主要人物形象，看其是否逼真、富有生命力。

小说以语言文字创造人物，作者要通过单纯的语言文字的描述，达到使读者为书中的人物一掬同情之泪，深深关怀他（她）们的命运，为他（她）们而喜而忧、而笑而哭的艺术效果，最关键的一点，就是必须使书中的人物“活”起来，就如生活中的真人。优秀小说中的人物，能够使我们听到他们的声音，感受他们的思想，洞见他们的肺腑。

三、注意把握作品的情节和结构

在叙事性作品，尤其是在小说中，情节与结构往往是一致的。人们通常把结构称为情节结构，认为结构主要表现在情节安排和组织上，说明了情节与结构的密切联系。但二者又毕竟不完全相同，下面分别说明。

先谈情节。小说是典型的叙事性文学作品，情节是其基本要素之一。高尔基认为情节即“人物之间的联系、矛盾、同情、反感和一般的相互关系——某种性格典型的成长和构成的历史”。就广义而言，小说中一些能显示人物与人物之间、人物与环境的复杂关系的大小事件都在情节范畴之内。

再谈结构。一部小说，特别是长篇小说，写了许多人、许多事，纷纭复杂，如何把这些人与事组织安排，使之成为一个有机的整体，用以表现作品的思想内容，这就是结构的问题，也是一个很重要的艺术表现问题。它有一定的原则：

（1）结构要服从表现主题需要。

（2）结构要为人物性格的塑造和人物性格的发展服务。

（3）结构要把握整个形象体系，保证作品的完整、统一、和谐。

四、深入挖掘作品主题

主题是和题材密切联系在一起的，是构成文学作品内容的一个重要因素。小说的主题就是指通过描绘社会生活和塑造艺术形象所显示出来的中心思想。挖掘小说的主题，要把握以下两个方面：

第一，主题蕴含于具体、鲜明的各种人物关系、生活事件、各个生活侧面的描绘之中，通过完整、生动的艺术形象显示出来，而不是作家从外部硬加到作品中去的游离于作品形象体系之外的东西。

第二，作品反映的社会生活丰富多彩，概括的容量大，涉及的人物事件比较繁杂，显示了多方面的思想、情感、意义，使主题也呈现出复杂性。

五、注意品鉴小说的语言特色

文学是语言的艺术，但不同体裁的作品的语言功能并不千篇一律。小说的基本功能就是描摹，它要用语言去创造形象、塑造典型、表现事件以及自然现象和思维过程，语言是构成小说的第一要素。小说的语言有以下要求：

（1）小说语言的第一要求是准确性。

（2）小说语言的第二要求是人物语言的口语化。

（3）小说语言的第三要求是叙述语言的群众化与民族化。

【推荐书目】

（1）刘义庆（南朝宋）撰，《世说新语》，中华书局

（2）张友鹤选注，《唐宋传奇选》，人民文学出版社

（3）李汝珍（清），《镜花缘》，人民文学出版社

（4）《中国现代文学作品选》，复旦大学出版社

（5）黄修己等编选，《中国现代文学作品选》，北京十月文艺出版社

（6）钱理群等，《中国现代文学三十年》，北京大学出版社

（7）陈建功主编，《中国当代文学作品精选（1949—1999）•中篇小说卷（三册）》，北京十月文艺出版社

（8）李国文主编，《中国当代文学作品精选（1949—1999）•短篇小说卷（二册）》，北京十月文艺出版社

（9）谢冕等主编，《中国当代文学作品精选》，北京大学出版社

（10）中国社会科学院文学所编，《中国短篇小说百年精华》，人民文学出版社

（11）刘洪涛，《<边城>：牧歌与中国形象》，文学评论，2002 年

（12）何媛媛，《莫言的世界和世界的莫言——世界文学语境下的莫言研究》，苏州大学，比较文学与世界文学，2013 年

下篇

写作

第五章　散文写作

第一节　散文概述

中国是一个散文大国。古今的散文大家和作品，享誉很高。新时期以来，我国的散文创作出现了前所未有的好势头，散文创作持续热闹火爆，涌现了一批专事散文的作家，一些学者、诗人、小说家、评论家、艺术家也跻身其中，众多的大学生也喜爱读写散文。“‘五四’以来的中国散文史，无疑是继先秦、两汉、魏晋、唐宋、明清散文这一座座峰峦之后的又一个高峰。它最为重大的意义是企图号召整个民族，彻底地走向人性的解放，树立科学和民主、平等和自由的现代文明观念。多少散文家都通过自己洋溢着独特个性的笔触，在不同的领域之内，从种种不同的视角，程度不等地完成着这个神圣的使命。”（林非《傅德岷主编〈中国现代散文发展史〉序》）

我国当代散文发展到今天，取得了很大的成绩，发表、出版了一大批优秀的散文，它们坚持对人生的始终关怀，坚持文学应该有益于人心世道，应该净化、美化和慧化人心，艺术上坚持众美并具、雅俗共赏的原则，成为色、香、味俱全的文化品位的精神食粮。同时，当代散文也面临创新与发展的问题。如今的读者对各类散文家及其作品褒贬不一，文坛上存在多种声音，表明散文创作同样是“没有最好，只有更好”。散文作者认识到这一点才能正确对待他人和自己。散文作者应该顺应时代的潮流，关注社会人生，要以自身的人格力量打动读者。散文属于高雅的精神产品，在经济大潮的冲击下，应当有一个清醒的对抗“商品”的精神。散文的开放是精神的开放、境界的开放，对于境界的把握，应比读者高出一个层次。中外散文名家的成功经验证明，散文创作必须讲究风格和形式，没有风格的写作最终会失去创作的个性。

学习散文写作有两条途径：其一是从模仿入手，跟在他人后面亦步亦趋。这种没有理论的盲目实践，往往事倍功半。其二是阅读一些散文，有了些感性认识，然后学习散文写作理论，使感性认识上升到理性认识的阶段，再阅读名家范文，然后从事写作实践，这样就可以事半功倍。我们应该采取第二条途径，即阅读→研究→阅读→写作。

一、散文的概念

什么是散文呢？有广义和狭义两种概念。广义的散文，在古代指的是一切不押韵的文章。刘勰在《文心雕龙》的《总术》篇写道：“今之常言，有‘文’有‘笔’，以为无韵者‘笔’也，有韵者‘文’也。”所谓“笔”，就是指韵文以外的一切记叙性和议论性的文体，这些文体就是散文。不过，古代没有“散文”这一名称，“散文”这个名称是“五四”时期才有的。在现代，广义的散文包括除诗歌、小说、戏剧、影视文学之外的一切叙事性、议论性、抒情性的文体，如秦牧在《海阔天空的散文领域》

中说："不属于其他文学体裁，而又具有文学味道的一切篇幅短小的文章，都属于散文的范围。"这样，就有了抒情散文、叙事散文和议论散文等的分类。

狭义的散文则专指抒情散文。这是因为随着文体的发展，叙事散文中的通讯特写、传记文学、报告文学等已经发展成为独立的文体，各成一类；议论散文则有了专门的名称——杂文，也从散文中分了出来，剩下的只有抒情散文，这就是狭义的散文。

我们这里要学习的主要是抒情散文，也涉及叙事散文和其他类型的散文。

二、散文的写作特点

散文是一种内容丰富、题材广泛、篇幅短小、体裁多样、形式灵活、文情并茂的文体。在写作上，它有以下六个特点。

（一）内容丰富，题材广泛

散文的内容涉及自然万物、各色人等、古今中外、政事私情……可以说是无所不包、无所不有的。可以写国内外和社会上的矛盾、斗争，写经济建设，写文艺论争，写伦理道德，也可以写文艺随笔、读书笔记、日记书简；既可以是风土人物志、游记和偶感录，也可以是知识小品、文坛轶事；它能够谈天说地，更可以抒情写趣。凡是能给人以思想启迪、美的感受、情操的陶冶，使人开阔视野、丰富知识、心旷神怡的，都可以选作散文的题材。

（二）思想精辟，诗意盎然

散文多是真情实感的产物，那些优秀的篇章，都有思想火花的闪耀，表现着作者对时代和人生的深刻认识与精辟见解。"凡掷地作金石声的作品差不多总是包含着鲜明的思想、结结实实的思想。有闪光的思想之焦点，飞跃着不灭的思想之火焰的。"（《说散文》）我们读鲁迅的《雪》，可以学到鲁迅从飞雪和雪罗汉身上探索到的美好、光明以及与冷酷现实进行顽强斗争的革命精神；读茅盾的《白杨礼赞》，可以看出茅盾怎样从平凡的白杨树身上联想到北方农民的坚强不屈和英勇豪迈的形象；读袁鹰的《井冈翠竹》，可以领悟作者从普通的毛竹思考到井冈山人民献身革命与建设的精神品质。秦牧说得好："思想像一根线串起了生活的珍珠，没有这根线，珍珠只能够弃散在地。"散文的优秀作品还每每是诗意盎然的。苏联作家巴乌斯托夫斯基也指出："真正的散文是充满诗意的，就像苹果饱含着果汁一样。"

（三）短小精悍，自由灵活

有人称散文是文艺战线上的"轻骑兵"，就是因为它具有篇章短小精悍、形式灵活自由的特点。我国古代散文的名篇多数是很短的，如韩愈的《马说》150 字、柳宗元的《小石潭记》193 字。现代散文的名篇多数也是很短的，如许地山的《落花生》482 字、茅盾的《白杨礼赞》1074 字。当然，较长的优秀散文也是有的，但它与一般记叙文相比，仍是精悍之作。所以散文写作要求做到短小精悍，以小见大，言近旨远。

散文写作自由、灵活这一特点，在写作上，首先指的是表达方式灵活自如，不局限于某一种表达方法。因而，散文写作可以记人、叙事、状物、写景、抒情、说理、呐喊、怒吼、抨击、赞颂、幽默、讽刺、高歌、浅唱、漫谈、絮语、嘻笑怒骂、妙语解颐……各式各样，应有尽有。其次，写作者可以自由、灵活地选用各种体裁来写，赋铭、速写、游记、书信、日记、序跋、偶感、随笔、回忆录、读后感……任人选择，因人而异，都能写成佳作。

（四）形散神收，博而不杂

宋代大散文家、诗人苏轼在《文说》中说：“吾文如万斛泉源，不择地皆可出。在平地，滔滔汩汩，虽一日千里无难。及其与山石曲折，随物赋形而不可知也。所可知者，常行于所当行，常止于不可不止，如是而已矣。”

“形散神不散”，这是许多散文作家的经验之谈。散文必须“散”，必须“博”，也就是说从表面上看，从形式上看，它运笔如风，不拘成法，似乎散漫无章，行文时断时续，时而勾勒描绘，时而倒叙联想，时而感情迸发，时而侃侃议论，既有天文地理，又有伦理人情，这段写甲地，那段却写乙地。但是，它的“神”却是始终不散的，是首尾一贯的，是表现作者一定的思想、感情的。“神收”“不杂”指的就是文章始终紧紧围绕一个中心，贯穿一条红线，做到结构紧凑、层次分明、详略得当、重点突出。

（五）直抒胸臆，自具风格

文学作品都是带有感情的，小说、戏剧的作者往往把自己强烈的感情倾注在人物形象的塑造上，作者对生活的感受、对人物的爱憎褒贬，一般是通过间接的方式表现出来的。而散文则不一样，它常常像诗歌一样，每每用直接抒情的方式抒写胸臆，不仅使读者知其理、晓其事，而且悟其心、感其情，因此，散文要求作者写真情实感。真情是散文的生命，只有直抒胸臆，把真情实感捧给读者，才会赢得读者的喜爱。作家贾平凹在回答“散文创作要不要绝对真实”的问题时说：“这个问题争论很多，又都没有一定结论。我个人的体会，还是倾向于‘绝对真实’四个字。所谓真实，主要是指在感情以及运用环境和事件上。古人写的散文，题材也是很广泛的，但古人写散文，都是有感而发。今人写散文，多多少少存在着一些为写而写的现象，所以在绝对真实问题上就出现了所谓‘理论与实践上的不一致’。也正因为如此，这些散文就写得不那么成功了。当然，作为文学作品应该生活化，生活也应该作品化，散文尤是这样。”(《怎样写好散文》)

写作要“文如其人”，散文更是这样。名家都有自己的风格，他们的作品即使不署名，读者也能从风格上看出作者。如鲁迅的散文深刻、精练、峭拔，虽然他写文章经常改换笔名，然而“何家干”的文章，明眼人一看就看出是鲁迅；郭沫若的散文气势浩荡，又清丽缠绵；茅盾的散文与郭沫若的浩荡相反，表现为深刻而细微；还有，老舍的散文诙谐、冰心的散文慈爱、叶圣陶的散文严谨畅达、方纪的散文潇洒俊逸等。初学写作者一时不可能形成自己的散文风格，但是必须向这些各有风格的散文作家学习，经过多次的实践、创造，努力形成自己的散文风格。

（六）精雕细琢，文采斐然

优秀的散文不可能是“掉以轻心”写出来的，它们都是作者精雕细琢、刻意加工的结晶。秦牧指出：“一篇小小的散文也许写作时间仅仅是一两个小时，但却要求作家深厚的素养，而且不断扩大和丰富这种素养。把散文当做是‘小功夫’，‘掉以轻心’的写作态度，是很不利于我们散文创作的繁荣发展的。即使是怎样熟练的名作家，我们也要求他们在写作一篇小文章时，采取‘大象搏狮用全力，搏兔也用全力’的态度。”

学习散文写作，既要掌握华丽的文采，也要掌握朴素的文采。写得华丽并不容易，写得朴素更难。徐迟的文章是很有文采的，他常用赋的方法兼用比、兴修辞，使得文采华美。但是他说："只有写得朴素了，才能显出真正的文采来。古今大散文家，都是这样写作的。越是大作家，越到成熟之时，越是写得朴素。而文采闪耀在朴素的篇页之上。"我们还要看到，不管是华丽的还是朴素的，散文富有文采的语言都是从新鲜、活泼的口语中来的，是对优秀的古代散文创造性的继承，也是作者仔细选择、锤炼和加工的结果。

第二节 散文的写作

一、精于立意

"凡文以意为主"。散文的"意"是存在于深厚的生活土壤和浩瀚的生活海洋中的。要获得它，必须依靠我们对生活的深入观察、感受、理解。因此，散文立意只要从生活实际出发，凭着鲜明的感受、锋锐的观察能力、同人民同时代共同跳动的脉搏、深厚的感情、丰富的想象、深沉的思索，就会感到我们生活中洋溢着的诗意。这诗意，就是使我们心灵受到触动的东西，使我们眼睛豁然开朗的东西，思想突然升华的东西，感情更为纯洁的东西，它就是灵感。我们要为自己的散文立意就要赶紧捕捉住它，因为这里面有心灵的颤动和思想的闪光。刘白羽说："哪怕是微弱的闪耀也比没有闪耀要好，这才不是一般的照相，这才是文学。"(《早晨的太阳》序)

二、善于构思

构思是写作者对生活素材进行去粗取精、去伪存真、由此及彼、由表及里的加工、提炼的过程。写作者要在构思中为散文的思想内容寻找尽量完美的艺术形式，使思想性与艺术性达到和谐的统一。因此，构思要解决立意、选材、创造意境、确定体裁、基本手法、布局谋篇等问题。这里着重讲讲确定体裁、寻找线索、创造意境三个问题。

（一）确定体裁

散文的体裁灵活多样。我们有了一个好的意思（思想），并且选取了表现这一意思（思想）的材料，那么就要考虑：是写成书信体，还是写成日记体？是写成随笔，还是写成偶感？是写成游记，还是写成回忆录？是写成序或跋，还是写成读后感？确定具体体裁的原则是"内容决定形式，形式为内容服务"。例如到苏州旅游之后，你要向父母报告一下自己的游踪和观感，你就可以写成书信；你在游玩中遇到一些使你感动的人或事，你就可以写成随笔、漫录；你在游玩虎丘、狮子林、寒山寺、西园、留园等地之后，觉得寒山寺的钟特别吸引人，并引起你的遐思，你就可以写成如《社稷坛抒情》那样诗意浓郁的抒情文；你如果是旧地重游，吃到苏州某种土特产而忆起往事，则可以偏重于回忆，写成《小米的回忆》那样的回忆式散文……总之，要根据立意内容来确定表现形式——具体的体裁。

（二）寻找线索

散文的材料应该是很"散"的，每一个材料都是一颗珍珠，但这些珍珠互相之间有内在的联系，写作者要寻找一根线，用笔作针，将这些散乱的珍珠穿起来，成为一串光彩夺目的珠圈、项链。那么，有哪些东西可以作为线索呢？

一是感情线索。我们的感情在生活中发生变化，如由厌恶到喜爱或从喜欢到厌恶，就可以用这条感情线索把一些似乎没有关联的材料联结起来。如杨朔写《荔枝蜜》就是利用感情线索，才把儿时记忆、从化疗养、荔枝树林、苏轼诗词、喜尝蜂蜜、参观蜂场、赞扬蜜蜂、农民劳动和夜晚梦蜂等事串连起来的。

二是事物线索。如曹靖华在日常生活中感受到：今天仍然需要发扬延安时期“小米加步枪”的艰苦奋斗的精神，就搜罗记忆中有关小米的往事，用小米把发生在不同地点、不同时间、不同情况下的事件组合在一起。许多托物咏志的散文也是以物为线索的，如冰心的《樱花赞》。

三是人物线索。如写某一个人物在不同时间、不同地点的活动，可以用这个人物作为线索串连起来，也可以用另一个人物把不同时间、不同地点、不同人物、不同内容的事物串连起来。这个人物还可以是写作者本人——“我”。

四是思绪线索。如面对某一事物、景物沉思遐想，“精骛八极，心游万仞”“观古今于须臾，抚四海于一瞬”“笼天地于形内，挫万物于笔端”，就能通过联想与想象，把有关的材料组织在一起，表达原定的主题思想。如秦牧的《土地》、杨朔的《海市》、贾平凹的《丑石》等。

五是景物线索。“一切景语皆情语。”通过景物描写，在写景中融进写作者的思想感情，如《天山景物记》《西湖即景》。

六是行动线索。如游记以游程行踪为线索。刘白羽写《长江三日》就以游程为主线，当然，全文还有一条哲理性的思绪线索：战斗——航进——穿过黑夜走向黎明。

文无定法，散文的线索很多，以上六种线索是人们较为常用的。

（三）创造意境

散文的意境是情和景的交融，是意和境的统一，是作者浸透了时代精神的主观感情、意志与自然环境和社会环境的统一。意是灵魂，境是血肉。意高则境深，意低则境浅。散文的这种意境应是诗的意境，即所谓诗情画意。它是可以捉摸的、可以感受的，是物质的、形象的，但它又是动人心弦的、震颤魂魄的，是精神的、性灵的。如朱自清写《荷塘月色》，全篇着力于“淡淡的情趣”，顺着沿路走来、伫立凝想的线索，通过描绘小路、荷塘、花姿、月色、树影、雾气、灯光……色彩斑斓，可见可感，而叶香、蛙鸣、蝉声，又可味可闻。更加上心情的抒写，巧妙的比喻，创造出一种淡雅、闲静、情景交融的意境。这种优美的意境，正是散文写作者要努力追求、刻意创造的。

散文一般篇幅短小，布局有方便的地方，但要布局得好，却因篇幅短小而有其难处。散文的整体布局要讲究艺术性，至于布局的具体方法是很多的，不少散文的布局都要巧设“文眼”，开头往往似谈家常，结尾则加以深化，画龙点睛，“卒章显其志”，并且首尾呼应，通体一贯，有机结合。初学散文写作，不妨学习这种布局的方法。

散文要“散”得起来，除了选材要有技巧之外，就是在叙写上要注意断续的技巧。明于断续，才能使散文的行文上挥洒自如。贾平凹说：“记住：越是你知道多的地方，越要不写或者写得很少；空白，这正是你要写的地方呢。”他认为，“讲究了‘空白’处理，一是散文可以散起来，断续之，续断之，文能‘飞起’，神妙便显也。二是散文可以含蓄起来，古人也讲过：‘意在笔先，故得举止闲暇。’看似胡乱说，骨子里却有分数。”（《怎样写好散文》）我们要多阅读古人优秀的散文作品，学习他人的断续技巧，在写作实践中多次运用之后就必然熟能生巧。

第三节 范文示例

煮雪

林清玄

传说在北极的人因为天寒地冻，一开口说话就结成冰雪，对方听不见，只好回家慢慢地烤来听……

这是个极度浪漫的传说，想是多情的南方人编出来的。

可是，我们假设说话结冰是真有其事，也是颇有困难，试想：回家烤雪煮雪的时候要用什么火呢？因为人的言谈是有情绪的，煮得太慢或太快都不足以表达说话的情绪。

如果我生在北极，可能要为煮的问题烦恼半天，与性急的人交谈，回家要用大火煮烤；与性温的人交谈，回家要用文火。倘若与人吵架呢？回家一定要生个烈火，才能声闻当时哔哔剥剥的火暴声。

遇到谈情说爱的时候，回家就要仔细酿造当时的气氛，先用情诗情词裁冰，把它切成细细的碎片，加上一点酒来煮，那么，煮出来的话便能使人微醉。倘若情浓，则不可以用炉火，要用烛火再加一杯咖啡，才不会醉得太厉害，还能维持一丝清醒。

遇到不喜欢的人不喜欢的话就好办了，把结成的冰随意弃置就可以了。爱听的话则可以煮一半，留一半他日细细品味，住在北极的人真是太幸福了。

但是幸福也不长驻，有时天气太冷，火生不起来，是让人着急的，只好拿着冰雪用手慢慢让它融化，边融边听。遇到性急的人恐怕要用雪往墙上摔，摔得力小时听不见，摔得用力则声震屋瓦，造成噪音。我向往北极说话的浪漫世界，那是个宁静祥和又能自己制造生活的世界，在我们这个到处都是噪音的时代里，有时我会希望大家说出来的话都结成冰雪，回家如何处理是自家的事，谁也管不着。尤其是人多要开些无聊的会议时，可以把那块嘈杂的大雪球扔在自家前的阴沟里，让它永远见不到天日。

斯时斯地，煮雪恐怕要变成一种学问，生命经验丰富的人可以根据雪的大小、成色，专门帮人煮雪为生；因为要煮得恰到好处和说话时恰如其分一样，确实不易。年轻的恋人们则可以去借别人的“情雪”，借别人的雪来浇自己心中的块垒。

如果失恋，等不到冰雪尽融的时候，就放一把火把雪都烧了，烧成另一个春天。

【赏析】

林清玄，当代著名台湾作家。《煮雪》从一个极度浪漫的传说开始，展开丰富的联想，进而通过“冰雪”而联系到我们人生中各种需要用语言来沟通的情境，如爱情、人情等。随着文字的流动，意蕴也渐渐涌起，带着爱情的体悟，带着人生的智慧，豁然而出，让人怦然心动，会心一笑。作者以独特的角度来审视生活，品味生活，徜徉在林氏的文本里，我们感受到的是生活的哲趣和人生的希望，就像大卫·梭罗写的一首诗：“在远方，风像是在使一切折腰。萤火虫整日在草丛储蓄灯油，以备夜间出发。

我们的思绪也开始飒飒作响了。”

阳关雪

余秋雨

中国古代，一为文人，便无足观。文官之显赫，在官而不在文，他们作为文人的一面，在官场也是无足观的。但是事情又很怪异，当峨冠博带早已零落成泥之后，一杆竹管笔偶尔涂划的诗文，竟能镌刻山河，雕镂人心，永不漫漶。

我曾有缘，在黄昏的江船上仰望过白帝城，顶着浓冽的秋霜登临过黄鹤楼，还在一个冬夜摸到了寒山寺。我的周围，人头济济，差不多绝大多数人的心头，都回荡着那几首不必引述的诗。人们来寻景，更来寻诗。这些诗，他们在孩提时代就能背诵。孩子们的想象，诚恳而逼真。因此，这些城，这些楼，这些寺，早在心头自行搭建。待到年长，当他们刚刚意识到有足够脚力的时候，也就给自己负上了一笔沉重的宿债，焦渴地企盼着对诗境实地的踏访。为童年，为历史，为许多无法言传的原因。有时候，这种焦渴，简直就像对失落的故乡的寻找，对离散的亲人的查访。

文人的魔力，竟能把偌大一个世界的生僻角落，变成人人心中的故乡。他们褪色的青衫里，究竟藏着什么法术呢？

今天，我冲着王维的那首《渭城曲》，去寻阳关了。出发前曾在下榻的县城向老者打听，回答是：“路又远，也没什么好看的，倒是有一些文人辛辛苦苦找去。”老者抬头看天，又说：“这雪一时下不停，别去受这个苦了。”我向他鞠了一躬，转身钻进雪里。

一走出小小的县城，便是沙漠。除了茫茫一片雪白，什么也没有，连一个皱折也找不到。在别地赶路，总要每一段为自己找一个目标，盯着一棵树，赶过去，然后再盯着一块石头，赶过去。在这里，睁疼了眼也看不见一个目标，哪怕是一片枯叶，一个黑点。于是，只好抬起头来看天。从未见过这样完整的天，一点也没有被吞食，边沿全是挺展展的，紧扎扎地把大地罩了个严实。有这样的地，天才叫天。有这样的天，地才叫地。在这样的天地中独个儿行走，侏儒也变成了巨人。在这样的天地中独个儿行走，巨人也变成了侏儒。

天竟晴了，风也停了，阳光很好。没想到沙漠中的雪化得这样快，才片刻，地上已见斑斑沙底，却不见湿痕。天边渐渐飘出几缕烟迹，并不动，却在加深，疑惑半晌，才发现，那是刚刚化雪的山脊。

地上的凹凸已成了一种令人惊骇的铺陈，只可能有一种理解：那全是远年的坟堆。

这里离县城已经很远，不大会成为城里人的丧葬之地。这些坟堆被风雪所蚀，因年岁而坍，枯瘦萧条，显然从未有人祭扫。它们为什么会有那么多，排列得又是那么密呢？只可能有一种理解：这里是古战场。

我在望不到边际的坟堆中茫然前行，心中浮现出艾略特的《荒原》。这里正是中华历史的荒原：如雨的马蹄，如雷的呐喊，如注的热血。中原慈母的白发，江南春闺的遥望，湖湘稚儿的夜哭。故乡柳荫下的诀别，将军圆睁的怒目，猎猎于朔风中的军旗。随着一阵烟尘，又一阵烟尘，都飘散远去。我相信，死者临亡时都是面向朔北敌阵的；我相信，他们又很想在最后一刻回过头来，给熟悉的土地投注一个目光。于是，他们扭曲地倒下了，化作沙堆一座。

这繁星般的沙堆，不知有没有换来史官们的半行墨迹？史官们把卷帙一片片翻过，于是，这块土地也有了一层层的沉埋。堆积如山的二十五史，写在这个荒原上的篇页还算是比较光彩的，因为这儿毕竟是历代王国的边远地带，长久担负着保卫华夏疆域的使命。所以，这些沙堆还站立得较为自在，这些篇页也还能哗哗作响。就像干寒单调的土地一样，出现在西北边陲的历史命题也比较单纯。在中原内地就不同了，山重水复、花草掩荫，岁月的迷宫会让最清醒的头脑胀得发昏，晨钟暮鼓的音响总是那样的诡秘和乖戾。那儿，没有这么大大咧咧铺张开的沙堆，一切都在重重美景中发闷，无数不知为何而死的怨魂，只能悲愤懊丧地深潜地底。不像这儿，能够袒露出一帙风干的青史，让我用20世纪的脚步去匆匆抚摩。

远处已有树影。急步赶去，树下有水流，沙地也有了高低坡斜。登上一个坡，猛一抬头，看见不远的山峰上有荒落的土墩一座，我凭直觉确信，这便是阳关了。

树愈来愈多，开始有房舍出现。这是对的，重要关隘所在，屯扎兵马之地，不能没有这一些。转几个弯，再直上一道沙坡，爬到土墩底下，四处寻找，近旁正有一碑，上刻"阳关古址"四字。

这是一个俯瞰四野的制高点。西北风浩荡万里，直扑而来，踉跄几步，方才站住。脚是站住了，却分明听到自己牙齿打战的声音，鼻子一定是立即冻红了的。呵一口热气到手掌，捂住双耳用力蹦跳几下，才定下心来睁眼。这儿的雪没有化，当然不会化。所谓古址，已经没有什么故迹，只有近处的烽火台还在，这就是刚才在下面看到的土墩。土墩已坍了大半，可以看见一层层泥沙，一层层苇草，苇草飘扬出来，在千年之后的寒风中抖动。眼下是西北的群山，都积着雪，层层叠叠，直伸天际。任何站立在这儿的人，都会感觉到自己是站在大海边的礁石上，那些山，全是冰海冻浪。

王维实在是温厚到了极点。对于这么一个阳关，他的笔底仍然不露凌厉惊骇之色，而只是缠绵淡雅地写道："劝君更尽一杯酒，西出阳关无故人。"他瞟了一眼渭城客舍窗外青青的柳色，看了看友人已打点好的行囊，微笑着举起了酒壶。再来一杯吧，阳关之外，就找不到可以这样对饮畅谈的老朋友了。这杯酒，友人一定是毫不推却，一饮而尽的。

这便是唐人风范。他们多半不会洒泪悲叹，执袂劝阻。他们的目光放得很远，他们的人生道路铺展得很广。告别是经常的，步履是放达的。这种风范，在李白、高适、岑参那里，焕发得越加豪迈。在南北各地的古代造像中，唐人造像一看便可识认，形体那么健美，目光那么平静，神采那么自信。在欧洲看蒙娜丽莎的微笑，你立即就能感受，这种恬然的自信只属于那些真正从中世纪的梦魇中苏醒、对前途挺有把握的艺术家们。唐人造像中的微笑，只会更沉着、更安详。在欧洲，这些艺术家们翻天覆地地闹腾了好一阵子，固执地要把微笑输送进历史的魂魄。谁都能计算，他们的事情发生在唐代之后多少年。而唐代，却没有把它的属于艺术家的自信延续久远。阳关的风雪，竟愈见凄迷。

王维诗画皆称一绝，莱辛等西方哲人反复讨论过的诗与画的界线，在他是可以随脚出入的。但是，长安的宫殿，只为艺术家们开了一个狭小的边门，允许他们以卑怯侍从的身份躬身而入，去制造一点娱乐。历史老人凛然肃然，扭过头去，颤巍巍地重又迈向三皇五帝的宗谱。这里，不需要艺术闹出太大的局面，不需要对美有太深的寄托。

于是，九州的画风随之黯然。阳关，再也难于享用温醇的诗句。西出阳关的文人还是有的，只是大多成了谪官逐臣。

即便是土墩、是石城，也受不住这么多叹息的吹拂，阳关坍弛了，坍弛在一个民族的精神疆域中。它终成废墟，终成荒原。身后，沙坟如潮，身前，寒峰如浪。谁也不能想象，这儿，一千多年之前，曾经验证过人生的壮美，艺术情怀的弘广。

这儿应该有几声胡笳和羌笛的，音色极美，与自然浑和，夺人心魄。可惜它们后来都成了兵士们心头的哀音。既然一个民族都不忍听闻，它们也就消失在朔风之中。

回去罢，时间已经不早，怕还要下雪。

【赏析】

这是一篇充满历史沧桑感、民族自豪感和理性思辨的散文。这篇文章写得十分的洒脱，以一个文人的视角抒发了对古代文人墨客的景仰和慨叹之情。王维的《渭城曲》描写的就是阳关的情景："渭城朝雨浥轻尘，客舍青青柳色新。劝君更尽一杯酒，西出阳关无故人。"正是这首诗激起了余秋雨去寻找阳关遗址的热情。作者写阳关，不是一般的探幽访胜，不是单纯的咏物抒怀，而是借助阳关这一历史遗迹来折射中华民族在人类文明史上曾经作出的贡献，来追寻中国古代文人曾经经历过的生命体验。因此，作者笔下的阳关，已经超越了阳关本身的意义，从而进入了人生、社会和历史等更加广阔的领域之中。

【思考与练习】

1. 你认为应该怎么观察和感受生活？

2. 你怎么理解"文学创作要多读与多写"？

3. 抒情如何做到真挚、自然？

4. 根据散文的基本特征，你认为怎样才能写好一篇散文？请自拟题目，写一篇散文。

第六章　常用公文写作

第一节　公文写作概述

一、公文的概念和特点

公文，即公务文书，又称文件。是国家机关及其他社会组织在行使职权和实施管理的过程中所形成的具有法定效力与规范格式的文书，是传达政令，指导、布置和商洽工作，请示和答复问题，报告和交流情况，联系公务、记载工作活动的重要工具。历史上曾称为“官文书”“文牍”。

公文的特点是：由法定作者制发；具有法定的现行执行效用；具有规范的文体、结构、格式；需要履行法定的程序。

二、公文的功能与效用

（一）公文的功能

公文的功能在于，能够逾越时空的限制，有效地传递公务活动所需的信息。公文可用于传达贯彻方针政策和有关指令；沟通上下级机关；发布法规和规章；沟通机关之间的横向联系；教育干部和群众；印证有关事实。

（二）公文的效用

公文的效用就是指公文的实际效力和功用。公文有两个方面的效用，第一是现行执行效用，也就是公文对受文者以及其他机构、组织和个人有关行为的强制影响；第二是历史效用，是指公文在记录和印证历史事实方面的权威性作用和影响。

三、公文的分类

公文按其行文方向，可以分为上行文、下行文、平行文。上行文是指下级机关向上级机关报送的公文，如请示、报告等。下行文是指上级机关向所属下级机关的行文，如决定、指示、公告、通告、通知、通报等。平行文指同级机关或不同隶属机关之间的行文，如函等。通知、公文纪要有时也可以作为平行文。

公文按其时限要求，可以分为特急公文、急办公文、常规公文。公文内容有时限要求，需迅速传递办理的，称为紧急公文。紧急公文可以分为特急和急件两种，紧急公文应随到随办，时限要求越高，传递、办理的速度也就要求越快，但要“快中求准”。随着社会的发展，对公文的时效要求越来越高，即使常规公文，也应随到随办，以提高办文效率。

公文按其机密程度，可以分为绝密公文、机密公文、秘密公文、普通公文。绝密公文、机密公文、秘密公文又称为保密文件，是指内容涉及党和国家的机密，需要控制知密范围和知密对象的文件。文件的密级越高，传达、阅办、保管的要求也越严。

【附表】国家行政机关公文种类详见表1。

表1 国家行政机关公文种类

序号	文种名称	性质	用途
1	命令（令）	指令性 法规性	适用于依照有关法律发布行政法规和规章；宣布施行重大强制性行政措施；嘉奖有关单位及人员
2	决定	决策性 指挥性	适用于对重要事项或重大行动做出安排；奖惩有关单位及人员；变更或撤销下级机关不适当的决定事项
3	公告	告知性	适用于向国内外宣布重要事项或法定事项
4	通告	公布性 知照性	适用于公布社会各有关方面应当遵守或周知的事项
5	通知	批示性 指示性 告知性	适用于批转下级机关的公文；转发上级机关和不相隶属机关的公文；传达要求下级机关办理和有关单位周知或执行的事项；任免人员
6	通报	告知性 指导性	适用于表彰先进，批评错误，传达重要精神或情况
7	议案	法规性	适用于各级人民政府按照法律程序向同级人民代表大会或人民代表大会常务委员会提请审议事项
8	报告	呈报性	适用于向上级机关汇报工作，反映情况，答复上级机关的询问
9	请示	请示性	适用于向上级机关请求指示、批准
10	批复	批示性	适用于答复下级机关的请示事项
11	意见	指导性	适用于对重要问题提出见解和处理办法
12	函	商洽性 告知性	适用于不相隶属机关之间商洽工作，询问和答复问题，请求批准和答复审批事项
13	会议纪要	告知性 指导性	适用于记载、传达会议情况和议定事项
14	决议	告知性 指导性	适用于会议讨论通过的重大决策事项
15	公报	告知性	适用于公布重要决定或重大事项

四、公文的格式

公文格式一般由公文标题、主要内容、结尾三部分组成。

（一）书面格式

公文的书面格式是指公文的数据项目在公文文面上所处的位置和书写的形式。组成公文的各要素划分为眉首、主体、版记三部分。

（1）眉首部分包括公文份数序号、秘密等级和保密期限、紧急程度、发文机关标识、发文字号、签发人等。

（2）主体部分包括公文标题、主送机关、公文正文、附件、成文时间、印章、附注等。

（3）版记包括主题词、抄送单位、印发机关和印发日期等。

（二）公文的特定格式

公文的特定格式包括信函格式、命令格式、会议纪要格式。

（三）公文的排版规格与印制装订要求

（1）排版规格：正文使用 3 号仿宋体，其他字体则随需要进行标识，一般有小标宋体、黑体、楷体等。一般每面排 22 行，每行排 28 个字。

（2）用纸要求：公文用纸采用 A4 型，幅面尺寸为 210mm×297mm。版面尺寸上白边（天头）空 37mm，订口（左白边）空 28mm。

（3）装订要求：公文应左侧装订，不掉页。包本公文的封面与书芯不脱落，后背平整、不空。两页页码之间误差不超过 4mm。

国家机关公文格式如图 1 和图 2 所示（仅为示意图，字体、字号、留白等未严格参照标准）。

份号　0001

机密★一年
特　急

□□□□文件

××〔××××〕××号

×××关于××××工作的通知

××××：

××。

附件：1. ××××××××××
　　　2. ××××××××××

××××××
二〇〇五年三月八日
（印章）
（此件可登报）

主题词：××××　××　××　××

抄　送：××××　××××　××××　××××

×××××××××办公室　　××××年×月×日印发

共印××份

图 1　下行文和平行文格式

机密★一年

特　急

□□□□文件

××〔××××〕××号

签发人：×××

×××关于××××工作的请示

××××：

××。

附件：1. ××××××××××

2. ××××××××××

××××××

二〇〇五年三月八日

（印章）

（联系人：×××　联系电话：××××—×××××××××）

主题词：×××××××××　××××　××××　××××

抄　送：××××××××　××××××××　××××××××　××××××××

×××××××××办公室　××××年×月×日印发

共印××份

图 2　上行文格式

五、公文处理工作的基本内容

（1）创制公文。由从事公务活动的机关和其他社会组织（以下统称为机关），对有关的信息材料进行系统的收集、加工、整理，创造出适用的信息，然后将其记录下来撰拟成文稿，经完善并确认其正式效用之后，再经印制等工作环节最终形成正式的公文。

（2）传递公文。将创制完毕的公文根据一定的规则以多种通信方式递送给收受机关。

（3）办理公文。根据法定的职责权利，收受来自各有关方面的文件，经过分办、批办、拟办、承办、传阅等工作环节，对文件进行阅读、加工，从中提取有用信息，了解有关事物的面貌，解决公文所针对的工作问题（包括创制新公文的方式）。

（4）处置办毕公文。根据一定的标准分别对已办理完毕的不同公文的归宿作出安排：立卷归档、清退、销毁、暂存。

（5）管理公文。为使上述 4 项任务能有效完成，而对公文实施科学、系统的管理措施：公文的收发、传送、登记、清理分类、用印、签注，建立检索体系，提供查阅，对公文运转过程的组织与监控，以及对公文机密与安全的维护等。

第二节　通知　通报

一、通知

通知是发布法规和规章、批转下级机关的公文、转发上级机关和不相隶属机关的公文、传达要求下级机关办理和需要有关单位周知或执行的事项、任免人员时使用的文种。

（一）通知的特点

1．使用面广

通知是各级各类机关中使用频率最高、使用面最广的一种公文。在使用权限上，上至国家最高机关，下至基层单位；在发文对象上，广至全国人民，窄至几个人；在使用频率上，高至机关公文行文中的 80%以上。

2．执行性强

大多数通知用于布置和安排工作、发布规章制度、批转或转发有关公文，要求下级机关办理或执行。特别是布置安排工作时，总是要讲清什么工作，要求怎样去做，什么时候完成，下级机关及个人必须在规定的时间内遵照执行，不得违背；不执行或违背通知精神，将被追究责任。因此，下级机关通常把某件通知作为某项工作的开展依据。

另外，通知还具有时效性、知照性的特点。时效性是指通知下达的事项通常都有时间的安排，受文单位要及时办理、执行，以免过期，延误工作。知照性是指有些通知主要用于沟通情况，交流、传达信息，不要求执行或办理。

（二）通知的用途

通知的使用比较灵活，具体来说，可以用于处理以下事项：

（1）传达上级指示精神、布置安排工作。

（2）发布行政规章、印发领导讲话。

（3）转发上级机关、平级机关和不相隶属机关的公文。

（4）批转下级机关的公文。

（5）安排重要会议。

（6）任免聘用干部。

（三）通知的种类

根据不同的用途，通知可以分为以下 6 种：

（1）指示性通知。

（2）发布性通知。

（3）转发性通知。

（4）批转性通知。

（5）告知类通知。为了便于工作，有必要将某些事项、信息传达和告知给有关单位和人员知晓。这类通知只起知照作用，如设置机构通知、启用印章通知、会议通知等。例如，《国务院关于废止部分外事外经贸、工交城建、劳动人事和教科文卫法规的通知》《××公司关于举办劳资干部培训班的通知》《××市总工会关于召开第三届工会代表大会的通知》《××大学关于举行校庆三十周年纪念活动的通知》。

（6）任免通知。

（四）通知的写法

通知一般由四个部分构成：标题、主送机关、正文、落款。

通知的写作形式多样、方法灵活，不同类型的通知使用不同的写作方法。

（1）印发、批转、转发性通知的写法。标题由发文机关、被印发、批转、转发的公文标题和文种组成，也可以省去发文机关名称。正文须把握三点：对印发、批转、转发的文件提出意见，表明态度，如“同意”“原则同意”“要认真贯彻执行”“望遵照执行”“参照执行”等；写明所印发、批转、转发文件的目的和意义；提出希望和要求。最后写明发文日期。

（2）批示性通知的写法。标题由发文机关、事由和文种组成，也可以省去发文机关名称。正文由缘由、内容、要求等部分组成。缘由要简洁明了、说理充分。内容要具体明确、条理清楚、详略得当，充分体现指示性通知的政策性、权威性、原则性。要求要切实可行，便于受文单位具体操作。

（3）知照性通知的写法。这种通知使用广泛，形式多样，主要是根据通知的内容，交代清楚知照事项。

（4）事务性通知的写法。通常由发文缘由、具体任务、执行要求等组成。会议通知也属于事务性通知的一种，但写法又与一般事务性通知有所不同。会议通知的内容一般应写明召开会议的原因、目的、名称、通知对象、会议的时间、地点、需准备的材料等。

（5）任免、聘用通知的写法。一般只写决定任免、聘用的机关和依据，以及任免、聘用人员的具体职务即可。

二、通报

通报是对典型的先进事迹、人物进行表彰，对严重的错误予以批评教育，对重要的经审核的情况予以传递沟通的一种常用公文。

（一）通报的特点

（1）严肃性。

（2）典型性。

（3）时效性。

（4）用事实说话。

（二）通报的种类

（1）表彰性通报。

（2）批评性通报。

（3）事项性通报。

（三）通报的写法

通报一般由标题、主送机关、正文、落款四部分构成。标题、主送机关、落款这三部分的写法与通知相同，我们主要介绍正文的写法。不同类型的通报，其正文的写法也不尽相同。我们分别进行介绍。

1. 表彰性通报

正文一般由事项、决定、号召三部分组成：

（1）事项：概括地叙述先进事迹或先进经验。

（2）决定：经过研究，撰写对先进群体或个人作出的表彰决定。

（3）号召：发出向先进人物或先进经验学习的号召。

2. 批评性通报

正文一般由缘由、概要、分析三部分组成：

（1）缘由：写通报的事由和发文机关的态度。

（2）概要：写出所批评对象的错误事实。

（3）分析：阐述分析所批评事项的性质，归纳出教训所在。

3. 事项性通报

事项性通报首先写明所通报的情况，对主要情节进行客观叙述，注意把人物、时间、地点、事件、结果写清楚。其次写事项的现况，即事情发生后的临时处理情况。最后要写明发文机关的意见和要求，可以在对客观事实分析的基础上提出。

（四）写作须知

（1）事例要典型。

（2）情况要真实。

（3）详略要得当。

（4）分析要准确。

（5）通报要及时。

三、通报与通告、通知的区别

（1）所告知的对象不同。

（2）制发时间不同。

（3）目的不同。

（4）作用不同。

四、例文

【例文一】批转性通知

国务院关于批转国家税务总局《关于加强个体私营经济税收征管强化查账征收工作的意见》的通知

国发〔1997〕12 号

各省、自治区、直辖市人民政府，国务院各部委、各直属机构：

国务院同意国家税务总局《关于加强个体私营经济税收征管强化查账征收工作的

意见》，现转发给你们，请遵照执行。

加强个体、私营经济税收征管，强化查账征收工作是规范个体、私营经济管理，促进个体、私营经济健康发展的重要措施。各级人民政府要高度重视，切实加强领导，协调税务、工商行政管理、公安和金融等有关部门，积极稳妥地做好这一工作，并帮助税务部门解决工作中出现的困难和问题。国家税务总局要结合深化税收征管改革，切实做好对这项工作的组织指导和监督检查。各有关部门要相互支持、密切配合，确保这项工作的顺利进行。

本通知的具体实施意见，由国家税务总局会同有关部门制定。本通知的贯彻执行情况，各省、自治区、直辖市和计划单列市人民政府应于七月底前报告国务院，同时抄送国家税务总局。

附件：关于加强个体私营经济税收征管强化查账征收工作的意见（略）

国务院

一九九七年二月十八日

【例文二】转发性通知

省人民政府办公厅转发

《国务院办公厅关于禁止非法买卖人民币的通知》的通知

陕政办发〔1997〕41号

各市、县（区）人民政府，省人民政府各工作部门、各直属机构：

现将《国务院办公厅关于禁止非法买卖人民币的通知》（国办发明电〔1997〕28号）转发给你们，请认真遵照执行。

国务院办公厅关于禁止非法买卖人民币的通知

各省、自治区、直辖市人民政府，国务院各部委、各直属机构：

目前，非法倒买倒卖人民币的问题比较严重，影响了人民币的正常流通，破坏了人民币的信誉。为加强对人民币的管理，打击非法买卖人民币的行为，根据《中华人民共和国中国人民银行法》有关规定，经国务院批准，特作如下通知：

一、禁止非法买卖流通人民币（包括纪念币，下同）；经营已退出流通的人民币，必须经中国人民银行批准。

二、未经中国人民银行批准，任何单位和个人不得装帧和经营装帧流通人民币。

三、违反以上规定的，视情节轻重，由工商行政管理部门没收一定物及非法所得，并按有关规定予以处罚。

四、各金融机构及其从业人员不得利用职务之便支持、参与人民币的非法买卖活动，对违反规定的要从严惩处。

五、对在中国境内非法买卖外国货币的，比照上述规定办理。

国务院办公厅

一九九七年七月四日

【例文三】颁发性通知

关于颁发《〈国务院关于职工工作时间的规定〉的实施办法》的通知

劳部发〔1994〕66号

各省、自治区、直辖市劳动、人事（劳动人事）厅（局），国务院各部委、各直属机构：

根据《国务院关于职工工作时间的规定》，我们制定了《〈国务院关于职工工作时间的规定〉的实施办法》。现发给你们，请遵照执行，并将执行中的经验和问题按两部的职责范围，分别报送。

附件：《国务院关于职工工作时间的规定》的实施办法（略）

劳动部　人事部

一九九四年二月八日

【例文四】告知性通知

关于召开陕西省工程咨询单位资格认定工作会议的通知

各有关工程咨询单位：

根据《国家发展改革委办公厅关于开展工程咨询单位资格认定工作的通知》（发改办投资〔2005〕2900 号）要求，为顺利开展我省工程咨询单位资格认定申报和初审工作，我委定于 2 月 22 日（星期三）上午 9 时在西安金桥酒店（西北二路一号）召开工程咨询单位资格认定工作会议，具体会务由省工程咨询协会承办，现将会议有关事项通知如下：

一、会议内容

1. 传达全国工程咨询单位资格认定工作会议精神。
2. 安排布置我省工程咨询单位资格申报的工作。
3. 介绍并演示工程咨询单位资格申报的相关软件。

二、参加单位和人员

1. 已取得甲级、乙级的预备级和临时资格的工程咨询单位。
2. 已取得丙级资格的工程咨询单位。
3. 新申请工程咨询资格的单位。

请以上单位的负责同志和熟悉计算机操作程序的经办人员参加会议。

三、联系人及联系方式

省发展改革委投资处：陈林 029-87294280

省工程咨询协会：张坚 029-86263182

二〇〇六年二月十五日

【例文五】表彰性通报

××市人民政府

关于表彰计划生育先进集体和先进工作者的通报

各县（市、区）人民政府，市属各部门：

“九五”计划期间，我市各级党委、政府和有关部门高度重视计划生育工作，认真贯彻省计划生育条例，切实加强对计划生育工作的领导，全面完成了省下达的“九五”人口计划和各项计划生育指标任务。2000 年度，全市人口出生率降到 5%，平均生育率为 0.87，低于全国、全省水平。这是全市各级干部、计划生育工作者和全市人民共同努力的结果。为了进一步推动我市计划生育工作的深入开展，市人民政府决定授予××县等三十五个单位“全市计划生育先进集体”光荣称号，授予×××等四十五位同志“全市计划生育先进工作者”光荣称号。希望受到表彰的单位和个人，要戒骄戒躁，继续努力，为我市计划生育工作向深层次、高质量发展作出新的贡献。

2001 年，是“十五”计划的第一年，各级政府和广大干部要全面贯彻落实好党的十五届四中全会精神，继续把计划生育工作放在更加重要的地位，坚持不懈地抓下去，切实加强领导，坚持按《条例》规定依法管理，大力加强基层基础工作，力争我市“十五”期间人口出生率控制在 5%以内，为本世纪末实现我市人口控制在四百万以下的目标而努力奋斗。

附件：××市计划生育先进集体、先进工作者名单（略）

××市人民政府（盖章）

二○○一年二月五日

【例文六】批评性通报

国务院办公厅关于××省××市××县擅自停课组织中小学生参加迎送活动的通报

1999 年 12 月 5 日，××省××市××县举行××高速公路在本县通车仪式，××县主要领导擅自决定，让本县部分中小学校停课参加通车仪式，近千名中小学生在风雪天等候长达 2 小时，致使部分中小学生生病，学生家长和群众极为愤慨，致信中央要求坚决制止此类现象。

中小学校依照国家规定建立有严格的教育教学秩序，这是教育教学质量的保证，任何单位和个人都不能随意破坏。现在一些地方的个别领导利用自己的权力，动辄调用中小学生为各种会议、考察、参观、访问甚至商业性典礼搞迎送或“礼仪”活动，有些地方还因此发生了严重的安全事故，造成极恶劣的社会影响。××县发生的问题，已不只是一般的形式主义，而是官僚主义，严重脱离群众，此类不良风气必须坚决予以制止。各地区、各部门以及各级领导干部，要高度重视这一问题并从中吸取深刻的教训，切实增强群众观念，杜绝此类事件再度发生。

中小学生是祖国的未来，他们的学习和活动安排，要有利于他们的学习和身心健康。今后各地区、各部门都必须严格执行国家的有关法规和规定，不得擅自停课或随意组织中小学生参加各种迎送或“礼仪”活动，如确有必要组织的，须报经省级教育行政部门批准。

国务院办公厅 （盖章）

一九九九年十二月二十日

【例文七】情况通报

关于××学校学生翻窗坠楼事故的通报

各县（区）教育局，局属各单位：

2012年2月15日，苏州工艺美院发生一女学生坠楼事件，事发当天，学校立即将此事报告给教育局，局长对此事十分重视，立即组织人员全力抢救坠楼学生，并要求学校对此事件展开调查，不幸的是，在经过一个多小时的全力抢救后，该学生因伤势过重最终死亡。

同时，警方与教育局工作人员对此事件展开调查，调查结果令人出乎意料。据了解，该学生今年21岁，淮安人，是苏州工艺美院大二学生。2月15日下午5点多，该女生返回宿舍时忘了带钥匙，便从隔壁宿舍的窗户翻入自己宿舍，不幸的是，该女生在翻越过程中失足从六楼坠下，其他学生发现后立即报警求助。据调查，苏州工艺美院女生宿舍本身就存在着严重的安全隐患，两个宿舍阳台之间仅隔一墙（约30cm），两个阳台之间不仅没有护栏阻隔，也没有警示标志，这为相邻阳台翻越提供了可能。

事发后，市政府和教育局相当重视，已经展开相关事件的讨论，将加强学校的基础建设，开展学生安全知识教育，避免类似事件的再次发生。

第三节　请示　报告

请示和报告均属于上行文，是下级行政机关用得较多而又容易混淆的文种。其实这两种公文除了行文方向相同，在用法、写法、内容、要求及处理程序等方面都有着严格的区别。

一、请示

请示是用于向上级机关请求指示、批准的一种上行公文。

（一）请示的特点

（1）请示事项一般时间性较强。请示的事项一般都是急需明确和解决的，否则会影响正常工作，因此时间性强。

（2）应一事一请示。

（3）一般主送一个机关，不多头主送，如需同时送达其他机关，应当用抄送形式，但不得在请示的同时又抄送下级机关。

（4）应按隶属关系逐级请示，一般情况不得越级请示，如确需越级请示，应同时抄报直接主管部门。

（二）请示的分类

根据请示的不同内容和写作意图分为3类：

（1）请求指示的请示。此类请示一般是政策性请示，是下级机关需要上级机关对原有政策规定作出明确解释，对变通处理的问题作出审查认定，对如何处理突发事件或新情况、新问题作出明确指示等请示。

（2）请求批准的请示。此类请示是下级机关针对某些具体事宜向上级机关请求批准的请示，主要目的是解决某些实际困难和具体问题。

（3）请求批转的请示。下级机关就某一涉及面广的事项提出处理意见和办法，需各有关方面协同办理，但按规定又不能指令平级机关或不相隶属部门办理，需上级机关审定后批转执行，这样的请示就属此类。

（三）请示的写作要求

请示由首部、正文和尾部三部分组成，其各部分的格式、内容和写法要求如下：

1. 首部

首部主要包括标题和主送机关两个项目内容。

（1）标题。请示的标题一般有两种构成形式：一种是由发文机关名称、事由和文种构成，如《××县人民政府关于×××的请示》；另一种是由事由和文种构成，如《关于开展春节拥军优属工作的请示》。

（2）主送机关。请示的主送机关是指负责受理和答复该文件的机关。每件请示只能写一个主送机关，不能多头请示。

2. 正文

正文一般由开头、主体和结语等部分组成。

（1）开头。主要交代请示的缘由。它是请示事项能否成立的前提条件，也是上级机关批复的根据。原因讲得客观、具体，理由讲得合理、充分，上级机关才好及时决断，予以有针对性的批复。

（2）主体。主要说明请求事项。它是向上级机关提出的具体请求，也是陈述缘由的目的所在。这部分内容要单一，只宜请求一件事。另外，请示事项要写得具体、明确、条项清楚，以便上级机关给予明确批复。

（3）结语。应另起段，习惯用语一般有“当否，请批示”“妥否，请批复”“以上请示，请予审批”或“以上请示如无不妥，请批转各地区、各部门研究执行”等。

3. 落款

落款一般包括署名和成文时间两个项目内容。标题写明发文机关的，这里可以不再署名，但需加盖单位公章，成文时间为××××年××月××日。

（四）请示与报告的区别

从请示的性质及使用范围可以看出，请示与报告是有一定区别的，主要表现在：

（1）行文目的不同。

（2）行文时间不同。

（3）内容含量不同。

（4）公文处理不同。

（5）主送机关的数目不同。

（6）结尾不同。

（五）与“意见”（上行）的区别

“请示”与上行的“意见”非常近似，具有一定的交叉性，它们都是要求上级对自己所提的事项或问题，或给以批准，或给予指示，或加以认可，即这两个文种的行文方向与目的在某种程度上有着同一性。但是它们之间又存在着离散性，主要表现在所提的事项与内容不尽相同。

“请示”的内容较多涉及的是人、财、物、机构、编制、出境出国，以及工作中遇到需上级作出决定的重大问题或应由上级加以审批的事项等具体问题，即人们通常所说的“硬件”；而上行“意见”的内容则多是对工作中一些重大问题提出见解和处理办法以及所遇到的困难，要求上级给以指示或支持，是人们通常所说的“软件”。

二、报告

报告是向上级机关汇报工作、反映情况、提出建议、答复上级机关的询问或要求时使用的一个文种。

（一）报告的特点

1. 内容的客观性

报告实际上是机关单位对某项重要工作现状所作的客观汇报。因此，报告必须以客观的事实材料为基础，不能言过其实、以偏概全，更不能无中生有、弄虚作假、谎报军情。

2. 叙述的概括性

报告属陈述性上行文，主要运用叙述的表达方式，把事物的缘由、发展、变化、结果汇报清楚。但这种叙述不是侧重于事物发展变化的具体过程和细节，而是侧重于事物发展变化的结果，因此，报告必须高度概括事物发展变化的过程，归纳出事物发展变化的规律，总结出符合客观实际的经验和教训，提出切实可行的意见和建议。

3. 观点的明确性

报告不是纯叙述性的文章，往往需要作者从所报告的客观材料中提炼出观点，即需要作者对叙述的客观事实发表看法、表明态度。有事实、有观点、有情况、有判断、有问题、有分析、有教训、有措施，是报告类公文在写作方面的共同特点。

（二）报告的种类

（1）工作报告。主要用于下级机关向上级机关汇报某种重要工作的筹备情况、进展情况、完成情况。内容多以汇报工作中已经取得的成绩、经验为主。

（2）情况报告。主要用于下级机关向上级机关汇报工作中遇到的重要情况或突发性重大事件。内容主要汇报重要情况或重大事件发生的过程、结果、原因及初步处理意见等。

（3）答复报告。主要用于下级机关答复上级机关的询问。主要内容是汇报上级机关或领导询问或批示的问题和情况。

（4）报送报告。主要用于下级机关上报重要材料和重要物品等。这种用途虽然没有被《国家行政机关公文处理办法》（简称《办法》）及其他有关公文处理文件规定进去，但是在实际工作中已经被普遍使用和认可了。

（三）报告的写作

（1）标题：由制发机关、事由、文种三部分组成。

（2）主送机关：是直属上级机关。

（3）正文：正文由导语、主体和尾语组成。导语写报告的目的或缘由，主体即报告的具体内容，答复报告的尾语多用“特此报告”“专此报告”。

（4）落款：在正文后右下方标注发文机关。

报告类公文的结构并不固定，工作报告很复杂，而报送文件、物件报告很简单，一般仅数十字。所以笼统地谈报告的写作是很困难的，下面侧重谈谈工作报告、情况报告、答复报告的写作。

1. 工作报告

正文一般由基本情况、成绩和经验、问题与不足、改进办法等部分构成。常见的写法有两种：一是当所报告的工作是单一的专项工作时，可以先写工作的基本情况，接着写取得的成绩或经验体会，再写存在的问题与不足，最后写改进的办法或今后的打算。这种写法常用于完成了某项工作后给上级机关的工作报告；二是当所报告的工作事项不止一个时，可以按工作的主次顺序将每一项工作作为一个部分依次叙述。在写一项工作的基本情况的同时，写出成绩与体会、存在的问题与不足、解决的办法等。也可以先将各事项集中有序地陈述，然后再综合写成绩、经验体会、存在的问题以及改进办法等。这种写法常用于完成了某一阶段的工作后给上级机关的工作报告。

2. 情况报告

正文一般由情况或问题发生的经过、原因、责任分析、处理意见、应吸取的教训等部分构成。通常按以上部分依次撰写。撰写时要围绕报告的主题，对情况作出实事求是的记叙，并进行客观具体的分析，提出切实可行的措施。

3. 答复报告

正文由报告的原因、回答询问两部分构成。首先要写明什么时候接到上级机关的询问，提出什么问题或询问的事项，然后针对上级机关提出的问题或询问的事项作出回答。

（四）报告与意见的异同

“报告”与上行的“意见”不仅在行文方向上完全一致，并且内容也很近似，均含有陈述性的内容，有时在陈述情况的基础上有相应的今后的工作意见。但这两个文种之间也有一定的不同。“报告”侧重于汇报工作、反映情况，多数情况下不涉及今后具体的工作意见，也不要求上级作出批示，只有所反映的情况涉及工作中一些带有普遍性的问题时，往往顺势针对问题提出今后的解决办法，要求上级加以批转，这就是人们通常所说的“呈转性报告”。“意见”（上行）虽然也要陈述情况，但这里的情况具有特定的内容，它通常是对工作中遇到的某一重要问题作出了分析与见解，而不像“报告”那样是对工作情况的综合与归纳，“意见”陈述情况的目的在于给意见的提出作铺垫，所提的意见不是要求上级给以批示，就是请求上级加以批转，不像“报告”在多数情况下对上级没有批示或批转的请求。

三、例文

【例文一】请示

×××化工厂关于贯彻按劳分配政策两个具体问题的请示

省劳动厅:

按劳分配，是社会主义分配的基本原则，也是社会主义的优越性之一。几年来，我厂由于认真贯彻了按劳分配政策，极大地激发了广大职工的社会主义劳动积极性，使得生产率成倍地增长。

为全面贯彻按劳分配原则，进一步调动职工的劳动积极性，现就两项劳资政策问题请示如下：

一、拟用 1990 年全厂超额利润的 10%为全厂职工晋升工资。其中，1990 年 4 月 30 日在册职工每人晋升一级，凡班（组）长和车间先进生产（工作）者及其以上领导和先进人物再依次晋升一级；全厂技术突击组成员每人浮动一级工资，组长每人浮动两级工资。

二、拟用 1990 年全厂超额利润的 10%一次性为全厂职工每人增发奖金平均 100 元，具体金额按劳动出勤率和完成定额计算。

以上请示，妥否，请批示。

×××化工厂

××××年××月××日

【例文二】请示

省经济研究中心关于嘉奖刘××的请示

省总工会：

我中心是省政府的事业机构，负责全省的经济研究工作。由于中心尚无工会组织，故未能及时参加工会的有关活动。近闻总工会正在全省开展评奖活动，故将为我中心刘××同志立功一事请示如下：

刘××，男，52 岁，1964 年大学毕业，现任副研究员。该同志长期从事农业经济的研究工作，做出了许多卓著的成绩，多次受到领导的好评，并为农业生产创造了显著效益。其中《××××××××》和《××××××××》两篇论文分别荣获全国农学会一、二等奖，《×××》一书被评为全国科普鼓励奖，其本人已被编入中青年科学家辞典。

根据×总发〔20××〕××号文件精神，刘××同志符合立功条件，望予嘉奖。

以上请示，妥否，请批示。

省经济研究中心

××××年××月××日

【例文三】请示

关于XX同志前往XX（国家或港澳）的请示

国际交流处：

应××××××（国家或港澳）×××××公司（单位）的邀请，我学院/处室拟派×××（写明真实身份，不宜对外公开的，还需写明对外身份）等×人，于××××年×月前往××××××（国家或港澳）。

一、出访的主要任务

（1）×××××××

（2）×××××××

（3）×××××××

二、出访的时间和费用

拟定于×月×日至×月×日出访，在外停留×天。出访费用由派人单位（或外方）负担。

以上请示，妥否，请批示。

××××

××××年××月××日

【例文四】报告

××××××有限公司工伤事故报告

×××劳动和社会保障局：

我公司于××××年××月××日上午 9:00 左右发生一起工伤事故，现将情况报告如下：

一、职工信息

姓名：×××；性别：×；年龄：××岁；身份证号码：×××××××××；籍贯：××；现住址：××××××××××××××；岗位：×××。

二、受伤过程

××××年××月××日上午 9:00 左右，我公司职工×××在沈阳市开发区给客户安装机器时，被掉下的物件砸伤右脚，随即被送往×××医院治疗，经初步诊断，×××右脚多根趾骨骨折，具体病情详见住院病历、诊断证明单等。

三、原因分析

在事故发生后，公司立即组织相关人员进行调查。分析原因体现在以下几个因素：首先，安全教育不足，加之其本人安全意识较低，对生产、生活中的不安全因素在思想上麻痹大意，所以造成了这次事故。

四、纠正预防

公司管理层在召开事故原因调查分析会后，又立即组织召开了安装人员及相关人员的安全会，教育外出安装人员要提高安全意识，遵守安装要求，杜绝三违现象，必须认真吸取事故教训，防止事故再次发生。通过此次会议，进一步加强了公司的安全管理工作，提高了员工的安全意识和素质。

××××××有限公司

××××年××月××日

第四节 函

一、函

函是不相隶属机关之间相互商洽工作、询问和答复问题，向有关主管部门请求批准和答复审批事项等所使用的一种公文。函在行政公文中是唯一的平行文。不相隶属机关之间不论级别高低，都不存在职权上的指挥与服从关系，都是平等的，它们之间的行文只能用函。

（一）函的特点

1. 多向性

在行政公文中，函的使用比较灵活。它适用于不相隶属机关之间，这既包括上行，也包括下行及平行，表现出行文方向的多向性。

2. 多属性

当不相隶属机关之间用函行文答复问题、请求批准和答复审批事项时，函的内容及形式已经分别具有了报告、请示、批复的属性；如果需要用函行文向不相隶属机关通知一件事项或通报一些情况，函又具有通知、通报的属性。

3. 往来性

函常常以对应的形式出现，有来函往往也有复函。一是因为函的内容有协调即有回应，有询问即有答复，有请求即有审批；二是因为不相隶属机关之间应当相互尊重、相互支持。要有来有往，注意礼节。

（二）函的分类

根据往来关系，函分为来函和复函；根据函的性质，函分为公函和便函；根据内容的不同，函分为告知函、商洽函、询问函、答复函和请求批准函。

（三）函的写法

（1）告知函。把某一事项、活动函告对方，或请对方知道明了，或请对方参加，或请对方选购（商品）等。近似于通知，但由于没有隶属关系，只宜用函。

（2）商洽函。机关、单位之间商洽工作、联系事项用商洽函。这种函的正文多分为缘由、事项、结尾三部分。

（3）询问函。询问函所问的问题是本机关职责范围内应予以解决但又无据可查或难以解决的问题。被询问的机关可以是与此问题有关的平级机关或不相隶属机关。

（4）答复函。也称复函，它具有明确的针对性，即针对询问函而作的答复。

（5）请求批准函。这是向有关职能部门请求批准的函。

函可以不设文头、不编文号、不写标题，撰写方式比较简便自由。结尾则视行文关系和内容需要，选用恰当的惯用词语，如“此复”“专此谨复”或“特此函告”等。

（四）函与请示、书信的区别

（1）在行文实践中，要注意请示和函在使用中的不同。请示是向上级机关请求指示、批准；函是向有关主管部门请求批准。

（2）函与书信同属于信件类，但两者有着严格的区别，主要表现在：

①无论是公函还是便函，都是机关之间处理公务的信件。

②函属于公务信件，使用时比较庄重严肃，有比较严格的格式。

③函在文字表述上更为简洁。

二、例文

【例文一】征求意见函

关于征求国家环境保护标准《涂料工业水污染物排放标准》（征求意见稿）意见的函

各有关单位：

为贯彻《中华人民共和国环境保护法》《中华人民共和国水污染防治法》，保护环境，防治涂料工业污染，我局决定制定国家环境保护标准《涂料工业水污染物排放标准》。目前，标准编制单位已编制完成标准的征求意见稿。根据国家环境保护标准制（修）订工作管理规定，现将标准征求意见稿和有关材料印送给你们，请研究并提出书面意见，于2008年4月10日前反馈我局科技标准司。

联系人：国家环境保护总局科技标准司　张国宁

通信地址：北京市西城区西直门内南小街115号

邮政编码：100035

联系电话：（010）66556216

传真：（010）66556213

附件：1. 征求意见单位名单

2.《涂料工业水污染物排放标准》（征求意见稿）

3.《涂料工业水污染物排放标准》（征求意见稿）编制说明

二○○八年三月十四日

【例文二】邀请函

关于出席××××研讨会的邀请函

××秘书长：

最近，国家××部××××科学研究院批准关于××××课题研究的项目。经商议，定于三月下旬在××省××市召开该项课题第一次研讨会。现将有关事项函告如下：

会议报到时间（略）

会议地址（略）

联系人及电话（略）

特邀请您届时出席。

××××研究中心

××××年××月××日

【例文三】商洽事宜函

关于鄂穗两地携手联合打捞“中山舰”的函

湖北省人民政府：

现沉于长江金口赤矶山江底的“中山舰”，是中国现代革命史上的重要历史文物，尽快将其打捞、修复和陈列展览，是海内外同胞的共同心声。

“中山舰”是重要的革命历史文物。该舰192年参加“保卫大武汉会战”时被日军炸沉。尽快打捞“中山舰”，使其重现英姿，是一件深得海内外同胞和两岸有识之士拥戴的义举。这对于充实完善中国现代革命史文物，并重现其历史价值，加强爱国主义教育和革命传统教育，增强整个中华民族的凝聚力和向心力，改善两岸关系，促进台湾回归祖国大业的早日实现，都具有重要的意义和作用。

由于“中山舰”在广州的时间长达21年，且围绕“中山舰”的几次主要历史事件都发生在广州。因此，“中山舰”是把广州建设成为中国现代革命史教育基地，向广州、全国乃至海内外同胞进行爱国主义教育和革命传统教育不可缺少的文物。近几年，广东省，广州市人大、政协、民革，黄埔军校同学会中的不少代表、委员、成员，各界有关专家学者、人民群众，以及港澳台同胞、海外华侨、华人，纷纷向广州市政府致电来函，希望广州市政府主动与贵省联系，尽快一起组织打捞“中山舰”，并进行修复和陈列。为此，我们经过认真研究，提出由两地政府本着相互合作、相互支持的态度，协商联合打捞、修复、展出的办法和有关问题。

专此函达，请答复。

广州市人民政府（盖章）

××××年××月××日

【例文四】答复函

国务院办公厅关于安徽合肥经济技术开发区的复函

国办函〔2000〕16号

安徽省人民政府：

你省《关于要求批准合肥经济技术开发区为国家级经济技术开发区的请示》（皖政秘〔1999〕138号）收悉。经国务院领导同意，现函复如下：

一、同意合肥经济技术开发区为国家经济技术开发区，实行现行的国家经济技术开发区的政策。

二、合肥经济技术开发区位于合肥市南郊，东以始信路、耕耘路、清潭路为界，西至合安公路、石门路、高压走廊、锦绣大道，南至紫蓬路，北至繁华大道、明珠广场，规划范围总用地9085平方公里。

三、合肥经济技术开发区的建设和发展，纳入合肥市经济技术发展总体规划，建设发展资金由你省自筹解决。

四、合肥经济技术开发区要坚持以工业项目为主、吸收外资为主、出口为主，致力于发展高新技术的方针，积极改善投资环境，逐步完善综合服务功能。

五、要加强领导和管理，促进合肥经济技术开发区各项工作的健康发展。

国务院办公厅

二〇〇〇年二月十三日

【例文五】催办函

交通部广州救捞局催办函

××造船厂：

贵厂××××年为我局建造的2640马力拖轮“穗救202”轮，出厂至现在已经三年了，可是当时欠装的拖缆机至今尚未安装。为此我局曾多次去函催贵厂尽快给予解决，但贵厂一直未明确答复。该轮由于缺少拖缆机，长期无法正常执行生产任务，经济上已经造成了很大的损失。为此特再次函请贵厂尽快为我局“穗救202”轮安装拖缆机，以免再延误该轮的正常生产任务。

特此函告。

交通部广州救捞局

××××年××月××日

【思考与练习】

1．行政公文有哪些种类？按行文关系分，哪些是上行文，哪些是下行文，哪些是平行文？

2．行政公文为什么必须使用规范的格式？行政公文格式的组成项目有哪些？

3．举例说明请示和报告的主要区别。

4．根据下列材料内容，按照行政公文的标题“三要素”的要求，拟制规范的公文标题。

（1）××省工矿企业安全生产抽查组检查中发现××煤矿存在事故隐患，令其限制整改，××煤矿拟汇报整改情况。

（2）××市开发新区对集体土地房屋进行拆迁，制定补偿安置暂行办法，需报××市人民政府批准。

（3）国务院授予巴金先生“人民作家”荣誉称号。

（4）××农业大学作为××省第一个参加教育部组织的全国普通高等学校本科教育工作水平评估的高校，××××年顺利通过教育部专家组的考查验收，评估结果获得优秀名次，××省政府给予表彰。

（5）××省政府公布对种粮农民实行直接补贴。

5．修改下列标题。

（1）××市人民政府关于转发市农业局2004—2010年××市出口创汇农业发展规划

（2）××县人民政府关于认真落实涉农有关税收优惠政策的意见

（3）××省安全生产领导小组关于印发《××省安全生产领导小组关于安全生产和事故调查处理工作职责的意见》的通知

（4）××县工商局关于××通知严重失职的处分决定的通报

（5）××大学关于向市公安消防支队申请办理建筑消防设计防火审核手续的请示

6．请修改下列公文。

（1）请示

关于要求解决学生宿舍拥挤等问题的请示

市人民政府、市教育局：

我校今年由于住宿生急剧增加，已有的学生宿舍已无法容纳，现在住宿生基本上是一个床位两个人睡，严重影响学生的身心健康。为解决这一困难，我校决定再建一栋学生宿舍楼。另外，我校图书馆也尚未达到省“两基”标准，望上级部门给予适当支持。

特此请示，请回复。

××市二职
××××年××月××日

（2）通知

××公司关于进行职业道德教育的通知

各单位：

今年一月以来，公司开展了一系列以职业道德为主题的活动，各单位纷纷行动起来，采取各种各样的形式开展这一活动，在公司上下掀起了“爱我岗位，全心全意为客户服务”的热潮。通过学习，许多干部职员明确了职责，服务质量不断提高，受到了客户的普遍好评，收到良好的社会效益。但是仍然存在不少问题，有的营业员对客户态度冷漠，对他们的询问不理不睬；有的不按服务用语答复客户，最近还发生了××营业厅营业员与客户争吵的恶性事件，造成了极其恶劣的影响。这说明，在当前进一步深入展开职业道德教育十分必要。现将有关材料发给你们，望组织员工认真学习，不断提高干部员工的职业道德水平。

××公司
××××年××月××日

7. 请根据下面提供的材料，按照通知的格式要求，拟写一份通知。写作时，材料中的“××”替代的内容可以虚拟。

××省教育厅准备于2001年4月16日至19日，在××市××大学学术交流中心报告厅召开全省高校校（院）长办公室工作会议。4月15日持本通知到学术交流中心接待室报到。参加会议的人员有本省各高校校（院）长办公室主任或副主任，每校1~2人。本次会议的目的是进一步加强高校校（院）长办公室工作，促进全省各高校校（院）长办公室工作的协作与交流。

联系电话：×××-×××××××××；联系人：××大学校长办公室×××老师；传真：×××-×××××××××；邮编：××××××。

会议的注意事项有四点：请参加会议的人员将到达时间、车次和返程时间及车次提前电告会务组，以便安排接待和代办购票；请填写所附的《与会表》，加盖单位公章，于4月10日前邮寄给会务组（设在××大学校长办公室），以便统计与会人数，安排住宿；请各校将拟提交的会议交流经验材料自行打印80份，在报到时交给会务组；往返路费和住宿费自理，回单位报销，会议伙食标准每天××元。

第七章　日常生活类文体写作

第一节　求职信

求职信是以个人的名义，向用人单位自荐谋求某一岗位或职务时所要表明有关事宜的一种实用文书。它包括自荐信和应聘信。自荐信是谋职人根据自己的条件和意向向可能聘用的单位发出的信；应聘信是在已获知用人单位招聘的情况下写的信。它们的写作要求大致相同。

一、求职信的特点

（1）针对性。针对用人单位对不同岗位、不同职务的从业人员的不同要求而发。

（2）展示性。要充分展示自己的才能和以往的工作业绩，讲清楚“我是怎样的人”“为何来此自荐”“我能干什么”等问题，以期引起用人单位的兴趣。

（3）求实性。求职自荐信要实事求是，不能夸大其词，言过其实。有多大才能讲多大才能，如没有什么特殊才能，可以避开不讲。

二、求职信的格式与写法

求职信一般由标题、称谓、正文、致敬语、落款和附件六部分组成。

（1）标题。在信纸上方居中写上“自荐信”“求职书”“应聘信”等字。

（2）称谓。写单位名称或联系人、负责人姓名。如果是写给用人单位主管人或负责人的，应注意称呼的使用。一般地，不知道对方职务时，使用泛称，如“××领导同志”“××师傅”“××老师”等；若明确其职务，可以称其职称“××经理”“××厂长”“××主任”；若是私营企业或三资企业，可以称“××先生”“××小姐”“××女士”等。

（3）正文。正文是自荐信的核心，形式多种多样，一般要求说明本人基本情况、应聘职位、自我条件展示、工作展望等内容。而“自我条件展示”是其中的重点。当中应写清自己的专业知识和工作经验，与本工作相符的特长、兴趣、性格等。求职信的正文一般包括以下几个方面：

①个人情况简介。包括姓名、性别、年龄、籍贯、婚姻状况、学历等。

②主要资历。谋职人除了附上个人简历，还应在信的开头再次说明就读的学校名称、专业，列举学过的与职位有关的科目、课外进修情况、社会实践情况、在校担任过哪些职务、取得的荣誉、获奖情况等。

③自荐目的。要写清楚自荐干什么，有的可以自荐某岗位、某职务，有的可以自荐担任什么工作。自荐目的要明确、具体。

④有利条件。除了结合用人单位需求予以介绍外，还要介绍人无我有、人有我优

的条件，如户口、住房、特长、懂多种外语、发表的论文或文章等。应多谈自己对该行业的兴趣，待遇要求不宜多提。

⑤希望。是正文的结束语，多数是希望用人单位能予接纳、恳请对方给予回复等。

（4）致敬语。与一般书信相同，也可以略去不写。

（5）落款。在信的末尾右下方写“自荐人：×××”，然后写上年月日。如用打印机打出，在自荐人姓名处最好使用亲笔签名。

（6）附件。附上个人简历、各种证书复印件、联系地址、方法等。

三、求职信的写作要求

1. 实事求是，投其所需

要坚持实事求是的原则，正确介绍自己。既不要讲大话和空话，过高地宣扬自己，也不要过于谦虚，将自己的能力说得平平，这都不利于自荐和用人单位的挑选。最好是用成绩和事实来代替华而不实的修饰语，恰如其分地介绍自己。

2. 把握关键，突出重点

求职信切忌篇幅过长或过短，长了会使对方厌烦，而短了又说不清问题，并且会给人一种不严肃、不认真的感觉。因此，在每一部分要把握关键点，突出重点。求职信写作每部分的关键点分别为：

（1）第一部分：写明你要申请的职位和你是如何得知该职位的招聘信息的。例如：

A：获知贵公司××××年××月××日在×××报上招聘×××的信息后，我寄上简历敬请斟酌。

B：很高兴得知贵公司目前在招聘×××。一个贵公司的资深客户推荐我应聘此职位。

C：我很高兴地在招聘网站看到你们的招聘广告，我写此信应聘贵公司招聘的×××职位。我学习×××专业已经××学期了，并一直期望能有机会加入贵公司。

（2）第二部分：说明并简要阐述你如何满足公司的要求。陈述你所特有的将据之为公司作出贡献的教育、技能和个性特征。提供内附资料，但不要写“请参阅简历”的字样，该求职信应促使他们想进一步阅读你的简历。例如：

A：作为一个成功的×××已有××年的工作经历，我总是为自己设定较高的标准并总能实现目标。

B：我在×××公司任×××职的××个月期间，曾多次因主动性与创造性在工作中受到嘉奖。

C：从上次的工作经历中我发现我对工作最钟情的是×××××。为了扩展我在此领域的技能，我重返学校并获得了×××专业的××学位。

（3）第三部分：给出电话预约面试可能的时间范围，或者表明你希望尽快得到回复，并标明与你联系的最佳方式。例如：

A：我将在××周内与贵公司联系，以便安排时间与贵方讨论我的资历及贵公司的要求。

B：我希望能与贵方当面交谈并讨论我的技能在哪些方面对贵方有利。我将再次在××时间内与贵方联系以便约定可能的会面时间。

C：我将在××月最后一周到贵处。那时我将给贵办公处打电话，看能否约定时间，如果贵方希望提前与我联系，请打电话×××××××××××。

D：我希望我是该职位的有力竞争者，并希望能尽快收到面试通知。

（4）第四部分：感谢对方阅读并考虑你的应聘。

3. 谦虚诚恳，用语得体

写自荐信既要正确评价自己，对自己的特长、优势、能力有具体、充分的介绍，同时也要态度谦虚、语气委婉，做到自信而不妄自尊大，自谦而不妄自菲薄。言辞一定要诚恳、充满热情、有人情味，切不可枯燥、呆板、教条化。成功的自荐信往往还在真实的基础上，通过独具匠心、巧妙构思的包装，达到不同凡响的效果。寥寥数语，有时会令用人单位刮目相看。好的修辞手法的运用，也可以使自荐信文采飞扬。

四、求职信和应聘书的区别

应聘书与求职信是一个类型，同样属于求职文书。但相对求职信而言，求职目标比较明确，对用人单位的用人条件和相关要求心中有数，减少了求职的盲目性，与此同时又增加了求职的被动性，即必须依照用人单位的招聘条件有针对性地介绍自己，表达应聘请求。一般而言，求职者呈递应聘书时是有针对性地单独呈递，不像求职信那样可以群发。

五、例文

【例文一】毕业生求职信

自 荐 信

尊敬的领导：

您好！

首先感谢您在百忙之中阅读我的求职自荐，或许您的这么一个举动已经为一个有志青年打开了希望之门。

我是华北电力大学工商管理学院 2012 级金融学专业的王小明。在即将毕业的时刻，看到了贵公司的招聘启示。贵公司的发展前景和用人之道我很仰慕，同时我也非常希望能用自己所学的知识为贵公司效力。我认为我完全符合贵公司的要求，故写此自荐信请各位领导审阅。

我于 2012 年以优秀的成绩被华北电力大学录取。在此之前，我曾因为家庭原因一度辍学在家。2011 年夏季我曾到湖北省武汉市打工，但由于对命运的不屈和对知识的渴求，半年之后我重新返回了校园。无疑我的选择是正确的，命运最终被我掌握在了手中，最后我于 2012 年夏季被教育部直属的国家 211 重点大学华北电力大学金融学专业录取了。

大学在校期间，我除了认真学好本专业课程外，还自学了计算机、电工学等课程。通过在大学的几年学习，我掌握了一定的金融、经济和贸易知识，能做到英语的普通翻译和一般的对外谈判等工作。我现在担任华北电力大学金融 021 班团支部书记一职，策划并组织了一系列班级活动，具有一定的组织能力和宣传能力。此外，我还积极参加各种体育运动，曾在校“希望杯”上两次代表工商管理学院出战，取得了不错的战绩。

知识贵在实践，我平时会注意抓住一切机会提高自己的实践能力，除了积极参加学校为我们提供的每一次实习，我还分别于2014年冬和2015年夏在甘肃省白银市矿源煤炭运销有限责任公司财务科实习。大二的时候，我担任了五道口一家数码公司的校园代理，取得了不错的销售业绩。大三下学期开学的时候，自己在校园尝试小量的商业买卖——倒卖电子词典和MP3，一个星期就挣到了1500元。

除此之外，我还注意个人兴趣和能力的培养。由于我个人比较喜欢文学，平时除了大量阅读古今中外的优秀文学作品之外，我还自己尝试创作。2014年12月以网名“二少爷的刀”在搜狐校园论坛开始连载自己创作的一部长篇青春校园小说，得到了比较高的认可。我创作的小说今年6月入选了搜狐社区精品连载，至今点击量已经接近400万人次。2015年夏，我被邀请担任搜狐校园论坛绝对原创版版主，并于今年9月担任了该版的首席版主。自担任版主以来，我组织了该版面的版友在北京的第一次聚会，并在版内成功策划了一次关于情感的讨论，得到广大版友的一致好评。

本人有热爱祖国、诚实守信的优良传统，有积极向上的生活态度和广泛的兴趣爱好，对工作责任心强、勤恳踏实，有较高的个人修养和思想品质，有一定的艺术细胞和创意追求，注重团队合作精神和集体观念。

请领导相信我的实力，给我一次证明自己的机会。

最后，我衷心地祝愿贵公司的事业蒸蒸日上、不断前进！

此致

敬礼！

自荐人：王小明

2015年12月20日

附件：1. 个人简历表

2. 获奖证书

3. 社会实践

【例文二】商业求职信

应聘信

尊敬的先生/小姐：

您好！

我从报纸上看到贵公司的招聘信息，我对网页兼职编辑一职很感兴趣。我现在是出版社的在职编辑，从1998年获得硕士学位后至今，一直在出版社担任编辑工作。

两年以来，我对出版社编辑的工作已经相当地熟悉和了解。经过出版者工作协会的正规培训和两年的工作经验，我相信我有能力担当贵公司所要求的网页编辑职务。我对计算机有着非常浓厚的兴趣。我能熟练使用FrontPage、DreamWeaver、Photoshop等网页制作工具。本人自己做了一个个人主页，日访问量已经达到了100人左右。通过互联网，我不仅学到了很多在日常生活中学不到的东西，而且坐在电脑前轻点鼠标就能尽晓天下事的快乐更是任何别的活动所不及的。

由于编辑业务的性质，决定了我拥有灵活的工作时间安排和方便的办公条件，这一切也在客观上为我的兼职编辑工作提供了必要的帮助。基于对互联网和编辑事务的精通和喜好，以及我自身的客观条件和贵公司的要求，我相信贵公司能给我提供另一片施展才能的天空，而且我也相信我的努力能让贵公司的事业更上一层楼。

随信附上我的简历，如有机会与您面谈，我将十分感谢。即使贵公司认为我还不符合你们的条件，我也将一如既往地关注贵公司的发展，并在此致以最诚挚的祝愿。

此致

敬礼!

应聘人：赵任

××××年××月××日

附件：1. 个人简历表

2. 证书复印件

第二节　邀请书（函）

邀请书是邀请对方前来参加会议、做学术报告以及婚宴丧葬的一种专用书信。邀请书是行政机关、企事业单位、社会团体或个人邀请有关人士前往某地参加某项活动或事宜的专用书信。邀请书又称邀请函。

一、邀请书的特点

邀请书一般有以下两个特点：

（1）邀请书的礼仪色彩。同请柬一样，邀请书也具有邀请的功能，要求有一些礼仪色彩。但相较而言，邀请书更朴实、更常用一些。它没有请柬的过分庄重严肃，但却也礼仪周到，受到人们普遍的喜爱。

（2）邀请书的书信体格式。邀请书用语上比请柬随意，而且要求有较详细的邀约内容，所以采用书信体的格式。

二、邀请书的基本格式和写法

邀请书通常由标题、称呼、正文、结尾和落款五部分组成。

（一）标题

邀请书的标题一般有两种方式构成。单独以文种名称组成，如《邀请书》《邀请信》；由发文原因和文种名称共同组成，如《关于出席亚太经济发展会议的邀请书》。

（二）称呼

称呼要顶格写被邀请的单位或个人的名称或姓名，也就是要写明主送对象，如“×××大学：”“××同志：”。

（三）正文

邀请书的正文通常要求写出举办活动的内容、活动目的、活动时间、活动地点、活动方式、邀请对象以及邀请对象所做的工作等。活动的各种事宜务必在邀请书中写清楚、写周详。若附有票、券等物也应同邀请书一并送给主送对象。若相距较远，则应写明交通路线，以及来回接送的方式等。其他差旅费及活动经费的开销来源、被邀人所应准备的材料文件、节目发言等也应在正文中交代清楚。

（四）结尾

结尾处要求写上礼节性的问候语，如“恳请光临”“致以敬意”等。

（五）落款

邀请书的落款要署上发文单位名称或发文人的姓名，署上发文日期。邀请单位还应加盖公章，以求慎重。

三、邀请书的写作要求

（一）语言要含有尊敬之意

邀请书的主要内容类似于通知，但又有几分商量的意思，它不能是行政命令式的态度，所以在用词上一定要礼貌。有些邀请书在开头还应解释一下自己不能亲自面邀的原因，以免引起不必要的误会。

（二）邀请书务必事项周详

邀请书是被邀人进行必要准备的一个依据，所以各种事宜一定要在邀请书上显示出来，使邀请对象可以有备而来，也会使主办活动的个人或单位减少一些意想不到的麻烦。

（三）邀请书提前发送

要使被邀人早些拿到邀请书，这样可以使他对各种事务有一个统畴的安排，而不会由于来不及准备或拿到邀请书时已过期了而参加不了举办的活动。

四、例文

【例文一】

尊敬的张教授:

为进一步促进我省教育改革和发展，交流彼此研究成果，我所决定于2014年10月17日至10月21日在××大学学术交流中心举办××省第三届教育发展与研究理论报告会，恭请您就我省教育的现状与发展发表高见。务请拨冗出席，如愿之时，不胜感谢!

此致

敬礼!

××省教育科学研究所

2014年10月5日

【例文二】

尊敬的×××先生/女士:

诚挚地邀请您出席天津市创意产业协会第六届会员大会暨2015年天津市创意产业发展研讨会。

为进一步推动天津市现代服务业的发展，把创意产业的发展推向新的阶段，兹定于2015年 5月8日召开“天津市创意产业协会第六届会员大会暨2015年天津市创意产业发展研讨会”，届时将有市有关部门领导、国内创意产业界知名专家学者、主流媒体约130人莅临大会。此次会议将成为集中展示和研究天津创意产业发展的一次盛会，将是天津创意产业发展进程中的重要里程碑。

我们诚挚地邀请您出席本届研讨会并作主题演讲，真诚地期望您为中国创意产业谱写新的乐章！

××××

2015年4月30日

第三节　调查报告

调查报告是根据调查研究成果写出来的反映客观事物的书面报告。它是以揭示当前重要事件真相、总结工作经验教训、探讨事物发展规律为目的的一种常用新闻体裁。

一、调查报告的特点

调查报告的主要特点有以下几个方面：

（1）不仅要介绍事物发展的全过程，还要对事件进行本质的分析、评价，从中总结经验教训，探索其规律。

（2）必须选择具有典型意义的报道对象进行调查，可以调查现状，也可以调查历史，为实际工作服务。

（3）采用叙述方式，惯用第三人称。

二、调查报告的种类

调查报告的种类很多，常用的调查报告有以下几种：

（1）基本情况调查。

（2）经验性调查。

（3）问题调查。

（4）揭露性调查。

（5）述评性调查。

（6）“情况简报”式、“情况反映”式调查。

（7）史实性调查。

（8）调查汇报。

（9）调查后记和调查附记。

三、调查报告的结构特点

一般而言，调查报告的内容大体有标题、导语、概况介绍、资料统计、理性分析、总结和结论或对策、建议，以及所附的材料等。根据这些内容所形成的调查报告，结构包括标题、导语、正文、结尾和落款。

（一）标题

调查报告的标题有单标题和双标题两类。所谓单标题，就是一个标题。其中又分公文式标题和文章式标题两种。公文式标题构成为“事由+文种”，如《浙江省农村中学语文教学情况的调查报告》；文章式标题如《××市的校办企业》。另外，还有标明作者通过调查得到观点的标题，如《调整教育政策增加教育投入》。所谓双标题，就是两个标题，即一个正题和一个副题，如《为了造福子孙后代——××县封山育林调查报告》。

（二）导语

导语又称引言。它是调查报告的前言，简洁明了地介绍有关调查的情况，或者提出全文的引子，为正文写作作好铺垫。常见的导语有：①简介式导语。对调查的课题、对象、时间、地点、方式、经过等作简明的介绍。②概括式导语。对调查报告的内容（包括课题、对象、调查内容、调查结果和分析的结论等）作概括的说明。③交代式导语。即对课题产生的由来作简明的介绍和说明。

（三）正文

正文是调查报告的主体。它对调查得来的事实和有关材料进行叙述，对所作出的分析综合进行议论，对调查研究的结果和结论进行说明。正文的结构有不同的框架。①根据逻辑关系安排材料的框架有：纵式结构、横式结构、纵横式结构。这三种结构，以纵横式结构常为人们采用。②按照内容表达的层次组成的框架有："情况——成果——问题——建议"式结构，多用于反映基本情况的调查报告；"成果——具体做法——经验"式结构，多用于介绍经验的调查报告；"问题——原因——意见或建议"式结构，多用于揭露问题的调查报告；"事件过程——事件性质结论——处理意见"式结构，多用于揭示案件是非的调查报告。

（四）结尾

结尾的内容大多是调查者对问题的看法和建议，这是分析问题和解决问题的必然结果。调查报告的结尾方式主要有补充式、深化式、建议式、激发式等。

（五）落款

调查报告的落款要写明调查者——单位名称和个人姓名，以及完稿时间。如果标题下面已注明调查者，则落款时可以省略。

四、调查报告的写作程序

调查报告写作要经过以下五个程序：

（1）确定主题。确定主题要注意：报告的主题应与调查主题一致；要根据调查和分析的结果重新确定主题；主题宜小且宜集中；要尽量与标题协调一致，避免文题不符。

（2）取舍材料。首先，要选取与主题有关的材料，舍弃与主题无关的材料，使主题集中、鲜明、突出。其次，要经过鉴别，精选材料，不仅使每个材料都能有用，而且能以一当十。

（3）拟定提纲。调查报告的提纲有两种：一种是观点式提纲，即将调查者在调查研究中形成的观点按逻辑关系一一地列写出来；另一种是条目式提纲，即按层次意义表达上的章、节、目，逐一地写成提纲。也可以将这两种提纲结合起来制作提纲。

（4）起草报告。这是调查报告写作的行文阶段。要根据已经确定的主题、选好的材料和写作提纲，有条不紊地行文。在写的过程中，要从实际需要出发选用语言、标点符号和表达方法，还要注意灵活地划分段落。

（5）修改报告。报告起草好以后，要认真修改。主要是对报告的主题、材料、结构、语言文字和标点符号进行检查，加以增、删、改、调。在完成这些工作之后，才能定稿向上报送或发表。

五、调查报告的写作要求

（1）必须进行深入细致的调查研究。

（2）认真分析研究结果，找出规律性的东西。

（3）必须做到材料和观点的统一，不得把材料和观点割裂。

（4）把逻辑思维和形象思维妥善地结合起来，既要逻辑清楚、条理分明，又要力求生动活泼，避免呆板、枯燥的毛病。

六、例文

【例文一】

当代大学生消费状况的调查报告

近年来，随着经济发展的蒸蒸日上，人们的经济水平也明显提高。在当前消费市场中，大学生作为一个特殊的消费群体正受到越来越大的关注。由于大学生的年龄较小，群体较特别，就有着不同于社会其他消费群体的消费心理和行为。一方面，他们有着旺盛的消费需求；另一方面，他们未获得经济方面的独立，消费受到很大程度的限制。消费观念的超前和消费实力的滞后，都对他们的消费行为有很大影响。特殊群体有特殊群体自己的特点，同时，难免有一些非理性的消费行为。为了调查清楚当代大学生的消费问题，我们在大学生中进行了一次消费的调研，弄清楚大学生要花多少钱，花在什么地方，花的是不是很合理，如果不合理应该怎样改进……

——引言

一、当代大学生消费的基本状况

大学生的消费，主要分为基本生活消费（衣、食、住、行）、学习消费（学费、书杂费、考证、电脑等）、休闲娱乐消费（休闲、旅游、娱乐）、人际交往消费（人情、恋爱）等几个方面。有关调查表明，平均每增加一个高校学生，将增加 7300 元左右的消费。其中，学费 2000 元左右，平均占 28%；伙食费 3000 元左右，占 40%；住宿费 500 元左右，占 6%；交通费、通信费 550 元左右，占 7%；文化娱乐 700 元左右，约占 9%；其他消费约占 10%。

1. 大学生的基本生活消费

由于各城市经济发展水平不一，大学生需要的生活费也不一样，中国青少年研究中心的调查显示，大学生每月生活费在 100～300 元的占 3.87%，300～500 元的占 46.13%，500～700 元的占 34.17%，700 元以上的占 15.83%。可以说，大学生消费在静态上可以划分为高、中、低三个档次，而在动态上呈逐年递增的趋势。

2. 大学生的学习消费

（1）学习消费。主要包括学费、书杂费、考证费和电脑消费等。大学生除了购买基本的专业教材外，其学习消费主要集中在购买教学参考书、英语和计算机等级考试等书目上。他们每个月买参考书或休闲刊物在 50 元以下的占 76.9%，50 ~ 100 元的占 17.8%，100 元以上的占 5.3%。

（2）考证消费。近年流行"考证热"，大学生参加各种英语等级考试、计算机等级考试、出国考试和国家公务员考试等，名目繁多。不少学生甘心对考证进行高额投资，以增加职场竞争中的筹码。根据对广东高校的调查，在校期间大学生投资的考证费用在 300 元以下的占一半左右，在 300 ~ 500 元的占 15%，而有的则超过了 1500 元。

（3）电脑消费。在高校，网络已经覆盖了许多大学的宿舍，在宿舍上网也已成为时尚，大学生的上网费亦成为大学生日常消费开支的一部分，有些大学生平均每月的上网费达 50 ~ 60 元，最高的达 200 元以上。

3. 大学生休闲娱乐消费

（1）休闲消费。大学生的闲暇生活中，最经常做的事情是上网、自习自修、读消遣杂志、读文学作品、书法音乐绘画等，这些活动都具有较强的独立性；而如参加课题、集体活动、打牌下棋、与人聊天等需要集体参与的交往性活动，却较少参加。

（2）旅游消费。随着家庭生活水平的提高和公共假期的增多，大学生纷纷热衷于出外旅游。广东高校的调查显示，有 70.4%的大学生利用假期去旅游。有 40.4%的被访学生平均每次旅游花费在 800 元以上，其中花费在 1500 元以上的占了 34.9%。

（3）娱乐消费。大学生的娱乐消费数额相当可观。进迪厅、打台球、溜旱冰、去练歌房、开 party……另外，大学生不同程度的追星热潮影响着他们的娱乐消费。一部《泰坦尼克号》就足以让大学生体会到偶像崇拜所迸发的力量。这部电影的门票，最低 10 元，最高 80 元，很多大学生看了不止一遍。

4. 大学生的人际交往消费

（1）人情消费。现在，同学过生日、考试得高分、当了学生干部、入了党、评上奖学金、比赛获奖都要请客，否则便被视为交情不够、不上路。请客者档次越高，被请者的随礼也就越高。人情风的蔓延，给一些并不富裕的家庭增添了经济负担，也给大学生带来了精神压力。

（2）恋爱消费。恋爱费用有的是由家里特别提供的，有的是从生活费中支付的，有的是来自勤工俭学，有的是来自奖学金，这与大学生的社会角色有关，更与家庭对大学生恋爱的看法有关。

二、当代大学生消费的特点

大学生消费状况表明，大学生正朝着追求现实、重视自我、要求个人和社会并重、以自我为中心的大道迈进，呈现出了如下特点：

1. 实用：当代大学生消费的基本特点

在"大学生价值取向"中，列出了 11 种大学生生活中最主要的内容：知识、地位、友谊、爱情、名誉、金钱、权力、健康、家庭、事业、理想，其中首选是知识（47.65%）、事业（47.27%）和健康（43.65%），其次是友谊（38.58%）、爱情（30.43%）、家庭（30.99%）和金钱（19.63%），而后才是理想（14.67%）、权力（7.30%）、地位（6.33%）和名誉（5.17%）。这说明，当代大学生的价值取向实用化。

从大学生的消费状况分析，大学生的各项消费都带有浓厚的实用色彩。实用是当代大学生的基本消费特点。

2. 多样：当代大学生消费的重要特征

大众文化消费市场是影响大学生消费文化多样性的重要因素。大学生多样化消费的特点源于大学生多元化价值目标的存在。这种多元化的价值目标，一方面使大学生的思想活跃，有益于大学生充分发挥个人的聪明才智和创造能力，善于理财，理性消费；另一方面也可能导致大学生受不良倾向的影响，出现一些消极的消费类型。

3. 个性：新观念的表达

多元化发展源于个性化的彰显。大学生消费个性化可以理解为时尚化和风格化，而不仅仅是传统的青年文化对个性和自我的刻意追求和表现。新知识的爆炸式增长、新技术的迅速推广应用和新的信息传播媒介对日常生活的深入影响，使时尚的形成和流行更快捷。反映的是青年大学生这样的一种观念：没有什么东西是不能改变的，没有什么系统是完全封闭的，没有什么事物或道理是不能用形象来表达的。

4. 差异：庞大的贫困生群体

调查显示，大学生年消费平均高于 8383.96 元（包括学费、住宿费），最高的达到 18500 元，最低的只有 2100 元，差异巨大。这种差异的形成主要来自于家庭收入的差异。我国贫富分化加剧的现实决定了大学生的消费水平差异很大，在校园内产生了一个庞大的贫困生群体。他们的消费水平较低，有些人甚至连基本生活费都难以保障。

5. 前卫：时尚的选择

大学生消费“前卫”的特征主要表现为：追求品牌，崇尚权威；追求新颖、时尚，体现个性、理性、成熟三个方面。

品牌代表了“质量”的权威性、“价格”的权威性和品牌“文化”的权威性——体现消费者的身份、地位，增强消费者的自信心。

大学生正处于追求个性发展、自我意识增强的阶段，面对五彩缤纷的消费市场，大学生的消费心理更趋理性化、价值取向更趋较为成熟的行为。大部分大学生在购买前会查阅有关资料，如价格、性能、品牌后再决定是否购买。同时大学生的消费权益保护意识随着我国法制的建立健全而日趋成熟，他们会用法律保护自己的权益。

三、当代大学生消费趋势的基本预测

1. 基本生活消费向营养型、质量型方向发展

从 20 世纪 90 年代开始，我国的消费水平逐渐由“生存型”向“享受型”发展，硬性消费比值下降，软性消费比值上升，恩格尔系数降至 41.9%。预计未来几年消费结构必将更有利于生活质量的提高。

从消费的内容上看，一方面，大学生用于满足基本生存需要的消费比重大大降低，而用于改善学习条件的消费比重提高，用于满足精神文化需求的消费开始上升；另一方面，大学生日益重视健康消费，健康消费和精神文化消费将成为主要的消费内容，而传统的物质消费（吃穿住行）或生存型消费将会变得更有营养和质量。

2. 学习消费的比值将大幅度上升

知识经济时代带来的学习观念的变化，使广大大学生认识到学习不再是一件阶段

性的事，而将伴随人的终身。另外，一个新型的教育方式——网络教育将会越来越成熟。许多大学已经开始这种现代远程教育的试点工作，网络教育在未来将可能成为“继续教育”的主流方式。

3. 休闲娱乐消费呈现多样性

在休闲娱乐消费方面，大学生群体有着比其他年龄的群体更为旺盛的需求，这在20世纪90年代已经开始显现。进入21世纪，大学生的这种需求必将愈加强烈，并将在休闲度假、旅游观光、体育健身等领域显现出新的发展势头。

大学生越来越不满足于看电视、进影剧院这样一些静止的休闲方式，而是追求新颖、出奇、刺激和有品位的活动：迪厅、游戏机、台球和保龄球将更为普及，蹦极、攀岩、速降、滑翔、漂流、潜水、探险、探幽这类刺激的活动也有更多人尝试。

20世纪90年代，旅游观光消费在我国大学生中才开始流行，但发展的势头强劲。大学生是青年旅游者的主体，未来大学生的旅游有两个趋势会更加凸显：一是首选自然风光；二是游出文化品位。

体育健身消费。随着校园体育场馆建设的增加，大学生的体育锻炼也将由单纯的室外场地转到室内室外并重。同时，健康消费还向保健器械、保健衣物、营养品等领域扩展，进入更高层次。

4. 人际交往消费成本昂贵

在我国步入信息时代的进程中，信息消费的发展迅如潮涌，据调查数据显示，93%的大学生拥有手机，87%的大学生希望购买电脑。随着手机、电脑等产品由商务消费转向生活消费，大学生上网率的增长和个人电脑的畅销，使大学生的消费心理由实用至上转向感受为本。

5. 模仿性的消费情结日趋明显

当代大学生消费有着强烈的模仿性特征，有着很深的“白领情结”：名牌服装着身，手提电脑随身，信息把握在手，创造未来人生。发达快捷的消费信息、不断提高的消费需求使大学生对时尚的领略和把握更为及时准确。一方面希望拥有舒适的物质生活，另一方面又希望拥有高雅的精神享受。他们更有自己对生活的理解、对消费的选择，他们注重讲求生活的品味和质量，宁缺勿滥，宁高勿低。他们追求的是一种既有物质享受，又讲求精神生活的现代人的生活方式。

【例文二】（2015年全国新闻奖二等奖：调查报告）

儒学下乡，唤醒乡村文化基因

——从乡村儒学现象看当代知识分子的社会担当

他们本是在舒适的书斋里做学问的专家学者，是在大学校园里给博士生、硕士生、本科生上课的老师。现在，他们走出书斋，来到泗水、茌平、青州等地的农村，给刚从地里干活回来的老少爷们儿、抱着儿孙的媳妇大娘说孝道、讲伦理、解《弟子规》……

“优秀传统文化不是书斋里的奢侈品，而是民众的生活向导。”在这一理念引领下，12位专家学者，在一年多的时间里，通过近百堂课，将乡村儒学的种子撒向齐鲁大地，形成独具魅力的“乡村儒学现象”。

让魂与根对接的工程

“尼山是圣人的出生地，是儒学的故乡，乡村是儒学的源头，在这里建立书院、开展乡村儒学活动，是为了让‘道’回尼山，让儒学再出发。”谈起乡村儒学的缘起，尼山圣源书院秘书长赵法生这样说。

2008 年，由王殿卿、牟钟鉴、丁冠之等学者发起的尼山圣源书院，在泗水县圣水峪镇北东野村创办。这里离孔子诞生地尼山不到两公里。书院首任院长、75 岁的中央民族大学教授牟钟鉴先生说：“当前，优秀传统文化日益被社会各界认可，成为学术界研究关注的热点，但不可否认的现实是，优秀传统文化更多是活跃在‘象牙塔’里，保存在图书馆的典籍中。成立书院的宗旨，就是要让传统文化走出书斋，推动民族之魂重新归附在民族之体上，尤其是回归到广大草根民众中。这是让‘魂’与‘根’对接的工程。”

2012 年，中国社会科学院世界宗教研究所副研究员赵法生出任书院秘书长，晚上在书院居住，村庄的鸡鸣犬吠声声入耳，沉浸在浓郁的乡土氛围中，这让赵法生感到亲切。但是，当他与书院副秘书长陈洪夫一起在书院附近的北东野村、夫子洞村、周家庄等几个村子走了几十个来回后，圣人故里的状况让他们揪心：北东野村一位老人，儿子不尽赡养义务，80 多岁了还下田干活，一次晕倒在田里，第二天才被发现；另一个村的妇女，一言不合抬手就给婆婆一巴掌；小偷小摸、打架吵嘴的现象比比皆是……

学者陷入沉思。当前部分乡村传统文化荒芜，导致“伦理瓦解，价值真空”，一些人失去底线。光建书院还不够，必须以书院为平台，把儒学等优秀传统文化送到村里，送到老百姓家里，种到老百姓心里。没有乡村的儒学，是无根的游魂；没有儒学的乡村，是失魂的空壳。

重建乡村儒学，就从孝道入手。2013 年 1 月 16 日，第一堂课在尼山圣源书院二楼开讲，主要面向北东野村村民。讲课前，在书院里等待的赵法生、陈洪夫、金英涛等人心里没底儿，多少人能来听课？在大喇叭里招呼大伙的村支书庞德海心里也嘀咕：“乡亲们不少只有小学文化，他们那思想，就像块大石头、大冰块，撬不动，化不开，我就不信能教好。”

没想到，会议室很快坐满了村民。孝顺的村民来了，不是很孝顺的，也抱着孩子来了——无论如何，他们真心希望孩子长大了能孝顺自己。

就这样，两周一次，乡村儒学的课一堂堂讲了起来。开始是 1 个村，三个月后，覆盖了周边 6 个村。再后来，乡村儒学课堂走出泗水，走向青州、茌平等地。除赵法生、刘示范、颜炳罡、陈洪夫、王连启、张颖欣、孔为峰、李树超等 12 位义工讲师团的“铁杆老师”，台湾佛光大学教授谢大宁、苏州大学的退休教师汤笑、曲阜师范大学教授宋立林……还有来自北京、山东、广东，甚至美国的义工和志愿者也加入其中。

走出书斋做“大学问”

8 月 2 日，星期六，青州。赵法生穿梭于两个教学点，为乡亲们讲了一天儒学课。一周前，他和同事刚在泗水讲课。过两天，还要去泰安、莒县商谈开辟乡村儒学教学点的事。他感到从未这样忙过。

赵法生的确忙，这两年有一多半时间投在乡村儒学的教学推广上面，学术研究不免受了影响。去年就已成书的《〈论语〉注释》，一直没来得及修改；一本研究近代儒教的著述，计划今年出版，但至今没有完稿。对此，赵法生有自己的想法：从事乡村儒学虽然影响了书斋里的研究著述，但这是济世救人的大学问，是在为弘扬优秀传统文化探索新路。全力做成这件事，是一本无字大书。

忙并快乐着，这是书院执行院长、山东大学儒学高等研究院副院长颜炳罡的感受。今年6月22日，韩国陶山书院举办“人文精神价值论坛”，颜炳罡受邀参加。主持人打破议程，请他介绍乡村儒学的情况，并表示在韩国也要选一个村做乡村儒学试验。7月12日，颜炳罡辗转收到了台湾中华孔孟学会副会长张植珊发来的邮件，称乡村儒学“与民国初年陶行知、晏阳初等教育先进办理农村教育的壮举，前后辉映”。

来自各界的肯定让颜炳罡感到欣慰，刚开始搞乡村儒学时的种种不易似乎还在眼前。

颜炳罡回忆说，刚办讲堂的时候，有乡亲问：办班收钱吗？课本收费吗？有的村能用大喇叭召集乡亲们；有的村没有大喇叭，只能挨家挨户叫人。为了鼓励乡亲们进讲堂，头几次课向坚持到底的村民发放小礼品，如肥皂、毛巾或脸盆。每次讲课都要点名，并对听课率高的给予奖励。有次讲礼仪课，为了鼓励羞涩的农村儿童学会说“谢谢”，那可是口袋里装着糖去上课的。

把人召集起来只是第一步。“给农民讲课可比给研究生上课难多了。要是听不懂，他们半途就退场了，下次也不来了。”赵法生说。他至今仍清晰记得第一堂课给农民讲的是孝道，就站在农民中间，从古讲到今，从远讲到近，结合身边事说，好几位老人听着听着，不知不觉掉下泪来。他给来听课的孩子们布置了一道家庭作业：每天要帮助长辈做一件事，搬搬凳子，叠叠被子，或者倒一杯水。还聘请县剧团和县老年大学艺术团隔三岔五到乡村讲堂表演孝亲敬老的节目，让孝亲在乡亲们心里扎下根。

后来，教授们总结了几条“秘诀”告诉新加入的老师：多讲孝亲、和家、睦邻这样和老百姓日常生活密切相关的事；多讲故事少讲道理；多举身边例子，少说本本条条；多掏心窝子以情感人，少说空话大话；还有就是不能唱独角戏，得把村民变成学习主体。教授们想了很多办法：将一个村的村民划分为四五个学习小组，开展不同小组之间的学习竞赛；全村投票评孝亲媳妇、模范公婆、和谐家庭，让文明模范现身说法，用农民的话，说农民的事，教身边的人。

35岁的张颖欣是乡村儒学授课老师中最年轻的一位，每次去泗水讲课的头一晚，她都要把自己的衣橱翻上两三遍，找出最简单、最朴素的衣服穿上，有时甚至找母亲借衣服。“要让乡亲们接受你的课，就要先让他们接受你这个人。穿得不合群，容易让乡亲们产生疏远感。”城市长大的她，到第一个教学点上课，没有公共厕所，村支书让她到田野里“方便”，听得她直发愣。有时到老乡家里，热情的主人递过一杯茶，茶杯里侧有茶垢、外侧有污垢，她怕乡亲们觉得她见外，端过来就喝了。

“到乡村讲儒学，你就不能把自己当成教授。你把自己当教授，村民就会和你隔得远远的。农民和你有距离，他和你讲的课就有距离。”颜炳罡说，“我们义工讲师里也有好几个农村考出来的，作为农民的后代走进村民家中与他们话家常，遇上有难处的就帮一把，村民再看见我们就亲了，有的给送新下来的地瓜、花生，有的请我们去家里吃饭。”

几乎所有的乡村儒学老师都遭遇过周围人的不理解。贴钱、搭时间、耗精力、耽误科研，一个大学教授去教些家长里短、鸡毛蒜皮的事儿，值得吗？颜炳罡的回答颇具代表性：“儒学要求中国古代的知识分子也就是‘士’，要有‘为天地立心，为生民立命，为往圣继绝学’的社会担当，今天的知识分子，不应仅做社会的看客和批判者，而应做建设者。学界不缺我那几篇论文，但乡村真缺伦常秩序，乡亲们真缺听得懂用得上的文化向导。”

“学习孔夫子管用了”

“我是说过村民的思想就像大石头，但现在大石头确实慢慢被撬动了。”回想起当初说过的话，再看看现在北东野村的变化，村支书庞德海还有些不好意思。

今年7月10日，北东野村完成了电网改造。让村干部没想到的是，这次砍伐村民树木200多棵，村干部没到一家做工作，却没有一户出来“打横炮”。而8年前那次电网改造，干部和群众之间屡起冲突，好几个村干部被打。庞德海说：“经过一年半的儒学学习，村里打娘骂老、小偷小摸的没有了，连说话都变了，乡亲们也懂得怎么处理公义和私利的关系了。”有个叫刘德娥的老太太，有4个儿子，二儿媳不交生活费，村里干预也不管用。今年春节，老人特意来找庞德海说：“他三叔，学习孔夫子管用了，每个人200块钱都给我了，还争着叫我去家里吃饭。”

学了儒学，夫妻关系也和睦了。茌平县韩屯镇马庄村村民马好洪两口子，一直闹离婚。今春，马好洪到镇上听儒学课，老师讲到处理夫妻关系要“修己身”“己所不欲，勿施于人”，他晚上回家主动和妻子打招呼。第二天晚上回家，他给妻子炒了两个菜，晚饭后烧水给妻子洗脚。第三天，他和妻子一起上台讲学习心得。

说起最明显的变化，泗水县圣水峪镇党委书记孟昭峰总结了几条：村里骂大街的没有了，偷窃现象消失了，卫生状况明显改善。村民自愿多走几步，把垃圾扔到垃圾箱里，对公共事务也不再“打横炮”。从全镇看，治安案件同比下降18%，今年上半年信访案件同比下降35%。

目前，乡村儒学正由点向面扩展：未来三年，全省17市都将建立教学点。山东还把乡村儒学讲堂建设纳入对各市科学发展的综合考核。到2015年，全省乡镇和村级乡村儒学讲堂实现基本覆盖，为乡村儒学传播搭建完备载体。此前最让颜炳罡头痛的师资培训、教材编写、印制等，也都有了着落。

乡村儒学是践行者们播撒在乡间的种子。

播下一粒种子，收获一片奇迹。

第四节　计划

计划是某一个单位、部门或个人，对预计在一定时间内所要做的工作或所要完成的其他任务加以书面化、条理化和具体化的一种文书。

一、计划的作用

凡事预则立，不预则废。预，就是事先打算、安排的意思。有了计划，工作就能有条不紊地进行，就能提高自觉性，减少盲目性，成功的可能性就大；相反，事先没有做任何打算和安排，或者安排不周，工作就有可能遭受挫折，甚至归于失败。

具体地说，计划的作用体现在这样几个方面：一是有预见性。在制定计划时，要对今后可能出现的问题和遇到的困难进行分析和判断，并提出相应的对策和措施；二是具有指导性。一份好的计划应该是根据党和国家的方针政策及上级的指示精神，并且结合实际情况制定的，其指导作用也是很明显的；三是具有约束性。计划一经制定，就要认真贯彻执行。即使是自己制定的个人学习、工作计划，也应具有自我约束力。

二、计划的种类

按照不同的分类标准，计划可以分为多种类型。

按所指向的工作、活动的领域不同，可以分为工作计划、学习计划、生产计划、教学计划、销售计划、采购计划、分配计划、财务计划等。

按适用范围的大小不同，可以分为国家计划、地区计划、单位计划、班组计划等。

按适用时间的长短不同，可以分为长期计划、中期计划、短期计划三类，具体还可以分为十年计划、五年计划、年度计划、季度计划、月份计划等。

按指挥性的强弱不同，可以分为指令性计划、指导性计划。

按涉及面的大小不同，可以分为综合性计划、专题性计划。

三、计划的写法

计划的种类很多，但不论哪种计划，一般都应当包括分析基本情况、明确任务要求及提出具体措施等几项内容，也就是要讲明“做什么”“怎么做”“什么时间完成”等事项。

计划通常是由标题、正文和落款构成。

（1）标题。标题一般包括单位名称、适用期限和文种名称等几个项目，有时还要点明计划的内容要点，如《××省××厅 1994 年工作计划》《××拖拉机厂 1998 年生产经营和流动资金需求计划》。

（2）正文。正文部分一般包括基本情况、目的和要求、步骤和做法、结语等几个方面的内容。在“基本情况”部分，主要写明制定计划的依据。这部分也可以略去不写，直接就写计划事项；在“目的与要求”部分，要分条列项写明目标、任务及其完成事项等；在“步骤与做法”部分，要把完成任务所要经过的阶段、在各阶段所要采取的措施及人力、物力和财力的安排等写得非常具体、明确。有的计划也把这部分内容同“目的和要求”放在一起写；在“结语”部分，可以总结全文，表明完成计划的决心。将作为文件下发的计划还可以提出希望，发出号召，或者指明注意事项及检查修改的办法。这部分内容也常常略去不写。

（3）落款。落款一般包括制定计划的单位名称和日期两项内容。若在标题中已写明单位名称，这里可以省略。

四、制定计划的要求

在制定计划时，应当考虑以下要求：

第一，要符合政策。制定计划时必须贯彻党和国家有关的方针政策及上级指示精神，而不能与此相悖，否则计划就毫无意义，甚至会起相反的作用。

第二，要从实际出发。制定计划要把全局需要同本单位的实际结合起来，而不能说空话，更不能说假话。从某种意义上说，制定计划是一种主观行为，但要充分考虑客观条件，绝不能单纯从主观愿望出发，按个人意志办事。

第三，要具体明确。计划已经制定，便具有指导和约束作用，要求人们在预定的期限去完成。计划内容具体、明确，把要做的事情写得实实在在，才便于人们照着做，也便于人们对照检查工作情况。

第四，要留有余地。在计划的实施中，常常会有某些不可预见的因素出现，在制定计划时要充分考虑到这一点，任务的提出和时间的制定等都要留有余地。另外，执行计划也要有一定的灵活性，要能根据实际情况的变化，合理地调整计划。

五、例文

大学四年英语学习计划

大学时代已经进入“90后”的天下。刚踏入初等学府大门的“国之栋梁”“天之骄子”们，面临着对美妙将来的神往和国际经济形势风云变幻与失业惨淡前景的碰撞，心中的迟疑与迷茫自不用说。怎样为大学四年做好学习规划，以更好的姿势迎接将来人生的机遇与挑战呢？

首先，大一的同学们应该调整关于初等教育的心态。十几年前的大学属于“精英教育”，考上大学就等于半只脚踏进“幸福人生”的保险箱，将来的职业与生活就顺风顺水了；但如今上大学成为一种“群众式消费”，考上大学却是新的“苦楚”的开端，必须要承受毕业能够等于失业的为难现状。所以莘莘学子们不要再把上大学当成教育的终极目的，而应当看成是一个自我认知和塑造的进程，是人生的一个新的终点。将来的团体开展和社会价值的完成，完全取决于你的大学是如何度过的。如今很多大学毕业生找不到工作，撇开金融海啸的不利影响，次要是由于他们不思进取、贪图享乐，没有用心学习、接触社会，没有锤炼团体综合素养的意识，同时缺乏人生目标设定、职业设计与学习规划的理念，导致四年光阴虚度，无所作为。假如团体生长的速度跟不上社会提高的步伐，那就只能成为被社会的飞速车轮碾过的“牺牲品”。大学生们要懂得对自己的将来负责，要懂得“预测将来最好的方式就是用自己的双手创造属于自己的将来”。

所以，提早规划好大学四年的学习变得尤为重要。而英语学习在大学学习任务中的比重很大。从近十年职业规划的经历来看，除了专业知识，通晓英语乃至第二外语已成为立于人生不败之地的关键砝码。它至少可以保证你拥有一个一辈子的饭碗，走到哪里都不至于失业。那我们来看看，如何规划好大学的英语学习呢？

大学英语学习与高中阶段的目的与方法有了推翻式的变化。高中时期属于主动压榨式的高强度密集学习，以应试为导向，目的高度一致，以分数为终极评价；大学学习强调自动式的阶段性自我学习，以实践运用与职业开展为导向，目的分散，注重阶段性评价。所以大学生要及早为自己确立新的英语学习的目的和方法，强化自我控制和自我鼓励，把坚持学习英语当作一种生活方式，提升中英文语言表达才能，全面发展自我。

英语学习无非是五门功课：听、说、读、写、译。我们正好利用大学四年工夫来确定目的、优化方法、珍惜时间、分项打破。不要埋怨没有学习英语的环境，好的语言环境是自己创造出来的。

大一：以听促说，听说结合

其实中国老师往往疏忽了“听力”对于英语学习的重要性。中国有句俗话叫“十聋九哑”，说不出来就是由于听不懂。我们母语说的第一声“妈妈”就是经过听力模拟得来的。而听是学习英语最根本的输入形式，首先是大量地听英语本土人士的表达，然后模拟其发音、语调、词汇、短语、句法、思想，接着加以创新，最终变成自己的表达。听是积聚词汇、掌握句型和学习语法的最自然、最有效的方式。而对于口语训练来说，听是说的根底，也是说得好的根底。所以，大一的英语学习，要始于疯狂的听力训练。这也是为大二考四级做好充分准备，因为“听力”关永远是四六级考试的第一难关。

大一学生可以开始尝试听历年四六级的听力真题，重复精听，仔细做题，力求听懂每个单词和句子，并且跟着录音做跟读训练，模仿规范的发音和语调，提高辨音才能和发音准确度；还可以边听录音边做听抄训练，提高听力速度和抢记能力。每周要坚持三次以上的精听训练，每次控制在 60 ~ 90 分钟左右。要养成听完就说的习惯，复述和背诵听到的对话或独白，学会自己组织语言，锤炼英语思维。要明白听力资料是训练口语最好的素材。除了听力试题，还可以少量泛听其他资料，如经典教材《英语听力入门 2000》(Step By Step)、《中级英语听力》(Listen To This)，以及《疯狂英语》有声杂志、美国电影等，CNN、BBC、CCTV 9 的旧事节目也可以有所涉猎，可以在网上下载“龙卷风网络收音机”在线收听或从 Google 下载 VOA 特别英语的 MP3 文件来听。大家要学会充分利用网络资源，一定要在大一花费 250 个小时以上的工夫训练听说。

大二：词汇为经，阅读为纬

一般建议大家在大二上学期开始准备英语四级考试，下学期准备六级考试。同学们应该要求自己一切的考试一次性通过。这其中涉及一个“一鼓作气，再而衰，三而竭”的道理。面对四六级考试，需要重点突破的是词汇和阅读。大一的听说训练已经帮助大家掌握了 3000 左右个日常交流词汇，而四六级考试的重点应当放在积累书面词汇上。大家应该把记单词当作常态来坚持，采取“多个数，多遍数”的原则，以 50 个单词为一单元，每周背 4 ~ 6 个单元，并以 12 个小时为单位温习稳固 3 遍以上，建议利用背诵例句的方式记单词，精准掌握词义的句法。单词量要争取在大二上学期突破 5000 个，下学期突破 6500 个，那么四六级考试皆可所向无敌。推荐《星火大学英语四六级词汇词根+联想+图解记忆法》和《新东方俞敏洪四六级词汇词根 + 联想记忆法》，以及张宏岩的《TOEFL 词汇词以类记》、刘毅的《英语字根字典》也是必备书籍，因为词根词缀记忆法是短时间内掌握大量词汇最有效的途径。

同时，要从大二开始大量的课内外英语阅读以提高英语的积累和深度。建议大家每天练 2 ~ 3 篇四六级的阅读真题，限时做题，提高阅读速度，熟悉题型和掌握选项剖析技巧；计划参加出国英语考试的同学可以通过《朗文初级英语阅读》教材来进行零碎训练；作为泛读资料，可以读 *Time*、*Newsweek*、*Economist*、*Nature* 等西方原版杂志上的文章，或者 Yahoo 等英文网站上的旧事报道；《中国日报》旗下的《21 世纪报》也是每周必读的经典素材，要求自己每天至少完成 1500 个单词以上的阅读量，贵在坚持。这样可以扩大英语词汇量和知识储备量，并提高解读长难句的能力。对自己有更高要求的同学还可以适当读 3～6 本原版小说，如 *Harry Potter*、*The Little Prince*、*Pride and Prejudice* 等；还可以在网上购买一套《美国语文》（*American Literature*）仔细研读，可以深刻感受西方先进的教育理念，进一步理解美国的文明历史，对提高自身的人文修养大有裨益。

大三：专业培训，考试竞赛

到了大三，非英语专业的英语课几乎都停掉了，但语言是需要坚持学习的。假如考完四六级后，你就此结束了语言环境的营建，很快便会将学的东西还给老师了。大三的学生应该对未来五年有自己的人生规划了：毕业当前该何去何从？是就业、考研还是出国进修？这个阶段，学生们应依据本人的长远目标来进行针对性的英语学习。找工作需要训练时间强化职场商务英语或面试口语，考研和出国所要求的国外考试都需要花至少一年时间准备。考虑到考试的难度，建议大家依据自己的状况开始专业的语言培训，可以防止走很多弯路。无论是雅思、托福、GRE、GMAT，还是考研，英语复习都要在大三提早展开。想进外企的同学，应当在大三准备参加一次 TOEIC（托业）或 BEC（剑桥商务英语）考试，既是对本人能力的证明，也可以添加求职的砝码。无论你能否计划出国，参加一次国外英语考试是必要的，国际英语测试体系可以令你的语言程度有一个质的飞跃。

此外，还建议大家参加一次英语竞赛，小到学校组织的口语竞赛，大到“希望之星”、CCTV 杯、21 世纪杯或外研社杯等全国性英语演讲大赛。由于演讲竞赛就是一次全真模拟的职场面试，若你全身心投入、精心准备，经过竞赛的磨练，可以使自信、气质和语言的逻辑性与表现力得到大幅提升，成为一名出口成章的口语高手。不要以为不是英语专业的就不能参加英语竞赛，记住，英语不是专业，而是谁都能驾驭的工具！CCTV 英语演讲竞赛每年的获奖者都有非英语专业的。

大四：勤练写作，翻译文献

大四本该是一个收获的时节，但很多同学却在此时才发现英语四六级还没有过，工作更没有着落，考研英语没有上线，出国口语又不行，于是万念俱灰，自甘堕落。这是人生的悲剧。假如你按照我的方法在前三年付出了汗水，这个悲剧就不会发生在你身上。

大四的课业负担不重，很容易让大学生无所事事、自甘堕落。要明白如果你休息了，你的竞争对手就会超越你，所以无论如何要保持英语的学习。虽不用像准备考试那样魔鬼集训，但仍要坚持阅读、听说训练和记单词，每周背 200 个单词，去一次“英语角”和老外练习口语，周末看一部英文原版电影，都能有效地帮助你巩固现有的英语基础。

大四应当重点突破英语写作。写作最能表现一个人的逻辑思想、表达才能和研讨程度，而出国和读研的学生亟待提高的就是写作能力。建议同学们买一本雅思或托福写作方面的书来背诵范文，熟悉英语写作的模板和英语的思维方式，并花半年时间下工夫背诵20~30篇《新概念英语》三册、四册的经典课文，掌握有深度的英语表达句式，并养成写英语日记的习惯，运用学到的句式创造性地仿写，把自己打造成一位写作达人。

另外，撰写毕业论文是大四学生的重头戏。大家应该到图书馆或导师处借3~5本专业研究方向的英语专著或期刊文献，仔细研读，把重要章节翻译成中文，这样做不但可以提高阅读和翻译功底，而且可以熟悉该领域的专业术语，了解国际最新研究成果，以拓宽研究思路，提高毕业论文的学术程度。

总之，大学是人生中最珍贵的一段光阴，你可以虚度光阴，也可以挑灯夜读。请你记住，大学四年如何度过，从某种水平上决定了你将来的人生轨迹。我们应当在大一就确定自己努力的方向，为人生早作规划，不要虚度光阴，以免留下遗憾。因为明天的享乐，就是为今天的奋斗找一个心安理得的理由。若干年后你在享受人生，你将不会有任何的负担，因为你已经坚持了他人没有坚持的，接受了他人没有接受的，你才能享用他人不能享用的。这就是人生的定律。

第五节　总结

这里所说的总结，主要就工作总结而言的，是事后对某一阶段的工作或某项工作的完成情况，包括取得的成绩、存在的问题、得到的经验和教训，加以回顾和分析的书面材料。

一、总结的作用

总结与计划对实际工作产生作用的方式不同。如果说计划主要是为了指导未来，那么总结则主要是回顾过去。而回顾过去，目的是从中总结出规律性的东西，是为了给今后的工作提供借鉴和帮助。毛泽东说过："人类总得不断地总结经验，有所发现，有所发明，有所创造，有所前进。"通过实践总结经验，掌握规律，然后回到实践中去，用以指导实践，经过实践、认识、再实践、再认识的过程，人的思想认识才能不断得到提高。因此，总结过去的工作情况本身也是培养工作能力、提高认识水平的一个过程。

二、总结的种类

从不同的角度，可以将总结划分为不同的类别。比较常用的分类方法是按其性质和内容的不同，将总结分为综合性总结和专题性总结两类。所谓的综合性总结，是对总结对象在一定时期内的所有情况进行全面反映和评析的总结；所谓的专题性总结，是对某项工作的情况和总结对象在某个时期的某个方面的情况，进行专门反映和评析的总结。

三、总结的写法

同计划一样，总结一般也是由三个部分构成的，即标题、正文和落款。

（一）标题

总结的标题有多种形式，最常见的是由单位名称、时间、主要内容、文种组成，如《××市财政局 1999 年工作总结》《××厂 2000 年上半年工作总结》。

有的总结标题中不出现单位名称，如《创先争优活动总结》《1999 年教学工作总结》。

有的总结标题只是内容的概括，并不标明“总结”字样，但一看内容就知道是总结，如《一年来的谈判及前途》（《周恩来选集》上卷，人民出版社 1980 年版）、《走活三步棋，选好一把手》（《先锋》1996 年第 5 期）等。

还有的总结采用双标题。正标题点明文章的主旨或重心，副标题具体说明文章的内容和文种，如《构建农民进入市场的新机制——运城麦棉产区发展农村经济的实践与总结》《加强医德修养树立医疗新风——南方医院惠侨科精神文明建设的经验》。

（二）正文

和其他应用文体一样，总结的正文也分为开头、主体、结尾三部分，各部分均有其特定的内容。

（1）开头。总结的开头主要用来概述基本情况，包括单位名称、工作性质、主要任务、时代背景、指导思想，以及总结目的、主要内容提示等。作为开头部分，要注意简明扼要，文字不可过多。

（2）主体。这是总结的主要部分，内容包括成绩和做法、经验和教训、今后的打算等方面。这部分篇幅大、内容多，要特别注意层次分明、条理清楚。

主体部分常见的结构形态有 3 种。

第一，纵式结构。就是按照事物或实践活动的过程安排内容，写作时把总结所包括的时间划分为几个阶段，按时间顺序分别叙述每个阶段的成绩、做法、经验、体会。这种写法的好处是事物发展或社会活动的全过程清楚明白。

第二，横式结构。按事实性质和规律的不同分门别类地依次展开内容，使各层之间呈现相互并列的态势。这种写法的优点是各层次的内容鲜明集中。

第三，纵横式结构。安排内容时，既考虑到时间的先后顺序，体现事物的发展过程，又注意内容的逻辑联系，从几个方面总结出经验教训。这种写法多数是先采用纵式结构，写事物发展的各个阶段的情况或问题，然后用横式结构总结经验或教训。

主体部分的外部形式，有贯通式、小标题式、序数式 3 种情况。贯通式适用于篇幅短小、内容单一的总结，它像一篇短文，全文之中不用外部标志来显示层次；小标题式将主体部分分为若干层次，每层加一个概括核心内容的小标题，重心突出，条理清楚；序数式也将主体分为若干层次，各层用“一、二、三……”的序号排列，层次一目了然。

（3）结尾。结尾是正文的收束，应在总结经验教训的基础上提出今后的方向、任务和措施，表明决心，展望前景。这段内容要与开头相照应，篇幅不应过长。有些总结在主体部分已将这些内容表达过了，就不必再写结尾。

四、总结写作的注意事项

1. 要坚持实事求是的原则

实事求是、一切从实际出发，这是总结写作的基本原则，但在总结写作实践中，违反这一原则的情况却屡见不鲜。有人认为“三分工作七分吹”，所以在总结中夸大成绩、隐瞒缺点、报喜不报忧。这种弄虚作假、浮夸邀功的坏作风，对单位、对国家、对事业、对个人都没有任何益处，必须坚决抵制。

2. 要注意共性，把握个性

总结很容易写得千篇一律、缺乏个性。当然，总结不是文学作品，无需刻意追求个性特色，但千部一腔的文章是不会有独到价值的，因而也是不受人欢迎的。要写出个性，总结就要有独到的发现、独到的体会、新鲜的角度、新颖的材料。

3. 要详略得当，突出重点

有人写总结总想把一切成绩都写进去，不肯舍弃所有的正面材料，结果文章写得臃肿拖沓、没有重点，不能给人留下深刻的印象。总结的选材不能求全贪多、主次不分，要根据实际情况和总结的目的，把那些既能体现本单位、本地区特点，又有一定普遍性的材料作为重点选用，写得详细、具体。而一般性的材料则要略写或舍弃。

五、例文

2011年年终工作总结

尊敬的领导：

我是××，××××年×月××日成为××公司中的一员，当北方特有的冬季寒风吹得越来越带劲的时候，我才真正意识到自己从毕业开始工作到现在已经过去半年时间了，就在这转瞬即逝的时间里，自己从一个在校园里夹杂着各种幻想并抱有各色目标的“梦想家”转变成为现在实实在在用自己的智慧和能力服务社会的有用的独立社会人，这个转变中有过视线清晰的向往，有过坚持不懈的努力，也有过彷徨、失望所引起的无奈与着急，同样也有过前路迷茫而堕落的消极情绪，也曾受到过上级领导、师傅们的关心、帮助与鼓励，我从中收获良多，性格也稳健了很多，思考问题、处理工作多了些可操作性和实效性的想法与执行手段，也许成长就是这样潜移默化、脚踏实地得到的。

翻开自己的工作日记，那些点点滴滴的成长痕迹，体现在日常工作的专注上，也体现在生活细节的感受上，习惯了写日志，偶有心得我都会把这些东西记录下来，算是一种自我鼓励和学习，下面我将自己开始工作到现在这段时间的工作情况以及专业技能和思想等方面的收获总结后作一下汇报。

开始工作的初期，虽然有在校寒暑假实习的工作经历，对即将开始的工作环境也有所了解，做了充分的准备，但是由于××行业是一个需要更多实践经验与理论知识结合的行业，需要了解、学习和掌握的东西很多，我未敢有半点儿的大意，慎小慎微地做好领导安排的每一份工作，我内心告诉自己任何一个行业要想做好都需要花费很大的时间精力和精神支持，开始从一点一滴认真做起，很幸运自己被安排到××部，一个和我的专业非常对口也和我的性格十分吻合的部门，主要从事××××××××××等工作，这是一个对×××××起着非常重要作用的部门。我先是从×××××××做起，先后学习了×××××、×××××软件，从基础学起，必须要对×××、×××××和×××××都要非常熟悉，才能做得精、做得准，只有这样在面对××××××××的时候才更有说服力，才能更有效地保质保量地做好工程进度中的各项工作。面对这些繁琐且需要更多耐心和细心并要具备统筹安排能力的工作，在一开始就要对每项工作进行分析，作计划安排，如何去做，如何做更高效……刚开始我没有这方面的考虑，经常会做一些无用功，导致延迟工作的完成时间，有时候晚上会加班，影响到第二天的正常工作，幸好有部门各位领导、师傅、兄长的指导和帮助，我开始考虑如何计划性地安排工作。前辈的帮助不仅局限于工作，在平时的生活中，每当我内心有所波动的时候，与他们的谈心时常让我有种豁然开朗的感觉，这种工作氛围是之前在家中才有的感觉，我非常珍惜，当然也会更加努力去回报这些倾心帮助我的人，专心工作，多思考，勤行动，用心把每份工作做到最好。

走上工作岗位，也就是走上了群体生活，我一直坚信一个人的力量是有限的，而群体的力量是无限的，每一个人身上都有可以学习和借鉴的东西，不管是××××、××××、×××××和×××××，因为××××是一个各部门相互配合共同完成的系统，一名优秀的管理者一定要能够熟悉各部门职责，清楚各部门之间的协同作用力，各司其职，各尽所能才能让这个系统更高效地运转起来，为产品的高质量完成服务。所以在工作中遇见涉及相关部门能解决的问题，我都会认真去请教，不但从中能学到相关的专业知识，而且促进了各部门间更好的沟通协作。而且我发现沟通也是一门哲学，是需要用心去钻研和学习的，最重要的是这个过程，有时候别人无意的一句话会开启并激活自己的一些想法，让自己的视野更开阔，同时在相互沟通的过程中也会去检验自己的专业技能和管理水平以及思考问题、解决问题的思路，也会逐步完善自己的人生观，因为通过别人的这面镜子看到的自己更真实，从中可以发现自己各方面的欠缺，从而改正让以后做到更好。

平时由于运动量少，我坚持晨跑锻炼，因为好的身体是革命的本钱，在跑步中也能学到很多东西，如毅力和耐力，这些对工作也是非常有益的。

时间总是在不知不觉中匆匆流过，回顾那些过往，看到自己成长和收获的同时也看到自己需要补充和打磨的不足和缺点，虽然自己充满精力和信心地去做好每项工作，由于很多都是一些内业，这样就少了很多去现场的机会，从而对现场的一些具体操作和实际经验有所欠缺，所以在后面的工作中我要有目的性地多去现场，多了解现场实际情况，对不熟悉的工艺和技巧要多请教现场工人师傅，只有这样谦虚的求教才能使自己的专业知识更扎实，才能更顺利和切合实际地做好自己的工作。

作为一个行业的新手，我需要学习的东西很多，包括部门需要做的和这个行业需要懂的以及要成为一名更专业的××所必备的知识，这个过程是一个漫长的过程，同时又是一步一个脚印稳健扎实前行的过程，既然选择了这个自己所爱的行业，就要为之付出心血和努力，要用自己每一次的进步去夯实自己脚下的路，我坚信一份付出就会有一份收获。

××××年又将是一个崭新的开始，我对自己也有一些展望和期待，对明年的自己也作了一些规划，我会在做好自己分内工作的基础上，多学习各方面的专业知识，更主动自觉地去承担一些工作，提高自己的业务能力。同时我也要提高自己的沟通能力，只有好的沟通才能使工作更高效。坚持锻炼身体，保持一份健康的心态迎接每一份工作！真正做到稳扎实打走好每一步，我相信充实的人生才更有意义！

汇报人：×××

××××年××月××日

【思考与练习】

1. 阅读下列总结的开头部分，认真体会前后文稿之间的差别。

稿一：

像月初东海的一轮红日，像喜马拉雅山傲然盛开的雪莲，像茫茫戈壁上悠然而现的清泉，像草原上铺锦刺绣的格桑，在科技强国、科技强军的号角感召下，我们迎来了部队科技文化教育的明媚春天……

稿二：

五年来，我分区科技文化教育工作在中央军委总部和军区党委机关的正确领导下，在军区政治部的直接帮助下，在分区党委和司政后机关的高度重视下，认真贯彻党的十一届三中全会以来的各项方针政策，以全军政治工作会议精神为动力，经过部队各级党委和广大指战员的共同努力，取得了出色的成绩……

稿三：

我分区下属各部驻守在喜马拉雅山麓××××公里的边防线上，这里平均海拔4500多米，空气稀薄，气候寒冷，许多地方曾被地质学家判为“永冻层”，被生物学家划为生命禁区。然而，正是在这样艰苦的环境里，在科技强国、科技强军的号角感召下，在总部和司政后党委的高度重视下，科学文化教育活动开展得如火如荼。各基层单位普遍建立学习俱乐部，开设军地两用人才培训班××个，共举办××届战士高考补习班……永冻层上热气腾腾，生命禁区里生机盎然。分区文化活动多次受到军区表彰，××××年被评为×××先进单位，受到三总部通令嘉奖。我们的主要做法如下……

2. 请结合自己的学习、工作实践，写一份专题性总结。

3. 就身边同学们的学习、生活、思想等方面的现象或问题做一次调查，并整理成调查报告。以下选题供参考：

（1）贫困生生活学习情况调查

（2）大学生消费情况调查

（3）大学生在校期间打工情况调查

（4）校园文化建设情况调查

（5）大学生心理健康状况调查

（6）大学生道德观念调查

（7）关于贫困生救助问题调查

（8）大学生上课使用通讯工具情况调查

4．下面这份计划的目标和任务是否明确？步骤和措施是否具体？各项任务、措施、步骤之间的对应关系如何？请作简要评析。

×××厂印刷车间第四季度节约计划

为响应厂部关于“创造利润××××万，为增产节约作贡献”的号召，特制定本计划：

一、全车间全季度增产节约总指标××××万元

（1）产量指标。全季度保证完成××××印令，较上季度提高百分之××，较上级下达计划提高百分之××。每月完成数：10月××令，11月××令，12月××令。

（2）质量指标。争取全季度甲级品率高于百分之××，报废率低于百分之××。

（3）降低原材料消耗指标。油墨单耗较定额降低百分之×，每月节约车油××公斤、煤油××公斤、揩布××公斤。

二、具体措施

（1）合理调整劳动组织，充分利用现有设备。在10月上旬前实行三班制，并将产量落实到机台。

（2）10月中旬前组织讨论，公布岗位责任制。

（3）加强思想教育工作，严格执行操作规程，经常注意机车维修检查，防止工伤和停车事故。

（4）为了促使三班相互衔接，加强各班之间的联系，建立健全会议汇报制度，每周五开各班车长会议一次，每两天开三班值班长碰头会一次，每半个月开全体技工技术研究会一次。

××××年××月××日

第八章　演讲稿写作

演讲稿又叫演说词，它是在大会上或其他公开场合发表个人的观点、见解和主张的文稿。演讲稿的好坏直接决定了演讲的成功与失败。演讲稿像议论文一样论点鲜明、逻辑性强，但它又不是一般的议论文。它是一种带有宣传性和鼓动性的应用文体，经常使用各种修辞手法和艺术手法，具有较强的感染力。

一、演讲稿的特点

（1）整体性。

（2）口语性。

（3）临场性。

二、演讲稿的种类

演讲按不同的分类标准，可以分成很多种类型，如领导人讲话、竞赛性演讲、论辩性演讲、竞选演讲、就职演说等。我们从内容性质的不同，把演讲稿分为以下几种类型：

（一）政治鼓动类

政治类演讲稿有以下特点：

一是话题的政治性；

二是内容的鼓动性；

三是严谨的逻辑性。

（二）学术交流类

学术演讲稿有以下特点：

一是学术性；

二是创造性；

三是通俗性。

（三）思想教育类

思想教育类演讲稿有以下特点：

一是时代性；

二是劝导性；

三是生动性。

三、演讲稿的写法

（一）确定主题

一篇演讲稿总要向听众亮明演讲者的态度和看法，即提倡什么、反对什么，这就是我们所说的演讲的主题，它是演讲稿的灵魂和统帅，也是演讲价值大小的定盘星。

演讲稿如果没有深刻独到的思想内涵，就没有打动听众的魅力。

演讲稿立意的基本要求有以下 4 点：

（1）正确性。所谓正确，就是要揭示事物的本质规律，积极向上，有益于人们进步，有利于社会向前发展。演讲是一种宣传工具，如果演讲稿的观点失去了正确性，演讲就没有了意义，弄不好还会把听众引向歧途。例如，一位企业家在学校演讲时，极力主张“成才靠机遇，发财靠关系”，在学生中造成了很不好的影响；而另一位演讲者则提出了不同的见解：“机遇总是钟情于有准备的人，打铁趁热尤为良策，成功总属于不懈奋斗的人。”他的观点给了大家很大鼓励，极受听众欢迎。因此，写演讲稿时一定要对客观事物准确把握，不可有主观随意性，要大力宣扬真善美，坚决杜绝颓废消极的思想在听众中传播。

（2）独到性。一位作家说过：“独创性是美丽的花朵。”演讲也是一样。听众对那些新颖、有独到见解的话，会感到茅塞顿开。在一次市残联举办的演讲赛中，一位双腿残疾的翻译家在演讲中讲道：“李白曾说‘天生我才必有用’。我虽不能像贝多芬那样扼住命运的咽喉，但也绝不能让命运扼住我的咽喉！”他新鲜的立意，获得了听众强烈的共鸣，比赛后不少人把此话当成座右铭。使立意新颖的方法很多，可以老话新说、破旧立新、由此及彼等，都能让人感到耳目一新。

（3）深刻性。演讲的立意既要新也要深。主题不深刻，就会使人感到平淡无味，如在一次《“三个代表”在我心中》的演讲比赛中，一些人就事说事，只在干一行爱一行、甘为人民作奉献等上面做文章，一般化的立意，让听众感到困乏；而一位幼儿园的老师在演讲中则把内涵向深处挖掘了一步：“‘三个代表’让我明白了这样一个道理：作为一名老师，应该一切为了学生，为了学生的一切，为了一切的学生。这样才能在平凡的岗位上放出自己的光彩。”

（4）时代性。所谓的时代性是思想观点要跟上时代的节拍。一位演讲者在《时代的流行色》中讲到：“是千里马，就应该嘶风长鸣；是龙种，就应该冲腾飞舞。我们要争当出头鸟，争做弄潮儿，把我们的大智大勇，自觉投入到新时代的大熔炉里去，为中华的再一次腾飞发出光和热。”这一观点充分表现了当今时代的特点，因此很有煽动性。

除以上几点外，在选择和提炼主题时，还要注意集中性（一篇演讲只有一个主题）和针对性（考虑听众的心理）。

（二）选择材料

演讲立意后要注意材料的选取。材料是演讲者长期通过直接（亲身经历、体验等）或间接（通过书刊等传播手段）方式获得的。但演讲者在他所掌握的这些材料中，只有很少一部分适合写一篇演讲稿。因此在写作演讲稿的时候，对材料就要进行选取。

1. 选材的方法

对材料进行分析。材料是客观存在的，它包含一定的内容，能说明一定的问题，但是并不直接显露出来。它可以说明这个问题又可以说明那个问题，这说明被选取的材料既是客观的也是主观的，正确选取的材料是主客观的统一。其次，在分析的基础上进行鉴别，即把它们的本质意义和所能说明的问题作一番比较，把与演讲主旨相关的留下，不相关的舍去。做到材料和主旨统一，客观和主观一致。“大同”可以使主旨集中、统一，“小异”可以使主旨充实、圆满。

2. 选材的原则

演讲者通过分析和鉴别，保留了一些适合这次演讲用的材料。在演讲稿写作时，对这些材料还要进一步选取。因为一篇演讲稿是一个新的完整的体系，取自不同方面、来自不同渠道的材料在这里要转化、导向某些规律性的认识，使听众增加新的知识。另外，被演讲稿的篇幅所限，原保留的材料不可能都写进演讲稿，这就需要对材料进行一次新的选取。对材料的选取，一般依照下列原则：

（1）主题为根据，选取能充分、恰当展现主题的材料。

（2）选取具有典型性的材料。

（3）选取真实、可靠、具体的事实材料。

（4）选取新鲜、有趣的材料。

（5）选取符合自己身份的材料。

（三）精心安排好开头、主体和结尾

演讲稿的结构包括开头（开场白）、主体、结尾三部分。

1. 开头

演讲稿的开头应该短小精巧，新颖诱人。开头要抓住听众，引人入胜。演讲稿的开头，也叫开场白，它在演讲稿的结构中处于显要的位置，具有重要的作用。瑞士作家温克勒说：“开场白有二项任务：一是建立说者与听者的同感；二是如字义所释，打开场面，引入正题。”好的演讲稿，一开头就应该用最简洁的语言和最经济的时间，把听众的注意力和兴奋点吸引过来，这样才能达到出奇制胜的效果。演讲稿的开头有多种方法，通常用的主要有：

（1）开门见山，揭示主题。这种开头是一开讲就进入正题，直接揭示演讲的中心，可以被称为明旨式。例如，宋庆龄《在接受加拿大维多利亚大学荣誉法学博士学位仪式上的讲话》的开头：“我为接受加拿大维多利亚大学荣誉法学博士学位感到荣幸。”运用这种方法，必须先明确把握演讲的中心，把要向听众揭示的论点摆出来，使听众一听就知道讲的中心是什么，注意力马上集中起来。明旨式的开头常常使用名言、警句、谚语等。

（2）介绍情况，说明根由。这种开头可以迅速缩短与听众的距离，使听众急于了解下文。例如，恩格斯在 1881 年 12 月 5 日发表的《在燕妮·马克思墓前的讲话》的开头：“我们现在安葬的这位品德崇高的女性，在 1814 年生于萨尔茨维尔。她的父亲冯·威斯特华伦男爵在特利尔城时和马克思一家很亲近，两家人的孩子在一块长大。当马克思进大学的时候，他和自己未来的妻子已经知道他们的命运将永远联结在一起了。”这个开头对发生的事情、人物对象作出必要的介绍和说明，为进一步向听众揭示论题作了铺垫。

（3）提出问题，引起关注。这种方法是根据听众的特点和演讲的内容，提出一些激发听众思考的问题，以引起听众的注意。例如，弗雷德里克·道格拉斯 1854 年 7 月 4 日在美国纽约州罗彻斯特市举行的国庆大会上发表的《谴责奴隶制的演说》，一开讲就能引发听众的积极思考，把人们带到一个愤怒而深沉的情境中去：“公民们，请恕我问一问，今天为什么邀我在这儿发言？我，或者我所代表的奴隶们，同你们的国庆节有什么相干？《独立宣言》中阐明的政治自由和生来平等的原则难道也普降到我们的头上？因而要我来向国家的祭坛奉献上我们卑微的贡品，承认我们得到并为你们的独立带给我们的恩典而表达虔诚的谢意么？”

（4）抒情式开头。这种开头意在渲染气氛，以情感人，使听众迅速受到情绪感染，注意聆听演讲内容。这种开头多采用排比、比喻、比拟等修辞手法，多用诗化的语言，有的干脆直接引用诗歌，形象生动。例如，《我是夜幕里的一颗星》的开头：“水兵喜欢把自己比作追波逐浪的海燕，飞行员喜欢把自己比作搏击长空的雄鹰，而我们警卫战士却喜欢把自己比作夜幕里闪亮的星。不是吗？在皓月当空、万籁俱寂的夜晚，疲劳的人们已进入梦乡，祖国大地的每个角落里不都闪烁着警卫战士一双双警惕的眼睛吗？它就像天上的星星一样，不知困倦地注视着大地，搜寻着每一个可疑的目标……”抒情式开头一定要注意，要有真挚的感情，不可矫揉造作，无病呻吟。

（5）叙事式开头。演讲者一开始就讲述新近发生的奇闻怪事、令人震惊的重大事件或生动感人的故事。由于故事具有情节生动、内容新奇等特征，这种开头容易赢得听众的关注，并能造成悬念，引起听众的兴趣。用故事引起兴趣的开头，要求做到：叙事简明扼要，短小精悍，不可啰嗦拖沓；事情本身要有针对性，耐人寻味，能触发听众的兴趣；所叙事情要与中心论题密切相关。

2. 主体

主体是演讲稿的主要部分。在行文的过程中，要处理好层次、节奏和衔接等问题。

（1）层次。层次是演讲稿思想内容的表现次序，它体现着演讲者思路展开的步骤，也反映了演讲者对客观事物的认识过程，演讲稿结构的层次是根据演讲的时空特点对演讲材料加以选取和组合而形成的。由于演讲是直接面对听众的活动，所以演讲稿的结构层次是听众无法凭借视觉加以把握的，而听觉对层次的把握又要受限于演讲的时间。

那么，怎样才能使演讲稿结构的层次清晰明了呢？根据听众用听觉把握层次的特点，显示演讲稿结构层次的基本方法就是在演讲中树立明显的有声语言标志，以此适时诉诸于听众的听觉，从而获得层次清晰的效果。演讲者在演讲中反复设问，并根据设问来阐述自己的观点，就能在结构上环环相扣，层层深入。此外，演讲稿用过渡句或用“首先”“其次”“然后”等词语来区别层次，也是使层次清晰的有效方法。

演讲稿的结构可以分为以下 3 种：

①纵向组合结构。它是按照时间的推移来排列层次，包括直叙式和递进式。直叙式，即以时间先后为序或以事情的发生、发展、变化过程为序。这种结构层次比较单一，事情的来龙去脉很清楚。运用这种方法，要注意突出重点，切忌平均用力，平铺直叙。递进式，即按事理的展开或认识由浅入深的递进过程来安排结构层次，或者按演讲者感情发展的脉络来安排层次。按照事理展开，多采用叙事——说理——结论的模式，即摆情况、作分析、下结论，也就是提出问题、分析问题、解决问题；按照由浅入深的递进过程安排层次，其内容则呈螺旋式层层深入，由表及里，这样的安排说理透彻、说服力强；按照演讲者感情发展的脉络来安排层次，内容起伏跌宕。

②横向组合结构。这种组合结构，或按事物的组成部分展开，或按空间分布展

开，或按事物的性质归属关系展开。按照不同的排列展开方式，横向组合可以分为简单列举式和总分并列式。简单列举式是围绕主旨，把选取的材料逐条逐项并列排出，它们从不同角度来表现演讲中心。总分并列式则遵循总分思路辐射式地展开，并列的各部分按事物的逻辑关系分类安排，分别围绕主旨阐述一个问题或说明事物的一个侧面。

③纵横交叉结构。有些内容丰富、容量大、时间长的演讲，常常用此结构。它以时间顺序为主线，穿插横向组合材料；或者以横向组合为主，其间穿插纵向组合材料。先按纵向组合容易看出事物发展的全过程，先按横向组合容易分析出事物各部分之间的联系和区别。采用这种结构，不宜搞得太复杂，否则，听众难以理解。

（2）节奏。节奏是指演讲内容在结构安排上表现出的张弛起伏。演讲稿结构的节奏，主要是通过演讲内容的变换来实现的。演讲内容的变换，是在一个主题思想所统领的内容中，适当地插入幽默、诗文、轶事等内容，以便听众既保持注意力高度集中而又不因此产生兴奋性抑制。优秀的演说家几乎没有一个不善于使用这种方法的。演讲稿结构的节奏既要鲜明，又要适度。平铺直叙，呆板沉滞，固然会使听众紧张疲劳，而内容变换得过于频繁，也会造成听众的注意力涣散。所以，插入的内容应该为实现演讲意图服务，而节奏的频率也应该根据听众的心理特征来确定。

（3）衔接。衔接是指把演讲中的各个内容层次连接起来，使之具有浑然一体的整体感。由于演讲的节奏需要适时地变换演讲内容，因而也就容易使演讲稿的结构显得零散。衔接是对结构松紧或疏密的一种弥补，它使各个内容层次的变换更为巧妙和自然，使演讲稿富有整体感，有助于演讲主题的深入人心。演讲稿结构衔接的方法主要是运用两段内容或两个层次有联系的过渡段或过渡句。

3. 结尾

心理学家指出，人的记忆力呈马鞍型。对于演讲来说，听众最关注的是两端，即开头和结尾。而结尾更能发挥鼓动作用，也更容易被听众记住。结尾如撞钟，撞得好，可以给人警醒，又回味无穷。

（1）总结全篇，加深印象。

（2）发出号召，促人行动。

（3）立言立誓，给人信心。如“如今，我在山区已经工作40个年头了，不少人劝我：‘落叶归根，退了休就回城里去吧。’我的回答是：‘不，我虽不是山里人，但死也要做山里的鬼，我要把余热洒在那块土地上，把我的骨灰留在那个校园里，我最大的心愿是要看着山里的孩子成长，成为国家的栋梁。’”

（4）以问作结，启发思考。如“战胜他人、超越他人也许很难，但战胜自己、超越自己却是能够做到的。用不着多举例，就拿今天来参加演讲大赛的人来说，我们不都是在战胜自己、超越自己吗？”

（5）巧用名言，让人回味。如“最后，让我用马克思的话语来结束我的演讲吧：后悔过去，不如奋斗将来！”

结尾的方式是多种多样的，只要我们在实践中不断摸索，就会创造出新颖有力的结尾来，正如著名演讲家邵守义教授所言：“结尾无定法，妙在巧用中。”

四、演讲稿的语言

演讲语言是一种以口头表达的形式诉诸听众的听觉来最终完成交流任务的独特的语言形式。因此，以一般文章语言的要求来对待演讲的语言是不够的，演讲的语言运用还应满足其独特的自身要求。

1. 形象生动

演讲的语言应在能反映内容的同时，产生强烈的视听效果，使听众形象地感知演讲内容，有如身临其境。著名演讲教育大师卡耐基就曾明确指出："演讲使用那种朦胧、繁琐、无颜色的字眼，只会让听众大打瞌睡。"他还指出演讲的语言为了能够形象生动，应在听众的眼前亮出鲜艳明亮的色彩和形象。为此，应做到：多借用描写、比喻、联想、夸张等形象化语言，化抽象为形象；要十分注重使用富有色彩感与画面感的语言，在听众眼前造出多彩的景象。

2. 通俗易懂

通俗即口语表达的大众化。它既指用法通俗，浅显易懂，又指意义通俗，深入浅出。演讲语言要尽量多运用群众性语言，如谚语、俗语、成语等群众口头常用的大众化语言，少用艰涩难懂的文言、生僻词语、方言等；多用短语，少用结构复杂的长句；多用质朴的语言，少用雕饰做作的语言。

简洁即使用的语言简单明了。古人云："事以简为上，言以简为当。"演讲者要坚持选择言简意赅的词汇，精炼用之，以少胜多；坚持说短话，紧扣话题，避免重复；去掉毫无意义的口头禅和多余的感叹词等，增加话语的信息含量。

3. 适当修辞

演讲中修辞技巧的运用极为常见，常用于演讲文稿的修辞有比喻、排比、对比、对偶、回环、顶真等，因其或有助于形象描述的生动，或造成排山倒海的文章气势，或以整齐的音律形成悦耳动听的效果……演讲中巧妙得体地运用修辞，常常成为有经验的演讲者设置演讲高潮的重要手段，并以其精彩的语言形式和独到的思想内容引起听众的强烈共鸣。

4. 和谐悦耳

演讲文稿的写作，要注意词句韵脚的变化，多使用音节响亮明朗、有顿挫变化的双音节，注重四声的搭配和谐、起伏变化，讲究平仄相交的韵律节奏，把握适当的停连，使文稿读起来朗朗上口，听起来铿锵悦耳，富有音韵美。

演讲文稿写成之后，演讲者还应反复修改，多次演练，临场演讲时才能发自内心，声情并茂。

五、演讲稿的写作要点

1. 开宗明义

开宗明义就是在演讲稿的开头直截了当地揭示主题。它的特点是开门见山，使听众一听就明白演讲的主旨，进而全面理解其思想内容。例如，刘翔在奥运成果报告会上的演讲《中国有我，亚洲有我》的开头："我从来都不认为自己今天的成功仅仅是个人的荣耀，北京时间 2004 年 8 月 28 日凌晨那 12 秒 91，毫无疑问将成为我生命中为之自豪的瞬间，但我更愿意把那一刻的辉煌献给我亲爱的祖国，献给全亚洲。”这篇演讲开篇入题：今天的成功不仅属于个人，更属于集体，属于祖国。因为体育比赛不光是竞技水平的较量，更是一个国家综合国力的晴雨表和民族精神的载体。国运兴，体育盛。因此，刘翔能在骄人的成绩中，保持清醒的自我认识，拳拳之心，历历可见。

2. 收篇点题

演讲结束时，用凝练的语言进行画龙点睛的归纳，点明或深化主题，这就是白居易极力推崇的“卒章显其志”的方法。这种方法，能够突出演讲的主题，给听众留下深刻的印象，例如，《一个青年军人的思考》的结尾：“世上没有靠编制谎言而成名的诗人，也绝没有靠纸上谈兵而赢得胜利的将军，而只有靠自身的素质、实力和价值，靠学，靠干，靠拼，才能真正成为强者。一个国家，也只有自强才能跻身于世界强国之林。”演讲者讲述了一个农民出身的军人靠自己的努力拼搏，最后在人才竞争激烈的社会中脱颖而出，成为一家著名报社记者的生动事迹。从中可以悟出这样一个道理：一个人只有自强不息才能在强者如林的社会中立足，而一个国家也只有自强才能跻身于世界强国之林。听众能从这有独特见地的结束语中，悟出深意，获得启迪。

3. 片言居要

用精练的文字，放在文章的关节处、要害处，能够起到画龙点睛、警策全篇的作用。采用这种方法，能使主题表现得格外清晰明朗。著名演说家佩特瑞克·亨利《诉诸武力》的演讲，便是用“不自由，毋宁死”的片言，来揭示全篇的主题。因此，演讲中当叙事抒情的火候已到，恰如其分的片言议论，能使演讲达到水到渠成、情理交融的效果，使听众的情感认识获得理性的升华。例如，以歌颂非典英雄事迹为主题的演讲《用生命践约》，在叙述完四川医院传染科全体医护人员没有一个在困难调查表上填写“困难”以后，作者加上了这样一句话：“明知凶险却达观，这是一种坚忍的力量，一种无畏的美丽。”这句议论，揭示了医护人员的无畏精神和高尚人格，既使前面叙述的事实得到强化和升华，又明确地点明了主题。

4. 反复申说

演讲中为了让听众彻底了解演讲的主旨，有必要对自己的观点反复进行申说与解释，中外许多著名的演说家，都曾采用这种方法来突出演讲的主题。例如，马丁·路德金的著名演讲《我有一个梦想》：“我梦想有一天，这个国家会站立起来，真正实现其心跳的真谛……我梦想有一天……我梦想有一天，我的四个孩子将在一个不是以他们的肤色，而是以他们的品格优劣来评价他们的国度里生活。”演讲者应用一连串的排比句，反复申说，表达了他反对种族歧视、要求自由与平等的呼声，给听众带来强烈的心灵震撼。

5. 正反对比

想要透彻地说明一个观点，单从一个角度去论证是不够的，运用正反对比法，可以使主题鲜明突出。请看这篇演讲：

美国有两个繁衍了八代人的家庭。一是爱德华家庭，其始祖爱德华是一位治学严谨、成就卓著的哲学家，他不仅本人勤奋好学，而且以良好的德行培养后代，他的八代子孙中，出了13位大学校长、100多位教授、60多位医生、80多位文学家、20多位议员、1位大使、1位副总统。另一个家庭的始祖叫珠克，是臭名昭著的酒鬼、赌徒，无法无天，他的后代中有 300 多个叫花子、7 个杀人犯、60 多个盗窃犯，还有 40 多人死于伤残或酗酒。血统论是错误的，但家教能导致不同的结果。

在这篇反对种族歧视的演讲中，演讲者为了证明种族歧视的荒谬，建立起“家教的作用大于血统的遗传”这一判断，然后以正反两方面的事实加以论证，取得了很好的效果。

六、例文

【例文一】

牵　挂

——李培根校长在 2009 届毕业生典礼上的讲话

亲爱的 09 届毕业生同学们:

你们好!

四年前，我迎来了你们中的大多数人。今天，在你们毕业之际，在你们即将踏上新的征途的前夕，我想对你们说两个字，那就是“牵挂”。

今年对于整个世界来说都是困难的一年。世界的金融危机也影响到中国的经济形势，乃至就业形势。同学们，你们是否都找到了合适的工作？我们牵挂着。

你们中的一部分人，即将踏入工作的社会，那可是没有在学校那么简单和单纯。你既需要充分地展示自己，又不能过分地表现自己；你既需要尊重领导和前辈，又不必刻意去逢迎；你既需要有理想和目标，又不能刻意追求、过于功利；你既需要与同事竞争，更需要与他们协同。亲爱的同学，你准备好了吗？我们牵挂着。

也许你将走在一条大道上，在大城市，在名单位……大道上有千军万马，当你意气风发、策马奔驰的时候，可要当心，那里非常拥挤，脚下甚至还有石头。亲爱的同学，竞争的路上，千万别摔倒，我们牵挂着。

也许你将走在一条小道上，在乡村，在城镇，甚至在西部……一条小路曲曲弯弯细又长，一样通向理想的远方。小道旁时而风景可人，或许有溪流奏响，或许有百鸟鸣唱，还有万紫千红竞芬芳。小路上时而泥泞，时而杂草丛生，甚至蛇蝎横行。当风景迷人时，不要太迷恋；当小路难行时，千万别退缩。纵使山穷水尽之际，只要坚持，相信会有柳暗花明之时。亲爱的同学，你有思想准备吗？我们牵挂着。

也许你将走在崎岖的山路上，为学术，为创业……那是一条攀登之路。你不仅需要优化方向，选择好路径，而且你要看清脚下的每一步。攀登悬崖峭壁时，可不能有一步的闪失。一步不慎，多年的心血，可能功亏一篑。亲爱的同学，你可有思想准备？我们牵挂着。

亲爱的同学，也许此刻你豪情满怀，踌躇满志。你希望未来挥毫于江河，画笔于大山。的确，中华崛起的蓝图在期待着你，你可以留下激扬之文字，你还可以指点江山。然而，你也要常常低下头，脚踏实地。同学，你意识到了吗？我们牵挂着。

亲爱的同学，也许你此刻正感到迷茫，不知路在何方。大学的几年，你或许后悔那糟糕的成绩，甚至痛心没有拿到那一纸文凭。同学啊，你不用灰心，不能消沉。路，其实就在脚下。人生的路是数不清的，通向成功的路也有千万条。低下头，从脚下最不起眼的路起步，昂起头，仰望天空，太阳、月亮和星星对你和他人一样明亮。同学啊，你未来的人生依然充满希望。你意识到了吗？我们牵挂着。

亲爱的同学，其实，牵挂你的人还有很多。你含辛茹苦的父母永远会牵挂着你，他们牵挂着你的一切。你的老师，包括中小学老师，会牵挂着你；你的同学将牵挂着你……同学，能否不吝啬你的牵挂？

亲爱的同学，请不要吝啬你的牵挂。把牵挂给予你的父母、亲人，他们为你付出太多。城里节奏太快，中年的他们似乎显得更加疲惫；在田野里劳作的父母，他们的背也可能开始驼了，甚至他们可能还在盘算，什么时候才能还清为你求学所欠的外债。不时给他们一个电话，常回家看看。看看他们的生活，惦着他们的健康。同学，你会牵挂着吗？

亲爱的同学，请不要吝啬你的牵挂。把牵挂给予你尊敬的老师，给予你尊敬的辅导员。你的成长中，他们也倾注了心血。他们曾经对你的表扬或者批评，都可以成为你牵挂的理由。你只需要偶尔在网上，在电话里，一个简单的问候足矣。同学，你会牵挂着吗？

亲爱的同学，请不要吝啬你的牵挂。把牵挂给予你的同学。同学中有你要好的朋友。同学之间的友情是最值得珍惜的，因为没有任何功利的目的。也许某一个同学与你有过争吵，但是那也没有本质的怨仇，一笑便泯灭。同学中可能还有你的初恋，即使未能终成眷属，初恋也是不能忘怀的，因为那是纯洁的。同窗的友情，可笑的争吵，难忘的初恋，都可以成为牵挂的理由。请把照片留着，把邮箱地址和电话号码留着。同学，你会牵挂着吗？

亲爱的同学，请不要吝啬你的牵挂。把牵挂给予你未来的同事和朋友。多设身处地为别人想想，关心、帮助别人，你将有更多的朋友，也会得到更多人的帮助。同学，你会牵挂着吗？

亲爱的同学，请不要吝啬你的牵挂。留一些牵挂给你素不相识的人。“5·12”汶川大地震中伤残的人们怎样了？地震后幸存的人们生活和心理状况如何？那些从事城市建设的民工们怎样挣扎在贫困线上，还有那些在贫穷乡村的中老年农民们如何绝望地守着那几分贫瘠的土地……要做一个善良的人，善良就是这种牵挂的理由。同学，你会牵挂着吗？

亲爱的同学，请不要吝啬你的牵挂。留一些牵挂给你的母校。在这里，你毕竟度过了人生成长的最重要的岁月。在这里，你学到了知识，得到了能力培养与锻炼。你会牵挂吗？若干年后，你的学科是否已经一流，母校是否已经国际知名？你会牵挂吗？也许在母校你有过不愉快的经历，但对于你的成长未必不是一件好事。你会牵挂吗？你在校期间，学校有很多不尽如人意的地方，很多事情令你不快甚至愤怒，但那只是培根的不力，却不是母校的丑陋。你会牵挂吗？瑜园夏日的荷塘是否还是阵阵清香？秋日月下的瑜园中是否依然浮动着桂香？同济校区里裘法祖之树一定更加茁壮，你和恋人常坐的石凳是否还是老模样？当你牵挂时，常到网上看看，偶尔回母校走走。

亲爱的同学，我牵挂着，你牵挂着，他也牵挂着。让我们彼此牵挂着，让牵挂成为一种永恒的记忆。

【例文二】

人生奋斗是一辈子的过程（节选）

俞敏洪

人生像一年四季开放的花朵，有的花在春天开，有的花到了夏天才开，有的花要到了秋天才开，有的花要到了冬天才开。春天有樱花，夏天可能会开荷花，到了秋天以后会开菊花，到了冬天，像南京就有著名的腊梅花。开放人生也是一样的，有的人在青春时期洋溢出了光彩，有的人到了中年时候才闪闪发光，有的人要到了老年以后才像定时炸弹一样爆炸出来。当然也有这样的人，青年、中年、老年都很厉害，比如说著名的杨振宁教授，在青年的时候就在美国名牌大学读书，到了中年的时候就获得了诺贝尔奖，到了 82 岁的时候又结婚，这样的人生让人无比地羡慕。

我本来到了 40 岁就觉得生命已经是不惑之年，从此以后就这样慢慢地过吧，但是听说了杨振宁教授结婚的消息，当天晚上我就开始修改自己的人生计划，一直修改到了 83 岁。同学们，人生奋斗是一辈子的过程。比如说，齐白石先生 50 岁的时候还在做木工，他做木工绝对不是一个出色的木匠，据说他打的椅子只要往上一坐就散架了。但是他在家具上面画的画却是如此美丽，以至于家家户户请他给自己的家具画画。有人就跟他建议说干脆去画画吧。结果一直画到了 70 岁以后，他的画才开始有名，他真正的最值钱的画都是在 80 ~ 90 岁之间画出来的。

同学们，你们现在就谈论自己有没有成就还太早了。人生不是百米赛跑，如果是百米赛跑，你比我早跑一两秒钟，我可能就追不上你了，因为总共就一百米。人生是看不到头的马拉松，你一走就是一百年的路程。现在我们只要注意身体健康，心情愉快，平时注意养成良好的习惯，基本上活到一百岁是不成问题的。同学们，拼的是耐力，拼的是专注，拼的是持久，拼的就是这些东西。也就是说，你现在有多少跟别的同学的落差，完全是微不足道的事情。

我有一句话是这么说的，人生的起点由不得你选择。原因很简单，因为你出生在什么家庭由不得你选择。不过为什么人有两条腿，同学们想过没有？是为了让你跑。为什么人的腿比许多动物的腿都长？是为了让你跑得更快。只要你坚持跑下去，你就会跑出自己意想不到的距离。所以，大家记住，我们要做的是从现在开始，从我们这个点上开始跑。

努力为自己争取公平的机会

我们自己成长的道路是我们自己来选的，跟你的大学没什么关系。有同学说，我身边没有资源，我的同学都是什么部长的儿子，隔壁的同学是市委书记的女儿，他们俩还隔着我眉来眼去，就是没我什么事。还有同学说，这个世界、这个社会真不公平，别人有的东西我都没有，你看他身上穿的名牌服装，我就没有，他用的是苹果电脑，我就没有，他用的是 iPhone，我连手机都买不起。这都不是你能抱怨的，为什么？因为这个社会本来就没有公平过，从有人类历史以来，只要一旦有剩余的物品，就从来没有公平过。即使在原始社会，剩余的物品都给那个最厉害的老猴子了。这个世界上资源是流动的，它不是静止的。什么叫资源流动？比如说我是一个农民的儿子，我的父母都不认字，我身无分文，我进了北大，我认字了，文化资源流动到了我身上。进了北大以后，我也有这样的感觉，我的同学有的是部长的孩子、教授的孩子，他们什么都有。每个星期五，部长的孩子都是让奔驰 280 加长车接回去，星期日晚上，奔驰 280 再把这个孩子给送回来，我们往那个汽车旁边一站，油光闪亮，都能照出我们的影子来，可是我们连个自行车的轮子都买不起。你不努力永远不会有人对你公平，只有你努力了，有了资源，有了话语权以后，你才可能有为自己争取公平的机会。就像我刚才所说的，资源是流动的。

资源再分配首先需要你自己成功。你如果自己都不成功，你分配什么啊？你就等着别人分配给你。一个等待别人分配给你的生活是不值得你过的。

为什么？你没有对自己生命的自主权。但是，你不要认为这辈子只能得到别人分配，只能等待老板给我开工资，只能等待在我失业的时候给我发救济金，完全不是这样的。你永远不会想到，就像我刚才说的，你这辈子到底能做什么？我在大学的时候靠着国家每个月 22 块钱的助学金过日子，还要剩下一半的钱来买书，因为当时北大图书馆借书特别难，我又比较喜欢读书，我就把那 22 块钱的生活费一分为二，一半用来买书，另外一半用来买饭菜票。我算好了饭菜票 11 块钱，每天差不多花掉 4 毛钱，这样可以坚持一个月，当时 4 毛钱，其实能吃得不错了。一个土豆烧牛肉满满一盆不到一毛五分钱，一个大馒头是两三分钱。当时的书也特别便宜，我记得特别清楚，朱光潜的《西方美学史》上下两册只要 8 毛 4 分钱。大家稍微想一下，平均每一本书是 4 毛钱，我 11 块钱可以买多少本书啊？可以买 20 多本书了。所以，我在大学整整四年买了 800 多本书，平均每年 200 本书，而且我把这 800 多本或多或少都读完了。所以，贫困的生活也带来美好。

学会珍惜，懂得感恩

现在同学们常常有一种毛病，钱太多、选择太多，所以不珍惜。你有没有发现，你玩一个手机玩了一个月，这个诺基亚 N95 没劲了，然后就是诺基亚 N97 没劲了，iPhone 又出来了，iPhone 还没用完又有别的出来了，所以你就老换，这样你会对你手头拥有的东西都不珍惜，因为它不是你挣来的。

第二个不珍惜是你父母给你的钱，你感觉很容易花，或者你父母有的时候还要故意纵容你，就是说你要什么你父母就给你什么，这样的结果是毁灭性的。我们在座的同学，不管你家庭多么富有，请记住不要随便伸手向父母要钱，一定要有一个限度。比如说你跟父母说，我就是每个月总共要多少钱，在这个基础上，你来计算这个钱怎么花，想办法挤出钱来去买手机，去买你需要的录音机等练英语口语这样的设备，那个时候你才知道这种生活其实更加有意思，更加值得珍惜，每一分钱都花得有意义了。人生最伟大的幸福感、成就感是靠自己创造出来的。所以，像现在有些男孩子未来想找富婆的，千万别想；很多女孩子想嫁富翁的，千万别想。为什么？最幸福的生活，就是两个贫贱的人一起，最后奋斗出财富，这样最好。因为你的生命这个时候值得回忆，你自己做过的事情值得回忆。

同学们，人生在于一种过程，不在于一种结果，你一下拿到那个结果，一点儿意义都没有，你想要 iPhone 就拿到 iPhone，想要房子就有房子，一点儿意义都没有。

我讲一个十年前我所遇到的故事，真实的故事。十年前，一个农村孩子想要出国，想听新东方的托福班和 GRE 班，这两个班加起来要两千多块钱人民币，但是他根本就没这个钱。他来找我，不是说让我免费给他听课，这个农村孩子很懂事，他说："俞老师，我想听你的托福课，因为我想出国，但是我付不起学费。我知道你暑假的时候会招聘教室管理员，你能不能让我来当教室管理员（教室管理员就是查听课证、扫地、整理课桌椅）？我干完教室管理员的活以后，你能不能让我走进教室免费听课，我不影响我的工作。"我说："这个当然没问题，只要你把活干好就行。"然后，这个孩子又提了另外一个要求："俞老师，我上托福课发现老师布置的很多作业都要用听力，我没有录音机。"录音机当时流行小型索尼随身听，要400多块钱，算是最先进的听力设备。他说："能不能这样，如果你觉得我这个暑假活干得特别好，你能不能给我开一笔工资，就是这个录音机的工资，比如说就400多块钱？"我说："没问题，只要你把活干好。"这个孩子后来干活干得无比好，把教室打扫得干干净净，课桌椅排得整整齐齐，最后奇怪的是全班同学都到他那去抄课堂笔记，因为他做的笔记最认真。为什么？因为他知道这个东西来之不易。暑假结束以后他就来找我，我给他开了一千块钱的工资，他拿着钱就跑出去了。过了半个小时回来了，手里拿着一个索尼的随身听，当着我的面把盒子打开，把机器拿出来，把磁带放进去，然后把耳机戴在自己的耳朵里听英语。我就看到他的眼泪往下掉，我也被他感动得一塌糊涂。那时，我就知道这个孩子未来一定有出息。果然，过了两年这个孩子到了美国名牌大学去读博士了。

所以我刚才说，人生是你自己闯出来的。他为什么能够把自己感动得热泪盈眶呢？其实很简单，我们的生命追求的就是这种境界。你看看奥运会的冠军登上领奖台的时候，第一时间一定是眼泪哗哗往下流。同学们，他们那个时候流的眼泪是什么眼泪？是感动的眼泪和幸福的眼泪。你要分析眼泪的成分的话，80%是感动和幸福，20%是对过去为了拿到这个冠军经历过的痛苦和回忆。我曾经问这些冠军为什么流泪，他们说："俞老师，在这一瞬间，我们是不可能控制自己的。这一瞬间，身上的伤疤，过去的多少次摔打，一秒钟全部涌入我们的头脑，所有这一切都是为了这一秒，如果这一秒达不到，我们这辈子将终身遗憾。达到了，我们流下的眼泪就是幸福的眼泪。"

【思考与练习】

1．纵深思维训练：对下列校园生活中的热点、焦点问题进行深思细究，完成由现象到本质的纵深分析的思考过程。

（1）"60分万岁"所想到的

（2）由大学生打工谈起

（3）对学非所用现象的思考

（4）学生应具备什么样的素质

（5）网络是与非

（6）假如我是校长

2．联想力训练：试将以下词语串起来形成演讲。

（1）地球　凉水　美丽　天使　樱桃　地雷　美酒　土地　大山　翅膀

（2）铅球　乌龟　夏威夷　阳光　神秘的　考试　神经的　玻璃的　梳子　邮件

（3）说　看　打　喝　吹　唱　想　吃　听　玩

（4）一心一意　二目无光　三餐不食　四肢无力　五谷不分

六亲不认　七窍不通　八面威风　九曲黄河　十年寒窗

3．媒介起兴训练。

（1）以“金子”为题，谈谈21世纪青年的形象。

（2）以“感恩”为题，进行一次演讲。

（3）自拟选题，进行演讲。

第九章　新闻写作

新闻是对新近发生或正在发生，或者早已发生却是最近发现的有价值的事实所进行的报道。它以报刊、广播、电视、网络等为主要传播媒介，具有真实性、新鲜性、舆论性、导向性等特点。

第一节　新闻写作的基本知识

一、新闻写作的特点

1. 敏于捕捉

要写出好的新闻，就需要有敏于捕捉蕴藏在现实生活中的丰富且有意义的新闻题材的特长。新闻工作者就是要追新逐异，并且着力于标新立异，新闻要力求避免老生常谈，力求避免不能敏锐报道与评述生活的陈腔滥调。

对于生活中的种种“新异”，一般人往往会熟视无睹。加之生活在前行的轨迹中出现的新光异彩，总是一掠而过，一瞬间便成陈迹。这就要求新闻工作者有敏锐的捕捉新异从而摘取新闻的能力。这种敏锐的捕捉能力不是轻易就能具备的，需要新闻工作者有较高的思想理论修养，深入生活，留心各种各样的事情，将新的发现、新的感受、新的分析思考写进“新闻手记”。这样的工夫下得越深，捕捉新闻的敏锐感就越强。

2. 勤于采访

新闻工作者的实践，主要是指采访实践。采访是一门专门的科学，采访也是一个完整的系统工程。采访要顺利进行并获得理想的效果，就要拟写采访提要并注意采访的方式。

3. 精于构思

采访是一种独特的艺术。找准采访对象，并且该篇新闻立什么主旨，选取什么材料表现主旨，材料的详略处理、先后安排等，都得精心地构思。这里的一个“精”字体现了写作者的匠心独运。

4. 疾于运笔

如果有了材料就不要贻误时机。运笔要“疾”，艰苦笔耕中获得的题材进行了一番构思，就得疾于运笔，迅速成篇，交付发表，不仅是从时间上要求快，还要快中求好。运笔之疾的能力只有勤笔不辍，才能有敏捷的才思，才能妙笔生花。

二、新闻写作的原则

1. 用事实说话

“用事实说话”就是通过报道事实向大众阐明某种思想和观点。作者的倾向性通过事实自然而然地显示出来，而不是特意将它指出来。

西方新闻界提倡所谓的“客观报道”，还在新闻分类上提出纯新闻、硬新闻等概念，以强调用事实说话的原则。对此，大家应有自己的分析。

首先，大家要知道，真正纯客观的新闻报道是没有的。新闻工作者报道的任何事实，都不可能没有自己的观点。即使在文字上没有明显的倾向性，在题材的选取和应用上也必定有倾向性，不然，就无法解释为什么选择某一事实而不选择另一事实，为什么对某一细节详细叙述而对另一细节一笔带过或干脆不提。自以为纯客观的报道，其实是一种不露声色地影响读者的技巧。

其次，大家对这种技巧持肯定的态度。早在1956年6月28日，刘少奇同志在同新华社负责人谈话时就指出：“要学习资产阶级通讯社记者的报道技巧，他们善于运用客观的手法、巧妙的笔调，既报道了事实，又挖苦了我们，他们的立场站得很稳。”那时，我国记者对新闻技巧的掌握还不纯熟，向西方记者学习的确是必要的。

2. 精选事实，以小见大

新闻工作者必须有一双慧眼，能在纷坛的现实世界中精选出最有价值的事实。而最有价值的事实未必就是大事，有时一个小小的事实却能显示出整个社会的特点。人们说，一滴水能映出太阳的光辉。在新闻写作中，大家就是要努力地寻找能够映出太阳光辉的这一滴水。

3. 正反并举，对比衬托

有比较才能有鉴别。有时新闻工作者只需将今昔、正反等不同的事实组织在一起，读者自己就会通过比较得出结论。

4. 集点成面，点面结合

这里所说的“点”指发生在特定时间和空间中的具体事实。“面”则是指整体的面貌。“面”虽然也是事实，但需要归纳概括，不像“点”那样具体客观。要想充分体现“用事实说话”的原则，集“点”成“面”是一个有效的办法。

5. 目击实录，再现场景

在新闻叙事中，现场目击记录、亲身经历讲述、口述实录三种叙事方式最具有现场感和逼真性，也最能体现“用事实说话”的原则。这三种叙事方式的共同特点如下：

（1）采用第一人称叙述。作者或被采访者现身说法，讲述自己的亲眼所见和亲身经历，提供给读者的是不容置疑的第一手材料。

（2）事件在“现在进行时态”中展开。在这样的叙事中真切感受。

（3）逼真的现场感，形象生动。

6. 要言不烦，画龙点睛

新闻写作提倡“用事实说话”，并不是一味地排斥议论。相反，适当时候言简意赅、一语中的的议论，能够使事实更清楚、更完整。在仅叙述事实不能准确传达意蕴，或者事实的意蕴过于隐蔽，不在一定程度上予以揭示，容易引起误解的时候，适当的议论跟新闻报道的客观性原则并不矛盾。不过，在新闻中议论切要注意以下两点：

（1）议论必须是从新闻事实中自然而然引发出来的，而不是离开事实的任意发挥，也不是在事实之外硬贴上一张理性的标签。

（2）议论必须是简洁精练的。相传，梁代画家张僧繇在金陵安乐寺画了四条白龙，点上眼睛后龙即飞腾而去。如果新闻事实是那条龙，那其中的议论就是点睛之笔。这个比喻说明，有了点睛之笔，文章才能活起来。同时也说明，点睛之笔，一点足矣。

7. 适时引语，借口说话

有时新闻工作者也可以把自己想说的话，借别人的嘴说出来。如果自己出面评论新闻事实，是主观的议论，但是将别人对事实的评论记述出来，就是一种客观的报道了。在新闻叙事中，这也是一种可取的手法。需要注意的是，所引用的别人的语言，必须是真实的、准确的，不得歪曲原话，更不得断章取义。有时还有通篇借口说话的写法。

三、新闻语言的特点及禁忌

（一）新闻语言的特点

1. 准确、简洁、鲜明、生动

新闻写作中所需要的语言，是传播信息的语言、报道事实的语言、解释问题的语言、快速交流的语言。因此，根据新闻写作的时效性（新鲜、快速、简短）与可读性（具体、生动、通俗），其语言不但要具有准确性，还要具有简洁、鲜明、生动的特点。这里所说的准确性，主要指在时间、空间、形态、色彩等方面，语言与客观事物之间的高度吻合；对事物属性、特征——也就是“质”的判断尽可能没有偏差；对事物的数量、程度——也就是“量”的把握精确无误；排除主观臆断和以偏概全；不用可能产生歧义的词语。

新闻语言的受众多，它必须满足生活在快节奏的现代社会中大量受众对信息的需求。新闻传播的基本原则是“用事实说话”，即传播者的意图应该是相对隐蔽的，新闻语言还要做到不致使受众产生被人强迫的感觉而加以拒斥。

2. 新闻语言要有时代感

新闻语言生命力的一个重要特征是要有时代气息。现在，媒体上几乎每天都会有新词出现，词汇更新很快。新闻语言是社会词汇最直接、最真实、最迅速、最广泛的反映，作为一名记者既应该保持对新鲜事物的敏感，也应该保持对新鲜语言的敏感。同时，新闻报道的时效性与新鲜感，在一定程度上也需要通过社会最新流行的一些语言传递出来。

3. 新闻语言应有不同的风格

新闻语言在符合准确、简洁、鲜明、生动的基础上，针对不同的报道、不同的作者应该有不同的语言要求。

4. “白描”是新闻语言的主要特征

在新闻写作中，白描是指文字描写的具体方法，即不尚修饰，不用或少用形容渲染，以质朴的文笔，力求避免浮华、做作，简练而直接地勾勒出事物的特征。白描虽然是描写，但如果从形式上看，白描与直接叙述没有很大的区别。可以这样说，白描是直接叙述和描写的高度统一。它洗尽铅华、质朴平实、透明度高，有利于用简单的方法来处理复杂的问题，进而突出事物的特征，即突出新闻价值，便于受众在快速交流中接受。

（二）新闻语言禁忌

1. 忌含糊

语言含糊笼统，让人不得要领，这是新闻语言的大忌。《湖南发现“妇女文字”》一文中就有这样的毛病。

湖南省江永县举世罕见的“妇女文字”，已由中南民族学院宫哲兵整理成书，即将由中国展望出版社出版。

“妇女文字”是当地瑶族妇女都会写的一种奇特文字，属表音文字，有600多个字形，有些与甲骨文、篆书相似，有些与楷书相似。它记录的是当地瑶族群众使用的一种“土话”。由于这种文字只在妇女中流行，当地称为“妇女文字”，简称“女书”。一些学者认为，这是一个惊人的发现，将引起人类学家和语言学家的关注。

1982年到1985年，宫哲兵曾六次到中国南方进行民族风情调查，其间发现了这种奇特的文字。

发现了一种只由女性使用的文字，这新闻确有惊人之处。也正因为它的惊人之处，人们便有更多的了解它的愿望。根据文中介绍，这种文字记录的是当地的一种土话，那么这种土话不可能只在妇女之间使用，为什么只有妇女会书写它们呢？当地的男人们对它究竟是不得习用还是不愿习用？这其中必定有一些传统文化或习俗上的原因。另外，作为一种人类文化史上罕见的独特发现，它的发现过程也是读者关心的。宫哲兵是男是女？他（她）是怎样发现这一奇迹的？对此，作者也没作任何介绍。总之，读了这篇新闻，感觉作者也很糊涂，对所报道的事实所知有限。如果真是这样，那就应该调查清楚后再向读者报道。

2. 忌矫饰

有一篇人物特写这样描写一位女诗人：

所以，熟悉或不熟悉××的人，都感觉到××身上那种早晨般的清新和傍晚般的浑浊。这正是诗人在自我和世界之间构筑的最佳对应关系，有识之士预言，××的世界是一片晨雾，一片永远不会散尽的晨雾。

……是由人的本质构成，准确地说，是从一个女人感觉的深处，去对生命原动力的把握和体验。

……是一种神秘化的自然，是心灵与广阔的时空的冲撞……

她以恬淡而优美的诗篇，使自己的灵魂挣脱肉体的躯壳而获得了独立的存在方式，她以定向不定量、内涵十分丰富的诗的语言为媒介，再塑了自己傲然独立、超群脱俗的“内在生命”。

不要说在新闻中，就是在文学中，那种强调语言“陌生化”“反常化”的语境中，这也是一种败笔。别说新闻事实杳无踪迹，连抽象的概念也被撕扯成一堆玄虚朦胧的文字碎片。只觉得一片华丽而浑浊的浓雾遮蔽了一切，真让人“不识庐山真面目”。

3. 忌堆砌

在阅读新闻时，有时能见到这样的句子“天空的彩霞映照得场上格外通红”，其中“格外”和“通”都是强调程度的副词，语意重复了。“胜利凯旋归来”中的“凯”就是胜利，“旋”就是归来，等于把相同的意思说了两遍。这样的废话说多了，篇幅大了，信息却没有增加。

除这样简单的语意重复之外，有时还会有不厌其烦地罗列细节和数字的现象，同样也是语言的堆砌。有一段文字这样介绍一位农民勤劳致富的事迹：

×××种承包地 55 亩，去年收小麦 1.25 万公斤，稻谷 1.15 万公斤，黄豆 1000 公斤，赤豆、绿豆等 500 公斤，山芋干 1000 公斤，花生 2000 公斤，共 2.85 万公斤，收入 1.22 万元；同时，他利用余粮和稻谷饲养耕牛 9 头，出售小牛 4 头，收入 2500 元；出售 6 头肥猪，收入 4200 元；出售 100 只家禽，收入 300 元；小四轮跑运输，收入 1800 元；用板桥火车站一个货位（三人合伙）出售砂石，自己净得 1800 元。全年总收入达 2.28 万元。

简直是一笔流水账，材料缺乏整理，语言更是缺少概括和提炼。虽然这样写数字很精确，但主人公的事迹却很模糊。

4. 忌混乱

混乱主要是指违背逻辑。逻辑混乱的文章，读者很难看得明白。下面就是一段逻辑混乱的文字：

为达到赚钱的目的，竟私刻杂技团公章，从濮阳市少林武术培训中心带走 6 名少年到南方“走穴”，谁知原定返校期限成了一纸空文。1 月底，记者从濮阳市区公安分局了解到，6 名被当成“摇钱树”的武校少年最终被救了回来。

这是一篇消息的导语。劈头一句话就漏掉了主语，让人搞不明白事件的行为主体是谁。经猜测，行为主体应该是犯罪嫌疑人为达到赚钱的目的，私刻杂技团公章，骗走了 6 名武校学生。但接下来的一句是“谁知原定的返校期限成了一纸空文”，这很让人摸不着头脑。“谁知”表示没有料到，难道是犯罪嫌疑人没有料到吗？当然不是。这真是“你不说我还明白，你越说我却越糊涂了”。那么到底是谁没有料到？读者只好再猜：应该是武校方面没有料到竟被人骗了。

这段文字的主要问题是叙事角度的混乱。在一句话中，作者一会儿站在犯罪嫌疑人的视角上说话“为了达到赚钱的目的”，一会儿又站在武校的视角上说话“谁知原定返校期限成了一纸空文”。因此，读者找不到观察事物的立足点，自然感觉是一片混乱。另外，“期限成了一纸空文”的说法也欠斟酌——期限是文书吗？

5. 忌空洞

新闻不能大量使用一些言之无物的公式化套语。如下面这篇会议新闻：

发扬民主　加强团结　坚定信心　继往开来

××××三次会议胜利闭幕

本报讯　××××三次会议圆满完成各项议程，×月×日上午在××胜利闭幕。省党政军领导×××、×××、×××……到会祝贺。

会议通过了××××、××××、××××……

省××主席××在会上作了重要讲话，××指出……

上午××时××分，大会在代表们雄壮的国际歌声中闭幕。

内容空洞，形式类似一张“万能表”，这样的报道，谁会浪费时间和精力去阅读呢？

6. 忌语病

或许是由于新闻写作讲究“出手成章”，或许是当下网络文化背景中时效性成为新闻的重要标准，都是新闻语言无法推敲过细的原因，当下新闻中出现的病句实在太多了。如下面这些句子：

××国艺术家的演出，博得了各界观众热烈的欢迎，对这次成功的演出给予很高的评价。

……像一阵春风吹遍了全县的每一个乡镇，开遍了每一个村庄。

他们在全厂推广了技术革新。

“演出”可以博得欢迎，但不能对自己给予评价，因此第一个例句犯了句子成分残缺的毛病，它的后一个分句缺少主语。第二个例句中的“春风”，可以“吹遍”但不能“开遍”，主语和谓语明显搭配不当。第三个例句中的谓语“推广”，只能带名词性宾语，而“技术革新”是主谓词组，带有动词性，属于动宾搭配不当。

第二节 消息

消息是新闻文体的主要形式之一，是传播媒体向社会输出新鲜信息的重要载体，也是公众获取新闻的主要来源。它是目前最广泛、最经常应用的一种报道形式。

一、消息的特点

1. 反映迅速，简短明快

消息，应该在事件发生后最短的时间里见诸报刊等传播媒体。行文简洁明了是消息写作的风格。

首先，写一个扼要的、引人注意的导语；然后，顺着这条导语使用现实材料或背景材料让事实更加清晰；最后，来一个戛然而止或画龙点睛或余音缭绕的结尾。

整篇作品要干净利落、清清爽爽。

2. 准确无误，完全真实

真实是消息写作的生命。真实性的具体要求是：人物、地点、时间、事件缘由、因果、经过等细节必须有据可查；消息中引用的资料、数据、引语、史实等现实材料和背景材料一定要确凿无疑。

3. 寓理于事，叙述为主

消息是事实的综合。事实胜于雄辩，用事实说话，是消息写作的一大特点。一篇理想的新闻报道应该把读者带到现场，使他能够看到、感觉到，甚至闻到当时发生的一切。

二、消息的分类

按照通常的看法，可以将消息大致分为以下 3 类：

1. 动态新闻

动态新闻是迅速及时地反映国内外政治、经济、文化、体育、科技、军事、外交、金融、人物、世情等各方面的新发展、新变动、新情况、新气象的报道。

2. 综合消息

综合消息是将不同地区、不同部门、不同战线、不同行业中发生的具有共性的新闻事实集中归纳起来，围绕一个中心视点或中心思想进行乌贼式的报道。

3. 典型报道

典型报道是一种导向性很强的新闻。它通过对一些地区、单位、人物、事件的采访、调查、剖析，找出同类事物中具有代表性和普遍性意义的经验和教训来，或指导工作、教育读者，或暴露问题、警示社会。

三、消息的写作格式与要求

（一）消息的写作格式

消息结构的主要成分是：标题—导语—主体—结语。它有以下 3 种基本类型：

第一种是倒金字塔式，即把最重要、最新鲜的事实放在最前面，其他内容按照事实重要程度与新鲜程度的大小依次排列。

第二种是并列式，即平行排列事实。

第三种是金字塔式，即开始设置悬念，将最重要的事实放在后面。

1. 标题

消息的标题可以归纳为以下 3 点：

（1）多行标题，容量很大。

消息除了正题以外，还有引题和副题。引题又可以称为“眉题”或“肩题”，其位置在正题之上，字号比正题小。它的作用在于或交代形势、说明背景、揭示事件的意义，或烘托气氛，以引出正题。正题又可以称为“主题”或“母题”，它是一则消息里最主要的事实和含义的概括与提要。正题是标题的主体，字号最大，最醒目。一条消息可以没有引题和副题，但一定要有正题。副题又称为“子题”或“辅题”，其位置在正题之下，字号也比正题小。它的作用在于或补充正题的事实，或说明正题的来源和依据，或挑明意义、展示效果，往往起提要的作用。

（2）虚实相间，互为补充。

在新闻标题的作用上，概括事实、揭示主要内容、说明结果，即昭示“谁”“怎么样”的标题称为实题；交代背景、说明形势、烘托气氛和表明作者倾向的标题称为虚题。制作多行标题，一定要使其互相配合、互相补充，做到各行标题之间虚实搭配、相得益彰。

（3）贴切简洁，新鲜醒目。

标题的写作必须精练贴切，要引起读者注意，要生动活泼，具有感染力。

2. 导语

导语的写作方法多种多样，变化灵活。常见的有以下 7 种：

（1）概述式。

用凝练的语言，扼要叙述出消息中最主要的事实。

（2）摘要式。

摘取主要事实，对消息内容进行高度概括，也是导语常用的方式之一。

（3）描写式。

对事实发生的环境、时间或人物的态度作形象、扼要的描述。

（4）结论式。

先将从事实中得出的结论端出，然后再作进一步的阐述。

（5）引语式。

引用诗词、民谣、警句、格言、人物的话语、各类条文等作为开头，然后引出事实。

（6）提问式。

响亮地提出问题，引起读者的好奇或兴趣，促使其将消息读下去。

（7）评论式。

对导语中的简要事实明确表态，正确与否，以示鲜明的倾向。

3. 主体

导语后面是消息的主体。消息的主体承担的任务，主要有两点：一是进一步阐述导语中的事实，使新闻内容更加明确；二是运用背景等材料补充导语，使消息的根据更确凿、内容更丰满。要注意，在主体中不要再重复导语。

主体大致有两种结构：

（1）以时间为顺序。

以时间的顺序来安排材料，即开始怎样、如何发展、怎么结束。

（2）依据事物的联系。

根据主次、因果等逻辑关系，或先重后轻、或有点有面、或并列安排结构层次。

4. 结语

消息的结语是消息的尾巴，标志一条消息的终结，常常是一两句话。如果事尽文止，就应自然收束。

四、消息的写作要求

1. 记述方法为主

这是把事实的前因后果、来龙去脉照实写下来的方法。消息写作主要采用记叙的方法，是因为消息的任务在于向人们报告最新事实的特点。叙事的内容包括 5 个要素：什么人，什么事，什么时间，什么地点，什么结果。

2. 把消息的导语写好

导语居于消息之首，是消息的“窗口”。写好导语要求“立片言而居要”，用简明的一两句话扼要交待消息的核心内容，先给读者一个总体的印象，吸引读者读完全文。

3. 主体部分叙事要分清主次、井然有序

主体是消息的基础，要展开叙述消息的主要事实。叙事要突出中心，主次分明，这是写文章的常识。因为消息不宜写长，一般是三五百字，所以在叙述事实时，尤其要注意集中笔墨写好事实的重要部分，以防没有主题。

4. 争分夺秒，事发文成

消息本身就是一种迅速及时反映现实及其变化的新闻体裁，因此写作消息无疑就要求雷厉风行、争分夺秒，力求做到事发文成。

五、例文

【例文一】动态消息（2015年中国新闻奖一等奖）

项目审批“长征”698天
泰豪动漫变“动慢”

本报讯 一个产业项目需闯过20道行政许可事项审批关口，涉及8个部门及省、市、县三级政府、工业园区，最后完成项目审批时间长达698天——3月18日，记者在省政府最近一份调研报告中，看到了泰豪集团“晒”出的行政审批流程图。正是这纷繁复杂的审批“长征”，令起步较早的泰豪动漫项目实施进度缓慢，动漫变成了“动慢”。

据了解，泰豪动漫产业园一期工程2010年3月立项，至2012年11月才获得施工许可证。按法定期限计算，该项目完成各项审批需392个工作日，实际办理时间为200个工作日，剩余498天由以下三部分构成：13项非行政许可事项耗时255天；工程设计、供水、电力等市场有偿服务耗时100天；泰豪集团自身消防设计、环评整改、缴纳有关规费耗时143天。

“审批事项千头万绪、过于复杂。”据泰豪集团相关负责人介绍，除行政许可事项过多以外，审批前置事项大量存在是审批过程迁延时日的重要原因。譬如，住建部门在施工许可审批过程中存在规划方案审查、施工图纸审查等；国土部门用地审查要制定失地农民养老保险方案等。由于部分审批前置事项还涉及垄断行业，其较低的工作效率直接拉长了项目审批时间。同时，一些政府部门服务缺乏主动性，未履行事项一次告知义务，导致申报材料、程序重复进行，令项目申报者“一头雾水”。

项目审批遭遇“长征”，企业当然着急苦涩。泰豪集团董事局主席黄代放深有感触地说：“市场瞬息万变，机遇稍纵即逝。近两年的审批时间，足以将一个‘朝阳’项目拖成‘夕阳’项目。一些中小企业，甚至可能因投资风险和成本的增加而倒闭关门。”对审批怪圈感到无奈的，并不只是企业。省发改委专家解析：“作为欠发达省份，江西能不能抓住、用好当前难得的发展机遇，在经济升级中走出一条发展新路，关键看行政效率。”吉安高新区一名基层干部的发问引人深思：“698天过长，那法定期限392个工作日内办结，就说明我们的效率高了吗？200个审批工作日还能再缩短吗？”

“项目审批‘路漫漫’，吃亏的看似是项目投资者，但最终为低效‘埋单’的，还是地方经济社会发展质量。”省委党校经济社会发展战略研究所所长黄世贤认为，深化行政审批制度改革刻不容缓，当务之急，既要完善顶层设计，又要抓好简政放权。期待经过不懈努力，把江西打造成为中部地区审批事项最少、行政成本最低、发展环境最好的省份。

【例文二】动态消息

苏尼特牧民：赶着羊群上天猫

12月18日上午9时正，随着天猫商城鼠标点击，拥有地理标志认证和溯源认证的内蒙古苏尼特左旗羊肉，创造了在48小时之内摆上全国各地消费者餐桌的奇迹。

世世代代逐水草而居、祖祖辈辈在草原天然牧场放牧的苏尼特左旗赛汗戈壁苏木乌日根呼格吉乐嘎查牧民道·巴特尔，坐在自家电脑前时刻关注着开业情况。当他了解到，消费者当天就在北京火锅店品尝到他家牧场苏尼特羊新鲜的肉时，他兴奋不已地对记者说："我们家的羊肉营养丰富、口感柔滑、无膻味、味美多汁，一定会受到首都人民青睐。"

羊肉销路越广，卖得越多，牧民的收入就越高，牧民都知道这个理儿。在网上买卖东西，道·巴特尔以前只是听说。他从没想到，这么好的事儿竟然和牧民及他们的苏尼特羊肉扯上关系。"天猫商城销售的苏尼特羊肉产品，必须具备地理标志认证和溯源认证，两者缺一不可。"参与推进网络销售平台建设的苏尼特左旗财政局副局长陈晓刚说。

今年春天，在苏尼特左旗有15万只小羊羔出生1个多月就被打上了耳标，有了可追溯身份证，约占苏尼特左旗羊总出栏数的五分之一。羊戴上耳标，其产品就拥有了溯源认证。"品名：手工肉馅；重量：2.5kg；养殖户：格·孟克；品种：苏尼特羊；地理标志：锡林郭勒盟苏尼特左旗；水质：河流2条，大小湖泊1363个，其中淡水湖672个；饲草种类：饲用植物671种……"在满都拉肉食品有限公司，记者拿起一袋冷冻饺子馅，用手机扫描一下二维码，产品的信息便一览无余。

独特的地理环境，赋予了苏尼特羊肉"肉中人参"的美誉。"全国羊肉看内蒙古，内蒙古羊肉看锡盟，锡盟羊肉数苏尼特。"在苏尼特左旗，每个牧民对自己的羊肉都有这样的自信。道·巴特尔说："咱们苏尼特羊是幸福的，从小就有了身份证，每天在辽阔的草原上散步。它们的身价也比普通羊高。"打了耳标的苏尼特羊肉，在品种、产地等各方面都有了保障，企业收购时每公斤比市场价高出2元。今年，道·巴特尔卖了400只羔羊，在羊肉价格整体下跌的形势下，他却得到了不少补偿。他说："一只羊能多卖二三十块钱，这样过冬的草料钱就基本解决了。"

目前，该旗已与顺丰速运公司达成合作协议，天猫商城销售的羊肉产品，在苏尼特左旗、锡林浩特、呼和浩特、北京、上海、成都等地区实现同城配送，外地48小时内到货。

12月18日上午9点，苏尼特羊肉在天猫商城的"放心食品专营店"刚一亮相，就引起不少网民关注，截至当天17点，点击量达到1800多人次。

【例文三】综合消息

杨楠登上亚足联官网首页　建业主场改造工程顺利

因为亚冠抽签仪式，一夜之间，首次迈出国门的河南建业成为备受关注的国际级俱乐部。借抽签仪式的东风，杨楠荣幸成为登上亚足联官网首页的第一位中超俱乐部女性高层。与此同时，建业主场"金航海"的改造工程进展顺利，不出意外，一个国际级的绿茵场将在本月中下旬诞生。

作为中国足坛第一个参加亚足联重要外事活动的女老总，杨楠的到来在吉隆坡引起轰动，亚冠联赛抽签期间，亚足联官网顺势对她进行了专访。展望亚冠小组赛，杨楠表示：“像水原三星、大阪钢巴和从资格赛打上来的三支俱乐部都是亚冠联赛的常客，很有经验，所以河南建业在明年亚冠联赛中首先要做的就是集中精力备战好每一场比赛，一场一场去拼。”本赛季，杨楠曾观看过大阪钢巴与山东鲁能的亚冠小组赛，因此对这个对手记忆深刻：“从技术水平和战术水平上，我觉得大阪钢巴在这个组中实力最强，将会是我们的头号劲敌。”

此外，航海体育场自上月底开始改造工程后，在专业公司的督工下进展顺利。昨日，记者在现场看到，重新翻新的体育场内沙土工程基本结束，现在只等撒上肥料后等完全融合便可铺设草皮。据了解，由于本次改造工程是由曾参加过国家奥林匹克体育场建设的专业公司承建，对方承诺，改造后的航海体育场草皮情况为国内一流，完全具备承办任何国际大赛的资质。

【例文四】人物消息（2015年中国新闻奖二等奖）

“忠”放首位绝对听指挥　“武”当第一随时上战场
祖国强祖国昌：“忠勇孪生兄弟”10年演绎血性军人精武传奇

● 双双入选军区“猎人”集训队，练就30多种作战技能，熟练操作10多种信息化侦察装备，能飞行机降，能狙击格斗，能操舟潜水。哥哥祖国强取得山地战术、山地逃生、轻潜水、特种驾驶、特种救护5个单项第一，弟弟祖国昌取得步枪速射、意志障碍、攀崖3个单项第一，双双荣获军区“优秀猎人”勋章；

● 双双被评为军区“何祥美式爱军精武标兵”，分别两次荣立三等功，先后被评为十佳新兵、优秀士兵、全能班长、军事训练标兵、特级战斗员，荣获全军士官优秀人才奖，数十次参加重大演训任务，次次带“尖刀班”“突击队”；

● 双双被评为优秀“四会”教练员、优秀带兵骨干，被特聘为“猎人教官”“特战武教头”。兄弟俩从入伍第三年起，先后担任“钢七连”9个步兵战斗班中8个班的班长、3次代理排长，带出26名班长骨干、200多名优秀新兵。

本报讯　打仗亲兄弟，上阵龙虎兵。1月下旬，记者在驻闽某团“钢七连”采访到这样一对孪生兄弟：同样的身高，同样的长相，同样的忠诚，同样的勇猛，演绎同样的精武传奇。四班长祖国强、一班长祖国昌，“忠”放首位绝对听指挥，“武”当第一随时上战场，好一对“忠勇孪生兄弟”！

铁心跟党，忠诚报国，他们的信念坚如磐石！

祖国强、祖国昌原名祖自强、祖自昌，出生在沂蒙革命老区一个农民家庭，听着《沂蒙山小调》和“沂蒙红嫂”的故事长大。兄弟俩的祖爷爷为报八路军救命之恩，让子孙参军报国；爷爷参加民兵团，一干就是27年；父亲3次报名参军，因身体不合格终未如愿。1989年1月15日，弥留之际的爷爷含泪叮嘱儿子：“大孙子自强改名国强，小二自昌改名国昌……长大都当兵去！”

2004年12月，兄弟俩承载着四代人的梦想，入伍来到英雄的“钢七连”。光荣的战史、铁血的英雄、忠诚的誓言，不断擦亮兄弟俩铁心跟党、精忠报国的忠诚底色，更加坚定上战场、打胜仗、当英雄的信念决心。当兵 10 年，面对进退走留、父母生病、大龄未婚、身体受伤、生死考验等许多困难挫折，兄弟俩始终没有动摇强军报国的坚定信念，以个人的牺牲奉献演绎血性军人的忠诚无敌，被大家公认是干部的帮手、训练的能手、比武的高手、带兵的好手。

精武为战，勇必胜敌，他们的追求义无反顾！

在“钢七连”，官兵们最佩服兄弟俩“且把今生磨一剑”的定力、壮士“视死忽如归”的勇气、“功名只向马上取”的豪情。刚入伍时，兄弟俩的军事素质全连倒数。“只要练不死，就往死里练。”兄弟俩每天除了睡觉连续 3 年腿上始终绑着负重沙袋，训练投弹一个月拉断两根背包带，练习单杠胳膊肿得赶上小腿粗，不断挑战卓越、自我超越、实现跨越。当兵第三年，兄弟俩双双入选军区“猎人”集训队，哥哥祖国强跑掉了脚趾盖，弟弟祖国昌严重摔伤腰部，他俩仍以顽强的意志捍卫军人荣誉，双双以全优成绩荣获“优秀猎人”勋章。当兵 10 年，兄弟俩数十次参加重大演训任务和比武考核，所带班次次都是“尖刀班”，多次折桂夺魁。

“训练是唯一乐趣，打仗是唯一专业，打赢是唯一追求。”某师政委陈登铝告诉记者，当兵 10 年，兄弟俩在步兵连队服役，却早把目光聚焦在未来战场，练就一身“三栖”特战本领。记者采访时，“钢七连”被团里确定为“步兵特战化”试点单位，刚刚被师考评为“特级战斗员”的兄弟俩，当仁不让地入选“特战武教头”。

【例文五】评述消息（2013 年第二十三届中国新闻奖一等奖）

唯有走在变化之前

——从乐凯胶卷停产、泊头火柴破产说开去

时隔不到两天，就在我们身边，两家曾经赫赫有名的企业传出的消息撩动了人们的神经：

乐凯胶卷把曾经的辉煌永远定格到“底片”中——9 月 4 日，乐凯胶片股份有限公司发布公告称，由于数码影像对银盐影像产品的冲击，决定停止彩色胶卷的生产。

泊头火柴再也擦不出自己希望的“火花”——9 月 6 日，河北泊头火柴有限公司举行资产处置拍卖会，最后一批设备被拍卖，这标志着亚洲最大的火柴厂彻底走进历史。

胶卷和火柴，不只是两种产品，它们已经化身为一个时代的符号、人们生活的记忆。欢乐时刻，多少美好的瞬间定格在那一盒胶片中；漆黑夜晚，火柴盒上擦出的火花又带来了多少温暖和光亮。

乐凯胶卷，泊头火柴，当其盛时，何其壮哉！前者曾经扛起了民族感光工业的大旗，当之无愧地成为“中国胶卷之王”；后者则改写了国人依赖“洋火”的历史，并凭借先进的技术在火柴行业长期领跑。

再好的产品，再大的企业，一旦追赶不上时代发展的潮流，结果只有一个：出局。

对于乐凯胶卷停产、泊头火柴破产，人们扼腕痛惜，颇有“此天之亡我，非战之罪也”的悲壮。数码浪潮的冲击，别说乐凯，全球胶卷行业的“老大”柯达也没能扛住。打火机、电子打火器等替代品纷至沓来，泊头火柴破产似乎也是命中注定。然而，

这注定是难以逃脱的宿命吗？

胶卷退出了舞台，生产胶卷的企业并非一定没落；火柴淡出了生活，生产火柴的企业也并非注定破产。我们不禁想起了荷兰人引以为傲的飞利浦，这家世界上最大的电子公司之一，100 多年前以生产碳丝灯泡起家。碳丝灯泡早已成为博物馆里的展物，生产碳丝灯泡的飞利浦按说有无数个理由退出历史舞台。可贵的是，飞利浦没有把自己局限在传统的照明领域，而是在 20 世纪的科技巨变中不断超越自我，先后发明了第一台电视机、卡式录音机、CD 机等。如今飞利浦不仅是全球第一大照明公司，还是全球第一大医疗系统公司、第一大电动剃须刀生产商等。

美国作家爱迪斯在《企业生命周期》中说："所有的企业都是一次生命的历程，都会有诞生、成长、成熟、衰落的过程，所不同的是，有些企业能够将其中的成长与成熟阶段无限延长。"在技术革命日新月异的时代，大者并非恒大，强者并非愈强，欲求基业长青，唯有求新求变，不断超越自我。

一位知名企业家曾经这样感叹："要打造百年老店就需要永远创新，守，永远守不住。"一扇门关上的同时，另一扇门往往已经打开；一个机遇消失的时候，另一个机遇或许正在招手。很多企业发现不了另一扇门，看不到另一个机遇，正是因为有"守"的惰性。在这方面，柯达就是一个教训。柯达一度拥有世界胶卷市场 2/3 的份额，在很多企业绞尽脑汁调整乃至更替核心业务的时候，柯达却继续躺在胶卷丰厚的利润上睡觉，尘封了自己已经掌握的数码成像技术。当它被数字化浪潮拍醒时，已经时过境迁、大势已去。

令人欣慰的是，泊头火柴虽然走到了尽头，乐凯胶卷却在全力转型。对于任何一家企业而言，它的产品或许会失去市场，它的技术或许会落后于时代，但是机遇之门却永远敞开着。只要善于发现机遇、抓住机遇，还可以生产出更具市场竞争力的新产品，研发出更具前瞻性的新技术。我们期待乐凯"转"出一片新天地！

早转型，就主动；晚转型，就被动。求新求变的意识和转型升级的压力，应当始终伴随着企业的发展成长。河北还有一家百年企业——享有"中国煤炭工业源头"盛誉的开滦集团。这些年，尽管挖煤让日子过得还不错，却主动走上了转型之路，大力发展现代物流、文化旅游、高端装备制造等产业，非煤产业比重占到企业经济总量的 78%。主动转型让百年开滦重新充满活力，今年 7 月，开滦集团首次进入世界 500 强榜单。我们相信，即便某一天煤竭矿衰，开滦集团也不必惊慌，因为它已经凭借转型跳出了资源型企业的兴衰周期律。

身处一个转型的时代，唯有"变"是永远不变的，正如"现代管理学之父"彼得·德鲁克所言："没有人能够左右变化，唯有走在变化之前。"乐凯胶卷停产，泊头火柴破产，我们期待更多的企业从中得到警示，并努力走在变化之前。

第三节　通讯

所谓通讯，是指运用叙述、描写、抒情、议论等多种手段，较为详细、生动地报道新闻事件和人物风貌的新闻体裁。通讯又称"通信"，一般来说，它的篇幅比消息长，长篇通讯甚至可以洋洋洒洒占报纸的一整版。通讯是记叙文的一种，是报社、广播电台、通讯社常用的文体。

一、通讯的特点

1. 新闻性

通讯的新闻性特点，决定了它的内容必须真实，不得虚构；报道仍需讲究时效性；新闻的五要素（即新闻的时间、地点、人物、事情经过和事情发生的原因必须具体、真实），也要贯穿在行文中。

2. 评论性

通讯的作者可以通过夹叙夹议的手法，直接站出来揭示事件的意义，表明看法与观点，流露倾向和情感。

3. 形象性

通讯的写作方法比较自由，可以摹写，可以抒情，也可以对话；既可以展开情节，也可以描写人物，还可以刻画环境。

二、通讯的分类

1. 人物通讯

写人物是通讯的一大特点。它既可以写个人，也可以写群像。通过对先进的、有真善美德行人物的报道，为社会树立正气和典型，以鞭挞“假恶丑”。

2. 事件通讯

对社会公众渴望了解的新闻事件进行比较全面、具体且形象的报道，是事件通讯的任务。应注意的是，事件并不是孤立的，事件离不开人，因此事件通讯中也要将人和事件结合起来写。

3. 工作通讯

通过对各行各业有代表性的和典型意义的工作的报道，起启发、指导和推动工作的作用。

4. 概貌通讯

记叙社会变化、风土人情和建设状况的通讯报道。一般是反映一个地区、一个单位或一个部门的面貌。

5. 主题通讯

按照某一主题的需要，突破地区、行业、部门的界限，将一些性质相同的材料组合在一起，为表达一个主题服务。

6. 专访

对社会上的新闻人物进行专题采访。

7. 特写

这是借助影视艺术中的同名术语的通讯形式。“特写”即影视拍摄中一个聚焦的、细部的镜头，旨在造成突出和强调的效果。新闻里的特写也是如此。它篇幅不大，要求选材高度集中，一事一写。

三、通讯的结构及写作要点

（一）通讯的结构

通讯的结构灵活多样，不拘一格。根据不同的内容需要，可以灵活安排，即便同样的内容，也允许和提倡不同的布局安排。

（二）通讯的写作要点

1. 深入采访，选择典型

要在新闻事实中搜寻为社会和人们关心的典型事件和典型人物，进行去伪存真、由表及里的深入探究，从中挖掘出有意义的事实，加以报道。

选择典型事件和典型人物有下列三个方面的标准：

第一，是否能推动经济、政治和文化的进步与发展，即对社会是否有益。

第二，是否为公众注意和关心，即是否具有代表性，是否具有普遍意义和普遍的适用性，对社会的启迪、指导和示范作用怎样。

第三，典型的事件和典型的人物本身是否有具体的情节、感人的细节、生动的事实等。

2. 反复思考，提炼主题

主题是通讯作品的灵魂。有了灵魂，我们取舍材料、布局谋篇、遣词造句就有了依靠。

在确立主题时，既要考虑现实生活的需要，服务于当今社会，也要思量人类生存中永恒的法则。

3. 展开情节，摹写人物

展开事情的变化和经过，描写人物的风貌和感情，是通讯在写作方法上的一个特点。要鉴别全部的事实材料，选用那些能表现主题和人物特色的情节。要将生动的具体材料和背景性的、说明性的概括材料交织起来，做到详略得当，疏密相间。

4. 锤炼语言，形象生动

写通讯可以综合应用各种修辞方法，使事件活灵活现，人物栩栩如生。除了要注意语言的准确、精练以外，形象生动则是提高可读性的一大要素。

四、例文

【例文一】2014 年第二十四届新闻奖一等奖

82 名代表“接力”叫停坝光电厂

李舒瑜

坝光燃煤发电厂项目被紧急叫停，深圳湾系列治污正在铺开，香港政务司司长林郑月娥就深圳居民受到香港垃圾堆填区火灾影响作出“不好意思”的回应……

这些与市民息息相关的“大事件”的背后，都有一股共同的力量在推动——人大代表。过去一年，代表关注民意主动履职的热情高涨。黄亚英代表的这句话说出了他们的共同感受：“代表要当‘铁匠’，敢于碰硬；不当‘泥水匠’，专门‘和稀泥’。”

推动坝光电厂项目另行选址

被称为深圳最美乡村的坝光，拟建燃煤发电厂。去年5月，市政协委员的微博率先“曝光”了这一项目，一石引发千重浪。

“我吃了一惊。建设燃煤电厂不仅不符合深圳东部建设国际性滨海旅游度假区的功能定位，也不符合我市节能减排的客观要求，得不偿失！”郑学定代表回忆起得知这个消息后的第一反应。他立即查阅相关材料，发现去年拟建重大项目中果然有这个项目。

6月28日，经过多次实地调研，郑学定领衔43名市人大代表在闭会期间提交《关于撤销深圳能源滨海电厂项目的建议》。随后，杨勤、王文若等39名市人大代表又分别提交两份建议，声援郑学定等代表。这两批人大代表人数约占深圳市人大代表总数的五分之一，这在市人大的历史上少有，引发社会强烈关注。

在代表的推动下，事情向着民意方面发展。市规划国土委在建议回复中表示赞同代表的意见。8月1日，新鲜“出炉”的《深圳大气环境质量提升计划》提出“原则上不再新建燃煤电厂”。8月底，市发改委在建议回复中一锤定音——停止滨海电厂项目在深开展前期工作，另行选址建设。

多位网络意见领袖在微博发帖：“恭喜深圳市民！”并认为这是“官民互动的范本，民主监督的力量”。

推动加大深圳湾治污力度

东滨路，深圳湾畔，随着污水处理应急实验设施的启用，水质得到了较大的改观。附近有居民说：“已经一段时间没有闻到臭味了。”

半年以前，情况大不相同。由于上游管网不完善、非法捕捞等多方面原因，地处我市核心位置的深圳湾已开始“发黑发臭”，海水水质连续多年为“劣四类”。

“不能让这片美丽的海湾再黑臭下去了！”从去年10月开始，由李继朝、杨勤牵头，代表们十多次到深圳湾调研。一开始，事情的进展并不顺利。代表约谈七个部门，只有三个到场，约谈的答复也并不尽如人意。

代表们锲而不舍地明察暗访，摸清深圳湾31个排水管道至少6个污水直排，并提出深圳湾排污许可为何监管缺位等八大问题，经媒体报道后引发社会关注。

去年10月30日下午，广东省委常委、市委书记王荣针对人大代表和社会舆论关注的深圳湾污染问题，在未事先打招呼的情况下，用两个小时的时间步行、骑车暗访并现场办公，推动加大深圳湾治污力度。当前，临时污水处理装置正在试验阶段，工业八路截污干管将于明年年底前投入使用，长期悬而未决的污水直排问题有望得到破解。

前不久，记者随代表们再赴深圳湾调研，他们对有关部门的治污力度表示基本满意。“这还远未到‘开香槟’的时候，我们会一直‘追着不放’，督促有关部门加大力度，尽快还市民一个美丽的深圳湾。”李继朝代表说。

人大与媒体监督紧密结合

上述这样的例子还有很多。针对近期频发的伤害医生案件，代表们主动提议举办创建和谐医疗环境座谈会，推动我市启动相关立法项目；青岛中石化输油管道爆炸事件后，我市10多名人大代表自发来到位于蛇口的东角头油气库调研，呼吁尽快组织油库搬迁，还周边数十万居民安全的生活环境……

杨勤是一家企业的老总，也是最活跃的代表之一，几乎参与了所有代表自发组织的监督活动。记者曾开玩笑地问他：“不用管公司了吗？”这位代表回答：“只有晚上加加班了。”为什么如此不计成本地投入代表活动中？“当代表，就要当‘民意代表’，不能当成‘名义代表’。”

郑学定代表总结，“媒体+代表”的模式，是一年来我市人大代表履职的最大特点。他认为，这种模式为深圳日后解决公共焦点问题提供了途径。

前不久，杨勤牵头，组建了一个人大代表媒体微信群，目前，已有代表和媒体百余人参与其中，代表的声音得以迅速放大。“监督权是宪法赋予人大的一项重要职权，当人大的监督与媒体的监督结合起来，犹如‘双剑合璧’，威力倍增。”

“代表依法履职应该受到支持和保护。”市人大常委会主任白天对深圳代表履职热情高表示肯定，他认为这反映了深圳代表乐于奉献和敢于担当，“我为深圳的代表感到骄傲。”

（本文刊发于2014年1月22日《深圳特区报》）

【例文二】2015年第二十五届新闻奖一等奖

一水激活万水流

记者 李新民 李大川 高大伟

河湖连通水丰沛，
鹤飞羊欢生态归。
花鲜荷青沃野风，
西部美景令人醉。

这是时任省长巴音朝鲁在今年5月26日《吉林日报》“河湖连通”新闻图片专刊上有感写下的诗句。诗情飞扬，寄托着吉林西部“水至绿来，一通百通”的瑰丽梦想。

河湖连通，一个充满想象力的词汇。

河湖连通，一篇写满梦想的文章。

它是如何从一个宏大的战略构想化身成一个大地上的奇迹？

瀚海一水一重天

“一进洮南府，每天二两土。白天吃不够，晚上还得补。”

——白城昔日民谣

季节性泛滥，长期性干旱。水，是吉林西部多年来苦苦不得其解，又不得不解的难题。怎样管水？怎样用水？这是一个考验我们智慧与胆识的科学命题。

白沙滩，“河湖连通”四大水源工程之一——“引嫩入白”水利工程的起点。在这里，自北而来的嫩江水被提升进入上百公里的沟渠，一路流向城市，流向灌区，流向湿地。

流动的水让这片土地滋润起来，生动起来。

嫩江，蒙古语为碧绿的江，这个充满绿意的名字承载着世代居住在这里的人们的绿色梦想。

站在嫩江之畔，遥想当年，这片土地的景色全然与干旱无关。直至上世纪五六十年代，这里依然水草丰茂，湿地众多。

星罗棋布在八百里瀚海的数百个天然湖泊沼泽，向我们述说着这里过去独特的生态系统：丰水期，地上水蓄满湖泊泡沼；枯水期，地下水默默滋养大地农田。河与湖之间循环连通，天与地之间循环反复，年复一年，生生不息。

深秋的莫莫格，眼前的美景似乎在证明着这种生态规律的"回归"。几千只白鹤，在天空翱翔，在水波中踱步，在苇海间穿行……

向南100多公里以外的向海，是另一番繁茂景象：湖上水鸟低飞，岸上黄榆静立，苇荡芦花飞扬……

这一派生机盎然，很难让人想到被誉为"吉林西部之肾"的向海和莫莫格两大湿地，此前一度濒临枯萎的边缘。

"1998年洪水后，连年干旱，向海原有的22个湖泊泡沼多数干枯，湿地由3.6万公顷减少到3000多公顷，减少90%还多。"白城市水利局副局长张柏良说起历史非常痛惜。几年前，莫莫格湿地面积也一度缩小70%，水鸟由100多种减少至50多种。

西部是我省重要的生态屏障，而如今，长年干旱已让这里成为全省生态环境最脆弱的地区。

"从长春去白城，长春下雨，到农安变阴天，到白城就晴天。"这描述真实地反映出我省西部的生态状况。

缺水不等于没水！一方面干旱造成生态急剧恶化，另一方面过境的江河每年汛期的洪水屡屡为患。

1998年抗洪、2010年抗洪、2013年抗洪……我们记忆中那些惊心动魄的抗洪场景几乎都发生在白城。

十年九旱，却又年年防洪。很难想象，这么矛盾的场景在这里反复上演。

"嫩江年年闹水，而江坝两公里之外就闹干旱，水白白流走了。"一位参加过月亮泡抗洪的老水利工作者手指嫩江无限感慨。

白城有自然泡沼700多个、大中小水库25座，大多干涸，而每年从这片土地流走的洪水资源平均径流高达200多亿立方米。1998年吉林发生特大洪水，从镇赉过境的洪水就有14亿立方米，转眼1999年镇赉开始大旱，无水可用。

"如果能把这些过境的洪水资源利用起来，让河湖连通起来，用洪水来给这些散落在退化草原和盐碱地上的泡沼补水，这正是顺其自然！"省水利厅厅长宿政和很多水利人开始了深深的思考。

"湿地又活了过来！"10月16日上午，在向海水库一场闸，从向海水库放出来的清水沿着幸福渠浩荡远去，它们的目的地兴隆水库此前曾经干涸了12年。通榆县委书记孙洪君手指幸福渠激动地说："通榆县历来在白城最旱，降雨最少，据观测，今年地下水位升高了1米左右，平均降水量现在已接近500毫米，没有'河湖连通'工程这绝对不可想象。"

通过"河湖连通"工程，白城累计为向海、莫莫格补水6亿多立方米，恢复湿地近4万公顷。

"湿地好不好，关键看水鸟"。补水后莫莫格湿地鸟类种类增长近50%，白鹤由

2000 年以前的 500 多只增加到现在的 3800 多只，约占世界种群数量的 95%以上，停歇时间和种群数量都堪称世界之最，成为全世界最大的白鹤迁徙停歇地。

补水后向海湿地日渐水草丰茂，多年不见的东方白鹳、白头鹤等珍稀物种重回向海湿地，小天鹅一下来了 600 多只。

兴衰盈盈一水间

“没有青山绿野，净沙包子；没有秀湖碧水，净碱泡子；没有绿草鲜花，净土蒿子；没有珍禽异兽，净兔猫子；没有俊男美女，净弯腰子……”（注：净，东北方言，意为“全是”。）

——白城民间顺口溜

从打井抗旱、筑坝防洪，到河湖连通、治水用水，生态引发的问题就要从生态这个“根”上解决。引水为赢，有水则兴。这是一场从根本上决定西部命运的观念的革命。

月亮泡，洮儿河经此汇入嫩江。这里是吉林省年年防洪的重点，一到汛期，住在 6 号坝下的群众没人能睡得了安稳觉。

2013 年汛期，洮儿河发生了自 1998 年以来的最大洪水，嫩江发生了二十年一遇的洪水。月亮泡无法向嫩江泄洪，最高水位达到 133.57 米，而 6 号坝坝顶最高程仅为 134.50 米。6 号坝岌岌可危，坝下群众生命财产安全受到严重威胁。

“河湖连通”的分洪功能立下大功！8 月 25 日，水库开闸泄洪，共分流洮儿河洪水 4 亿立方米，降低月亮泡水库水位近 1.1 米，如果不分水，后果不敢想象。

“河湖连通”工程的先行先试让白城尝到了“甜头儿”。

2013 年和 2014 年，白城市在全省率先启动了“河湖连通”工程一批应急试点工程，把 45 个泡沼与河流连接起来，至目前已增加蓄水量 9 亿立方米，改善和恢复湿地面积 5.5 万公顷，恢复草原、芦苇面积 6 万公顷。

景美了，人也乐了。“河湖连通”不仅是水利工程，也是地地道道的民生工程、“生态富民”工程。

在向海雁鸣湖，数万只本地独有的“向海雁”掠过水面低飞，蔚为壮观。这是通榆县向海蒙古族乡利民村村民崔本军养雁的“大本营”，他是七八万只大雁的主人。“一只雁养 4 个月就可出售，去了成本利润 200 元没问题，养 100 只就能挣 2 万元。”在他的带动下，周边许多农民跟着养雁，形成了规模可观的产业。

有水了，恢复勃勃生机的不仅仅是湿地。

两年时间，白城增加水面面积 180 万亩，今年渔业产量预计 3.3 万吨，是 14 年来最高产量。

“风沙小了。”这是白城市林业局副局长肖凤祥直观的感受。

“草原的草平均高了 2 厘米。”白城畜牧局副局长张春雨说，“现在草原沙化、碱化速度明显减慢，鹰多了，治鼠不用放药。”

白城市农委副调研员于洪翔难掩兴奋：“今年虽然有旱情，但‘河湖连通’工程保证了灌溉水源充足，收成反较往年好很多。”

2013 年白城全市平均降雨量 459.7 毫米，比历年同期多 75.9 毫米，今年降雨量有望超过 500 毫米。2013 年白城全市地下水平均上涨 1.02 米，粮食产量 82.05 亿斤，是历史最高产量。

今年又是一个丰收年。

一水奔腾绿尽来

“风沙干旱碱，谁干谁打脸。”

“大白桃，镇痛片，风沙遍地没个干。”（注：大（大安），白（白城），桃（洮南），镇（镇赉），痛（通榆））

——白城基层干部间流传的顺口溜

搞生态，兴水利，建设生态文明，不是政绩工程，不是短期行为，需要一任接一任，一代接一代，持续不断往下干。这是一条充满希望的发展之路。

曾经为水而困，如今因水而兴。

5月份开闸引水的白城运河穿越白城市区，让这座城市顿时多了几分灵动。在白城生态新区，白城市民的第一个亲水平台——鹤鸣湖，引来了地产巨擘碧桂园在此扎根。白城，正从“灰色之城”变成“绿色之城”。

“河湖连通”带来的变化让市委书记李晋修对白城的未来充满信心。他认为，发展生态与发展经济并不矛盾，只有生态好了经济才能真正发展上去。白城“河湖连通”工程的实践证明，生态之路在西部既行得通，也能走得好。

“河湖连通”工程就是在白城、松原及长春等10个县（市、区），依托自然河湖水系及已建重大水利工程，新建、改建、扩建渠道，构建引、蓄、灌、排、提相结合的“河湖连通”工程体系，将河流洪水期富余的水量和灌区退水引到天然湖泡中存蓄起来，形成河网密布、集中连片、河湖互动、动态平衡的生态体系。

吉林是粮食大省，是国家重要的商品粮基地。连年增产之后我们不仅要问：下一步向哪里要增产？

答案只有一个：西部，只有那里还有大片待开发的土地。

前提只有一个：必须解决水的问题！

有了水，通过“土地整理工程”会增加土地；有了水，缓解干旱会节约成本增加产量。

吉林省粮食增产的最大潜力在西部！西部将成为吉林乃至全国新的米粮仓、鱼米乡。

“河湖连通”，一篇写满希望的绿色发展的大文章。

这既是囿于西部干旱缺水的恶劣生态现实的“命题文章”，也是破解西部未来发展之路命题的“破题文章”。

西部未来发展思路越来越清晰：如果生态环境改善，西部的资源条件、发展基础将转变为巨大的产业和经济优势。西部走生态之路，既是解困，更是升级；既是求生存，更是求发展。

2013年6月，时任省长巴音朝鲁主持召开西部生态经济区规划座谈会，决定启动实施这一重大生态水利工程。

今年4月，国务院常务会议将“河湖连通”工程列入“十三五”期间建设的国家重点水利项目，同时作为近期国务院支持东北振兴的重大举措。

省委书记巴音朝鲁强调，要把“河湖连通”工程作为西部生态区建设的重要支撑，作为改善西部生态环境、稳步实现粮食增产的重点工程，加快推进实施。

省长蒋超良要求，把“河湖连通”工程作为西部生态经济区建设、修复生态环境的重要抓手大力推进实施，确保见到实效。

省委、省政府分管领导高度重视，具体组织推动，与有关部门统筹谋划，研究落实重点项目，积极争取纳入国家规划。水利、发改等有关部门和白城、松原等有关市县作为一件大事，全力以赴抓好落实。

“河湖连通”，这一国家重大水利战略构想，吉林率先破题。

目前，“河湖连通”工程的四大水源工程：引嫩入白、大安灌区、哈达山水利枢纽、引洮分洪入向，已进入全面收尾阶段；全省 14 个“河湖连通”应急试点工程已全面开工……

到 2020 年，“河湖连通”工程全面完工时，将体现出显著的生态效益、经济效益和社会效益。规划区内湖泡湿地总面积将达 5300 平方公里，相当于上世纪 50 年代 70%以上的水平。

一水激活万水流。“河湖连通”工程将成为吉林粮食增产的砝码、生态农业的标杆、生态文明建设的里程碑。

“西部美景令人醉”，一个河湖互济、渔兴牧旺、草茂粮丰、碧水蓝天、人水和谐的美丽西部将精彩呈现。

【例文三】2013 年第二十三届中国新闻奖一等奖

老红军和他的三个兵

12 月 3 日，记者来到家住鞍山干休所的老红军余新元家。走进客厅，一幅雷锋的照片出现在眼前，雷锋的嘴角挂着微笑，像是在和我们打招呼。“我就是余新元！”犹如洪钟响过，一双大手捂住了记者的手。落座后，记者同余老像多年未见的老朋友一样，亲热地唠了起来。

“送”自己去当兵

余老先是轻描淡写地谈了自己当兵后的 76 年。

“1936 年 10 月，红军来到会宁，会宁离我家不远。毛主席也来了，他讲话我去听过，好多话我没大听懂，但他说红军是咱穷人的队伍，这句话我听懂了。所以，我把放羊的鞭子一扔，当了兵。那时，我差一个月满 13 岁。”

“我参加过大小 500 余次战斗。黄土岭战役，左腿被敌人机枪打成了马蜂窝，是白求恩主刀保住了我的腿；狼牙山反扫荡中，我与‘狼牙山五壮士’同在一个团，受伤后昏迷了 200 多天；百团大战中，我的屁股被炮弹炸出 7 个眼儿……”

“我是 1981 年离休的，最后一站是鞍山军分区副政委。退休 30 多年来就干了一件事儿——宣传雷锋。你看，我的聘书，一铁箱子都装不下。我是全国 146 所大中小学校的校外辅导员，还是多家单位的党课教员和顾问。30 年间，我作雷锋专题报告、上党课 4000 多场，听众差不多有 400 万人……”

送雷锋去当兵

接着，余老流着眼泪谈了送雷锋当兵的经过。

“1959年底雷锋报名参军，当时我是辽阳市武装部政委。雷锋身高和体重都差一点点，评议时被拿了下来。我问小雷子，你现在拿38元8角5分工资，不是挣得挺多吗？雷锋回答说：‘我报名参军是想到前方打仗。’听了雷锋的话，我一连叫了几声好。后来，雷锋搬到我家来住，一住就是58天。有一天改善伙食吃菜包子，我问雷锋：‘你当兵爸妈同意吗？’雷锋把刚咬了两口的菜包子放下了，眼里全是泪水。雷锋是最后一个穿上军装的，那天他可高兴了。他对我和老伴说：‘首长，让我叫你一声爸爸吧！阿姨，让我叫你一声妈妈吧！’走那天，我老伴给他买了背心、裤衩、毛巾，一直把他送到车站，嘱咐说：‘小雷子啊，阿姨希望你到部队好好干，当毛主席的好战士。’”

“雷锋牺牲的消息我是在《前进报》上看到的。我老伴把报纸递给我，流着泪说：‘咱那儿子走了！’想到雷锋和我们全家相处的日子，想到跟雷锋经历的那些往事，我们全家人都哭了，连中午饭都没吃……”

送郭明义去当兵

再接着，余老笑着谈起了送郭明义当兵的经过。

“1976年底，有一天郭明义的父亲来到我这，没进门就喊：‘老政委啊，我来找你来啦！’见到他，我就乐了。我说：‘啥事啊？’他爸说：‘我今天来没别的事儿，就是送我儿子郭明义当兵。’我问，检查上了吗？他爸说，检查上啦！我说，检查上了不就行了嘛！他爸摇着头说，不行不行，今年检查上的可多了，听说走得少，反正你得让我儿子走上！我说，你怎么跟当年雷锋一样的调，还赖上我了是不是。我拿起电话，打给军分区动员科科长车文普，问了一下郭明义的情况。小车说，郭明义体检、政审都过关了。我说，郭明义他爸、他叔是鞍钢工人出身，郭明义是个好苗子，部队需要这样的。”

“新兵出发时，郭明义代表全体新兵发言。郭明义精瘦精瘦的，说话倒很有力量：‘我们要向雷锋学习，做毛主席的好战士！’前些日子，郭明义到我家来，我对他说，当雷锋传人，不能当带引号的，你说我说得对不对？郭明义说，对！对！”

送老儿子去当兵

最后，余老神情严肃地又谈起了老儿子余锦旗。

“孩子们对自己要求都挺严，从不干越格的事儿，大格小格都不越。老儿子余锦旗1978年当兵，到部队后他给我写信，让我找人调动调动。我回信写了11页纸，我说你别埋怨老爹对你要求严，你不要和别人比，要和雷锋比。老儿子看我不开口，就闷着头干了下去。这小子干得还行，入伍一年多就被评为军区装甲兵优秀共青团员，入伍第二年就入了党，还当上了班长。1981年年底，老儿子退伍回来被分到鞍钢最北的选矿场当工人。后来，公安局选警察，他被选中了。老儿子对我说：‘老爹，我最后一次求你，找人说句话，让我进一个条件好一点的公安分局。’我摇了摇头。结果，老儿子被分到鞍山郊区一个分局，当上了一名侦查员。你知道干这行很危险，我天天担心。老儿子干得挺出色，被评为全国优秀人民警察、鞍山市劳动模范、辽宁省优秀青年卫士等，荣誉标兵得了一大堆！”

告别余老时，余老和记者来了个拥抱。他把脸贴在我的脸上，紧紧的，紧紧的，一股暖流涌遍我的全身……

特约记者　杜树人

【思考与练习】

1. 下面两组新闻都是以相同点的事件为报道内容，试比较其导语的优劣。

（1）我国政府最近颁布了一项计划生育政策，即一对夫妇只准生两个孩子，最好只生一个。

——新华社

生两个好，生一个更好——这就是中国政府和中国共产党制定的生娃娃的新政策。

——路透社

（2）中国外科大夫采用新的接骨方法来治疗良性和恶性的骨肿瘤。

——新华社

新华社今天宣布，中国外科大夫采用新方法，从死尸那里把骨组织移植到活着的病人身上，来治疗良性和恶性的骨肿瘤。

——法新社

2. 下面是选自《光明日报》的 4 条消息的标题，请在分析标题所报道的事实之间的内在联系的基础上，写一则 100 字左右的新闻短评。

外交部发言人：谷歌若撤出不会影响中国的投资环境。

澳联邦通讯部长表示：网络不能独立于法律之外！

瑞士：坚决严打（网络）“黄毒”信息！

互联网凝聚慈善力量，网民掀起抗旱捐助高潮！

3. 根据下列新闻事实材料，按新闻报道的基本要求，写作完整的消息。字数 550～600 字。

针对公开拘留村民之举“漠视人权与相关司法规定”的质疑，陕西省安康市汉滨区区委宣传部 6 日晚发给媒体一份“情况通报”。

“情况通报”称：“在非常时期采取非常措施，对暴力犯罪、严重刑事犯罪以及造成重大影响的典型案件，通过公开曝光的形式震慑犯罪，教育群众，及时消除不良社会影响，社会效果明显，起到了很好的普法宣传作用。”

2010 年 11 月 2 日，陕西省安康市汉滨区区委、区政府召开公开处理大会，宣布拘留 17 名“阻挠重点工程建设”的村民。公开处理大会上，这 17 名村民被民警反剪双手站在主席台下，身穿橙色或绿色马甲，胸前挂着块牌子，上面写着涉嫌的罪名或违法行为和各人名字。此举随即遭到广泛质疑。

“情况通报”称，10 月 31 日 7 时许，磨河村 2 组部分村民，因对“7·18 洪灾”后造成的“十天”高速公路建设工地山体滑坡而引发的土地补偿问题不满，聚众封堵村级主干道，影响村民正常的道路通行和国家重点工程建设项目施工车辆通行长达 3 个小时。

派出所民警接警后，在疏通道路时遭到磨河村村民的袭击，致 3 名民警受伤。村民还抢走民警用于工作取证的摄像机。部分村民不顾救灾重建大局，反倒借机生事，阻挠国家重点工程建设项目建设施工，公然袭警，暴力抗法，其行为涉嫌妨害公务罪。

村民为何会去“阻挠重大工程建设”，“情况通报”语焉不详。而据磨河村村支书王信平介绍，施工方“西安萌兴公司”的建设土方把村民水田掩埋了十几亩。村民们向“西安萌兴公司”要赔偿，施工方给了村民一个承诺书，说10月30日前落实赔偿，按照每亩1.8万元的标准赔偿，这也是当地征地赔偿的一贯标准。

但到了当日，施工方改变了承诺，说一亩地只赔偿4800元，四五十名村民不满，“就占据了施工方的施工便道，不准车辆通行。”王信平说，民警前来协调，协调不成，便要抓人，村民们不让抓，双方便发生冲突。

北京市问天律师事务所知名公益律师周泽表示，“公开拘留”的做法是违法的。最高人民法院、最高人民检察院和公安部1988年在《关于坚决制止将已决犯、未决犯游街示众的通知》中称，将已决犯、未决犯游街示众的做法是违法的，必须坚决制止。

4．阅读下列材料，按要求做题。

材料：记者从××市房产局了解到，××市自2003年推行廉租住房制度以来，分别通过对承租公有住房的住户租金核减，对孤、老、病、残及急需救助特困家庭配房租赁，对人均住房使用面积6平方米以下的一般困难家庭租金补贴，按10平方米减去现有人均住房面积的差额确定补贴面积，每人每月1平方米补贴6元。已共计解决了1.64万户最低收入家庭住房困难。

今年，市政府提出6平方米以下的低保户年内基本实现应保尽保的工作目标，截至目前已全部落实到位。其中，享受租金补贴的7959户低保户家庭已一次性领取下半年住房租金补贴608.89万元。这次领取住房租金补贴的7959户中，A区1324户，B区2558户，C区2489户，D区577户，E区664户，F区174户，G区159户，H区14户。至此，该市发放补贴金的范围已全面覆盖低保住房困难家庭。

据统计，该市住房困难的低保家庭约2万户，“十一五”期间，该市还将投入3亿元，继续解决低收入群体的住房困难。

将以上的材料改写成一篇消息。

要求：采用倒金字塔结构，字数不少于300字，注意拟好标题、电头、导语，文字通顺，层次清晰。

5．阅读下列四则材料，按要求答题。

材料一：

强化湖泊治理，实现排污口全面截污。武汉市市长阮成发表示，武汉将切实履行《长江流域环境保护宣言》，促进长江流域可持续发展。

阮成发介绍，武汉将彰显城市宜居生态功能，推进“两江四岸”综合整治，加快实施清水入湖和水网连通工程，重点推进汉阳六湖连通、武昌大东湖生态水网构建工程。同时加强水环境治理，加快污水处理厂特别是远城区污水处理厂建设，尽快实现污水全收集全处理。此外他透露，武汉将发挥在环保技术、产业等方面的优势，申请设立环保产业高新技术开发区，设立环保产业投资基金，努力建设国家环保产业基地。

武汉市常务副市长袁善腊告诉记者，已启动的大东湖水网工程，投入高达87亿元，是武汉市投入最大的环境治理工程。这足见武汉保护母亲河的决心。

材料二：

重庆地处三峡库区，库区水质关系到长江中下游地区几亿人的饮水安全。重庆市政府副秘书长罗广在接受本报记者采访时表示，为保证长江上游水质，他们已关闭了一大批污染严重的工厂，同时也提高了污水减排标准。目前重庆市共有14座污水处理厂，此外还有3座在建，污水处理率已达70%，生活垃圾无害化处理率也达到了72%。

针对长江上游水土流失严重的问题，未来5～10年，重庆将花费100亿元打造“森林重庆”。占地900多万平方米的旧城改造计划中，将有一半土地会被建成公共绿地。而沿江公路、堤坝也在大规模植树造林，以保证沿江流域不会加重污染。

材料三：

“随着沿江城市经济发展，长江流域生态环境问题日益突出，保护长江水资源迫在眉睫。”身处长江下游的上海市副市长胡延照的一番话，赢得了市长们的共鸣。

胡延照表示，《长江流域环境保护宣言》要变成具体行动。他同时呼吁，沿江各城市应共同探索符合各方利益的环境保护补偿机制，联手推进长江水质的检测与改善，共同保持长江的青山绿水。

材料四：

“让长江沿岸水更清、山更绿，一江清水向东流。”这是南京市副市长陈刚昨日表达的心愿。而不久前，南京对秦淮河水域治理的显著成果，也让这座城市荣获联合国人居奖特别荣誉奖。

陈刚说，南京将着力建设东部绿色中心，在治理秦淮河的基础上继续深入推进节能减排，促进流域环境质量持续改善。“我相信，只要沿江城市齐心协力，上下游地区互相配合，在不久的将来，我们一定可以让长江清水长流！”

根据上述材料写作消息的标题、导语和小标题。（说明：2008年10月30日，重庆、武汉、南京和上海四大城市，就长江环保问题举行市长联席会议。该材料为四大城市市长联席会议要点。）

（1）标题____________________。（说明：采用双行标题。）

（2）导语____________________。（说明：采用直接式导语，交待新闻要素。）

（3）小标题 （说明：既要拟小标题，也要按合理的顺序排列。）

①______________________________；

②______________________________；

③______________________________；

④______________________________。

6．请采访你身边的老师或同学，选择典型事例，写一篇人物通讯。

第十章　学术论文写作

第一节　学术论文的特点及分类

国家标准局在《科学技术报告、学位论文和学术论文的编写格式》中指出："学术论文是某一学术课题在实验性、理论性或观测性上具有新的研究成果或创新见解和知识的科学记录；或是某种已知原理应用于实际取得新进展的科学总结，用以提供学术会议宣读、交流或讨论；或学术刊物上发表；或做其他用途的书面文件。"

简而言之，学术论文也称"论文""科学论文"。是在各种科学领域内专门探讨学术问题、反映研究成果的一种应用文体。它既是进行科学研究的一种手段，又是描述科研成果的一种工具。

一、学术论文的特点

学术论文和一般文章不同，具有科学性、理论性、独创性、专业性的特点。

1. 科学性

科学性是学术论文的生命。科学性就是学术论文反映自然、社会、思维等客观规律的分科的知识体系。简而言之，科学的本质就是正确反映客观规律。

2. 理论性

理论性是说学术论文通过摆事实、讲道理，以理服人，是用理论并站在理论的高度来回答现实问题。它不能停留在就事论事的水平上，而要就事论理，以理论的原则对事物进行具体分析、阐发。

3. 独创性

独创性就是在你研究的题目范围内，前人（或同时代的人）没有接触过的，或者虽有接触但语意未尽的，你能在他的基础上进一步加以研究，提出新的观点、看法，并且论据确凿言之成理。

4. 专业性

专业性是说它不像一般文章那样面向广大读者，而是具有明显的专业特征，其写作对象是有关专业人员，即"内行人"。

二、学术论文的性质和功用

首先，学术论文是用来探讨学术问题、进行学术研究的重要凭借。

撰写学术论文，绝不仅仅是文字表达问题。一篇论文质量的高低，也绝不仅仅取决于行文阶段的工作做得如何。可以说，完整的论文写作过程同整个科学研究过程是相重合、相一致的，论文写作的过程也就是科学研究的过程。论文题目的确定也就是研究课题的选择，论文内容的形成也就是研究成果的取得，而研究成果的取得是离不开课题研究的。可以说，课题研究是论文写作过程中的关键环节，也是科学研究的主要步骤。论文的执笔写作，也不是研究成果的机械反映，而是研究成果的深化和整理，是科学研究的继续。正因为论文写作同科学研究是密不可分的，所以人们常把论文写作作为培养和考察一个人的科研能力的重要手段。

其次，学术论文是描述科学研究成果、传播学术信息的主要工具。

要使科学研究的社会效益得以实现，就必须凭借一定的外在形式将其反映出来，科学研究成果，特别是社会科学研究成果大都是以文献的形式反映出来的，而在所有的学术文献中，可以说，学术论文又是反映研究成果的最简便、最适用的工具。

从社会发展的角度来说，撰写学术论文、记录科研成果的意义主要体现在知识积累和学术交流两个方面；从论文作者个人的角度来说，通过撰写、发表学术论文，把科学研究成果公诸于世，研究者个人的劳动成果才能得到社会的承认，也才能使科学研究的社会价值得以实现。同时，学术论文也是考察一个人的学术水平的依据。一个人的知识积累、思维能力状况等都能在学术论文中体现出来，看学术论文，最容易看出作者的实际学术水平的高低。在现实生活中，人们也确实常把学术论文作为衡量一个人的专业水平高低的标尺。可见，无论是从社会发展还是从研究者个人发展的角度，都不能忽视学术论文的写作。

第二节　学术论文的选题及写作程序

一、学术论文的选题

（一）选题的意义

（1）选题能够决定学术论文的价值和效用。

（2）选题可以规划文章的方向、角度和规模，弥补知识储备的不足。

（3）合适的选题可以保证写作的顺利进行，提高研究能力。

（二）选题的原则

（1）选择有科学价值的课题。

（2）选题要有现实意义。

（3）选题要大小适当，难易适度。

（三）选题的步骤

（1）广泛收集资料，了解本学科的基本情况。

（2）认真分析思考，找到研究的突破口。

1）开辟新天地，做前人没有研究过的课题。

2）拾遗补缺，研究大有发展及有补充余地的课题。

3）在纷争中寻找出路，研究存在争议的课题。

（四）选题的方法

寻找科研中的空白点。

寻找学术的争鸣点。

寻找社会实践的需求点。

寻找知识的概括点。

寻找科学定论的矛盾点。

寻找个人的兴趣点。

寻找学科和专业的熟悉点。

（五）选题中应注意的问题

避免过于宽泛。

避免人云亦云，敢于涉猎新领域。

避免选题偏颇，与实践脱离。

注意论证角度。

不必追求冷门。

（六）文章的取向

1. 论文的定位

新与旧的选择。一般来说，传统课题已经成熟，但如能推陈出新，从旧领域发掘出新内容也可以。

注重历史进程的回溯性论文通常注重实证，对宏观探讨不足，史料重视，阶段划分也清楚，但文章整体性不强，缺少历史的流动感，应用历史串起自己的主线。

现实性文章贵新。大众性、时尚性文章如果没有独到之处，则无价值。具体来讲，理论性阐述性不要平，要有分析和主体性，多方面、多角度论述。经验性论文忌粗，评述性文章忌散，要把材料串起，不罗列现象。

前瞻性文章要务实。要注重主体和现实国情，要有宏观视野，否则会流于琐碎，丧失自己，学科本身也会迷失；寻求新的知识增长点；注意交叉学科的知识。

论文内容要集中，题目不要太大；论述朝一个指向；论点、论证、论据在于精，不重复引证别人引证过的例子；结构安排上每个分段控制字数，直线结构时把重点放在主要目的上。

2. 写作者的自我定位

定位自己的身份——科学研究者。不要写官样文章，空，科学研究不够，百花齐放不够；成绩汇报性的，未来计划性的，文章发表要和作者身份联系起来。结论是总结得出的，以议论为主。

定位自己的学术水平。要客观估计论文读者的水平，自己的范围优势有限，优势的程度也有限。读者水平与自己差不多，避免出现常识性废话，如追根溯源、铺陈背景、唠叨，题外的不必解释，不要长辫子、大帽子、碎嘴子。不要重复众所周知的知识，喧宾夺主。

定位自己的地位。遵守刊物有关规定，内容要按约稿的具体要求，不要使用尖刻的讽刺词语。

3. 文章内容应注意

重视基础理论与体系结构的创新，扩大研究领域，深化研究内容。

重视历史研究与现实研究结合，突出现实问题研究。

重视同世界接轨，既要有中国特色，又要与世界融为一体。

重视理论与实践的结合，理论要接近实践、指导实践、融于实践。

力求争鸣和创新。

强调务实，扎扎实实做学问，不要赶时髦，注重个人学术思想建立，要使自己的研究有一定的特色和风格。

4. 初学写作者要防止两个极端

一为经验描述、工作报告式研究，某一系统的情况介绍，言之无物、偏颇浅显的经验介绍，毫无见解作不出理论抽象和升华的文章是不值得写的。

二为空洞论述，浅入深出。大话空话连篇，缺乏充分证据。对于高深的学问用通俗易懂的语言表达，所谓深入浅出，为写作者普遍提倡，而对于本来就浅显的知识或普通的操作技术，为显示其所谓的“丰富内涵，深奥哲理”而旁征博引，语言艰涩，令人难以卒读，即所谓浅入深出。盲目媚外或故意引用几百年前哲人的语言，蹈空而论，晦涩难懂，不知所云。

二、撰写学术论文的基本方法与步骤

（一）精心捕捉课题、构建课题

（1）课题要新且能体现自己最有体验或最有修练的东西；

（2）课题应是当前理论或实践中急需解决而又尚未解决的问题；

（3）课题宜小不宜大，宜窄不宜宽和泛；

（4）课题的构词要精练精彩，主题突出，点题到位，又具有吸引力；

（5）课题要有理论支撑。

（二）开展课题研究工作——素材阶段

（1）研究与课题有关的背景（生活背景、生产背景、教育背景、社会背景以及国际背景等）和课题的支撑理论，确立课题的研究方向或要解决的具体问题，构思研究方案，起草研究大纲；

（2）选择研究方法（问卷调查法、实验法、文献法、演绎法、探究法、归纳法等），设计研究工具；

（3）开展研究工作，收集并积累有关的信息和资料。

（三）研究、处理有关信息和资料，开展结题研究工作——总结阶段

（1）分析有关信息和资料，从中找出规律或共性，进行归纳总结或推理，得出结论性材料；

（2）处理并利用有关信息或资料，作为课题可以利用的信息或有价值的资料，加以运用或发挥；

（3）撰写总结性报告或论文，并设计出有关的图表或图纸以及说明书。

第三节　学术论文的写作

一、学术论文的基本格式

学术论文一般由前置、主体、附录、结尾组成，最基本的有 10 项：题名、作者及所在单位、摘要、关键词、引言、正文、结论、致谢、参考文献、附录。

1. 题名

题名是一篇论文的总题目，是论文内容的高度概括，是论文精髓的集中表现。它以最简洁的词语反映论文中重要的特定内容的逻辑组合，让人一看题名就能清楚地了解到论文的主旨和中心内容。题名应醒目、精练、新颖。题名往往能决定读者是否阅读其全文。选择题名时应注意：

（1）词语恰当。以适当的词语，恰如其分地表述文章的主要内容。

（2）词语简明醒目。用词简洁、明了、醒目，避免用繁琐、长的形容词和不必要的虚词，选用本学科领域中最易概括、词义单一、通俗易懂、便于记忆和引用的、规范的术语。

（3）特定内容。准确无误地表达论文的中心内容，题名应使读者理解到文章的主题思想、主要观点和主要结论，是对论文重要内容的高度概括，避免使用含义笼统及过于一般化的词语。

（4）字数适宜。中文标题一般不宜超过 20 个汉字，英文标题和中文标题含义一致，一般以不超过十个实词为宜。

如需对题名加以补充，应采用副标题，一般是说明论文写作的原因、内容和范围。

2. 署名

给论文署名，不仅是对作者的尊重和给予应有的荣誉，而且还表示文责自负。它位于题名之下，独占一行正中的位置，在另一行正中位置标明单位、地址和邮政编码。

3. 摘要

摘要是全文的高度浓缩，是文章内容缩略而准确的表达形式。不加评论与自我评价，不分段，一般不摘公式、方程式。一般要求英文实词不超过 250 个，中文字数在 200～300 个。

（1）摘要的特点：忠于原文的传真性；限制字数的浓缩性；传递新观点、新理论、新技术的情报性；检索信息的筛选性和系统性。

（2）摘要的内容：

目的——主要指成果研究、研制、调查等的前提；研究的目的和任务；所涉及的主题范围。若文献题名体现了研究的目的，摘要中的此项内容可以省掉。

方法——主要指所用原理和理论、条件和对象、材料和工艺、结构、手段和程序、论点和论据等。

结果——研究、开发、调研活动得到的新发现、新理论、新方法和新数据。把摘录的重点放在与前人研究成果不同的使用价值更高的发现上面。

结论——指结果分析、结果分析比较、结果的评价和结果应用。

（3）常见的行文格式：

采用第三人称，如用……（方法）对什么问题进行了研究（实验、探讨、分析），有什么主要发现、观点和与众不同的创建（结果、结论）。

4. 关键词

表达论文主要概念的规范化语言。关键词是那些出现在论文标题（篇名、文题、层次标题）、摘要和正文中，能表现论文主题内容具有实质意义的规范的、关键性的、可作为检索入口使用的词语。一般以 3～8 个为宜。不考虑文法上的结构，不一定表达完整的意思，仅将几个词简单地组合在一起，用逗号隔开。

5. 分类号

通常指《中国图书馆分类法》或《中国图书资料分类法》中的分类号，是分类语言的文字表现。

6. 正文

由绪论、本论、结论三段式组成。

绪论又称引言，简要说明研究工作的目的意义等，起引出本论的作用，置于本论前，不能脱离本论而单独存在。

本论是论文的核心部分，详细阐述研究成果，用有关理论进行推导、分析和周密的逻辑论证，提出新的、独创性的意见。

结论是对本论论点的强调，是对论文最终的和总体的高度总结，是本论最终的必然逻辑发展，也是整篇论文的归宿和作者认识上的升华。

对正文的总的要求是：实事求是，客观真切，准确完备，合乎逻辑，层次分明，简练可读。

写好正文须注意三点：一是要有资料和数据；二是要有概念、判断、推理、证明；三是要形成自己的观点，有独到的见解，用观点统帅材料，用材料阐明观点，做到材料和观点的有机统一。

7. 引文和附注

学术论文总是要援引经典文献或他人著作和文章中的材料、言论、观点，所以总有许多引文和附注。文本中引用他人著作或文章中的文字，主要有两种格式：

（1）段中引文。所引的文字夹在行文段落之间。段中引文也有两种方式，一种是引用原文，用引号加以表示；另一种是引用原意，属于概括引用，一般不加引号，而用冒号提示。

（2）提行引文。所引原文独立成段。提行引文也有两种方式，一种是全部引文左边缩进两格，首行再空两格；另一种是左右都缩进两格，首行再空两格。为了醒目，加以突出强调，引文上下和正文各空一行。如果正文采用宋体的话，引文就应该采用仿体，以示区别。由于提行引文格式上十分明显，一般不加引号。

为了增强引文的说服力，要用注释的形式标明引文的出处。它一般包括作者或译者、书名或篇名、发表的刊物名、出版社、发表和出版时间、引文所在页码。

8. 参考文献

在学术论文后一般应列出参考文献（表），其目的有三，即①为了能反映出真实的科学依据；②为了体现严肃的科学态度，分清是自己的观点或成果还是别人的观点或成果；③为了对前人的科学成果表示尊重，同时也为了指明引用资料出处，便于检索。它一般单独起页，并在页面正上方标明“参考文献”。

9. 致谢

致谢语句可以放在正文后，体现对下列方面的致谢：国家科学基金、资助研究工作的奖学金基金、合作单位、资助和支持的企业、组织或个人；协助完成研究工作和提供便利条件的组织或个人；在研究工作中提出建议和提供帮助的人；给予转载和引用权的资料、图片、文献、研究思想和设想的所有者；其他应感谢的组织和人。

二、撰写学术论文的注意事项

1. 论文选题要考虑自己的主客观条件

在选择论题的时候，一定要考虑自己的主客观条件。所谓主观条件，就是指自己在论题的专业内容范围内，有没有浓厚的兴趣，以及一定的基础和积累，能不能有条理、有层次地加以展开和发挥。所谓客观条件，是指是否具有与论题有关的充分资料，即相关的文章和参考书。如果单凭自己的兴趣去选题，在论文构思和执笔时，就有可能文思枯竭、寸步难行。

2. 要有自己的见解和独创性

一篇毕业论文如果没有自己的见解和独创性，它就失去了存在的价值和意义。有的同学完全是从教材上照扒观点和例子，那不等于是在抄书或记笔记吗？这不能取得良好的成绩。至少同学们应该对某些学术观点进行深入的阐述和发挥。

3. 论文的内容尽量贴近现实

这是论文是否具有现实价值的一个重要因素。如果有可能的话，同学们可以联系自己所从事的专业和实际工作，这样论文更会有现实意义和实际价值。学术论文如果离开了现实的需要，就会失去它存在的生命价值。

4. 论文的书写及格式要规范化

论文的书写及格式的规范化，可以增强论文的审美价值和阅读效果，这都是学术论文内容表达的需要。同学们一定要根据学术论文文面格式规范化的要求，给毕业论文一个完美的形式。

三、例文

不是“归人”，更是归人

——读郑愁予《错误》

孙绍振

先来看下《错误》这首诗的全文：

错误

我打江南走过
那等在季节里的容颜如莲花的开落
东风不来，三月的柳絮不飞
你的心如小小的寂寞的城
恰若青石的街道向晚
跫音不响，三月的春帷不揭
你的心是小小的窗扉紧掩
我达达的马蹄是美丽的错误
我不是归人，是个过客

一

作者郑愁予生于20世纪30年代，活跃于50年代以后，是个现代诗人，而这首诗从主题到语言风格，却充满了古典气息。这是一望而知的。他这首早期之作，为什么不但能成为脍炙人口的代表作，而且成为现代诗的杰出经典呢？这就要读懂这首诗的艺术。

要真正读懂一个经典文本的艺术奥秘，仅仅读现成的作品可能难免被动，很难洞察其艺术的真谛。海德格尔说："作品的被创作的存在只有在创造过程中才能被我们把握。在这一事实的强迫下，我们不得不深入领会艺术家的活动，以便达到艺术作品的本源。完全禁囿在作品本身的范围内描述作品的作品之存在，已证明完全是行不通的[1]。"

进入作品"创作过程"是困难的，因为绝大多数作家呈现给读者的不是过程，而是结果。难得的是，关于这首诗作者有过陈述。

1985 年 8 月 30 日，郑愁予在台北耕莘文教院演讲，亲自解说《错误》一诗的写作背景。在中国抗日战争的时候，他和母亲跟随担任国民政府军官的父亲到前线去，因为战地不断转移，他们也不断迁居，从江南到江北，又从江北到江南，郑愁予的母亲每天都盼望着丈夫的归来，也许倚门，也许倚窗。这个生活中体悟最深的情境，后来便成为《错误》一诗的摹写对象[2]。"

读者不难看出，如果把这一切可谓刻骨铭心的生活记忆照本宣科地写下来，是不可能成为诗的。把生活变成不朽的艺术，要经历许多艰难曲折，诗人的才华要受严峻的考验。首先是超越生活的原生形态，让它进入诗的境界。诗人的选择是多元的，例如，可以驾轻就熟地按现代诗的种种套路来写作。对于这个题材，他却选择了把现代战争时期母亲的思念放在古典诗歌闺怨的母题来展示，进行艺术的探索。

许多论者不约而同地认为其出于中国传统之思妇诗。这个传统很深厚，从《诗经》时代就有"自伯之东，首如飞蓬。岂无膏沐？谁适为容！"（《卫风・伯兮》)，《古诗十九首》中则有"荡子行不归，空床难独守"（《青青河畔草》)。前者所思在军旅，虽然思苦而无怨，后者所待为游学（荡），怨极而愤。此怨与青青河草、郁郁园柳之相融，乃有青春难留（柳）之哀，而"盈盈楼上女"之句，则有闺中之意，为"闺怨"母题之萌芽。其怨之由，一为军旅，二为远游，游学游商皆有之。此类诗作，大抵直抒胸臆，天真明快。营造意象，情怀隐于意境者鲜见。此后，宫体滋漫，意象趋繁，形胜于情，失之堆砌。至唐乃文情并茂，佳作如云，风貌各异，虽宫怨（如"玉颜不及寒鸦色，犹带昭阳日影来"）亦有上乘之作。金昌绪之"打起黄莺儿，莫教枝上啼。啼时惊妾梦，不得到辽西"，为后世诗话家激赏，至被视为"标准"，甚至赞之为"古人作诗规模全在此矣[3]"。王昌龄之《闺怨》（"闺中少妇不知愁，春日凝妆上翠楼。忽见陌头杨柳色，悔教夫婿觅封侯。"）深得绝句瞬间情绪转换之妙，此种闺怨佳作，往往与少女怀春、惜春（春华易逝）有关。诗风如梅尧臣所言："状难写之景，如在目前；含不尽之意，见于言外"，均以营造视觉意象群落为务。至晚唐温庭筠《望江南》似成闺怨母题之典式：

梳洗罢，独倚望江楼。过尽千帆皆不是，斜晖脉脉水悠悠。肠断白苹洲。

情绪焦点为期待之落空，背景则是江南。故其江帆乃难写之景，而不尽之意乃在江楼独望千帆之失落。

从这个意义说，郑愁予《错误》似乎与之一脉相承，具体表现：第一，女性情思意脉为孤独的等待和落空；第二，点明“打江南走过”，故其意象与《望江南》相近者良多，如“江南”“东风”“柳絮”“青石的街道”“春帷”此等意象在中原或华北春夏之间亦非罕见，但是从历史积淀来说，已属于江南传统文化意象。尤其是“青石的街道”，为北方城镇所无，为江南城镇特有，从意象来说，乃诗人之新创。此意象比之东风、柳絮、春帷来，重要性大得多，于整首意脉为预伏意象。没有这个青石街道，诗之情绪高潮，最精彩的警句就没有了着落。

二

《错误》之意象群落虽与古典闺怨相似甚多，但是，其主题、形象和风格明显有对传统闺怨的重大突破。

传统的《望江南》是女士倚楼而眺望江帆，而这里，“三月的春帷不揭”，女主人公不是在倚楼眺望，而是把窗户关起来，窗帘也不拉开。“过尽千帆皆不是”，失望了不知多少次，“斜晖脉脉水悠悠”，眼睛还是在望，望得夕阳无情地暗淡下去，江水(时间)忍心自自流去，而郑愁予笔下的等待，则是根本不望了。春天节候则是“东风不来，三月的柳絮不飞”。在贺知章的诗里，就算北方也是“二月春风似剪刀”了，三月本该柳絮飘飞，李白诗里有“三春三月”，三月已经是季春，而到“杨花落尽子规啼”，该是布谷声声了，然而此时竟还没有东风（春天）的信息。从这里可以看出，传统之女性闺怨尽写春色之美，《错误》则反其道而行之，尽写春色之无，可以说是“反春色”。这仅仅是迟到的大自然的景象吗？更大的可能是抒情主人公的心灵景观。诗人接着说“你的心如小小的寂寞的城”，整个的心都封闭了。正是因为心寂寞而封闭，所以对春天的美景就没有感受了。暗示等疲倦了，干脆就不等了。

从这里可以看出，现代诗即使基本袭用传统闺怨主题和意象群落，它仍然不是古典诗歌，主要表现为其情感对客体景观之自由度极大地超越了古典诗歌，自由到可以把春色写为反春色。正因为这样，读者不难感到诗的现代性。

这首诗的生命之强大在于对古典母题的突破。

传统的闺怨虽然作者是男性，却是女性第一人称的自白，在《错误》里却不是女性的自白，而是男性第一人称对女性（第二人称的“你”）的告白。这个男性不是江南游子或者荡子，而是一个军人，一个策马而来的骑士。这里有个意象的功能，可能许多读者潜意识里感觉到而在意识层里忽略了，这就是马蹄。第一，这个意象极富创造性，须知江南水乡，行旅以舟船为主，鲜有骑马驰过小城石街者。第二，它对全诗的意脉有着严密的关锁功能，为最后写马蹄达达留下了伏笔，使全诗走向高潮，意脉顺畅自洽。第三，诗人写骑士，只写马蹄声，以打破女士寂寞之心城，其形象并未在女士眼前出现，只是以“马蹄”之声，令处于孤寂中的女士蓦然惊喜。

这就提示了，女士紧闭的窗，下垂的窗帷，仅仅是视觉的封闭，而听觉却分外警觉，心灵在无望中未能抑制渺茫的希望。更精彩的是，马蹄声的定性：

我达达的马蹄是美丽的错误。

“达达”强调寂静中马蹄声响的效果，这效果不是物理的，而是心理的，说明听觉的敏捷精致，而继之以“错误”提示听觉在这短暂的时间里迅起速落，意脉从兴奋到失落，诗人只写了一句，并无夸饰。最后一句“我不是归人，是个过客……”，更为奇崛。催马而来的不是丈夫，于现实而言无价值，就情感的悸动而言则有价值，越是“错误”，越容易被忽略，越是有价值，这种价值属性为审美价值。更精彩的还有两点：第一，陌生“过客”与女士毫无关系，何从洞悉窗帷垂落的闺中期待之殷？何能道出悲与喜瞬间微妙交替之情？第二，自称不是“归人”，但策马而过的军人姿态，却是女主人公心目中丈夫的形象：不是“归人”，显系欲归而尚未能归之人。

诗共七行，最鲜活的生命在最后两行。古典诗中“过尽千帆皆不是，斜晖脉脉水悠悠”写女性的失落，是持续性的，而此诗前五行是失落、寂寞、无声的持续，后两行则是从意外的兴奋到瞬间的失落，最后有删节号，又回到持续性的失落。

为了最后行，诗人用六行作了铺垫。首先，从大自然环境上渲染，三月无春。其次，从居住环境上想象，窗户封闭。再次，从心理上说，感知封闭，凝聚为一种无声的寂寞的城。最后，也是最重要的，青石街道上达达的马蹄之声，打破了封闭的寂寞。其精妙在于，不但是情绪起伏转换，而且是从视觉到听觉的转换。

诗中还有值得注意的非中国古典诗歌的元素，即这种声音效果反差贯穿首尾的构思。中国古典诗歌比较长于视觉景观，故情景交融历来成为共识，梅尧臣所说“状难写之景，如在目前；含不尽之意，见于言外”反复为诗话词话家所称引。本诗以听觉代替视觉贯穿全诗意脉走向高潮，似有法国象征派五官交响的痕迹。

诗中的修辞，也有中国古典诗歌中罕见的。古典诗歌强调比兴，多如朱熹所言“以彼物喻此物”，以物比物，从具象到具象；间或以物比情，用具象表抽象，已属出格，如“自在飞花轻似梦，无边丝雨细如愁”，然其潜在成规乃是以大自然之景象比情，主客关联自然天成，情景交融，图景完整，故能称妙，而“你的心如小小的寂寞的城”“你的心是小小的窗扉紧掩”以人工建筑比心，二者之间的联想中介只是抽象的封闭性，这在汉语古典诗学修辞中极其罕见，而在欧美诗歌则不鲜见。

最后的“美丽的错误”这样的修辞，也为汉语古典诗歌所少有。“错误”在汉语中为负面意，如陆游《钗头凤》“东风恶，欢情薄。一怀愁绪，几年离索。错、错、错”。在诗人主体乃痛，可以作负面抒情。“美丽”则系褒义，二者直接相连，要达到和谐相当困难。然而，这种表达在欧美却是属于修辞格中的矛盾修辞法，徐志摩的《沙扬娜拉》中“甜蜜的忧愁”颇为人称道，其实来自雪莱《西风颂》中之“sweet though in sadness”。只有具备相当欧美文学修养的人士，在这方面才能得心应手。美丽的错误，遂表现为情感和修辞双重的精致的美，为这首诗的不朽增加了亮点。

综上所述，郑愁予把母亲在抗战期间倚门望父归来的记忆转化为现代诗，经历了精致的创造过程。这个过程至少可以分析为以下几个层次：一是将记忆纳入古典江南意象；二是以现代性的想象把春色转化为反春色；三是营造了女士的无声的心境（寂寞之城）；四是独创了青石街道意象；五是以江南罕见的马蹄达达的听觉效果为贯穿首尾的意脉的高潮，提示女士心理在瞬间从兴奋到失落；六是赋予“不是归人”的“过客”以欲归尚未能归之人的内涵；七是“美丽的错误”运用了矛盾修辞法，不但是情感意脉的，而且是语言精致的双重亮点。

参考文献：

[1] [德]马丁·海德格尔．艺术作品的本源[A]．海德格尔选集：上[M]．孙周兴选编．上海：上海三联书店，1996：297.

[2] 据台湾康熹版高中国文课本教师手册。

[3] 陈一琴. 聚讼诗话词话[M]. 上海：上海三联书店，2012：415.

第四节　毕业论文

一、毕业论文的概念

毕业论文是高等学校应届毕业生总结性的独立作业，是学生运用在校学习的基本知识和基础理论，去分析、解决一两个实际问题的实践锻炼过程，也是学生在校学习期间学习成果的综合性总结，是整个教学活动中不可缺少的重要环节。撰写毕业论文对于培养学生初步的科学研究能力，提高其综合运用所学知识分析问题、解决问题的能力有着重要意义。调查报告、工作总结及文学作品等各类非学术文体的文章不能作为毕业论文提出。

毕业论文从文体上看，归属于议论文中学术论文的种类。所谓议论文，它是一种证明自己观点正确的文章。它包括政论、文论、杂论在内的一切证明事理的文章，或说理，或评论，或辩驳，或疏证，以达到明辨是非、解除疑惑、综陈大义、驳斥谬误等目的。

毕业论文就其内容来讲，一种是解决学科中某一问题的，用自己的研究成果加以回答；一种是只提出学科中的某一问题，综合别人已有的结论，指明进一步探讨的方向；再一种是对所提出的学科中的某一问题，用自己的成果，给予部分的回答。毕业论文注重对客观事物作理性分析，指出其本质，提出个人的学术见解和解决某一问题的方法和意见。

毕业论文就其形式来讲，具有议论文所共有的一般属性特征，即论点、论据、论证，这是文章的三大要素。文章主要以逻辑思维的方式作为展开的依据，强调在事实的基础上，展示严谨的推理过程，得出令人信服的科学结论。

二、撰写毕业论文的目的和意义

撰写毕业论文一方面是对学生的知识和能力全面考核，另一方面对学生进行科学研究基本功的训练，培养学生综合运用所学知识独立地分析问题和解决问题的能力。毕业论文是检验学生学习成果的重要方法，也是提高教学质量的重要环节。从论文的质量上能较清楚地反映学生学习知识的状况，对教学工作有极大的参考价值，是教学反馈的重要手段。

三、毕业论文的选题

毕业论文的选题应以学生所学专业课的内容为主，而不应脱离专业范围。撰写毕业论文既是一项科研活动，同时也是学习过程的一个步骤。大学生撰写毕业论文不仅是为了传播学术信息，推进学科的发展，更重要的目的还在于梳理、总结学习成果，反映学生对本门学科的基础理论及其他专门知识的掌握程度，如果选题脱离专业范围，就难以达到预期的目的。此外，选题还应鼓励学术创新，避免选择已经完全得到解决的常识性问题；鼓励选择同国家的建设与发展密切相关的现实问题，鼓励学生解决实际问题。

四、毕业论文的写作

一份完整、规范的毕业论文应当包括以下项目：

1. 封面

封面既可以提供有关信息，又可以起到保护作用。

封面所登载的内容主要有：

（1）分类号。分类号要在封面的左上角标注，一般应注明《中国图书资料分类法》的类号，同时也应尽可能注明《国际十进制分类法 UDC》的类号。

（2）本单位编号。一般标注在封面的右上角。

（3）密级。一般标注在封面的右上角，如果论文可以公开发表，没有保密要求，就不需要标注密级。

（4）标题。要用大字号标于显著位置。

（5）责任者。包括论文作者、指导教师、答辩委员会主席、评阅人及学位授予单位。个人责任者的职务、职称、所在单位名称及其地址，应当一并注明；责任者如为单位或集体，应当写明全称和地址。

（6）申请学位级别。学位主要分学士、硕士、博士三级，作者所申请的是哪一级学位，要标注清楚。

（7）专业名称。是指论文作者主修专业的名称。

（8）工作完成日期。主要包括论文提交日期、答辩日期和学位授予日期。

（9）印装日期。

2. 衬页

封面之后和封底之前各有一张衬页。

3. 摘要

摘要是论文的内容“不加注释和评论的简短陈述”。摘要应当具有客观性、自含性和简明性。

4. 关键词

关键词是从论文中选取出来用以标示论文主要内容的名词性术语。一篇论文应有3～8个关键词，以显著的字符另起一行，排在摘要的左下方。

5. 目录

由于毕业论文篇幅较长，所以一般要设目录一项。

6. 正文

正文一般包括绪论、本论和结论三个部分。毕业论文的内容和结构要比交流论文复杂，为使文章的脉络更为清晰，毕业论文的主体部分大都有章节之分，而且要尽可能加上小标题，标示各个部分的内容要点。

7. 致谢

不是毕业论文的必备项目。

8. 注释

9. 参考文献目录

参考文献目录是评定论文作者的研究状况及钻研程度的一个重要依据。由于毕业论文的篇幅长、容量大，用作参考的文献多，所以毕业论文所列的参考文献的数目要多于交流论文。

10. 附录

不是毕业论文的必备项目。

以上项目有的是毕业论文的必备项目，有的是可供选择使用的项目。

五、毕业论文的写作要求

（一）坚持理论联系实际的原则。

（二）立论要科学，观点要创新。

（三）论据要详实，论证要严密。

【思考与练习】

1. 学术论文的选题原则、方法各是什么？

2. 学术论文的基本结构包括哪些部分？

3. 阅读与评析。

从中国期刊网选出 2～3 篇学术论文，进行认真阅读，分析其标题、绪论、本论和结论的写法，并说明其写作特点，评价其优劣。

4. 写作。

结合自己所学专业，按学术论文的选题、搜集材料和写作基本模式的要求，写一篇 3000 字以上的学术论文。

参考文献

[1] 朱东润．中国历代文学作品选[M]．上海：上海古籍出版社，1996．
[2] 徐中玉，齐森华．大学语文[M]．上海：华东师范大学出版社，2007．
[3] 李佐丰．古文精选[M]．北京：金盾出版社，2003．
[4] 萧涤非．唐诗鉴赏辞典[M]．上海：上海辞书出版社，2004．
[5] 唐圭璋，周汝昌等．唐宋词鉴赏辞典[M]．上海：上海辞书出版社，2004．
[6] 臧晋叔．元曲选[M]．北京：中华书局，1979．
[7] 王实甫．西厢记[M]．西安：陕西师范大学出版社，2009．
[8] 张万起，刘尚慈．世说新语[M]．北京：中华书局，1998．
[9] 曹雪芹，无名氏．红楼梦（修订3版）[M]．北京：人民文学出版社，1979．
[10] 罗贯中．三国演义[M]．北京：人民文学出版社，1953．
[11] 林文和．文学鉴赏导读[M]．北京：人民文学出版社，2004．
[12] 河南师范大学中文系现当代文学教研室．中国现代文学作品选[M]．新乡：河南师范大学，1995．
[13] 十一院校编写组．当代中国文学名作选读[M]．北京：光明日报出版社，1995．
[14] 席慕容．席慕容经典作品集[M]．南宁：广西人民出版社，2002．
[15] 诗刊社．世界抒情诗选[M]．沈阳：春风文艺出版社，1984．
[16] 鲁迅．鲁迅文集[M]．北京：九州出版社，2005．
[17] 沈从文．边城[M]．北京：人民文学出版社，2003．
[18] 钱钟书．围城[M]．北京：人民文学出版社，1991．
[19] 张爱玲．张爱玲文集[M]．合肥：安徽文艺出版社，1992．
[20] 金庸．金庸作品集[M]．广州：广州出版社，2006．
[21] 王安忆．长恨歌[M]．北京：人民文学出版社，2004．
[22] 余华．活着[M]．北京：作家出版社，2012．
[23] 朱维之．外国文学史（欧美卷）[M]．天津：南开大学出版社，2009．
[24] 莎士比亚．莎士比亚全集[M]．北京：人民文学出版社，2010．
[25] 歌德．浮士德[M]．北京：人民文学出版社，1994．
[26] 夏洛蒂·勃朗特．简·爱[M]．上海：上海译文出版社，2001．
[27] 川端康成．雪国 古都 千只鹤[M]．南京：凤凰传媒出版集团，1996．
[28] 董小玉，刘海涛．现代写作教程[M]．北京：高等教育出版社，2010．
[29] 陈子典．应用文写作[M]．北京：北京师范大学出版社，2007．
[30] 肖东发．学位论文写作与学术规范[M]．北京：北京大学出版社，2009．
[31] 耿云巧．现代应用文写作[M]．北京：清华大学出版社，2007．